诺贝尔文学奖作家文集·泰戈尔卷

泡影
泰戈尔短篇小说选

[印] 泰戈尔／著
倪培耕／译

Collection of Short Stories
by Rabindranath Tagore

漓江出版社

泰戈尔
(Rabindranath Tagore, 1861—1941)

经管田庄时期的泰戈尔

伏案写作的泰戈尔

泰戈尔在作画

泰戈尔巡视乡村乘坐的木船

泰戈尔的孟加拉语诗作手迹

作家·作品

短篇小说是泰戈尔的第二个主要成就，仅次于诗歌。

——［孟加拉］阿本·卡塞姆·乔杜里

优秀的短篇小说使他（指泰戈尔）成了世界上最伟大的小说家之一。

——［英］E.P.汤普森

无论什么地方也没有像在这里（指故乡）一样，使我产生强烈的创作愿望和情绪。激荡的外部生活，以喧哗的绿色浪涛注入我的心灵。它的芬芳、色彩和音调，在我的想象中化为短篇小说。

——［印］泰戈尔

目　录

001 / 译　序 / 倪培耕

001 / 密　探
012 / 河边的台阶
024 / 邮政局长
032 / 愚蠢的拉姆拉尔
039 / 达拉琼德的荣光
048 / 喀布尔人
059 / 骷　髅
069 / 摩哈摩耶
079 / 达利亚
091 / 金　鹿
104 / 素　芭
113 / 结　局
137 / 墙
153 / 深　夜

168／祖　父

180／饥饿的石头

195／客　人

214／泡　影

232／教　授

256／献　眼

281／丢失的宝藏

303／加　冕

319／屈　辱

333／因果报应

382／秘密财宝

403／拉什莫妮的孩子

443／连载小说

449／女苦行者

463／两姐妹

译　序

倪培耕

罗宾德拉纳特·泰戈尔（1861—1941）是印度近代文学史上伟大的诗人和作家，1913年荣获诺贝尔文学奖。泰戈尔一生创作了五十部诗集，十二部中长篇小说，一百余篇短篇小说和四十余种戏剧。其中短篇小说的艺术成就和影响，并不逊于他的诗歌创作。在泰戈尔之前，印度短篇小说还处于萌芽阶段，正是泰戈尔，使短篇小说在印度现代文学中展示了广阔的发展前景。一些文学史家指出："泰戈尔不愧为孟加拉短篇小说的真正创造者。"泰戈尔自己也说过："这些短篇小说一向是我的宠儿。"

泰戈尔的短篇小说反映了十九世纪末二十世纪初的印度社会，开掘了反对封建主义和殖民主义的深刻主题。特别是他把农村生活作为自己的创作题材，更是印度文学史上前所未有的。

泰戈尔的短篇小说具有较强的艺术感染力，这种艺术感染力，首先在于他那"诗化"的独特的风格，浓郁的诗情几乎贯串泰戈尔的每一篇作品。情景交融的描绘，以情托物的想象，诗情画意的渲染，形象比拟的手法，几乎见于他的每篇作品。他的作品都仿佛是一首首诗，《素芭》《邮政局长》像抒情诗；《泡影》《摩哈摩耶》像叙事诗；《饥饿的石头》《客人》像散文诗。作品的意境深邃，情味隽永，音律低回，余味无穷。

同是对于午景的描绘，在《素芭》里："村人正在午睡，鸟儿停止啼鸣，渡船停泊在岸埠。人类忙忙碌碌的世界，仿佛停止了自己的一切活动。"——宛如一幅恬淡、孤静的水彩画，无言的大自然正烘托着不会讲话的孤寂的素芭内心的悲凉。在《摩哈摩耶》里："晌午，有许多不可名状的悲哀响声……一扇半连着门把的破庙门，在风中不时发出极其低沉的悲鸣，缓缓地时开时闭着。时而，一些鸽子，栖息在庙的窗棂上，发出咕噜咕噜的叫声；时而，一只啄木鸟，落在庙外的一棵木棉树枝上，发出单调的笃笃的啄木声。"——这种情景正预示着一场悲剧的出现，不仅罗耆波希望的殿堂倒塌了，而且酿成了摩哈摩耶杀身之祸。在《邮政局长》里："在一个淫雨初晴的中午，和煦而温馨的微风吹拂着，在阳光的沐浴下，花果、枝叶吐放着一种叫人心醉的芳香；又使人觉得仿佛疲惫大地的气息正触摸着人体；不知从哪里飞来的一只鸟儿，在大自然的宫殿里用同一个旋律，整个晌午都在令人感伤的鸣声里复述着自己的哀怨。"——主人公那缠绵的情怀，哀怨的情愫，通过鸟儿和枝叶，都能感受和触摸得到。

泰戈尔作品的诗意，常用意味隽永的画面来表达，而这种画面又常是寥寥几笔的勾勒。"月亮下落了，夜晚一片漆黑。突然，河水中似乎传出一些话语似的，而我一点儿也不懂。风在黑暗中呼啸着，风也许在思索，为了不让人看见任何东西，吹一口气，把天上所有星星都吹灭了。"（《河边的台阶》）这是一幅昏天黑地的画面，古苏姆被迫投河的情景清晰地浮现在读者眼前，人们不禁要问：是谁吞噬了年轻的古苏姆的生命？抑或是投向了梵的怀抱，实现了梵我合一的宗教夙愿。

这种诗化的画面常伴有音乐旋律和色彩，如《泡影》："殷红的鲜血染红了朱木纳河，夕阳沉落了。冷清清的夜空，一弯残月散发着银色的幽光。"殷红和冷色，烘托了战争的残酷，渲染了战争的成败。又如《素芭》："小溪的絮语、村人的喧哗、船夫的哼唱、鸟儿的鸣叫、树叶的簌簌声，都汇合在一起，与四周的颤动融合在一起。"一曲大自然的交响乐，抒发着女主人公被人歧视的内心忧伤。

诗化的独特风格，还表现在用诗的语言、诗的节奏，描摹人物的音容笑貌。对素芭的眼睛的描写："就同大海一般深沉，就像蓝天一般清澈。从日出到黄昏，从黎明到黑夜，又从黑夜到清晨，自由嬉戏的阴影世界和孤寂大地是那么庄严，那么静谧。"这段描写揭示了素芭丰富的内心世界。对省督公主的语言的形容："宛如在露水滋润的平坦黝黑的田野里，那金黄色的稻穗上，微微吹动着一阵阵沁人心脾的晨风。"它表现了省督公主温柔、文雅的精神气质。对什拉芭拉的绝色和青春的描绘："姑娘的脸庞光彩奕奕，楚楚动人，宛如熟透喷香的果实一般！当满身珠光宝气，喜气洋洋的什拉芭拉离去时，首饰发出悦耳的叮当声响；那个充满情味的声音，久久在赫勒宋德莉的血管里铿锵作响。"

赋物以生命和感情的拟人手法，是泰戈尔为增强作品的诗意而经常采用的。"河边的台阶"凄凄切切，向人们诉说着古苏姆悲惨而短暂的一生；"骷髅"幻化成一个亭亭玉立的少女，抒发着缠绵悱恻的幽情；"饥饿的石头"阅尽了人间沧桑，像"是一种有生命的东西，用自己肠胃的迷人津液，渐渐地消融着我"。

泰戈尔还经常让作品中的人物同自然界，让第一人称的"我"同作品中的角色，交流感情，增强抒情气氛。"素芭到牛栏，向自己无言的同伴告别，亲手喂它们饲料，用手臂搂着它们的脖颈，两眼泪汪汪地向它们道别，泪水不止地从她眼里簌簌落下……素芭从自己屋子步出，走到从小就熟悉的河岸那未经修葺的埠头处，扑倒在绿茸茸的草地上，她仿佛用自己双臂紧紧抱住整个人类的无言的大地母亲。她想说：'你别把我撵到陌生的地方去，你也像我一样用自己双臂紧紧地把我抱住，别赶走我！'"人间已没有人对素芭疼爱，她只能向牛羊、大地表达自己深沉的痛苦情愫。当喀布尔人掏出女儿手印的小纸时，

"我眼里噙满了泪水。这瞬间,我完全忘记了,他是位低贱穷苦的喀布尔小贩,我是位高贵家族的老爷。当时我只感到,他是和我一样的人,他是位父亲,我也是位父亲"。这样的抒情,使作品不仅仅停留于同情劳动人民,而且揭示了低贱者高贵的思想意义,深化了主题,升华了作者的思想境界。

  泰戈尔短篇的强烈诗化,是独树一帜的。如果说,契诃夫以刻画性格见长,凝练深沉;莫泊桑以描绘世态见长,辛辣机智;泰戈尔则以抒写情感见长,激荡肺腑。他们可以并称为世界短篇小说大师。

密 探

我是警察密探。我生活就只有两个目标，一个是我的妻室，另一个是职业。起初，我们家族居住在一起，我也是其中一员；后来，我妻子在那儿总是受歧视似的，我与兄辈们发生了冲突，另立了门户。兄辈们长期以来谋职挣钱，养育我们；所以，我同妻子突然抛弃他们的庇护离去，对我来说委实是个冒险之举，这是毋庸置疑的。

不过，我内心从未丧失自信心。我坚信，正如我把漂亮女子搞到手，我也能把幸运女神控制在自己的手里。在这世上，我，朋达·默希姆琼德将不会落在任何人的后面。

我轻而易举地进入警察部门；末了，没有多久就谋取了密探职务。

正如油烟从光亮的灯火中逸出，忌妒和猜疑之黑点也从我妻子之爱中滋生。不过，它对我工作没有任何损害。事情是这样的，我因着密探工作，退迩闻名。在这种密探事务里，考虑时间规定与否，绝不会心想事成的；反而不确定时间和地点，事事亨通。由此我妻子的猜疑本性更加难以克制。她经常恫吓我，叫喊道："你这样没有时间到处游晃，脚不沾家，偶尔与我相见，难道你不对我产生怀疑？"

我答道："猜疑不是我们的职业，所以我至少不会把它带进家里。"

妻子说："猜疑也不是我的职业，可是我的天性，你若少许给我猜疑的理由，我由此什么都能干得出来的。"

"我要在密探行当里成为最优秀分子，我要树立自己的威名。"——这是我坚定的誓言。只要获得有关密探方面的研究报告或小说之类的东西，我统统加以研读。但是，阅读之后我内心更增添不满和烦恼的情绪，因为我国的犯罪分子胆小如鼠，愚蠢如驴。他们缺乏犯罪的知识窍门，他们极端老实纯朴，他们没有难以捉摸的和难以理解的举止；倘若他们有诡计多端的劣迹，像我们那般聪明热情的密探，至少可以获得提高知名度的好"机缘"。我国杀人凶手在任何情况下不可能强迫自己内心存有杀人流血的极端冲动；骗子撒下罗网，他们会使自己从头到脚陷落进去，他们没有一星半点的欺骗本领，能使自己从罪孽中挣脱出来，逃之夭夭。说真的，在如此无生气的国度里，做密探工作，既无乐趣又无自豪感可言。

我不费吹灰之力逮住了加尔各答的马尔瓦拉赌徒骗子。我多次无奈地自言自语："哎，罪犯们，消灭别人是有德行的行家的工作！像你们那样的无能蠢人应该进行文明的修炼。"而当抓住了杀人凶手，我内心又说："喂，蠢驴，难道英国政府的绞刑架是为像你们那般缺乏自豪感的生命而设置的？你们既没有崇高的理想力量，又缺乏坚强的自我节制！你们那些废物依靠什么力量愚蠢地成为杀人凶犯！"

我用想象的目光遥望着坐落在伦敦和巴黎比肩接踵的王家大道，两侧的鳞次栉比的摩天大厦触接着因着寒风吹刮而惊慌不安的天际；那当儿我不禁毛骨悚然，暗自思忖："人流、工作流、节日流，夜以继日地从这些摩天大楼，从大街小巷中流淌出来，同样，一股血腥的诈骗、黑污的罪恶潮流也在自己的河道里，淙淙奔腾着。就在它旁边，欧洲社会特有的惊奇和文明正获得了如此远大的发展前景！而这里还有我们的加尔各答城市，大街小巷、家家户户，进行着日常家务，吃喝玩乐、考试攻读、纸牌掷骰、夫妻吵架、兄弟争闹、官司审判等活动，除外就没有什么文明辉煌的礼仪活动了。"我朝任何一家屋宇望去，永远也不会产生这样的念头：在这个家的角隅里一个妖魔隐藏着自己的黑心蛋。

我经常巡回在大街小巷，仔细地察看行人的脸色和举止模样。发现某人表情姿态里有任何异样的表情，我一般会尾随他：探听他们姓甚名谁，住址方位。末了，我往往沮丧地发现，他们除了是没有任何劣迹的好人外，什么也不是，弄得我大失所望。甚至他们的亲朋好友也提不出反对他们的虚假罪恶证据，抑或诬告他们。行人中有一位看上去是一个大坏蛋，我一看到他就断定，这个人刚刚从事了可怖的作案活动，为了蒙骗同行的眼睛，异常巧妙地乔装打扮，逃之夭夭。我穷追不舍，终于探听到，这个可怜家伙是领取助学金的一位学者，刚教完学生的课，正往家赶。此时，我又胡思乱想，这些人若生活在其他国度里，一定会成为著名的盗贼。只有我们国家是那么不幸，由于缺乏起码的生活能力和起码的男子气，这些可怜虫整整一生进行教学工作，年老获得一些养老金，最后凄苦地死去。我经过巨大努力，使出浑身解数搜寻，我对上述学者的无私和纯朴产生极其深刻的不信任，但他竟连一只小碟小罐都没有偷过。

一日，晚上七点半到八点钟光景，我在自己住宅附近发现，一个人站在煤气灯下，我莫名地冲动起来。他就在一个地方兜来转去。见到那个情景，我毫不迟疑断定，他肯定在从事某桩秘密的阴谋勾当。我躲在黑暗之中，异常清晰地观察到他的长相，年纪不大，身材匀称，长得英俊。我暗自思忖，这是从事阴谋勾当的最好时机，他的脸色也完全符合盗贼模样。因为我经常见到这种情况，他们的脸色最适宜充当反面角色，他们想从中逃脱全部罪行。做了好事，他们会获得恶果；做了坏事，获得成果对他们来说也是于事无补的。我发现，孩子的脸孔就是他最大英雄气概的显示，我从内心久久赞扬它。我内心说，当能把上帝赋予的最大便利投入到工作中去时，他就应获得赞扬；那时我也将夸奖说，妙极了！

我从黑幕中走出来，走到他跟前，在他背上拍了一巴掌，说："请问运气可佳？"那时刻他异常吃惊，脸色刷白。我随即说："请原谅，我犯了错误，我明白……"

其实，我并没有犯什么错误，我所明白的就是那样。但他不该如此大为惊慌失措，我为此感到痛楚。他应该管住他自己的身体，但罪犯难以获得优秀的完美理想，优秀盗贼的本性也是悭吝的。

我又从他眼皮下消失了。但我发现，他离开煤气灯走了，我赶忙尾随他。他走着走着，突然钻进了爱神公园，走到湖畔，仰面躺在草地上。我思忖，他绞尽脑汁所挑选的地方原来是这里！不管是煤气灯下的人行道，还是公园湖畔的青草地！倘若还有谁怀疑的话，我们至少可以这样说，男孩为使情人的圆脸镂刻在黑暗天空上，正修正黑半月[①]夜晚的缺陷。我还要多赘述，那个男孩对我内心越发具有吸引力。

我经过许多调查，打听到他的家即他个人宿舍，这人名叫孟默塔古玛尔。他在学院念书，考试落榜后，暑期到处游荡。他宿舍的同窗

[①] 黑半月，月亮由望至朔的那半月。——本版注

孩子大都回各自家乡。漫长的假期里，所有学生都离开学校宿舍跑回自己家，但天晓得，哪个恶劣行星纠缠住他，不给他假期。我决心，不管情况如何，我一定要探听到那个恶劣行星的下落。

我也打扮成学生模样，潜入宿舍。头天，我与他照面时，真不知道他如何盯着我的脸琢磨。我仿佛觉得，他感到十分吃惊，猜揣我内心的想法。我完全明白了：对，他们就是适合猎人捕获的猎物！用直接方式不能马上把他制伏住。

但有趣的是，当我想象他禁锢在爱的束缚里，他在被捕获里没有丝毫踌躇。不过，我猜度，他也以敏锐目光观察我，渴望了解我。人的性格具有如此永恒谨慎警觉的好奇心，这可是行家的象征。在如此小的年龄里具有此等"机敏灵巧"，我不禁暗自高兴。

我思量，现在一位美妞应该来我们中间。没有靓女，打开这位非同凡响的、过于成熟狡黠的孩子心扉，是异常困难的。

一天，我吞吞吐吐地对他说："朋友，今日我想对你诉说一下心里话，有位姑娘我十分喜欢，但她不喜欢我。"

起初，他有些吃惊，然后紧盯着我的脸，笑吟吟说："这不是什么不幸的事儿。酷爱玩笑的造物主为这种类型的玩笑游戏，制造了男女之间的差异。"

我说："我想从你那儿获取帮助和建议。"

他爽快地应允了。

我虚构了一番，叙述了许多经历。他专注且好奇地洗耳恭听着，但没有多插一句话。我心想，将心比心，他定会打开自己心扉，诉说与哪位女同窗的浪漫爱情，尤其是不能登大雅之堂的爱情逸事。这样,我与他的友谊将会日益加深,这个友谊将以极快速度向前发展。但在眼前的战场上没见它的任何踪迹,孟默塔比此前更加保持沉默;与此同时,我仿佛觉得,他把我的话编织在自己的心窝里。于是,我对男孩越发崇敬得毫无边际了。

现在,孟默塔每天紧闭门扇,干着一些什么秘密勾当,他的阴谋如何进行?扩展到何等程度?我一无所知。毋庸置疑,爱情阴谋是肯定会朝前发展的。一见到他的脸色,就可猜度到他陷入一种不可自拔的深深泥坑里。现在,事情该到瓜熟蒂落的时候了。我复制了一把钥匙,打开了他的书桌抽屉,我从中缴获了一本异常晦涩的诗集本子、学院讲课的笔记本和普通家信,除此以外就一无所获了。从家信中获悉,每封家信都催促他回家。然而,他始终没有起程。究竟怎么回事?肯定有某种特殊的原因。倘若他拥有正当理由,我就可担保,哪天聊天时准能揭开它的秘密,但事由完全出人意料。这样,我对那男孩的好奇心更是无以复加。那个非社会人群在天国里从底部摇曳伟大人类社会,这位男孩就是广布于那个世界的一支十分古老且伟大的民族中一员。他可不是学校的普通生,他是闲游在世界胸脯上的毁灭之神的同路人,戴着现时代眼镜,打扮成单纯的学生模样,在学院念书。倘若他穿上湿婆神服饰,那他的湿婆模样不会引起我的恐惧。说真的,我会对他更加虔诚崇敬。

最后,我不得不求助于婀娜多姿的美女,享用警察薪俸的赫利默蒂成为我的助手。我告诉孟默塔,我是这位美貌绝伦的赫利默蒂的可怜情人。数日来,我携带着赫利默蒂和他来到公园的湖畔,一起坐在绿茵上,用激动不能自制的语调说:"你是月亮,你是月光。"一次次诵念诗篇；而赫利默蒂时而从内心流露爱意，时而从外表卖弄风情，暗示她自己已把心托付给孟默塔。但是，没有产生所期望的效果。孟默塔离得远远的，带着惊奇的目光看着这一切。

这期间，一天晌午时分，我在他屋里发现一封撕碎的信片，我马上将纸片拾起，并仔细地一一把它们连接起来，恢复原状。我满怀着希望阅读起来。但是读的尽是些前言不搭后语的破句：" 今日傍晚之后，七点躲藏起来，我在你那儿……"费了九牛二虎之力寻找其余的碎片，但一无所获。

然而，我内心异常兴奋。正如从某地意外获得已经消亡王朝的古老生命的一根骨头，在这基础上构建生物历史的想象由于欢乐而充分活跃起来，我的情况正是那样。

我早知道今晚十点赫利默蒂要来我们这儿的事，在这期间七点发生的事从哪儿冒出来的呢？我对男孩的这种勇气和智慧佩服得五体投地。倘若你要干件不可告人的罪恶勾当，那么最好在家发生特别冲突的那天，瞄准机会干事是最为上策的。在那时人们被主要内容吸引住了；其次，发生特殊事情那天，有人故意搞秘密活动，谁也不会想到的。

突然，我心里滋生疑惑：孟默塔把对我的友谊和对赫利默蒂的爱情视作自己事业成功的手段。正因为如此，他与我们若即若离。他认为，我们的举止起到掩护他干不可告人勾当的烟幕作用。大家因此都有这个想法：他忙于对我们的利用，他不想消除这种迷惑。

现在稍许探究一下他的计谋。外乡的学生在假期里绝不会置家人的请求于不顾，独自待在空无一人的宿舍里。他没有特殊需要一个无人地方，谁都不会怀疑这点的。显然，我闯入他房间，破坏了他的空寂感，我带来了一个女人引起了某种新的骚乱；然而，他没有不高兴！他一丝也没有迷恋上赫利默蒂，这是千真万确的；他对我也没有特殊的兴趣。还有什么，我一次次研究他那种永远警觉的状态，获悉他对我们俩似乎越发憎恨。

他唯一的目的就是，为了驱赶掉熟人，获得无人的便利；而最好的办法就是把像赫利默蒂那样的新人安排在身边。为专注于某件事，再没有比女人更好的借口了。在这之前，孟默塔举止行为仿佛无目的，令人生疑；我们来之后他的情况不是那样了。其实，马上思考决定这件深远的事不是轻而易举的。当发现他那种罕见的智慧，我就心驰神往了。我思忖，我们国家竟然也会产生如此老谋深算的聪慧孩子！欢乐充盈了我的心。倘若孟默塔没有其他想法，我也许会用双手把他拽过来，紧紧拥抱他。

那天，我与孟默塔一见面就说："今天傍晚七点，我决定与你在旅馆用餐。"他听后有些惊讶，后来控制住自己情绪，说："今天，请您原谅，多多包涵。老兄，今天我的厨房弄得很糟。"我从未见过孟默塔对在旅馆用餐不感兴趣的。今天，究竟发生了什么事！我立刻领悟，今天他内心一定给某种难以解脱的事纠缠住了。

这样，傍晚我也没有理由待在旅馆。但是那天我唠叨了半天，没有给他起身告辞的机会。孟默塔异常激动不安，他心不在焉地同意我说的每句话，也不反驳我的争辩。最后他看了一下表，怀着惶恐心情站起说："为什么不带赫利默蒂来？"

我吃惊地说："老弟，是是，我完全忘了！现在你做一件事，把饭菜准备好。我一定在七点半把她带到这儿来。"说罢,我起身离去。

我高兴得心花怒放。孟默塔对傍晚七点是那么渴望。其实,我的渴望胜过他。我在旅馆附近的一个地方躲藏起来,我像热恋中的情人热切地盼望别离情侣到来那个样子,不时焦急地看着钟表。黄昏的黑暗渐渐浓厚起来,街灯点亮了。那时我惊喜地看到,一顶密封的轿子进入旅馆大门。轿子里究竟是什么,一个浸透着泪水的一张面纱掩饰的罪人,一出悲剧的化身,坐在几个奥利萨①轿夫的肩上娇滴滴说着"啊哟"口音的美妞,如此堂而皇之地进入学院学生宿舍。一想到这个,我全身汗毛直竖,一种从未体验过的欢乐和兴奋传播着整个身子。

我再也忍不住了,时候还没到,我立即闯进旅馆。随后,我放慢了脚步,缓缓地攀登梯子,抵达了上面。我原想躲藏起来,细察一切。但遗憾的是,我的愿望没有实现。因为孟默塔在对着楼梯的房间里低头坐着,对面坐着一位遮着面纱的女子,两人窃窃私语着。当孟默塔突然望见我,马上走出房间对我说:"饭放在桌上,我马上去取来。"

孟默塔惊慌得简直乱了方寸,仿佛马上要昏厥倒在地上似的。我惊讶万分又心花怒放。我慌忙说:"怎么啦,身体哪儿不舒服?"他什么也没有应答。那时,我仔细地察看犹如木雕似的坐着的戴着面纱的女子,问道:"你难道与孟默塔有什么关系?"没有获得任何回答。但我看到,她与孟默塔没有什么关系,她正是我的妻子!

这之后发生了什么,大家都能猜度到。

这就是我密探生活的第一次礼赞。

---

① 奥利萨是印度贫民窟之一。——本版注

数日后,我的一位密探同事对我说:"你妻子与孟默塔关系不能算违反社会习俗的。"

我无奈地说:"事情经过是这样的。我从妻子盒子里找到孟默塔的信件。"我把信件交到他手里。

我亲爱的:

许多日子之后,你兴许把不幸的孟默塔忘得一干二净。童年期间,我去外祖母家伽齐巴利,在那儿我经常去你的家,与你一块玩着各种各样的游戏。我俩的那个游戏和游戏关系,如今已断裂。你知道与否,我无法说清——曾有一段时间我打碎心灵枷锁,打开惭愧和羞涩的头脑,我表明了与你结成伉俪的决心,我为此作了巨大努力。但由于你我年龄相仿,双方长辈无论如何也不同意这门婚事。

这以后,你出嫁了。四五年我无法获悉你一丝音讯。今天才知道,你的夫婿是在警察局工作;五个月后,他调到了加尔各答这里。今天我知道了你家的地址。

我没有抱着与你相会的徒劳希望。你内心知道,我内心不会存有像一阵喧嚣潜入你家庭的幸福的阴谋。傍晚时分,我像太阳崇拜者站在你家对面的人行道上一盏煤气灯底下;而你每天晚上七点半,在自己楼上南厢房点燃了一盏煤油灯,放在窗前;在那一瞬间,你的光亮的形象在我眼前清晰明亮了起来。这就是我对你的唯一罪过。

这期间,一件偶然的事使我与你夫婿相识了,并逐渐亲密起来。我见到他的举止品格，就不难明白，你的生活并不美满。我对你没有任何的社会权利，但造物主已把你的痛苦转化成我的痛苦，它把消除那种痛苦的重担落在我的肩上。

所以，宽恕我的厚颜无耻，星期五傍晚准七点偷偷坐在公园里，只要来我宿舍待上二十分钟，我把有关你丈夫的几桩秘事告诉你。倘若你不予置信，无法忍受，我可以提供有关证据给你看；同时，我向你提出几点建议。我向上帝起誓，希望你根据建议行事，总有一日会获得幸福。

我的动机完全是无私的，我不能这样保证说。我只消一会儿，面对面看着你，听你娓娓诉说，对你莲足抚触，将使我寒舍永远充满幸福的梦幻。我的心只存有如此愿望。倘若你不能相信我，想剥夺我这种幸福，那你写信告诉我，我将作为它的答复，把所有话写在信里给你。倘若对此信都不予置信，你可把我的信给自己夫婿看。这以后，我将把该说的话说给他听。

祝你吉祥如意。

孟默塔古玛尔·默久姆达尔

河边的台阶

倘若发生过的事都被镂刻在石头上,你就能在我的每一台阶上,读到许多往昔的故事。假如你想倾听旧日的故事,就请你坐到我的台阶上。只要你聚精会神,侧耳细听淙淙的流水,就会听到久远年代的许多被遗忘的故事。

我回忆起往日所发生的一桩故事。那天也是像今天这样的普通日子,差三四天就到阿斯温月[①]了。

清晨,新近的寒季的和风,给刚刚苏醒的躯体注入了新的生命,树叶发出沙沙细声。

恒河涨满了水,我只有四个台阶露出水面,苏醒着。河水与陆地亲昵地拥抱在一起。杧果园林底下的河滩上长满了腰果树,河水也浸透到那里。河湾处的三堆断砖残瓦,浸泡在水中。渔船系在岸边的老槐树上,在清晨的潮水里,漂浮着,摇晃着。活泼的、充满青春活力的潮水,装腔作势,哗啦哗啦地击打着渔船的两舷,仿佛它揪着小船的两只耳朵,来回摇摆着,开着甜蜜的玩笑。

秋日晨光,映照在涨满水的恒河上。它的光色像旃簸迦花[②]那般金灿灿。如此斑斓的色彩,在其他任何晨光里都不会遇到的。和煦的

[①] 阿斯温月,即印历7月,相当于公历9、10月。
[②] 旃簸迦花,即金香木,花白色,香气甚浓。

阳光，也落到长在沙滩上的细长细长的芦苇上，芦花刚刚绽蕾，还没有充分绽开。

念诵着"罗摩罗摩"的船夫，解缆开船。犹如鸟儿在阳光沐浴下，欢快地展翅，飞向蓝天，小小的渔船在阳光照射下，扬起布帆，驰向远方河面。这些小船宛如天鹅，遨游在碧绿的水面，又犹如鸟儿欢快地翱翔在湛蓝的天空。

帕达恰尔叶先生按时按刻提着铜罐，来河边洗澡。妇女们也三三两两结伴，来河边汲水。

这不是日久年远所发生的事。哦，你们可能觉得，那是很久很久以前的事。但我依然觉得，那恍然是昨天发生的事。长期以来，我总是站在一个地方，静静地窥视着，我的日子如何在与恒河激流的戏谑中流逝而去。所以，我就感觉不到时间很长。白天的阳光和夜晚的阴影，每日投落在我的恒河上，而且每日又从恒河上消遁，什么地方都留不下它们的影儿。因此，我尽管看上去是个老态龙钟的老人，但我的心是青春的。在我多年的记忆上，覆盖着一层厚厚的水草，但我的光泽却没有泯灭。对，有时偶尔一撮水草漂来，沾在我身上，旋即又被激流席卷而去。然而不能确切地说，这撮水草已荡然无存。在恒河激流抵达不到的地方，在我的一些缝隙里，长满着蔓藤或水草或树芽。它们就是我过去年代的见证者。我用温柔的网套裹住过去的年代，使它们永远碧绿、甜蜜和新鲜。恒河一天天从我身边，一个台阶一个台阶退落下去，而我也一个台阶一个台阶地变得愈加衰老了。

吉卡拉瓦尔迪家的那位年长者，洗完澡，披上印有罗摩字样的布衫，数着念珠，颤巍巍地赶回家。那时，她的姥姥还年轻。我依稀记得,她每天来河边玩耍,把一片芦苇叶子抛进恒河里,让它随流漂浮。在我右胳膊有一个旋涡,那片叶子不停地在那儿打转着。她放下水罐,伫立着,目不转睛地注视着。过了一些日子,我发现,那个姑娘已经长大,而且带着自己女儿来河边汲水。不久,这个女儿也长大成亭亭玉立的少女。当看到女儿与女伴们相互淘气地追逐戏水,她就制止她们,开导她们应有上等人般的文明举止。每当那时,我就想起那漂浮的芦苇之舟,觉得饶有兴味。

我要叙述的故事,恐怕不会重演。我讲述一个故事,另一个故事就漂流开去。无数故事发生了,随即又消遁,它们不会久久驻足。只有一个故事,犹如那片芦苇之舟,跌入旋涡不停地回转。这样,一个故事载着自己的重荷,在我周围打转着。现在,眼看着它要沉没。它像那片叶子般渺小,上面载有盛开的两朵小花,就没有更多的什么了。哪位柔软心肠的姑娘,看着它的沉没,必将会长叹一声,然后无可奈何地返回家。

你们会看到,古桑伊家的牛圈坐落在庙院旁边,竹栅栏环绕着它的四周。那儿,有一棵老槐树。在槐树下,每周都有一天开放为集市。那时还没有古桑伊的家园。现在,他们家祈祷用的遮棚地方,那时只有一间简陋的茅草屋。

这里,有一棵无花果树。今天,它把自己的手臂伸向我的肋骨间,它的须根宛如硕大且细长的粗硬手指,把我断裂的石头生命压在土里。那时,这棵大树还只是一棵小小的树苗,但它很快带着自己缀满娇嫩绿叶的树冠,昂起头,屹立着。阳光普照时,它那些绿叶阴影,就在我身上整天戏耍着,它的新生须根宛如婴儿的小手指,任性地在我胸脯四周,抚摸着。倘若有人摘掉它的一片叶,我都会痛苦万状。

虽然,我的年纪已经很大了,但我依然那么挺拔。如今,我的脊柱已经折断,我的身躯就像阿什达瓦卡拉①圣贤一样,曲里拐弯。我身上无数地方,布满了密密麻麻皱纹似的裂缝。在冬季,世上的青蛙,钻进我腹部洞穴里栖息,准备漫长的冬眠,但那些日子里我的模样还不是那么丑陋,我左手臂外面也没有几块残砖断瓦。一只小燕子,飞进我洞隙里筑巢栖息。每当清晨,翻身醒来,它就快速地抖搂自己鱼尾似的双翅尾,鸣叫着,冲向云霄。那时,我晓得,准是古苏姆来河边的时刻了。

我现在所叙述的那位姑娘,被台阶上的其他姑娘称为"古苏姆"。古苏姆也许就是她的名字。当古苏姆纤细的身影映在水中,我的内心就满怀希望,无论如何想挽留住那婀娜多姿的倩影。那身影里有着甜润的别致韵味。当她脚踩我的台阶,她双足的脚镯叮当作响时,我缝隙里的青草小苗激动得翩翩起舞。古苏姆并不热衷于玩耍、调侃或嬉闹,然而令人诧异的是,她的女伴好友并不比别的姑娘少。没有她,顽皮淘气的姑娘总感到无所适从,索然无味。有人称她"古希",有人叫她"库什",有人呼她"拉卡希",而她妈妈唤她"卡什米"。当你向岸边眺望,准能发现,古苏姆静静地坐在河边。她的心似乎与河水结下不可分解的缘分,她酷爱着河水。

过了一段时日,我再也没见到古苏姆来河边,她的女友波沃娜和

---

① 阿什达瓦卡拉,古代印度圣贤。当他母亲怀着他时,他就指出父亲背错了《吠陀经》,其父一气之下,诅咒他出生后脊柱是八道弯。

苏沃娜经常来河边哭泣。一天，我听说，她们的古希，或叫库什、卡什米被送到婆家去了。

那儿一切都是陌生的，人们、房舍、道路、台阶都是新的，一株水中荷花仿佛移栽在陌生的土地上。

我渐渐地忘却了古苏姆。整整一年似水逝去，河边台阶上的姑娘再也不谈论古苏姆了。一天黄昏，一双久已熟悉的足脚的抚触，突然使我亢奋觉醒，这双足脚好像是古苏姆的。就是古苏姆的！但那双脚里往日动听的音乐，业已消失。长期以来，我总是感受到古苏姆足脚的抚触和脚镯的响声。今天，突然听不到了叮当作响的镯声。黄昏的河水，仿佛在呜咽；晚风拍打着杧果树的枝叶，仿佛发出悲恸的哀号声。

古苏姆成为寡妇了。听说，她的丈夫到外省工作。她和丈夫一起生活了一两天，后来就没有谋面过。从来信中获悉，她丈夫已故世，那时古苏姆只有八岁。古苏姆抹去了发缝里的朱砂，卸掉了身上的首饰，又回到阔别一年的故乡恒河岸边。但是，如今她没有遇到任何女友。波沃娜、苏沃娜、阿姆拉都已出嫁去了婆家，只剩下夏尔达。但听说，在阿格扬月[①]里，她也将出阁远嫁。这样，古苏姆彻底地形只影单了。

当她把头伏在膝盖上，默默地坐在我的台阶上，我仿佛感到，河水波涛聚合一起，举起双手，呼喊着："古希！库什！卡什米！"

雨季一开始，恒河眼看着盈满了水。古苏姆的身躯也眼睁睁地一天天漂亮起来，充满着青春活力。但是，她宁静的脾性、忧郁的面容、肮脏且粗素的衣饰，在她的青春上布下了一张阴影的帷幕，致使

[①] 阿格扬月，相当于公历11月中旬至12月中旬。

人们都没发现她充分发育的青春身姿。任何人，至少我都没有注意到，古苏姆如今已经长大成熟了。我从一开始就看着古苏姆成长的，但她在我心目中还是往昔的那位小姑娘，脚腕没有系着脚镯，但只要她一走动，我又仿佛听到脚镯叮当作响声。

十年就这样一晃而过，村里人没有发觉一星半点儿的变化。

那年帕德拉月①的最后一天，就像我看到的今天一模一样。你们曾祖母们也在那天清晨起身，凝望着今天一样的温煦阳光。然后，披上长长头巾，提着水罐，为享受我上空晨光的沐浴，她们穿过树林，谈笑风生，走在乡村坎坷不平的土路上。那时，她们怎么也不会思量到你们今日的光景，正如你们也不会遥想到她们——你们的曾祖母们曾经拥有过的欢乐戏谑的日子。今天的日子是如此真实，如此生机勃勃，逝去的久远的日子，也是那么真实，她们也像你们一样，怀着柔软心肠，欢乐过，忧伤过；像你们一样，踌躇满志，蹒跚地走着。然而，今朝的秋日，她们已不复存在，她们的忧伤和欢畅的回忆，业已泯灭。当然，今天的和煦阳光，优美良景，她们也是设想不出来的。

那日，天色蒙蒙亮。北风第一次徐徐吹来，在盛开的槐树花丛中，摘取一朵半朵的槐花，抛撒在我的身上。细小细小的露珠，凝聚在我的石阶上。就在那天清晨，不知从哪儿来了一位年轻的苦行者，修长的身材，白皙的肤色，俊美且鲜亮的脸庞。他寄宿在我对面的一座湿婆庙里。那位苦行者到来的消息，很快传遍了全村。妇女们放下水罐，聚集到庙宇，向这位圣贤致敬。

---

① 帕德拉月，相当于公历 8 月中旬至 9 月中旬。

庙宇里一天比一天拥挤，因着苦行者的光临，又因着这位苦行者具有无与伦比的仪表。他待人又是那么彬彬有礼，不分贫富贵贱；见了孩子，就亲热地抱在怀里；见了母亲，就关切地询问家务琐事。很快，他在妇女世界里赢得了尊敬，受到了她们的顶礼膜拜；男人们也络绎不绝地来到他身边。有时，他诵读《薄伽梵歌》；有时，他宣讲《薄伽梵歌》；有时，他盘坐在庙里，探讨各种经典学说。有人来听取他的教诲，有人来讨取符咒，有人来索取治病的药方。人们议论纷纷："他有多美的仪表呀！简直是湿婆大神化身为人，下凡到我们的庙宇里。"

每天清晨，太阳升起之前，这位苦行者面向启明星，站在恒河里，水漫过脖子，用缓慢且深沉的语调，进行晨祷，那时我就听不到河水的细细絮语。每当听到他庄重的晨祷的声音，恒河东岸边的天空，呈现一片玫瑰红色，霞光映照云彩，黑暗仿佛盛开花蕾的外壳被剥离，向四周散去，殷红的朝霞一点点染红天池。仿佛这个伟大人物站在恒河里，凝视东方，念着伟大的咒语，随着他的每个字的声音，黑暗巫婆的魔术就被破除，月儿和星星就西坠下去，太阳就在东方天际，冉冉升起。这样，世界的舞台也跟着变化。哦，谁能与这位法力无边的魔幻般的人物相比试？当这位苦行者洗完恒河澡，宛如祭祀火焰，拖着自己修长的、白皙的、圣洁的身子，从水里出来，水珠从他的发缝上滴下，那时新的太阳光芒，投射到他的整个身子，熠熠生辉。

这样，又过了几个月。在杰特月[①]，发生了日食，成千上万的人来恒河进行圣浴。槐树下，举行着盛大且隆重的集会。许多人借着这

[①] 杰特月，相当于公历3月中旬至4月中旬。

个机会,瞻仰这位苦行者。从古苏姆婆家也来了几位姑娘。

清晨,苦行者坐在我的台阶上,诵念圣典。一个姑娘突然看到苦行者,拍打自己的女伴,惊讶地说:"喂,他看上去很像古苏姆的丈夫!"

一位姑娘稍稍往上掀了一下自己的面纱,说:"哦,我的天哪!果真如此!他可是我们村吉特尔久家的少爷!"

第三位姑娘没有摆弄自己的面纱,说:"真的,就是那样的前额,那对鼻子,那双眼睛,分毫不差!"

第四位姑娘甚至没有看上苦行者一眼,长叹一口气,碰倒了水罐,说:"天哪,他现在在哪儿!难道人死了还会复活!古苏姆的命运,真是不堪惨苦呀!"

当时,还有人说:"他可没有这么长的胡子。"

有的说:"他不那么孱弱。"

有的说:"他也没有那么细长。"

就这样,她们没有得出一致的看法,议论也就不会偃旗息鼓。

村里村外的人都见到了苦行者,只有古苏姆没有见到他。这么多人拥来参拜,古苏姆没有凑趣来我这儿。一天黄昏,望着望月之月升起,古苏姆敢情思念起我们旧日的友情。

那时,河边台阶阒无一人,只有蟋蟀拖着嚯嚯的谐调的长音。寺院的钟声停了,它的最后余音,宛如幽灵,回荡在河彼岸的阴森树林中,刹那间,消失踪影。皎洁的月光,渐渐扩散在河面、大地和天空。潮水冲刷着我,发出汩汩的声音。古苏姆来了,坐在我的台阶上,把自己的身影,投在我上面。风声停歇,草木寂静。在古苏姆面前,银辉一无遮拦地泻在恒河的胸脯上;在古苏姆背后,在周围的花草树木中,在寺院的阴影里,在破旧的茅屋里,在池塘岸边,在棕榈树下,黑暗藏住自己的脸,静静地坐着。蝙蝠在七叶树枝上,轻轻地摇曳着,偶尔传来豺狼的嗥叫声,旋即万籁俱寂。

苦行者缓步走出庙宇,来到河边台阶。刚下一二层台阶,他的视线不由自主地落到了古苏姆身上。猛然见到孤身女子,坐在如此僻静的地方,他就想立即返回。正在这时,古苏姆抬头,回首张望。

她头上的纱丽往后滑去。那瞬间,月光照在她的脸上,宛如月光映照在一朵昂首盛开的鲜花上。刹那间,他们两人的目光相遇了,仿佛相互在辨认,似乎前生就相识。

猫头鹰在头上叫着掠过。这叫声使古苏姆吃惊,但她很快控制住自己,拉上滑下的纱丽,欠身站起,向苦行者行了触脚礼。

苦行者祝福她,问道:"你叫什么名字?"

"古苏姆。"

回答后,再也没有说什么。古苏姆家就在近处,她慢慢地朝自己家走去。那天晚上,苦行者在我的台阶上,坐了良久良久。最后,当东方升起的月亮西坠下去,苦行者的背影,移到前面时,他才起身,走向庙宇。

从第二天起,我就看到,古苏姆天天都来向苦行者行触脚礼。当苦行者讲解经典,古苏姆站在一旁,垂耳聆听。苦行者晨祷后,叫唤古苏姆,给她讲解宗教教义,谁知古苏姆是否能够听懂这一切,但她却聚精会神,静静地聆听着。苦行者对她的任何教诲,她都不折不扣地去完成。她每天来庙宇干杂务,采集鲜花供祭神,从恒河中汲水,洗濯庙殿。

她坐在我的台阶上，思索着苦行者所灌输的一切。她的目光慢慢地向远方扩展，她看到了前所未见的东西，她听到了前所未闻的事情。于是，笼罩在她沉静的脸上的一层忧郁阴影，消逝了。而在每天的晨光沐浴里，当她怀着虔诚情愫，向苦行者行触脚礼时，她就像供祭在神坛前的一朵被露水洗濯过的鲜花。此时此刻，一种纯洁无瑕的欢乐之波，迅速传遍她全身。

冬季的最后一天黄昏。蓦然，从南方徐徐吹来一阵春风，天际已没有一丝寒意。村里突然响起竹笛声，飘来一阵阵歌声。船夫们驾着船，顺流而下，不时停下桨，引吭高歌，赞颂黑天。突然间，鸟儿们在树林间跳来跳去，欢快地相互呼应着。春天就这样姗姗而至。

一领受春风的吹拂，青春的信息就迅速传到石头深处，我内心充满了那种新的青春激情，似乎我的蔓藤和青草也眼看着挂满了花朵。这期间，为什么见不到古苏姆？好几天，她没有来庙寺，我在苦行者那儿也没见到她。

这期间，究竟发生了什么，我蒙在鼓里。

过了几天，傍晚时分，古苏姆与苦行者就在我的台阶上会面了。

古苏姆低着头，说："师尊，您唤我来？"

"是的，我怎么见不到你？现在你怎么不热心敬神？"

古苏姆沉默不语地站着。

"敞开心扉，对我讲心里话。"

古苏姆偏过脸，说："师尊，我是有罪的人，所以我无法热心于敬神的服务事务中。"

河边的台阶 · 021 ·

苦行者带着十分柔和的口吻,说:"古苏姆,我知道,你内心有一种不平静的情绪。"

古苏姆吃一惊,心想:"真没料到,师尊什么都了如指掌。"眼泪徐徐掉下,她一动不动站在那儿。旋即,用衣襟掩住脸,坐到台阶上的苦行者脚边,啜泣起来。

苦行者朝后稍退了一下,缓缓地说:"你把心里不平静的事,明白无误地告诉我,我将为你指点安静之路。"

古苏姆用坚定的虔诚语调,开始叙述,但她不时停顿、语塞。她说:"您既然吩咐,我就说,但我可能说不清楚。您或许心里一切都明白。师尊,我崇敬一个人,膜拜一个人,如同神明,一种欢乐之情充盈我心。一天晚上,我梦见了他,他仿佛是我心灵的主人。他不知道坐在什么地方的薄古尔树林里,用左手握着我的右手,向我倾诉恋情。我不觉得这断乎是不可能的,我觉得没有什么值得大惊小怪的。梦断了,但他的形象没有离去。次日,我见到他,我就不能像从前那样看他。我的内心不断浮现那幅梦之画,我害怕,远远地躲避,但是,那幅画如影随形,缠着我。从那时起,我的心不能平静了。师尊,我的一切都变得朦胧黑暗似的。"

古苏姆一面擦着眼泪,一面叙述经历时,我觉察,苦行者使劲地用脚踩蹬着我的台阶。

等古苏姆结束自己的叙述,苦行者说:"你在梦中见到的那位是谁?请告诉我,行吗?"

古苏姆双手合十地说:"我不能说。"

苦行者说:"我为你的幸福问你,他是谁,明白无误地告诉我。"

古苏姆用力咬住自己柔软的双唇，双手合十，缓慢地说："我一定要说吗？"

苦行者说："是的，一定要告诉我。"

古苏姆立即说："就是您，师尊！"

古苏姆的话音刚落在他的耳朵里，她就失去了知觉，倒在我的怀里。苦行者像石雕似的呆立着。

恢复知觉后，古苏姆欠身坐着。那时，苦行者缓缓地说："你从前履行我的一切吩咐，现在还有一件事需要你办。我今天就离开这儿，从现在起，你永远也不能与我相见，你把我忘掉吧，告诉我，你能这般苦行吗？"

古苏姆站起来，看着苦行者，用平稳的口吻说："师尊，我能做到。"

苦行者说："那么，我走了。"

古苏姆再也没说什么，向他鞠了一躬，抓起他脚上的尘土，放在自己头上。苦行者走了。

古苏姆说："我将忘掉他所吩咐的。"说完，她迈着缓慢的步伐，走进恒河水里。

她从小就生活在这河岸边，在安息时这河水若不伸出手，把她拽进怀里，还有谁能拉她进怀里？

月亮下落了，夜晚一片漆黑。突然，河水中似乎传出一些话语似的，而我一点儿也不懂。风在黑暗中呼啸着，风也许在思索，为了不让人看见任何东西，吹一口气，把天上所有星星都吹灭了。

经常在我胸怀玩耍的古苏姆，今天结束了自己的游玩，默默地离开了我的怀抱。而我不知道她到哪个世界去了。

邮政局长

刚踏上工作岗位，邮政局长就不得不去偏僻的乌拉普尔村供职。这是一座很不惹眼的普通村庄。附近，有一家靛青批发货栈，货栈老板费了好大周折，才设法叫人在那儿建立了一个新邮政所。

新上任的邮政局长是加尔各答人，他来到这偏远乡村的景况，如同离水的鱼儿。他的办公室和卧室，都设在一间昏暗的八边形草顶的棚子里。不远，有一处长满青苔的池塘，翠绿的树木掩映着四周。

货栈里有像经纪人那样类型的办事员，一天到晚忙忙碌碌，没有一星半点儿的闲工夫。无疑，他们是不配与上等人物交际的。可惜的是，从加尔各答来的这位先生也不是善于交际的人。到了一个交际场所，他要么流露出一种不屑一顾的神情，要么做出滑稽可笑的举动。因此，他也没有交上地方各界的头面人物。这里的业务不算太多，他不时写些小诗，在那些诗歌里表达自己的情趣——终日凝望着抽出嫩芽的树枝的颤动和天空飘浮的云朵，十分惬意地消磨日子。但是，擅长窥探心意的人明白，倘若《天方夜谭》里的任何一个魔王降临，一个晚上就会把正抽着嫩芽的树枝一扫而光，然后铺筑坚实的通衢，建起鳞次栉比的摩天大楼，使那些云影从我们的眼帘中消失。那么，这位半死不活的、富有教养的家族的后裔，就会觉得这是一种新生活的恩宠。

邮政局长的薪俸十分微薄，他只得自己动手做饭。一位失去双亲的乡村孤女，帮他打杂，找些吃的。女孩的名字叫勒祖，年纪约莫十二三岁光景，看不出她有结婚的任何特殊的可能。

薄暮时分，村村户户的牛栏里升起缕缕炊烟，蟋蟀开始低鸣。遥远村子里一群烂醉如泥的包尔派①教徒，击起手鼓，高声歌唱。孤独地坐在屋内，凝视着嫩枝绿叶颤动的诗人的心坎里，也浮升起一种不易觉察的心潮骚动。就在那时，邮政局长在屋内一个角落里，点燃一支发出微弱光线的蜡烛，喊道：

"勒祖！"

勒祖坐在门槛上，一直等待着这个声音。但听到第一声呼唤，她没有立刻进屋，在门槛上应了一声：

"什么事？长兄②！您叫我做什么？"

邮政局长问："你在做什么？"

勒祖答："我要去厨房生炉子。"

邮政局长吩咐说："你把厨房的事放后一会儿，先装满烟袋，替我拿来。"

不一会儿，勒祖鼓着自己的腮帮子，使劲吹着水烟袋，走进屋内。邮政局长从她手里接过烟袋，唐突地问道：

"勒祖，你还记得自己的母亲吗？"

有许多事她还记忆犹新，有许多事已经淡忘了。与母亲相比，父亲更疼爱她。如今，她还依稀记得父亲的一星半点儿的事。她父亲终

---

① 包尔派，印度教僧侣教派的一支。
② 长兄，孟加拉地区特有的表示尊敬和亲密的称呼。

日在外劳动,直到天黑才回家。庆幸的是,有一两个傍晚的情景,像清晰的图画一样,镌刻在她的心上。说着说着,勒祖缓缓地挪动脚步,坐在邮政局长身旁的地上。她记得,自己有一个兄弟。很久以前,可能是阴雨连绵的一天,在一个小池塘边,两人一块用折断的树枝做成鱼钩,无忧无虑地玩着钓鱼游戏。同许许多多重要的事情相比,唯有这桩事仍留在记忆里。在对往昔生活的追述过程中,不知不觉地挨过了深夜。那时,倦怠的邮政局长无心做吃的,早上剩的饭菜还留着,勒祖马上点燃炉子,烤起烙饼。这些饭菜已足够应付他俩一顿晚餐。办公室的木椅放在偌大的八边形屋顶棚子里的一角。有些傍晚,邮政局长就坐在上面,闲扯自己家里——弟弟、姐姐和母亲的一些往事。想起他们,他坐在异乡的孤零零的房子里,心境十分悲凉。那些事曾一再爬上他的舌头,但它们绝不会在靛青货栈的经纪人面前透露出一丝一毫。然而,他却毫不犹豫地在那个无知的乡村小姑娘面前,娓娓动听地细述着那些逸闻。久而久之,姑娘在同他闲聊时,自个儿也像熟稔的亲人一样,称他家里的人为父亲、母亲和哥哥。她甚至想象了他们的模样,并把那些模样描摹在自己娇嫩心灵的画布上。

在一个淫雨初晴的中午,和煦而温馨的微风吹拂着,在阳光的沐浴下,花果、枝叶吐放着一种叫人心醉的芳香;又使人觉得仿佛疲惫大地的气息正触摸着人体;不知从哪里飞来的一只鸟儿,在大自然的宫殿里用同一个旋律,整个晌午都在令人感伤的鸣声里复述着自己的哀怨。那天,邮政局长手闲着。那些被清凉的雨水洗濯得碧绿而柔滑的枝叶,在阳光前战栗服输,蕴含雨意的宫塔式的残云,真令人赏心悦目。

邮政局长久久地观赏着那些景致，遐想着：假如此时此刻，有一位亲爱的人在自己身旁，那他一定也会成为一个多愁善感的儿郎。他似乎渐渐地领悟到，那只鸟也是在一次次倾吐着自己的情怀；在阒无人迹的地方，中午时分隐没在树荫里的嫩叶所发出的簌簌声，仿佛也或多或少含有这层情意。虽然难以置信，也无法探知它。但在享有薄俸的小乡村邮政局长的那颗心里，在休息的长日，万籁俱寂的晌午却一直升腾着这股情思。

邮政局长叹了一口气，然后呼唤：

"勒袒！"

那时，勒袒正在番石榴树下懒洋洋地躺着，咀嚼着未熟的石榴。听到主人的声音，她连忙跃起身奔来，微带点气喘地说："长兄，您叫我吗？"

邮政局长说："我教你识些字。"

往后的晌午时刻，她跟随主人一块念"咿咿啊啊"的字母。没过几天，她顺溜地念起双子音字母来了。

时值印历五月，阴雨连绵。沟坎、水渠、池塘都涨满了雨水，蟋蟀声、雨声日夜响个不停。在到处积水的乡间小道上，行人几乎绝迹，人们只得乘船去赶集。

一天清早，乌云密布。邮政局长的学生，早已在门槛上坐候多时，但还没有听到往日一样的准时的呼唤声，她自己就大胆地夹着书包蹑手蹑脚地走进屋内。她发现，邮政局长躺在他的床上。她暗自寻思，主人可能在休息。于是，又悄悄退到门外。就在这时，蓦地听到了呼唤声：

"勒祖！"

她立即转身进屋问道：

"长兄，您睡着了？"

邮政局长用一种忧伤的声调说：

"我觉得身体不大舒服，请把手放在我的额上，诊断诊断。"

细雨霏霏，孤身飘零他乡，何况疾病缠身更需要温存的照料，他渴望放在滚烫额头上的那双戴着贝壳手镯的、柔软的小手的抚摸。在如此艰难困苦的异乡，受着病魔折磨的邮政局长亟须母亲或姐姐那般温柔体贴的女人，偎依在自己身旁。异乡人的心愿，绝不是想入非非。如今，勒祖已不是个女孩子，她很快赢得了母亲的位置。她请医生，按时喂药，整宵坐在枕头旁陪伴他，还亲手做着可口的饭菜，没完没了地关切着：

"长兄，您舒服点了吗？"

过了些日子，邮政局长掀开了病床的被子，但他的身体仍旧十分虚弱。他暗自下定决心：现在再也不能延误了！只要有可能，应该立即调离此地。于是，他向加尔各答的上级，寄出了调离申请书，陈述了自己身体不佳的理由。

勒祖卸下了看护病人的担子，依旧守在门外老地方。但是，她再也听不到往常的使唤声。她往往不由自主地朝屋里窥探——邮政局长带着忧郁的神情，时而呆坐在椅子上，时而仰卧在床上。勒祖痴痴地等候着他的呼唤，而邮政局长却以一种焦急不安的心情，盼望着自己申请书的回音。勒祖坐在门外，千百次地重复自己的旧课程。她深恐在某一次突然呼唤她的时候会把连音字母搞混或忘掉。约莫过了一个星期，有一天傍晚，终于听到了他的呼唤。她揣着怦怦直跳的心，进入里屋，问：

"长兄，您叫我吗？"

邮政局长说："勒祖，我明天将要离开。"

勒祖："哪儿去呀，长兄？"

邮政局长："我要回家去。"

勒祖："什么时候回来？"

邮政局长："我再也不回来了。"

勒祖再也没问别的话。邮政局长自动地告诉她，他提出了调动申请，但上级没有批准，所以他决心辞职回家。说罢，两人久久地默然相对。蜡烛发出孤寂的荧荧光亮，雨水透过陈旧屋顶的缝隙，吧嗒吧嗒滴落在陶碗里。

隔了好大一会儿，勒祖缓缓欠身站起，到厨房做烙饼。但今天，不知怎么搞的，她的手不听使唤，不像往日那样灵巧了。她心里可能生起了种种疑团。当邮政局长用过了晚餐，她就径直问道：

"长兄，您把我带到您府上去吗？"

邮政局长忍不住地笑着说："啊哟，那怎么行！"

为什么这件事行不通，他认为无须向小姑娘解释明白。

一整夜，她时而醒着，时而做梦。姑娘耳旁萦回着邮政局长的带笑声音：

"啊哟，那怎么行！"

邮政局长清早起身，发现洗澡用的水已为他准备好。依照加尔各答地方的家规，起程时要用刚打的水洗澡。他感到纳闷，勒祖为什么事先不询问自己究竟什么时候动身,或许她考虑,他可别拂晓就用水,因此就在深夜摸黑到河边汲水,供他洗澡用。洗完澡,他召唤勒祖。她无声无息地走进屋内,默默地等候吩咐,并向自己的主人瞥视了一下。

主人说:"勒祖,有一位先生将接替我的位置。我会嘱咐他,他会像我一样照顾你。你不必因我离去而感到任何忧虑。"

毋庸置疑,这席话是从真挚而富于同情的肺腑中发出的,但是,谁能理解女人的心呢?在这以前,勒祖每天数次默默地忍受着自己主人的斥责,然而她不堪忍受这番温存体贴的话。她的心突然翻腾起来,她悲恸地啜泣着,说:

"我不希求留在这里,不,不,您不必向任何人提到什么。"

邮政局长从未见过勒祖这副模样,他惊得目瞪口呆。

新的邮政局长来了,交代完所有公事之后,旧邮政局长准备起程。临行时,他唤来勒祖,说:

"勒祖,我从未送你什么东西。今天临别时,我想赠你一些东西。它们可以为你效劳多日。"

他扣除了旅途费用,把结余的月薪,统统从口袋里掏出。勒祖一见就倏地跪下,抱住他的脚,哀求道:

"长兄!我向您致意祝福。我不需要任何人为我分心担忧。"说着,她从那里一溜烟地逃开,跑得无影无踪。

旧邮政局长叹了一口长气,手里拎着箱子,肩上挂着雨伞,脚夫头顶着画有蓝白色条纹的铁皮箱子,慢慢地向码头走去。

他登上了船,船解缆起航。喝饱了雨水的小河,像大地的泪泉,在四周呜咽着，回旋着。那时，他内心不由自主地感到一阵剧烈的痛楚，一张普通农村姑娘的悲切的脸庞，浮现在他的眼前，仿佛描述着广漠世界中难以言状的痛苦。

曾有一会儿，他感到一阵强烈的冲动：返回乡村去，把那个被世界怀抱所遗弃的、无家可归的孤女，一块带走。但那时，布帆已挂满了江风，淫雨下得更加起劲。眼前，那座村舍已变得模模糊糊，唯有河边的火葬场还依稀可辨。在随着河水一块上涨的旅途者的沮丧的心里，此时浮现出这个真理：

"在生活的洪流里，人间不知发生过多少悲欢离合，多少生死轮回！回去有什么用呢？在这个尘世里，谁关心谁呢！"

但是，勒袓心里始终没有出现过任何真理。她淌着泪水，默默地围着这间邮政局办公室，徘徊不定。也许她心坎里还抱有一丝渺茫的希冀：长兄会回来的！正是囿于这个希望，她始终没有走远。

天哪，无知人的心啊！你的迷误，怎么不消除呢？逻辑学的判断推理，也许要很晚才会进入她的脑海。今天，你连强有力的证据，也不予置信，而用自己的双臂紧紧抱住虚假的希冀，还竭力用胸膛去拥抱。但总有一天，沸腾的血液会流干。待油尽灯枯时，她才会从这迷误中摆脱出来。那时，苏醒的心又可能为堕入另一个迷误的罗网而焦急不安。

愚蠢的拉姆拉尔

一些愤世嫉俗、言过其实的人说："古鲁恰勒那临死时，他的续妻正坐在家里玩纸牌。"其实，她那时一条腿膝靠着下颚，一条腿屈膝盘坐着，在专心致志地享用着一盘香辣鱼剩饭。当外面传来叫她的唤声，她吐出了嚼烂的豆荚，推开了留有残食的叶盘，满脸怒气地说："哦，罗摩！连我咽两口剩饭下肚的时间都不给！"

当医生对病情控制一筹莫展，无回天之术时，古鲁恰勒那的兄弟拉姆拉尔坐到病人的身边，轻声地问："哥哥，你想叫人写遗嘱，就说吧。"

古鲁恰勒那用极其细微的声音说："我说，你写吧。"

拉姆拉尔取来墨水瓶和纸笔。

古鲁恰勒那开始说："我把自己的动产与不动产全部留给我自己的续妻什利默蒂·帕勒达宋德莉。"

拉姆拉尔倒是写着，但他的笔有些不听使唤。他十分希望，他的独生子纳沃德维帕成为自己无子女的大伯的全部财产的继承者。

虽然两兄弟早已分家，然而纳沃德维帕的母亲就抱着这个希望，怎么也不让儿子去工作，而且让儿子极快地结了婚。她想这门亲事是不会没有结果的。

但是，拉姆拉尔已把一切都写好，把笔塞在哥哥的手里签名。

濒临死亡的古鲁恰勒那用那极度虚弱的手签了名，但要辨认那颤颤巍巍、歪歪斜斜的字迹或签名，是很困难的。

什利默蒂·帕勒达宋德莉用完了剩饭，走进那房间，古鲁恰勒那早已闭上了嘴。帕勒达宋德莉不住地抽咽起来。

那些抱着染指遗产希望落空的人说："那种哭是装出来的，猫哭耗子！"但这种话不值得信以为真。

一听闻遗嘱的情况，纳沃德维帕的母亲急忙跑来，大吵大闹："这老家伙临死时，理智错乱了，他还有这么好的侄子……"

虽然，拉姆拉尔对妻子是十二分敬重的，他那么唯命是从，以致别人说他"怕"老婆，但这会儿他也忍耐不住了，他挺身而出，说："亲爱的，你的理智没有变坏吧，不然你为什么这样大吵大闹呢？哥哥走了，但我还在。你想说什么，以后有机会可以跟我讲，现在不是时候。"

纳沃德维帕获悉伯父病亡的消息，他马上赶回家，但那时"伯父"早已升入了天堂。

纳沃德维帕对着已咽气的人威胁说："我倒要瞧瞧，谁给您火葬！我假如为你举办葬礼，我的名字就不叫纳沃德维帕！"

但是，古鲁恰勒那对一切习俗舆论都不买账，性情古怪狂妄。经典越是讲最不该食用的东西，他越是嗜好食用。人们说他是基督教徒，他咬牙切齿地回击说："罗摩罗摩，我倘若是位基督教徒，我就吃牛肉！"

他活着时是这种情况，死后也绝不会立即因害怕没有祭祀而有某种动摇，或违背自己个性。但是，纳沃德维帕在目前情况除了这种报复手段之外,别无他法。纳沃德维帕获得一种信念与支撑,那就是,他的"伯父"在阴曹地府,一定会挨饿死去。而在这个世上,即使得不到"伯父"的遗产,他怎么也能凑合填饱肚子。而"伯父"在那个世界,沿街乞讨,也不会得到残羹剩饭的。在这里,活着的人总会有办法的,总有许多好处享用的。

拉姆拉尔走到帕勒达宋德莉身边,说:"嫂子,哥哥把一切财产留给了您。这就是他的遗嘱。你把它存放在铁箱里,小心保管好。"

那时,寡妇一面口吐长长的言辞数落着,一面把声音提高八度,号啕大哭着。两三个女用人也应和着她的声音,不时也迸出几个新词,用悲哀的音乐,驱散着全乡村的宁静。

这时,一张遗嘱纸片的到来,打破了哭声的协调,前后的感情联系也中断。现在,事态发展采取了不连贯的形式。

帕勒达宋德莉前言不搭后语哭诉着:"天哪,我的妈呀!天哪,我的命运好苦呀!哦,我的妈啊!天哪!天哪,小叔子,这是谁的字迹,不是你的?天哪,天哪,现在谁将如此努力关心我!天哪,如今谁抬起头凝视我!天哪!哎,我的妈呀!喂,你们稍许控制一下,别乱哭乱闹的,什么话都听不见了——哦,我的老妈,我为什么不去死呢,我为什么活着呢,作孽呀,天哪!"

拉姆拉尔暗自长叹了口气,说:"这都是我们大家命运的过错,在劫难逃呀。"

回到自己家,纳沃德维帕的母亲马上向拉姆拉尔开火。正如一头拉着满载货物大车的公牛,陷入泥坑里不可自拔,任凭赶车人的雨点般地鞭抽,仍孤立无援地、默默地站着,拉姆拉尔也正是那个狼狈模样，久久地默不作声地忍受着这一切斥责。最后，他细声细气嘀咕着："我有什么闪失？我又不是古鲁恰勒那。"

纳沃德维帕的母亲仍然责骂不停道："你是没有过失，你是大好人！你装糊涂，一无所知！兄长说，写吧，你就依葫芦画瓢照写不误！你们哥儿俩仿佛一个模子里铸出来似的！你也学哥哥样，在未来的命运上施展他那样的计谋。我恍然大悟了！待我一死，你可把哪个丑妖精勾引到家里来，把我的小宝贝纳沃德维帕淹死在深水里。但是我奉劝你不要打错算盘，我不会很快死去。"

这样，一提及拉姆拉尔将来要干出伤天害理的事情，女主妇的情绪越来越激动。

拉姆拉尔无疑晓得，为消除女人这种虚构的怀疑，你若稍许转动一下舌头，那么准会得到相反的效果。慑于这种不堪设想的后果，他像罪人般始终缄默不语，垂首站着——他仿佛真成为罪人似的。他一个子儿也不给幼小的纳沃德维帕，写下全部财产留给哥哥的继室，兄长就溘然长逝了。而现在，他没有办法逃脱这个滔天罪过！

这时，纳沃德维帕从老于世故的朋友处讨教了计谋，兴冲冲地回到家。他对母亲满有把握地说："妈，不必操心了，我将把这份财产搞到手。让爸爸从这儿离开，去哪儿待上几天。他若留在这儿，准把红糖变成牛粪，一切会被搅得乱七八糟。"

纳沃德维帕的妈妈丝毫不相信儿子他爸的悟性，但感到儿子这番话合乎逻辑，颇有道理。

最后，苦恼于日夜没完没了的争吵，那位"完全多余"的、"惹是生非"的愚蠢父亲借着某个借口，往伽西躲上几天去了。

没几天，帕勒达宋德莉和纳沃德维帕互相向法院呈上指责对方伪造遗嘱的诉讼书。纳沃德维帕亮出了自己名下的遗嘱，上面的签名分明是古鲁恰勒那的字迹，他还凑来了几位与本案没有利害牵连的证人。

但是，帕勒达只有纳沃德维帕的父亲一个证人，而且签名字迹谁都无法辨清。帕勒达的一位兄弟，住在她家里。他安慰姐姐说："姐姐，您不用担忧，我可做证人，还可找几个证人来。"

当事情都安排妥善，纳沃德维帕的母亲写信，叫儿子他爸从伽西回来。这位可怜兮兮的百顺百依、老实巴交的丈夫，手提箱子，肩扛雨伞，准时回到了家。后来，他妄图使与妻子的谈话富有趣味，于是，双手合十，拱手作揖，微笑道："奴仆抵达，女皇陛下，有何吩咐？请下达圣旨，奴才洗耳恭听！"

女主人摇着头，叹着气说："好啦，好啦，现在别开这种玩笑啦。你这几天待在伽西，哪一天惦记过我们？"等等，等等。

夫妇俩相互进行爱的指控好长时间，最后放弃对个别的攻击，转到对种类的抨击。纳沃德维帕的母亲把男人们的爱与穆斯林对母鸡的关怀相比较，而纳沃德维帕的父亲不甘示弱地说："女人们尽是口蜜腹剑！"

不过，纳沃德维帕的父亲何时尝到口蜜的滋味，这就难说了！

这期间，拉姆拉尔忽然有一天接到法院出庭做证的通知书。可怜拉姆拉尔内心恐慌不安，他读着通知书，极力想弄明白其中的含意。正在这时，纳沃德维帕的母亲来了，边哭泣边诉说："这个丑妖精不仅想使我们的宝贝疙瘩丧失伯父的遗产，而且还准备把孩子送进监牢！"

拉姆拉尔终于弄清了事情的来龙去脉，感到十分惊愕，随即勃然大怒斥责道："嘿，你们干下了什么样的毁人勾当！"

女主人渐渐地露出了真相，说："为什么，纳沃德维帕有什么过错？他无权获取伯父的遗产？就这样乖乖拱手相让？

"一个外面来的女人，一个鲸吞丈夫岁月的女妖，竟然篡取家庭主妇位置，而家里的孩子眼睁睁地、默不作声地看着她胡作非为！谁是这样无用子孙，容忍这种卑鄙的勾当？你应该清楚，大哥弥留之际，女妖施展了咒语，使痴呆的丈夫理智丧失殆尽，做了一件错事；那么现在难道不许富有才智的侄子，通过自己的手纠正它？这里有什么不公平呢？"

拉姆拉尔听了惊慌失措。而妻子与儿子串通一气，忽而恫吓吵骂，忽而落泪诉说。他哀叹自己命苦，只好无奈地不吱声闷坐着，不吃不喝。

就这样，他守口如瓶，滴水不进，挨过了两天。

法院开庭的日子到了。这期间，纳沃德维帕威胁帕勒达的叔伯兄弟，轻而易举地把他们牢牢控制在自己的手里，让他们为自己做证。

正当胜利之神弃绝了帕勒达，准备站在另一方时，法院传讯拉姆拉尔。

两天不吃不喝，原本年迈体弱的拉姆拉尔的身体越发虚弱不堪，嘴唇干裂，舌头干涩，舔顶着上腭。半死半活的拉姆拉尔用自己颤抖的松软的手，用力抓住证人席的栏杆。

一位富有经验的法官为掏出他"肚子里的话"，极其巧妙地盘问起来。他绕开与本案有关的敏感问题,扯起无关紧要的,离本案关系较远的问题,然后小心翼翼,缓慢推进,迂回曲折地回到事情的本题上来。

拉姆拉尔望着法官,双手合十,嗫嚅道:"老爷,我是位风烛残年的老人,身体异常虚弱,我没有力气多说话,我简扼地说明事由细末。古鲁恰勒那弥留之际,托付自己的全部财产留给妻室什利默蒂·帕勒达宋德莉。我亲耳聆听他的嘱托,为他书写遗书,兄长在上面签了名。我的儿子纳沃德维帕所显示的遗书,是不折不扣伪造的。"说到这儿,拉姆拉尔全身抖动了几下,晕厥过去。

机敏的法官大人扬扬得意,带着胜利的骄傲心情,弯身向坐在旁边的检察官吹嘘说:"这个蠢货!您瞧,落入我盘问的圈套,一下子全承认了!"

叔伯兄弟匆匆跑到姐姐处,大言不惭地说:"老头把一切都弄乱了,多亏我出庭做证,这场官司才打赢!"

他的姐姐说:"好啊!知面不知心!我倒把老头当成好人呢。"

纳沃德维帕被投入监牢,他的聪明朋友议论纷纷,断定:"老头肯定鉴于害怕,提供了证据。不过,他出庭做证时,肯定神经错乱了。这样愚蠢透顶的人,在全城找不出第二个!"

拉姆拉尔赶路回家时,跟跟跄跄,最终沉重失足跌倒。两三天之后,喊着儿子的名字,惹是生非的、愚蠢透顶的、纳沃德维帕不需要的父亲,永远告别了这个世界。

家族里有人风言风语说:"他若再早几天仙逝,那就万事大吉了!"

在这里,我不愿提及说话人的尊姓大名。

达拉琼德的荣光

依照作家的本性,达拉琼德是位羞于见人的家伙。一旦在众人面前亮相,他就头晕目眩,不知东西。他整日坐在家里,挥舞笔杆,他的视力因此逐渐减弱,他的背也渐渐弯曲。然而,他依旧不谙人情世故,更不懂三教九流的行话,因此,他走出家庭堡垒,就不晓得如何保护自己。

人们还认为,他是位十分怪僻的人。不过,这不能归罪于他。举例说,初次见面,一位高雅绅士高兴地说:"我与你相见,万分高兴。"达拉琼德坐着,一言不发,心无旁骛地察看自己的右手掌。人们蓦然领悟他沉默不语的奥秘:"是的,你高兴,我也喜欢。我正在苦思冥想,我怎能亲口说出这样的谎言呢?"

百万富翁请他赴午宴。晌午三时,开始摆席。这期间,主人谦和地对达拉琼德说:"菜肴低劣,请多多包涵。没做山珍海味的佳肴,尽是穷人家的粗茶淡饭。这是顿便饭,使先生你不安了。"那时,达拉琼德始终一言不发,傻待着,仿佛主人说得对,没有必要作答了。

经常发生这种情况,当某位绅士跑来对达拉琼德说,像他那样学识渊博的学者,在这时代里是凤毛麟角的;智慧女神弃绝自己的莲花座,蛰居在他的喉咙里。那时,达拉琼德对此不表示一丝异议,仿佛智慧女神就驻坐他的嗓子里。

达拉琼德应该晓得，有些吹捧或在众人面前谴责自己的人极尽夸张渲染自己，希望获得别人的回答。倘若别人从头到尾，屏息静气地听着，不插一句话，那么叙述者会因自欺欺人而感到痛楚。然而，在这种情况，人们尽管证明自己话是虚假的，依旧扬扬得意，踌躇满志。

但是，达拉琼德对待家里人的态度，则迥然不同。究竟是怎么回事，他的结发妻室达卡什叶莉与他交谈，从未获得胜利。她往往谈着谈着，就不得不认输："得了，得了，我服输，你赢了。到此为止，我还有许多事要做。"在辩论之战里，让自己的妻子心悦诚服，天下多少夫君有如此力量和幸运。

达拉琼德的日子过得美滋滋的。达卡什叶莉坚信，在学识和能力方面，天下无双，没有人可与其丈夫相匹敌。她经常把这件事挂在嘴上。

达拉琼德听了，说："你除了我这一位夫君，没有第二位丈夫，你跟谁去比较呢？"

达卡什叶莉听了丈夫这种不着边际的话，大为光火。

达卡什叶莉只对一件事始终抱着遗憾态度。那就是她夫婿的超凡脱俗能力的显示，没有抵达读者界的彼岸，而且夫君又不做这方面的任何努力。达拉琼德从不把自己所写的东西付梓出版。

有时，达卡什叶莉请求丈夫念他的大作。她听后越是不懂，越坠入惊奇深渊中。她读过《罗摩衍那》和《摩诃婆罗多》等史诗，也听过《往世书》神话传说故事。这一切作品如水那样清晰明白，没有受过教育的人也能容易明白。但是，她还从未听过，像她丈夫那样完全无法明白的、如此令人惊奇的作品。

她暗自寻思:"这本书若能付梓出版,而谁都不懂其每个字,全国人民就会吃惊得瞠目结舌。"

她无数次催促丈夫,说:"你为什么不尽快把这些稿子付梓出版?"

她丈夫慢条斯理地说:"神明圣贤对出书有个说法,'只要投入,总会有结果'。"

达拉琼德有四个孩子,全是女孩。达拉琼德认为,这都是妊娠的缺陷。而她则认为,她是位与强有力的丈夫完全不相配的女人。丈夫能在说话片刻间,创作出如此艰深晦涩的作品,而他妻子的子宫里除了女孩外,什么也生不出,对于女人来说还有能比这更笨拙的吗?

大女儿长得与父亲齐胸高时,达拉琼德还高枕无忧,但当一个个女孩该出嫁时,他才醒悟——为女儿出嫁需要大宗钱款。

主妇无忧无虑地对丈夫说:"你只要一次费心的话,不会有任何可担忧的事。"

达拉琼德有些不安,问道:"千真万确!好吧,你说说,我该做什么事?"

达卡什叶莉毫无疑义地平静答道:"你去加尔各答,出版自己的书。人们知道了你,你将会发现,财源滚滚而来,信不信?"

妻子的鼓励,使达拉琼德逐渐树立了信心。他似乎相信,他自己迄今写了这么多作品,它们不仅使自己一人,而且可使整条街的人从女儿嫁妆中解脱出来。

赴加尔各答时,一个异常烦恼的事矗立在面前。达卡什叶莉怎么也放心不下,让头脑简单、孤立无援的夫君,独自一人去加尔各答生

达拉琼德的荣光 · 041 ·

活。当然,他独自去加尔各答,不成问题,但在那儿谁照顾他的饮食起居,谁来提醒每日遇上的职责;在世俗生活中所涌现的种种骚乱和压迫中,谁来保护他呢?再说,愚笨无知的丈夫也怕携妻带女,一块儿去人生地不熟的地方,因而他没有同意带妻女同往。最后,达卡什叶莉请街坊一位机敏人与她丈夫结伴,并千叮万嘱如何照料她丈夫习行。这是她万不得已,求别人替代自己的位置。然后,她又让丈夫做了许多海誓山盟,让他佩戴各式各样的护身符和圣线,才放他远走他乡。而自己却晕倒在家里的床上,禁不住哭泣起来。

达拉琼德来到加尔各答,依赖机敏同伴的帮助,出版了《吠檀多的光辉》。而达卡什叶莉为此典当了自己首饰所获得的钱款大部分花销掉了。

为了出售,把《吠檀多的光辉》寄往书店;为了对它评论,把书寄往全省大大小小评论家处。他煞费苦心,从邮局寄了一件挂号邮件给妻子。他害怕不挂号,邮件丢失。

主妇在墨迹未干的书封面上,看到了用铅字印了自己夫婿的尊姓大名。那天,她满怀喜悦,邀请街坊的所有女孩子,在每个坐的位置上,放着一本书。

大家出席坐定,她故意高声地说:"哦哟,亲爱的,谁把书放在这儿显眼!恩嫩达女儿,把书拿走,把它们放到上面去。"

这些女孩子里只有恩嫩达念过书。达卡什叶莉举起书,放在洋铁箱上。隔了片刻,一件东西掉下,书也从她手中跌落下来。然后,她又呼唤着大女儿的名字,说:"苏茜,难道你不想读读父亲的书?为什么不来看看,读书又有什么可害羞的呢!"

不过，苏茜实在毫无兴趣读父亲的书。等了一会儿，她又斥责女儿说："嗨，女儿，不应这样糟蹋父亲的书，送到格姆拉姐姐手里，让她把它们安放到柜子上。"

说真的，书若有一星半点儿的知觉，一天折腾下来，吠檀多准会丧魂落魄，把命送掉。

所有报刊一一刊登了评论文章。

主妇所想的大部分都将被证实。因作品里的每个字都读不懂，全国评论家感到惶惑不安。大家异口同声地说："如此深奥的作品，迄今没见闻过，没出版过。"

一位评论家除了莱奈乌兹的《伦敦的秘密》的印地语译本外，其他什么书都没有涉足过。他以极大热情说："这类等级的一两本著作若能出版，顶替全国堆积如山的剧本和小说，那么我们的文字，就不会不堪卒读了。"

一位从家族传统中从未听说过吠檀多名字的人，写道："某些方面我们同作家存有分歧，限于篇幅，我们无法一一列举。但一般来说，许多方面我们的意见与作者是相吻合的。"倘若果真如此，至少焚烧著作是明智之举。

全国各地不管有否图书馆，一切机构的秘书发出取代硬通币的盖有印章的介绍信，向达拉琼德索取著作。许多人写道："您的富有思想的著作，消除了国家的巨大贫乏。"

把它称为"富有思想的著作"，达拉琼德心里没有底，但他听了是满怀欢喜，因而慷慨解囊，付了邮资，把一本本《吠檀多的光辉》寄往每个图书馆。

达拉琼德的荣光 · 043 ·

这样，不可计数的赞扬雨点，如注倾泻，达拉琼德高兴得有些飘飘然。正在他踌躇满志时，他收到了家信一封："您的妻子快要分娩第五个孩子啦。"那时，他带着监护者一块去书店，讨取书款。

但是，几乎所有书店老板都异口同声："迄今，一本书也没有售出。"只有一位书店老板说，外地有一位读者要求购买该书，书店以印刷品邮件寄往。然而，它不仅被退回，还加罚邮资。书店老板迁怒于作者，正准备把书退回作者。

作者回到住所，进行了长久思考。但眼前所发生的反差，他一点也不明白：对自己"富有思想性著作"做了多少宣传，而多少读者做出了非思想的行为。他对此感到莫大的痛楚。最后，他依靠几个剩下的铜板做盘缠，才回到了家乡。

达拉琼德回到家后，在妻子面前装出一副扬扬得意、春风满面的样子。达卡什叶莉笑容灿烂，等待着吉祥的喜讯。

然而，达拉琼德把随身带来的《孟加拉消息报》扔到主妇的怀里。读了后，她衷心希望编辑能财运亨通，子孙满堂；向他奉献上心灵的旃檀花。接着，她读完了通篇评论，再次以骄傲的眼神，凝望丈夫。那时，其夫又打开了《新晨》报刊。达卡什叶莉又读阅，内心充盈着欢乐，满怀着希冀的温柔目光，投到其丈夫的脸上。

那时，达拉琼德不失时机地又取出《时代》杂志。这以后呢？之后，他又推出《印度命运》，继后是《美好的觉醒》，再继之是《新生》《讯息波涛》《红色世界》《希望》《前卫》《觉醒》《呼吸》《花卉》《旅伴》《悉达公报》《阿哈勒姬图书出版》《艺术新闻》《警察局长》《世界思想家》《温柔的藤杖》等。主妇开怀纵笑，淌下了欢乐的眼泪，擦拭泪汪汪的眼睛，再次望着丈夫因荣誉而容光焕发的脸庞。

丈夫说："现在我手里还有许多报刊呢。"

达卡什叶莉说："我傍晚再读它们吧。现在你讲讲其他事，过得如何？"

达拉琼德岔开话题说："我这次去加尔各答，听说总督夫人出版了一本书，但其中没有一处提到《吠檀多的光辉》。"

达卡什叶莉娇嗔说："亲爱的，把这些事撇在一边。你带来什么，告诉我，行吗？"

达拉琼德依然兜着圈子说："还有几封信。"

末了，她耐不住心，直问："带回了多少钱？"

达拉琼德的脸色，顿时沉下来，答道："我向维杜波什朗借了五个卢比做盘缠，回家的。"

末了，达卡什叶莉听完了全部情况的介绍，她对世界的真实性的全部信念，彻底破灭了。书店老板一定蒙骗了她的丈夫，全国所有购书者施展了阴谋，使书店老板心满意足。

最后，她突然想起，她曾把维杜波什朗作为自己的代表派遣，与自己丈夫一块去加尔各答。然而，他一定里里外外与书店老板勾结，干了伤天害理之事。

拂晓时，她终于醒悟过来，街坊的维什温帕尔·恰特尔吉是其夫的不共戴天的敌人，这一切活动都是在他策划下进行的。对，事实真相肯定是这样。其夫去加尔各答之后两天，她看到维什温帕尔站在榕树底下，与肯哈依·巴尔窃窃私语。因看他经常与肯哈依聊天，她那时没有生疑,但如今真相大白于天下。

达卡什叶莉对家庭生活负担的忧虑与日俱增。如此好的赚钱途径和容易获利的办法,付之东流;自己分娩女儿的罪过,就无以复加地折磨着她。然而,维什温帕尔、维杜波什朗或国家的所有臣民,都无法承担起这个罪过的责任,那时全部的罪过只好推到她一个人头上。那些罪过也分配一些给已经或将要诞生的女儿身上。日日夜夜,她内心一刻也无法安宁。

分娩的日子日益逼近,达卡什叶莉的身子越来越不佳。大家忧虑万分。

达拉琼德一筹莫展,像疯子般跑到维什温帕尔处,哀求道:"兄弟,我把五十本书抵押在你这儿,请赊贷我一些钱,我可以从城里请较好的助产士。"

维什温帕尔说:"兄弟,不要为此担忧,你需要多少,我都付之,你把书收走。"说毕,他与肯哈依·巴尔窃窃私语。随后取出一些钱,给了达拉琼德。而维杜波什朗自己解囊,花费盘缠,从加尔各答请来了助产士。

达卡什叶莉不知动了什么脑筋,把其夫叫唤到里屋。她起誓说:"当那种疼痛折磨你,不要忘记吃修行人给的药,永远也不要打开咒语纸。"她还向其夫解释了许多小事,抓住了他的手,让他都同意。然后她又说:"绝对不要相信维杜波什朗,正是他毁了我们。"不然的话,她会把其夫连同草药的咒语纸和誓言,托付给他。

这之后,她一次次谆谆告诫像大神一样随意轻信和头脑简单的丈夫,小心世上残忍的虚情假意的骗子。最后,她悄声说:"你瞧,我未来女儿若能活着,就给她起名为'吠檀多光辉'。以后想叫她为'光辉'也无妨。"

说了这番话,她触及丈夫的脚,用脚尖按在自己的额头上。

她自言自语,嗫嚅道:"我仅仅生育女儿来到丈夫府上,现在我兴许将摆脱这种没完没了结果的纠缠。"

当助产士兴冲冲跑来说:"大妈,请瞧一下,女孩长得何等漂亮!"

那时,她瞧了一眼女儿,擦拭了眼睛,用极其温柔的声音说:"吠檀多光辉!"

这以后,她在世上再也没有获得多说一句话的机会。

喀布尔人

　　我五岁的小女儿，名叫米妮。她没有一刻不叽里呱啦的，从不会安宁。她自降生在这个世界上，学会讲话，只花了一年辰光。这之后，不管睡得多晚，她不会忍受片刻不说话的折磨。她母亲经常叱责，让她闭嘴。可我不会依样画葫芦。米妮若沉默无言傻待着，我就会感到不自在，无法忍受那种良久的难堪的沉默。所以，她和我之间的谈话，总是充满着极大的热情，聊天总是热热闹闹的。

　　清早，我正伏案撰写一部长篇小说的第十七篇章，这时，米妮突然闯入，说："爸爸，罗摩德亚尔门差竟把'Kāka（乌鸦）'说成'Kauā（老鸦）'①——他什么都不懂，爸爸，对吗？"

　　我还没来得及向她解释，世上的语言是多样的，米妮又转到另一话题上去："您瞧，爸爸，鲍拉说：'天空中一只大象用鼻子喷水，天就下起雨来！'你看，爸爸，鲍拉不是在胡说八道吗？他就会唠叨，白天黑夜唠叨没个完。"

　　还没等我发表意见，她马上以相当温和的语气，问一个异常复杂的问题："好吧，爸爸，妈妈是您的什么人？"

---

① 在孟加拉语里，人们经常把"Kauā"说成"Kāka"，因此，在孟加拉孩子的眼里，门差说错了话。其实，两词都有乌鸦的意思，"Kauā"是古梵语词，"Kāka"是印度现代词。

我内心自语道："我的亲爱者。"但对米妮却敷衍地说："米妮，你去跟鲍拉闲扯吧，我还有事要做，好吧！"

她坐在写字桌我的脚旁，小手不停地摇晃着膝盖，吧唧着小嘴，绕着口令，自个儿玩耍起来。那时，在我的小说第十七章里，在一个伸手不见五指的夜晚，主人公帕勒达帕·辛赫，正抱着女主人公卡琼玛拉，要从监狱高耸的窗户里，纵身往下跳进急湍的河流里。

我的家舍坐落在马路边上。蓦然间，米妮放弃了绕口令的游戏，奔到窗户前，大声呼叫："喀布尔人！哦，喀布尔人！"

身穿脏兮兮的宽大的衣服，头上缠着高高的头巾，肩上背着装满干果的大口袋，手里拿着两三盒葡萄干的瘦高个儿的喀布尔人，缓缓迈着步，在街上踯躅着。看到他，我女儿心里究竟产生什么想法，很难断定。她开始高声叫唤他。我暗自思忖，扣在肩上的大口袋，像是个大灾难，将要临头。看来，今天我的第十七章是无法写完了。

喀布尔人听到米妮的叫唤声，转过身，直奔我家而来。那时，米妮却吓得灵魂出窍似的，往内室逃跑过去，然而她不知道，能躲藏到哪儿去呢。兴许，她心里产生一个糊涂想法：在那硕大的口袋里藏着像她一样的两三个活蹦乱跳的女孩子，就要钻出来。

现在，喀布尔人笑容满面地走到我跟前，向我敬礼，恭恭敬敬地站立着。我思忖着，尽管帕勒达帕·辛赫和卡琼玛拉正处于十分危急的关头，然而喀布尔人已被唤进家门，不向他买点什么，我觉得也过意不去。

买了点东西，我就跟他东拉西扯地聊了起来。我们谈论阿卜杜勒·拉赫曼[1]、俄国、英国和边疆保卫等五花八门的内容。

末了，起身离去当儿，他用混杂的语言问我："老爷，您的闺女到哪儿去了？"

我打消了米妮那种不必要的恐惧心理，把她从内室领了出来。她紧紧偎依着我，用疑惑的目光直勾勾地盯着喀布尔人和那个大口袋。喀布尔人想从大口袋里掏出一些葡萄杏子等干果给米妮，但她吓得什么都不敢要，格外疑惧地紧贴着我。第一次见面就是在这种状态中结束。

数日之后，一天清早，我为某桩急需办的事步出户外。我蓦然看到，我的女儿正坐在门口边的长凳上，与喀布尔人滔滔不绝地说个不停。喀布尔人坐在她的脚旁，带着满足的微笑，津津有味地听着她描述的一切，并不时用他的混杂语插话，发表自己的看法。在这世上，除了"老爸"熟悉米妮五年的生活经历，兴许还没有遇到如此耐心的听众。我发现，她那小小的衣襟里已经塞满了葡萄杏子等干果。我不由得对喀布尔人说："你干吗给她这么多干果？不要再给了。"说罢，我从衣袋里掏出一个半卢比硬币，给了他。他心不在焉地把它扔进自己的口袋。

回到家，我才发现，我那枚硬币惹起了巨大且深重的灾难！

米妮的母亲拿着一枚银光闪闪的圆溜溜的硬币，责问米妮："你从哪儿获取的？说清楚！"

米妮说："喀布尔人给的。"

---

[1] 阿卜杜勒·拉赫曼，十九世纪末阿富汗的国王。

"你如何从喀布尔人那儿得到那不该要的钱？"

米妮差点哭将出来，说："我没有硬索取，他自个儿给我的。"

我来了后才把米妮从那面临的灾祸中解救出来，并把她带到外面来。

后来我获悉，米妮已不是第二次和喀布尔人见面。这期间，他每天都来，用杏子等干果贿赂，终于他牢牢地占据了米妮那颗小小的心。

我发现，两位朋友间经常开着玩笑，做些有趣的游戏。比如一见到勒赫默特，我女儿就笑吟吟地打趣道："喀布尔人，哦，喀布尔人，你大口袋里装着什么稀罕的东西？"

勒赫默特用山民特有的鼻音很重的声调，笑着说："里面装着一头大象。"

他那种并不机智的俏皮话，其实不值得笑，然而他们俩感到这类笑话趣味盎然。所以，他们经常开怀大笑，十分快活。这样，在秋季的清早，我看到一个未成年人和一个成年人的天真无邪的说笑，也由衷地感到高兴。

他们之间经常说些有一搭没一搭的话，勒赫默特有一次对米妮说："你永远不去公公家，该多好！"

我们这儿的女孩子一生下来就明白"公公家"一词的含义。然而我们是新派人，不会向小女儿灌输有关公公家的特殊知识。所以，她不会理解勒赫默特请求的含义。不过，她不对问题做出回答，默然呆着，这不符合米妮的天性。于是，她马上反问勒赫默特："您去'公公家'吗？"

勒赫默特挥起自己强有力的粗壮拳头,对着想象中的"公公"①说:"我要狠揍'公公'!"

听了这番话,米妮想象到那个自己所不熟悉的"公公"将面临尴尬的处境,不禁开怀大笑。

眼看着秋季悄然来临。在古代,这正是历代帝王征服世界的好辰光。我却从来没有离开过加尔各答,去异国他乡观光旅游,也许是因为我的心灵不间断地在整个世界漫游的缘故。换言之,我是自己家的一个角隅的永恒居民。其实,我的心对外部世界始终有着浓厚的兴趣。一听到某某外国异域的名字,我的心立刻就会奔向那个国度。这样,一见到他国异域的人,我的心仿佛瞥见了坐落在山谷河川怀里的茅舍,想象着一种欢乐自由的生活景象。

现在,请看官瞧,我是位如此呆板不动的自然的人,要我离开自己这个角隅,步出户外,对我简直是晴天霹雳。正因为这个缘故,清晨时刻,坐在自己小屋的书桌面前,与喀布尔人闲聊,我的心就漫游起来,喀布尔整个画面就浮现在我眼前:两旁崇山峻岭,高耸入云,险恶得难以攀登;夕阳染成了绛色,煞是好看;在荒野的狭窄的小路上,一行行驮着货物的骆驼,缓缓前行;一队队缠着头巾的商人和旅行者,有的骑在骆驼上,有的徒步前行,有的手执长矛,有的挎着旧时代的老式长枪;而喀布尔人在雷鸣声中用自己的混合语,一面行走,一面谈笑风生,叙述着家乡的逸闻趣事。

---

① "公公"和"公公家"两词在孟加拉语中有双关的意思,它们还分别指"**警察**"和"**监狱**"。

米妮的母亲生性极为胆怯,一听到街头巷尾喧哗鹊起,就误以为整个世上所有醉汉都奔向我家来;她总认为,这个世界从这头到那头,到处充塞着偷贼盗匪、疯子醉汉、毒蛇猛虎、疟疾、蟑螂、毛虫和英国佬。不知过了多少岁月(当然也不会太长),她在世上也有了几多生活经历,但她内心的恐惧感仍未消失。

尤其,她完全不放心勒赫默特这个喀布尔人,她一次次请求我加倍防备他。我对她的疑虑,付之一笑。她见状向我连珠炮地发问:"难道小孩从来没有被拐走过?""难道喀布尔没有进行奴隶买卖?""难道一个喀布尔壮汉拐卖一个孱弱小女儿,是件天方夜谭的事吗?"等等。

我不得不承认,诸如此类的事不是绝对不可能发生,但眼前缺乏可信程度。不是每个人都具备信任的德行,我妻子内心始终存在着恐惧,所以,我费尽九牛二虎之力去解释,她就是听不进去,终日为米妮担忧。但我总不能无缘无故地把勒赫默特拒之门外吧!

约莫每年一月光景,勒赫默特回故乡去。回故里前夕,他忙碌地挨家挨户向顾客讨取欠款。但不管多忙,他每天都要忙里偷闲,来与米妮相会。见到这情景,我不由得联想,两人之间一定有什么密约。倘若清晨他没有如约而至,晚上一定赴会。黄昏时刻,在屋宇一角隅,当我看到那位身穿宽松长服,扣着大小口袋的高大身躯的壮汉时,内心也不由得惴惴不安起来。

但当我看到,米妮"喀布尔人,啊,喀布尔人"一面欢叫一面奔跑过去,两位忘年交的朋友间那种淳朴欢乐的嬉戏又重现时,我整个心灵也感染上欢乐的情绪，紧张的心不由得释然了。

一天清晨，我坐在小屋里阅读着自己新书的校样。在喀布尔人离开之前的两三天，天气骤然变得异常寒冷，人们都在议论严寒的天气。在这样严冬时刻，清晨阳光从窗户透射到书桌旁边我的脚上，阳光的温暖使我感到十分惬意。大约八点光景，早出做完生意的小贩，都各自蒙着头，缩着脖子，往家里赶路。这时，从街上传来一阵阵喧哗声。

我透过窗户看到，两位警察绑着勒赫默特走来。许多怀着好奇心的凑热闹的孩子尾随着他。勒赫默特的衣服上，血迹斑斑。一位警察手里拿着一把血刃的刀。我急忙走出家门，拦住警察问道："怎么回事？"

我从警察和勒赫默特嘴里，断断续续打听到事情由来：我街坊从勒赫默特那儿赊购了罗摩普尔出产的围巾，他欠了一笔钱；现在他赖账拒付欠款。这样，两人争执起来，勒赫默特冲动之下拔出刀子，刺了他一刀。

勒赫默特正在痛骂那个说假话赖账的家伙，米妮高声喊叫："喀布尔人，啊，喀布尔人！"从家里跑了出来。

勒赫默特顿时脸上露出了惊喜的笑容。今天，他肩上没有了大口袋，所以两位朋友间有关大口袋的事的议论无法进行。米妮走到他跟前问道："你要去公公家？"

勒赫默特笑着答道："是的，我正往那儿去呢！"

勒赫默特看到，他的这个回答没有使米妮的脸上绽开笑容，就举起戴着手铐的双手，说："我原想用双拳去揍公公，但我现在能怎办，手被铐住了。"

由于用刀刺人的罪过，勒赫默特被判了几年的监禁惩罚。

人们渐渐地把他遗忘了。当我们坐在家里，按照通常习惯，忙于每天的活儿，舒适地过着日子时，一个原先自由自在的山民，在监狱围墙里是如何年复一年度过的，我们心里可从来没有想过。

而米妮的父亲如今也不得不承认，原来活泼快乐的她，近来的举止表情变得持重羞涩了。她首先忘了一些旧朋友，结识了一些新朋友；然后随着她的年龄增长，一个接一个女伴替代了男伴；甚至她现在也很少来父亲的书房，我与她的关系似乎也疏远了。

转眼几年过去了。今天又是个风和日丽的秋日。和煦的阳光似乎给大地染上了一层纯金的光泽，这股霞光在加尔各答鳞次栉比的旧砖屋舍上面，似乎传播着一个极其温柔的讯息。

今朝，天刚破晓，我们家里的唢呐吹奏起欢庆声音。但我仿佛觉得，它像是从我胸膛里、骨骼里迸发出的哭泣呜咽声。它那令人怜悯的音调，似乎使我临近的离别，与秋季阳光糅合在一起，扩散在整个世界中去。

今日是我的米妮出嫁的日子。

一清早，我的家就喧闹起来。人来人往，熙熙攘攘。院子里搭起欢庆的席棚，房间和廊厅里都挂起吊灯，它们晃动得叮当声响，传到我的房间。"你去吧！""快点吧！""来这儿！"欢声笑语，此起彼伏。

那时,我正坐在书房里记录着账目,勒赫默特突然意外地闯入,向我问好,伫立在那儿。

起初,我没有能辨认出他。他身边没有了大口袋,没有了从前的长发,脸上往日富有生气的光泽也丧失殆尽。末了,我看到他的笑容,才认了出来,他就是被人遗忘的勒赫默特。

我问道:"哦,勒赫默特,什么时候来的?"

他答道:"昨晚,我出狱,被释放了。"

乍一听,他这些话很刺我的耳朵。我从来没有目睹过杀人犯。因此,见到他,我整个心,蓦然间不由得蜷缩一团。我多么希望,在今朝喜庆的日子里,这个不速之客赶快离开这儿,那就万事大吉了。

我对他说:"今天,我们家正操办着一件重要的事,我得全身心投入。今日你走吧,别打扰。以后再来吧。"

他听了我这番不太热情的表白,转身欲离去。但走到门口,他迟疑地说:"我能否看一下小人儿?"

兴许他相信,米妮还是从前那个女孩子。他思忖,如今的米妮仍会像从前一样,一面欢叫"喀布尔人,啊,喀布尔人"一面奔跑过来;他料想,他们之间往昔欢乐的嬉戏中是不会存在一丝障碍的;他甚至忆起旧日的友情,带来了一串葡萄、一张纸包着的一些干果。这些东西兴许从同乡那儿讨取来的,因为如今他两手空空,肩上没有了从前那个大口袋了。

我说道:"今天家里有许多重要事要做,你谁都见不到的。"

听了我这番话,他脸上流露出失望的情绪。他沉默不语,继而用冷漠的目光瞟了我一眼,说了声:"老爷先生,再见——"跨出了大门。

真不知哪种痛苦在我心田生起,我想把他叫回来。正在这时,他自个儿走了回来。走近我跟前,说:"我为小人儿带来了葡萄和杏子等干果,请您给她。"

我从他手里接过干果,想付给他一些钱。然而,他突然握着我的手,说:"您十分仁慈,老爷先生,我将永生难以忘怀,请把钱收着。"停了片刻,又说道:"老爷先生,不瞒您说,在家乡,我也有一个像您女儿那般大的闺女。我一想念她,就给您闺女带来些干果等什物,我到您府上,不是来做生意的。"

说着,他用手掏进自己宽松的胸衣里,从怀里取出了一张脏兮兮的小纸片。他小心翼翼地打开了它,放在我书桌上,用手把皱巴巴的纸片抹平。

我看到,纸上烙上了一只小嫩手的爪印。不是相片,不是图像,仅仅是小手脏污的印迹!他女儿的手印!勒赫默特把自己女儿的这个手印,珍藏在自己的怀里,年复一年地在加尔各答串街走巷,兜售货物。这样,这张带有污迹的图画,仿佛是他女儿的手在柔软地抚触,这个亲热的抚触仿佛在他被离愁揪心的硕大怀里,倾注着甜蜜的甘露。

看到这一情景,我眼里噙满了泪水。这瞬间,我完全忘记了,他是位低贱穷苦的喀布尔小贩,我是位高贵家族的老爷。当时我只感到,他是和我一样的人,他是位父亲,我也是位父亲。他山区家乡的小巴尔沃蒂的手印,使我想起了米妮。我把米妮叫唤出来。虽然内室家眷持反对意见,但我不顾及她们的反对。穿着红绸的婚礼服,佩戴着珠光宝气的首饰，额头上点着檀香痣的新娘米妮，腼腆羞涩地来到我身旁站着。

勒赫默特看到她，十分惊讶。他再也无法重温从前与她愉快交流的场景了。然后，他笑着说："小人儿，难道你正要前往公公家了？"

米妮现在明白了"公公"一词的含义，这样她就无法像从前那般天真无邪地回答了。听了勒赫默特的话，她的脸马上因着羞涩而通红了。她立刻转过身去。我记起了米妮第一次认识喀布尔人的那天情景，内心不由得产生一种痛楚的感觉。

待米妮离去后，勒赫默特叹了口长气，在地上坐了下来。或许一件事实在他脑海里清晰起来——这么漫长的日子里，喀布尔人的闺女也应该长得那么大了。这样，他现在也不得不重新认识自己的女儿了，兴许她也不会像往日那个模样了！清晨，在秋日柔和的阳光里，响起了欢庆的唢呐声。而勒赫默特却坐在加尔各答的一个胡同里，遥望着阿富汗那片荒秃的山群。

我取出一张支票交到他手里，说："勒赫默特，你回到故乡去吧，回到自己女儿的身旁去吧。你们父女俩相会的欢乐将会给米妮带来幸福！"

给了勒赫默特一笔钱之后，我不得不扣除婚礼的一笔开销，削减婚礼欢庆的一两个节目，不能像原来设想的那样装上电灯，请上洋乐队。家里的女眷们对此都十分不满，然而我却觉得，今天，一缕空前吉祥的光芒，使我们的喜庆节日熠熠生辉！

骷　髅

我们三个童年时代的小伙伴，都歇息在一个卧室里，在它隔壁房间的墙上，悬挂着一具人的骷髅。夜间，风吹得那些骨头嘎吱嘎吱直响。白天，我们又不得不拨弄那些骷髅。我们那时正向家庭教师学习《云吼陈亡记》[①]等诗篇，以及向一个康勃尔医学院学生学习骨骼学。长辈们殷切期望我们迅速成为掌握一切科学知识的专家。他们的意愿究竟实现了多少，晓得我们情况的人，无须我们去告诉，不了解我们情况的人，我们索性藏拙不说。

光阴荏苒，转瞬许多年晃过去了。在这漫长的时间里，无从探知，那具骷髅究竟从那屋里跑到哪儿去了，骨骼学知识也不知从我们脑里飞向何方，什么影踪都没有留下。

有一天晚上，我们的房子被客人住着。我没有找寻到栖身之所，只好在那放过骷髅的房间安歇。换了陌生的地方，不会一下就睡着的。在床上辗转反侧，倾听着近处教堂时钟敲响的全部夜点钟声。这期间，墙角的一盏油灯仍旧点燃着，它每隔五分钟暗淡一下，最后终于熄灭了。前些日子，我家死了人。当这盏灯刚熄灭时，我不由自主地想起"死亡"的事，仿佛觉得，在深更半夜，偌大的大自然舞台上，

---

① 《云吼陈亡记》，孟加拉近代诗人迈克尔·默图苏登·德特(1824—1873)的代表诗篇。

犹如这灯火的光亮消失在永恒的黑暗里一样，人类无数小小生命的光亮，时而在白昼，时而在黑夜，倏然熄灭了，并从我们的记忆中永远消失掉。

我蓦然想起那具骷髅。当我想象她生前的肉身模样，忽然觉得，仿佛一具有意识的活动东西，在黑咕隆咚的屋里，沿着墙壁摸索，绕着我的床四周回转。我清晰地听到她短促的呼吸声，仿佛觉得，她在寻找失落的东西。她一步紧似一步，满屋旋转。

我心里明白，这一切都是我彻夜未寐、头脑发热的幻觉，那些疾步的响声委实是我太阳穴上血管的跳动声。然而，我依旧恐惧得毛骨悚然，出于驱散那种恐惧的念头，我壮着胆，大声叱喝："那边是谁？"

脚步声倏然在床边停止，听到了一个回答："是我，我那个骷髅到哪儿去了？我是来寻找骷髅的。"

我心想，在自己想象的创造物面前，断乎不能流露胆怯情绪，否则会贻笑大方。我紧紧抓住枕头，装作漫不经心的样子，说："妙哉，深更半夜，出来干那美差使！你与那骷髅究竟有什么关系？"

她的回答好像在黑暗的蚊帐里发出："问得奇怪！朋友，包藏我心的骨头就在那具骷髅里！我二十六个年华的青春在它四周发展！我难道不能有看它一回的愿望？"

我回答："当然，这是一个蛮有理的回答。你就去寻觅吧！我还想安静地睡一会儿。"

她说："你是孤零零一个人？我稍许坐一会儿，与你随便叙叙家常。离今天三十五年前，我也与一个男人，促膝交谈。但以后，我只在火葬场畔的阴风里悲鸣,不觉度过了三十五年韶华。今天坐在你身旁,我能否像人一样,同你叙谈叙谈?"

我觉得,她仿佛已坐在帐幔边沿。找不到其他法子,我鼓足了勇气说:"好吧,请谈你所喜欢的话题吧!"

她说:"倘若你想听最有趣的故事,莫过于我自己的生活故事。请仔细听着!"

教堂的时钟当当敲了两下。

她娓娓细叙:"当我在人世年轻时,我像怕阎王一样怕一个人。那个人便是我丈夫。我整日提心吊胆,像上了钩似的。那时,我仿佛觉得一个完全陌生的人,使我上钩,把我从自己洋溢着爱意和恬静的水池里拽出来,怎么也挣脱不了。两个月后,我的丈夫死了。诸亲好友和家里老少都为我悲伤和哀怜。我的公公带着十分忧虑的心情,仔细端详我的脸庞,对婆婆说:'你看见了吗,她有双邪恶的眼睛!'这句话至今仍萦回在我耳畔——你专心听着吗?你对这则故事感兴趣吗?"

"好极了!"我夸奖说,"故事的开端是引人入胜的。"

"我继续讲下去。我快活地回到了娘家。我的年龄渐渐地大了。人们总对我保守秘密,但我十分清楚,像我这样的窈窕淑女,不是俯拾即是的。你的看法呢?"

"可能的。但你要记住,我可从来没有见到过你。"

一听我这个回答,她忍俊不禁,然后又往下说:"没有看见过我?你不是见过我那具骷髅吗?哈!哈!哈!不要介意,我只是同你开开玩笑。我怎能使你相信呢!在我那深陷的眼眶骨的窟洞里,不是容纳着像大黑蜂那样的又黑又大的忧伤眼睛吗？在那阴森森的牙齿可怕相上，不是能想象出我当年恰似红宝石般的鲜红嘴唇上所荡漾的甜蜜笑意吗？我又如何使你深信，在一些干枯的骨头上有着我艳丽秀美的魅力，有着我青春成熟时期的柔和而坚实的靥窝的曲线，它们犹如天天盛开的鲜花，既能使我嗔怪，又能使我巧笑。你们竟用我身体的骷髅来学习骨骼知识，那种事在我那个时代，连最负盛名的大夫也不敢设想的。我记得，一个大夫向自己的挚友说，我是朵'金色的游簸迦花'，他的意思是，世上所有的人能够作为人体骨骼学的学习材料，而我似乎只是朵馨香美丽的花。难道在金色的游簸迦花里能包含任何骷髅吗？

"当我碎步行走时，我感到仿佛摇晃着一颗晶莹宝石，向四周射出炫目的宝光。我稍许挪动轻盈的身躯，那波动的优美线条，仿佛像无数美丽的涟漪漫布在四周。我经常端详自己那双如花似玉的纤手，觉得那双手能够在世上所有轻荡男子嘴里，套上嚼口！随意地驾驭他们！当苏帕德拉带着阿周那，威风凛凛地乘坐凯旋之车，穿过惊呆的人群，风驰电掣地奔跑，那时人们可以观赏她那纤细的双臂，玫瑰色的手掌和犹如柔滑发辫的手指！

"但是，天哪，我那厚颜无耻、毫无遮掩、不加修饰的衰老骷髅，给你们提供了丑陋的假证据！那时我孤立无援，没有发言权。我把世上最大的愤怒，发泄在你们身上。我曾琢磨，用自己二十六个年华的勃勃朝气和青春火焰灼热的玫瑰红容貌，设法显露在你们面前，打消你们的睡意，横扫充塞在你们脑子里的骨骼学知识！"

我说："倘若你有身影，我抚触到你的身躯，那我可以发誓，我就不让脑子里存在那种学识的影儿，脑子里只有人世间令人销魂的青春容貌，它在深夜漆黑的帷幕上闪烁出灿烂的光芒。行啦，我眼下不说更多的东西啦。"

她又讲下去："我没有任何女伴，哥哥立下终身不娶的誓言。内室只有我一人。我常常坐在花园里的树荫下，梦想整个宇宙爱着我，整个天空星辰凝视着我，为我的绝色倾倒；清风一次次借着理由，叹着长气，从我腋下擦过；我脚下的青草，倘若有生命的意识，也因我的美色陶醉得无意识了。我知道，普天下的青年，成群结队，组成一束束青草，心甘情愿地伏在我脚底。不知什么原因，那时心灵觉得一阵悲凉。我兄长的朋友什西锡卡尔，通过了医学院毕业考试，成为我家的医生。我开始躲在帘子后面，偷偷看他。兄长是个奇怪的人，仿佛他不能睁眼看世界，世界对于他仿佛不是敞开的；他感觉一切都是空虚的。所以他愿意离开喧闹而光怪陆离的世界，退隐到僻静的黑暗角落里。

"他的朋友只有什西锡卡尔，所以在外界青年中，我只能看到什西锡卡尔一个人。黄昏，当我在花树底下铺上像帝王一样的坐毡，心情舒畅地坐着时，仿佛感到世间所有男子都化为什西锡卡尔的形象，站到我脚边，渴求得到庇护。——你听仔细了吗？故事怎么样？"

我叹了一口长气说："我觉得，倘若我能以什西锡卡尔身份下凡，那该多好。"

她继续讲："你听完吧。有一天，乌云密布，我发了烧。医生进屋，看望我。这就是我们第一次见面。

"我脸对着窗户，以便落日的红霞照在我脸上，润色我苍白的脸儿。大夫一进屋，就朝我脸上看。我也暗自想象自己站在他的地位，注视着自己的脸蛋；在黄昏的绛红夕阳里，瞧着那漫不经心地搁在温热枕头畔的娇嫩而青白的脸蛋，仿佛一朵凋谢的温柔花儿；蓬松而鬈曲的散发拂在前额上，羞涩而低垂的大眼睛的眼皮，在面颊上投上一层忧伤的阴影。

"大夫用温存的口吻对我兄长说：'我可以诊一下令妹的脉吗？'我从被底下伸出自己慵困而圆满的手腕。我心想：'倘若戴上青玉手镯，那会更好看。'他握着病人的手，诊脉。我从来没有看到大夫那样局促不安，他似乎害怕接触，手指颤抖得厉害。他已知道我烧的热度，我也计算着他心跳的次数，相互获悉了心心相印的暗示。——你相信吗？"

我说："尽管没有发现怀疑的任何理由，但人的脉搏，每时每刻都不是一个样的。"

她说："哦？我病了好，好了病，反反复复。有一天我蓦然觉得，我想象中的男子数目渐渐地减少，最后只留下他'一个'。我的世界几乎成为无人居住地，在我这小小世界里，只剩下一个大夫和一个病人。

"一到黄昏，我无声无息地起身，穿上春天色彩的纱丽，细心地梳理好发髻，插上一个茉莉花环。然后携带一面小镜子，走到花园树荫下，像往常一样坐着。

"你以为我如此欣赏自己的美貌，会生厌？不会的。因为我不是用自己的眼光看自己；那时虽然我独自一人坐着，但我那时看自己，仿如大夫大饱眼福，欣赏着自己的美姿。看了后，神魂颠倒，发痴地爱着、亲着。但不管对我发生多么浓厚的爱，我心灵深处仍发出深深的叹息，犹如黄昏的和风发出沙沙的哀鸣声。

"不过从那时起，我不是单独一个人。当我走动时，我细心地垂下眼，观赏自己踩地的娇小脚趾，心想我们新近医科学院毕业的大夫见了，将作何感想呢？窗外，正午炎热的阳光灼人，静谧笼罩着大地，哪儿都屏息静气，不透出一丝声息。远方天空，孤独的鹞鹰不时发出悠扬的鸣啭声，飞翔而过。我们花园围墙外，小贩用拖长的音乐似的叫声，喊着：'卖洋娃娃啦，卖手镯戒指啦。'那时，我用手铺床，在草地上铺开洗濯得洁白的细床单，躺在上面。我轻佻地袒露着一只光胳膊，一只手枕在头下，恍惚觉得，有人正在欣赏我那种奇异的姿势，仿佛有人捧起我的手，在他的玫瑰红的手掌上亲了个吻，然后他慢慢地离开——你听着，倘若故事在这儿戛然而止，你觉得如何？"

我沉吟着说："这倒是并不坏的结尾，但不完整。若能有头有尾讲完，我就能愉快地度过余下的晚间辰光。"

她说："好！"但下面的故事内容兴许太严重了。它的笑容不知藏匿到了何处，那具带着阴森森牙齿的骷髅又不知在何处显露。

"再听下去吧。大夫有了些实习经验之后，就在我们楼下，开了一个诊疗室。那时，我常去找他，在谈笑中问及各种药，问他吃多少剂量的毒药，能置人于死地，人为什么那么轻易死去，无头无脑的问话连绵不断。一接触这些医疗话题，大夫总是口若悬河，娓娓细叙。我听着听着，就像对待家里人一样熟悉了死亡。所以我的小世界只有两件东西：爱和死亡——你听着，我的故事现在快结束了，余下不多了。"

我温存地说:"夜间的辰光也快完了。"

她又说:"几天以来,我发现,大夫的神情十分忧郁,神志恍惚,局促不安。有一天我看到他穿着十分讲究的华丽衣饰,向我兄长借马车用一夜。不知去何方。我坐立不安,好奇心驱使我到兄长那儿。起先说些无关紧要的题外话,然后问道:'哥哥,大夫今晚借用马车,要到哪儿去?'

"兄长简略地说:'去死。'

"我着急地追问:'哥哥,你不能明白地告诉我?'

"他略微坦率地说:'去娶亲。'

"我说:'是真的?'说完,我狂笑不已。

"我渐渐地探听到:大夫在这场婚姻中将获得一万二千卢比的遗产继承权。但他瞒着我,不是侮辱我吗?我难道伏地向他请求,你这样干,我将悲恸欲绝地死去?天下的男子真是不可信。我在世上只认识一个男子。不消一会儿工夫,就发现了他的本性。

"当大夫看完病人回家时,我放声大哭,说:'大夫,我听说,今晚是你大喜之日?'

"望着我那种狂笑模样,大夫不禁难为情,脸色顿时煞白。

"我问:'不请乐班来吹吹打打?'

"他听了叹口长气,说:'结婚难道是那么快乐的事?'

"我笑得前仰后合,这样的话我闻所未闻。我说:'不行,不行,应该请乐班吹吹打打,张灯结彩,装饰装饰。'

"我絮聒得兄长心烦意乱,他无可奈何,同意隆重地准备迎亲队。

"我反反复复打听新娘的模样长得如何。她来时,我该做些什么。

我问大夫：'大夫，那时你还这样诊女人的脉吗？'哈！哈！哈！虽然我不能窥透别人肚子里的事，尤其男子的心，然而我能发誓，我的话犹如针刺，戳进了大夫的胸膛。

"盼等着夜晚到来。黄昏时分，大夫与我兄长一块坐在屋顶阳台上，对杯痛饮。这已成为惯例。月亮在天空渐渐升起。我脸上堆着笑容走上去，说：'大夫，难道你忘了？快到婚礼的时候了！'

"对了。我有一件事忘了交代。我偷偷地到药房，取来一些白色药末。到了屋顶阳台，乘人不备，把它撒在大夫的杯子里。饮了白粉酒，人要死的，这是从大夫那儿学来的。

"大夫举杯，一口饮光，忧伤的目光瞥视着我的脸。他用压抑的断断续续的声音说：'好，现在我走！'

"喜庆喇叭吹奏起来。我走到楼下，穿起新娘嫁衣——巴拿勒斯的纱丽；把放在箱子里的所有首饰珠宝，统统拿出来佩戴上。头发分缝处都染上了朱砂。然后在花园的常青树下铺了床，躺着。

"那是个多么令人心旷神怡的夜晚！皎洁的月光倾泻着。驱散沉睡世界的疲困的南风吹拂着，整个花园里的常青树和茉莉花芳香四溢。

"乐队渐渐远去。月光开始朦胧，变得惨冷。我的常青树、果树、顶上的天空以及关联我一生的亲密世界，也像幻影似的，从我的思维中淡薄下去。那时，我合上眼睛，发出一阵痛楚的苦笑。

"我希望，当人们来看望我时，我那笑容像玫瑰酒痕一样，依旧停在自己的嘴唇上；希望自己从这里带上使我脸上生辉的笑容，步入花烛洞房时，笑容原封不动地永存着。

骷髅 · 067 ·

"但我的花烛洞房在哪儿?我那色彩缤纷的迷人嫁衣在哪儿?我蓦地听到从自己内心里发出一种嘎吱嘎吱的响声而被惊醒,看到三个顽童把我的骷髅当作学习骨骼学的材料!在那胸膛藏着的悲怨欣喜,在青春花蕾初绽的地方,教师正叫着根根骨名,教授知识!

"你听着,我所袒露的自己的完美心灵,在自己的嘴唇上所流露的最后笑容,你看到了它们的印记吗?

"故事怎么样?"

我说:"令人感动!"

这时,乌鸦发出了第一声啼叫。

我问:"你现在情况如何?"

没有任何反应。

晨光渐渐射入我屋内。

摩哈摩耶

一

摩哈摩耶和拉吉夫·劳琼两人一块去河岸边的一座破旧庙宇里幽会。

摩哈摩耶嘴里没有吭一声，只用自己天生的庄重目光，并略带几分责备的神情，凝视着拉吉夫。它的含义是："今天，你胆大如斗，竟敢在光天化日之下，把我叫唤到这儿？我惯常对你的话百依百顺，才使你胆大包天！"

拉吉夫·劳琼一向怕摩哈摩耶，更何况这个咄咄逼人的凝视，可怜的家伙把胆都吓破了。原想对她说几句温存的话，但那时刻，他的希望全部破灭了。现在，不立刻编些约她上这儿相会的理由，她是不会放过他的。于是，他不假思索地说："我想，我们俩逃离这儿，去他乡结婚。"拉吉夫心中想说的话，都准确无误地说了；但他所编织的开场白，不知消失在何方！他这番话缺乏情趣，枯燥乏味，甚至使人听了觉得唐突，荒谬。他自己听了也惊愕不已。可是，他又没有能力再说几句温柔的话，加以补救。在毒日灼人的中午，把摩哈摩耶叫到河岸边的破庙里，那个愚蠢家伙却只能对她说："走，我们两人去异乡结婚！"

摩哈摩耶是高贵门第之女，芳龄二十四，正当青春美貌的韶华，就像早秋阳光一样的纯金塑像，像阳光那样宁静怡和，光芒四射；她的双眼，像白昼的光辉那样自由、无畏。

她没有了父亲，只有一位大哥，名叫帕瓦尼吉兰·查托巴迪。兄妹俩的性格，几乎一模一样——沉默寡言，可是，他有一股激情，恰似中午毒日默默地燃烧着。特别令人费解，人们都无缘无故地害怕帕瓦尼吉兰。

拉吉夫是外省人，这儿一家丝绸厂的老板把他带来的，拉吉夫的父亲就受雇于那个厂。父亲亡故，老板担负起抚养未成年孤儿的责任。童年时期，老板就把他带进这座巴曼哈迪的工厂里。只有一位慈爱的姑母与孩子在一起，拉吉夫与姑母一块住在帕瓦尼吉兰家的附近。摩哈摩耶是拉吉夫童年时代的女伴，她深得姑母的欢心。

拉吉夫年纪早已长过十六、十七、十八，眼看着十九个年华又过去了。姑母一再催促，他仍然不想马上结婚。老板见到他这般不同寻常的见识，十分高兴。他认为，孩子把他当成自己的生活楷模。老板没有结婚，是个光棍汉。

不久，拉吉夫的姑母也死了。

没有丰厚的陪嫁，摩哈摩耶要找到门当户对的新郎，是异常困难的。她的芳龄日益增长，却还待字闺中。

毋庸赘述，读者也明白。当缔结婚姻之神长期漠视这对男女青年，而联结姻缘之神却没有虚掷自己的辰光；当年迈的宇宙之神打着瞌睡，年轻的爱神却异常警觉着。

爱神的影响，以各种方式落到不同人身上。受到爱神影响的拉吉夫，寻觅机会，诉说自己的心里话，摩哈摩耶却不给他这样的机会。其实，摩哈摩耶平静且深沉的目光，已在拉吉夫躁动不安的心海里，掀起层层胆寒的波涛。

今日，拉吉夫千恳万求，才把她带到这座破庙。今天，他一定要把心里所想的一切话语，都倾诉给她听。这之后，要么终身幸福，要么献出生命。在这一生的紧要关头，拉吉夫只是说："我们走吧，去结婚！"之后，他尴尬地站在那里，像一位忘了课文的学生一样，沉默不语。

摩哈摩耶仿佛不希望拉吉夫向她提出如此唐突的建议，她久久地默然待着。

晌午，有许多不可名状的悲哀响声，在这万籁俱寂的氛围里，显得更加清晰。一扇半连着门把的破庙门，在风中不时发出极其低沉的悲鸣，缓缓地时开时闭着。时而，一些鸽子，栖息在庙的窗棂上，发出咕噜咕噜的叫声；时而，一只啄木鸟，落在庙外的一棵木棉树枝上，发出单调的笃笃的啄木声；时而，一只蜥蜴，从一堆枯枝败叶上嗖嗖地飞快爬过；时而，一阵热风，蓦然从旷野中吹来，所有树叶都发出簌簌响声；河水猛然苏醒，拍打着断裂的河边台阶，发出唰唰哗哗的响声；在这一切突如其来的倦怠的、沮丧的声音间，远处一棵树下的牧童，吹奏出乡间小调。拉吉夫不敢正面观看摩哈摩耶的脸庞，他靠着庙的墙壁，默默地伫立，仿佛进入梦境似的，发呆地凝视着河水。

过了一会儿，拉吉夫扭过脸，像乞丐似的看着摩哈摩耶。摩哈摩耶摇着头说："不行，绝对不可能。"

摩哈摩耶摇着头的当儿，拉吉夫的希望也随之成为泡影。拉吉夫十分清楚,摩哈摩耶的头是依据她自己的意愿摇的;谁也没有力量能把自己的意愿强加给她。家族强烈的自豪的湍流,不知从哪个时代,就开始流淌在摩哈摩耶的门庭里!今天,她怎能轻易地嫁给像拉吉夫那般出身卑微的婆罗门呢!相爱是一回事,结婚是另一码事。摩哈摩耶如梦初醒,十分可能是她自己不经思索的不加检点的行为,使拉吉夫如此头脑发热,胆大妄为。她准备动身离开那里。

拉吉夫见状马上说:"我明儿就要离开这儿。"

摩哈摩耶起初思忖,自己应该如此表态,你想去哪儿就去哪儿,与我有什么相干!但她没有这样表态,想抬腿没有抬。最后,她平静地问道:"为什么?"

拉吉夫回答说:"我的老板要从这儿调到苏尼普尔那儿工作,他想把我带去。"

摩哈摩耶沉默了半天。她思量,两人的生活道路是不同的,谁也不能把某人永远监禁住。所以,她轻缓地启动嘴唇,说:"好吧。"她的"好"声犹如一声深深的叹息,说着准备拔脚离去。

这时,拉吉夫吃惊地说:"你哥哥!"

摩哈摩耶看到,波瓦尼①正朝庙宇这儿走来。她明白,哥哥已经一清二楚了。拉吉夫意识到,摩哈摩耶灾难临头,企图从庙宇断墙上跳过去逃跑;但摩哈摩耶抓住他的手,阻止他跑掉。波瓦尼跨入庙内,只是沉默地用平静冷峻的目光注视着他们。

摩哈摩耶看着拉吉夫,坚定地说:"拉吉夫,我一定到你家去,你

---

① 波瓦尼,帕瓦尼吉兰的昵称。

等着我。"

波瓦尼一声不响走出庙外,摩哈摩耶也一声不吭地跟随着他。拉吉夫木然地站在那儿,仿佛他听到了绞刑的宣判似的!

二

那天晚上,波瓦尼取来一件红绸纱丽,给摩哈摩耶,吩咐道:"穿上它!"

摩哈摩耶穿上纱丽,他接着说:"走,跟我一块走!"

迄今为止,不用说波瓦尼的命令,就是他的暗示,谁也不敢违抗,摩哈摩耶也不例外。

那天晚上,两人朝河岸火葬场走去。火葬场离码头不远。那儿,有一间安置恒河旅行者(垂死人)的小屋。小屋里,一个年老的婆罗门,正掐指等待着死亡降临。他们俩走到屋里床边站着。屋里一角隅,还站着一位祭司婆罗门。波瓦尼向他做了些暗示。于是,他很快做好了举行婚礼的准备,站在一旁等待下步吩咐。摩哈摩耶明白了,她将要与这位垂死的人结成美满婚姻。她丝毫没有反抗。在附近两堆火葬用的燃烧着的木柴的火光下,在那间昏暗的房间里,在一种喃喃咒语混合着垂死人的痛苦呻吟声里,他们为摩哈摩耶举行了婚礼。

婚礼之后的次日,摩哈摩耶就成了寡妇。这件不幸的事件,没有使摩哈摩耶有丝毫的悲伤;而摩哈摩耶成为孀妇的消息,也没有像突然获悉她成婚的消息,使拉吉夫遭到灭顶似的打击,相反,他感到一种欣慰,但这种心情没有维持多久,一个消息马上像闪雷般轰击着拉吉夫，他即刻昏迷倒下。他获悉："今天，火葬场将举行隆重的仪式，摩哈摩耶将要焚身殉夫！"

最初，他想立刻把这消息告诉老板，希望东家出力，阻止这种惨无人道的暴行；随即他想起，东家今儿已离开这儿，奔赴苏尼普尔，他原要把他带走，但拉吉夫请了一个月的假，就留在这儿了。

摩哈摩耶曾经许诺他："你等着我。"他无论如何也不能背弃她。现在，他有一个月的假期，需要的话，两个月、三个月都能请得到假的；最后，即使放弃现在的差事，挨家挨户乞讨，也要终身等待。

傍晚时分，正当拉吉夫像疯子似的跑出去要自杀，或者做些诸如此类的自戕行动，突然间狂风大作，下起滂沱大雨。如此大的风暴，使拉吉夫觉得，仿佛房屋就要倒塌在他头上，然而，他又觉得，外界自然正如他内心世界一样也经历着一场剧烈的变动，他仿佛获得了些平静；他感到，整个自然界都在替他发泄某种反抗情绪。他自己竭力想采用然而自己又无法驱使的那种力量，被大地苍天施放了，完成了他的事业。

就在这时，外面有人用力地嘭嘭敲着门。拉吉夫急忙欠身，把门打开。一位披着一身湿漉漉衣饰的妇女，跌进屋内。她头上一块面纱，把她整个脸部遮住了。拉吉夫立即认出，她就是朝思暮想的摩哈摩耶！他用激动的语调，问道："摩哈摩耶！你是从火葬木堆里跑出来的吗？"

摩哈摩耶坚毅地说："是的。我曾经对你许过诺，我要到你家来。我现在是来实践诺言的。但是，拉吉夫，我现在不是从前的那个'我'，我一切都变了，只是自己心坎里我依然是那个摩哈摩耶。现在只要你提出，我马上可以回到火葬木堆里去。说！假如你发誓，永远不掀开我的面纱，不瞧我的脸，我就能终身陪伴着你。"

从死神手中夺回了她，就足够了，其他一切都是微不足道的。拉吉夫很快就答道："你怎么想，就怎么办吧，只要你能留下。你抛弃我，我就活不下去。"

摩哈摩耶说："那现在就走吧，把我带到你老板去的地方。"

拉吉夫抛弃了所有家当，携带着摩哈摩耶，在风雨交加中出走了。暴风几乎使人站不住脚，暴风席卷起来的沙砾，像霰弹似的打在他们的身上。两人都害怕，可别让大树突然砸在他们的头上，于是他们放弃小道，行走在广阔的旷野上。大风在后面有力地推搡着他们向前，仿佛要把他们从人世间推向毁灭之路。

三

读者千万不要把这则故事，理解为无所事事的诗人的虚构之作。在寡妇焚身殉夫习俗盛行的年代，诸如此类的事，时有发生。

摩哈摩耶的手脚被捆住，被推入火葬的木堆上，按规定的时间点燃了火，不一刻火苗呼呼直往上蹿。就在那时刻，刮起猛烈风暴，下起倾盆大雨。来主持火葬仪式的人们，急忙躲进停放垂死人的小屋，从里面关上门。

如此大的暴风雨，顷刻间就熄灭了燃烧着的木柴；而捆住摩哈摩耶双手的布条，那会儿也已被烧成灰烬，双手可以自由活动了；难以忍受的身体剧痛，使她无法张嘴说话；她马上坐起，解开捆脚的绳索；

这以后，找来散落在各处的已被焚烧过的纱丽布块，凑凑合合裹一下身体；然后，几乎裸着身子从火葬的木堆中站起，先往家中走去。家里空无一人，都在火葬场上。点燃了一盏油灯，换了一件衣服，摩哈摩耶才在镜子里瞧一下自己的脸。刚一瞧，镜子就失手掉落在地上。然后，她久久站着，仿佛思考着什么。接着，用块大头巾遮住脸庞，朝拉吉夫家径直走去。以后发生的事，读者都明白了。

现在，摩哈摩耶住在拉吉夫处，但拉吉夫的生活似乎不怎么幸福，两人之间有一层面纱阻隔着。

不过，那块面纱像死亡一样持久，甚至比死亡还令人痛苦。因为，绝望会使死亡分离之痛苦，渐渐地麻木；而这块面纱所造成的分离，使一个活生生的希望，每时每刻都蒙受着痛楚和破灭。

摩哈摩耶一向生性沉静，如今面纱里的沉静，更无以复加地令人难以忍受。现在，拉吉夫这般生活着，仿佛一个死亡的活动的木偶包围着他；那个木偶拥抱着他的生活，使他一天天消瘦下去。拉吉夫已失落了从前所认识的摩哈摩耶。现在，他仅仅把他美丽的童年生活回忆，作为自己生活的支撑。可是，这个面纱木偶，一直默默地待在他身边，竭力阻碍他对美好童年的回忆。他暗自思忖："人与人之间自然地安置着许多栅栏。摩哈摩耶更像《往世书》里的迦尔纳[①]，一生下就带着避邪的护身符，她生来就在自己天性四周，筑起一道屏障；这之后，她仿佛又降生一次，加了一道屏障。"虽然，日夜守护在他身边，然而，她却仿佛远在天涯，拉吉夫无法抵达她身旁；他只

[①] 迦尔纳，印度神话中的人物，一生下就身披铠甲，手执兵刃。

能坐在一种幻影的圈外,一颗不满足的心灵总企图刺探这薄薄且坚实的奥秘;恰似每个夜里,天上的星星以清醒的、不转睛的、低垂的目光,看穿这漆黑夜幕的奥秘;而在这种徒劳的努力里,星星虚度着一夜复一夜的辰光。这样,两位没有伴侣的孤独生灵,一起度过了许多时日。

四

一天,正是新月出现后的第十个夜晚,雨季以来第一次云开见月。静谧的月夜,清醒地坐在熟睡的大地床前。那天晚上,拉吉夫毫无睡意,从床上起身,走到窗台边坐着。雨水和闷热的混合影响,怠惰的花园里的一种特殊芳香和蟋蟀的嚁嚁低鸣声,送入房间内;一种懒洋洋的感觉在拉吉夫的心灵王国扩散着。拉吉夫看到,矗立在花园黑暗处的树木那边,幽静的湖面,犹如擦亮的银盘闪闪发着光。在如此静谧时刻,人能否清晰地思考某些事情,这很难说。但可以明白无误地说,拉吉夫整个心潮,朝着某一方向流去,像森林散发着阵阵香气,像黑夜发出蟋蟀的低鸣声。不晓得,拉吉夫究竟在想什么。他似乎觉得,今晚,从前的一切陈规戒律已被破除;今天,这雨季的夜晚,在他面前已掀开自己霾云的面纱,像从前的摩哈摩耶一样宁静、优美、深沉。蓦然间,拉吉夫的全部热血,一齐涌向摩哈摩耶。

拉吉夫像梦游者似的霍地站起,闯入摩哈摩耶的卧室,摩哈摩耶当时正熟睡着。

拉吉夫走到她身边站住,俯身看着她。月光洒在摩哈摩耶裸露的脸庞上。哎哟，多可怕啊！怎么搞的！那熟悉的脸孔跑到哪儿去了？火葬木堆上的烈火，用它残酷的贪馋的舌头，舔净了摩哈摩耶左颊上的美丽容颜，在那儿永远留下了贪馋的痕迹！

兴许拉吉夫惊愕万分，响动了一下，兴许一种含糊不清的响声，从他嘴唇边溜了出来；摩哈摩耶马上吃惊地醒过来，发现拉吉夫站在面前。那时刻，她马上拉上面纱遮住脸，从床上起身，昂然站着。拉吉夫明白：摩哈摩耶要向他大发雷霆了。他伏在地上，向摩哈摩耶求饶："原谅我吧，摩哈摩耶，原谅我吧！"

摩哈摩耶一句话也没说，也没有回一下头，径直走出家门。她再也没有回到拉吉夫的家，不知她漂泊去何方。那毫不留情的永恒诀别的怒火，给拉吉夫整个余生，永远烙上了一道长长的痛苦瘢痕。

达利亚

序幕

国王息伽被自己兄弟奥楞伽吉伯打败,仓皇出逃,最后在阿拉贡王国落脚避难,三位姿色绝伦的女儿跟随其父,也在那儿栖身受庇护。阿拉贡国王见到倾国倾城的美貌的公主,想逼她们与自己儿子成婚。息伽国王对无礼逼婚,怒不可遏,执意不从。于是,阿拉贡国王居心叵测地下令把他们安置在一条小船上,驰向河中,让水把它沉没。在这场突如其来的灾祸里,国王把小女儿阿米娜扔进滔滔的江河里,大女儿引颈自杀,二女儿裘莱卡与父亲的贴身卫士阿里一块泅渡,脱了险,息伽国王却在搏斗中,丧了生命。

阿米娜随着河水漂流,坠入一张硕大的渔网里,渔夫见状,马上把她救了出来。小阿米娜就在低微的老渔夫家被抚育长大。

一

一天清晨,年迈的渔夫大声叫唤阿米娜:"蒂妮!"——老渔夫用家乡土语给阿米娜取的新名字——斥责道:"蒂妮,打清早起,你干啥啦?什么事都撒手不管!不给渔网涂胶水,不给渔船……"

阿米娜走近老渔夫,亲热且娇嗔地说:"阿爸,别生气。今朝,我姐姐来了。姐姐!她求您放我假。"

"哦,你还有姐姐,在哪儿?"

裘莱卡不知从哪儿钻了出来,说:"我就是!"

年迈的渔夫惊愕不已,走近裘莱卡,仔细端详她的脸庞。

随即他发问:"你会干些什么活?"

阿米娜抢着回答:"阿爸,我替姐姐干活,姐姐还不会做事。"

老渔夫沉吟了一会儿,问道:"你住在哪儿?"

裘莱卡不假思索地答道:"我与阿米娜住在一起。"

老人琢磨半天,进退维谷,又问道:"你吃什么?"

裘莱卡却说:"你就为我妹安排,不用管我。"

她把一枚金币扔在渔夫面前。

阿米娜慌忙拾起金币,放在渔夫手里,悄悄说:"阿爸,您不用说什么,去干您的活,时辰不早了。"

裘莱卡脱离了险情,换了行装,到处漂泊,最后获悉阿米娜的下落。至于如何跋山涉水,历经艰险,来到渔夫茅屋的经历,可以编成一则长长的故事,一则与本主题迥然不同的故事,眼前就说这些,也足够了。至于卫士阿里,他改姓换名,在阿拉贡国度里寻到一份差事。

二

小河的流水汩汩淌着。炎热的夏日,清凉的晨风,吹落了枫树上的红花。树荫下,裘莱卡向阿米娜训斥道:"苍天把我们从死亡中拯救出来，是为了让我们誓死报父之血仇。不然，我们被搭救还有什么意义！"

阿米娜眯起双眼，凝望着河岸彼端的最远边缘，眺望着依稀可见的浓密的树荫，漫不经心地说："姐姐，现在不必提及那一切。姐姐！我觉得，这世界的一切是多么美妙！让男人们去战场格斗，我在这里感觉不到世上的烦恼和痛苦。"

裘莱卡鄙夷且嘲讽地说："嗤，嗤！阿米娜，亏你说得出口，你是堂堂正正的息伽国王的公主！那里是德里国王的宝座，这里是阿拉贡一个小渔夫的茅屋，岂能等量齐观！"

阿米娜笑盈盈地说："姐姐，倘若与德里王国的宝座相比，一位姑娘格外喜爱老渔夫的破旧茅屋、枫树的绿荫，而德里王座能为她洒下几滴爱抚的眼泪吗！"

裘莱卡不满地提醒阿米娜说："不错，你那时完全是个黄毛丫头，不谙世故，人们不会把过错归罪于你。但是，你应该扪心自问，阿爸最喜欢你，才亲手把你扔进河里。你不要以为，这是父亲冷酷无情所致，应该视作是父爱的最大显示。现在，只有报仇雪恨，我们的生存才会有意义。"

阿米娜一言不发地坐着，凝视着遥远的地平线，但她脸上的表情似乎在说："你说的一切都是对的，但……"它的含义是，外界的清风，树木的绿荫，少年的青春，不知晓的愉快回忆，使她沉浸于不可名状的深渊里。

停了一会儿，她叹了口长气，说："姐姐，你稍坐一会儿，我有些家务要做。我不做饭，阿爸要饿肚的。"

达利亚 · 081 ·

三

看到阿米娜那种景况,裘莱卡感到十分沮丧。一声不吭,呆呆地坐着。蓦然,传来扑通一声响,有人落下。刹那间,从背后蒙住她的双眼。

裘莱卡害怕地问道:"谁?"

乍听到陌生的嗓音,那位青年从她脸蛋上撒了手,绕到她跟前,仔细地察看了裘莱卡的脸庞,毫无拘束地问道:"你不是蒂妮?"这说话的方式,仿佛要裘莱卡极力证明自己就是蒂妮似的,仿佛他要凭借非凡的智慧,把他自己从这种蒙骗中拯救出来似的。

裘莱卡迅速披上围巾,霍地站起。她双眼冒出愤怒的火星,严厉地呵斥:"你是谁?"

青年人不慌不忙地说:"你不认识我,蒂妮知晓我。蒂妮哪儿去啦?"

蒂妮听到外面的喧哗声,即刻走出来。见到裘莱卡一脸愤怒的表情、青年人惊愕和沮丧的神色,阿米娜不禁笑得前仰后合,说:"姐姐,你不要见怪他的胡作非为,他还很年轻,粗野无礼,我就教训他。达利亚,你干了什么蠢事?"

年轻人不敢怠慢,嗫嚅地回答:"我只是从背后蒙住她双眼,误以为她就是蒂妮。天晓得,她竟不是蒂妮……"

蒂妮佯作生气地说:"后来呢?小嘴说大话,夸大其词!你什么时候蒙住蒂妮的眼睛?你真胆大包天!"

青年人分辩地说："蒙住眼睛需要什么样的勇气，天生习惯。不过，说真的，蒂妮，今天我真有些害怕。"

说着，他悄悄地用手指，指向还生着气的裘莱卡，望着阿米娜的脸，开怀大笑起来。

阿米娜装作一本正经，说："你简直是个野人，在公主面前，你一点儿也没有文明风度，你必须学会文明举止。请看，应该如此施礼问好。"

说着，阿米娜用洋溢着青春的轻盈身姿，十分优雅地向裘莱卡施礼，那位青年依样画葫芦，学她的施礼举止。

阿米娜命令道："你后退三步。"

青年人遵命后退三步。

"弯腰敬礼。"

他学着弯腰行礼。

"再后退三步，弯腰……"就这样一面后退，一面向裘莱卡作揖行礼，阿米娜把青年人引到茅屋门前。

阿米娜装着厉声道："进去！"

青年人乖乖地进屋。

阿米娜关上房门，上了锁，然后朝里吩咐："干些家务，不得偷懒。小心，不要让灶火熄灭。"

随后，她走到裘莱卡身边，说："姐姐，别生闲气。姐姐，这里人都是这样粗鲁，我也讨厌。"

但是，阿米娜的脸庞抑或她的举动没有显露出任何厌恶表情的蛛丝马迹，反而，她的许多行为举止，像这里的人一样自由不羁。

达利亚 · 083 ·

裘莱卡满脸生气地说："说真的，阿米娜，我对你的行为举止感到失望、难过。一个不相识的青年走来，用手接触身体，多么不成体统！"

阿米娜随声附和，说："对，对，你说得千真万确。假如哪位国王或贵族公开表现如此粗野无礼的举动，我会马上驱赶那位不受尊敬的人。"

裘莱卡忍俊不禁，说："你说真话，阿米娜！你所说的这个世界十分美好，恐怕指的这个粗野的青年吧！"

阿米娜不加掩饰说："好吧，我实说。他对我帮助十分大。他帮我摘花采果，狩猎取物；只要召唤，马上应赴。我总想训斥他，开导他。但不知为什么，最终我一切想法总成泡影。假如我异常愤怒地说：'达利亚，我十分讨厌你。'他却涎皮赖脸地、目不转睛地注视着我的脸，默默微笑着。那种微笑是那么令人赏心悦目，或许这里人的笑容都是那么温柔甜蜜。扇他两记耳光，他也高兴地接受。我已经尝试过几次。你看，我把他关在屋里，他愉快地接受。门一打开，你将会看到，他满脸通红，两眼发红，高高兴兴地做着饭。你说，我对他有什么办法呢！我感到懊丧，一筹莫展，姐姐！"

裘莱卡说："好吧，我试试看。"

阿米娜露出笑容，温存地说："不，姐姐。我恳求你，现在你最好不要再斥责他。"

阿米娜以如此口吻请求，好像这位森林野孩子是阿米娜一手抚育的小鹿似的，好像他如此胆小害怕，一见到陌生人会受惊而逃之夭夭！

这时，老渔夫梯沃尔回来了，问道："今天，达利亚没有来，蒂妮？"

"来了。"

"哪儿去啦?"

"他闹得厉害,我把他关进屋里。"

老渔夫沉吟了一会儿,说:"如果惹你生气,稍许忍耐一下。女儿!这样小的年纪,所有人都是那么吵吵嚷嚷的,你不要折磨他。昨天,达利亚给了我一个杜鲁,买了三条鱼,知道吗?"

"杜鲁"就是金币的意思。

阿米娜说:"你别担心,阿爸。今天,我将向他索取两枚杜鲁,你一条鱼也不用给他。"

老渔夫看到亲手抚育长大的女儿,小小年纪,竟是那么精明,有这样挣钱的本领,由衷地感到高兴。他不由自主地怀着爱意,摩挲着她的头。

四

令人诧异的是,裘莱卡如今也不讨厌达利亚的来往。稍许想一想,也不值得大惊小怪。正如江河的一方是湍急的流水,另一方是坚固的岸边;同样,女人的心灵一端是内心激情的冲动,另一端是约定俗成的羞涩。但是,排斥在文明社会之外的阿拉贡的原野上,什么是约定俗成的羞涩呢?

这里,只有随着季节和气候的转换,花落花开。而眼前流淌着的这条蓝色小河是什么状况呢?雨季,它躁动不安;秋季,它清澈见底;冬季,皱纹乍起;春季,羞答不语;夏季,婀娜多姿。而鸟儿的啁啾声呢？在它充满自由和生活激情的甜蜜啼鸣声里，既没有像我们之间的评头论足，又没有相互间的嘲弄讥讽。南风不时卷走河那端村落里人们的欢乐喧哗，但不带走人们的窃窃私语。

正如残垣断壁的屋宇里，小青草渐渐从夹缝里冒尖出来，大自然也悄悄地侵袭，来这儿寄宿数日的心灵，使矗立在人们心灵上的大众债务的坚固墙垣，开始倒塌，而人们丝毫不会觉察到。其实，女人看到与自己年华相仿的男女幽会的情景，心灵会怦怦悸动，体会到一种莫名的欢愉；再没有比如此奥秘、如此幸福、如此深不可测的惊奇的幽会，更令她心旷神怡。在这间森林的小茅屋，在阒无人迹的贫穷人家的绿荫里，裘莱卡的莫名高傲和世间的尊严自个儿松懈下来了，在阿米娜与达利亚幽会的欢畅游戏里，她也感到惬意欢心，春意荡漾。

兴许，她那颗年轻心灵里，一种不餍足的愿望和渴求被唤醒，使她萌发充满欢乐和痛苦的躁动不安。末了，竟出现如此情景：假如哪天达利亚来迟了，她比阿米娜更躁动不安，执拗地期盼他的到来；正如画家远远地欣赏自己刚完成的画作一样，裘莱卡带着柔爱的微笑，静静地观赏着他们的相聚；哪天，她们发生了口角争吵，裘莱卡就把阿米娜关在自己屋里，不让她与达利亚相会。

帝国和森林有着同样的平等，都是独立自由的，都有统治自己国度的至高无上的权力，都不按别人的法则行事，都具有自然的天然尊严和纯朴。那些具有显赫身份的、整日与世俗和经典打交道的人，都是在有隔阂地生活着。他们在大人物面前，奴颜婢膝，一副奴隶相；在小人物面前趾高气扬，俨然是个救世主；而在陌生地方又暴露惊慌失措的窘相。无文化修养的达利亚是位自然王后的粗野孩子，在公主面前，无拘无束，公主也视他为平等的伙伴。达利亚是位乐观、纯朴、好奇、无畏和天性自在的小伙子，他的品性毫无贫乏的痕迹。

但是，这一切游戏里，裘莱卡的心，一直痛苦地呻吟着，她思忖："这就是公主一生的结局？"

一天清晨，达利亚一到，裘莱卡拍打着他的手，说："达利亚，你能让我晋谒这里的国王吗？"

"我能为你引见，但你要干什么？"

"我身边有一把匕首，我想用它刺入他的胸膛。"

起初，达利亚有些愕然，然后，看到裘莱卡闪烁着复仇的兴奋光彩的脸庞，他绽开了笑容，仿佛他从未听到过如此饶有兴味的故事。倘若是个玩笑，还可以，但竟出自公主庄严的口！这可不是儿戏。一见面，就把锐利的匕首戳入一个活生生的国王胸膛，国王将倒在血泊中，痛苦挣扎死去。这幅可怕的图景，渐渐在他心里生起，她朦胧而有趣的玩笑，渐渐转化为清晰而严重的幽默了。

五

翌日，裘莱卡收到化名勒赫默特的阿里的一封密件，信中写道："阿拉贡国王获悉，你们姐妹俩藏匿在老渔夫梯沃尔的茅屋里。他偷偷见到过阿米娜，她楚楚动人的身影迷住了他。他准备很快把她带入宫廷，与她配亲成婚。这正是复仇的良机，这样好的天赐机遇，千载难逢。"

裘莱卡用力地抓住阿米娜的胳膊，说："真主显灵了，阿米娜！讨还血债的时刻降临到你的生活里。如今，不是嬉闹游玩的时辰，振作起来，做好准备！"

达利亚也在那里，阿米娜目不转睛地望着他，发现他露出不易察觉的惊愕的微笑。

望着他无所谓的模样，阿米娜的心都要碎了，说："你晓得吗，达利亚，我快成为皇后啦！"

达利亚若无其事地笑着说："不是还有些时间吗！"

阿米娜异常痛苦和惊讶，暗自思忖："千真万确，他是只森林野鹿，把他当作人，简直是疯了。"

阿米娜为使达利亚稍许清醒些，说："但是，刺死了皇上，我如何脱身回来呢？"

达利亚认为这话合情合理，说："不错，回来委实是困难的。"

阿米娜整个心灵，顿时冷了下来。

她转向裘莱卡，叹了口长气，说："姐姐，走！我已准备就绪。"

然后，她又转向达利亚，紧缩了心，冷笑道："我先成为皇后，然后我在反对皇帝的叛乱之中，将会受到惩罚！这之后，你该做什么就做什么。"

达利亚听后觉得十分有趣，仿佛在这个阴谋实现中，他将获得欢愉之物。

六

骑兵、步兵、大象、乐器、旗帜和灯光，轰隆喧嚣，致使渔夫的柴扉遭到断裂的厄运。

两顶镶嵌金子宝石的华丽轿子，从皇宫中缓缓被抬出，迎接皇后等人进宫。

阿米娜从裘莱卡手里接过匕首，察看刀柄好长一会儿。她掀开胸衣，用匕首的刀刃，在自己的胸脯上试划了几下，试看刀刃的锋利，然后把匕首插入剑鞘。

阿米娜有个强烈的愿望：走向死亡旅途之前，能与达利亚再见一面。但从昨日起，他消失得无影无踪。那天，达利亚的笑声里燃烧着不满的火星儿。

坐进轿子前，阿米娜满面泪痕，回眸张望童年时期的庇护所、庭院里的榕树、门前的淙淙河水。

握着阿爸的手，她用颤抖的嗓音，说："阿爸，现在我走了。阿爸！你的蒂妮要离去。如今，谁来操持家务呢？"

突然，老渔夫像孩子一般号啕大哭。

阿米娜说："阿爸，假如达利亚来我家，把这枚戒指给他。告诉他，蒂妮临走时赠送他的。"

说毕，她迅速地钻进轿子。

一片喧哗声，轿子启程。阿米娜觉得自己和阿爸的茅屋、河岸、榕树下的鸽群，一切都消融在静寂无声的黑暗里。

两顶轿子按时通过拱门，鱼贯进入王宫，两姐妹从轿子中走出来。

阿米娜脸上没有一丝笑容，眼里没有一点泪花。裘莱卡脸色煞白。当神圣使命到来之前，她慷慨激昂，英勇无比，但眼前，她却用颤抖的心,焦急不安的抚爱,拥抱着阿米娜,自言自语地说:"我折断了热恋中的枝梗,把盛开的花朵扔进血流中漂流。"

但是,现在不是静思深虑的时刻。两姐妹恍然跌落入梦幻里,穿过由婢女们手擎千百盏小灯照射的通径。

最后,辍步在皇上的宫殿门前,阿米娜不由得喊了一声:"姐姐!"

裘莱卡紧紧拥抱着阿米娜,亲吻着她的脸颊。然后,两人缓步走进去。

她们瞥见穿着皇帝衣饰的国王坐在房中间的床垫上。

阿米娜局促不安地伫立在门口。

裘莱卡朝前迈步,贴近大王,看到大王悠闲自在地、笑容可掬地、安详地坐着。

裘莱卡突然惊呼起来:"达利亚!"

阿米娜昏厥过去。

达利亚把她像受伤的小鹿一样轻轻地抱在怀里,安放在床上。

醒过来,阿米娜从上衣里抽出匕首,朝姐姐望去,姐姐怔怔地望着达利亚;达利亚却微笑着,默默地瞧着她们俩。匕首从刀鞘中探头,看着这场把戏,也默默地欢笑着。

金 鹿

阿迪纳塔和贝吉纳塔各有一份田产，但贝吉纳塔的境况，稍逊一筹。贝吉纳塔的父亲默海什钱德尔没有经营和理财的头脑，完全依赖于哥哥什沃纳塔。什沃纳塔虚情假意，对待其弟，绞尽脑汁鲸吞他所有财产。最后，默海什钱德尔身边，只存下几张期票。因此，如今，贝吉纳塔只能仰仗那几张政府的纸船，在自己生活的海洋漂流。

什沃纳塔费了很多周折，才寻觅到一位富翁的独养女儿，与自己儿子阿迪纳塔结成婚姻。这样，他打开了增加财富的一条路；而默海什钱德尔对一位有着七个女儿压力的贫穷婆罗门，动了恻隐之心，不要一个铜板的陪嫁费，让他大女儿与自己儿子拜堂成亲。他因为只有一个儿子，没能把七个女孩都领回家；而那位婆罗门也没有提出任何特殊要求。后来听说，默海什钱德尔为帮他解决其余六位姑娘的婚姻，资助了一笔超出自己能力的钱。

父亲故世后，贝吉纳塔拿着自己的期票，过得无忧无虑，心满意足，挣钱糊口之类的事，他从不操心。他唯一的工作是：久久坐着，把树枝砍断，耐着性子，把它们制作成手杖。世上的孩子和青年来到他身边，希望索取他制作的手杖，他一口应允，一一为他们制作。除外，他怀着极大热情，为别人制作鱼竿、放风筝的转轮等。他为制作这些玩意儿，倾注了自己的大部分精力。活儿一到手，不管需要花多少时日，专心致志磨光削薄，不管世上功利主义者认为这是枉然的耗费时日，他投入的热情没有个底。

我们经常可以看到，在生活中街坊进行分裂活动和施展阴谋的后面，许多宏伟的湿婆神庙和祭祀遮棚，鳞次栉比矗立着。而那时，贝吉纳塔却手里拿着削笔刀和树枝，从拂晓到晌午，从下午到黄昏，独自盘坐在自己的阳台上，沉湎于自己的嗜好里。

杜尔迦[①]女神洒下了恩泽，贝吉纳塔有了两个男孩，一个女孩。但女主人莫卡什达·宋德莉的不满与日俱增。她感到纳闷，贝吉纳塔家为什么不如阿迪纳塔家那样荣华富贵。莫卡什达家为什么不如温塔什沃茜妮家拥有那么多金银首饰，那么多贝拿勒斯和达卡的纱丽，像她们那么谈吐悠闲，像她们那般生活舒适？天下有比这更不公平的事吗！而具有讽刺意味的是，他们竟是同属一个家族。他们一定是昧着良心，施行诡计，鲸吞了兄弟的财产，才有今日的如此发展！听到这些议论，女主人对婆家的独生子，越发不尊敬了。在家里，她什么也看不惯，不称心；事事艰难，处处受辱，简直无法忍受；甚至连一只睡床也不堪用，死都比睡在床上好。在七个姐妹中谁都不理睬她，和她搭话，这样一个孤立无援的孩子是无法修补这个家庭的破旧不堪的墙的；看到这个家的寒酸相，伟大的心肠如铁的因陀罗[②]也会掉下寒心的泪。要扭转这一切穷酸相对一个胆小如鼠的男子来说，简直是不可思议的。所以，贝吉纳塔只好乖乖坐在外面阳台上，加倍迷恋于树枝的剥削之中。

---

① 即难近母。——本版注
② 因陀罗，印度神话中的天神之王，雷雨之神，印度最早的大神之一。——本版注

但是，沉默的反抗，不是唯一灵丹妙药。女主人不时破坏丈夫这项技能活儿，把他唤到闺房，满带严肃神情，双眸凝视别处，说："去与卖牛奶的人打招呼，今后不要再买牛奶了。"

贝吉纳塔沉默片刻，然后谦恭地问道："牛奶匮乏如何行？用什么食物喂养孩子？"

女主人愤怒地脱口而出："树皮！"

某些日子，她的态度一百八十度转弯，把丈夫叫来，温存地说："我愚昧无知，你认为应该做的事，就去做吧！"

贝吉纳塔沮丧地问道："做什么呢？你能指导我吗？"

"至少你把这个月要用的什物买好配全。"说罢，把已制好的一张货物清单，扔给他。看了这张货单，连财神爷也会吓得不寒而栗。

贝吉纳塔鼓足勇气问道："这么多东西派什么用？"

妻子干脆答道："那你让孩子饿死，让我死去。那时，你可清心寡欲待着，一切从简过活。"

这样，贝吉纳塔终于渐渐悟到：现在再也无法从事切削手杖了。然而，寻找生财之道或经营生意，对贝吉纳塔简直难于上青天。因而，他天真想道：寻觅通向财库的捷径，是摆脱这种危机的唯一办法。

一天晚上，他躺在床上，以一种乞求的口吻道："哎，养育之母，请托梦告诉我医治不治之症的灵丹妙药，我一定负担报上广告费。"

那天晚上，他梦见：他妻子生他的气，顷刻发誓，要成为寡妇再嫁。"没有钱财，金银首饰从哪儿获得？"说毕，贝吉纳塔极力反对她的重誓。

"寡妇不需要金银首饰，不需要浓妆艳抹。"说毕，妻子把他批得体无完肤。回击她的话还是有的,但那时他脑子里空空如也。就在这时梦境突然被惊醒,他发现,天已大亮。他随即反复思忖,他妻子为什么不去成为寡妇再嫁呢,他为此也感到一丝莫名的痛楚。

翌日清晨,洗完澡,贝吉纳塔独个儿坐着扎着纸鸢。这时,一位修道士到门口,"罗摩罗摩"喊道。一见到修道士,贝吉纳塔的眼睛像闪电一样亮了一下,仿佛瞥见了未来财富的光辉形象。他殷勤且隆重地招待修道士,美味佳肴,满足了修道士口福。他们得悉,修道士经过长期艰难修炼,通晓了炼金术。修道士满口应允主人的要求,施展那门学问,作为对主人殷勤招待的回报。

女主人也高兴得手舞足蹈。正如患肝病的人全身呈现黄色,她也仿佛见到了这世上满地是黄金的景象。她通过自己想象的技能,制作成金床,家庭里里外外铺上了金子。那时她想邀请温塔什沃茜妮来瞧瞧。

修道士每天要消耗两公斤牛奶,一公斤半糖果,而且开始挤压贝吉纳塔政府期票纸单,随心所欲,榨出花白银子的汁液。

孩子们渴望获取手杖和鱼竿,成群结队拥来,雨点般拳头落在贝吉纳塔的房门上,扫兴而归。在家里,吃饭时孩子们得不到食物。有的饿得奄奄一息;有的呼天抢地,哭闹得天昏地暗。他们的爹娘对此充耳不闻,视而不见。他们一言不发,坐在祭火盆子前面,目不转睛地盯着盆锅,既不眨眼,又不吱声。他们如此心无旁骛,仿佛渴求的执着的眼睛里一直映照着熊熊火苗,由此真实的宝石仿佛镂刻在他们的眼眸上。

两三张期票的单子,作为祭火盆的祭品。一天,从修道士那儿获得保证:"明儿在梦中应验。"

那天晚上,两人都没有睡意。男女双方一起埋头于金城的制作中,两人不时产生分歧争论;但在幸福的冲动下,双方表现出巨大宽容,考虑对方的意见,放弃自己的意见。真的,那天晚上,夫妇之间那么紧密一致,是闻所未闻,破天荒的。

翌日,修道士不辞而别!四周丧失了金色光影,连太阳光芒也像出现了黑影。这之后,家里小床、家具、墙壁,显得格外贫穷和破旧。

从现在起,贝吉纳塔一说起家务工作之类的事,女主人马上以异常柔和的口吻说:"行了,放着吧,你的聪明才智早已毕露无遗。现在你闭住嘴,待上几天吧。"

贝吉纳塔蓦然间懵懂起来。

现在女主人竟然萌生了如此优秀想法,仿佛她在金子的海市蜃楼里,一刻也得不到安宁似的。

罪人贝吉纳塔绞尽脑汁,设法取悦妻子。一天,他拿着藏匿礼物的四方纸盒,走到妻子身旁,纵声大笑,摇头晃脑,狡黠地说:"我取来什么东西,你猜猜?"

妻子藏住自己的好奇心,佯作沮丧样子,说:"我怎么猜,我对魔术一窍不通!"

贝吉纳塔不失时机,缓缓地打开小包,在纸上掸去灰尘,小心翼翼地掀开一层一层纸,取出艺术照相馆摄制的彩色照片,转向烛火处,放在妻子面前。

刹那间,女主人回忆起在温塔什沃茜妮房间挂着的一幅英国油画,以十分不恭敬的态度说:"哦哟!妙不可言!你把它挂在自己的客厅里,整日坐着看守它,我可不需要它。"

贝吉纳塔碰了一鼻子灰,沮丧不堪。他终于恍然大悟,造物主剥夺了他依靠种种力量使女人欢愉的不寻常能力。

近来,女主人与省里许多占星家相见,把自己的手摊在他们面前,也向他们显示自己的生辰表。所有占星家断言,她将在有夫之妇的阶段死去,但她不为这最幸福的结果所动,所以她没有因此消除了自己的好奇心。

现在,她又听说,她的儿女将福星高照,她将子孙满堂。听后,她也没有显得异常兴奋。

末了,一位占星家说:"一年之内,贝吉纳塔若不财运亨通,我把所有书本都付之一炬。"

听了占星家如此这般的坚定誓言,女主人心里现在就不存在丝毫不信任感。

占星家获取了大量贡物,告辞而去。但贝吉纳塔的生活处境,越发艰难困苦。增加财富的一些通常途径是存在着的,比如耕耘、谋职、经商、偷盗、诈骗等。但不见如上面星卜家所指出的增加财富的无形的途径。所以,女主人越是给贝吉纳塔鼓励或斥责,她越不能给他指出任何发财致富的光明途径。究竟到哪儿去挖掘地洞;派遣人员去哪个湖池,开河掘泥;去打开哪座院墙,寻觅财富。她始终下不了决断。

女主人异常气愤地对丈夫说:"在男人的额上,用牛粪替代脑子。我从前不知道这个道理!"接着又说:"你只要稍许转动一下脑瓜子,一切都会迎刃而解了,现在说些大话,守株待兔,钱财就从天而降了?"

道理是千真万确,贝吉纳塔也想到过。但脑子往哪个方向转,身子往哪个方向动呢?谁也没有指明过。所以,他又坐在阳台上,削起手杖了。

眼前,已值秋初季节。难近母节日将莅临。船只从四面八方驶来,停泊在河埠;漂泊者也开始回自己故乡去。篮子里装满了南瓜、椰子、蔬菜;铁箱里装着为孩子享用的鞋子、小伞、衣服以及为爱侣所用的香水、肥皂、椰子油和新的故事书籍。

秋日的阳光,像热情的欢笑,充满在万里无云的碧空;半成熟的稻禾随风摇曳;被雨水洗涤的绿叶,在秋季和风的吹拂下,发出簌簌声;穿着中国丝绸的外套,肩上披着围巾,头上打着小伞的旅行者从外省回来,穿过田野,曲折小径,风尘仆仆,往家赶去。

贝吉纳塔坐着观赏着这一切景致,他从心底里发出长吁短叹。他把孟加拉邦无数家庭的欢乐与自己无幸福可言的家庭作了比较,暗自说:"造物主为什么生下我如此无能的废物?"

孩子们拂晓即起,为观看塑像的制作,到阿迪纳塔家宅院子里坐着。用膳时,女仆强制地把他们从那里抓走。那时,贝吉纳塔坐在阳台上,在今日普天同庆的节日里,回忆着自己一事无成的庸碌生活,不免感到几分痛楚。他从女仆手里夺下自己两个孩子,亲热地拉向自己怀里,向大孩子问道:"你将带着什么东西进行膜拜,说说?"

那时,阿维那什答道:"给一条小船,爸爸!"

小男孩也思忖,决不能比哥哥要求少,开口说:"爸爸,也给我一条船!"

有其父必有其子，获得一种无价值的劳作，爸爸感到十分欣慰。爸爸说："好主意。"

眼前，正值膜拜日子，女主人的一位伯父从伽西回家，他是位律师。女主人一直与他家保持着紧密来往的关系。

一天，她向丈夫说："听着，你应该去伽西走动走动。"

贝吉纳塔蓦然感到，他的死期兴许来到了，一定是某位星卜家察看了生辰图告诉她的。因而，她奔忙着，为他死后去极乐世界做着准备。

后来得悉，伽西有一座宅院，那儿藏匿了财富。购买了那座院，就可获得一笔可观的财富。

贝吉纳塔摇头说："这可是个巨大灾难。我无法去伽西。"

贝吉纳塔迄今还没离家出过远门。古代经典著作家说，把一家之主撵出家门，这是妇女"无知狡黠"的表现。女主人嘴里说出的话，犹同在屋里喷出的红辣椒味。不过，贝吉纳塔可怜虫宁肯被红辣椒味熏出眼泪待着，也只字不提去伽西的事。

两三天就这样挨过去。贝吉纳塔一股劲儿坐着削剥几根木头，制成了几只游戏船，撕布做成风帆，红布做成旗子，还安置于舵和桨之类的物具；一个玩偶作为船夫，还安上了几位旅客。由此可见，他在其中倾注了自己的全部心血，显露了自己的全部聪明才智。见到了那些船，就能控制住自己的心，这样自我节制的孩子是很罕见的。所以，贝吉纳塔在星期六晚上，把两只船交到两个孩子手里，他们欢喜得手舞足蹈。一只船舱十分宽敞，有风帆、舵、桨、水手等，应有尽有。孩子们见了这些玩具，真是大吃一惊。

孩子们的欢呼声,引起了妈妈的注意。她走来亲眼目睹了在孩子手里的贫穷父亲赐予的礼物。看后,她大发雷霆地气愤地哭泣起来,诅咒自己倒霉的命运。随即,她从孩子手里抢夺过玩具,扔向栏杆外面。"不消说金项链,连绸缎外套、丝织帽子也不见影儿。这是个多么窝囊的人,给了两个玩具,就可以哄骗住自己的孩子,小气得连两个铜板都不花费,亲手做两个玩具骗骗人!"

小孩子号啕大哭。"蠢驴!"说着,女主人给了他一个重重的耳光。

大孩子盯着父亲的脸,忘记了自己的痛苦,显得十分高兴,说:"爸爸,我明儿一大早举起船只下海,漂游世界。"

次日,贝吉纳塔同意去伽西。但旅差费从哪儿获取?他的妻子卖掉首饰,筹起了一笔钱款,那些首饰是贝吉纳塔祖母时代的东西,如此纯金,如此沉重,如今是无法看到的。

走时,贝吉纳塔仿佛觉得,他正去死似的!抚摸着孩子脖子,热烈地亲着他们,不禁流下泪,步出户外。那时,女主人也哭泣起来。

伽西屋主是贝吉纳塔岳父的委托人,正因为如此,屋子也许以十分的价格出售了。贝吉纳塔独自一人待在那房子里。宅院就坐落在恒河岸边,恒河河水不断冲刷着宅院根基。

晚上,贝吉纳塔胆战心惊待着。在空无一人的房间里,在床头点燃油灯,盖着毯子,躺着,但睡不着。半夜,当人世一切喧哗停止时,贝吉纳塔听闻,不知从何处来的一种"锵锵"响声。他大吃一惊。声响十分低缓,但能清晰地听到!仿佛地狱国王的司库坐在自己金库里,数点着钱币。

一种掺和着恐惧和好奇的不可抑制的希冀,在贝吉纳塔心里传播着。他颤巍的手擎着灯烛,在所有屋子里转悠。进入一个小屋,才知声响就是从那间小屋飘出来的。通宵,他就一个小屋转向另一小屋,徘徊巡视。白天,夜晚的地狱神秘声响与其他声响相混杂,他无法识别它们。

深夜两三点钟,大千世界早已深睡过去,那个声音又响起。贝吉纳塔的心异常躁动不安。声音应该往哪里去,这是无法确定的。正如可听到沙漠土里的水汩汩声,但它从哪儿来的,人们是无法确定的。令人担心的是,可不要选择错了路,隐蔽的溪水完全在人们控制之外流淌着。正像口渴的旅行者竖起耳朵,聚精会神地听、静静地久久倾听,溪水水流声响究竟从何处来,而那时,口渴却越来越重。贝吉纳塔此时此刻的情况,正是如此。

许多日子在这不确定的情况下度过。在他不眠的和枉然欣慰的满足的脸上,镂刻上不安的强烈情丝;在深入他内心的惊恐眼里,显露着中午烈日下的滚烫沙子一般的炽热。

末了,一天晌午,他关上了所有门,在家里开始整理起镐头之类的工具。附近一间小屋地好像是空心的。

临近深夜,贝吉纳塔独自在屋内坐着挖地。当黑夜褪尽,天色熹微,一个地洞挖成了。

他朝下瞧去,地洞好像是一个家宅似的。但在深夜漆黑之中,他没有胆量,不经深思熟虑就迈步下去。洞口上铺着床单。不过,可以分明听到地下传上来的响声,他害怕得不敢在那儿逗留。他从那儿起身离开,但使家里空无一人,远去他乡,这也不是他本性使然。利益和恐惧两者结合一起,抓住他两只手,把他拖了出来。夜晚安然过去了。

今日，白天竟然也能听到那个响声！他不许仆人进屋里，吃喝都在屋外进行。用完餐从屋里上了门锁。

他边向杜尔迦（难近母）祈祷，边撤走了盖在洞口上的床单。他清清楚楚地听到了水的嗒吧嗒吧声和金属的锵锵声。

他胆战心惊地、缓慢地把脸移向洞口察看，好像一个小屋在很深底下坐落，在那儿，水流畅地淌着。黑洞洞的，其他一切都看不清了。投下一根木棍，测试深度，发现水深不过膝盖。他手擎着一支蜡烛和一盒火柴，轻而易举地跳入那间小屋。刹那间，他整个希望还没有破灭，因而在燃烧的烛光下手颤抖着。划了许多火柴，蜡烛才点燃。他发现一支铁锁链系着一只硕大的红色陶罐，水一次次重重地冲撞在铁链系着的陶罐上，发出"锵锵""嗒吧嗒吧"的响声。

贝吉纳塔循着嗒吧嗒吧水声，走近陶罐处。发现，陶罐空空如也！

然而，他不能相信自己的眼睛，用双手举起陶罐，使劲摇晃它。罐里什么也没有倒出来。翻过来倒过去，仍不见东西倒出。发现罐颈脱落，好像某个时候，这只陶罐的口是封住的，有人把它敲开。

那时，贝吉纳塔像疯子般用双手在水中不停地摸索察看。好像什么东西埋在淤泥里，拾起一看，是人的颅骨。把它放到耳边，摇晃半天，什么东西也没有出来。他把颅骨举起抛之远远的。他又搜索了半天，但除了人的骨头外，什么也没捞到手。

接着，他又发现，在朝着恒河方向的墙上，一个地方有一个洞似的，水正从这洞进来。可能在他之前某人的生辰图上，写着可获得神的财物的事，这个人兴许从这个洞中潜入进来。

金鹿 ·101·

最后,他完全失望了,说着"啊哟,我的妈",吸了一口长气,作为它的回答,好像远古时代的无数失望的人的呼吸,以十分沉重的回响在地窖中回荡着。

贝吉纳塔带着满身污水,爬了上来。充满人声喧嚣的大地仿佛使他感到从头到尾尽是欺骗,仿佛使他感到像系着锁链的那只陶罐一样,万般皆空。

然而,所有东西都仍将被束缚住,仍将被出卖着,车子仍将像从前一样,驮着自己无生气生活的重负。他心想,像水中细弱沙子一样,顷刻倒在水中,一了百了。但他无法这样做。然后,那东西已被束缚着,已被出卖着,已被车子驮着。

一天傍晚时分,他到了家门口。在秋初清晨,贝吉纳塔坐在家门口,看着不少侨居者回家。他也叹着长气,心中渴望着从异乡回到家乡的幸福。但此时,他再也不能在这傍晚梦幻里,浮想联翩。

走进家里,他像无知觉似的坐在院后的木板上,没有进屋。女用人默赫莉最早发现了他,马上大声呼叫起来。孩子们都跑来。女主人叫唤他进屋。

贝吉纳塔仿佛酒醒过来,他又仿佛睡在那间旧的家宅里醒了过来。他带着一脸苦笑,把一个孩子抱在怀里,抓住另一个孩子的一只手进屋。灯烛已燃完。虽然,夜晚还没到来;然而,在冬季黄昏里,呈现像夜晚那般的万籁俱寂。

贝吉纳塔起先半晌没吭气。然后,用微弱的声音问妻子:"说说,过得怎样?"

妻子没有直接回答他的问话,问道:"有什么收获?"

贝吉纳塔没有做任何回答，用手拍着自己倒运的额头。女主人的脸色严峻起来。

孩子们看到可怜爸爸不吉祥的影儿，悄悄地离开了那儿，走到了女用人默赫莉身边，说："请讲一讲那天一样的天方夜谭故事！"然后躺在床上。

现在已是深夜了，但夫妇俩不说一句话。不知什么样的寂静笼罩在家园。女主人的嘴唇渐渐地像闪雷一般粗硬起来。

好半晌之后，女主人不听任何解释，起身进自己闺房，心情愁苦万分。

贝吉纳塔依旧默然无语站着。守夜者发出"睡者警觉"的喊声，消失在黑夜中。疲惫不堪的世界幸福地沉睡着。但是，从自己亲人到无垠天际的星辰，谁也不对这位受辱的无睡意的人询问一声。

深更半夜，兴许从睡梦中醒来，贝吉纳塔的大孩子从被子里起来，走到庭院里，呼唤："爸爸！"

那时，那儿不见爸爸人影，孩子又在关闭的门扇外，大力呼唤："爸爸！"但没有任何反应。然后，他又战战栗栗钻进被子睡了。

女用人默赫莉依照从前规矩，寻找贝吉纳塔，但哪儿都不见他影儿。黎明，邻居回家，向邻居探询消息，都说没有见到贝吉纳塔。

素 芭

一

这个姑娘被起名为素芭茜妮时,谁会料到她竟是位哑巴呢!在她之前,两位姐姐分别被起名为苏盖茜妮和苏哈茜妮。出于押韵好叫的考虑,父亲给小女儿取名为素芭茜妮。现在,大家都简称她为素芭。

费尽了周折,破费了钱财,两位姐姐好歹出阁嫁了人。如今,小女儿素芭犹如一块硕大的无言石头,重重压在父母的心田上。

谁也不晓得,素芭虽然不会说话,但能感受一切。人们在素芭面前,毫无顾忌地对素芭的前途,发表了各色各样令人担忧的议论。然而,聪颖的素芭从小心里就明白,造物主的诅咒,使她降生在自己父母的家里。这样,她始终设法躲避众人逼视的目光;内心始终祈祷着,众人若把她遗忘掉,那就该万事大吉了。眼前,她心灵的痛苦,深深地扎在父母的心坎上。

尤其是她母亲把她视为自身的一个残疾,因为与男孩相比较而言,母亲更把女儿视为自身的一部分。所以,她把女儿身上的任何疵点看作是自己的奇耻大辱。与自己其他女儿相比,父亲巴尼康托更爱自己的小女儿素芭,而母亲却把她视为自己胚胎的污点,因而她始终沮丧不堪。

素芭不会说话,却有一双长长睫毛掩藏着的大黑眼睛;她的两片嘴唇,只要获得心灵情绪的少许暗示,就会像两片娇嫩的新叶,颤抖不已。

我们相互间使出浑身解数,才能较正确地表达各自的思想感情,有时还得经过翻译才能明白。即便如此,它也不总是被表达得正确无误。当然,缺乏表达能力,就不免会出错,然而,一双又大又黑的眼睛,任何时候都不需要翻译,心灵自个儿会映照在这双黑眸里。心灵的感触在这黑眼睛的阴影里,时而伸展,时而蜷缩;这双黑眼睛时而炯炯有神,燃烧着;时而灰心丧气,熄灭了;时而犹同静悬的落月,目不转睛,不知凝视着什么;时而若同急疾的闪电,飞速地向四周放射光芒。哑巴有生以来除了脸部的表情再没有其他的语言了。她的眼睛语汇却是无比丰富,无限深沉,就同大海一般深沉,就像蓝天一般清澈。从日出到黄昏,从黎明到黑夜,又从黑夜到清晨,自由嬉戏的阴影世界和孤寂大地是那么庄严,那么静谧。正因为如此,寻常的男女孩子都对她怀有一种敬畏的心理,不敢接近她,和她一起玩耍。她犹同寂静无声的晌午,无声无息,无亲无朋,孤寂地伫立着。

二

村子的名字叫作琼迪普尔。一条孟加拉小河犹同家里的可爱小女孩儿,流经村旁。它的流程虽然不漫长,但它不倦地带着自己纤细的身子,为保护着两岸而工作着,仿佛它与两岸村落的所有人,保持着无法言说的亲密关系。两岸高耸着,村庄坐落着,大树矗立着。在它们的下面,一条乡村的拉克什米①小河,怀着无比喜悦的心情,迈着急疾的步伐,为数不胜数的善事而忘我地奔流不息。

巴尼康托的屋舍毗邻着岸边。他家的竹篱笆、高高的八顶草棚、牛栏、草垛、谷仓、杧果园、木棉和香蕉园等,过往的船夫和渔夫们,尽收眼底。

我不晓得,在财运亨通的幸福家庭里,是否有谁注意了这位哑巴女孩。但是,那位哑巴姑娘一旦干完了活儿,获得几许空闲,马上就走到河岸边坐着。

大自然似乎弥补了她不会说话的缺陷。小溪的絮语、村人的喧哗、船夫的哼唱、鸟儿的鸣叫、树叶的簌簌声,都汇合在一起,与四周的颤动融合在一起,犹如大海波涛,拍打着那位姑娘永恒孤寂的心灵的彼岸。大自然的各种响声、不同语言和多彩运动,就是这位哑巴姑娘的语言,就是长着大黑眼睛和长长眼睫毛的素芭的语言。这种语言包罗万象,从蟋蟀鸣叫的草地到星空无言的世界,只有手势、表情、音乐、哭泣和叹息,充盈在那广阔的语言世界。

晌午,渔夫和船夫都匆匆赶回家吃饭,村人正在午睡,鸟儿停止啼鸣,渡船停泊在岸埠。人类忙忙碌碌的世界,仿佛停止了自己的一切活动,蓦然间它变幻成一座可怖且孤寂的塑像。那时辰,在炎热炙人的辽阔无垠的天空下,唯有一个无言的大自然和一位无言的女孩

---

① 拉克什米,印度神话传说中的吉祥女神。

子,面对面静坐着——一个置身于炎热的阳光之下,一个静坐在一棵大树的绿荫底下。

三

素芭身边并不是一个知心朋友都没有。牛栏里有两头牛,一头叫萨尔帕迪,一头叫班尔帕迪。它们从来没有从素芭嘴里听到叫唤它们的名字,然而,它们十分熟悉她的脚步声响。素芭虽然说不出话,但能发出爱怜的嘟哝声,它们借此比语言更容易理解素芭。素芭时而爱抚它们,时而叱责它们,时而哄劝它们;而她的"萨劳"和"班劳"比人更能理解那些话语的含义。

当素芭钻进牛栏,用双臂抱住萨劳的脖子,把自己的脸颊紧紧贴在它的耳旁,亲热地磨蹭,那时"班劳"就用爱抚的目光注视着她,用嘴舐她的身子。素芭每日至少有两三次按惯例进入牛栏;此外,她还不定时走去探看。哪天素芭在家里听到叱责,她就在自己哑巴女伴那儿消磨时光。真不知它们凭着哪种朦胧的洞察力,领会了素芭内心的痛楚,然后贴近她的身子,用犄角轻轻地摩挲她的臂弯,竭力用无声的同情,安慰她。

除了两头牛外,还有一头山羊和一只小猫,也是她的朋友。尽管素芭对它们施以的友情并不是一样的,但它们对素芭都相当亲热,都十分依恋。小猫无论是白天还是夜晚,都毫不迟疑地占据素芭温暖的怀抱,美美地睡上一觉。每当素芭用柔软的手指,轻轻地抚摩它的颈脖和背脊时,它的内心仿佛得到暗示,很快进入了梦乡。

四

在高等动物里,素芭还有一个同伴,但人们很难描述素芭与他关系的深浅程度,因为他会说话,而素芭是位哑女,他们的话语不会毫无差别的。

他就是古赛家里的小儿子,名叫帕勒达帕。男孩十分懒散,他的父母经过多少次费尽心血的努力,不见成效,就放弃指望他能对改善家境做些什么。然而,懒人也有占便宜的地方,家人厌嫌他,他却通常成为讨外人喜欢的角色,因为他不做任何事,没有任何牵挂,就成为人们的公共财产了。正如城里需要一座半座与家庭没有任何瓜葛的独立的公共花园,供游人休憩;乡村也十分需要两三个闲散的公共人物,在活动事务、娱乐消遣等方面缺少人手时,他可以马上到那儿凑个份,帮个忙。

帕勒达帕酷爱垂竿钓鱼,他的大部分光阴都耗费在这上面。每天下午,他坐在河岸边,沉浸于钓鱼这类事中,他因此经常与素芭在河岸边相见。不管什么事,若有个同伴参与,帕勒达帕总感到十分高兴;尤其在钓鱼时刻,有一位不会说话的同伴,那是再好不过的。帕勒达帕通过日常接触,了解素芭的禀性,十分尊敬她。这样,大家通常叫她为"素芭",而帕勒达帕掺入了几许爱的成分,亲热地称呼她为"素"。

素芭惯常坐在一棵合欢树底下,帕勒达帕坐在她近旁的地上,往河里投抛鱼钩,专注地盯着,留心着河面动静。素芭每天为帕勒达帕带来一个槟榔包,并亲手把它调弄好,然后,她久久坐在河边凝视着。兴许素芭心里想做些什么,帮帕勒达帕一把,或者在他事务里助上一臂之力。她心里总想让他明白,她在这个世界上不是一个毫无用处的废物,但这里真的没有什么可分配给她做的。于是,她从内心祈求造物主赐予她非凡的力量,她借此一念咒语,就会出现奇迹,让帕勒达帕一看到就会惊呼起来:"哎哟!素有这么大的本领!我真的没有想到,小看了你!"

请你们设想一下,倘若素芭是位水神公主,渐渐地浮出水面,把蛇王额上的宝石置放在岸埠上,让帕勒达帕放弃自己那个低贱的工作,拿着宝石,潜沉到水底。他在那里将看到,水晶宫里的金床上,一位公主端端正正坐着!他会惊喜地说:"哎哟,这位坐在金床上的人,不是巴尼康托家的那位哑女吧!是素!我的素!今天,金碧辉煌的静谧的水晶宫里的唯一公主,正端坐在这里!"——那难道是海市蜃楼吗?难道是完全不可能的事吗?其实,世上没有不可能的事。然而,素却没有诞生在设有臣民的水晶宫的王朝里,而降生在巴尼康托一位庶民家里,所以她今朝无法施展魔术,让古赛家里的孩子帕勒达帕感到惊奇。

五

素芭的年龄越来越大了。她渐渐地意识到自己,对自我的感受日益觉醒。仿佛在月圆之夜,一种崭新的大海般的无法描述的意识力量,充盈着她的心灵。现在,她仿佛瞥见了自己,正思考着自己,询问着自己,但没有任何答案。

一天,月圆的深夜,素芭缓缓地打开自己闺房的窗户,惶恐地探出头,朝外窥望。她似乎感到,月圆时节的大自然,像她一样孤寂地坐在熟睡的大地上,觉醒着。她也仿佛全身充盈着青春的欢乐、激情和忧伤情愫,抵达那无限孤寂的边缘,甚至超越了那边缘,默然无言地、丧失感觉地、纹丝不动地端坐着,她的嘴里没有吐出一个词儿。在这永恒沉默的大自然边缘上,一位比大自然还要宁静,比大自然还要沉默的纯朴姑娘,伫立着。

现在,父母为操办她的婚姻大事而焦急不安,村人也到处谴责他们,甚至要把他们逐出种姓的流言蜚语,到处扩散着。巴尼康托的家境不算差,有鱼有米,不愁吃喝,因此他们的仇敌也不少。

夫妻俩反复商议着这件心事,最终巴尼康托离开村子,去了异乡多日。

一天,他终于回来了,对妻子说:"走吧,我们一块去加尔各答。"

家里开始着手赴加尔各答的准备事宜。素芭的整个心宛如被浓雾笼罩的清晨,浸没于泪水里。这些日子,她像是一头无言的牲畜,怀着一种无可名状的恐惧心理,紧紧尾随着父母;她睁大了自己的黑眼睛,目不转睛地死盯着他们,好像企图探听到一些消息似的,但父母没有做任何开导,没有做任何安慰。总之,什么也没有对她说。

这期间,一天下午时分,在河岸边,帕勒达帕一边专心致志地钓鱼,一边面带笑容问素芭:"喂,素,我听说,你有了未婚夫,你准备赴加尔各答结婚?可别把我们忘得一干二净!"说罢,他又凝视水面。

素芭犹同中了箭的牝鹿一般，怀着令人怜悯的目光望着猎人，仿佛在怨恨他唠叨个没完："我什么地方得罪了你？"素芭就这样直盯盯地望着帕勒达帕。那天，她没有坐在合欢树底下。晌午，巴尼康托刚从床上起身，坐着吸起旱烟。素芭坐在他脚旁，盯着父亲的脸，哭泣着。最后，爸爸安慰了她几句，他干瘪的脸上，不禁滚落下两颗泪珠。

明日将动身去加尔各答。素芭到牛栏，向自己无言的同伴告别，亲手喂它们饲料，用手臂搂着它们的脖颈，两眼泪汪汪地向它们道别，泪水不止地从她眼里簌簌落下。

那天又是月圆之夜，素芭从自己屋子步出，走到从小就熟悉的河岸那未经修葺的埠头处，扑倒在绿茸茸的草地上，她仿佛用自己双臂紧紧抱住整个人类的无言的大地母亲。她想说："你别把我撵到陌生的地方去，你也像我一样用自己双臂紧紧地把我抱住，别赶走我！"

六

一天，在加尔各答的一间租房里，母亲正精心地为素芭梳妆打扮，把她的头发扎起来，编成发辫，扎上彩带，戴上首饰。尽管打扮得花枝招展，但她的自然美丧失殆尽。眼泪大把大把地从素芭眼睛里淌下来。眼睛别哭肿，母亲起初劝导她，末了责骂她。但她的眼泪对严厉的斥责，不屑一顾。那日，新郎官同几位朋友一起来相亲，父母惶恐地忙碌一番，仿佛天神自个儿降临人间，挑选自己中意的祭祀牲品。母亲在内屋狠命责骂她，她的泪水格外流得凶。就这副模样被带到考官的面前。

考官们仔细地查看后说:"好,蛮不错。"

看到姑娘哭得像泪人儿似的,新郎官就觉得,她有颗善良的心,她因要离开父母而感到内心难过哭泣不停。他心里琢磨,今天那颗心想到将与父母离别而痛苦不堪,那么明儿对我也会如此的。姑娘的眼泪犹同海蚌的珍珠,会自个儿提高姑娘的身价。这样,对她谁都不说些什么,谁都不评头论足了。

把自己的哑女托付给人之后,父母踏上回村的归途,他们踌躇满志,因为他们终于保住了他们的种姓和美好的来世。

素芭的新郎官在西部工作,婚后他很快携带妻子到自己谋事的地方去了。

不出一周,婆家的所有人都恍然大悟,新娘是个哑巴。但谁也不理会,素芭是没有任何过错的,她自己也没有欺骗任何人,她的眼睛已经明明白白说清了一切,但那时谁也没有领会过来。现在,她观察了四周,她没有获得诉说自己心灵的语言。在这里,她没有发现那些从她降生人间以来就领会哑女语言的熟悉脸孔。现在,在这位姑娘永恒沉默的心灵里,响起一种无限的无法言说的哭泣声,除了心灵探索者,谁也不会去倾听那种无声的哭泣。

这次,她的丈夫用自己的双眼和双耳,非常仔细地察听,相了亲,娶了一位会说话的姑娘。

结　局

一

阿普尔沃·古马尔获得了文学学士学位，利用假期，正从加尔各答返回自己的故乡。

一条乡村小河，雨季结束就干涸。现在正值雨季，河水猛涨，湍急的河水穿过乡村边缘，亲吻着竹林土壤，奔腾向前。

连续几天，倾盆大雨。今天，才云开见晴，阳光普照。

阿普尔沃·古马尔坐在小船上。倘若他内心的图画呈现在面前，人们就会看到，新雨季的大雨，使这位青年心河的河水漫过岸边；河水在阳光下乍明乍暗；随着微风，发出汩汩的溅水声。

小船准点抵达码头。从河岸，透过茂密的树林，可以望到阿普尔沃家的屋顶。家里人不知道他回家，所以，没有人来码头接他。船夫要帮他拎箱子，他推辞了，自己提着箱子，激动地从船上一跃上岸。

岸上滑腻。一登岸，他连人带箱摔在泥泞的台阶上。他摔跤时，不知从何处升起一阵甜蜜的欢笑声浪，惊动了安坐在邻近树枝上的雀鸟。

阿普尔沃觉得十分难堪，但很快镇静住，向四周睨视了一下，发现岸边停泊着一艘大户人家的大船，人们正从船上卸下新的砖瓦，在砖瓦堆上坐着一位姑娘，笑得前仰后合。

阿普尔沃认了出来，她就是他家新邻居的女儿，名叫莫琳默伊。原先，她们的家在遥远的一条大河岸边上。两三年前，河水泛滥，她们离乡背井，来这里安营扎寨。

全村传播着有关这位姑娘的飞短流长的闲话。乡村的男人爱称她为疯子，但已婚女子由于她不羁的野性而一直处于惧虑状态中。她喜欢同乡村男孩子玩耍，却瞧不起她的同龄女孩子。在孩子的世界里，这个女孩子会像敌军来临一样掀起骚乱。

她是爸爸的宠儿，因而她是那么胆大包天。虽然她母亲经常在自己女友面前，抱怨自己的丈夫宠坏了孩子，但她想到，丈夫宠爱女儿，当他在家时，女儿的眼泪会使丈夫的心蒙受极大的痛苦；因而，她一想起在外省工作的丈夫，就不忍心惩罚女儿了。

莫琳默伊的肤色看上去是黝黑的，剪短的鬈曲头发散在肩上。她的脸完全像个男孩。两只大大的黑眼睛没有一星半点儿的羞怯、恐惧和献媚的神色。她个子高高的，身体长得丰满且结实。谁都不会提出："她的年龄多大啦？"但人们谴责她的父母："为什么让她单身，不出嫁呢？"

当外省地主的船只停靠在码头上，村里人会诚惶诚恐地接待他们，家里女人的脸蛋上突然会落下幕布，拖到鼻子底下。但莫琳默伊不知从哪里抱来一个光身的小孩，抖动着披在肩上的鬈曲头发，毫无敬畏的神情，站立着观察外省来的陌生怪物。这个省度里没有猎人，没有灾祸，她像这个自由园地里的小鹿一样，无畏惧地、好奇地凝视着。末了，走到孩子或女友圈里，详尽描述那位新来的生物的举止言谈。

我们的阿普尔沃·古马尔，每逢假期都回家探亲。从前有两三次，与那位无拘无束的女孩邂逅相遇。后来，他在空暇时，甚至工作时刻都会想到她。大地上无数张脸庞涌现着，但有的脸即使不说话，也会深深地镂刻在你的心灵上，抹也抹不去。这不仅仅是漂亮的缘故，也许是某种品质——清澈鲜亮的缘故。那种能够自由地显露在外的、坐落在心灵某个角落里的神秘人格的脸孔，不会对众人掩藏住，很快就印刻在心灵幕布上。在这个女孩子的面容上、眼睛里，一种好动的、无畏的女人品性始终袒露着，她宛如在森林中奔跑的鹿儿嬉戏着、欢蹦着。所以，人们只要一见到如此生动活泼的脸儿，就不会轻易地忘得一干二净的。

不言而喻，莫琳默伊这种欢快笑声，不管多么甜润，但它对可怜的阿普尔沃来说却是多么恼人。他由于害羞而脸红了，把手中的提箱交给船夫，自己拔脚就向家宅奔去。

大自然中一切安排得那么井然有序、赏心悦目——河岸、绿荫、鸟儿的鸣啭、晨曦的阳光、二十岁的年华，都富有浪漫色彩。当然，一堆砖瓦不值得大书特书的，但人类那位漂亮后裔坐在砖瓦堆顶上，她在干巴坚硬的砖堆上，撒播着一种令人销魂的美。天哪，一跨入那心醉神迷的境地，所有高贵的诗性刹那间都会转化为滑稽可笑，都会抱怨自己突然落入的这种如此残酷的命运！

二

漂浮在砖堆上的笑浪，灌进了他的耳膜。高贵的阿普尔沃提着沾满污泥的围巾,狼狈不堪地抵达了家。

守寡的母亲见到了儿子突然归来,不禁欣喜若狂,立即派人去村里各处设法弄来牛奶、奶酪和鱼儿。这下,惊动了左邻右舍,引起一阵骚动。

午饭之后,母亲向儿子提及婚姻的话题,阿普尔沃早有准备,因为从前这个提议已提过许多次。他总拐弯抹角地拒绝:"我没有获得学士学位,决不能结婚。"如今,人们都知道他已大学毕业,再也没有借口搪塞拒绝。

阿普尔沃说:"先物色合适姑娘,再下决心。"

妈妈说:"我们已物色好了姑娘,你也没有必要考虑了。"

但是,阿普尔沃准备自己拿主意物色对象,说:"我不相过姑娘,决不会结婚的。"

妈妈思量:"这种奇怪的想法至今是闻所未闻的。"但是,她不得不同意。

晚上,阿普尔沃熄灯上床睡觉。躺下时,雨季深夜的莫名声息夹杂着穿过寂静夜空的甜蜜的取笑的声音,一次次在他耳膜里响起。他内心再三对自己说:"清晨,失脚滑倒时,我想用种种方法维护住自己的尊严。那位不知趣的姑娘哪里晓得:我可是受尊敬的阿普尔沃·古马尔,尽管,我跌入泥泞里,但我可不是位可笑且愚蠢的乡村青年。"

翌日,阿普尔沃要去物色姑娘。姑娘的家离这儿不远。他颇费心思,梳妆打扮,穿上丝绸的上衣,缠了一头时行头巾,脚穿锃亮油光的皮鞋,手提着绸伞,一派绅士风度。

一步入未来丈人家,他就受到隆重的款待。姑娘的心怦怦乱跳,满脸涂脂抹粉,全身珠光宝气,香气四溢,裹着薄薄的多彩的丝绸纱丽,被人引到未来的新郎面前。姑娘像无生命的物体一样哑然无声地坐在椅角里,头额低垂着几乎触碰到膝盖,她身后站着一位成年女仆,不时为她壮胆打气。姑娘的未成年弟弟,目不转睛地凝视着那位不速之客、陌生人的头巾、表链以及他的新长的胡子。

阿普尔沃久久地捋着自己的胡子,严肃地问着女孩:"你学习什么课程?"

他没有从戴着珍珠首饰、穿着丝绸锦缎、被羞怯包裹着的人那里,获得任何回音。一再催问之下,老女仆又在身后一次次鼓励地推她背后,女孩才迅速地吸了一口气,以极其细微的声音说:"妇女知识第二册、语法课、地理、数学和印度历史。"

这时,从外面传来吧嗒吧嗒急速奔跑的声音,莫琳默伊气喘吁吁地,摇晃着背后发辫,闯进屋里。她瞧瞧阿普尔沃,连眼都没有抬一下,径直走到未来新娘的小兄弟拉卡尔身边,一把抓住他的手,往外拖去。那时,拉卡尔专注地观察着未来的新郎和新娘——他纹丝不动地站在那儿。女仆严厉地斥责莫琳默伊,把声音控制在合乎礼仪的响度。阿普尔沃保持着严肃的、镇静而高傲的表情,整了整自己的头巾,闷声不响地坐在那儿,不时用手抚触着垂挂在胸前的表链。

最终,莫琳默伊发现,她的小伙伴不肯动弹,她在他背上猛击一拳,又掀开未来新娘脸上的面纱,像一阵旋风般地奔出屋外。女仆十分生气,悻悻埋怨几句。拉卡尔突然见到姐姐脸上的面纱被掀开,不禁哈哈大笑起来。在那开怀大笑中,他没有为背上重重一击而发怒,因为他们之间经常是以这种方式交往的,不值得大惊小怪的。这些司

结局 · 117 ·

空见惯的例子是数不胜数的。譬如，有一天，莫琳默伊的头发长到背腰处，拉卡尔突然从背后用剪刀剪她的长发，莫琳默伊大为光火，夺过剪刀，残忍地剪去自己剩余的头发，把剪下的发卷扔到拉卡尔的脸上。于是，莫琳默伊浓密的发卷，犹如从枝头上掉落地上的一串黑葡萄，散落在地上。他们之间，一开始就以这种方式相互制约着。

经历这场风暴之后，那场无言的考试就这样草草收场了。像圆鼓鼓的包袱似的姑娘，拉长了身子，像垂直线似的，跟随女仆回到自己的闺房去。阿普尔沃表情严肃，用手捋着自己刚长出的胡子，走到门口发现，他的黑漆皮鞋不翼而飞了。经过多方寻找，仍然不知晓谁拿走了，放到何处。

主人家里一片慌乱，雨点般地诅咒那位不知名的罪人。四处寻觅，不见皮鞋的踪迹。末了，无奈借主人家的一双陈旧且宽大的拖鞋，穿上自己的长裤、上衣、头巾，阿普尔沃小心翼翼地踩着乡间泥泞的小路，往家走去。

抵达池塘边渺无人烟的小路，突然昨日那种响亮的笑声又在天空回荡着，仿佛一位喜欢戏谑的森林女神走出森林隐蔽处，看见阿普尔沃那双极其不相配的拖鞋，忍俊不禁，发出笑声。

阿普尔沃十分难堪地停住自己的脚步，迅速环顾四周。这时，从浓密的森林深处走出不知羞耻的女罪人，把皮鞋扔到阿普尔沃跟前，随后转身就想逃之夭夭，阿普尔沃追上去，一把揪住她手腕，把她幽禁起来。

莫琳默伊竭力扭动挣扎，企图脱手逃跑，但仍然无法脱身。一缕阳光，透过繁枝密叶，投射到浓密头发掩藏住的、露出神秘微笑的狡黠的面孔上。正如好奇的旅客弯着腰，专注地观察着清澈的湍流底下的泛着光波的卵石，阿普尔沃弯腰端详着莫琳默伊抬起的脸蛋，目不转睛地凝视着她淘气的、闪电般熠熠发光的瞳眸。然后，他缓缓地松开了自己的手，仿佛他半途而废，放弃了自己的职责，释放了女囚徒。假如阿普尔沃盛怒下，痛打她一顿，也不足为怪。但是，在寂静无人的小径上，她似乎不明白这种不同寻常的沉默惩罚的含义。

宛如跳着舞的大自然脚镯，发出叮当响，那个淘气的笑语，又在整个天际漫延响起。沉浸在沉思里的阿普尔沃，迈开缓慢步伐，朝自己家宅走去。

三

那天，阿普尔沃以种种借口，既不进屋内，也不见母亲。哪儿有邀请，就往哪儿吃喝闲聊。难以理解，像阿普尔沃那样有学问有文化的青年，为何丧失自己的尊严，急于向那位粗野的村姑，表白自己高贵的价值呢？一个村姑怎么会把他当作一个与自己平起平坐的普通人呢？她为何把他当作笑料的角色，随即似乎忘了他的存在，喜欢与像拉卡尔那样无拘无束的男孩玩耍嬉闹，而阿普尔沃又为何闷闷不乐呢？他又为何在她面前想竭力证明：他经常为《世界风光》月刊撰写文章；他箱子里，除了装有香水瓶、彩色信笺、风琴课本，还有一沓厚厚手稿，像等待黑暗退尽，黎明降临那样，准备付样？

但是，窥探心灵的奥妙，不是件轻而易举的事。然而，文学学士阿普尔沃也不肯轻易在顽皮淘气的村姑面前俯首称臣。

傍晚，阿普尔沃潜入内屋，他妈问道："相亲回来了？感觉如何？喜欢吗？"

阿普尔沃犹豫了一会儿，说："是的，相亲了，我喜欢其中的一位姑娘。"

母亲大惑不解地说："你在那边见到了多少姑娘？"

末了，几经盘问，母亲恍然大悟：她孩子喜欢上女邻居夏拉达的女儿莫琳默伊。如此有教养有文化的孩子，竟然爱上几乎目不识丁的村姑。于是，母亲对文学学士学位大大失敬了。

起初，阿普尔沃有些难为情，末了，当母亲反对他的选择，他的羞涩神情立即一扫而光，他执拗地坚持："除了莫琳默伊，我不与其他姑娘结婚。"一想到那位像无生命的木偶一般的姑娘，他对结婚的厌恶情绪就油然而生。

几天以来，母子之间有了龃龉，妈不吃不喝不睡，但最终，阿普尔沃赢得了胜利。母亲说服了自己内心：莫琳默伊仍是个孩子，她妈又无能力供她读书，使她能知书达理；结了婚，进入家门，他们可以好生教导她。何况，她的脸蛋是漂亮的。但一想到她蓬乱的头发，母亲的心就充塞着沮丧情绪。不过，母亲希望：正规地结成发辫，涂上头油，这个缺陷几天内就会烟消云散的。

左邻右舍亲昵地称阿普尔沃"亲爱的沃"。许多人也很喜爱疯丫头莫琳默伊，但这不等于说，他们认为自己孩子与她相亲是合适的。

莫琳默伊的父亲依夏纳琼德拉得悉了这个喜讯。他是一家轮船公司的小办事员，在一个河岸边的小站上负责装卸货物和售票工作，住在洋铁皮制成的小屋里。从故乡传来女儿要成亲的消息，他老泪横流，人们分不清，泪中含有几多欢乐，几多痛楚。

为回故乡操办女儿婚事，依夏纳琼德拉向总公司提出请假。公司经理不应允，认为结婚是小事一桩。无奈，他向家里写信说，在恒河女神下凡的节日里，他将有一周假期，婚礼是否推迟到那时举行。但阿普尔沃母亲回信写道："这个月的吉日是最美好的时辰，婚期绝对不能往后拖延。"

两方面都否决了他的请求，他痛苦万分，但也不提什么异议了，仍像从前埋头于装货卸货和售票的日常工作。

这以后，莫琳默伊的母亲和诸亲老人，日夜教育莫琳默伊，要她如何履行未来妻子的职责，她要放弃任性游玩、逃跑、动作粗鲁、笑声响、与男孩子厮混、一饿就讨吃等。于是，她十分恐慌，仿佛婚姻是恶魔凶煞似的。

怀着热切和怀疑心灵的莫琳默伊，终于搞明白了，婚姻对她来说是终身监禁，最后被绞死。

她像一匹难以驾驭的小马驹，不服控制，斩钉截铁地说："我不结婚！去他的！"

四

但是，她终究得结婚。

婚后，开始了她的课业。进入阿普尔沃妈妈的屋，整个晚上，莫琳默伊的世界被禁锢在婆家的小天地内。

婆婆开始了她的改造任务。她板着脸，严厉地向媳妇说："媳妇，你已不是个黄毛丫头了,你粗鲁、轻浮的举止与我家不相称。"

莫琳默伊无法接受婆婆的训责。她思忖,这个家对她来说或许不相称,应该寻觅另一个落脚的地方。

晌午,她失踪了。"她去哪儿,藏在何处?"全村纷纷扬扬,四处寻找。最终,她的同伴好友拉卡尔出卖了她,供出她藏身的地方。在载着神像的破旧的弃置不用的木战车里,人们抓获了她。

婆婆、妈妈、四邻亲友一致斥责她。他们认为,雨点般的教诲能够使她回心转意。

晚上,乌云密布,雨淅淅沥沥下起来。

阿普尔沃悄悄地走到莫琳默伊的身边,悄声细语在她耳边絮语:"莫琳默伊,你不爱我吗?"

莫琳默伊突然大声叫喊:"我不爱,我绝不爱你。"仿佛她要把自己的全部愤怒、所有人的惩罚,一股脑儿地、闪电般地倾泻在阿普尔沃身上。

阿普尔沃痛苦地说:"为什么?我什么地方伤害了你?"

要满意地获得答案是困难的,但阿普尔沃暗下决心:"一定要制服这颗叛逆的心!"

次日,婆婆发现莫琳默伊要反叛的蛛丝马迹,就把她反锁在屋里。起初,恍如关在笼子里的小鸟一样,她在屋内焦急地拍打着;随后,没有任何逃出笼子的可能,她愤怒地用牙齿撕破床单,躺在地上号啕大哭,痛苦地喊着:"爸爸,爸爸。"

正在这时,有人悄悄地走到她身边坐下。温柔地从她的双颊上,拭去沾满尘土的发丝,莫琳默伊愤怒地摇着头,把那人的手推开。

阿普尔沃用嘴贴近她耳根，柔和地说："我偷偷开了门，走吧！从后花园里逃出去！"

莫琳默伊用力地摇头，哭着说："不！"

阿普尔沃托起她的下巴，想把她的头抬起，说："你抬头瞧，谁来了！"

拉卡尔望着满地乱滚的莫琳默伊，不知所措地站在门口。莫琳默伊没有抬头，推开他的手。

阿普尔沃说："你看，拉卡尔来邀你玩耍，你不高兴玩？"

莫琳默伊满腔怒火地说："不！"

拉卡尔发现，事情陷入僵局。他获得解脱似的跑出屋宇。阿普尔沃默不作声地坐着。莫琳默伊哭着哭着，睡过去了。阿普尔沃轻轻地站起，走出屋，把门反锁上，蹑手蹑脚地离去。

次日，莫琳默伊收到父亲的一封信。她父亲在信中写道，对没有能参加女儿的婚礼，感到十分难过，最后衷心祝福他们的新婚之日。

莫琳默伊来到婆婆处，请求道："我要去爸爸处。"

婆婆突然听到这个不可能实现的请求，拍案大骂："你爸爸自己都没有一个安身的地方，你如何去他那儿！你的要求真是异想天开！我讨厌你那种娇嗔，你爸的那种宠爱！"

莫琳默伊没有吱声，失望地回到自己屋子，像一个绝望的人向神明祈求，她沮丧地哭喊着："爸爸，把我从这儿带走吧！这儿没有人爱我！我在这儿活不下去！"

深夜，丈夫熟睡着，她偷偷地开了门，离家出走。

天上飘着云彩，但月光依然照亮着她走的道。莫琳默伊不通晓哪条路可通向她父亲那儿，不过，她相信，邮差所走的路是通向世上所有人家的路。于是，她遵循着邮差走的路向前走去。

森林中，两三只鸟儿扑动着翅膀，不时发出奇怪的叫声；无法确定什么时候，一种令人困惑的沉默笼罩四周。莫琳默伊来到道路一边的河沿口的一个类似市场的地方。她被难住了，不知该往哪个方向走。这时，她蓦然听到邮差铁环的锵锵响声。不一会儿，一位肩上挎着邮袋的邮差喘着大口气，出现在她眼前。

莫琳默伊向他奔去，用可怜且哀求的口吻请求："我要到父亲待的古什更吉那儿去，请把我带上吧！"

邮差匆匆地说："我不知道古什更吉在何方。"他一面回答，一面走到码头，登上邮船，唤醒船夫，吩咐开船。他没有时间与她攀谈，或表示一下慰问。

须臾间，码头和市场苏醒了。莫琳默伊走到码头，向一个船夫说："能把我带到古什更吉那个地方去吗？"

在回答之前，附近船上发出一个询问声："谁呀？是米努家的孩子，你怎么到这儿来的？"

莫琳默伊焦急不安地说："般玛利，我要去古什更吉爸爸那儿，你让我乘船去那儿吧！"

般玛利是她村子里的船夫，深知姑娘的任性。他说："你要去父亲那儿，这是个好主意！来，我带你去！"

莫琳默伊高兴地坐上船。

船夫开舵起航。彤云密布，大雨倾盆，像雨季涨满水的河流，汹涌地摇晃着小舟。莫琳默伊的身子疲劳得像散了架子似的，睡意充塞着双眼。她躺在毛毯上。在河水摇曳下,大自然抚爱下,那个好动不羁的女孩,像安静的婴儿,不一会儿就熟睡过去了。

当睁眼时,她发现,自己已躺在婆婆家的床上了。女用人一看到她醒来,就嘀咕起来。婆婆听到女用人的声响,就进屋,向媳妇发出一连串刺耳的话。莫琳默伊瞪大了眼,默不作声地瞧着婆婆的脸。最后,当婆婆奚落她爸的好家教时,莫琳默伊一骨碌地起身,钻到隔壁小屋,从里面上了闩。

阿普尔沃把羞涩束之高阁,向母亲大胆发问:"妈,把媳妇送到娘家一两天,有什么害处?"

母亲勃然大怒,痛骂阿普尔沃不懂人情世故。世上那么多女子,他偏偏昏了头,选中了那个不知礼仪的野丫头进门,这是个多么愚蠢的举止。阿普尔沃只得默不作声地忍受这顿毒骂。

五

那天,室外下了一整天滂沱大雨,宅内却流着一整天泪雨。

半夜,阿普尔沃轻轻地走到莫琳默伊身旁,悄声细语地问道:"莫琳,你真想去爸爸那儿?"

莫琳默伊大吃一惊,随即紧紧握住丈夫的手,感动地说:"我想去。"

阿普尔沃低声说:"那走吧,我已准备好船只,我们一块偷偷地出逃。"

莫琳默伊以十分感激的目光,再次凝视丈夫的脸,随即猛然起身，换了衣服。阿普尔沃为不使母亲有任何担惊受怕，留了一封信，随后，两人携手离家出走。

莫琳默伊生平头次在如此漆黑的夜晚，在渺无人烟、万籁俱寂的街上行走，她怀着自己全部心声、信赖、勇气和情愫，握着丈夫的手，而那种心灵的欢乐激奋，通过温柔的抚触，也在丈夫的每根毛细血管里迅速传播开去。

小舟就在那个晚上驰离故乡。尽管极度不宁、欣喜，莫琳默伊还是很快甜滋滋地进入梦乡。

次日，莫琳默伊醒来，感觉到无比自由！无比欢乐！她欣喜地观赏着两岸的光怪陆离的集市，星罗棋布的田野，浓密的森林，还有穿梭江河的小舟！莫琳默伊向丈夫问个不停，一星半点儿的小事也不放过："那艘小船装载着什么？""这些家伙从哪儿来的？""这地方叫什么名字？"尽管诸如此类问题的解答，阿普尔沃不可能在书本中获得，也超出他在加尔各答的生活经验，但阿普尔沃都作了回答。

当然，阿普尔沃的朋友如果听了他这种驴唇不对马嘴的答案，一定会感到难为情，因为他大部分的回答不符合事实。比如，他会毫不犹豫地把装载芝麻的船，说成是装有亚麻子的船，把潘契贝拉村说成是拉因格尔村，把地方法院说成是地方的办事处。饶有兴味的是，提问者对所有值得怀疑的答案，都深信不疑，感到十分满意。

次日傍晚，小舟驰抵古什更吉。

洋铁皮的小屋里，一盏油渍斑斑、肮脏破旧的小方灯点燃着，光线暗淡；小写字桌上摊着一本皮包封面的账本；裸露身体的依夏纳坐在小木凳上，埋头记着账。这时，一对新婚夫妇闯了进来。

莫琳默伊欣喜地喊着:"爸爸!"

在这破损的洋铁皮小屋,从来没有听到过如此甜蜜亲热的声音。

热泪从依夏纳的眼里滴答滴答掉下。那时,他不知所措,不晓得应该做什么。他的女儿和女婿如同帝国的公主和王子,而在那堆满一捆捆亚麻、一摞摞账簿的洋铁皮小屋,如何能够安顿这对达官贵人的寄宿呢?他理智的迷误已是无以复加,丧失了决断此事的能力。又用什么来款待他们呢?平常,贫穷的小办事员亲自动手为自己制作简单的饭菜,凑合应付着肚子,但今天,在洋溢着欢乐情绪的小屋里,究竟可拿什么来款待他们呢?这是个多么恼人的事。

莫琳默伊见到爸爸的窘状,便说:"爸爸,今天我们一块做饭。"

阿普尔沃对这个提议表示了极大的热情。这小小屋子,能插足的地方不多,人也少,食物匮乏,但正如狭窄的喷泉管的泉水喷得更高,穷人细窄的血管里的欢乐潮流,奔腾向前。

光阴如箭,三天过去了。一艘艘船只驰来,停泊在码头,旅客来来往往,一片嘈杂。夜幕降临,河岸沉寂下来。那时,可以感受到一种前所未有的自由放松。三人一块动手制作饭菜,相骂取笑,东拉西扯,乐趣融融。莫琳默伊用佩戴手镯的纤手设席摆宴,丈人与女婿坐定猜拳祝酒,而莫琳默伊的甜悦笑声,弥补了她动作的笨拙;他们也因姑娘的欢乐和自豪而喜形于色,开怀痛饮。

最终有一天,阿普尔沃开口说:"再也不能拖延了,该回家了。"莫琳默伊娇声嗔气地哀求道:"再逗留几天。"

依夏纳则干脆说:"不,不要再逗留了。"

告别时,依夏纳搂着女儿,用手抚摸着她的前额,哽咽地说:"女儿,你在婆家应点燃光明之火,成为圣洁的女神,不要玷污我米努家族的名声。"

莫琳默伊哭得像泪人儿,向自己的慈父告别。而依夏纳将依然如故,缩在那间没有欢乐的狭隘简陋小屋里,按照旧规矩,日复一日、月复一月地装卸货物,度着日子。

六

两个罪人回到了家,母亲绷着脸,一句话也不说,对谁都不责怪,以致他们没有为开脱罪过进行辩护的任何机会。这种无言的控诉,像座大山一般屹立着,压迫着整个家庭。

末了,实在无法忍受,阿普尔沃开腔道:"妈,学院要开学,我得去攻读法律。"

妈冷漠地说:"媳妇怎么办?"

阿普尔沃说:"让她留在这儿。"

妈以坚决的口吻说:"不,孩子,绝对不行!你把她一块带走。"

阿普尔沃气恼地说:"好吧。"

他们为去加尔各答做着准备。在离家的前夜,阿普尔沃进屋睡觉,发现莫琳默伊躺在床上,抽噎着。

蓦然,他的心如遭重重打击似的,痛苦地问:"莫琳,你不喜欢随我一起去加尔各答?"

莫琳默伊摇头说:"不去。"

阿普尔沃失望地问:"你不喜欢我?"

没有得到任何回音。通常，回答这样的问题是十分容易的，但里面涉及的难以言状的心灵情感是如此复杂，以致姑娘无法正确回答。

阿普尔沃问道："你不喜欢抛弃拉卡尔，离开这儿，是吗？"

莫琳默伊十分轻松地回答："是的。"

对拉卡尔男孩的长期妒忌，犹如一把长长利剑，刺入以文学学士学位而自诩的青年之心，他说："我将会许多日子不能回家。"莫琳默伊没有进行对话。阿普尔沃又讲："也许要分别两年半，或许更长一些年头。"

莫琳默伊冷冷地提醒一句："你回来时，为拉卡尔带一把有三面刀刃的罗杰斯牌小刀。"

阿普尔沃躺下，又起身问道："这么说，你想留在这儿？"

莫琳默伊说："是的。我将去妈妈那儿住。"

阿普尔沃长吁短叹，说道："好吧，你住在那儿吧。听着，你不写信叫我回来，我就不会回家。现在，你高兴了吧？"

莫琳默伊觉得，回答这个问题是多余的，于是，就睡着了。但是，阿普尔沃无法入睡，把枕头垫高，背靠它坐着。

大半夜过去，月儿突然从云朵中探出头，月光倾泻在床上。在明澈的月光下，阿普尔沃凝视着莫琳默伊的面容。看着看着，他仿佛觉得，神话故事里的公主挨了银杖一棒，失去了知觉。但只要挨一次金杖，睡觉的灵魂就会醒转过来。因此，银杖是欢笑，金杖是眼泪。

天刚破晓，阿普尔沃唤醒莫琳默伊，说："莫琳，我走的时刻到了。走，我把你送到你娘家去。"

莫琳默伊从床上起身，做着走的准备。阿普尔沃握着她的手，说:"我还有一个请求,我已多次帮助过你。今天,我要去外省,你能给我一个报答吗?"

莫琳默伊吃惊地问:"要什么?"

阿普尔沃说:"你用自己全部纯情,亲吻我一下。"

莫琳默伊听到他的荒谬的请求,看到他脸上严肃的表情,忍俊不禁。然后,她强压住笑容,朝前欲吻,嘴唇刚要触到他面颊,她又控制不住,笑得前仰后合。就这样,试了几次都以失败告终。最后,她用衣襟遮住脸,咯咯笑个不停。阿普尔沃无可奈何,轻轻地揪了一下她的耳朵,以示宽大的惩罚。

阿普尔沃暗自许下一个严酷的誓言:在任何情况下,自己不主动索取东西,否则,这等于是奇耻大辱。他渴求像神明一样高傲,让人们心甘情愿来朝拜,洒以甘露恩泽于民,而自己决不伸手索取什么。

莫琳默伊停止了笑声。清晨,太阳刚射出金色的光芒,街道空无一人。此刻,阿普尔沃把她送回娘家。事情办完,回到家向母亲禀报:"妈,我再三考虑,把妻室带到加尔各答,会妨碍我的学业,那儿又没有女伴,您又不希望把她放在自己身旁。所以,我把她送回娘家去了。"

这样,各自的固执,在母子之间造成了裂痕。

七

住在娘家,莫琳默伊发觉,现在她的心已不再依恋那块地方了。那个家从头到尾都发生了变化,从前的痕迹丝毫也不剩,时间似乎凝固住了。她该做什么，该去哪儿，该与谁会面，一点儿也拿不定主意。

莫琳默伊突然觉得，仿佛整个家、全乡村荒无人烟，仿佛中午发生了可怕的日食。她不明白，今朝，她的心却为去加尔各答而如此焦躁不安，而昨晚，她那颗心跑到哪儿去了？昨日，她还没领悟到，因为去加尔各答，她将抛弃的那生活部分虽然与她的心灵如影随形般紧密相连，而今天，她的全部迷恋也会发生变化。今天，她按照自己的意愿，抛掉往昔的生活，犹如树枝抖搂枯叶一样，不费吹灰之力。

一则古老传说叙述，从前，一位武器工匠能够制作出锋利的宝剑，可以不知不觉之中把人劈成两半，但身体仍连在一起，直到摇动了它们，才分成两半。同样，造物主的宝剑也异常精巧，它在莫琳默伊的童年和青年之间劈了一刀，她丝毫没有觉察；如今，稍许摇晃了一下，她的童年与青年就泾渭分明地分成两半。她十分惊讶而痛楚地注视着这种突如其来的变化。

在娘家，她发现，从前自己的旧屋已不属于自己了，从前她住在那里，如今似已人去楼空。现在，她心灵的整个回忆，徘徊在另一家庭、另一所房间、另一张床的四周。现在，莫琳默伊足不出户，也听不到她惯常的笑声，拉卡尔害怕见她，玩耍嬉闹已从她心灵上被抹去了。

莫琳默伊对妈说："妈，把我送回婆家去吧！"

这时，阿普尔沃的妈一想起儿子去加尔各答时的阴沉而沮丧的脸，心里就难受。儿子盛怒之下把媳妇遣送回娘家，这件事犹如一把利刃戳进她的心窝。

一天，掀开面纱的媳妇突然回家——她的脸无精打采，向婆婆致触脚礼。婆婆热泪盈眶，一把搂住媳妇。刹那间，两人之间的隔膜化为乌有。见到媳妇沉静的脸色，婆婆十分吃惊。媳妇判若两人，不像是从前的莫琳默伊，如此巨大的变化需要巨大的力量。婆婆深思熟虑后决定，尽一切可能帮助媳妇克服缺点——但从前一位隐身的改造者已经使她获得新生。

现在，婆媳心心相印，相互了解了。像树枝与枝杈和睦相处，整个家庭充满着祥和如意的气氛。

一种深沉且温柔的女子品性，充溢着她的全身心，但它也叩开了她痛苦的心扉。像雨季的黑乎乎、充盈雨水的新云一样，她的心灵天际一种专注的泪水，把自豪感流向远方。这种自豪使她长长的黑色眼睑更加深了忧郁的阴影。她暗自向丈夫诉说："我不理解自己，无关紧要，但你为什么不了解我呢？你为什么不给我惩罚呢？你为什么不按自己的意愿指使我呢？当我任性不跟你去加尔各答，你为什么不强制地带我去呢？你为什么听从我的话呢？满足我的固执的要求，容忍我的执拗呢？"

随后，她又回忆起那个日子，阿普尔沃在清晨池塘边，在渺无人迹的路上把自己囚禁住，不吐一字，只是默默地注视着她的脸庞。她回忆起那天的池塘，那个道路，大树底下的阴影，清晨的金色阳光，充满心意的深沉的凝视。蓦然，她明白了这一切的全部意蕴。随后，她又想起了告别那天，她抽回快到阿普尔沃嘴唇的吻，那个未完成的吻，如今像渴望荒野的小鹿一样以飞快的速度飞向那失去的机会，但她的真实渴念无论如何也不能消除。如今，这些憾事不时浮现在她的心头上。那时，倘若这样做了，回答了，那么……

阿普尔沃内心感到十分遗憾，莫琳默伊没有很好认识他。而莫琳默伊今天也冷静地想：他怎么理解她，怎么思考的！阿普尔沃把她理解为一个粗野任性、愚笨迟钝的女孩；他不懂得用充盈心灵之爱的甘霖，去消除姑娘对爱的渴求。此时此刻，由于忏悔，她羞愧得无地自容，她要努力偿还欠最亲爱的人的亲吻和抚爱的全部债务。

就这样，许多日子过去了。

阿普尔沃曾经说过："当你不写信，我就不回来。"一天，当想起这句话，莫琳默伊就把自己关在屋内，取出阿普尔沃留下的金色镶边的彩色信笺，搜索枯肠，写什么呢？战战兢兢，扶住笔杆，画上歪歪斜斜的线条，手指沾满墨水，涂着大大小小的字母。开头没有写上称呼，径直写道：

你为什么不给我写信？你身体可好？你快点回家吧！

她绞尽脑汁，还要写什么。真正的心里话都已写上。但是，在人类社会里，心灵的情意需要夸大显示。莫琳默伊也意识到这点，因此她苦苦思索了好半天，终于又加上几句：

你一定给我来信，谈谈你的生活。回来吧，妈妈身体很好，其他一切都好。昨日，我们的黑牛生了一头牛崽。

写到这里，她已到了山穷水尽的地步。她把信塞进信封里，信封上写着阿普尔沃先生启,其中每一个字母、每一滴墨水,都倾注了她心灵之爱。不管爱如何倾泻,字体却不优美,排行不直,字的拼写也不对。信封上除了写上收信人的姓名,还应写上其他什么,她都不知道。她又怕给婆婆或其他人看见,只叫一个可靠的女佣,把它投寄了。

无须赘述,这封信不会引出任何的结果,阿普尔沃没有回来。

八

妈妈见学院放假,阿普尔沃仍没有回家。于是,她猜想,他现在仍在生气。莫琳默伊也断定,丈夫生她的气。她一想到自己写的信,不由羞愧得无地自容。这封信多么微不足道,自己内心情感也没有充分表达出来。丈夫读了这封信,更加从心里瞧不起她。想到这一切,她像中了箭的猎物一样,内心痛苦不堪。

她一次次询问女佣:"你把那封信投入邮筒了吗?"

女佣屡屡使她放心地说:"是的,夫人。我亲手把信投入邮箱的。大人一定早收到了。"

最后,阿普尔沃母亲把莫琳默伊叫来,说:"媳妇,阿普已好些日子没有回家。我想亲自去加尔各答一趟,看望他。你想一块去吗?"

莫琳默伊点头表示同意。接着她跑进自己屋子,关上门,躺在床上,把枕头靠在胸前,笑着,来回翻身,任意地宣泄着内心的欢乐情感。随后,她渐渐地严肃起来,沮丧起来,陷入疑惑之中,坐着哭泣起来。

没有告诉阿普尔沃,两位怀着欢乐心情的妇女为讨取他的欢心,奔赴加尔各答。

阿普尔沃母亲住在女婿那儿。

那天傍晚,阿普尔沃十分沮丧,彻底抛弃接莫琳默伊来信的希望,自己打破许下的诺言,开始给她写信。搜索枯肠,任何字词都无法使他满意。他找不到既能表白爱意又能维持自尊的称呼,寻觅不到宣泄情感的合适词句。于是,他觉得祖国语言的贫乏,无法对它肃然起敬。巧在这时,他收到妹夫来笺:"令堂驾临,火速前来相见,晚上就在我这儿用餐。家里一切都好。"尽管带来一切均好的信息,他内心依然升起不祥的忧虑。他一刻也不敢耽误,启程奔赴妹夫家。

他见到妈,劈头就问:"妈,家里每个人都好吗?"

妈回答:"是的,大家都好。假期里,你都不回家,我今天特地来接你回家。"

阿普尔沃说:"您干吗为区区不足挂齿的小事操心,又何必亲自来这儿一趟,我还得考法律……"

吃饭时,妹夫问道:"兄长,您为什么不把嫂子一块带来?为什么把她留在家里而自个儿来?"

兄长郑重其事地说:"要读法律……"

妹夫笑着说:"这些话无非是借口,实际你怕我们,不敢把她带来!"

妹妹说:"你真是个凶神恶煞一样的家伙,那些孩子突然看到你,会害怕得发抖的。"

就这样嘻嘻哈哈玩笑开个没完,但阿普尔沃一直默不作声,沮丧地待着。谁的话,他都不中意,他思忖:"妈来加尔各答,只要莫琳默

结局 · 135 ·

伊想来，很容易与妈一块来。或许妈极力撺掇她一起来，但那位幼稚的姑娘不同意。"由于这方面的怀疑，他再也不敢问妈妈了。他依稀觉得，全部人类生活和整个世间的创造，都是徒劳无益的。

吃过晚饭，刮起大风，下起瓢泼大雨。

妹妹说："兄长，今天留宿在这儿吧。"

兄长说："不了，我还有事，必须得走。"

妹夫说："已深夜了，你还有什么工作？就待一个晚上，有何妨碍。你又不用向谁请假，说明情况。还有什么可牵挂的呢？"

大家七嘴八舌。尽管心里不痛快，他还是同意，今晚留在这儿过夜。

妹妹说："兄长，你兴许十分疲乏了，不要硬支撑着，去睡觉吧！"

阿普尔沃也希望尽快离开这儿，一个人在黑夜中睡在床上，可脱身清静。他厌烦答话。

他被领到卧室门口，发现屋里一片漆黑。

妹妹说："好像风吹灭了灯，我去另拿一盏。"

阿普尔沃阻拦说："不必了，我没有点着灯睡觉的习惯。"

妹妹离去，阿普尔沃在漆黑一团的屋里，小心翼翼地摸索着，走向床沿边。

刚要在床上坐下，蓦然响起手镯叮当声。一双柔软的双臂紧紧抱住他的脖子。随即，两片被泪水浸透、像花瓣般柔软的嘴唇，几乎吻得他透不过气来，连让他表示一下惊讶的机会都没有给他。

起初，阿普尔沃大吃一惊，随即恍然大悟。从前一度被笑阻挡的吻，今天在泪中完成了。

墙

一

尼瓦勒那的家庭生活是异乎寻常的,丝毫不沾诗情画意的边。其实,他压根儿未曾想过,生活应染上浪漫情调的色彩。正如穿惯旧鞋的脚可以无忧无虑走路,尼瓦勒那也同样在这古旧且熟悉的土地上,拥有自己久已习惯的生活方式。他即使遗忘了,也不用任何担忧,别人也不会妄加评论。

尼瓦勒那一清早起身,就在胡同边缘,自己的家门口,袒露着身子落座。他手执水烟袋,心安理得地吸着烟。街道上,攘往熙来,车水马龙,有乞丐的吟唱声、小贩的叫卖声。这一切欢腾的生活景象,给他的心带来几许欢娱。

那天,卖生杧果或卖鱼的小贩一出现,他就与他们讨价还价,购买了一些货物,埋头于烹调。这以后,按时涂油洗澡,进餐喝水,穿上印度式上衣,惬意地吸上几口旱烟,抓一把槟榔放进嘴里咀嚼,径直走向办公室上班。他傍晚从办公室回来,在邻居拉格劳琼·考什家安宁地消度黄昏;然后用毕晚餐,夜里走进自己卧室,与结发妻室赫勒宋德莉相会。

那时,他们议论村头那家孩子的婚宴、新来女仆的粗鲁无礼、调味品的好劣等实用主题，迄今，诗人没有对这类日常实用议题赋予诗意。尼瓦勒那对此也没有什么不安或遗憾。

印历十二月，赫勒宋德莉患上了重病，高烧始终不退。大夫开了金鸡纳霜药，但高烧仍像急湍的河水，遇到阻碍格外汹涌地向前奔腾。这样，挨过二十天、二十一天、二十四天，病情越发严重。

尼瓦勒那不去上班了，兴许有数日不去拉格劳琼家，参加晚间相聚。到底该做什么，不该做什么，他手足无措，摸不着头脑。他忽而去屋内观察病人情况，忽而坐在外面走廊里，忧心忡忡，一股劲儿闷着吸烟。换了医生，他开的仍是那种药。

经过爱人的如此不成体统的照料，赫勒宋德莉竟在二十四天之后解脱了病魔的纠缠；但无力虚弱到如此地步，她的身躯仿佛在十分遥远的地方只能用异常微弱的声音说："我存在着。"

那时，春日的南风吹拂着，夜晚的月光也获得悄然潜入女人卧室的权利。

邻居家的花园坐落在赫勒宋德莉家宅旁边，它倒不是特别美丽或迷人的地方。从前，有人曾怀着浓厚兴趣，在那儿种植了一些树木，随后他再也不光顾它们。现在，枝干上布满着南瓜蔓藤；一棵老枣树下聚集着沙砾；库房一旁的墙已倒塌，满地残砖断瓦；燃尽的煤渣和灰烬，与日俱增。

但现在，她卧躺在自己的屋窗前，凝视着那座花园，不时吮吸着欢乐的情味；而在这之前她从未啜饮过如此多的情味。夏季，河水的流速缓慢，乡村小河宛如倦慵的女人，懒洋洋地卧在沙床上。那时，它全身显得洁净透明；那时，晨光使它从头到脚都在战栗；和风的抚触使它全身欢乐得汗毛直竖；天空星星仿佛在自己水晶镜子上，清晰地映照着幸福的回忆；同样，欢乐的自然的每一手指抚摩，使赫勒宋德莉短暂生命内心响起一种自己都不全然明白的音乐。

正在这时，她丈夫走到她身边关切地问道："怎么样？"她眼里不禁泪花点点，憔悴的脸庞上双眼越发显大。她感受到巨大的爱，抬起浸透感激泪水的眼睛，注视着丈夫的脸庞，用自己干枯的手握住丈夫的手。然而她始终一言不发地待着。此时此刻，有一股陌生的新的光线仿佛也潜入她丈夫的心田里。

数日就这样悄然逝去。一天夜晚，穿过靠在破墙上菩提树微颤的枝丫，可瞥见升起在天空中的望月，傍晚的闷热被驱散，梦游者的森林蓦然苏醒过来。正在这时，赫勒宋德莉用柔软的手指抚摩着尼瓦勒那的头发，说："我不能生育孩子，你现在重新找个媳妇吧！"数日来，赫勒宋德莉苦思冥想着这件事。

当一股强烈的欢乐和深刻的爱流传播整个心灵，人们就会思忖，我能办成一切事，那时一种自我弃绝的意愿增强起来。正如水流的生气勃勃活力用力冲撞在坚硬岩石上，自己昏迷不醒；同样，爱的冲动和欢乐呼吸，仿佛也在一个伟大弃绝上，一个巨大痛苦上，使自己昏迷不醒而消失。

一天，正处于异常欢乐的激动心情中，赫勒宋德莉下了决心："我将为自己丈夫做出巨大牺牲——但天哪，谁进行无数次亲征能兑现呢？我用什么可提供奉献呢？没有财富，没有才智，没有亲征成功，唯有生命一个。倘若需要把生命献出，我立即就献上，但它究竟有何价值呢？"

但愿上帝保佑！她能够把像牛奶泡沫那样的白皙、像蜂蜜那般的柔软、像儿童天使那样的美的小宝贝献给自己的丈夫！尽管她做出种种牺牲和巨大努力，那种她所向往的奇迹依旧没有出现。那时，她心里滋生一个念头，丈夫应该再婚。她暗自思忖，女人为何要对这种婚事惧怕呢。要做这种事其实并不难。对于深爱自己丈夫的她，爱小妾难道是不可逾越的？她念及这一切，心里不免对丈夫产生了恻隐之心。

起初，尼瓦勒那听了妻子的建议，一笑了之。他妻子再三劝说，他依然不屑一顾。看到丈夫执意不愿和不悦言情，赫勒宋德莉的信念和幸福越发增强，她的誓约也格外坚定。

现在，尼瓦勒那心里随着请求的重复出现，开始驱赶那个不可能的意向。他坐在门槛上，吸着水烟，一幅子孙满堂的幸福图画，在他心里清晰地显现出来。

一天，他自个儿主动挑起这个话题，说："你说说，我这般大的年纪，娶一个小女孩，我将无法把她抚养大。"

赫勒宋德莉说："你不必担心，我会承担这个责任。"说着说着，一张妙龄少女的、依偎在母亲怀抱里的、害羞的新媳妇的漂亮脸蛋儿，浮现在没有生育能力的女人的心幕上，她的心因那种抚爱而激动不已。

尼瓦勒那说："我办公室有做不完的事。你说说，我哪有时间陪伴小妞亲热？"

赫勒宋德莉一股劲儿解释：你不会为此耗费多少时间的。最后她戏谑地说："好吧，那时我将瞧着一切，难道你的工作会没有个完，难道你是你，我是我？"

尼瓦勒那不明白还有对此做出回答的必要，惩罚已经重重落在赫勒宋德莉的脸颊上。这就是本小说的开场白。

二

尼瓦勒那与一位小姑娘结了婚。她的名字叫什拉芭拉。

尼瓦勒那暗自庆幸，名字十分甜蜜，脸蛋儿也异常圆润、漂亮。他总想仔仔细细端详她的姿态、脾性、脸庞、举手、投足，但他始终没有获得机会。反而，他陷入一种尴尬处境，她倒是位小姑娘，把她领到家里，他自个儿的灵魂却坠入不幸的泥坑中。他只有从那儿摆脱出来，才能进入适合自己年龄的职责区域，他的灵魂才能得救。

赫勒宋德莉看到丈夫的那种不幸的尴尬情景，暗自高兴。有一天，她抚摩着尼瓦勒那的手，说："哦，亲爱的，你逃跑到哪儿去？她不过是小姑娘，决不会把你吞掉的！"

尼瓦勒那比以前更加惶恐不安地说："亲爱的，打住，打住！还有一件火急燃眉的事等着我。"他企图逃跑开。

赫勒宋德莉站在门槛上，阻拦说："今天，你休想骗我脱身掉！"

最终，尼瓦勒那一筹莫展，默默地落座。

赫勒宋德莉走到他旁边说："把别人的姑娘引到家里，这样不尊重对待她是不对的。"

她数落了一番，一把抓住什拉芭拉，让她坐在尼瓦勒那左边，强制地掀开她的面纱，托起她的下巴，使垂下的脸蛋儿抬起，然后对尼瓦勒那说:"哦哟!多么俊秀的脸蛋儿,宛如月儿似的!你稍许瞧瞧!"

有些日子,她把他俩安排在自己闺房里落座,旋即借口做事,起身离去,从门外上了锁。尼瓦勒那肯定晓得,外面一双好奇的眼睛,贴在门窗隙缝,向里窥视着。

尼瓦勒那不经心地翻身侧卧,企图睡觉;什拉芭拉揭去面纱,把脸埋在怀里,默然地待在一个角落里。

最后,赫勒宋德莉一筹莫展,沮丧地放弃了自己的努力。但奇怪的是,赫勒宋德莉放弃了自己的企图,尼瓦勒那自己却开始注意起来了。这倒是件令人惊诧的、异常诡秘的事。人们从某处获得钻石,就会产生一种意愿,把它翻来倒去察看欣赏。而她可是一位姣美的小人儿,何等楚楚动人,何等空前绝后!从各个方面抚摩她,亲热她;从荫蔽处,从直面,从侧旁观赏她;时而摇曳她的耳环,时而揭去她的面纱,时而像闪电一般的惊奇目光掠过她的脸庞,时而像星辰久久凝视着她;对于她每一部分的美的创造,麦卡莫伦公司办公室主任尼瓦勒那·琼德拉以前从未有过如此美妙的经验感受。

当初,结婚时他还是个毛孩子;当青春豆蔻年华时他已十分熟悉女人;对婚后生活他早习以为常,但他心里从未产生过强烈的爱的意识。

当小虫长在成熟的杧果里,它不会再去寻找甜蜜的汁液,它会渐渐丧失吮吸汁液的能力;倘若我们有一次把它投入春日含苞待放的花蕾里,你将会发现,它会执拗地在玫瑰花的半开脸庞四周飞转!它稍许闻到一些花香,稍许尝到几许蜜汁,就会何等陶醉!

尼瓦勒那开始偷偷给什拉芭拉一些从市场购回的糖果，时而给她戴着镯子的洋娃娃，时而为她带回一瓶香水。这样，俩人的关系越来越紧密。

这样，有一天某个时辰，赫勒宋德莉做完了家务，偷偷从门缝向里面窥探，发现尼瓦勒那正与什拉芭拉坐在地上，兴趣盎然地玩着小钱游戏。

这正是老年人的把戏！从前，尼瓦勒那一清早，吃完早饭就去办公室上班，但如今他不去办公室，神不知鬼不觉地钻进家里，走到什拉芭拉身边。有何必要耍这种阴谋诡计？天晓得，谁突然用一根烧红的铁条，使赫勒宋德莉的眼睛睁开，炽热的铁条，蒸发了她的泪水，然后眼睛干涸了。

赫勒宋德莉暗自说："就是我把她带回家，使他俩结合，而如今他们竟然如此对待我！我仿佛是他的眼中刺。"

赫勒宋德莉教什拉芭拉做家务。一天，尼瓦勒那明白无误地说："现在她还是个女孩子，不要让她做过重的家务活，她没有那么大的力气。"

一个猛烈且严厉的回答上了赫勒宋德莉的舌尖，但她什么也没说，一声不响走了。

从那时起，她不让"新媳妇"插手任何活儿，做饭、涮洗、照料等一切活儿，都被她自己包揽了；现在，什拉芭拉一点儿也不动弹，赫勒宋德莉像女仆替她服务效劳，而丈夫像小丑使她欢愉开心。家务活和照料人应是她的职责，最终她没有获得这方面的教养。

赫勒宋德莉像女奴般默默工作，从中隐含着一种巨大的自豪。她内心没有一丝低卑和可怜,自语自言说:"你们两个孩子一起游玩吧,我承担起家庭所有重负。"

三

天哪,如今那股力量跑到哪儿去了?赫勒宋德莉曾经凭借那股力量思忖过,她将把对丈夫的一半爱的权利永远奉献出。一天望日的夜晚,一股浪潮突然来到生活中,河水漫过了自己的两岸时,人思忖着:"我没有了边岸。"那时,他立下了一个重誓。但当生活浪潮退却时,他将维护誓言冒生命危险;富裕日子,用笔触冲动地写下"遗嘱";贫穷的日子他不得不偿还债务。那时他将会明白,人是十分可怜的,人心是异常脆弱的,他的能力是极其平常的,微不足道的。

经历长时期病魔折腾,赫勒宋德莉已瘦弱得变成如上弦月那般细条身子,脸上毫无血色,苍白无力;她犹如十分轻柔的浮物在自己的世界里漂流着。那时,她似乎感到:什么也不存在了,唯有她的工作还能被推动着。身体逐渐健壮起来,血液流动加快了。那时,合伙者不知从哪儿冒出,进入赫勒宋德莉的心坎里,叫喊:"你写下了放弃权利的遗嘱,心安理得待着,但我们无法放弃自己的权利!"

那天,赫勒宋德莉最清楚地明白了自己的处境,就把尼瓦勒那和什拉芭拉安排在自己特殊的房里,独自去另一屋里睡觉。

八岁光景,进入婆家之门。那个晚上,她睡在自己新媳妇的床;如今,她弃绝了那只床,把家灯熄灭;一个有夫之妻的她,携带不可忍受的心灵重负,躺在自己守寡的新床上。

那时，胡同另一端，一位穿着入时的青年用比哈格曲调唱着玛利尼歌曲，迎亲队伍中一人敲着手鼓，凑热闹的人走到迎亲队伍边，"哦，哦"起哄地喧嚷着。

在那万籁俱寂的月夜里，旁边屋里的人不会讨厌他们的歌唱。那时，什拉芭拉小姑娘瞌睡得耷拉下眼皮，尼瓦勒那把嘴贴在她耳畔，低声柔和地说："我的小宝贝！"

这期间，这位沉浸于幸福之中的人读完了般吉姆·钱德拉的长篇小说《琼德拉什克尔》，同时，把现代诗人的一首半首诗篇，朗读给什拉芭拉听。

尼瓦勒那的生命底层有一股青春水源，从一开始就被压抑着，它一获得了冲击，蓦然间毫无阻碍地一泻千里。对此，谁都没有思想准备，因此，他的理智和家庭生活的全部秩序，突然被颠倒了。那个可怜家伙不晓得，如此叛逆的东西隐藏在人的内心里，如此强劲的力量被压制着，这股力量瞬间会使全部秩序、全部计算和所有和谐变得无足轻重！

不仅尼瓦勒那独个儿，连赫勒宋德莉也获得对一个崭新痛楚的认识！天晓得，它是什么模样的宏愿，什么样的难以忍受的痛苦！心灵企望的是从前从未渴求过的，也从未获得过的。当尼瓦勒那像受良好教养的人一样循规蹈矩去办公室上班；睡前，与妻子闲聊一阵，谈话无非是牛奶的账目、物价、世俗职责之类日常琐碎的话题；那时，内心没有任何叛乱的迹象。丈夫肯定爱她，但这种爱不是那么强烈，仅仅像没有燃着的柴火一般。

不过，今天赫勒宋德莉终于醒悟，有人仿佛永远把她从生活中成功驱逐走了,她的心仿佛永远应该斋戒了,她的女人生活就在极其贫困中打发着,她曾经像女奴一般在油盐酱醋柴米等烦恼中打发掉自己过去的二十七个年华;而现在,她来到生活中间的道上,发现一位小姑娘打开她卧室边的一个财富的秘密仓库的锁,突然间成为幸福的女皇!一般来说,女人既是女奴又是女皇。但如今是如何安排的呢,一个女人是女奴,另一个即成为女皇!由此,女奴的骄傲丧失,女皇也没有始终处于幸福之中。

因为什拉芭拉也没有享受到女人生活的现实幸福,她不间断获得宠爱,却一刻也没有获得爱别人的机缘。在流向大海和把自己融进大海的过程里,河流兴许将获得巨大成功;但大海若被水流吸引,实现着河流作用,那么河流将自我膨胀骄傲!家庭生活带着自己所有爱和欢乐,夜以继日地流向什拉芭拉;因此什拉芭拉的骄傲自负已高不可攀,她对家庭的爱已荡然无存;她自以为:"一切为我而存在,我不为任何人生活!"在这种心态下,骄傲无限膨胀,但得不到一丝满足。

四

一天,乌云密布。黑沉沉,做任何家务活儿都困难。屋外,哗啦哗,下起瓢泼大雨。枣树下,小小幼苗和蔓藤浸没在水里,墙边水管的水唰啦唰啦狂泻。赫勒宋德莉在空寂无人的黑暗屋里,默然无语地坐在窗户边。

就在这时,尼瓦勒那像小偷一样,蹑手蹑脚,走近房门边。他犹犹豫豫,究竟往回转,还是朝前跨步。黑暗里,赫勒宋德莉一切都看得分明,但她不作声。

蓦然,尼瓦勒那一个箭步,蹿到赫勒宋德莉身旁,一口气说道:"我急需一些首饰,债务缠住我,高利贷者施尽侮辱。只有交上抵押品,我才能摆脱他们的纠缠。我脱身后会设法很快还你的。"

赫勒宋德莉没有应答,尼瓦勒那像小偷般站着。最后他耐不住又开口道:"难道今日你不能给吗?"

赫勒宋德莉断然说:"不能。"

他好不容易进屋,现在他要退出也不是件轻松的事。

尼瓦勒那局促地说:"我去其他地方试试运气吧。"说毕,怏怏离去。

还谁的债,首饰抵押给谁,赫勒宋德莉了如指掌。她获悉,昨晚新媳妇对宠爱自己的男人,用异常骄横的口吻说:"姐姐身边的盒子装满着金银首饰,而你如此吝惜,一件首饰也不给我!"

尼瓦勒那离去之后,赫勒宋德莉缓缓打开铁盒子,取出一件件首饰。她唤来什拉芭拉。起初,给什拉芭拉穿上婚纱;然后,给她从头到脚,挂戴首饰;帮她梳理结发,点燃了灯火。姑娘的脸庞光彩奕奕,楚楚动人,宛如熟透喷香的果实一般!当满身珠光宝气,喜气洋洋的什拉芭拉离去时,首饰发出悦耳的叮当声响;那个充满情味的声音,久久在赫勒宋德莉的血管里铿锵作响。

赫勒宋德莉暗自思忖:"如今今非昔比,我怎能与她相媲美?当我是她那般芳龄时,我也像她那般如花似玉,充满青春的线条。然而为什么谁都不告诉我这个信息呢?那个青春日子何时莅临,何时消逝,我一点儿也不知道!但今日你们可看到,她是多么骄傲,多么目空一切,带着何等陶醉心态行走着!"

当赫勒宋德莉把家庭生活视作自己的至上一切时,那些首饰对她能价值几许呢?那时难道她就这样随随便便把这些首饰给别人?如今除了家庭生活,还有什么东西值得被她青睐的呢?现时那些首饰价值和它们未来的价值在她看来都是无足挂齿的。

然而,什拉芭拉穿戴着金银首饰,发出铿锵声响,径直回到自己的闺房。她压根儿没有思量,哪怕一瞬间的思索,赫勒宋德莉给了她多少价值连城的东西!她心安理得地以为,四周一切的服侍,一切财富,一切幸运,按照着自然法则到了她的手,就功德圆满了。这就是上述一切的因果,而不因着她是自己最亲爱人的"宝贝""什拉芭拉"。

五

有些人总是在睡梦里无畏地从极其险恶道路中走出,他们从不进行理性思考;同样,许多醒着的人对外界的情况一无所知,他们始终生活在梦幻之中;他们在灾难的狭窄道上,无忧无虑地朝前走,最后陷入了毁灭险境中才猛醒过来。

我们麦卡莫伦公司的主任就处在这种尴尬境遇之中。什拉芭拉在他生活的流水里像漩涡般旋转着,从遥远处漂来的无数珍贵东西进入漩涡里即刻消失了。不仅尼瓦勒那的人格和收入,赫勒宋德莉的幸福命运和首饰行装,而且麦卡莫伦公司的资金也不知不觉地卷入这个漩涡之中,它们三三两两、一小包一小包消失得无影无踪。尼瓦勒那暗自思量:"我用工资收入慢慢还清债务。"但工资一到手,他又想:"这个月算了，下个月开始还债吧。"他总是那么盘算。这样，一月复一月，工资一次次被卷入这个漩涡里，一去不复返。

最终有一天，他的行为被识破，被人逮住。他是位世袭职员，老板原本十分信任他。为归还资金，他开恩给了尼瓦勒那两天期限。

有趣的是，他不知不觉地丧失了两千五百卢比，自己还蒙在鼓里。当他醒悟过来，几乎要发疯。他急匆匆地跑到赫勒宋德莉处哭诉道："现在我没有任何搭救的办法，一切都给毁了。"

赫勒宋德莉听完全部情况，顿时脸刷白。

尼瓦勒那哀求道："你把全部首饰给我，我才能获救。"

赫勒宋德莉无奈地说："我已经把所有首饰给了小媳妇。"

尼瓦勒那慌乱得孩子般地说："你为什么给她，你为什么给她？谁吩咐你给她的！"

赫勒宋德莉避开正面话锋，说："这有什么坏处？它们又不是掉落在井里！"

胆战心惊的尼瓦勒那显出一副可怜相，哀求道："你一定用某种借口，把首饰从她那儿取回来。不过，你不要用我的名义，我的誓言；千万别对她说做何用处。"

那时，赫勒宋德莉以无比愤怒和仇视的口吻说："现在难道是借口或显示幸运的时刻！你随我去她那儿！"她拖着丈夫，飞快地赶到小媳妇房间。

小媳妇似乎装糊涂，一点儿也不知晓，一股劲儿地说："我怎么晓得，我怎么晓得！"

难道有什么条件限制她，使她必须为这个家庭担惊受怕？大家原本都应该各扫门前雪，大家又一起为什拉芭拉的安宁生活瞻前顾后、费尽心机。但今天，为什么突然违背了常规？这可是不公平！

最后，尼瓦勒那跪在什拉芭拉面前，哀求哭诉；而什拉芭拉一次次重复："我怎么晓得，我干吗要给你我自己的东西？"

尼瓦勒那发现，这位弱不禁风、小巧玲珑的丽人儿心，竟比铁盒子还要坚硬。赫勒宋德莉在危机时刻，看到丈夫如此这般软弱，愤怒得七窍生烟。赫勒宋德莉想从什拉芭拉手中强夺走一串钥匙。什拉芭拉立即猜度出她的意图，急忙把钥匙扔进墙那边的水池里。

赫勒宋德莉对惊慌失措的丈夫说："你瞧见了吧。现在把锁砸开！"
什拉芭拉用异乎宁静的口吻说："我立即悬梁自尽去。"
尼瓦勒那妥协地说："好吧，放过她吧，我去其他地方想想法子。"
说毕，他没有穿鞋子外衣，离家出走。

尼瓦勒那花了两个时辰，拍卖了世袭房屋，获取两千五百卢比，回到了家。

他做出了巨大的努力，才渡过了难关，没有遭难，但丢掉了工作饭碗，失了业。在动产和不动产方面，现在只剩下两位女子，其中一位年轻女子现在怀孕了，忍受着痛苦煎熬，终于也成为不动产。尼瓦勒那与自己这两个财富，蜷缩在小胡同一所带有梯子的房间里，艰难度日。

六

小媳妇的不满和疾病，没有个完结。她怎么也弄不明白，丈夫已无能为力赡养她。她只晓得："没有能力，为什么要同她结婚？"

一层只有两间小屋，尼瓦勒那和什拉芭拉盘踞在一间小屋，赫勒宋德莉住在另一间。什拉芭拉无时无刻不在生着气："日日夜夜闷在这小屋里，我实在受不了。"

尼瓦勒那编造谎言，安慰地说："我已在寻找房子，很快就会搬家。"

什拉芭拉说："干吗要四处寻找，隔壁就有现成房子。"

什拉芭拉从不抬头瞧一下自己从前的女邻居。在尼瓦勒那日益艰难的情况下，一天她们来到他们家探望，但什拉芭拉守坐在关闭的小屋内，听到千百次呼喊，她仍不开门。但有趣的是，女邻居离去之后，她生气地号啕大哭，歇斯底里，闹得四邻不宁。这种喧闹时常发生。

最终发生了严重的后果，在自己临产的严重关头，她患了重病，导致流产的灾祸。

尼瓦勒那拉着赫勒宋德莉的手，央求道："你无论如何设法搭救。"

赫勒宋德莉没有白天黑夜，全身心地悉心照料着什拉芭拉。什么事稍有闪失，什拉芭拉便以责骂回报她。但赫勒宋德莉大度地不予理睬，始终如一地履行自己的职责。

什拉芭拉拒绝吃病号饭，动辄耍脾气，把半罐子饭摔在地上。她热度越来越高，还吵着想吃桲果米饭，没有吃到就大哭大闹，吵得鸡犬不宁。赫勒宋德莉耐心地呼唤"我的皇后""我的好妹妹"，把她当成子女一样哄着。

最后，什拉芭拉没有获救。她带着家庭生活的全部幸运和全部爱抚，因着复杂病情和异常不满情绪，姑娘的小小的、未充分展开的痛苦生活，终于寿终正寝了。

墙 · 151 ·

七

尼瓦勒那起初还感到了一种巨大的沉重痛苦；然后细想一下，他终于从沉重的枷锁中解脱出来了。其实，他就在这种悲痛里获得了一种自由的欢乐。他突然觉得，许多日子以来，一场噩梦的大门仿佛压在他的胸口上。今天，他醒悟过来，他生活刹那间变得完全轻松自由了。

这条极其细软的绳索像春藤一样断裂了，它难道就是什拉芭拉？他旋即长叹了口气，自言自语地说："不，那是我脖子上的绳索！"

然而，他永恒的生活就是属于结发妻室赫勒宋德莉的。他思忖，她今天独自盘踞在他整个家庭生活里，只有她独自坐落在生活的全部幸福和痛苦的回忆庙殿中间，再没有其他任何人。不过，中间有了分界线，仿佛一把闪着美丽光芒的残忍的匕首，在心脏左右之间划了一条痛苦的深痕的断裂线条。

一天深夜，当全镇沉睡在梦境里，尼瓦勒那蹑手蹑脚，偷偷地潜入赫勒宋德莉的卧室，根据自己以往的规矩，默默地躺在旧床右边。但这次，他不像从前堂而皇之地进入自己的那个永恒权利里，而像小偷那样钻入进去。

赫勒宋德莉没有说什么，尼瓦勒那也没吭气。像从前俩人相互依偎着睡觉，现在仍是那般睡觉。不过，一个死亡的姑娘曾经躺在那儿期间，谁都无法跨越那座"墙"。

深　夜

"大夫！大夫！"

烦恼不堪，什么时辰——深更半夜还有人打扰！

睁开眼睛，看见我的地主德什朗吉伦莅临。我慌忙起身，拽出一张破旧椅子让他坐下，困惑地望着他的脸。

我瞧了一下钟，竟是深夜两点半！

他的脸色惨白，眼睛突出着。他怯怯地说："今晚，那个病又犯了。大夫，你的药不顶用。"

我疑惑地说："兴许你又喝多了酒？"

德什朗吉伦异常生气，说："你可大错特错了，这不关酒的事。你不从头到尾听完故事，就不会明白其真实原因的。"

壁龛里，一盏铁质的小煤油灯昏暗地闪烁着。我捻大了灯芯，灯明亮了些，同时却冒出了浓烟。

我穿上一条围裤，把一张旧报纸铺在药箱上，坐了下来。德什朗吉伦开始讲述：

再娶一位像我头婚妻子那样操持家务的主妇，真是难于上青天。可是，那时我的年纪不算大。那个年华，你知道，全身洋溢着充沛的精力和情趣。除此之外，我又刻苦钻研诗学，所以，我的心不满足于仅仅能操持家务的女性。我不时记起迦梨陀娑的诗句："主妇是真正的女伴，情侣则要掌握欢乐的艺术。"所以，那个欢乐艺术法则的教诲对我家的主妇是不起作用的。有时，我以情侣的身份，充满爱意地与她攀谈，她却一笑置之。正如面对汹涌澎湃的恒河，因陀罗的坐骑——大象也会发怵，叫苦不迭一样，在她的嘲笑面前，长长的诗章、爱意的絮语，刹那间从自己的位置上跌落下来，化作烟灰。真的，她的嘲笑具有如此惊人的力量！

那以后，大约四年以前，一种可怕的病魔光顾上我。起初，口唇上长了毒疮。死神光临，拯救的希望渺茫，连大夫也拒医了。在这人命关天的节骨眼上，我的一位亲戚不知从哪儿抓来了一位苦行僧，他用牛油拌着草药喂我吃。不管是草药还是命运，总算化险为夷，我得救了。

在我生病的那些日子里，我妻子日夜精心护理，一刻也没有休息。一个羸弱的女子用人的寻常力量，不顾一切，执拗地、持续不断地与来到门槛的死神做殊死的搏斗。她用整个爱意、整个心灵，不懈地把我不相配的生命救出来，仿佛保护一个还没离开母亲胸怀、乳臭未干的婴儿一样，废寝忘食，忘掉尘世间的一切存在。

末了，死神像失败的狮子一般不得不把我抛在旷野上离去了，但离开时它用利爪狠狠地抓了我妻子一把。

那些日子，我妻子正怀着孕，没几天，她生下一个死婴。同时，一种疑难病纠缠住她。于是轮到我来护理了。她却总感到不安，说："你干吗这样婆婆妈妈地围着我，人们将会怎样议论？从现在起，你不许进出我的房间。"

深夜，我佯装给自己扇扇子，给她额上送去凉风。她会马上用手抢过扇子；假如某天，我在她身边多耽搁一下，延误吃饭时间，她会十分不安，恳求我快去用膳；倘若我稍许为她服务一下，她马上会不高兴，说："快死的人不该享受如此'款待'。"

你也许见过我的别墅。别墅前面是花园，恒河就从花园前面淌过。我们卧室下面，偏南方向有一小块空地。我妻子按照自己的爱好，亲手开辟了用凤仙花篱笆围成的一块小花圃。这是偌大花园里最简单朴素的一角，完全是民族风格的。也就是说，那块花圃里，没有奇异芳香、金子般光芒的奇草异花。在花盆里，普通花草边也没有竖着一块木板，上面挂着用拉丁字母写着花名的纸带。在那儿，只种植着土生土长的茉莉、月下香、柠檬花、夹竹桃、夜来香等。有一棵大醉花树，在它下面有一个用大理石砌成的令人愉悦的石坛。在身体好的时候，她每天早晚两次用心地擦洗它。在夏日傍晚，做完家务，她就闲坐在上面。从那儿，她可以凝望着恒河，而恒河上过往的船只却看不见她。

她在床上躺了许多日子，四月的一个月夜，她说："总在房内卧躺，我已十分厌烦。今天把我带到花圃里坐坐。"

我小心翼翼地抱着她，缓缓地放在醉花树下的石坛上。我能够把她的头放在我的膝盖上，但我知道，她会感到某些不自在。所以，我取来一只枕头放在她的头下垫着。

从树上飘落下几朵盛开的醉花，横斜的月影，穿过头上的枝叶，洒落在她憔悴的脸上。四周大自然寂静无声。我在充溢着浓郁芳香的阴影里，坐在她身边，默默地看着她的脸。不知什么缘故，我的眼睛湿润了。

我慢慢地挨近她,用自己双手握住她一只瘦弱温柔的小手。她并没有阻拦我。就这样,相对无言地坐了许久。我的心泉突然涌溢了,一句温存的话脱口而出:"我永远不会忘记你的爱情。"

那时,我明白,没有必要说这句话。我妻子惨然一笑。那微笑里掺和着一阵狂喜,一丝羞涩,一种享受,几分不相信,还带有尖刻的嘲讽。

她嘴里没有吐出半个字来回答我的话,她只用微笑暗示说:"你不可能永远记住我,我也不抱这种希望。"

这种温柔且尖刻的微笑,使我不敢敞开心扉,向妻子倾诉充满柔情蜜意的情话。我在她背后编织好的许多情话,一到她跟前,它们似乎变得庸俗不堪,无法脱口而出。从印刷铅字中读到这些情话,准会热泪盈眶,但从嘴里吐出这些话,为什么就成为笑柄呢?我已是一大把年纪的人,可至今不明白其中的堂奥。

从嘴里说出的话,你可以反驳,但你不能用争辩来对付微笑。所以,每当那时,我只好默然处之了。那时,一只杜鹃疯狂地、不住地在呼唤,我坐立不安。坐着冥思着,在如此月夜里,那只杜鹃的新娘,为什么充耳不闻呢?

经过多方治疗,她的病仍不见好转。末了,大夫建议:"现在把她带到哪儿换换空气,也许对身体康复有些裨益。"

于是,我带着家小去阿拉哈巴德。

德什朗吉伦说着说着,突然戛然而止,用疑惑的目光注视着我的脸，然后用双手托着头，不晓得他凝想些什么。我也沉默无言地坐着。壁龛里，煤油灯一闪一闪地亮着，寂静的屋内可以清晰地听到蚊子的低鸣声。突然，他打破沉寂，又叙述起来：

在那儿，哈兰琼德大夫给我妻子治疗。

治疗了许多日子，但没有任何治愈的迹象。最终，大夫也丧失了信心，告诉我们，她患的是不治之症。我明白，妻子的病没有治愈的希望。我妻子也领悟了，她从此将在病痛中度日。

有一天，我妻子对我说："既然我的病没有痊愈的希望，又不会很快死去，你为什么要跟活死人在一起厮混，浪费自己的生命时光呢？你去第二次结婚吧。"

她以如此纯朴的心情说着这件事，仿佛她仅仅提出了一个合理的、富有理智的建议似的。它不包含任何重大的意义或英雄行为或惊天动地的语言，她跟这些心态都不沾边的。

现在，轮到我发笑了。但我具有像她那样微笑的力量在哪儿呢？我俨然如同小说主人公一样，带着严肃的神情，提高嗓子说："只要我的躯壳里还有生命——"

她打断我的话，说："够了，够了，不用说下去，听了你的话，我真想一死了之。"

我不马上承认失败，斩钉截铁地说："这一生里，我不可能爱上其他人啦。"

我妻子听了忍俊不禁，我仿佛语塞了。

天晓得，我那时是否明白无误地承认没有。但现在，我得承认，

深夜 · 157 ·

当她已无恢复身体健康的希望时，在服侍和照料她时，我内心觉得倦烦了。无疑，对这种工作心不在焉的神态从未在我脸上出现过，但要我整个一生都伴随那患不治之症的病人，那对我来说不会不痛苦的。天哪！当生活开始时，我看到了展示在自己面前的生活蓝图，我沉浸于爱情幻影的罗网之中、幸福的慰藉之中和美的憧憬之中，自己未来的全部生活犹如芳香四溢的鲜花一般盛开着。但从那天起，从头到尾，我觉得自己的生活仿佛是一片无垠的失望的荒漠。

她兴许发现了存在于我内心的为她服务的倦乏感。那时我不晓得，但现在我丝毫不怀疑，她看透了我的心思，犹如一眼就看懂没有复合语的第一册儿童读本。所以，当我扮作小说的主人公，站在她面前朗读诗篇时，她怀着深沉的温存和惊奇的神情，微笑着，不作任何回答。我自己也不明白我内心的话语，而她像大神一样探知一切，洞察一切。一想到那些事，我不时感到无地自容，甚至萌发自杀的念头。

哈兰大夫是我的亲戚。我与他家保持着密切的联系。来往一些日子后，大夫把我介绍给他女儿认识。女孩还没结婚，年纪约莫十五岁。大夫说，他没有自己看中的男孩，因而至今她没有出嫁。但我听外界人说，女孩的家族有些污点。

除此之外，她没有任何缺陷。她既聪明又漂亮，谈吐高雅，气质优美，修养深厚。她几乎能应付一切事务。因此我同她神聊调侃，经常耽误时辰，夜里很迟回去，甚至给妻子喂药的时间也给耽误了。她知道我去大夫家，但她没有一次询问我怎么这么晚才回家。

在我生活的荒漠里，我再次照料着病人。当欲火中烧，望着眼前河里那清爽冰冷的流水哗啦哗啦地流淌,我无法阻拦自己的心回转。

病房对我来说比先前加倍地待不住了,毫无情趣了。我开始打破惯例,不去做喂药、供膳诸如此类服侍病人的活儿。

哈兰大夫不时对我嘀咕:"人已病入膏肓,毫无康复希望。只有死亡,才能获得解脱。为什么她还要苟延残喘,不让自己和别人得到一丝安宁呢?"

议论其他人的事,这番话或许并不刻薄,但对我妻子,他不应说三道四。大夫对病人的生死早已无动于衷,然而,他们对病人家属的心态是无法揣摩透的。

一天,我突然从旁边门洞里听到我妻子在同大夫交谈:"大夫,为什么要花费钱财,用无效的药让我吃呢?我已病入膏肓,不可救药,为什么不用药让我安乐死,让一切烦恼烟消云散呢?"

大夫说:"你不应该说这种话。"

听到这席话,我的心如受五雷轰击。大夫走后,我迈进那间屋子,坐在床沿边,用手轻轻地摩挲她的额头。她说:"房间里闷热得很,你到户外去吧,你散步的时辰也到了。你在户外稍许活动一下,傍晚感到饥饿,胃口就会大增。"

名为散步,实去哈兰大夫家。我常向她解释,多散步对胃口乃至健康是有裨益的。如今,我可以有把握地说,她异常明白我每天玩的把戏;我从前十分愚蠢地认为,她是位头脑简单的人。

德什朗吉伦久久地把头埋在手掌里,沉默无言地坐着。最后,他说:"给我一杯水,口渴得很。"

喝了水,他又继续讲:

一天,大夫的女儿默诺瑞玛表示了探望我妻子的愿望。不知什么缘故,我对她的要求不满,但没有任何理由拒绝。一天黄昏,她来到我家。

那天,我妻子比往常更加痛苦。病痛加剧时,她总是安静地躺着,不时捏紧拳头,脸色发黄。不难推测,她忍受着多大的痛苦。屋里没有一点声响,我默不作声地坐在床边。那天,她已没有力气说话,没有执拗地要我去散步;或许在十分痛苦的时刻她内心希望我守在她的身旁。为了不刺激眼睛,灯放在门槛边。屋里又暗又静,只有病痛少许减轻时,才听得到她深深的叹息声。

就在这时候,默诺瑞玛来到门口站着。门旁的煤油灯光照在她脸上。昏暗里,她看不清屋内,只站在门口东张西望。

我妻子惊起,握着我的手问:"那是谁?"她精神虚弱恍惚,突然发现门口站着一位陌生人,十分惊讶。她用沙哑的声音连问三声:

"那是谁?那是谁?那是谁?"

那时,我十分愚笨,随口回答:"我不认识。"话音一出口,仿佛觉得有人鞭笞着我。随后,我改口说:"啊,那似乎是我们大夫的闺女。"

妻子认真地瞅了我一眼,我却不敢正视她的脸。然后,她用微弱的声音,对来到家门口的不速之客说:"请进,请进屋里来。"又对我加上一句:"把灯端过来。"

默诺瑞玛进屋坐着,与我妻子款款交谈起来。这时,大夫也来瞧我妻子的病。

他从自己药房里取来两瓶药，对我妻子说："你看，蓝色瓶子里装的是外用药，另外一瓶是内服药，千万别搞错了。因为这药是剧毒的！"他也警告我要小心，随即把两瓶药放在桌上。临走时，他招呼女儿一块离去。

默诺瑞玛说："爸爸，我为什么不能留下来？这里没有任何人，谁来看护她？"

我妻子异常激动，说："不，不，你不用麻烦啦，我有一个老用人，她会像母亲一样照料我的。"

大夫笑着说："闺女，这是位圣洁的女神，是位女神！永远对别人奉献服务。现在她无法为别人服务了。"

大夫正要与女儿离去，我妻子开口说："大夫，我丈夫坐在闷热的屋里太久了。劳驾，你也把他带出去，呼吸点新鲜空气，行吗？"

大夫对我说："一块走吧，我带你去河边溜达溜达。"

我佯作不愿意之后就应允了。大夫临走之前又警告我妻子关于两瓶药使用的注意事项。

那天，我就在大夫家用膳，回家迟了。到家发现，我妻子痛苦得辗转反侧。我感到羞愧和内疚，问道："今天，你的病痛是否更加厉害了？"

她无法回答，舌头早已不听使唤，只默默地注视着我的脸。

那时正是深夜，我急忙赶到大夫家，请他出诊。

起初，他找不出病重的突发原因。最后，他问道："病痛更加厉害了吗？服药了吗？"说着，他从桌上拿起蓝色瓶子，发现瓶子空了！

他佯作恐慌地问我妻子:"你难道吃错了药?"

她仅仅点了点头,艰难地哼了一声:"是。"

大夫立即坐着马车,风驰电掣,到家里取洗胃药。

我有些眩晕,旋即倒在妻子的床上。

那时,她像母亲安慰自己的病孩一样,把我的头按放在胸前,用双手温柔地抚摸,企图探知我的心事。我仿佛觉得,她仅仅通过自己温柔的抚触,向我一次次诉说:"不要悲伤,一切都会好的,你将会幸福的。一想到这些,我将会快乐地死去的。"

当大夫取来抽胃药,病人的生命已经随着她的全部病痛永远地消失了。

德什朗吉伦又喝了一口水,说:"嘿,热死人啦。"说毕,他很快走到外面长廊,走了几步,又进屋坐着。很清楚,他自己已不想说什么。我仿佛在他头上施用了魔术,使他像竹筒子倒豆子一样把所有的事统统抖搂出来。他又开始讲了:

我与默诺瑞玛结了婚,就回到加尔各答的家。

默诺瑞玛按父亲的旨意,与我结了婚。但当我与她亲热,说些恋情絮语,想占有她的心时,她既不欢笑又不亲近,保持严肃而忧郁的神态。我怎能知道,她内心藏着什么呢!

那些日子,我开始学会酗酒。

一个初秋的夜晚,我与默诺瑞玛一块在河边的花园里散步。天色渐渐暗将下来,小鸟扑翼的声音早已停息。只有小径两旁的浓密的木麻黄树梢，在微风中颤抖着。

默诺瑞玛感到有些疲倦，躺在醉花树底下那个大理石石坛上，把头放在自己胳臂上。我坐在她身旁。

那儿，黑暗似乎更加浓密了。能够见到的一小片天空上，布满了点点繁星。树下的蟋蟀的鸣声，似乎正在无限天穹的胸脯上裹着的寂静的纱丽下端，编织着由声音组成的薄薄花边。

那天傍晚，我喝了酒，心情有些莫名的激动。当我眼睛已习惯了黑暗时，躺在树荫下的那衣襟松开、形态娇慵的美女，在我心里传播着一种不可名状的冲动。仿佛她是一个幻影，我怎么也不能用双臂去拥抱她。

忽然间，木麻黄树梢就像着了火一样。然后，下半月的缺月带着微弱的金黄色，从树梢上空冉冉升起。月光倾泻在躺在白色大理石上、穿着洁白纱丽、正睡着的比月儿还娴静的美女脸蛋上。我再也克制不住自己，渐渐挨近她，用自己双手握住她纤细的手，说："默诺瑞玛，你不信任我，但我是爱你的，我从心里爱着你的，我永远也不会忘记你。"

这些话语脱口而出，我大吃一惊，记得在某天我对另一个女郎说着同样信誓旦旦的话。那时刻，从木麻黄树梢下，从亘古的月亮的昏黄光照下，从恒河此岸到彼岸，到处飞快地传播着"哈哈——哈哈——哈哈"一片笑声。我无法说清，那是刺耳的笑声，还是震天的哭声。刹那间，我昏倒了，翻滚到石坛底下。醒过来发现，我已躺在自己房间里。

默诺瑞玛问道："你突然间发生了什么事？"

我颤抖着，说："你没有听到，整个天空飞掠着'哈哈——哈哈'一片笑声！"

她不禁笑着说："什么笑声！一行雁群在头上飞过，我听到它们振翅的响声。你为什么在区区小事上如此担惊受怕呢！"

白天，我清楚地明白，那肯定是大雁飞翔的响声，每年这个时候，大雁要从北方飞向南方的河滩。但一到黄昏，我就会丧失那种清醒。那种笑声仿佛在四周的黑暗里聚集着，一旦获得时机，蓦然穿过黑暗，在整个天空响彻。最后，一到黄昏，我就再也没有勇气与默诺瑞玛交谈，交流心中的情意。

一天，我离开了带有花园的别墅，带着默诺瑞玛坐着汽艇去河上旅行。时当九月[①]，河里的清凉阵风，吹散了我的一切恐惧。几天来惬意地度日。默诺瑞玛似乎也受到四周大自然美景的感染，多少日子以来第一次在我面前，慢慢地开启自己关闭的心扉。

汽艇离开恒河，穿过它的支流，最后驶进帕德玛河。那时，平素可怕的帕德玛河，像冬眠的大蛇一样细长而无生气地睡在漫长的寒冬里。河的北边延绵着荒寂的沙岸，似乎在阳光下燃烧着；南边高耸的岸上，小小村落中的杧果树林，仿佛倚在这条魔河的巨嘴边上，双手合十地战栗着；帕德玛河仿佛在睡眠中一次次辗转反侧，岸边崩裂的沙土唰啦啦地剥落着。

找到了一个合适的地方，我靠岸泊了船。

一天，我们外出散步，走得很远。眼看着落日金黄色的晚霞消失

[①] 孟历九月，相当于公历 11 至 12 月。

在地平线上。上半月的清澈的月亮升上来。当明月的银辉洒落在一望无际的、泛着白光的沙地上，当月儿带着自己整个娇容和青春身姿，漫步在天际的上空时，我仿佛觉得，只有我们两人漫游在阒无人迹的月亮世界——无限梦幻王国里。默诺瑞玛披着红色的披巾，她把它拉在肩头上，裹住全身，露出一个脸额。当万籁俱寂时，当除了广大天际的明辉和空寂外再也没有什么时，默诺瑞玛徐徐地从披巾中抽出纤手，握住我的手。她挨我那么近，仿佛她把自己的整个身心和青春生活的全部重担托付给我，专一地依傍着我。我欢快的心田里思忖："在封闭的屋宇里哪有称心如意的爱的表露！除了广阔的旷野和天空外，还有什么地方可以容纳两颗热恋的心！"这时，我仿佛觉得，我们没有了家，没有了房门，没有回旋余地。就这样，手拉着手，无目的地，无牵无挂地，无止境地走在毫无尽头的幽径上，遨游在月光普照的广袤宇宙里。

这样，我们走着走着，来到一个地方，看到一块沙地边有一泓清泉，帕德玛河从那儿漂流开去。

清幽的月光洒在那由沙丘围住的无忧无虑安睡着的湖水上，仿佛不知不觉地也熟睡了。我们俩走近了那儿，伫立着。默诺瑞玛不知在琢磨什么，目不转睛地注视着我的脸。那时，披巾突然从她的头上滑下，我抬起那张似月光一般清澈的脸蛋，亲吻着。

正在这时，在渺无人迹的沙丘上，不知谁从那儿连唤了三声："这是谁？这是谁？这是谁？"

我吓得魂不附体，默诺瑞玛也战栗不已。但不一会儿，我们明白过来。这声音不是人的也不是鬼的，而是栖息在沙岸上水鸟的呼唤声。在这夜深人静里,它们突然在渺无人迹的栖息地发现了人而惊醒了。

我们俩魂飞魄散地迅速逃离此地,折回汽艇。已深更半夜,一钻进船,我就躺在床上,蒙头睡觉了。默诺瑞玛也困乏了,一躺下就睡着了。

随后,不知谁在黑暗里走到我蚊帐旁边站着,向熟睡着的默诺瑞玛,伸出自己毫无血丝的手指,并在我耳畔用沙哑的嗓音低声一再询问我:"这是谁?这是谁?这是谁?"

我连忙站起,用火柴点燃灯盏,灯光一亮,她就消失了。我仿佛觉得,她扯动着我的蚊帐,摇晃着我的汽艇。我吓得汗珠直往下滴,血液凝固冻僵。她带着"哈哈——哈哈"的笑声,在漆黑深夜里飞快地飘逸而去。这声音渡过帕德玛河,飘过河岸,越过睡乡、村落、市镇和旷野,穿过今世和来世的一切地方;随后,这个声音渐渐地细细地进入无际的空间;它仿佛通过生命死亡的国度,最后这个声音渐渐地变成像针尖一样尖细。我从来没有听到过如此尖锐微细的声音,也从未想到世上有这种稀奇阴森的声音。我的头脑仿佛是个无限天空,那个声音无论传播得多远,也走不出我的脑海。

最后,我很难忍受,怎么也睡不着。我琢磨要不把灯熄灭,否则一定无法入睡,也不得安宁。我刚吹灭灯躺下,黑暗中,那个沙哑的声音又在我蚊帐边、我耳际响起:"这是谁?这是谁?这是谁?"我的心仿佛也应和着这个节奏,响起"这是谁?这是谁?这是谁?"的声音。在深夜,阒无人迹的深夜里,汽艇上我的圆钟仿佛活了起来,用自己的指针朝向默诺瑞玛,应和着黑暗中声响的节奏,嘀嗒嘀嗒地发出那句问话:"这是谁?这是谁?这是谁?"

说着说着,德什朗吉伦先生的脸色变得惨白,声音也哽塞了。我碰了碰他的身体说:"喝口水吧。"

这时,我的那盏煤油灯摇晃着,熄灭了。我突然把目光投向窗外。天色已亮,乌鸦啼叫,啄木鸟歌鸣。家舍面前的小道也因牛马车的辚辚响声而苏醒。

我在光亮中看到,德什朗吉伦的脸部表情完全变了。他脸上没有任何恐惧或疑惑的痕迹。在黑夜的幻影迷幕下,在假想的疑惑的麻醉里,他向我诉说了那些光怪陆离的事,但在此刻他感到十分羞愧,甚至从心底里生我的气。他没有祝福就不辞而别了。

那天深夜,有人又来敲我的门。

"大夫!大夫!"

祖 父

一

从前，纳因觉尔地区的地主，曾以老爷的声誉而著称于世。那时代，追慕老爷称号的理想，绝不是一蹴而就的。人们为荣膺老爷称号，不得不进行难以忍受的苦行，正如现在封建王公垂涎拉叶伯哈杜尔头衔[①]，不得不赶时髦，学习跳舞、赛马、寒暄等西洋生活方式。

纳因觉尔的老爷们曾以穷奢极侈而闻名遐迩。他们穿上撕去边沿的达卡产的细布衣服，因为粗硬的毛边，会磨损他们异常娇嫩的老爷气质。他们肯耗费十万贯钱，为小猫举行婚礼。据说有一次，为庆祝一个节日，他们发誓要把黑夜变成白昼，点燃了数以万计的灯火；从空中撒下真银制作的缤纷丝带，来模仿阳光。

众所周知，那时老爷们的老爷气质没有世袭下来，他们像一盏有过多灯芯的油灯一样，在短暂的挥霍中，耗尽了自己的油，很快暗淡而逝了。

我们的盖拉什钱德拉·拉易·乔杜利，就是负有盛名的纳因觉尔地区一位家道败落的老爷，也是曾经灿烂一时、如今行将熄灭的这盏

[①] 拉叶伯哈杜尔，英国统治印度时期英政府授予效忠于英国的印度人的一种称号。

长明灯的最后遗民。当他出生于人世，灯油已沉底，所剩无几。他父亲去世时，举行了显赫的丧礼，纳因觉尔的老爷气质闪现了自己最后的光亮，突然黯然无光了。全部财产为支付债务被拍卖掉，剩下的钱财，已不能维持祖先的荣耀。

所以，盖拉什老爷携带自己的儿子，一道离开了纳因觉尔，来到加尔各答定居——他的后嗣很快抛弃了自己唯一的女儿和世道日下的人间，归了西天。

在加尔各答，我们是相邻。我们的历史与他们的历史是截然相反的。我的父亲依靠自己的奋斗，流血流汗地挣钱；他从来不穿低于膝盖的围裤，从不乱花一个铜板；他从来没有通过挥霍和炫耀来博取老爷头衔的任何念头。我是他唯一的儿子，受到了良好的现代教育，拥有适应于维护自己身心和名誉的足够钱财，对此我是感恩戴德的，也是引以为荣的。我觉得，贮藏在铁皮保险箱里的父亲公司的钞票，远比家徒四壁的库房里的祖传老爷气质的光辉历史贵重千百倍。

也许正因为这个原因，当盖拉什老爷以自己往昔骄傲的倒闭银行的名义，开出又长又多的空头支票、支付别人的债务时，我感到特别不堪忍受。我还仿佛觉得，因我父亲靠自己双手发财致富，盖拉什老爷打从心眼里瞧不起我。我气愤地思量：谁该是被鄙视的人呢？整个一生，忍受残酷牺牲，抵制种种诱惑，不屑于人们脸孔的鄙夷表情，通过孜孜不倦的、合乎理性的聪明才干，克制所有矛盾和障碍，掌握一切有利时机，就这样依靠自己的双手，用一层层金银财宝叠起了高耸入云的宝塔；然而只因为他没有穿齐膝的围裤，被认为是小人物。世道是如此不公正。

那时我年纪轻，血气方刚，唾弃和厌恶这种迂腐的风度。现在随着年龄增大，平心静气地思忖：这里面也并无什么害处。我有万贯家产，不愁吃穿。一个一无所有的人如果以清高为乐趣，这又何损于我！相反，那个可怜家伙会由此得到慰藉。

应该说明，除我之外，没有任何人恼恨盖拉什老爷。因为世上还没有遇见过如此无私欲的人。在各类事务和悲喜际遇中，他都竭尽全力地帮助别人。他参加邻居的一切典礼和节会。他不管遇到老和少，都以礼相待，笑容可掬，慈爱地同别人攀谈。他会毫不倦怠、温文尔雅地向人问安，询问家庭琐事。所以他一遇上谁，一串串问话就没有个完："我的好朋友，近况可佳？身体康健？夏西挺好？大老爷高寿快乐？听说默杜儿子发高烧，现在复原了吗？我好久没有见到赫利吉勒利老爷，他一定很愉快吧？你的拉河尔有什么消息？你家里人也好吧？"

他是位爱好整齐清洁的人。衣服布料不多，但总是细心地、有规律地把衬衫、围巾、裤子、破旧的床单、枕头套子和小线毯，拿出户，晒太阳；抖开，挂在绳子上；折起，悬在竹竿上，最后又妥善地保存起来。乍一看，使人觉得一切安排得井然有序，美观大方。屋内仅有的几件家具布置得既惹眼又恰到好处，满屋生辉。给人的印象是，仿佛他家里还藏有许多东西似的。

他经常在缺乏仆人的情况下，紧闭柴扉，费九牛二虎之力，熨烫宽大的围裤，缝补背心和衬衣的袖口，并做一些仆役的工作。随后，打开房门，接纳朋友。

他的地产和财富早已丧失殆尽。但他费了好大周折，才从贫穷的大嘴里，保存下一个贵重的装花露水的银瓶、一具玫瑰香盒、一个小金盒、一个银色的水烟袋、一条珍贵的披巾以及旧式的礼物。一遇上机会，他就把这些东西统统搬出来，布置得琳琅满目，借此维护纳因觉尔举世闻名的老爷尊严。

现在，盖拉什老爷尽管没有了土地，但在自己的谈吐中，依然流露出一种骄傲的神情，仿佛这种骄傲一直维护着自己对祖先的职责。大家不时怂恿他，逗弄他，从中寻取乐趣。

街区的人们管他叫祖父。在他那里，经常聚集着许多人，但他囿于贫穷，无法增加烟草的开销。所以，邻人总买来一二赛尔[①]的烟草，助兴说："祖父，尝一尝，品品我们手里的伽耶产的精美烟草！"

祖父吸了一两口后，说："好极了！老弟，烟草是精美绝伦的！"随即，他吹嘘自己吸过价值六七十卢比一斤的道兰产的名贵烟草，询问："我不晓得哪位仁兄，想尝一尝它们的味道，我还保存一些。"

大家明白，倘若果真有人想尝试，他一定说，钥匙不知放在何处。然后搜寻一番，告诉大家，老仆人的儿子把它弄丢了。"你们兴许不能相信，这个老人懵懵懂懂的，总是遗忘东西的去向。虽则笨拙了些，但我不想辞退他。"

老仆人格兰什毫无怨言地忍受了全部的责难。

这样，大家异口同声地说："祖父，不必寻找，您那烟丝味太浓，我们消受不了。还是这种烟好吸。"

[①] 赛尔，印度重量单位，一赛尔相当于一公斤。

祖父一听到这话,如释重负,再也不唠叨,脸上绽开了笑容。当大家起身告辞时,他会突然开口说:"哦,想起来了,你们什么时候到我家做客用膳。请说个日子,老弟!"

大家说:"看着办吧,定一个日期吧。"祖父马上接口说:"这正中吾意。就定在下霏霏细雨、天稍凉快时;不然,在炎热的夏天,丰盛的饭菜要糟蹋掉的,因为大家准闷热得没有胃口。"

当雨季来临,任何人都不去提醒祖父的允诺,一旦触及这个话题,大家提议说:"倒霉的毛毛雨,下个没完,兴头委实提不起。落完了再说吧。"

他住在狭窄的租房里,深感有失体统,寒酸难堪。诸亲好友也在他面前,对他的处境深表同情。但谁都知道,若要在加尔各答租到一所租金合适的寓所,真是难于上青天。许多日子以来,邻居出谋献策,为他寻找租金合适的大房子,但全落空了。最后,祖父似乎无可奈何地叹了口气说:"算了。不过,我与你们住在一起,感到心情愉快。我在纳因觉尔有富丽堂皇的住宅,但我又怎能留在那里呢?"

我相信,他本人定知道:大伙了解他的境况。当他赋予昔日的纳因觉尔以现代的面貌,加以显示,当人们也在其中推波助澜时,他暗自思忖:相互间的欺骗,仅仅是出于互相表示友好情谊的原因。

但是,我十分反感,年轻时就有压抑别人那种洁身自好的邪念。与成千上万的滔天罪恶相比,愚蠢更使人难以忍受,盖拉什老爷并非真的愚昧无知。在许多事务方面,大家都乐意取得他的帮助和建议;但一触及纳因觉尔荣光的话题,他就不注意说话的分寸,缺乏应有的常识。由于他成为大家怜爱和取乐的角色,任何人都不反对他那种天方夜谭式的谈天，他也就漫无边际地胡诌。当旁人寻寻开心，或逗他取乐，用荒谬绝伦的夸大方式，绘声绘色地描摹纳因觉尔的荣光时，他会毫不犹豫而且十分庄严地接受这一切；甚至他在梦境里也未曾怀疑过，别人会不相信这一切的。

我常常想，老年人依赖空中楼阁的幻想生活着，并遐想那种空中楼阁是永存的。而我仅用两发炮弹，就能在大庭广众面前，轰沉他的空中楼阁。猎人见到鸟儿停歇在树枝上，就想用子弹击中它；孩子见到山顶上的奇形怪石，就想把它推翻下山。当摇摇欲坠的什物被一个东西卡住，仿佛那件什物只有被推倒之后，才会显露自己的完美本质，而观赏者的心也因此而得到满足。盖拉什老爷的画板是那么脆弱，正如他的非真实话是那么纯洁无瑕，它们在真理枪口面前，如此欣喜若狂地翩翩起舞，以致人们心里马上产生消灭它们的念头——我仅仅因为十分懒散懈怠，遵循大家的习俗，而没有干预这件事。

二

当我分析盖拉什老爷对往昔缅怀的情愫时，发现自己内心存有一个不满他的更深的理由，我有细细叙述的必要。

我尽管是有钱人家的纨绔子弟，但还是没有虚度年华，按时通过了文学硕士；年轻时也没有交上坏朋友，沉溺于放浪生活。尽管双亲死后，我成为主人，但本性仍没有变坏，品行依旧是白璧无瑕。我的相貌也是绝顶漂亮。如果我用自己的嘴，称赞它的漂亮，别人一定会说我自吹自擂，自鸣得意。但平心而论，这种称赞并不过分。

所以，无可置疑，我是稀罕的乘龙佳婿，在孟加拉婚姻市场上，有着百倍的身价。我发誓，一定要在婚姻市场上，攫取自己的全部价值。我心目中的理想配偶是，一个百万富翁的无与伦比的富有教养的绝色淑女。

省内外人络绎不绝，前来向我提亲，表示愿出一万、两万卢比的相当可观的陪嫁。我毫不动心地在天平秤上衡量这些提议的分量。我觉得，仍没有谁家之女能有配得上我的价值。最后，我的想法犹如帕沃波特诗所描绘的：

在这个世界上，
时间是无休止的，
空间是无穷无尽的，
最后或者可能
会诞生出一位与我并驾齐驱的美人。

但是，当今的衰弱时代，褊狭的孟加拉，是否会产生那种尽善尽美的人，颇可怀疑。

承受姑娘出嫁重负的天下父母，经常用各种方式恭维我，崇拜我。不管我是否喜欢姑娘，我总是来者不拒，欣然接受这种恭维和崇拜，并自以为应当如此，因为我是个无与伦比的骄子。经典上写道，不管神明是否赐予凡人以恩典，神明若得不到善男信女的按规定的膜拜，就要大发雷霆。在获取按规定的膜拜时，我内心也产生像神明那般的崇高感情。

我早已说过，祖父有一个孙女。我见过几次，但从来不以为她长得窈窕。因此，我心里从来没有升起过把她作为自己伴侣的幻想，但我奢望盖拉什老爷，或者通过旁人，或者亲自带着奉献上孙女祭品的心愿来膜拜我，因为我是好人家的乘龙佳婿。但他没有这样做，为此，我恼恨他的失礼。

我听说，盖拉什老爷对我的一位朋友说，纳因觉尔的老爷从来不向别人乞求恩典，哪怕姑娘永远嫁不出去。他绝不会践踏自己家族的传统。

听后，我大为光火。这种愤怒一直郁结在心底，只因为我是个品行端正的孩子而沉默着。我天性里的作乐与愤怒，犹如闪电与雷鸣，总是形影相随。我不大可能去捉弄老人，使之痛苦——但有一日，一种将作乐计划付诸行动的强烈欲望，在我心底蠢蠢欲动。

我早已讲过，不少人为奉承老人的虚荣，编造了许多五花八门的谎言。住在街区的一位行政官助手经常对他说："祖父，每当我会见副总督时，他不询问纳因觉尔老爷的情况，是不甘罢休的——总督先生说，在孟加拉，伯尔德瓦纳国王和纳因觉尔老爷，是真正值得人们景仰的两支古老而有名望的家族。"祖父听了，乐不可支，一碰见行政官助手，就口若悬河，无休止地询问吉祥消息："副总督可好哇！他的夫人也好？他们的子女都好吧？哦，记得你说过他们都平安，那是极其吉祥的好消息！当你会见他们，一定别忘，代我向他们致以崇高而深切的问候。"

他还表示，他总有一天会亲临府上，拜会总督先生的。但是，退休的行政长官的助手心里肯定知道：等到配备好纳因觉尔的四轮马车，到达总督府之前,大大小小的总督府先生不知要变换多少次。

有一天清晨,我把盖拉什老爷单独叫唤到一边,诡秘地说:"祖父,昨日我去参加副总督设宴。他关切地问起纳因觉尔老爷的近况。我马上不假思索地说,纳因觉尔的盖拉什老爷就居住在加尔各答。听后,副总督先生因走马上任多日,没有去拜会盖拉什老爷,感到内疚。他说,今天晌午,他悄悄地来拜会你。"

倘若换了别人,不可能相信这类事;倘若它与别人有关,盖拉什老爷也会讥笑的。但有关自己的事,他丝毫不怀疑。听后,他又是高兴,又是焦急——安排在哪儿呢,该做些什么呢,如何热诚款待呢,如何保持纳因觉尔的荣光呢——他真急得如热锅上的蚂蚁,不知所措。此外,他不懂英语,怎么交谈,也成为一个苦恼问题。

我说:"不用担心,有一个翻译跟随着他,但副总督有个特殊的要求,希望会见时,任何外人不能在场。"

晌午时分,街区的大部分人正在上班,其余的人关着房门打瞌睡。那时,一辆四轮马车停在盖拉什老爷的家门口。胸前挂满奖章的卫兵,进屋通报:"副总督驾到。"

祖父穿着旧时代流行的白色大裤管的裤子,头上扎着头巾。他让自己的老仆人格兰什也穿上自己的围裤、披巾和衬衣。一切都准备就绪。祖父一听副总督驾到的通报,气喘吁吁、浑身颤抖地跑到大门口——弯着九十度腰,不断地敬礼,把我穿着英国制服的朋友,引入内室。

室内,坐毡上铺着他唯一一条贵重的披巾,请乔装打扮的总督大人上座。他用乌尔都宫廷语言,背诵着一篇特别温柔而又冗长的演说词。小金盘放在显眼的地方，金盘里放着好不容易保存下来的几枚祖传金币。老仆人拿着花露水银瓶和玫瑰香盒，不断地向尊贵的客人洒玫瑰香水。

盖拉什老爷喋喋不休地表示抱歉：他能在纳因觉尔自己家里，用祖先的荣光，替英雄老爷洗尘，热烈而隆重地接待贵宾；但在加尔各答，他是位异乡人——这里，他如同离水的鱼儿，没法精心安排好接待。

我的朋友戴着大帽子，以十分严肃的表情，不断地点头应着。依据英国人的习俗，在别人家里，是不兴头上戴帽的；但我的朋友唯恐破绽被人识破，不敢脱帽。除了盖拉什老爷和他的老仆人，大伙都能揭穿孟加拉人的这种鬼把戏。

我的朋友约莫点了十多分钟头，起身告辞。依照预先商定，卫兵掳走盛有金币的金盘、覆盖在坐毡上的披巾，从仆人手里夺走花露水银瓶和玫瑰盒子，然后统统装进马车里——盖拉什老爷暗自寻思：这种举止大约是副总督老爷的惯例。我藏在贴近的屋子里窥视这一切，两肋暗笑得直发痛。

我实在忍不住了，跑到稍远的房间里——在那里我纵声大笑。忽然间，我发现这房间的角落里，一个少女坐在凳上，哭得成了个泪人儿，好像她的心儿马上要炸裂似的。

瞧见我进屋放声大笑的模样，她急忙欠身瑟瑟站着。用呜咽的声音、愤怒的语调，向我脸上倾泻雷雨般的问话："我祖父什么地方对不住你们，你们为什么如此捉弄他——你们为什么到这儿来？为什么……"

祖父 · 177 ·

她泣不成声,喉咙哽咽住了,撩上纱丽,遮住脸庞,又失声恸哭起来。

我的剧烈笑声,顿时烟消云散。我的恶作剧除了寻寻开心外,还有什么意义呢?我突然发现,我那个恶作剧十分残酷地打击了一颗异常柔软的心。我的恶作剧的令人作呕的残暴形象,倏地闪现在我面前——我如同被痛打的落水狗,带着害臊和懊丧的心情,悄悄地溜出了房间。

老人对我究竟犯下了什么罪过?他的洁身自好从来没有折磨任何人,而我的高傲神气为什么采取如此残暴的形象呢?此外,今天我的眼睛豁然开朗。多少日子以来,我把盖拉什老爷的孙女吉苏姆看作一种商品,它等待没有成亲男子的青睐。我以为自己不喜欢她,所以她落到今天的地步。她将归属于一时冲动的人。然而今天,我发现坐在这屋子角落里的姑娘,有一副富有人性的心肠。她带着自己个人的欢乐和悲哀、爱情和离愁的天良,一方面向着陌生的往昔,另一方面向着非幻想的未来,伸开自己的双臂。富有人性的人难道能够估量多少陪嫁费和眼睛鼻子长相如何之后,决定自己的喜怒哀乐?

我彻夜未寐,次日一早,带着老人的全部被窃来的珍贵东西,像小偷一样,蹑手蹑脚地步入祖父家里——我希望,神不知鬼不觉,偷偷地把所有东西交还。

没有见到任何人影。在附近房间里,我突然听到姑娘同老人的谈话声。姑娘以充满爱意的甜蜜声调,问道:"祖父,昨日总督先生对您闲扯些什么至关重要的事?请说说,一字也不要遗漏。"

祖父委实无须人的鼓励,脸上已经泛出无上荣光的光泽。他兴致勃勃地借用总督的口吻,添枝加叶、罗曼蒂克地颂扬古老的纳因觉尔家族。姑娘全神贯注地侧耳聆听,流露出一副十分激动的神情。

姑娘内心对年老的保护人充满爱意的这种真诚伪装,真使我热泪盈眶。我久久沉默着——最后,祖父讲完了故事,离开了。我捧着骗窃来的东西,出现在姑娘门前,恭恭敬敬地放在她面前,一声不响地走出屋子。

依照今天流行的风俗——尽管每天与老人照面,从不施礼问候——今天,我毕恭毕敬地向他施礼。老人也许会想,可能因前天副总督驾临的缘故,我才会向他表示虔诚。我的朋友蜂拥而至,围住老人。他又兴高采烈地编造总督的故事,我也毫不迟疑地为他助兴。局外人听了,自始至终认为这纯粹是胡诌,但都乐意不扫老人的兴,洗耳恭听老人讲的史诗般的故事。

众人告辞之后,我怀着害羞和谦卑的神情,向老人提出了一个建议。我说:"虽然,我家族的尊严,不能与纳因觉尔家族的荣誉同日而语,但是……"

提议陈述完毕,老人紧紧拥抱我,欢快地说:"我是穷苦人——我不知道有如此幸运,老弟?我的吉苏姆一定积了功德,今天在你手里获得了补偿。"说着说着,泪珠儿从老人眼里扑簌簌淌下。

今天,老人生平第一次,或许也是最后一次忘记了对维护纳因觉尔祖辈尊严的职责,承认了自己贫穷,还承认了,得到我这个女婿,决不会损害纳因觉尔家族的荣光。其实,当我寻思如何捉弄老人的时候,他把我当作大好人,诚心诚意地为我祝福。

饥饿的石头

我同一位亲友,借朝圣之机,游览了名山大川。现在,正返回加尔各答。火车上,与一位素昧平生的先生相遇。起初,见了他一身装束,我误认为是居住在德里的穆斯林,稍后,听了他的谈吐,我格外糊涂了。他以如此权威的口吻,议论天下之事,仿佛造物主要和他磋商,才能开始自己的全部活动。在世界范围内,发生了许多闻所未闻的怪事:俄国人正大踏步前进啦,英国人正酝酿秘密的计划啦,本国土邦王公施展着新的密谋啦——对此,我们却一无所知,高枕无忧地睡着大觉!我们新结识的米伦沙尔先生微笑着说:"霍拉旭!天地之间有许多事情是你们的报纸里没有梦想到的呢!"[①]我们很早就从家里出来,所以,见了他那种谈吐风度,大为惊讶。那位穆斯林先生阁下,谈论任何普通的事儿,时而引证科学的论据,时而援引吠陀经典,时而摘录波斯诗句。他如此引经据典,使我们的脑子都不管用——我们对科学、吠陀和波斯语一窍不通,这样越发加深了对他的敬意。甚至我那位神学家亲友确信,我们这位旅伴肯定与非人间的事业有着某种关系——或是同奇特的魔力和神力,或是同精灵诸如此类的东西有着某种联系。他怀着极度的虔诚和迷恋感情,倾听那位不寻

---

① 此句原文为英文,系莎士比亚《哈姆雷特》一剧中的台词。这里把原台词中的"你们的哲学里"改为"你们的报纸里"。

常的人的任何细小的话题,并悄悄地记录。我猜度,那位不寻常的人心里,肯定意识到了自己的影响而扬扬得意呢!

我们的火车开到交轨站,不走了。我们一行只得留在候车室,等待下一趟车。晚上十点半光景,获悉火车在半路上遇到障碍,很晚才能到达。于是,我在一张桌子上铺开毯子,准备睡觉。就在这时,这位不寻常的人讲述了一个故事。那天晚上,我再也无法入睡。

在政府管理方面,我与人产生了一些分歧,就辞去了朱纳格塔土邦的官职,进入海得拉巴邦尼伽姆政府。上级看到我如此年轻、强健,就委派我到帕利吉地区,担任征收棉花捐税的监务官。

帕利吉地区是个山清水秀的迷人地方,渺无人迹的山麓下,苏斯迪河穿过一片巨大茂密的森林,像技艺娴熟的舞女,迈着轻盈的步伐,逶迤地向远方流去。那条河边,拥有一百五十个大理石级砌成的堤岸,上方有座乳白色大理石筑成的孤寂宫殿矗立在山谷里——四周没有任何住宅。帕利吉的棉花市场和乡村离这儿很远。

大约二百五十年以前,国王穆罕默德二世为了自己的享乐,叫人在幽静的山谷,建造了这座巍峨的宫殿。那时,沐浴厅内的喷泉嘴里不断喷出幽香的玫瑰水。一些年轻美貌的波斯姑娘,坐在清凉而宁静的水池的滑溜溜的大理石凳上,把自己柔软的双足,伸在透明洁净的水里。沐浴前,她们松散开自己乌黑浓密的头发,怀抱弦琴,像葡萄藤叶一样摇晃着身子,浅吟低唱那抒情的歌曲。

如今,那些喷泉不再流水,那些歌儿已经断绝,洁白滑腻的光脚板,也不光顾那些白色的大理石了。——现在,它成为像我那样的孤独痛苦、没有伴侣的人的一座巨大而空虚的住宅。办公室的一位年老职员克利默罕几次三番劝告我：不要住宿在这座宫殿。他说："你若高兴，白天可以逗留，晚上决不能在那儿过夜。"我对此一笑置之。仆人向我要求说，他们工作到黄昏之前，夜幕降临就离开宫殿。我说："就这样定吧！这座住宅是那么声名狼藉，在深夜里恐怕连盗贼也不敢光顾的。"

起初，我来到这被遗弃的岩石宫殿，它的荒凉仿佛可怕的千斤重负压在我胸上。于是，我尽量在外面奔忙，料理事务。晚上，拖着疲惫不堪的身子回来，一倒在床上就呼呼睡去。

但是，没过一个礼拜，这座宫殿给人的奇特陶醉，徐徐地袭击着我，控制着我。用语言是难以描述我那时的情况的，要使人相信，也是件难事。整个屋宇仿佛是一种有生命的东西，用自己肠胃的迷人津液，渐渐地消融着我。

或许当我一跨进这座府邸时，这种活动就已开始，但是，我最清醒地感觉到它开始的日子，至今还记忆犹新。

盛夏的一天，市场已散。我手头没有特别要做的事。太阳西沉前，我走到那条河的堤岸最下层的石级上，坐在一张安乐椅上小憩着。那些天里，苏斯迪河已接近干涸。彼岸天际的沙坡，在晚霞的映照下显出五彩斑斓，煞是好看。此岸，在石级底下的清浅河水里。卵石熠熠闪光。那天，没有一丝风声，从附近山林里飘逸出薄荷、茴香的芬芳，仿佛加重了凝固不动的天际的重负。

太阳隐没到山后，一个长长的阴影帷幔，降落在白天的舞池上。山峦的屏障，使日落时的光亮和黑暗相交合，但没有持续多久。我想起身去骑马溜达。正在这时，石级上传来了脚步声，我不禁回头张望——任何影儿都没有。

我断定自己的耳朵听错了。当我回头坐定，许多嘈杂的脚步声又在台阶上响起——仿佛许多姑娘蹦蹦跳跳跳朝石级下奔来。一种既害怕而又兴奋的感触，使我浑身上下颤抖。尽管我的眼前没有任何人影，然而我清醒地感到，在那仲夏的黄昏，有一群快乐而活泼的姑娘来河畔洗澡。虽然在这黄昏时分，寂静的山麓、河边的台阶、杳无人迹的宫殿，没有任何声息，然而，我清晰地听到，带着像潺潺溪水一样的欢悦笑声，和相互追逐的戏谑声，那些准备去河里沐浴的姑娘，从我身旁飞快地擦过，仿佛任何人都没有瞧见我似的！我也和她们一样，看不见她们的形态。河水依旧静止不动，但我清楚地觉得。苏斯迪河的浅浅河水被许多戴着叮当作响的手镯的手臂，拨弄得激荡不安起来。姑娘们欢笑着，相互泼水戏弄。女凫游者玉足的顽皮踩蹬，使水滴像晶莹的珍珠，飞溅到空中。

我的心房开始出现一阵颤抖，它是害怕的颤抖，还是欢愉的颤抖，或是惊异的颤抖，无法说清。我渴望着能真切地瞧一瞧，眼前却什么也没见到。只感到竖起双耳，才能清晰地听到她们的谈话。——可是，再全神贯注地竖起双耳，又只听到林中蟋蟀的低鸣了。此刻，我仿佛觉得：二百五十年前的黑幕，正悬挂在我的面前。我带着恐惧的心情，掀起帷幔的一角，向里窥探。也许在这儿正举行着一个隆重的会议，然而，里面黑洞洞的，什么也瞧不见。

蓦地刮起阵风，风声飒飒，冲破窒息的闷热。眼睁睁望见，苏斯迪河凝固的水，犹如仙女的散发一样收拢起来。被黄昏阴影笼罩着的所有森林大地,刹那间仿佛带着簌簌响动,从睡梦中惊醒。不管是梦幻,还是真实——在我面前所呈现的二百五十年前这块故土的望不见的海市蜃楼,瞬间就消逝得无影无踪。那些魔幻般的美女,以没有身影的碎步,带着无言的银铃般的笑声,穿过我身旁,跃入苏斯迪河;现在她们出浴,拧掉衬裙的水,没有再通过我的身边,正如阵风把弥漫在空中的香气吹跑,她们也在春天的一阵呼吸中腾空飞走了!

那时,我极其惶恐,诗歌女神可不要见到别无他人,就降临我的头上。我这个可怜儿辛辛苦苦地收着棉花税,浑浑噩噩地打发着日子,毁灭女神可别来捉拿我的生命。我暗自思忖,要痛痛快快地饱餐一顿。空着肚子,所有难以忍受的疾病都会找上门的。我召唤自己的厨师,吩咐他油炸香料,做一份美味的咖喱鸡饭。

翌日清晨,我一觉醒来,觉得昨天发生的一切,都令人可笑。吃过早点,愉快地穿戴上贵族老爷般的衣冠,亲自驾驭敞篷双轮马车,去进行自己的监察工作。那天,要写三个月的总结报告,所以很晚才能回家。但一近黄昏,仿佛有人把我拉向自己的住宅似的。究竟谁催促我回家,无法说清。我恍惚觉得,再延误回家就不妥了。心里盘算,一切都会妥帖的。我扔下写了一半的报告,驾着双轮马车,在黄昏中灰暗的树荫覆盖的寂静无人的道路上,急急地朝着自己黑暗而又静谧的大理石巍峨宫殿呼啸而归。

正对着台阶上方的屋子是十分宽敞的,屋内有三排又高又粗的立柱,立柱托着图案精美的拱形屋顶。那座巨大屋宇带着自己无限的虚空,夜以继日地发出呼呼响声。那天黄昏,没有掌灯。我推开了门。一跨进去,我马上感到,好像屋内骚动起来——仿佛会议突然中断,鬼知道有多少人从四周的门窗和小屋甬道中夺路而逃。但我看不到任何人影，呆若木鸡地站着，浑身由于一种冲动而战栗着，仿佛已消失许多日子的胭脂和香水的芬芳扑鼻而来。我站在那无光无人的巨大屋宇的古老立柱中间倾听着——淙淙的喷泉水声，水滴溅落在乳白色大理石上的清脆声，从弦琴里奏出的不知什么调子的乐曲声，某处金银首饰的叮当声，某处脚镯的铿锵声，巨大座钟的鸣奏声，还有从远处传来的悠扬的鼓乐声，大玻璃吊灯随风摇动的当当声，户外走廊里黄莺的婉转鸣叫声，豢养在花园中的仙鹤的絮语声，所有这一切都汇合在一起，在我四周组成了阴曹地府的优美音乐。

一种迷惑困扰着我，我仿佛感到，这个无法接触、高深莫测、并非真实的事是世上唯一的真实，而其他一切都是虚假的海市蜃楼。我就是某个什利优格特，某人的长子，每月净拿四百五十卢比薪俸的棉花税务官。我穿着制服，乘坐双轮马车，每天去办公室——我感到这一切都不过是个天大的笑料而已，完全是没有根基的、虚假的。我站在那寂静无人、空旷无比的黑屋里，哈哈大笑着。

就在那时，我的穆斯林用人，擎着点燃的煤油灯走进屋来。他是否认为我是个疯子，我无法揣摩。但就在此刻，我记起，我就是已故的阿莫格钱达拉的长子什利优格特·阿莫格纳塔；我还思考到，在世界的内外，无形的喷泉是否一直在某处喷溅着；在无形的手指拨弄下，魔幻的弦琴是否在奏出缠绵悱恻的哀怨曲调，我们伟大的诗人或诗哲肯定能够说清楚。但这个事实无疑是真实的：我在帕利吉市场上征收棉花税，每月挣得四百五十卢比的薪金。随后，我又想起刚才的奇特迷离，在煤油灯光照耀下的桌旁，拿起报纸不由得欢快地痴笑起来。

浏览了报纸,吃好晚餐,我在角落里的小屋,熄灭了灯,躺在床上。从我面前敞开的窗棂往外眺望,在被一片漆黑密林覆盖着的阿拉沃利山峦上方,一群灿烂的星辰,从无限辽远的苍穹,目不转睛地注视着躺在粗劣小床上的什利优格特税务官——我对那锐利的炯炯目光一直感到惊奇、迷惑。后来,什么时候进入梦乡,我不知道;睡了多久,也不晓得。突然,我被惊醒——也不是屋里有任何响动,也无法看清是否有人进屋。在黑暗的山峦上方,闪烁着的星辰早已消失得无影无踪。而那下半月月牙的微光,带着毫无理由的困窘,潜入我的窗户。

屋里,看不到任何人影。然而,我清楚地感到,有人悄悄进屋,用自己温柔细腻的纤指抚摸着我,摇动着我,把我弄醒。她没有出声,好像仅仅用自己戴着闪闪发光的戒指的五个手指命令我:小心翼翼地跟随着她。

我轻手轻脚地起身。虽然,在拥有几百间小屋、十分空虚、充满沉睡音调和觉醒旋律的巨大宫殿里,除了我再没有第二个人。后来,我步步感到害怕,可别惊醒人。那座宫殿的大部分屋子一直关闭着,我也从来没有进去过。

那天晚上,我没有发出一点儿响声,挪动自己的步履,屏声静气地跟随那无形的女召唤者。从哪儿步出,潜入何处,今天是无法讲明的。我通过了多少狭窄而幽暗的小径,多少又宽又长的通道,多少悄无声息的客厅,多少关闭的小屋,谁也无法数清!

我也没能亲眼目睹那位无形的女使者,可是,我内心却窥见了她的形象:她是阿拉伯少女,宽松袖口里舒展着她那乳白色大理石般的柔软手臂，一层精细布料制作的面纱，垂到帽檐玫瑰花般的脸庞上，腰间佩戴着一把弯刀。

我仿佛觉得《一千零一夜》中的一宵，从小说世界中降临到这儿。我仿佛在漆黑的深夜里，在沉睡的巴格达无灯火的、狭窄的巷道上，进行着冒险的战斗旅行。

最后，我的女使者走到一张深蓝色的帷幔前，戛然止步，仿佛她用手指指着地下。地下什么东西也没有，我血管里的血液却害怕得凝固住了。我感到，在那帷幔前面的地上，一位身穿锦缎外套、形象可畏的埃塞俄比亚人，怀里抱着宝剑，两腿伸开，在打着盹。女使者用缓慢的步子，跨过了他的双腿，走到帷幔前，轻轻地撩起一角。

可以望见里面屋子的一角，地上铺着精工编织的波斯地毯。谁坐在宝座上，看不真切——只见一身黄袍下穿着锦缎绣花鞋的一双娇小美丽的脚，慵懒地搁在玫瑰色天鹅绒的坐毡上。在桌上一侧，一个水晶玻璃器皿里放着一些苹果、红果、柑子和一串串葡萄。旁边有两只小杯和盛满金黄色酒浆的玻璃瓶。一切正等待着客人驾临。从屋子里升起的一种熏香的醉人烟雾，真使我心醉。

我带着恐惧的心情，跨过那黑人摊开的双腿。他突然惊醒，宝剑从他怀里掉落到石板上，发出铮铮的响声。

霍地，我听到一声巨大的叫喊，我惊讶地发现——我全身被汗水浸透，倚在自己的小床上。在晨光熹微中，下弦月像睡醒的痛苦的病人一样蜡黄。一个疯子曼哈尔阿利，按照自己每天的惯例，一破晓就在空旷无人的深巷里叫喊："滚开！滚开！""一切都是虚假的！""一切都是虚假的！"

这样，阿拉伯小说中的我的第一个夜晚，突然结束——但现在还有一千个晚上呢！

夜晚剧烈地对抗我的白昼。白天，我带着疲惫不堪的身子去工作，诅咒梦幻般虚无的夜晚——而傍晚之后，我又感到：自己白天的活动，实在十分低贱、虚假和可笑。

黄昏，我怀着一种激动心情，堕入一个心醉神迷的罗网之中。我成为几百万年前一个没有写进历史的前所未有的人。那时，我觉得英国紧身大衣和瘦窄的西装裤异常丑陋。那时，我头戴红色天鹅绒帽子，身穿宽大的上衣、绣有花纹的长袍和丝绸的长衫，并在彩色头巾里洒上几滴香水。总而言之，我得意扬扬地精心打扮自己，扔掉纸烟，握着浸透玫瑰香水的长烟管，潇洒地坐在高高的椅子上，好像一位情郎正执着地等待与情人幽会。

后来，随着黑暗越发浓密，发生了多少稀奇古怪的事，简直是无法用语言加以描绘的。仿佛充满神秘色彩故事的一些残页，在春风的吹拂下，飞舞在巨大宫殿的各色各样小屋里。有一些残页在很远的地方拾到了，但它之后的纸页又不见踪迹。我跟随那些飞舞的残页奔跑，整宵整宵地在那些小屋里盘桓着。

在这断断续续的梦境旋涡里——一个女主角有时在桃金娘花的芬芳里，有时在弦琴的铮铮声里，有时在融合馨香、甘露和露珠的和风摇曳里，宛如电花一般闪现出来。她身穿番红花色彩的裤子，一双白里透红的娇嫩小脚穿着锦缎绣花鞋，上半身穿着锦缎绣花衣，头上戴着绛色的华丽帽子，在帽子前还飘拂着一次次亲吻她的光辉前额与两额的金黄色流苏——这一切在漆黑夜里像电花一样闪现，刹那间又不知隐匿到哪儿去了。

她使我神魂颠倒,为了与她相会——几乎每晚我都徘徊在沉睡的地下世界里那梦幻般的迤逦曲折的街头巷尾和各个小屋——不停地从这儿踯躅到那儿!

有一天黄昏时分,我在一面大镜子两旁,点燃了两支蜡烛,努力打扮成王子模样。正在此刻,我突然从镜中看到,那个阿拉伯女郎的影子紧紧地偎依在我的影旁。她低垂着脑袋,长睫毛遮掩下的又黑又大的眸子,含情脉脉而又带着充满痛苦的恳求神情看着我。转眼间,她展示出自己优美的舞姿,把青春成熟的身子急速地向上旋转,顷刻间洒下痛苦、欲望、迷惑、嘲弄的闪烁颤动的雨点,随即她的身影在镜子里消逝得毫无踪迹。暴风的一次呼气,掳走了山林的芳香,也把我的两支烛火吹熄。我卸了妆,走到梳妆室近旁的卧室,心神激奋,闭着双眼,躺在床上——那时,在我四周的习习和风里,在阿拉沃利山林的香气里,在寂静无人的黑暗里,仿佛飘游着丰富多情的爱,无数的温暖亲吻,多次轻柔的抚摸。在耳旁我还听到一种迷人的悦耳声音;我感到一种洋溢着芳香的呼吸,嘘着我的前额;美女的轻盈的披肩,一次次飘拂着我的面颊——我由于她的触摸而动情销魂。这条迷人的雌蛇好像用自己醉人的披肩,徐徐地把我全身各部分紧紧地裹住。我深深地呼吸着,带着无知觉的身子,慢慢地坠入梦乡。

一天黄昏前,我决意骑马出去兜风。后来不知道谁来阻拦——但我不屈从。我取下挂在钉子上的绅士衣冠,刚要穿戴的时候,苏斯迪河滩上的沙子和阿拉沃利山峦上的枯叶飞舞起来,卷起了一股强烈的旋风,把我的衣冠也吹刮得飞舞起来。同时,一个十分甜蜜的笑声随着那股风旋转，拍击着惊奇的每一张帷幕，又向高高的天空飞去，到达落日世界的旁边消失了。

那天，我又没骑马。从次日起，我就永远抛弃了绅士衣冠。

然而，那天半夜，我又突然从睡梦中惊醒，依稀听到——好像有人在号啕大哭——仿佛就在我的床下，在大地里面，在宫殿的基石底下，在湿漉漉、黑洞洞的墓地里啜泣着：

"救救我吧！请你打碎那漫漫长夜的幻觉，捣碎那沉睡不醒、做着噩梦的大门，把我扶上骏马，用自己的身子紧贴着我，穿过森林，跨越高山，渡过大河，把我带到那阳光普照的世界！救救我吧！"

我算什么？我如何搭救你？我能够把淹没在旋转变化的梦幻激流中满怀希望的美女，搭救上岸？哦，无与伦比的美女！你什么时候诞生的？你住在哪儿？你是诞生在清凉的溪水畔的椰枣林里，还是在无家可归的流浪荒漠的女人怀里？是哪个心毒手狠的强盗，像折取园圃的鲜花一样，把你从妈妈的怀抱里掳走，骑上风驰电掣的骏马，穿越灼热的沙漠，带到王国拍卖女奴的市场上来？在哪儿，又是哪个国王侍从，仔细观察了你刚刚萌发出的羞涩的青春光辉，付清了金币，渡过大海，把你安置在金色轿子里，献给自己的帝王，然而又把你终日锁进冷宫？那儿的历史是何等的光怪陆离！在那弦琴的音乐声、脚镯的铿锵声和金黄色的果子酒中间，闪烁着刀光剑影、毒药的火焰、嘲弄的打击！无止境的奢华！无尽头的监牢！左右两个女奴手戴着闪烁着珠光宝气的手镯，摆动着拂尘，国王躺在她们穿着镶嵌无数珠宝的鞋子的玲珑洁白的脚旁，门槛上像阎王使者一样的黑人，穿戴着如天神般的衣饰，手里紧握着宝剑站着！你漂浮在那被鲜血玷污的、充塞嫉妒气息的阴谋诡计和惊人的豪华激流里,你像沙漠中的花蕾,被投入那死亡世界——投向那残酷无情的伟大彼岸。无与伦比的美女!你是什么时代的人?你在何方?

这时,那个疯子曼哈尔阿利突然尖叫着:

"滚开!滚开!一切都是虚假的,一切都是虚假的!"

我睁开眼一看,天光大亮。看门人把邮件递到我的手上,厨师来问:"今天做什么吃的?"

我说:"不用了。现在我再也不能待在这屋子里。"就在那天,我收拾了自己所有的东西,搬到办公室去。办公室的老职员克利默望着我发笑。我对他的发笑很不满,但没有去理睬,而埋头于自己的工作。

傍晚越来越近,我越发忧郁不安——仿佛觉得,现在应该马上到哪儿去——似乎监督棉花量的统计工作对我来说不是十分迫切的,管理制度也不是特别重要的——一切存在的东西,一切在我四周走动的事物、工作、吃喝,仿佛对我来说都是十分可怜、毫无意义和贫乏无聊。

我扔下笔,合上厚厚的账本,飞快地到了户外,驾起双轮马车,逃跑了。黄昏时分。双轮马车竟自个儿走到大理石宫殿的门口停下。我迅速下车,拾级而上,潜入屋内。

今天一切显得格外安静,宫殿里的所有黑暗屋子,仿佛都对我耷拉着脸,流露出不满情绪。我带着一种忏悔的心情,走进屋里,但同谁诉说呢?向谁双手合十致以歉意呢?杳无人影!在黑暗中,我带着一颗沮丧的心徘徊在一间间小屋内。我暗自寻思:倘若手里得到一把弦琴，便要向某人吟唱，说："哦！火神，企图抛弃你而逃离的鸟儿，如今又来受苦。请你开恩宽恕它这次的过错吧！把它的两只翅膀焚烧成灰吧！"

突然，豆大的泪珠从上面掉落到我的前额。天空，阿拉沃利山峰上空，重重叠叠的乌云旋转着。黑暗的森林，苏斯迪河的黑水执拗地等待着恐怖来临。河水、陆地、天空三界，突然惊惧万分，一阵闪电般生长起来的骤风，如同乱窜的疯子一样，挣脱了枷锁，发出痛苦的哀号，从没有途径的森林中呼啸而过。宫殿高大而空旷的一排排房屋，由于自己的门窗栏杆被吹打得不堪忍受纷纷晕倒，而号啕大哭。

今天，所有的职员仆人都住在办公室，这里没有任何人来点灯。在那乌云密布的朔月之夜，在伸手不见五指的黑暗宫殿里，我异常清醒地意识到——一个美女仰卧在床下的地毯上，握着两只拳头，扯着自己松散的头发，鲜血从她白皙的面颊上汩汩地流淌下来。她时而发出一种冷酷的剧烈的哈哈笑声，时而呼天抢地地恸哭——从敞开的窗子吹进来的暴风和大雨向她发烫的身子致以灌顶礼。

整夜，风暴没有停歇，啜泣没有消失。我带着一种无益的忧伤踯躅在黑暗的屋子里，无法探知她在什么地方，我向谁去安慰呢？这个受到强烈打击的自尊心是属于谁的呢？这个不平静的心灵的痛苦，这个内心的悲伤，又是从哪儿来的呢？

曼哈尔阿利疯子叫喊着："滚开！""滚开！""一切都是虚假的！""一切都是虚假的！"

我发现，天已破晓。而曼哈尔阿利在这昏天黑地的风暴里——在如此倾盆大雨里——依照惯例，向那饿石的宫殿施以敬礼，重复着自己的呼唤。刹那间我觉得，也许这位曼哈尔阿利也同我一样，什么时候遭受到不幸，来这座宫殿居住，现在成为疯子逃到外面。但由于受到石头魔鬼所施展的迷人幻觉的引诱，他每天清晨来向它膜拜致意。

就在那时刻——暴风雨的时刻，我奔到疯子身边，问道："曼哈尔阿利，什么东西是虚假的？"

他没有回答我的问题，猛地推倒我，像被捕捉的怪物所引诱而游动着，像迷途的鸟儿一样尖叫着，围着屋宇的四周不停地旋转着。只是为了竭尽全力提醒自己，他一次次喊叫："滚开！""滚开！""一切都是虚假的！""一切都是虚假的！"

在那暴风雨里，我像疯子一样心惊肉跳地到了办公室。把克利默罕老头叫来，问："这究竟意味着什么？请明白地告诉我。"

老人说的意思是："在某个时代，在那宫殿里有无尽的欲望、疯狂享乐的火焰迸发着。由于无数身心、无数落空的希冀的诅咒，这座石头宫殿的每一根石柱，就一直变成了饥饿而又贪婪的石头。它一旦获得富有生气的人，就像饕餮的恶魔一样，要把他活活吞噬掉。迄今为止，有多少人在这官殿里住上三个夜晚，都无一幸免。唯有曼哈尔阿利变成了疯子，跑了出来。换句话说，任何人都不能从它的吞噬中获得搭救。"

我问："解救我的任何办法都没有吗？"

老人说："只有一个办法，是个十分艰难的办法。但在这之前，我得讲一段在这玫瑰花园里的一个雇佣来的波斯女仆的历史。那么令人惊异、震撼心灵的不幸，恐怕世上闻所未闻……"

饥饿的石头 · 193

这时，苦力来告知："火车正在开来，老爷！"

这么快！正当我匆忙卷起铺盖的时候，火车进站了。在火车头等车厢里刚醒过来的一个英国人，从窗户探出头想读站名。他一发现我们那位旅伴，就叫喊："喂！"把他叫进了自己的车厢。我们被领进中等车厢。尔后我们无法打听那位先生的行踪，当然也没听到那个故事的最后篇章。

我说："请看，那位阁下把我们当作傻瓜愚弄了，故事从头到尾都是虚构的。"

由于对此事真假的争论，结果我永远与自己笃信神学的亲友分道扬镳了。

客 人

一

卡特赫利亚的地主老爷莫迪拉尔正带着家眷坐自己的船从加尔各答往家乡驰去。途中,晌午时分,他叫人把船拴在村头岸畔,升炊。这时,一个婆罗门男孩闯进问道:"老爷先生,你们往哪儿去?"询问者年纪只有十五六岁光景。

莫迪拉尔老爷答道:"卡特赫利亚。"

孩子请求道:"能让我搭船吗?我在半途的嫩迪村下船。"

莫迪拉尔老爷点头应允,问道:"你叫什么名字?"

男孩应道:"达拉钱德。"

孩子看上去既漂亮,又白皙。大大的眼睛,笑意盈盈的嘴唇,显示出一种迷人的柔和灵气。身上除了裹着一件脏兮兮的围裤,没有其他衣服遮身;袒露的身躯没有多余臃肿的东西,仿佛艺术家花费了巨大精力,把他塑造成一尊匀称优美和洁白无瑕的塑像;仿佛他是位前世修炼的孩童,如今,因着圣洁无瑕的修炼,他身体大部分臃肿部位业已消失,只发育健全为一种含有纯洁的婆罗门品质的优美体态。

莫迪拉尔老爷用慈爱且亲切的口吻说:"好吧,孩子,你去洗个澡吧。过后就在这儿用餐,行吗?"

达拉钱德高兴地答道:"行。"说罢,他毫无拘谨地埋头于升炊做饭。莫迪拉尔老爷的仆人是西部人,他不擅长于做鱼菜肴。达拉钱德接了他的活,三下五除二,麻利地干完了活还娴熟地做了其他两三道菜。烹调结束,达拉钱德去河边洗澡。洗后上岸,打开自己的小包袱,取出一件光洁的围裤穿上,拿出一把小木梳,梳理头发,从前往后梳理;然后,兴高采烈地把干净的圣钱悬挂在胸前。登上船,走到莫迪拉尔老爷身边,站着。

莫迪拉尔老爷把他带进船舱。莫迪拉尔老爷的妻室和一位九岁女儿坐在那儿。莫迪拉尔老爷的妻子阿南布尔娜一见到那位漂亮的少年,不禁动了恻隐之心,心中暗自思量:"哦哟,谁家的孩子,从哪儿来的!他的母亲弃绝了他,如何能安心待着!"

夫人在莫迪拉尔老爷和孩子身边,安放了两个坐垫。孩子不挑食,但阿南布尔娜见他吃得少,暗自思忖:"他兴许害羞,动筷子少。"她不停地劝他吃这吃那,夹菜给他。但用毕餐,他再也不听规劝动筷子。显然,孩子很有主见,完全按自己意愿行事。但他举止自然得体,没有任何执拗或粗鲁,没有半点矫揉造作。

大家用完餐,阿南布尔娜叫他坐在身边,然后询问他的身世。他只是做了简要叙述,听不出所以然,只知道他七八岁就按着自己的性子,离家出走了!

阿南布尔娜关切地问:"你母亲不在人世?"

达拉钱德简短地答道:"在。"

阿南布尔娜又惊诧地问道:"她不喜欢你?"

达拉钱德觉得这个提问毫无意义,笑吟吟地说:"妈妈为什么不喜欢？"

阿南布尔娜不解地说："那你为什么要离家出走呢？"

达拉钱德说："我还有四个兄弟，三个姐妹。"

阿南布尔娜对孩子的奇怪回答深感不安，说："这算什么理由。人人都有五个指头，难道可以分开一个指头扔掉？"

达拉钱德年纪尚小，他的身世不复杂，但这个孩子确实奇特有趣。他在父母的所有孩子中排行老四。很小的时候，他父亲就故世了。在多子女的家庭里，达拉钱德还是受到重视的，所有人都十分宠爱他，兄弟姐妹、左邻右舍无不喜欢他，甚至私塾老师也不忍心动手打他一下。偶尔，老师打骂他，他家里人和村里人都觉得不堪忍受。在这种情况下，他根本没有离家出走的任何理由。那些被歧视的孩子偷吃果实，遭到家里人痛打，他们也不会赌气离家出走，还是留在自己熟悉的乡村里，留在被苦恼折磨的母亲身边。而这个颇受全村人喜爱的孩子，却跟随一个外省的戏班子，义无反顾地离家出走了。

乡村人四处找他，终于找到了他，把他送回家。他母亲把他紧紧抱在怀里，痛哭不止；他姐妹也哭得泪人似的；唯大哥为维护男子汉尊严，轻声细语地骂了几句，随即心疼地饶恕了他，甚至还夸奖他几句。街坊女人晚上也到他家串门，向他显示种种诱惑，希望留住他的心。但是，这种束缚，甚至慈爱都使他不堪承受。他的生辰星座已决定，他是位无家可归的流浪儿。当他看到河流里有外省船只驶往，或者从遥远陌生地方来的修行者，坐在古老榕树底下，抑或小商贩在河岸伸展的空旷地，劈开篾条，编织篮子，那时，他的心就会为外界未知的没有慈爱的自由而哭泣。这样，他几次三番弃家逃跑，终于他家里人和村里人对他丧失了信心。

起初,他跟随一个戏班子转悠各地。戏班子老板把他当成亲生儿子款待,戏班子里男女老少都喜欢他;甚至戏在哪家演出,哪家主人尤其女主人对他也倍加款待,宠爱无以复加。但有一天,他不向谁告别一声,就从戏班消失了踪影。谁都不知他的去向。

达拉钱德像牝鹿一般害怕羁绊,也像小鹿一样迷醉音乐。戏剧中的歌曲最早使他产生对家园的冷漠之感,歌声在全部血管里掀起阵阵怜悯之潮,音乐节奏使他全身颤动不止。他少年老成,音乐会上像成年人一样,节制且深沉地不停地摇头晃脑,直逗得大人们哭笑不得。不只是音乐,大雨打在树叶上发出的淅沥声,森林之风像丧母的孤儿不住发出的呜咽声,都令他的心灵摇曳不定。寂静晌午遥远天际鹞鹰的尖鸣,雨季黄昏中青蛙的啼声,以及深更半夜里豺狼的嚎吠,都会使他心驰神往。他因着迷恋这种音乐,参加了一个歌唱团。团长十分起劲地教他唱歌,把他当作自己心笼里的鸟儿一样,加以疼爱。但鸟儿学会一些歌曲,一天清晨,就展翅远走高飞了。

最终,他加入一个戏剧班子。从印历三月至印历四月[①],这个省到处举行戏剧庙会。有戏剧演出、专业和民间歌唱演出,有杂技和舞蹈等演出。艺人们还经常驾舟巡回演出。去年,达拉钱德加入的戏班子就曾乘舟巡回演出。

从这个戏剧班子的逃脱是他最后一次的逃脱。达拉钱德听见传闻,说嫩迪格拉姆的地主怀着浓厚兴趣,正组织一个优秀戏剧班子。

---

① 印历三月至四月,相当于公历5月至7月间。

于是，他马上打好行李，准备奔赴嫩迪格拉姆。他来到码头，寻找顺路的船只。正在码头转悠，他与莫迪老爷不期而遇。

达拉钱德尽管一次次加入各类艺术团体，但由于想象的自由驰骋的习性所驱使，他没有能在任何一个剧团站住脚跟，获得特殊专长。他内心是完全超脱和自由的。他亲耳听见过世上许多罪恶，亲眼目睹过世上无数丑恶，但这些世上污泥浊水，不会在他心灵停留片刻；像传统束缚一样，任何世俗束缚也都无法使他的心灵就范。其实，他宛如一只洁白的天鹅在这世上充满污泥的水里游弋着。偶尔，他出于好奇潜沉到河底，但他的翅膀不沾一滴水湿，不沾一丝泥污。所以，在这张弃家的孩子脸上，永远被抹上一种纯洁的自然青春的光彩。正因为如此，一见到他那张熠熠闪光的青春脸庞，精明且聪慧的莫迪拉尔老爷迷恋上了他，莫迪拉尔毫不迟疑地、自然而然地把他接纳到自己身边来。

二

用完午膳，小船开碇启航。阿南布尔娜怀着关切和慈爱，向婆罗门男孩发出连珠炮般的询问，探听他家及家乡的林林总总的琐事。达拉钱德做了简短应答，敷衍了一番，脱身走到舱外。然而，雨季河水已涨满到河岸的最后一道水线，它肆无忌惮地躁动，仿佛已使大自然母亲深感不安。灿烂阳光从云隙中挣脱出来，河畔野草灌木半截浸没于水中，离河岸稍远的甘蔗田星罗棋布，绿莹莹的森林边缘吻着田野上面的遥远天际，仿佛经一根神话故事里的魔棍的抚触，顷刻显现出自己的优美，在无言的湛蓝天空的迷人景色前，眼花缭乱地展示着。四周景色仿佛洋溢着生气，显示出一种成熟、瑰丽、新鲜、柔和与丰盈之美的魅力。

达拉钱德爬上船顶，坐在风帆影儿底下。坡上的菜田，灌浆的黄麻田，绿油油的稻田，从码头通向乡村的小路，和由绿荫覆盖住的乡村，一一映入他的眼帘。这一切——生机盎然又沉默无言的山水、大地、天空，相互间密不可分的渗透的天地，遥远且幽静的彼岸，永恒凝视和无言的大千世界，都成为那位少年最亲近的人。然而，它们没有企图用爱的桎梏，哪怕一瞬间禁锢住这位活泼不安的人类之子。河岸，一头牛犊翘起尾巴，奔跑着；乡村的一匹马驹，用自己上了镣铐的脚，一蹦一跳，啃着青草；鱼鹰从搭渔网的竹杠顶上，跃入水中捉鱼；乡童在水中欢腾喧闹；妇女在齐腰深的水中洗澡，相互间谈笑着。他怀着永恒的青春躁动和好奇心，出神地观赏着这一切，似乎怎么也消除不了他贪婪目光的无尽渴求。

然后，他缓缓地与船长闲聊起来。其间，碰着水中障碍，水手执着小竹竿，撑着船；当水手想吸烟，他赶忙走过去扶桨；当需要朝哪个方向转弯，他会娴熟地使船转弯。

傍晚前，阿南布尔娜唤来达拉钱德，问道："晚上，你吃什么？"

达拉钱德答道："有什么吃什么。有些日子我没有吃，就这样凑合过去了。"

对这位英俊的婆罗门男孩那种不领款待之情，阿南布尔娜感到某些不快。她十分希望，让这个弃家孩子吃饱穿好，但不知怎么款待，才能使他心满意足。她心底委实没有个数。阿南布尔娜让船靠岸，唤来仆人吩咐他去乡村，购买牛奶、奶酪和甜食。达拉钱德饱餐了一顿，但没有喝牛奶。沉默寡言的莫迪拉尔老爷也劝他喝奶，他仍坚持不喝，说："我不喜欢喝牛奶。"

两三天就这样不知不觉消磨过去。达拉钱德自愿且专心致志地插手烹调、驾船及其他杂活。当一种美景呈现在眼前，他的好奇目光马上驻留在那儿；当某个活儿摆在他面前，他就饶有兴趣地干起来。他的视线，他的心灵，他的手脚，无时无刻不在转动。所以，他像永远变化的大自然一样，永远无忧无愁，永远超凡脱俗，同时他又始终处在积极活动的状态之中。作为人来说都有自己立足的大地，但达拉钱德仿佛像无垠蓝天下世界长河里的一朵欢乐浪花，它没有带着往昔或未来的任何桎梏，勇往直前就是他唯一的职责。

许多日子以来，他参加各种各样的艺术团体，学习了各种各类的艺术表现技能。没有任何框框的束缚，无忧无虑，因而所有事情都以令人惊奇的纯朴，镂刻在他洁白无瑕的记忆幕上，他把民间歌曲、小说故事、祭祀颂歌和剧本中大段道白，都背得滚瓜烂熟。莫迪拉尔老爷像往常一样，一天傍晚，向自己妻子和女儿，诵读《罗摩衍那》。刚开始叙述古什－勒沃[1]的故事，达拉钱德听见后就情不自禁地从船舱顶上下来，步入舱内说："放下书，我来诵唱古什－勒沃的歌，你们仔细听着。"说罢，他唱起"庞伽利[2]"民间歌曲。他在笛子般的甜蜜且丰满的声调伴随下，唱了达修拉易所作的韵文歌词，像是大珠小珠落玉盘。水手渔夫簇拥到门口，垂首倾听。因着时而幽默、时而怜

---

[1] 古什－勒沃，罗摩的儿子。
[2] 庞伽利，流行于孟加拉地区的民间曲调。

悯情味的音乐,一股前所未闻的情味源流,在河岸上的黄昏天际里川流不息;两岸大地也惊叹不已。附近行驶着的船上旅客,顷刻间被激起浓厚的兴趣,也侧耳倾听。歌声止了,大家都带着遗憾心情,叹着长气,思忖:"这么快就结束了!"

满眼含泪的阿南布尔娜真想把孩子拉到怀里,亲热拥抱。莫迪拉尔老爷却心想,这个孩子若留在身边,就可填补自己无子嗣的缺憾。只有那个小姑娘恰鲁什茜内心有着一种莫名的忌妒和敌意。

三

恰鲁什茜是父母的独生女,爹妈爱的唯一承受者,是父母的掌上明珠。她的愿望和希求没有尽头。在饮食、穿着、发式等方面,她都有自己的独立意见,但她的想法往往没有定规,令人捉摸不定。哪天赴宴,她妈就担惊受怕,女儿可不要突然在服饰方面提出什么稀奇要求!倘若发式一次不称她的心,那天不管梳上千百遍,都不会使她称心满意的!最后总要哭闹一场。无论遇上什么事,她都是持这种态度。她高兴时,一切都会通畅无阻,她会搂着母亲亲吻、嬉闹、唠叨个没完,烦着母亲。确实,这位小姑娘在父母眼里,是一个猜不透的谜。

这位姑娘凭着自由自在的任性,带着强烈的妒忌心,暗自折磨、鞭笞着达拉钱德;她也从各个方面闹得父母无宁日可言。用餐时,她会突然哭闹起来,摔碗扔盘,任何食品都不对她胃口。打骂家仆,对任何事情发泄她莫名的牢骚。达拉钱德的技艺越使她和其他人欢愉,她的脾气就越大。恰鲁决不会承认达拉钱德有什么才华;他的才华越得到证实，恰鲁的不满就越与日俱增。达拉钱德唱古什-勒沃歌曲那天，阿南布尔娜思忖："音乐也能制服林中兽禽，我女儿的心，今天也许会被软化。"她问恰鲁："乖女儿，感觉如何？"女儿没有吱声，只是使劲摇头。若用语言翻译这种表情，它的意思是："一点儿也不喜欢，永远也不会喜欢。"

阿南布尔娜终于如梦初醒了，女儿心里对达拉钱德产生了深深的妒忌。在女儿面前，她再也不过分亲热达拉钱德。一到晚上，当恰鲁很快吃好饭去睡觉，阿南布尔娜来到门口坐着，而莫迪拉尔和达拉钱德在户外坐着。然后，在阿南布尔娜的请求下，达拉钱德开始唱歌。他的歌声使河岸旁宁静的乡村，在傍晚的硕大黑暗里，入迷地屏息静听；阿南布尔娜那柔和的心也因着歌曲的抚爱和优美情味而激动不已。那时，恰鲁蓦地从床上起身，疾步冲到那儿，愤怒地哭喊道："吵死啦，闹得我无法入眠。让我静心睡觉！"她父母让她独自去睡觉而把达拉钱德叫到身边，听他歌唱，这是她万万不能忍受的。但是，这位异常暴戾且激动的黑眼睛姑娘，自然流露的剧烈表现使达拉钱德感到十分惬意。他曾给恰鲁讲过故事，唱过歌，吹过笛，想方设法征服她。但他始终没有获得成功。唯在晌午时分，在河里洗澡游泳的达拉钱德白皙光洁的身体在河流里劈浪斩波凫游，犹如一股清晰的曲线划过水面时，恰鲁此时此刻才会觉得，仿佛某位年轻水神在与水嬉戏。那时她无法克制她的心不为达拉钱德所吸引。她一直盼着这一时刻的到来，但谁也不知她内心的这个固执希求。当达拉钱德跃入水中游泳，这位未经训练的老练的女演员伴装专注地编织着粗呢围巾，不时用仿佛漫不经心的目光，偷觑着他的泳姿。

四

小舟何时驰过嫩迪格拉姆村,达拉钱德丝毫没有觉察。船只在异常柔和的缓慢的流水里,时而扬帆借助风力,时而需纤夫拉纤,行驶在大小河流里。船客的日子也像大江小流一样,穿过宁和且优美的佳景,以心旷神怡的速度,在柔和甜蜜悦耳的声音中,轻轻流逝。旅客们并不着急,优哉游哉。下午,许多时间花耗在洗澡、用餐上。而在夜幕降临前夕,船只停泊在某一大镇子的码头近处,蟋蟀鸣叫、萤火虫飞舞的林子边。

终于,第十天,船只行驶抵达卡特赫利亚。为迎接地主及其家眷,家里派来了轿子和马匹。执着棍棒枪支的兵士也跟随到来,他们一次次鸣枪,以这种异乎寻常的方式,向软弱的乡村社会示意地主老爷的驾临。

豪华盛大的迎接仪式花费了好长时间。其间,达拉钱德下船上岸,在乡村转悠巡视了一周。他称某位是长兄,叫某位是大叔,唤某位是大姐,喊某位是婶婶。不到一两个时辰,就与全村人亲密无间了。他毫无拘束,与谁都没有纠葛,因而他很容易地与大家打成一片;我们眼看着,他在几天之内就博得了全村人们的喜爱。他轻而易举地战胜人心的诀窍是,达拉钱德能够自然而然同大家将心比心,平等相待。他不受任何宗教信仰偏见的束缚,同时他对一切事物都有一种特殊兴趣和好奇。在孩子群里,他完全是一位自然天性的儿童;在比自己优秀的独立的大人面前,他所显示的举止谈吐,既不是孩子又不是大人的模样。他与牧童一起，是位童心未泯的牧童；与婆罗门一起，是位睿智高贵的婆罗门。他能够像一位永恒参与者一样，老练持重地插手所有事务。在糖果铺闲聊时，糖果商贩对他说："稍许坐一会儿，学者老弟，我出去一下就来。"商人放心地离去，而达拉钱德高兴地坐在店铺里，不时赶跑苍蝇。他制作甜食是位老手，还通晓编织的一些诀窍，也擅长于制陶工艺。

达拉钱德把全村人征服于股掌之中，但至今他无法战胜那位乡村姑娘的妒忌。他兴许明白，她一直期盼着，他被逐出该村。于是，他顶着她这种想法，硬在这个乡村泡磨日子。然而，恰鲁什茜的行为证明了，猜透一个女人，尤其揣摩一个少女的内心秘密，更是难于上青天。

米萨拉尼吉的女儿苏娜姆妮五岁就成了寡妇。她是恰鲁的同龄女友。她身体不佳，有几天未能与从加尔各答来的这位女友相会。她等到身体好些，才去探望女友，但相会后，两人莫名其妙地产生了嫉恨。

恰鲁做了一个长长的开场白，才开始讲述自己的一段经历。她满以为，一个少女征服放荡不羁的达拉钱德的故事，定会引起女友的出人意料的惊奇。但当她听闻，达拉钱德对苏娜姆妮并不陌生，他称她妈为姨姨，苏娜姆妮称他为哥；又听说，达拉钱德不仅吹笛给她及其母听，而且在她请求下，他亲手制作了一支芦笛，送给了她。他几次三番攀上高林，采集果实，让她尝鲜；还在有刺的枝上，采集鲜花送她。听了这些，仿佛一支灼热的枪矛，捅进了恰鲁的心窝。恰鲁原以为，达拉钱德早就属于自己，她十分秘密地守护着他，外面人能获得他一丝影儿，但无法紧挨他，接近他。人们若能永远迷恋于他的形象和品行，恰鲁就谢天谢地啦。她如今大惑不解：神的如此令人惊叹的稀罕恩赐——婆罗门孩子，为什么平白地对苏娜姆妮动了恻隐之心呢？我们若不费九牛二虎之力，把他安置在这里，他从哪儿能与苏娜姆妮相会呢？哎，他还是苏娜姆妮的哥哥，听后全身像着了火似的战栗！

恰鲁暗自用怨恨矛枪企图把达拉钱德的心穿透，她为什么又对能控制他的权利那么激动不安，那么费尽心机？谁能解开这个秘密呢？

那天，恰鲁与苏娜为区区小事，伤心地分了手。那时刻，她闯入达拉钱德的小屋，找出他心爱的笛子，踩在脚下，残忍地把它踩碎。

当恰鲁以巨大疯劲，埋头于摧毁这支芦笛时，达拉钱德不知从哪儿冒出来，步入自己的小屋。他乍见姑娘这种可怕的样子，惊得呆若木鸡，隔了一会儿，才脱口说："恰鲁，你为什么踩碎我的笛子？"恰鲁说："我就是要踩碎它，把它踩得粉身碎骨。"说着，她又在已经断裂的笛子上，踩了多余的几脚，然后，她掩脸哭泣着夺门而出。达拉钱德无奈地拾起笛子，翻来覆去察看，现在这个笛子已无法修复了。看到自己这支心爱的无辜笛子遭受飞来横祸，受到莫名踩躏，不禁苦笑一声。恰鲁已日复一日地成为他不可解开的谜。

有一件更令达拉钱德心仪的东西，即放在莫迪拉尔老爷书房里的一本英文插图书。不管他对外界世界多么熟悉，但他却无法进入这个图书世界。他通过想象在自己心里创造了许多形象，但他的心却无法获得满足。

一天，莫迪拉尔老爷见到达拉钱德对插图书爱不释手，就对他说：“你想学英语吗？掌握了英语，你就会明白图中的含义了！”达拉钱德立即回答道：“我想学。”

莫迪拉尔老爷听后十分喜欢，马上请来学校的海特玛斯特尔·罗摩勒登先生，委托他每日傍晚来教孩子的英文课。

五

达拉钱德带着自己极强的记忆和专注，沉浸于英文学习之中。仿佛他遨游在难以接近的新王国，对旧世界已无任何联系来往，因而街坊很少见到他的影踪。傍晚前，他踱步在空寂河岸上，背诵着课文。那时，他的崇拜者，一群孩子，只能远远地望着他的一举一动，却没有勇气干扰他的学习。

如今，恰鲁也很少见到他。起初，达拉钱德去内室，在阿南布尔娜的慈爱目光下，坐着用餐，但现在他经常姗姗来迟，所以他对莫迪老爷说请给他在外面安排膳食。阿南布尔娜为此伤心了一番，但莫迪拉尔老爷对孩子的学习热情十分欣赏，所以觉得新的安排是合适的。

突然一天，恰鲁提出固执要求：“我也要学英语。”起初，父母对自己古怪女儿的这个要求，视为心血来潮的冲动，既感到怜爱又觉得可笑，未加以理睬。但女儿用眼泪刷清了提议的可笑部分，于是，父母就接受了女儿郑重的意愿。恰鲁也到老师那儿，与达拉钱德一块学习英语。

不过，读书写字与这个不安分守己的女孩的天性是不相吻合的。她自己不好好学习，而且还不断为达拉钱德的学习设置障碍。她学习不好，记不住课文，但她怎么也不情愿落在达拉钱德的后面！达拉钱德想越过她，学习新课文；她马上勃然大怒，哭闹不休。达拉钱德读完旧课本，取来新课本，那时她吵闹，也得为她购买新课本。达拉钱德在课余时间，独自坐在屋里写东西，背诵课文，他那时也无法摆脱妒忌成性的女孩的纠缠折磨。她悄悄潜入他房间，把墨水泼在他的笔记本上，藏起他的笔，甚至把他所读的书页撕掉。达拉钱德一直以惊诧心情，忍受着这位任性女孩的恶作剧，忍无可忍，就打骂她几下，但他仍无法把这个不羁女孩制服住。

突然间，他想出一计。一天，达拉钱德十分不满又无奈地把溅满墨水的笔记本，撕得粉碎，默然无言、垂头丧气地坐着。恰鲁迈进门槛，明白了今日她逃脱不了挨揍的厄运，但她的想法落空了。达拉钱德不对她说一句话，一个劲儿默坐着。姑娘故意在屋内屋外，到处乱窜。只要达拉钱德想做，他可以不费吹灰之力，把走到跟前的她抓住，重重在她背上猛击一拳，但他没有这样做，依旧木然地坐着。女孩进退维谷，不知所措。请求讨饶——她在生活里从未学过这门学问，不过，她那颗不安分的心为讨取自己同学的宽恕而焦急不安。最后，看到没有任何计策可施，她拾起撕碎的笔记本的一张纸片，在上面写道："我今后再也不把墨水泼在笔记本上了。"写毕，她又做了种种动作，吸引达拉钱德对她所写的字条的注意。达拉钱德看后忍俊不禁。恰鲁看了他的笑容，羞愧难当，飞快地奔出门外，逃之夭夭。其实，只有写着讨饶的字条永远地从这个永恒世界中消失时，她心灵的痛苦懊丧才能平息。

这天，小心谨慎的苏娜姆妮来了。两三日以来，她徘徊在学校教室外面，不断窥视。她在所有方面都对恰鲁不保密，所有事情上，两人看法相似，都谈得十分投机，唯独有关达拉钱德的事，她十分怕恰鲁，缄口不语；她总以一种怀疑的目光，注视着恰鲁。当恰鲁在自己屋待着时，苏娜姆妮拘谨地来到达拉钱德门口站着。过了一会儿，达拉钱德的眼睛从书本上移开，发现了苏娜姆妮，就亲热地问道："有事吗，苏娜？有什么好消息？阿姨可好？"苏娜说："你多少日子没有去我家。我妈叫你过去坐坐，妈腰疼，不能前来。"

这时，恰鲁突然出现，苏娜十分紧张，害怕得仿佛她偷了女伴的东西似的！恰鲁心生怒火，板起脸孔说："苏娜，有什么紧要事？你在学习时刻打扰他，我即刻就去对爸爸说！"仿佛她俨然是达拉钱德的一位严厉女教师，夜以继日地为他操心学业，防止别人在他学习时设置一星半点的障碍。不过，她自个儿在这时怀着何种意愿，来到达拉钱德学习的房间，其内心企图，昭然若揭。达拉钱德对其中奥秘洞若观火。但是，可怜的苏娜却十分害怕，编造出种种遁词和理由。最终，恰鲁愤怒地说："彻头彻尾的谎言！"苏娜那时羞愧得无地自容，带着痛苦不安的心情回家。富有同情心的达拉钱德叫住了她，说："苏娜，今晚我去你家，行吗？"听闻此话，恰鲁像条蛇似的吐着芯子，说："行行，为什么不去！你不用背书！我不会去老师那儿告状，懂吗？"

达拉钱德没有理会恰鲁的这种威胁，连续两三天晚上，去米萨拉尼吉姨母家。第三天，恰鲁不再发出空洞无用的威胁，而是悄悄接近他的房间，从门外上了门锁，又从厨房里取来一把锁加上。达拉钱德被锁在里面几个小时。直到傍晚开饭时刻，恰鲁才去开门。达拉钱德气得一句话也说不出，饭也不吃，拂袖离去。那时，恐慌不安的姑娘双手合十，柔和地讨饶说："我向你触脚起誓，今后再也不做这类蠢事。我向你触脚认错，请你喝足吃饱，再离席回房吧。"达拉钱德不上她圈套，她害怕得哭将起来。最终，达拉钱德出于职责考虑，坐下吃饭。

恰鲁几次三番真诚起誓，她一定好好对待达拉钱德，她一刻也不会使他烦恼。但是，她一步入苏娜等人的圈里，她的脾气就上来，自己都无法控制住。几天以来，她一脸和善相，不寻衅逗凶，而达拉钱德总小心翼翼提防她更加剧烈的骚乱，因为不知何时何地在什么事上，她会突然发难。猛烈风暴过后，大雨倾泻，然后又复归柔和的宁静。

六

这样，将近两年过去。迄今，达拉钱德在这么长时间内，没有主动挑起争斗被她抓住把柄。也许学习这种空前的吸引力束缚住了他的心；兴许随着年龄增长，他的性格起了变化；兴许他的心停留在某处，享受着世俗的幸福和自由；也许他的同窗姑娘的骚乱和美貌，以不知晓的形式在他心上，撒布了迷网。倘若这样，谁也不会见怪。

现在，恰鲁快到十二岁了。莫迪老爷四处寻访，找到了两三家门当户对的人家，为恰鲁提亲。姑娘已长大了，莫迪老爷禁止她学习英语和外出。恰鲁因着这个突如其来的禁令，闹得鸡犬不宁。

有一天，阿南布尔娜把莫迪老爷叫到屋里，说："你为什么这么着急,四出寻找女婿?达拉钱德倒是个蛮不错的孩子,你女儿也喜欢。"

听后,莫迪老爷大吃一惊,说:"这怎么可能呢?达拉钱德的家庭,我们一点儿也不了解。我独生女儿,一定要许嫁给好人家。"

一天,人们从拉耶达格地主那儿来相看姑娘。父母要给恰鲁打扮一番见客人。但她把自己关在屋内,按兵不动。父母说破了嘴,她也不为所动;莫迪老爷后来斥责她一通,仍没有奏效。末了,莫迪老爷走到外面客厅,向拉耶达格的使者说谎:"姑娘突然患重病,今日我无法带出与你们相见。"那些来相亲的人则以为,姑娘一定有某种生理缺陷,他们因此耍了花招。

后来,莫迪老爷反复思忖:"达拉钱德委实是个好孩子,若赘他为婿,女儿也就不必远嫁了。"他还有个想法:他们不安分守己的女儿的暴戾脾气,在他们慈爱的眼里可以原谅,但婆家断乎是不可容忍的。

这之后,他与阿南布尔娜进行了长谈商议。最终决定,派人去达拉钱德家乡,调查一下他的家庭背景。去的人了解到达拉钱德的家庭是好的,只是缺乏钱财。听到这个消息后,莫迪老爷把婚事建议送到孩子母亲和兄弟处。达拉钱德家属看过后喜出望外,马上送去同意书。

现在,在卡特赫利亚,姑娘父母选择婚礼的吉日良辰。一贯做事谨慎的莫迪老爷,对谁都没有透露消息。

最大的烦恼是,没法把恰鲁关在家内。她不时像旋风般跑到达拉钱德房里去。她时而亲热,时而愤怒,干扰了达拉钱德的宁静和学习生活,使他苦恼不堪。不过,最近也发生了一种微妙的新鲜事儿:在这无遮无掩的、自由自在的婆罗门孩子的心灵里,不时传播着一种闪电一般的前所未有的骚动不安。那位男孩无拘无束的心灵,原来随着时间的洪流，奔腾向前；今天，那位孩子却事事心不在焉，坠入一张奇异的白日梦的网里。有些日子，他放下学习，去莫迪老爷的书房，翻阅插图书。这些图书所创造的想象世界与原先的世界相比大相径庭，似乎格外得卓尔不群，绚丽多彩。他现在见到恰鲁的鲁莽举止，也不像以前加以嘲笑；对于她吵闹，心里早已打消打骂的念头。他自己感到这个变化和恋情仿佛是一个新梦幻似的。

莫迪老爷择定了婚事的黄道吉日，派人去告诉达拉钱德的母亲和兄弟，但对达拉钱德保密这件事；同时，他向加尔各答办事处寄送一张购置礼品的长单子，还安排了一支军乐队。

天空，布满新雨季的乌云。乡村河道至今干涸着，一些洼地积聚着水；一些小舟搁浅在脏兮兮的浅水里；干涸的河床沙地上，留着牛马车辙的深痕。突然有一天，仿佛从娘家旋风般返回的杜尔迦女神一般，在乡村干涸胸膛上不知从哪儿送来了一股急湍水流。刹那间，河岸上挤满了裸体的男女孩童，他们看着流淌着的河水，欢乐得翩翩起舞，一个接一个扎入水中去洗澡。居住在茅屋里的妇女们走出屋，探望自己亲爱的伙伴。被干旱折磨得毫无生机的乡村，一股强大欢乐的生命力，不知从哪儿觉醒。大大小小容量的船只，穿梭往来，水手渔夫的歌声响彻河流上空。两岸乡村沉默了一年，又开始埋头于各自的活儿，一种生气勃勃的生命运动又开始了。

就在这些日子里，在贡德尔古特的纳格老爷住宅区里，正举行着久负盛名的庙会。一天，日落后，月光洒在岸畔。达拉钱德来到岸畔，放眼望去，行驶在河中的船只有的载着商人，有的载着戏剧班子的人，有的载着演奏乐器的人，还有载着从加尔各答来的军乐队，吹吹打打，放声高歌，一齐驰向贡德尔古特的庙会。一见到这般情景，达拉钱德心驰神往。正在这时，东方地平线处升起的乌云，奔袭而来；瞬间，仿佛一顶黑色华盖把河岸笼罩住，月亮隐没了；东风劲吹，河水哗哗欢笑着；岸上狂舞的林木里，一片漆黑；青蛙欢呼着；蟋蟀仿佛用自己的嘤瞿声，撕破着黑暗。

在达拉钱德面前，一个充满欢乐的世界节日，仿佛在今天揭幕。载着神像的战车轰鸣作响，战旗飞扬，大地震颤，飞云横渡，狂风奔袭，河水湍流，百舸争流，芦笛齐奏。眼看着，雷鸣闪电，从遥远地方的黑暗里，闻到了大雨的气息。唯有河岸上的卡特赫利亚乡村，吹熄了自己的烟火，默默地沉睡着。

翌日清晨，达拉钱德的母亲和兄弟等人来到卡特赫利亚村。与他们同时抵达的还有从加尔各答驶来的装载着巨大货物的三只大船。

那天清晨，苏娜姆妮一手擎着叶子包裹着的酥油杧果酱，一手拿着杧果泡菜，战战兢兢、黯然无语地来到达拉钱德房门口。

但是，达拉钱德却不见了踪影。充满慈爱—爱情—友情的诡计羁绊，没有很好地禁锢住那位婆罗门少年。在这之前，他偷走了全村人的心，乘着暴风骤雨之夜幕，隐没在没有迷恋的、无动于衷的冷漠世界的宽广胸怀里的什么地方。他去向哪里，谁也无法猜度到。

泡 影

这已经是多日的往事。我曾去大吉岭。抵达那里时,正值乌云密布,天色阴暗。遇上这种阴霾的天气,谁都不愿意外出,可是,老憋在屋里,却更令人心烦意乱。

我在旅馆里吃罢早饭,穿上厚实的靴子,裹紧防雨布大衣,步出户外,呼吸新鲜空气。天空不时飘洒着霏霏细雨,铅灰色的雨幕悬挂在四周,仿佛造物主正要把整个世界图画,连同喜马拉雅山,统统用橡皮擦掉似的。

在人迹罕至的加尔各答路上,我独自漫步思忖着:在这与世隔绝的云雾之乡,真是百无聊赖。倘若现在能用自己的全身心,重新去紧紧拥抱那色彩缤纷、芳香四溢的大地母亲,那该多么令人快慰!

就在这时,从附近某处,忽然传来了一个女人的抑制的哭泣声。在这满目疮痍和弥漫痛苦的尘世间,哭声并不值得大惊小怪。如果在旁的地方,别的时间,我若转眸瞧上一眼,那才怪呢。但在这一望无际的云雾之乡,这哭声就像隐没的世界的唯一声音,灌进了我的耳朵。漠视它,对我来说可不容易。

我走上前去寻找那哭声。走了不远几步,发现一个穿着赭色衣服的女修道士,一叠金黄而又凌乱的发髻,像山峰一样,盘绕在她的头顶。她坐在路边的一条小河旁,低声啜泣着。显然,这哭声并不是新的悲哀引起的痛楚的哭声,而是郁积多日的苦闷孤寂的哭声,深沉忧伤的哭声,被乌云和荒山的重压碾碎了又聚合起来的哭声。

我心里暗想,这倒正好开始构思一篇悲欢离合的家庭故事。但我从未幻想过,在如此高耸入云的山顶上,遇见一位正在悲恸地啜泣着的女修道士,而且委实是我亲眼目睹的。

这位女子属于哪一种姓,难以猜测。我用极其温和的语气问她:"你是谁?出了什么事?为什么如此伤心地哭泣呢?"

起先,她什么也没有回答,只是用泪点盈盈的目光,透过浓雾,仔细打量了我一番。

我急忙说:"你别怕我,我是文明人。"

听罢,她微微一笑,然后用异常平静而又十分悦耳的声调说:"我早就远离了害怕,也赶走了羞耻。老爷,曾有一段时间,我深居金阁,即使是亲兄弟,没有我的允许,也休想擅自闯入。而如今,在这大千世界里,我什么遮掩也没有了。"

开始,我真有点儿生气,因为尽管我的服饰,全是一派洋绅士风度,而这个倒霉的女人,竟毫无顾忌地称呼我老爷。我本想停止虚构这篇故事,喷吐着雪茄烟雾,像具有绅士风度的火车一样,傲慢地扬长而去。但探索别人内心秘密的好奇心征服了我。于是,我带着发自内心的优越感,高傲地问道:"我能帮你的忙吗?说吧,你想要什么?"

她用坚毅的目光,凝视着我的脸,稍停片刻,简短地回答说:"我是帕达翁省督吉拉姆伽提子·汗的女儿。"

帕达翁小王国在哪里?吉拉姆伽提子·汗是什么省级的省督?他的女儿究竟遭遇到怎样的痛苦而出家,孤单地坐在大吉岭的加尔各答路边哀泣？——这一切，使我如堕五里雾中，况且，我压根儿不信这类事。但我又想，随它去吧，何必去干扫兴事呢，故事的情节不正在酝酿形成吗！

于是，一听说省督公主的尊贵身份，我就毕恭毕敬地施礼道："公主，恕我无礼，我实在认不出您是谁。"

辨认不出来是有许多原因的。首要的原因，是我从来没有见过她；其次，在这样浓厚的雾里，连辨别自己的手脚，也极其困难。

公主并未介意，她仪态万方地一扬右手，指着前面的一块石头，以命令的口吻招呼我："请坐吧！"

看来，这位女修道士，仍不减当年公主的威严，保持着下达帝王旨意的使人折服的力量。我获准坐在那雾气浸湿的、覆盖着青苔的坚硬岩石上，就好像荣膺了从来不敢奢望的恩典。今天，帕达翁省督吉拉姆伽提子·汗的女儿，亲自赐给我在大吉岭加尔各答路边，与她平起平坐的权利——在我穿着雨衣外出时，这种幸运的奇遇，真是做梦也没想到。

在喜马拉雅山胸膛这样僻静的地方，两个邂逅相遇的过路人，坐在荒凉的山岩上，竟如倾听最近创作的缠绵悱恻的叙事诗一样，听讲男女之间亲身经历的故事，它定将会在读者心中唤起遥远的山峡间淙淙泉水的回声，荡漾起迦梨陀娑的《云使》和《鸠摩罗出世》那美妙的乐音。

虽然如此，大家也得承认：像我这样穿着靴子和雨衣的新式先生，在加尔各答路边雨湿泥泞的岩石上，与一位女修道士打扮的素不相识的公主，相对而坐，听讲故事，要维持自己的体面和尊严，并非是件轻而易举的事。不过，那天正是浓雾四合，在笼罩着一片阴暗的混沌世界面前，任何局促不安的窘态都遮掩无余了。在那茫茫无际的云雾之乡，只有我们俩——帕达翁省督吉拉姆伽提子·汗的女儿和我，一个新式的印度斯坦先生和一位封建皇族的公主，就像世界末日的幸存者一样。这种不协调的遇合的巨大乐趣，只有我们俩有幸领略，其他人却无福消受。

我问："省督公主，是谁使你落到这种地步的？"

帕达翁公主以一种听天由命的口吻说："谁做的这一切，我怎么知道呢！是谁用那极其平凡的云雾，把这么多大石头垒成的坚固的喜马拉雅山遮藏住呢？"

我没有挑起任何哲学议题的争论，顺着她的话说："是啊，谁能猜透命运的奥秘呢？我们都不过是些渺小的虫豸而已。"

若要挑起争论，我决不会轻易放过省督公主。但我不能用语言表达内心的情感。我所掌握的乌尔都口语的可怜水平，同帕达翁公主或其他省督公主，辩论宿命论与自由意识论的议题，显然是会捉襟见肘的。

省督公主说："我一生奇特的故事，今天刚刚结束。您允许我细细地讲吗？"

我急忙说："您怎么也请求起来？您还需要获许吗？嗯，倘若您肯恩赐的话，我就洗耳恭听，那将是我莫大的荣幸。"

恐怕谁也不明白我说的这些话。是啊，我当然愿意说明白了，可是无能为力。当省督公主启口时，我仿佛觉得，宛如在露水滋润的平坦黝黑的田野里，那金黄色的稻穗上，微微吹动着一阵阵沁人心脾的晨风。她的谈吐是如此温柔、文雅、优美而流畅，简直难以形容。我只能像野蛮人一样非常简单、生硬地回答,她的谈吐风度是如此质朴而文雅,真使我叹服不已。在她面前,我不时觉得自己呈现出一副语言贫乏的尴尬相。

省督公主开始讲道:"我父亲的血管里流着德里皇族的血液。为了保持这高贵的血统,我的婚事一直没有着落,找不到门当户对的王子。勒克瑙省督曾经向我求婚,我父亲婉言谢绝了。就在这时,发生了用牙咬子弹的事件①,在政府军队里掀起了一股反政府大风暴,整个印度斯坦笼罩在炮火硝烟之中。"

我平素没有从女人口中,特别是从皇族公主的口中,听到如此华丽、优美的乌尔都口语。而今一听,我恍然大悟:这种语言纯粹是那些骄奢淫逸的豪门贵族的语言,是那一去不复返的时代的语言。如讲这种语言,我怎么能和贵族们相匹敌呢!今天,由于火车和电报事业的发达,商业贸易的兴盛,无数王朝的崩溃,尘世间的一切事物都变得微不足道、不加修饰了。只是听了公主的动听话语,在英国移民的新型山城大吉岭的浓雾的纱网中,才仿佛有一座莫卧儿王朝的城堡,以神奇的魔力浮现在我理智的慧眼面前。——那白色大理石筑成的高耸入云的巍峨宫殿,那满街的长尾马背上披着金银丝绣花的天鹅绒鞍鞯,那成群的大象背上装扮着富丽堂皇的带有华盖的座位,那些城市居民裹着色彩斑斓的贵重头巾,穿着潇洒的丝绸长裤,腰带上悬挂着弯刀,脚蹬尖头翘起的刺绣着金丝花边的靴子;在悠长的闲暇时间,穿着宽松曳地的长袍,是多么温文尔雅的习俗!

---

① 指印度1857年民族大起义。

公主讲道:"那时我们的城堡坐落在朱木纳河畔。我们军队的统帅是个信奉印度教的婆罗门,他名叫盖什尔拉尔!"

公主说到最后的"盖什尔拉尔"的名字时,好像要把女人嗓音里最美的音乐,刹那间统统倾泻出来似的。我把手杖放在地上,有点激动,小心翼翼地坐下听她讲故事。

公主继续说:"盖什尔拉尔是个正统的印度教徒。我每天早晨起床,从自己闺房的窗格上,偷偷凝望着他潜入朱木纳河,凫游在齐胸深的河水里,双手合十,向冉冉升起的太阳虔诚地膜拜。然后,他穿着湿漉漉的衣服,坐在河岸上,全神贯注地念诵经文,接着,他又用清脆悦耳的声调,唱着颂神的歌儿,踏着朝露回家。

"我说起来是个穆斯林姑娘,可我从来没听说过有关自己宗教的事,也不晓得宗教祷告的仪式。当时,声色犬马、纵酒寻欢的享乐生活,使我们的男人沉溺在装腔作势的宗教喧闹声中,在他们身上真正的宗教感情早就丧失殆尽了。因此,在深宫闺房里也就没有任何宗教的声息了。

"造物主可能在我心里注入了天生的宗教虔诚,或许还有其他更深的原因,我就不得而知了。但每天,在那宁静的拂晓,周围的一切都沐浴在朝阳的绛红霞光中,在蔚蓝色的朱木纳河畔,行走在洁白的石级上的盖什尔拉尔那虔诚的形象,使我沉睡的心灵突然苏醒,浮起了一种不可言喻的甜蜜的虔诚感。

"始终不渝、循规蹈矩和白璧无瑕的品行,使婆罗门盖什尔拉尔白皙修长的身体,像无烟的灯光一样光洁透明。婆罗门那种圣洁庄严、无可比拟的责任感,使我这颗穆斯林女儿的愚昧心灵皈依了。"

说着说着,她忽然停了一会儿。我仿佛感到,在她脸上映现出盖什尔拉尔那光彩照人的婆罗门形象。然后,她似乎正力图摆脱这一形象,继续讲她的故事。听到她用纯正的梵语讲述盖什尔拉尔的事迹,我惊叹不已。我不禁暗想:这是谁在讲述,省督公主还是女修道士呢?女修道士继续讲:"我使唤一个印度教的女仆。她每天弯腰行礼,掸去盖什尔拉尔脚上的尘埃。见到这种情景,我既感到欣喜又有些妒意。每逢葬礼或佳节,这个女仆往往设宴招待婆罗门,还施舍香火钱。为此,我经常用钱接济她,也经常问她:'你没邀请盖什尔拉尔吗?'她吃惊地说:'盖什尔拉尔大人,他从来不要别人的食物或施舍的东西呀!'

"这样,我总是不能直接或间接地向盖什尔拉尔表示自己的一点儿敬意,因此,我的心好似一直受着饥饿的煎熬而贪餍着。我的祖先也有和婆罗门姑娘成亲的。我觉得我坐在王宫的一角,我的血管里也流着婆罗门的高贵血液。这种血统观念,多少满足了我和盖什尔拉尔有某种亲缘关系的幻想。

"我怀着求知解惑的心情,从那个印度教女仆那儿,详细听到了印度教的全部生活方式,听到了男女诸神令人叫绝的神话故事,听到了《罗摩衍那》和《摩诃婆罗多》那两部旷世无匹的史诗。听着听着,在我的深闺中,在我的脑海里,也浮升起印度教世界的奇异图景:那神明的雕像,寺院的法螺和钟声,鎏金的神庙,香料的缕缕烟雾,檀香混杂着花卉的扑鼻芬芳,修道士和隐居者的非凡毅力,婆罗门超然的庄严,由人扮演的五花八门的神怪戏——这光怪陆离的一切,在我面前构成了一幅非常古雅而缥缈的幻境。我的心就像失巢的飞鸟一样，在黄昏的深宫古殿的小小洞口间飞来飞去。印度教世界，变成了我幼小心灵里一座趣味盎然的神话故事的宝库。

"这时，士兵反对英国白人政府的战争爆发了。我们小小的帕达翁城堡里也燃起了暴动的火星。盖什尔拉尔说：'现在，把那些宰牛吃的白人赶出阿列瓦德（古印度名）之后，印度教徒和穆斯林们又要再一次掷骰子，碰运气，夺回印度的王位了。'

"我爸爸是个老奸巨猾的家伙。他用特别亲昵的口吻，赞颂英国人说：'他们……无所不能。印度斯坦人惹他们不起呀！我可不能贸然地丢掉我怀里的这座小城堡。我不打算对东印度公司政府作战。'

"那时，印度斯坦的全体印度教和穆斯林人的血都沸腾起来了。大家都谴责我爸爸那种像投机商人一样的奸猾态度，甚至连我的姑姨们也惶惑不安。

"这时，盖什尔拉尔带领他全副武装的军队，来朝见我爸爸说：'省督大人，如果您不参加我们一边，那么至少在战争进行期间，我们要把您软禁起来。而且，城堡的全部职权，从现在起由我接管。'

"省督大人说：'何必这样大吵大闹呢？我一定站在你们一边。'

"盖什尔拉尔说：'能从国库里调拨给我们一些款子吗？'

"爸爸只给了一笔数目有限的款子，说：'今后需要，我还会再提供的。'

"我把从头到脚穿戴的全部金银首饰，都包在一个包裹里，让我的印度教女仆亲手送给盖什尔拉尔。他欣然接受了我的捐赠。我没有因为捐赠了全部首饰而感到心痛，相反，我整个身心，都不由自主地、欢乐地震颤着。

"盖什尔拉尔开始进行军事训练,擦拭破旧的枪支和生锈的刀剑。

"一天傍晚,专区的英国长官突然率领着一支穿红衣服的白人军队,扬着漫天飞尘,出现在城堡里。

"爸爸偷偷把暴动的消息,向英国长官告密了。

"不过,盖什尔拉尔在帕达翁军队中,享有如此崇高的威望——这支军队随时准备在他指挥下,即使用破枪旧刀,也要决一死战。

"叛变了的爸爸的宫殿,对我来说,就像一座阴森的地狱。不安、痛苦、羞耻和愤怒,撕裂了我的胸膛,而我却没掉过一滴眼泪。一天,我穿着我胆怯的弟弟的衣服,女扮男装,溜出了宫殿,谁也没有发觉。

"那时,战火烟尘消散了,士兵们的呐喊声和枪炮声也停息了,天地间笼罩着一片恐怖的死寂。殷红的鲜血染红了朱木纳河,夕阳沉落了。冷清清的夜空,一弯残月散发着银色的幽光。

"战场上布满了流血牺牲的惨景。如果在别的时候,我会感伤得柔肠寸断;但那天,我仿佛从睡梦中醒来,到处徘徊寻找——盖什尔拉尔,您在哪里?除了这件事,对我来说一切都是虚无的。

"找来找去,在午夜的月光下,我隐约看见,就在战场旁边,朱木纳河畔,一座杧果园的树荫里,盖什尔拉尔和他的忠仆戴沃基南德的尸首,躺在血泊之中!我推测他们受了致命伤之后,也许是仆人把主人,或者主人把仆人,从战场上背负到这块安全地带。然后他们俩安静地投身于死亡的怀抱。

"多日来,我如饥似渴的虔诚的心情,第一次得到了满足。我跪在盖什尔拉尔脚前,抖开我那披散到膝盖的长发,一遍又一遍擦去他脚上的尘埃,把那冰凉的莲花脚掌,高高抬起,贴在我的额头上。然后,一直热吻着他的脚,我抑制了多日的热泪,就像潮水一般地夺眶涌出。

"就在这时,盖什尔拉尔的身体动弹了一下,接着,忽然从他的嘴里发出了痛苦的呻吟。我顿时大吃一惊,立刻放下他的脚。我再仔细一听,他闭着眼睛,从干裂的嘴唇里迸发出微弱的声音:'水!'

"我转瞬间跑到朱木纳河畔,用自己的大毛巾,在朱木纳河水中浸湿了拿回来。我拧着毛巾,把水滴在盖什尔拉尔两瓣微张的嘴唇里,他的左眼和额头都受了重伤,我撕下一角毛巾,包扎伤口。

"就这样,我一次又一次从朱木纳河取水来,滴在他的嘴唇里和眼皮上。他渐渐苏醒了。我问:'还要水吗?'

"盖什尔拉尔问:'你是谁?'

"我激动不已地说:'我——女奴隶,您的女仆人。我就是省督吉拉姆伽提子·汗的女儿。'

"我原想,盖什尔拉尔在他生命垂危的时刻,一定会认清对他最虔诚的女仆,第一次,也是最后一次,把我拉到他的身边。我这种幸福,谁也不能剥夺走。

"可是,天啊!一认清我,盖什尔拉尔就像狮子一样怒吼着说道:'无耻叛徒、卖国贼的女儿!非印度教徒!在我濒临死亡的时候,你用不洁的手取水给我喝,玷污了我的身子,毁了我的宗教!'

"说毕,他举起右手在我脸颊上,恶狠狠地打了一巴掌。我几乎失去知觉,我眼前一片漆黑。

"那时,我才十六岁。我生平第一次从宫殿里出来。那时,天上贪婪的太阳，还没有用炽热的光线夺去我樱桃般绯红、水晶般莹洁的脸色。那天，我一踏入外部世界，就得到了如此礼遇，这也就是我从这个世界、从这个世界的主宰者手里获得的第一次祝福，第一次爱情！"

讲述了这段经历，公主缄默不语了。

我就像画中的肖像一般，屏息敛气地听她讲故事，听得如此出神，竟没有觉察手中的烟蒂早已熄灭了。我是醉心于她的优美话语，还是她的悦耳喉音，或是故事的本身，这很难断定。但我一直沉默不语。

过了好久，我再也忍不住了，突然破口骂道："畜生！"

公主立刻反驳："谁是畜生？畜生难道会在渴得要命的时候，拒绝把水送到嘴边吗？"

我难为情地说："是啊，你说得千真万确，他是神仙！"

公主马上接口说："什么样的神仙？神仙难道会唾弃对他忠心耿耿的女仆吗？"

我说："是啊，您的话有道理。"说完，我就老老实实不出声了。

公主继续讲她的故事："第一次，我的心就受到了深深的创伤。我觉得好像突然间天崩地裂，它们的残骸，一齐向我头上扑来。又过了一会儿，恢复了知觉，我远远地对着那冷酷无情、圣洁无瑕的婆罗门的双脚，顿首行礼。我内心自语道：

'哎，婆罗门啊！可怜人的效劳，异教徒的食物，富人的钱财，姑娘的青春，美女的爱情——你什么也不企求，什么也不领受。你是自由高傲的，独立不羁的，超凡脱俗的，我哪里有走近你身旁、奉献给你的权利呢？'

"看见省督公主伏地行礼,盖什尔拉尔是怎么想的,我说不上来,可是,在他的脸上,没有流露出丝毫的惊讶,或其他任何表情。他无动于衷地看了我一眼,然后,他慢慢地支撑着身子要站立起来。我惊慌不安,伸出双手,想去搀扶他,他断然地推开了。他十分艰难地、慢腾腾地走到朱木纳河边。埠头系着一条小船,没有乘客,也没有船夫。盖什尔拉尔登上小船,解开了缆绳,划走了。我眼睁睁地看着小船向河心划去,渐渐地消逝了。我真想把我的整个心灵、全部青春和满怀虔诚都献给那条渐渐消逝的小船。在万籁俱寂的深夜,在洒满了明月清辉的烟波浩渺的朱木纳河里,我就要像过时的花朵一样凋谢、飘零,捐弃自己无益的生命,从尘世间永远抹去自己的存在。

"但我没有结束自己的生命。夜空悬挂的冷月,朱木纳河畔浓密黝黑的树丛,迦利迪暗蓝色的水,远处杧果林上惨淡的月光映照下的城堡尖顶,所有这一切,都齐声合唱着肃穆的死亡之歌;在寂寥的太空,那冷月寒星组成的光怪陆离而神秘莫测的世界,也向我齐声倾诉着死亡。只有那条在静静的朱木纳河上渐渐消逝的小船,那股月明之夜的柔美、安详而悠久的生活魔力,才把我从死亡的罗网中搭救出来,引导我走向生命的旅途。于是,我沿着沉睡在梦境中的朱木纳河岸,穿过高高的芦苇和干涸的沙滩,登越坎坷的丘陵和险峻的山崖,跨过茂密的林莽和寂静的荒原,一直勇往直前地追赶他。"

讲到这里,公主又沉默了。我也一声不响。

过了好久,她又开始讲:"往后的事情纷至沓来,头绪繁多。我真不知道怎样理清它们,讲述明白。我好像走进一座密林深处,不知什么时候,从什么地方,沿哪条正确的路走出来了,怎么能再找到这条路告诉人家呢?

"往后的故事,我不知道应该从哪儿开始,到哪儿结束,摒弃什么,保留什么,用什么方式,才能勾勒出一幅清晰的图画,使人们不至于怀疑它的真实性和自然性!

"可是,在那段生活期间,我明白了:世界上没有哪一件事是难以挽救的,或难以矫正的。外部世界对于终日禁锢在深宫幽室里的公主,十分难以理解,但是也充满着幻想。一旦弃离幽宫,通衢就会展现在她面前,这条大道绝不是省督大人所走的路,但路是肯定存在的。自古以来,人们在这条路上行走着,然而,路确实是坎坷不平、透迤曲折、无边无际的,它具有无数分支,充满着欢乐、痛苦、艰险,但那就是人生的道路。

"在人们所走的平凡道路上,孤苦伶仃地行走的公主的漂泊故事,大家也许并不感兴趣,听来索然无味。倘若有点儿兴趣的话,我也没有多少勇气来讲完这些故事的细枝末节。千言万语汇成一句:我不得不忍受无数痛苦和折磨,不幸和灾祸,侮辱和欺凌,然而,人生并不是不堪忍受的。好比一支烟花筒,我愈是使劲燃烧它,它愈是加快地旋转,当它飞快地旋转,我是不会觉察'我正在燃烧它'。如今,那无上悲愤、无上欢乐的火焰,刹那间给一阵风吹熄了。我也恰如无生命的东西,坠落在人生道路边沿的尘埃中。现在,我生活的旅程,一生中最宏伟、最热爱的旅行告终了,我的故事也该收尾啦。"

说了这番话,她又沉默不语了。我摇摇头,自言自语地说:"哦,这无论如何不能当作结尾。"稍等片刻,我又用断续的不连贯的乌尔都语说:"恕我冒昧,最后结局能否再清楚地讲一下,好减轻我内心的焦虑。"

公主微笑了一下,我领悟到自己不连贯的乌尔都语起了作用。倘若我说的是纯正的乌尔都语,她在我面前,就无法驱除自己的羞怯。况且,我确实对她的家乡语言通晓得少得可怜,这样,它恰在我俩之间筑起一道十分宽厚的屏障,它就等于是名誉。

她又开始讲:"我几乎一直获悉盖什尔拉尔的讯息,但我总无法与他见面。他参加达特亚·道比的队伍,在充满暴乱和革命气息的天空下,忽而出现在南方,忽而在北方,忽东忽西,像闪电一样,突然出现,又瞬间不知去向。

"那时,我已成为一个女修道士,拜伽西的奈达主教为教父,向他学习梵文经典。全印度所有消息都会汇聚到他的莲花脚下,我怀着万分虔诚的心情学习经典,一边以焦急不安的心情,收听着战争的消息。

"英国政府渐渐地扑灭了暴乱的熊熊烈火,同时,盖什尔拉尔的消息,突然中断了。远在天际,在可怕的毁灭红光里时隐时现的英雄形象,刹那间坠入万丈深渊之中。

"我再也不能忍受,离开了祖师的庇护所,打扮成女僧模样出走了。我走访了不少地方、圣地、寺院和神庙,任何地方都得不到盖什尔拉尔的音信。从熟悉他大名的寥寥几个人的嘴里,探听到:'他或许在战争中丧生,或许政府把他送上了断头台。'我内心反反复复地驳斥道:'绝对不可能,盖什尔拉尔是不可能死去的。他是崇高伟大的婆罗门,他那股光芒无际的火焰永远也不会熄灭的,为接受我的灵魂的奉献,它一定在什么地方那难以靠近的孤寂的祭坛上,熊熊地

燃烧着。'

"印度教的经典,有着不少记载:下等人通过苦行,能成为纯洁的婆罗门。可是,穆斯林能不能变成婆罗门呢,却没有任何记载。它的唯一原因是穆斯林那时还没有在这国度里出现。我明白,我同盖什尔拉尔相会,必须忍受长期的磨难,因为在这之前,我必须成为婆罗门。一年复一年消逝过去,这样整整过去了三十个年头。我从内心到外表,从生活习惯到心理、言谈、行动,都可算是一个地道的婆罗门了。我那婆罗门祖母的血液,以毫无阻碍的速度,在我身上畅流着。我把自己毫无保留地奉献给自己青春初期的那个婆罗门,自己青春后期的那个婆罗门,和自己天堂、人间、地狱三界的唯一婆罗门脚下,然后,我获得了一个空前绝后的辉煌光圈。

"战乱时期,我听到许多有关盖什尔拉尔的英雄业绩,但它却一点儿也没在我心上留下深刻的印记。在那寂静的月夜,在那平静如镜的朱木纳河,我望见盖什尔拉尔只身坐在小舟里,向远方漂流而去的图景。那图景至今仍深深铭刻在我的心坎上。我似乎日日夜夜望见:一个坚定不移的婆罗门,一直向着杳无人迹、幽深莫测的神秘方向挺进。他没有伴侣、仆人,根本不需要任何人做伴,做完全沉湎于圣洁心灵的自我完成、完全是自己主宰自己命运的婆罗门。只有苍穹的日月星辰在默默地关照着他。

"正在这时,我得到了音信:盖什尔拉尔受到驱逐出祖国的惩处,逃向尼泊尔。于是,我赶快追赶到尼泊尔,在那儿寻找了许多日子。又获悉:盖什尔拉尔很久前,离开了尼泊尔,投奔到无人知晓的偏僻山区。

"我跋山涉水，踏遍名山大川，没有见到一点影儿。这里不是印度教盛行的国家，这里的不丹的莱伯吉人不是印度教人，他们没有约定俗成的礼仪和传统，他们的神明和崇拜方式是与众不同的。我经历了无数日子的苦行所得到的圣洁，可别被它们玷污，可别染上任何斑点，为此，我一直提心吊胆，小心翼翼地从他们肮脏的接触中净化身子。我深知，自己的航船快要到达彼岸，我一生最圣洁最终极的朝圣目标，现在正在完成中。

"往后的事，我如何阐述呢？所有的收场都是短促的。当烛火快要熄灭的时候，只要吹一口气就行了。我又何必把结局故意拉长成一个故事呢？离别整整三十八年，我进入大吉岭，今天早晨我终于见到了盖什尔拉尔。"

我发现她猝然中断故事，怀着急切的心情问："你是怎样找到他的呢？你看见了什么？"

公主说："我看见，年迈的盖什尔拉尔在不丹人的住宅里，和不丹族的妻子、儿女在一起，穿着又脏又破的衣服在田地里干活！"

故事到此终止。我思忖，现在应该说些安慰的话了，于是开口道："三十八年来，他朝朝暮暮处在岌岌可危的险境中，怎能保住自己宗教的纯洁呢？"

公主反驳说："难道我不明白这点吗？可是，这么长的日子里，我是如何过着飘忽不定的流浪生活啊？那个婆罗门的形象，攫住了我的幼小心灵。我怎能懂得，他所做的一切，仅仅是一个习惯、一个风俗、一个礼仪呢？我只知道，它是宗教，是永恒不变的，永远是一个模样的。倘不然，我在十六岁妙龄时，从我爸爸的宫殿里逃出来，在那静悄悄的月色里怀着虔诚的激情，把自己这朵含苞待放的鲜花、春情颤抖的身子，奉献给他，而得到的报答却是婆罗门右拳所给的难堪侮辱，我竟把它作为祖师爷贵手的教诲而加以默认，并低垂着头加倍虔诚地去履行自己应尽的职责呢。天哪，婆罗门，你倒轻易地放弃自己的生活习惯和信仰，而选择了另外一种生活习惯和信仰。但是，我从哪儿去得到另一种生活、另一个青春，来代替自己逝去的青春和生活呢！"

说完这些悲哀的感触，她迅速地站起说："纳默斯加尔[①]，先生！"

隔了一会儿，她好像纠正自己过错似的，补充说："萨拉姆[②]，先生！"

通过这个穆斯林告别礼，似乎她与坠入尘埃中的败落的婆罗门特性的理想残骸，做了最后告别。我正想开口说些什么，她像飘忽不定的、轻盈的云朵一样，消失在喜马拉雅山间的褐色浓雾中。

我闭了一会儿眼睛，在人类的画廊上，瞥见了公主生活的整个画面。我看见了一位十六岁的亭亭玉立的公主，倚傍在朱木纳河畔城堡的窗槛边；我看见了一位虔诚的女修道士在许多圣地、庙宇里，聚精会神地祈祷着；我看见了一位给浓雾掩住的、心灵破碎、饱经风霜的伛偻妇女，蹲坐在大吉岭的加尔各答路上。一个温柔窈窕的女子身躯里，流动着婆罗门—穆斯林血液的相互争斗而产生的既奇异又悲哀的乐声，在极其优美而纯正的语言的烘托下，在我脑际萦绕着。

我睁开了眼，发现浓雾突然散尽，万里无云的晴空中，和煦的阳

[①] 梵语，意思是"你好"。
[②] 阿拉伯语，意思是"你好"。

光令人目眩。一群英国妇女坐在人力车上，一伙英国男人骑着马在街上闲逛，不时有两个围着围巾的印度人用斜眼瞅着我赶路。

我赶快站起。在阳光普照的光明世界里，那篇被云雾覆盖着的故事，我真不知道是真是假。我仿佛感到我的雪茄烟雾与山间的浓雾融合在一起，织成了一幅幻想的图画。那穆斯林—婆罗门，那熟悉吠陀的英雄，那朱木纳河畔的城堡，一切似乎都不是真实的。

教 授

一

我在学院的同窗挚友中颇有名气。大伙都认为，我在每一领域内都有渊博的知识，都有一套独到的见解，不管其正确与否。人们在肯定与否定之间迟疑不决、摇摆不定时，我却往往以斩钉截铁的语气，阐述自己的观点。我不仅表明或坚持自己的观点，而且还亲自写出来，加以阐释；我不仅撰写评论，还从事诗歌创作。总而言之，我在所有方面都成为同人钦慕和崇拜的偶像。

在校园里，我无可争议地建立了自己不可动摇的威望。但不久，一位名叫代尼的新教授突然莅临校园，取而代之，夺去了我的威信。我们那年代新来的教授，今日已俨然成为一位声名显赫的人物。因此，在这则生活故事里，我将隐匿他的真实姓名。我思量这样做，不会损害他光辉名字的一根毫毛。依据他对我的态度，我在业已存在的历史里称他为瓦姆吉尔朗先生。

他的年纪比我大不了多少。不久前，他在文学硕士的考试里名列前茅，踌躇满志地带着代尼先生的赞扬信，跨出了学院门槛。他仿佛因着自己梵社成员的身份，鹤立鸡群，远离于大众；他仿佛不是我们同时代同年龄段的人，我们新印度教派成员都称他为"梵天魔鬼"。

我们曾有个辩论社团,我是社团的健日王,也是位出类拔萃的人物。我们会议总共有三十六个成员,倘若不计算三十五位成员,也无关宏旨,因为三十五位成员在任何问题上的观点都与我的观点相吻合。

为这个社团的年会,我曾撰写了一篇评论伽尔拉依尔的光芒四射的精彩报告。我自信,我那篇杰作的非凡性定会使每一位听众听得如醉如痴。实际上,那篇报告是无法比拟的精妙,在那篇报告里我自始至终谴责了伽尔拉依尔的暴力。

我的同学迷醉于我的观点大胆新颖,沉湎于我英语纯粹流畅的欢愉中。当演讲一结束,他们目瞪口呆,久久没回过神来,默然端坐着。瓦姆吉尔朗先生是那届年会的主席。当他发现,谁都不想说什么,他就站起,用沉稳且严肃的口吻,向大家解释道:"在他的演讲里,从美国著名的优秀作家劳韦尔先生文章里剽窃而来的那些段落,是最为精彩的。那些他自己所写的段落,如果删去,那就完美无缺了,无与伦比了。"

倘若他还强调指出:"不仅新文章作家的观点,应该说还有语言也令人惊叹地与劳韦尔观点完全吻合。"这样,他的披露既是真实的,也不会令人生厌。

这件事抖搂之后,同学对我的信任烙下了一条分裂界限,现在唯有阿穆尔叶恰尔朗的态度没有变化,对我始终怀着迷恋和虔诚的情愫。

他一次次规劝我:"你把自己创作的《维德亚帕迪》剧本念给那位梵天魔鬼听听。我倒要瞧瞧,那位挑剔者还放出什么屁话!"

诗人维德亚帕迪异常想念什沃辛赫国王的娇妻勒基玛黛维皇后。他不见到她就无法进行诗歌创作。我取了这个素材，创作了一出最令人悲悯的优秀诗剧。有些观众持不许对古代经典越雷池一步的态度，说："这个事情在历史上没有发生过。"我答道："这是历史的不幸。如果这类性情事件发生，历史将会变得格外生动和真实。"

我从前自吹我那戏剧是优秀的，而阿穆尔叶却说，它是无与伦比的瑰宝，是最优秀的剧作。我已经是老王卖瓜自吹自擂着，他比我还有过之而无不及地夸张地宣传我。由此可见，我何等伟大的形象，坐落在他心坎里，连我也无法想象。

把诗剧念给瓦姆吉尔朗听，我觉得，这是蛮不错的主意。因为我自信，那个戏里不存在适合责难的任何隙缝。所以，很快又举行了一次社团特别会议。会上，我在众多同学面前，充满情感地朗读了这出戏剧。末了，瓦姆吉尔朗先生起身，评论了它。

我不想详尽描述那个评论，仅仅概要地指出，"批评不符合我原意"，就足够了。依照瓦姆吉尔朗先生的意见："戏剧里的人物性格和情感，没有一星半点的独特性；许多夸张长句只显示平庸的寻常情感，而且它们像蒸汽一样，稍纵即逝，无法琢磨；作家心里所获取的生活素材和形态，没能被加工创造和发展。"

蝎子尾巴里长有毒刺，瓦姆吉尔朗先生的批评里聚集着剧毒的汁液。占有坐毡之前，他又开尊口："作者的这个剧的许多场景和主要情思是模仿歌德的一出戏剧，许多地方完全是恰如其分的翻译。"

我有对他批评的最好回答。我能够反驳道："模仿遍地存在，但它不能构成责难的依据。在文学王国里剽窃是一门大学问，甚至被抓住也可这样振振有词说，文学创作领域里的许多大人物都是这样做的。这有什么可大惊小怪的呢，连莎士比亚也没有摆脱剽窃的嫌疑。其实，在文学王国里存在着许多人的独创，而那些人也勇敢地进行剽窃。这样，他能把别人的东西完全变成自己的了。"还有许多诸如此类的据理力争的话，但那天我没有辩白，倒不是我谦虚。其实，那天我头脑里空空如也，一句反驳话也没有冒出来。约莫过了七八天，这些反驳才像神戟般一个个从我心里产生，但如今假想的敌人已不存在，这些十八般武器，却一样样刺伤着我自己。我暗自思忖，我至少应该把这些反驳道理，讲给同班同学听。但令人烦恼的是，我那些反驳对于这般蠢如笨驴的同学的理性来说，又较为精细深奥了。他们的头脑异常狭窄，他们简单地认为，"剽窃毕竟是剽窃"。其实，我的剽窃与别人的剽窃之间有着天壤之别。倘若他们也能看清其中堂奥，那么我与他们之间就不存在理智的特殊差距了，在理性王国里我们可以平起平坐了。

我进行了文学学士的考试。毋庸置疑，我将会通过考试的。但此时此刻，我心里没有一丝一毫的快活感。

那些遭劫日子，瓦姆吉尔朗的不少尖刻言辞，沉重打击了我，我高耸入云的声誉和希冀的坚固庙殿受此摧毁，变成了歪歪斜斜的废墟。只有愚不可及的阿穆尔叶怎么也不想退去对我虔诚的爱。清晨，赞美的太阳在我面前冉冉升起，他那种虔诚像长条阴影般纠缠住我的双脚；傍晚，我赞美的太阳西沉，他心中的长长祭坛又无法弃绝我的双脚。但是，在那种虔诚里没有任何色彩的满足，那阴影仅仅是种虚无而已，仅仅是愚蠢的虔诚心灵的谬误黑暗，那儿没有理智的灿烂光辉。

二

慈父叫我回故里成亲,我向他老人家请求再宽容几天时间。

瓦姆吉尔朗的批评,使我内心滋长了一种自我对立、自我背叛的奇思异想,我的批评心灵悄悄地打击着我作家的心灵。我作家心灵诉说道:"我发誓要报复,我再次创作,我将拭目以待,究竟是我作家心灵大,还是我批评家心灵大?"

我暗自发誓:"我将怀着世界之爱,对别人奉献和对别人宽恕的情思,采用散文抑或韵文的体裁,创作一部表达崇高题材的作品。这样,我就可为我国批评家作又臭又长的批评准备一顿丰盛的大菜。"为此,我决定去一个优美幽静的渺无人迹的胜地待着。至少一个月内,谢绝来访,诸亲好友,一概不予接见,闭门写作,创造自己生活的最大荣誉。

我叫来阿穆尔叶,诉说自己这个奇思妙想。他听了惊愕不已,那个瞬间他仿佛在我额上,瞥见了对国家未来影响的第一道霞光。他脸上流露出严肃的表情,拍打着我的手臂,睁大着眼睛,目不转睛地盯着我神采奕奕的脸庞,以极其柔和的声音说:"兄弟走吧,去获取不朽荣誉的永恒骄傲。"

我全身汗毛直竖。我似乎觉得,阿穆尔叶仿佛以被虔诚和自豪笼罩着的印度代表身份,向我说了那些庄重严肃的言辞。

阿穆尔叶为此也没有少弃绝,他为了自己国家的光辉前景,将近一个月内,全面彻底地放弃了对我的眷恋。我的朋友深深叹了口长气，乘上电车，朝自己居栖地——街道的"公共餐厅"驰去。而我投奔琼德城恒河岸畔的一座花园，去创造自己不朽荣誉的永恒骄傲。

晌午，我独自仰卧在恒河河畔的阒无人烟的花园别墅里，思索着世界之爱，昏沉沉睡着了。傍晚五点光景才睁开眼。这之后，感到身心疲惫倦慵。我为放松心情，消磨辰光，踱步到花园后面的一条幽径长凳上，端坐着。我默然地坐着观赏人来车往的景象。我实在耐不住寂寞，就信步往车站走去。电报嘀嗒嘀嗒声从那儿传来，钟声也悠长地响着，旅客熙来攘往，成百上千个车轮的火车，犹如一条蛇迤逦驰来，喷吐着浓浓烟雾，空中响着尖叫声，缓缓驰进车站停住。旅客们奔忙着，喧哗着。这种繁忙的景象，委实使我惬意了一番。然后我回了家，吃了一些东西，没有同窗好友取闹，我很快入睡进了梦乡。清晨，我没有什么特别要处理的事，我一直在床上睡懒觉，直到太阳爬上了身体才起床，那时约莫已是八九点光景。

我满身尘埃，世界之爱的奥秘依旧没有解开。我从来没有独处的习惯，没有同伴的恒河岸畔显得异常荒凉。而阿穆尔叶竟如此愚蠢，他一天也不打破自己的诺言！

从前，我经常坐在加尔各答那硕大绿荫的榕树下，惬意地伸展着脚。思绪万端，浮想联翩；河流带着自己的旋律，在我面前淙淙流淌而去。那时，诗人将沉浸在自己的梦幻遐想中，情感世界和外部自然将紧紧围在他四周；森林将呈现令人心旷神怡的景致；鸟儿将栖留在树枝歌唱；星星将在天空闪烁；心灵将布满普遍之爱；从笔端底下，奔涌而出的不知疲倦的绵绵情感长河，将在五光十色的韵律里流淌着。但是那个美妙的自然在哪儿，自然之诗人在哪儿，那个五光十色的世界在何方，世界情人又在何方！从前，我一天也没有在花园里闲游。林花在森林里盛开，星星在浩渺天穹里闪烁，绿荫在榕树底下覆盖，而我始终蜷缩在家里，囚禁在家里。

我绞尽脑汁，费尽周折，也无法证明自己权威的影响。于是我对瓦姆吉尔朗的愤怒，与日俱增。

那时，全国知识界围绕童婚问题，展开了剧烈的唇枪舌剑，瓦姆吉尔朗站在反对童婚的行列里，还听说，他坠入对一位年轻姑娘的爱恋之网里，并很快陷入求婚之网。他在那种情恋煎熬中，打发着日子。

我对这个桃色新闻感到异常惊奇，惹起我极大兴趣。我那时搜肠刮肚，殚精竭虑，也没有创作出一首有关世界之爱的长诗。现在我守株待兔，轻而易举地获得了创作灵感，把瓦姆吉尔朗当作理想的白马王子并作为男主人公，再虚构一位名叫卡敦伯卡莉的美女作为女主人公，写了一出幽默风格的喜剧。通过这支生花妙笔，谱写了世界之爱，由此，这个永恒荣誉终于分娩了。我着手准备奔赴加尔各答。但在我的旅行里出现了一个意料之外的强大障碍。

三

一天，我没有去车站。我拖着倦慵的身子，在自己花园别墅的那些屋子，来回踟蹰。这之前，因为没有任何需要，我从不去造访那些屋子，我内心对外部事物从来没有一星半点的兴趣和好奇。那天。仅仅为消磨辰光，我恍若在风吹拂下从枝头上脱落且飞舞着的树叶，从这间房子到那间房子，来回不停地转悠。

推开扑面的门扉，我步入一个小廊道。廊道前面，紧挨花园北端墙边，两棵高大挺拔的榕树矗立着，园里绵延曲长的幽径穿过两棵大榕树，迤逦远去。

不过，这一切优美景致，是我后来才发现的，那时我哪有赏景的辰光和雅兴。因为一位十三岁的花季少女进入了我的眼帘。她手执书本，低垂着脑袋，专心致志学习着。

那时刻，我缺乏对事物本质的判断能力，但数日之后我寻思，豆扇陀①手执弓箭，乘坐双马战车去狩猎，牝鹿倒没有捕获，偶然间在树荫背后张望了数十分钟，他所见所闻所经历的事构成他生活中最重要的经历。我也手执笔杆和本子，为捕猎诗歌离家出走。可怜"世界之爱"这家伙为活命而逃之夭夭。我只是从两棵榕树绿荫中瞥见了些许情景，但人在自己一生里是无法第二次重见一模一样的情景。

世上，有许多事物，我闻所未闻，也没有胆量去尝试尝试。我没有坐过轮船，没有乘过飞机，没有下过煤矿，但我能够为自己心灵的理想而疯狂，而迷误；在推开北端门扉之前，如此疑惑从没有在我心里出现过。我的年龄快步入二十一。在这年龄段里我内心没有凭借自己的想象力，塑造一位迷人靓女形象，恐怕不能如此下断论。我用五光十色的服饰装扮着那个销魂的形象，设计各种心旷神怡的场景塑造她。但在虚无缥缈的梦境里，我将见到她脚上的彩色拖鞋，身上穿着

---

① 豆扇陀，印度古代迦梨陀娑戏剧《沙恭达罗》中的男主角。一次狩猎中，他在一条河的森林背面，看到一群仙女在河中沐浴，其中包括公主沙恭达罗，后来两人相恋、结婚、分离、再聚，成为《沙恭达罗》剧的主要内容。

摩登款式的衬衣，手里握着洋书——我没有如此奢望，也没有这样的福分。

不过，我心灵的女神在法古奈月①末，薄暮降临时分，在挺拔的树丛上微微颤动着的浓密的嫩枝绿叶编织的绿荫华盖下，在被夕阳镂刻的有着光怪陆离线条的花径上，一位身穿时髦衣衫和彩色拖鞋、手执书本的靓女形象，从两棵榕树中突然凸现在我眼前，我怔怔看着，呆若木鸡。

这种观赏恐怕没有超过两分钟，我慌乱地寻找各个隙缝，施用各种方式窥探着，但没有发生任何艳遇效果。那天，我早就在黄昏前，伸着大腿，端坐在榕树底下。彼岸的浓密丛林，隐隐约约展现在我眼前；丛林上空，黄昏星儿带着宁静微笑，冉冉升起；眼睁睁看着，黄昏美女启开了没有庇护者的寂静的幸运庙寺的大门，默然无言地伫立在那儿。

我所看到的她手里握的书，对于我来说不啻是一座崭新的神秘莫测的寓所。我暗自思忖，它究竟是部什么样的书，是部小说抑或诗集呢？书里写着什么内容？那些打开的书页上，兴许描绘着那晌午时分的绿荫和阳光，簌簌叶声和旅客渴望的目光；尤其令我揣测的是，那些启开的书页究竟表现故事的哪个段落，诗篇的哪个情味呢？同时，我还思忖，在妩媚松散的浓密的美发阴影下，她的柔和前额内，形形色色感情冲动如何表现为自己的青春欢乐？坐落在姑娘孤寂的心灵里的诗歌幻影将如何创造出前所未有的美的世界呢？直到深更半夜，我

---

① 法古奈月，印历十二月，相当于公历2月至3月。

一直浮想联翩，想象那些诸如此类的不着边际的事。但若要我明白如画地把它们描绘出来，断乎是不可能的。

但是，谁告诉我，她就是位情窦初开的豆蔻少女？然而，在相识之前就有人向比我早千百年的情人豆扇陀保证有关娑恭达罗是位少女的情状。其实，她们本身就是心灵的渴望，她们往往说着一大堆真假相掺的事。有的真实隐去了，有的完全没有隐去。而我与豆扇陀的真实情况正好隐去了。

这位素不相识的陌生少女是位相邻的已婚女子抑或尚未出阁的姑娘，是位婆罗门门第的还是刹帝利家族的，决定这些对我而言并不是难事，但我没有这样做。我仅仅像无言的鹧鸪般千方百计地从远处围住自己的身影，抻长脖子，不懈地细察着。

翌日晌午，我租借了一只小舟，目不转睛，注视岸畔，我在波浪平缓的河流上任意漂移。我禁止船夫挥桨。

我的娑恭达罗居住的静净林茅屋坐落在任何岸畔，它可不是根沃大仙①的茅屋。恒河岸埠的石阶直通到巍巍宫殿的凉台，凉台因木斜顶遮掩，显得影影绰绰。

我的小舟无言地缓慢地漂游。当小舟驰抵河埠正面，我隐约看到，我那位新时代的娑恭达罗坐在凉台的地上，一只凳子放在她背面，凳上有几本书；她一束松开的美发，撒落在书本上；她背靠着凳子，脸蛋向上，左臂托住自己的头颅。我从小舟上无法看清她的脸庞，只瞥见她柔软颈脖显露的柔和曲线；她娇嫩的玉足裸露着，一只

---

① 根沃大仙，是位抚养娑恭达罗的大仙。

伸在河埠上一层台阶,一只搁在下一层台阶,纱丽黑边斜掩着它们。一本书心不在焉地从倦怠的右手中坠落下来,卧躺在地上。从远处望去,她宛如一尊黄昏女神塑像;仿佛因着白日劳作突然觉得疲乏的美女正驱散着自己的劳累。她脚底下的恒河,遥远的恒河彼岸丛林,炽热的湛蓝天空,默然无言目不转睛地观赏着自己心灵的美女,她的裸露玉足、她慵怠的左臂和她优美的颈脖曲线。

她显露着,我一直凝视着。我用自己湿润的眼睛,一次次洗涤着她美丽的莲足,用自己的心紧紧拥着它们。

末了,小舟稍许漂远了些。一棵大树矗立在眼前,挡住了视线。我蓦地想起了什么遗憾。我吃惊地对船夫说:"船夫,今天我不走了,从这儿驰回。"但回驰时遇到了逆流,不得不摇桨划水前行,而我讨嫌桨声。那个声音仿佛沉重地打击了那位妙龄少女,她是那么楚楚动人,美丽温柔;她又像是天空那么深远无垠,又像是小鹿般怯懦娇嫩。小舟驰抵岸畔,我的女邻人听见了摇桨声,缓缓抬起脸,怀着柔和的好奇心,痴痴地望着我的小舟。瞬间,她的视线投在我焦灼渴望的视线上,她立马起身,惊愕地朝屋舍迤逦而去。我仿佛觉得,我的举止打击了她,使她受了伤害。

匆匆离去时,从她怀里滚落下吃了一半的半生半熟的石榴,一直滚落到下面的石阶上。此时,我内心渴求获取烙上唇吻的果实,但我羞于船夫的目光,只好作罢。我无奈只好从远处遥望它,吩咐船往前驰去。我发现,带着波浪的河水,贪婪地簇拥着,妄图用自己贪欲的舌头,把果实占为己有。一想到,不消半个时辰,它厚颜无耻的不懈努力,将获得圆满成功,我只好怀着痛苦的心情,上了自己家园的岸埠，弃船而去。

在榕树绿荫下，我伸展双腿盘坐着，整日里做着白日梦。宇宙自然在一双柔软莲足前，低垂下自己不屈的头颅。天穹充满温煦阳光，大地欣喜万分，习风疯狂乱舞，都是因着一双慵怠且优美的莲足；它们也不明白，骚动的青春因着它们的陶醉，从四面八方欣喜得心花怒放。

在这之前，大自然对我而言是被遗弃的、被隔离的；河流、森林、天穹，这一切自然景物与我格格不入。但今日，在无垠自然里，我瞥见了一尊美的雕像，因着它我从前被分割的各部分完全统一了起来。今天，自然就我而言是统一的、优美的；它日日夜夜，每时每刻，都在默然地向我祈求："我是个无言者，请你给种语言。我内心深处升起一种不可言说的赞美，请你把它放进韵律、节奏、旋律和优美的人的语言里，让它发出声音，在大地上回响。"

大自然这无言的请求，拨响着我的心弦。我一次次倾听到同一首歌曲："哦，举世无双的佳丽！哦，绝伦无比的美女；哦，征服世界的少女；哦，生命之鸢的唯一火焰；哦，绵绵无尽的生命；哦，无垠甜蜜的温柔！"我无法灭掉这歌声，我无法迷恋别人；我又不能给予具体形态，让她清晰呈现；我也无法在韵律中言说她。我仿佛觉得，一种不可言说的不可测定的魅力在我心底里像波涛般迅即传播着，至今我无法把它控制在自己手里。一旦落入我手里，我的喉咙就会用神的音乐，放声歌唱；我的前额也因超凡光辉而熠熠闪光。

正在这时刻，一只小舟穿过彼岸新车站，驰抵我花园别墅岸埠。两肩披着褶皱的披巾，腋下夹着一把雨伞，阿穆尔叶恰尔朗驾临到我面前。我蓦然见到不期而至的朋友，内心不由得升起一种亲切的感情,一种希冀。晌午时分,望到我像疯子发呆地坐在大榕树底下,阿穆尔叶心里兴许传播着一种宏大且深沉的愿望。他害怕,印度未来最优秀的诗篇的某个段落,可别因他的脚步声惊扰,像野天鹅一样突然在河水里游走。所以,他小心翼翼,蹑手蹑脚,慢腾腾地朝我走来。望着他那种小心谨慎样子,我十分气愤,不满地说:"什么事,阿穆尔叶?你那缩手缩脚情状,脚是否踩上了钉子?"阿穆尔叶思忖,我在诙谐地调侃。他微笑着来到我身旁,从口袋里取出手帕,展平它的折痕,把它仔细地铺在地上,坐定后说:"你把你所创作的喜剧寄给了我,我读了后,笑得前仰后合。"

开场白之后,他诵读了我喜剧的一些段落,而后他又开怀大笑,笑得险些窒息,要他的命。我心想,把那支用来杜撰那个闹剧的秃笔拔起,连同提供制造那支笔杆的树,一块投入熊熊燃烧的火堆里,让这出闹剧烧成灰烬。然而我无法消除我的遗憾。

阿穆尔叶拘谨地问道:"你的诗又写到了哪儿?"听后犹如火上浇油,我内心说:"我的诗篇就犹同你的智性。"然而,我嘴上却说:"诗歌创作之事往后再说,老弟,现在别无谓地打扰我。"他听后知趣地起身正欲离去。

阿穆尔叶是位好奇心强的人,他不朝四周巡察一番是不会甘心的。我因着这担心,起身关上北门。他惊奇地问:"那儿有什么,兄弟?"我答道:"什么也没有。"我在自己生活里从未说过如此弥天大谎。

两天以来,他用各种方式纠缠我,折磨我。第三天,他才乘晚车离去。他在身旁时,我不朝北面越雷池一步,也不往那儿随便瞅一眼。正如守财奴隐匿自己的金银宝库,我也使花园北端地方躲避开众人耳目。阿穆尔叶一走，我就急忙跑去打开那扇门，走入那廊厅坐着。辽阔的夜空挂着黑半月初的月光，清澈的月色四射；花园里的月光与阴影，斑驳交杂；颤抖的嫩枝蓓蕾发出长长叹息；树上成熟欲脱的花果，吐出浓浓芳香；深夜森林寂静无声，整个花园夜晚因而充盈圆满。正在这时，我的邻居少女握着自己年迈父亲的手，缓缓地散着步，并与父亲絮絮细语着。父亲慈祥且专心地倾听她的絮语，在纯洁无瑕、柔和温存的叙谈里不可能存在一星半点的障碍。傍晚，宁静的河面上，不时传来划桨声，不久又消失在远方；树上鸟巢里的雏鸟不时啼鸣。那时，我似乎感到，我的心不管欢乐抑或痛苦，它正被撕裂着；我的存在似乎正扩展着，与被月光和阴影镂刻的大地浑然一体，因而我在自己的胸脯上感受到女邻居的轻盈步伐；我的耳朵紧贴树木花丛，倾听着甜蜜温柔话语的回响。那个无语的无垠自然的内心痛楚，仿佛在我全身上钻着窟窿；我仿佛彻悟到，大地就躺卧在她脚下，但它无法锁住她的脚，它委实束手无措；被繁枝密叶压弯了的树木能听到絮絮细语，但无法明白其中含义。所以它们启用枝叶争斗，用疯癫的胡言乱语哀鸣不止。我也整个身心全然感受到那些轻盈脚步，那些热烈谈笑，但我怎么也不能把她安置在自己心里，焦躁得快濒临死亡绝境似的。

翌日，我委实耐不住性了。一清早，我就去拜会自己的邻居。那时，年迈的帕沃那塔先生沏着一杯浓茶，戴上了眼镜，正津津有味地读着蓝色铅笔做记号的一本弥尔顿旧书。直到我走到他身边，他才把眼镜往上推了一下，用漫不经心的目光朝我瞧了一下，那时刻他实在无法使自己离开那本书。末了，他蓦然惊愕起来，有些不知所措，为我这位不速之客起身让座。我简要地自我介绍了一番。他有些激动，连眼镜套子也找不到了。

他问我："你喝茶吗？"

我虽然不喝茶，却说："我喝。"

帕沃那塔先生忙乱了一番，喊道："基伦娜！"兴许叫唤他闺女。

门槛边传来银铃般的甜蜜的声音："什么事，爸爸？"

我转身看到，苦行者根沃大仙的女儿猛然发现我，像头惊恐的牝鹿准备逃之夭夭。帕沃那塔把她唤到身边，介绍我说："这位是默欣德拉古马尔先生，是我们的邻居。"然后对我介绍说："这是我闺女，名叫基伦娜瓦拉。"

我慌张得不知该做什么才得体，一时犯糊涂。基伦娜早已向我致以谦和优雅的鞠躬礼。我赶忙弥补自己的过失，向她还礼。帕沃那塔先生说："女儿，为默欣德拉先生沏一杯茶。"

我内心异常困窘，在我启口说什么前，基伦娜已沏了茶。我仿佛觉得，盖拉斯山[①]上湿婆吩咐自己女儿拉克什米为客人取杯沏茶，这对客人肯定是纯洁的永恒的馈赠，但湿婆乘骑神鸟为什么在附近没有显身呢？

四

现在，我成为帕沃那塔先生家的座上客。从前，我害怕喝茶，如

---

① 盖拉斯山，湿婆和财神等居住的山峰，位于喜马拉雅峻岭上。

今早晚两顿茶已使我养成喝茶的嗜好了。

起初,我凭着那个借口经常去拜访帕沃那塔先生家。那个借口是,我正在准备文学学士考试,从前我读过德国学者所撰写的哲学经典新历史的书。现在想向他讨教他对这方面内容的评论见解。但当我发现,他徘徊在弥尔顿那个旧时代流行的令人迷误的书籍里,我就把他视为值得可怜的角色了。我开始在他面前炫耀自己的新学识。帕沃那塔先生是位善良质朴的人,他对一切事物和学识都持谨慎态度,他对我那样乳臭未干的年轻人的话都持认同的态度;倘若觉得有必要反驳的地方,也因害怕我不满而犹豫不决作罢了。基伦娜见到我们之间不愉快的争论,就找借口退避三舍离去。我由此既感到踌躇满志又觉得惶恐不安。我觉得,我们评议的内容的艰深学术品位对于基伦娜而言是难以忍受的。当她偷偷朝我的山峰眺望,也不知将会看到多高的学识山峰!

当我从远处观察基伦娜,我把她视为娑恭达罗等名字和形象来认识的,但现在我在一个普通家庭里以真实的基伦娜形象来看待她;如今,她对我而言不是世上美丽公主的化身,现在只是位具体真实的基伦娜。换言之,如今她不是千百年来诗歌世界里下凡的女主角、女情人,她放弃了久远时代青年心灵的梦幻天堂,而在一个确定的印度家庭里以一个少女形象身份出现在我面前;她用我的母语同我谈论着极其平凡的家庭琐碎事,她为一些普通事情真诚地发笑;她委实如同是我们普通家庭里司空见惯的女孩子,手上戴着金镯子,颈上项链也是寻常的。但她可爱甜蜜,有时纱丽衣襟拂过鞋面,抖落飘然而下;有时她从自己停留地方迈开莲足,婀娜多姿。这一切就我而言又是件十分惬意的事。她就是基伦娜,不是虚构想象的,是真实可感的,除此之外什么也不是,她没有超越或低于这个界限。虽然她不是属于我的,然而是属于我们的。所以,我的心一直对她充满感激之情。

一天,我与帕沃那塔先生就所有知识比较的内容,展现各自的口才。评论稍许离题远了些,基伦娜起身离座。隔了一会儿,她在前面廊厅里堆放了一些饮料食物,用甜柔爱抚口吻嗔怪父亲:"爸爸,您干吗挑起诸如此类艰涩的哲学议论,真使默欣德拉先生难堪烦恼。唠叨没完,他的喉咙快干枯了!"

她旋即转向我说:"请过来!默欣德拉先生,你帮我做厨房杂事,总比饶舌为好。"

其实,帕沃那塔先生没有过错,基伦娜明知故犯。然而,帕沃那塔先生犹同罪人忏悔,笑着说:"对,对,你说得对。好吧,这些话题暂时搁浅一下,今后有机会再议。"而后他又带着平和心情,沉浸于每日规定的学习中。

有一天午后两三点钟光景,我又挑起一个严肃的话题,使帕沃那塔先生惊愕不已。基伦娜走来说:"默欣德拉先生,女人需要一些帮助,让蔓藤攀在墙上,我的手够不着,你帮我钉钉子。"

我乐得心花怒放,马上起身随她走,而帕沃那塔先生也满心欢喜地坐着,埋头啃书本。

这样,你可发现,一旦我准备与帕沃那塔先生探讨严肃内容的议题,基伦娜会不失时机插进来,以要做某些事的借口,把所有秩序搞乱,我也因此暗自感到高兴。我终于明白,我已把基伦娜掌握在自己的手里，而她也可能明白，与帕沃那塔先生讨论哲学不是我生活中最快活的事。

在确立"我们感官认知与外部事物关系"的议题上，我正抵达难以理解的神秘地狱之门，恰在那时，基伦娜走来说："默欣德拉先生，走吧，我在厨房旁边的地里种了茄子，我领你去瞧瞧，走吗？"

有一天，我用了不少论证，证明我们视天穹是无限的认识，仅仅是一种推测。在我们的知识和想象力外，它在某处在某种形态里是有限的，这不是没有可能的。就在这时，基伦娜抵达，说："默欣德拉先生，花园里有两只杧果熟了。你帮我弯一下枝头，我可摘下来。"

何等自由，何等洒脱！刹那间，我能穿过有限的大海驰抵美丽的岸畔。不管对无限天空和外界事物的怀疑罗网，是多么纵横交错，纠缠不清，然而有关基伦娜的茄子抑或杧果是不存在丝毫疑惑和难以理解的困窘；尽管那些事在诗篇或小说里是不适宜叙述的，但它们在现实生活里却像大海围住的岛屿那么迷人。脚碰触大地是多么快乐——只有那些久久凫游在水里的人能通晓这个体验。多少日子以来，我在自己幻想里所创造的爱的海洋，若是真实的，我如何在那儿长久飘游，我无法说清。那儿天空是无限的，大海也是无限的；在那儿我们每天形形色色的日常生活旅行等有限事件是完全被放逐的。其实，那儿没有一星半点的低卑，只有在韵律、节奏和音乐里表达的情感，而企图测量其深度，肯定会大失所望，获不到深度的。

当基伦娜把沉没在哲学海洋里的那位可怜者救上岸，带进自己的杧果园林，我就获得了脚底下的土地，我被搭救了，获得了新生。我发现，坐在廊厅里煮米豆稀饭，攀登梯子钉钉子，弯下树枝摘取杧果，从中可以获取的不是虚构的快乐；有趣的是，人们不必费尽周折、绞尽脑汁去获取那种快乐。可以自由自在说话，可以纵情大笑，从天穹中射下多少阳光，树丛下有多少绿荫，这一切已经足够了。此外，我身边还有一根魔杖，那就是我焕发的新的青春；一块波斯魔石就是我的爱；一棵永不凋谢的天上如意树，就是对自己的一个完整自新。我心灵说："我是胜利者，我是因陀罗，在因陀罗战马奔驰的驿道上没有任何障碍。"基伦娜就是我的基伦娜，我对此丝毫不怀疑。对于这一点，我至今没有对大家开诚布公说清。但我早就感受到，我的心由于极度幸福从这一端飞到那一端，快因着快乐被撕裂，"基伦娜就是我的基伦娜"像闪电一样在我整个心里每时每刻狂跳不已。

这之前，我从未进入现实女性世界的旋涡里。新时代的靓女获得了现代教育，在闺房外面徘徊游荡，我绝对无法理解这班现代女性的举止行为；她们举止行为里什么地方是文明修养的界限，什么是她们的爱情权利，我通通不熟悉。我搞不明白，自己内心为什么激不起爱情的火花，对诸如此类的话题总是缄默无言。

基伦娜把茶杯放在我手里，我与茶一起汲取了她充盈在杯里的爱；我品饮茶时，内心感受到爱的滋润；基伦娜施物获得了成功，我汲取方面也获得了收效。

倘若基伦娜用平常且自然的语调问："默欣德拉先生，您明儿早晨来喝茶吗？"那里就会响起具有韵律和节奏的诗句：

竹笛吹起令人神往旋律，
听着听着魂飞魄销，

我为何弃绝美女远走高飞？

我心潮起伏，兴奋不已。

然而，当我通常答道"明儿早晨八点我将来贵府"时，难道基伦娜的耳朵里没有响起任何色彩的韵律？

甜蜜甘露充盈着我的日日夜夜。我每时每刻就像蔓藤新长出嫩枝向外伸展一样，把基伦娜与我紧紧地纠缠在一起；我又展开想象翅膀，无限遐想。当美好时机到来，我将教基伦娜什么，读什么，讲什么，显示什么——这一切无遮无掩的意图困扰着我的心。我甚至决心将教她对德国学者撰写的哲学经典新历史发生浓厚的兴趣。不然，她就不能很好地理解我；我将把她带上我所指示的英国诗歌文学的美好世界的道路上去。我内心暗笑着说："基伦娜，你的茄子地田和柁果园林就我而言是一座新的王国。我从未想过，在那个王国里除了茄子和小小未成熟的柁果外，那个稀世珍贵的果实也能轻而易举地获得。但当时机成熟，我也把你带到那个不长茄子的王国，然而你一刻也不会感到茄子的缺乏，那就是知识王国，想象和情感的湛蓝天空。"

现在，我的假日快度完，催促我赶快回故里结婚，慈爱的关怀逐渐变成严厉的命令。阿穆尔叶也不能为我想出好计谋，阻挡命令的实施。我真的不知道过的什么日子，我像森林中疯狂的大象一样左冲右突，闯进我的莲花池，用硕大无比的脚趾，把一切都踩得乱七八糟。我内心的骚动越发强烈，我朝思暮想，如何迅速表达自己心灵的愿望，发展爱情。

五

一天晌午时分,我去帕沃那塔先生家看到,他老人家恐怕因炎热带来倦乏,坐在安乐椅里打盹睡着了。前面恒河岸边长廊底下阒无人迹的岸埠石阶上,基伦娜盘坐着,正读着什么书。我轻脚轻手地走到她背后站着,看到她正读一本新诗集,打开的书页上刊登的是席勒的一首诗,在那首诗的边缘画着红铅笔的线条!读了那首诗,基伦娜叹了一口长气,用充满梦幻般的眼睛凝视着天穹缥缈的边际。我仿佛觉得,她今朝花了几个小时一次次阅读同一首诗,然而仅仅一声长长叹息充塞着她心灵阳光映照的风帆里;末了,直到无垠湛蓝的星空世界出现,她才放下了。席勒为谁写下这首诗,我无法说清,但不用置疑,他绝不是为一个名叫默欣德拉古马尔的印度青年而写的。不过,我斩钉截铁地说,在这首赞美歌曲里除了我,谁都不能拥有这个权利!基伦娜在那首诗旁边用自己内心深处的心灵笔触,画了一个灿烂的血字记号。我因着那魔幻般的线条而迷惑不解地站住了。这些线条所写成的诗,今天属于基伦娜自己了,同时,它也应属于我的。我控制自己兴奋不已的心,用平常的声音说:"你在读什么书?"

全速飞驰的帆船仿佛突然冲撞上悬崖,基伦娜大吃一惊,急忙合上书本,把它藏在自己的衣襟里。我笑着说:"什么书,我能看一下吗?"基伦娜仿佛受到伤害似的,固执地说:"不行,不行,不是开卷有益的书。"

我坐在稍远的一个台阶,挑起英国诗歌文学的话题。我用这种方式对基伦娜进行文学教育，并且通过英国诗人的口，表露我的心迹和情意。在晌午烈日下的万籁寂静里，山水轻声慢语像甜蜜的摇篮曲，甜润柔和。

基伦娜仿佛异常慌乱不安，说："爸爸独自坐在那儿，今天你们没有进行有关无限天空议题的争论？"我暗自思忖，无限天空一直存在着，争论是永远也不会停息的。但是，生活是稍纵即逝的，幸运的机缘也是凤毛麟角的。我没有答复基伦娜的话，说："我创作了几首诗，念给你听听。"基伦娜却说："明儿我再洗耳恭听吧。"然后，朝廊厅里面眺望，喊道："爸爸，默欣德拉先生来了。"

帕沃那塔刚从睡眠中醒来，像孩子一般睁开自己惺忪双眼，激动不安起来。我的心仿佛受到一个强有力的冲击。我无奈地走到帕沃那塔先生身边，谈论无限天空那个无聊问题。而基伦娜手执着书，兴许她渴望一个僻静的无人妨碍的地方来阅读，于是朝上面自己寝室走去。

我从次日清晨邮件中取得一张英国日报，有一个地方存着红笔的记号，刊登着文学学士考试的结果，开端第一排有基伦娜瓦拉的名字，第二排、第三排，直到最后一排都没有我的名字。

随着考试落第的痛苦，一种怀疑之火燃烧着，像闪雷之火一样灼人。我思忖，兴许这个基伦娜就是我的基伦娜。她在学院读书，早进行过考试，虽然她没有告诉我读什么。但我疑心与日俱增。年迈父亲和他姑娘从未说过他们的经历，而我傻乎乎地、滔滔不绝地把自己所有事，统统倒了出来，讲述自己的事，宣扬自己的学识。

我记得在讨论德国学者撰写的哲学史时，我对基伦娜夸口："假如我获得教你读书机会，我将在英国诗歌文学方面阐明观点。"

榜上写着基伦娜瓦拉在哲学经典方面获得"优秀"，文学方面获得第一名。倘若这位基伦娜就是我的基伦娜，那我的脸将放在……

最终，我仿佛受到了一次沉重打击，被灰尘掩盖住的自尊才被唤醒。我说："去他的，我的著作就是我的凯旋柱。"说毕，手执书本，大步流星走上街头，格外高昂头颅，抵达了帕沃那塔先生的花园。

那时，他的书斋没有旁人，我异常专心查看他的藏书，发现一个角落放着一本德国教授写的哲学经典史的书，我曾经常为这个议题与帕沃那塔进行辩论。我打开一看，那本书上到处都是帕沃那塔先生的手写札记。现在，我终于相信，他自个儿教着闺女。

五六天之后，帕沃那塔带着高兴心情走进房间，似乎他刚从幸运讯息的泉水里沐浴回来。我突然怀着些许高傲神情，干笑着说："帕沃那塔先生，我考试失败了。"说了这番话之后，我仿佛跨入那些伟大人物的行列，他们学院考试失败了，但在生活里的考试却名列前茅。在考试和商业等领域追求成功是普通人的目标，人类精英们却对此不屑一顾。帕沃那塔的脸那时充满着慈爱的怜悯，他可能没有听到自己女儿成功的消息，但看到我矛盾惶遽的可怕笑容，惊愕不已。他凭着自己简单的头脑，不可能猜到我骄傲的终极原因。

正在这时，基伦娜瓦拉与我学院新来的教授瓦姆吉尔朗先生一起，带着异常羞涩且充满激情的光彩动人的脸庞，像被雨水洗涤过的翠绿蔓藤一样清鲜，步入房间。

现在，我茅塞顿开，一切都大白于天下，我的眼睛才睁开了。

回到家，那天晚上我烧焚了自己全部文稿；就在那天晚上，我起程回家，一到家乡就结了婚。

蛰居在恒河岸畔僻静处，想要抒写一部鸿篇巨制的史诗，没有兑现，但我终于在生活里获取了它。

献 眼

一

听说,如今许多孟加拉姑娘依靠自己的努力,寻找情侣。我也是这样做的,不过上帝助了我一臂之力。从孩提时期起,我就对湿婆神起誓、膜拜。

不满八岁,我嫁了人。恐怕前世作孽的缘故,我虽有丈夫,也跟没有一样。难近母[①]掳走了我的双目,直至生命的最后时刻,我都没能消受端详丈夫的福气。

十四妙龄时,我分娩了一个死胎,自己也差点儿送了命。但命中注定要经受痛苦折磨的人,怎能轻松愉快地死去呢?照明用的灯火是不缺油的,但它经过彻夜燃烧,就熄掉了。

总算得救了,但身体十分虚弱。心灵的痛苦,还是其他什么原因,致使我染上了眼疾,视觉越来越差。

当时,我丈夫正在研读医学。他并不忧心如焚,因为他在我身上获得了考验他医学知识的极好机会。于是,他亲自开始诊治我的眼病。

[①] 难近母,印度教女神名,雪山神女的化身之一。在孟加拉邦,每年春秋两季都为她祭祀,是当地最热闹的节日。

那年，我的兄长也正在紧张地预备法律考试。有一天，他来看望我。见了我这般情景，他十分恐慌。

"你在干什么？"他责备我丈夫说，"你要弄瞎古玛的眼睛，快请好的医生瞧瞧！"

我丈夫生气地说："为什么？难道好医生比我高明百倍？这完全是一个简单的病例，谁都知道治疗它的方法。"

兄长略带怒意地说："你认为，你与医学院教授之间不存在任何差别吗？"

我丈夫不甘示弱地说："请你攻读自己的法律吧，你怎么懂得医学。当你将来娶亲，捞到自己妻子的一笔财产，如果发生争执，打官司，难道你能根据我的意见行事？"

我暗自思量，两雄争斗，草民遭殃。我夹在其中，两面受攻。又思忖，我既然嫁给别人，哥哥就不该来干涉，惹是生非。我的痛苦与幸福，我的疾病与健康，如今都与丈夫的利害有关，与他人无关。

那天，我对兄长说治疗我眼病是桩小事之后，我丈夫的心仿佛高傲得飘飘然了。我眼睛不断流水，越流越多。它的真正原因，我丈夫或兄长却都不明白。

我丈夫去医学院。下午，我兄长突然不期而至，带来了一位大夫。大夫诊察了我的眼睛，郑重其事地说："再不小心对待，病势将不可收拾。"说完，他开了一个药方。我兄长马上派人去买药。

大夫走后，我恳求哥哥说："哥哥，我伏地向你请求，不要干预对我的治疗。你私自请医生来诊治，会引来祸水的。"

从童年起，我就异常惧怕哥哥，令人惊讶的是，我现在竟敢在他

献眼 · 257 ·

面前说这样的话。但我十分清楚，兄长瞒着我丈夫，替我安排治疗，这本身并不是件消除我不幸的吉祥行动。

哥哥恐怕对我的想法感到吃惊，沉吟了片刻，说："好吧，今后我再也不带医生来，但配来的药，你要按大夫的嘱咐，服完它！"说毕，他怏怏离去了。

我在丈夫从学院归来之前，拿起药瓶、涂药水的火柴杆和说明书，匆匆忙忙地扔进院内的水井里。我丈夫仿佛不满我兄长的干预，他发狠地致力于我眼病的治疗。他用尽了各种治疗方法，眼睛绑上纱布，戴上有色眼镜，滴眼药水，涂眼药膏，尽管我肚子饱饱，他还让我喝已有腐臭味的鱼肝油。

他每次从医院回来，就关切地询问："感觉如何？"我总是回答："好多了。"我自欺欺人地想，自己或许正在好转。当更多的眼水从眼眶中涌流出来时，我聊以自慰地想："出水多，可以洗涤眼里坏的杂质。"眼里减少了眼水，我又得意地遐想："现在可好了，丈夫真有妙手回春的医学技术。"

但是过了一些日子，眼痛变得难以忍受。眼前一片黑暗，视觉泯灭。夜以继日的头痛，更使我苦恼不堪。我觉得，我丈夫也仿佛十分惊骇，面如土色。我猜测他借此要请医生，我顺水推舟说："为了抚慰我兄长的一片好心，请一次医生来诊察，究竟有什么坏处呢？他正生着气，我心里也挺难受。当然，你的治疗技术比别的医生要高出一筹。"

丈夫说："你说得对！"就在那天，请一位英国医生来诊治。我无法探听到他们在谈论什么，但仿佛大夫在责骂我丈夫，他低垂着脑袋，畏缩地站着。

英国医生走了，我拉住丈夫的手，说："从哪儿抓来这般粗野无礼的白色蠢驴？本国高明的医生有的是。难道他能比你更了解我的病情？"

丈夫嘶哑了嗓子，说："眼睛需要动手术。"

我佯装生气地说："动手术，你早已判定，但你却一直瞒着我。难道你以为我像小孩一样，感到害怕？"

丈夫的羞愧顿时烟消云散，他又神气活现地说："人群中听了动手术，不感到害怕的英雄豪杰有多少？"

我开玩笑地说："男人们的英雄本色只在女子面前显露。"

须臾，丈夫沮丧而严肃地说："说得对，男人的傲慢就是一切。"

我打消他那一本正经的表情，说："难道在傲慢里你们男人能战胜女人？胜利是属于我们女人的。"

这时，兄长来了。我把他叫到一旁，说："哥哥，依照你那位医生的吩咐行事，我的眼病已明显好转。但有一天，我误把吃的药，涂在眼上。从那时起，我的眼睛好像破裂了似的。我丈夫说，必须叫人动手术。"

兄长懊丧地说："我原以为，你丈夫在治疗。我为此生气，不来看望你。"

我忙说："不，我可没有对任何人讲。神不知鬼不觉，我遵循那个医生的嘱咐服药。连丈夫也没告诉，我真怕他生气。"

女人哇声坠地之后，就学会撒谎的本领。她既不想使兄长痛苦，也不想降低丈夫的威信，作为母亲，要使怀里的婴儿开心；作为妻室，要使婴儿的父亲称心如意——因而，女人需要如此欺骗。

这种骗局产生了效果：失明之前，我能看到自己兄长和丈夫言归于好。兄长想："秘密治疗，才造成这个不幸。"丈夫想："悔恨当初不听从兄长的劝告，否则万无一失。"两颗不屈的心，暗自忏悔着，互相越发靠拢。丈夫开始听取兄长的意见，兄长也谦和地支持丈夫处理各项事务。

　　最后，一个英国医生依照两人的意见，割治了我的左眼。虚弱的眼睛不堪忍受如此打击，它仅有的微弱光芒，也顿时消失了。随后，另一只眼睛也渐渐地失明了。在童年时代，新婚夫妇拜堂相见的日子里，那位披着月光清辉的年轻而俊秀的形象，曾闪现在我眼前；如今，在那个形象上，仿佛落上了一层永恒的帘幕。

　　有一天，丈夫走到我床跟前，说："现在，我不该装腔作势对你说假话，是我弄坏了你的双眼。"

　　我觉得，他的嗓音被眼泪噎住了。我用手握着他的手，说："干得出色，你取走了自己的东西。你思量过吗，如果别的医生动手术，弄瞎了我的眼睛，这样，我怎能得到慰藉呢？如果命运决定，任何人都不能挽救我的眼睛。我感到心满意足的是，我在你的手里眼睛失明了。当膜拜的莲花缺少时，罗摩掏出了自己的双目，奉献给神明。我把自己的双目，也献给神明。我把自己望见的月光，自己的晨曦，自己天空的蔚蓝，自己大地的青葱，统统奉献给你。当你看到使你欢愉的东西，请讲给我听，我将根据你的描述，获得使你视觉欢愉的神圣礼物。"

　　我不能说那些无法上口的话，尽管我朝朝暮暮想着这些话，当我感到悲哀，信念暗淡下去，为不幸被剥夺而痛苦时，我对自己的心说：依仗安宁、虔诚，努力升华自己，超越自己的痛苦。说了这番话之后。我保持了沉默,我已向他叙述了自己心灵的情愫。

他说:"古玛,我愚蠢而执拗地毁了你的眼睛,如今我再也不能使它们复明。但我能做一件事:我要永远留在你身边,帮你弥补视觉的丧失。"

我说:"尽说些无用的废话。你将把自己的家庭,变成一座盲人医院,我无论如何也不能同意。你应该再娶。"

为什么再娶是极端必要的,就在我详尽解释之前,我的喉咙仿佛哽咽住似的。咳了几声,镇定一下情绪,欲将开口——

我的丈夫急促地说:"我愚蠢,骄横;尽管如此,我不是伪君子。我亲手弄瞎了你的眼睛。最终由于这个缺点,抛弃你,重娶老婆。那么我对家神戈比纳塔起誓:谋杀梵天、谋杀父亲的极大罪恶,将降临我头上。"

我捂住他嘴巴,不许他起如此可怕的誓言。但我的心欣喜若狂,眼泪堵住了我的嗓子,那种难忍的喜悦之泪,竟使我说不出话。由于无限幸福的激动,我把头埋在枕头里,情不自禁地哭泣起来。我是瞎子,他却不嫌弃我,紧紧拥抱着我。我没有奢望那样的幸运,但心灵是贪婪的。

第一遭泪雨过后,我把他的头移开自己的胸膛,说:"你为什么要起那样可怕的誓言?我叫你再娶,难道为了你的寻欢作乐?不,我思量过,她能帮你做我从前未失明时所做的活。"

丈夫说:"那些事可吩咐女佣去做。你以为我真发狂,找个女奴来我家,拜堂成亲?难道我能叫她与你那样的女神,共享宝座?"

当他说到"女神"这词儿,捧起我的脸庞,在我的额上亲了一个温柔的吻,那个吻仿佛开了我第三只智眼。就在那一刹那,我仿佛真以女神身份,登上了宝座。

我暗自思忖:"这很好,因祸得福,我失明了,不能成为凡夫俗子的妻室。现在就驾凌于人寰之巅,成为女神,祝福丈夫。"现在不是幻觉,不是欺骗,一个家庭主妇的卑微低贱,全都消失了。

那一日,整整一天,内心充满着冲突。迫于重大誓约,丈夫将不能再娶,这种幸福好像揪住了我,怎么也不放开。今天,在我内心出现了新的女神,她说:"那个时候也许会到来,当你丈夫以为,要获取幸福,只有取消誓言重娶。"但我内心的妇人说:"敢情好!但他已起了誓,不能再娶。"我内心女神说:"那倒也是。但这里面没有你高兴的任何理由。"内心的妇人说:"我一切都明白,但他已起了誓,那时将……"她一遍又一遍重复着这句话。那时,女神静默无言,紧蹙着眉头。我整个的内心已经给这个可怕的怀疑的黑暗包围了。

我丈夫不许男女用人服侍我,准备亲自侍候我。起初,我异常高兴,因为丈夫一直在我身旁,而且失明以来,我要和他在一起的愿望越发强烈。从前落在我眼里的丈夫的幸福,现在其他感觉器官努力分摊它,并扩大自己所领受的部分。现在我的丈夫,大部分时间花在外面工作上。他不在我身边,我觉得好像悬挂在虚空中,而且失掉执据任何东西的感觉。

从前,丈夫从学院回来迟一点,我打开窗户,眺望街心。我通过眼睛,把自己与他所活动的世界联结起来;如今没有了视觉,我却用整个身心去探寻他。架在他的世界和我的世界之间的主要桥梁,如今已经塌陷了。现在,我和他之间形成了一条难以逾越的鸿沟。我束手无策。只能怀着痛楚的心情，盼等他从他的岸边，再爬回到我的岸边来。正因为这个原因，现在当他离开我一会儿，我瞎眼的身子就猛扑过去，抓住他，号叫着，呼唤着。

但是，这样强烈的盼望，如此依赖，是不好的。本来，压在丈夫头上的妻子的重负，已经够多了，不能再在他上面压上我失明的重负。我自己载运自己的这个广漠黑暗。我虔诚地发誓——我将不通过自己这个无限的黑暗鸿沟，把自己与丈夫联结起来。

我在短暂的时间里，学会了通过触觉、听觉和嗅觉，去完成日常的全部家务，甚至比从前更灵巧地完成这个大家庭的事务。现在感到，与其说视觉帮助我工作，毋宁说它常使我心烦意乱。当眼睛守卫着，耳朵就懒散，它们不去听闻应当听的东西。所以现在没有不守安分的视觉，所有的官能都安静、圆满地履行自己的职责。

现在，我不让丈夫做自己的任何生活琐事，我又像从前一样为他做一切家务。

丈夫对我说："你剥夺了我的忏悔。"

我说："你的忏悔，我不晓得。但我为什么要增加自己罪恶的重负呢。"

可以说，当我解放了他，他呼吸了自由的空气，维护一辈子为瞎子女人服务的诺言，这不是男人的职责。

二

通过了医学考试，我丈夫带我去城郊小镇行医。我来到乡村，仿佛回到了母亲的怀抱里。八岁时,我离开乡村,到了大城市。在十年光阴里,诞生地像阴影一样,在我心里模糊不清了。在未失明时,加尔各答的忙碌而喧闹的生活淹没了我对往昔的回忆。一失明,我恍然大悟,加尔各答仅仅是诱惑我眼睛的城市,不能满足心灵的要求。一失明,我童年生活时期的乡村景象,又像白天告终,而在黄昏天际中闪烁的星辰一样,出现在我心里,熠熠发亮。

在九月的最末几天,我们去哈辛普尔。这是我从未到过的新地方,四周的环境如何,我无从知道。但童年时代的那种芳香和幸福感觉仿佛从四面八方围扰着我。从新耕耘的浸沾着露水的田野里散发出来的清新的泥土气息,金黄色莱芥田里弥漫空际的柔软而甜蜜的芳香。牧童的悠扬的歌声,还有碾在土路上的牛车吱嘎声,使我高兴得忘乎所以。自己早年生活的回忆,用不可名状的声响和芳香,像现实一样包围住我,而瞎眼是无法抗拒它的。我回到了自己美好的童年时期。但母亲再也不能和我在一块了。

我仿佛看到了我的家,看到了那些沿着村边岸畔长着的参天大树;我在心里描绘着:外祖母散披着几束稀疏的头发,背着太阳,坐在后院里,正捣碎做饭菜用的扁豆。但听不到她用柔和而颤动的微弱声音,低吟本乡和尚帕琼达斯的宗教歌声。新谷进仓的欢乐典礼在冷季浸透露水的天空下苏醒,但在轧机房里,轧碾新谷的人群中,已无法和自己童年时代的女友相会。黄昏时分,从附近飘来牛的哞叫声。那时刻又回忆起,妈妈擎着晚灯,点亮了牛栏里的烛光。同时,潮湿的青草味,麦秆燃烧的辛辣烟气,仿佛蹿入我的肺腑。我仿佛听到从水池岸畔的维卡尔伦加尔的庙里传来了清脆的铜钟声。不知是谁,从我八年童年生活中筛滤了它的整个臃肿的东西，仅仅在我的周围，留下了它的情味、芳香。

　　同时，我也依稀记起童年的山盟海誓，挑摘鲜花，膜拜湿婆之神的情景。不得不承认，加尔各答的闲聊，扰乱，人来人往的喧哗，使理智也变样了，宗教职责也不是白璧无瑕的真诚。我记得，有一天，失明之后，我乡村的一个女友来加尔各答看望我，说："古玛，你那么无动于衷，不愤慨；换了我，一定不给这样的混账丈夫赏脸。""姐姐，我自己瞎了眼，已够作恶了，我怎能忍心再增加丈夫的烦恼呢？应该生不幸眼睛的气，然而干吗生丈夫的气呢。"不在适宜时间，请大夫诊断，拉沃叶对此十分生我丈夫的气，也竭力激怒我。我解释道："待在家里，总会发生些情愿与不情愿、知道与不知道、清醒与迷惘的那种痛苦与幸福事儿，但如果心里存在虔诚情感，那么在痛苦中也会得到安宁。否则，只能在愤怒争吵、妒忌仇恨、唠唠叨叨中讨活。我眼瞎了，固然是个大痛苦，但现在我有什么必要去仇视丈夫，加重痛苦的分量呢。"从像我那样的姑娘嘴里，听到如此守旧的话，拉沃叶蔑视地摇着头，愤然离去。她的话尽管有刺儿，但绝不是毫无道理的。拉沃叶这席话在我心底里燃起了火苗，我用脚去踩灭，仍有一两颗火星漏网。

　　你所看到的加尔各答，每天发生着无休止的争吵，数不尽的纠纷。在那里耳濡目染，心很快变得冷酷无情。但我一回到乡村，膜拜湿婆神的清新莲花香扑鼻而来，我的全部希望和信念，犹如我童年时代一样新鲜和光亮起来。由于上帝降临我身上，我的心和世界得到了充实。我跪在地上，低垂脑袋，说："哦，我的神！这个安排很好，你取走了我的眼睛,你却伴随着我。"

天哪!我说错了。说"你伴随着我"的话是多么放肆无礼。我只有说"我伴随着你"的权利。啊呀!总有一天,我的神明让我拉长脖子说这句话。哪怕我什么都丧失,我仍将活下去。没有在谁的头上,施加任何压力,只在我头上施加压力。

三

我们十分愉快地生活着。我丈夫医道上的名声与日俱增,金钱也接踵到手。

但灾祸却存在于金钱之中。由于金钱,心受压迫。当心灵统治时,他能自己创造自己的幸福,但当金钱承担创造幸福的重负,心灵就没有任何意义。那时,存在心灵幸福的地方,给堆积如山的货物占有,物质替代了幸福。

我不能指出任何特别的事或话,但盲人具有感觉敏锐的力量。所以天晓得什么原因,我清楚地知道,随着家境富裕,自己丈夫也在变化。

当他年轻时,我丈夫还有判断是非曲直、吉凶善恶的理智。现在,这种判断的理智似乎一天天变得迟钝起来。我记得,有一次他跟我说:"我不单单为糊口度日而学习医业的;我要通过它,为普天下的穷苦人服务。"当他叙述那班医生即使已走到垂死人跟前、不见钱就不肯诊断的情形时,他的嗓音由于愤怒而哽咽。我懂得,那种日子现在已一去不复返了。

一个穷苦女人为保住自己独生子的生命，苦苦央求他，他不屑一顾。最后，我自己恳求他去帮助，他才草草诊断，敷衍了事。

当我们手头缺钱时，我的丈夫厌恶贪婪金钱的行为；但当他在银行里存有大笔款项时，他经常与富人管家在家里密谈。我如坠入五里雾中，全然不知他们谈论的内容。但一旦那人离开之后，丈夫走到我身边，兴高采烈地议论各种事。那时，我通过内心的感觉力量，明白丈夫今天又被玷污了。

失明之前，我最后一次所看到的丈夫形象，现在在哪儿？那个曾吻过我失明的眼睛，把我扶上神明的宝座的丈夫，现在在哪儿呢？一个被突如其来的情欲狂风，吹倒在尘土中的人，也能被好品质的新的强烈推动而站起；但是，那些具有精神道德的人，倘若一天天长满从外界来的寄生虫，就要吞噬着自己的内心生活。我寻思医治它的办法，但一筹莫展，毫无办法！

不能亲眼看到与丈夫的隔阂，无关紧要，但我意识到，自己不能和丈夫在一起，我才悲恸欲绝。我是个瞎子，我带着自己青春时期的新鲜的爱，永恒的虔诚，不可动摇的信念，坐在失却世界光明的内心门槛上——在生活开始时，我曾用娇嫩的手掌，捧着莲花祭品，奉献给自己的神明，那些鲜花上含沾的露水，至今没有干涸。而我的丈夫抛弃了绿树成荫、永远清新的家乡，为挣钱而到处奔波；在人寰不至的荒原里，真不知道他将落脚在何方！我所信仰的东西，称之为道德的东西，理解为比一切享受和财富还要宝贵的东西，他都加以嘲笑、蔑视。但曾经有过没有隔阂的日子，在青春开始时我们旅行在同一条路上；以后，什么时候道路有了分歧，他无法知道，我也不晓得。最后，事到如今，我仍没有得到对他呼唤的回答。

我有时思忖，也许由于失明的原因，我把区区小事，看得过于严重了。倘若有视觉的话，我也许依旧感到，世界仍是圆满无缺的。

有一天，我的丈夫也解释过这点。一天清晨，一个年迈的穆斯林长者，来请他去医治孙女的霍乱病。我听到他说："孩子，我是个穷人，但真主会保佑你的。"我的丈夫说："真主保佑对我毫无用处，首先我要听听你的打算！"一听到这话，我就想："神明使我变成瞎子，但为什么不使我变成聋子？"老人叹了口长气，说了声"哎，真主"，离开了。那时，我差遣女仆，叫唤他到内室窗户底下。我说："大伯，我愿为你孙女负担医疗费用，请拿钱叫高明医生治病，也请祝福我的丈夫，吉祥如意！"

我整天觉得饭菜没有味道。下午，丈夫从睡眠中醒来，说："你为什么不高兴？"我像往常一样，习惯地回答："没有，没有什么事。"但过了一会儿，我开诚布公地说："多少日子以来，我总想对你说，但张口说时，又不知说什么。我不知能否掏心里的话。你心里一定清楚：我们开始一块过的那和睦生活，如今已有裂痕了。"丈夫笑着说："变化是世界的规律。"我说："金银财宝，容貌青春，所有东西都在变化，但难道永恒的东西一点儿也没有？"那时，他严肃地说："你看，其他妇女为实际的贫乏而痛苦着——哪一个丈夫不挣钱，哪一个丈夫不钟情？你正在创造幻想中的痛苦。"

我那时全然明白了："盲目在我眼里投上了一种乌烟，把我置身于这种迅速变化的世界之外，我确实不像其他女人一样，丈夫也不理解我。"

四

这时,我丈夫的姑母从乡村来探听自己侄子的消息。我们俩向她敬了礼,她劈头一句话:"听说,媳妇,你不幸地丧失了眼睛。现在,我的阿维纳什怎能依靠瞎眼妻子操持家务呢?你应该让他再娶!"如果丈夫取笑说:"对,姑妈,你已耳闻目睹,请帮助修正这种关系吧。"那么一切都明白了。但他踌躇不决,含含糊糊地说:"你果真这样认为吗?当然,姑母,你不要说这样的话。"

姑母回答:"为什么,难道我说得不合适?好吧,媳妇,请你说说!"

我勉强地笑了笑,说:"哦,姑妈!你和那些具有权力的人商议,不是更好吗?解铃还须系铃人。"

姑妈温和地回答:"好,说得在理。往后,我单独地同你商量。阿维纳什,你的意见呢!我还要指出,媳妇,高贵家庭的姑娘有多少妾伴,她丈夫的荣光就会增添多少。我的侄子如果不行医成亲,难道他要担心糊口度日吗?高贵家庭的女子从来不因造物主的诅咒而死去。只要她活着,她丈夫就会万事亨通。"

两天之后,我丈夫当着我的面,询问姑妈:"姑妈,像亲戚一样帮助照料媳妇,你能够找到那样清白人家的姑娘吗?她双目失明,倘若有个人永远陪伴着她,我就宽心了。"当我刚瞎眼时,假如他说那样的话,我即刻就去死。但现在尽管双目失明,我家庭生活没有感到特别不便。不过我没有提出异议,只是缄默不语地待着。

姑妈说:"怎么会少呢?我哥哥有一个姑娘,长得如花似玉,犹如仙女。姑娘也到出阁的岁数,正希望寻觅一个合适的丈夫。倘若得到你那样高贵的人,现在就可成亲。"

丈夫假装踌躇地说:"谁说成亲?"

姑妈说:"我的小兄弟,不成亲,清白人家的姑娘怎能光顾你家?"她的话是有说服力的,丈夫羞怯地沉默不语。

我孤独地站在自己关闭了双目的无限黑暗里,抬头向天呼唤:"神明,保佑我的丈夫吧!"

过了几天,一个清晨,我做完祈祷正往外走,姑妈叫住我说:"媳妇,我所提的我兄长的姑娘海玛基妮今天已从家里来这儿。海玛,这是你的姐姐,向她致礼!"

正在这时,我的丈夫突然闯进来,好像看到了陌生女人,他假装吃惊,马上拔脚,准备转身。姑妈说:"阿维纳什,到哪儿去?"

丈夫问道:"这位是谁?"

姑妈说:"这就是我兄长的姑娘,海玛基妮。你何必躲避,海玛,向兄长鞠躬。"

他仿佛十分惊异,连续询问她父母的情况,问她是谁带来的、路途情况怎样,等等。

我暗自说:"我明白所发生的一切。但他们何必略施小计呢,做些偷鸡摸狗的缺德事,说些虚情假意、冠冕堂皇的话儿。为什么为自己不安,为我而低三下四呢?为什么为迷惑我,做出虚伪的举动呢?"

我拉着海玛基妮的手,把她引进自己的卧室,用手轻轻抚摸她的身子和脸庞。脸孔也许长得十分标致,年龄也许不会小于十四五岁。

当我审察她时，姑娘突然发出甜蜜的爽朗笑声，说："你这是干什么，难道你在催眠我？"

她那天真无邪的自由笑声感染了我，驱散了我心灵上的乌云。我用手臂挽住她的脖子说：

"我想看看你，妹妹。"说着，又在她柔软滑润的脸蛋上抚摸。

"你想看什么？"说着，她又爽朗地笑起来，"我难道是你菜园里的豆荚或茄子，用手摸摸，我究竟有多大？"

那时，我突然意识到我是瞎子。海玛基妮并不知道。

我说："妹妹，我是瞎子。"

听后，她惊愕沉默了一会儿。我十分明白，她正用自己热情而年轻的大眼睛，窥视着我失明的眸子和我哀怜的表情。接着，她气急败坏地说："哦！就为这个原因，叫婶母来这儿？"

我连忙解释道："不，我没有叫她来，你婶母自己来的。"

女孩讥讽地笑着说："这正是我婶母的拿手好戏。不请自投门！现在她既来之，你甭想赶她走，这我可以担保的！但父亲为什么让我来这儿呢？你能告诉我原委吗？"

这时，姑妈与我丈夫进行了长时间交谈之后进了屋。一见她，海玛基妮就嚷："婶母，你说，我们什么时候回家？"

姑妈说："你这个死丫头！刚歇脚，就吵嚷着回去。我从来没有见过那样不安分的姑娘。"

海玛基妮说："对于你固然是对的，因为这家是你的近亲，但与我有何相干？你想在这里住多久就住多久，我可要回去。我已明白地告诉了你。"说完，拉着我的手，说："姐姐你说，你是否像我亲生的同

献眼 · 271 ·

胞姐妹？"

我没有回答她的简单问题，而用胸膛拥抱了她。

"请看，姑妈尽管是多么有办法，但她无力控制这位姑娘。"

姑妈没有明显地表示愤怒，反而向海玛基妮表示格外的亲热。但海玛仿佛从自己身上掸去灰尘一样甩开她。姑妈像得宠的姑娘要玩耍一样，撇开一切话题，搭讪着走开了。然而她不知想起了什么，又返回来，对海玛基妮说："海玛，走，该是你洗澡的时刻了！"

海玛走到我跟前说："我们俩一块去岸畔洗澡，姐姐你愿意吗？"

姑妈尽管不甘心情愿，也只好作罢。她深知，海玛基妮是不好惹的，她会在竞争中获胜的。她们之间的对立明显地披露在我面前。

走到后面的岸畔，海玛基妮问我："你为什么没有子女？"我微笑着说："为什么？我怎么知道，神明没有赐予吧。"

海玛基妮说："不，这不是理由。你必定犯过什么罪。你看我的婶母，她没有子女。这必定是她存心不良。但你有什么邪念呢？"

我说："谁知道各自心里的盘算。"

姑娘用权威口吻说："你看见吗，婶婶是那么狡猾，子女绝不会从她肚里诞生。"

我自己不知道善恶、喜哀、褒贬之间的秘密。女孩也不知道。我只是叹了口长气，暗自对她说："我的上帝！只有你知道这个原因。"

海玛基妮突然拥抱我，笑着说："你竟也对我的话悲叹起来！不要认真看待我的话。"

她的笑声又一次飘到对岸。

五

我觉察,丈夫医业里有了障碍。他拒绝去远处出诊;在近处,也马马虎虎诊断完就回家。从前,整天在医疗室里工作,只午饭和睡觉时才进内屋。现在,姑母不召唤,他也多余地常去问候姑母。姑母一看到机会,就说:"海玛,拿我槟榔小盒来。"我知道,我丈夫准在姑妈屋里。起头两三天,海玛基妮遵命去拿槟榔小盒、油瓶、朱砂盒等什物;但后来,不管如何叫唤,她懒得动弹了,打发仆人把要的东西递送过去。当姑妈使劲叫唤:"海玛,海玛……"姑娘仿佛为了对我表示怜悯,紧紧偎贴着我。一种忧虑和悲哀似乎总纠缠着她,从此,她也不在我面前提及我丈夫的事。

这时,我的哥哥来看望我。我懂得,哥哥的目光是敏锐的,事情瞒过他是不可能的。他又是位严厉的思想家,从不姑息一丝半点儿的缺德事。我最害怕自己丈夫像罪人似的站在他跟前。现在,我装得若无其事,显露出不自然的笑容,想瞒住全部情况。我滔滔不绝地讲话,来回忙碌,似乎要把四周的灰尘都抹去。但我又提心吊胆,可别做得太过分,露出破绽。

兄长没有住多久,因为我丈夫表示了不耐烦,对他很冷淡。兄长在告别前,以充满慈爱的心,用颤抖的手指久久抚摩着我的头,他的内心祝福我什么,我是清楚的。他的眼泪滴落在我沾满泪水的面颊上。

我记得,四月的一天黄昏,赶集的人已陆续回家。雨云从远处席卷而来，被一阵瓢泼大雨灌饱的泥土芳香和清新空气，散布在空间。落后的同伴，在漆黑的田野里相互惊恐地呼应着。我孤独地待在黑暗的卧室里，没有点燃烛火，生怕火苗燃着衣服罗衾，或引起其他不幸事故。我坐在空寂的黑屋地上，双手合十，呼唤自己无限黑暗世界的主宰："神明，当我不能领受你的怜悯，当我不能理解你的意图，我将用生命，用手紧握着孤立无援的破碎的心灵小舟之舵！尽管手磨破出血，风暴仍没有停息。现在，还要考验多久，我的力量还能持续多久！"

说着说着，我泪如泉涌，把头埋在枕头里，悲恸地痛哭起来。

整天，我得干家务。海玛基妮如影随形。我想找个机会，痛哭一场，都没有如愿以偿。这么多天之后，今天才算痛哭了一场。突然发现，床有些摇晃，有人走动的响声。顷刻间，海玛基妮走来，挽住我的脖子，用自己的衣裙默默地拭擦我噙满泪水的双目。不知道她思索什么，黄昏时就倒在床上，睡着了。她没有提任何问题，我也没有说任何话。她又用自己的冰冷柔和的手，抚摩我的额头。这期间，什么时候风紧随着雷鸣电闪和倾盆大雨而起，我一点儿也不知道。多少天之后，一种温柔的宁静冷却了我发热而痛苦的心。

翌日，海玛基妮说："婶婶，如果你不回家，我可与仆人一道回家了。我郑重地给你讲了。"

姑妈说："你着急干吗？我明日也起程，一块走吧。海玛，过来看，我的阿维纳什为你购置了一个多么精致的宝石戒指。"带着得意感情的姑妈，把戒指放在海玛基妮手上。

"看呀，婶婶，"她回答道，"看看我打靶的本领多么高超。"于是把戒指投到后院的水槽里。姑妈惊异、恼恨,气得毛发耸立,好像一只刺猬。

她抓住我的手,反复说:"媳妇,小心点,可别把这种孩子气告诉阿维纳什。我的孩子将会伤透心的。你对我起誓,媳妇?"

我说:"姑妈,不必多说,我不会多嘴的。"

次日,行走前,海玛基妮抱住我:"姐姐,记住我!"我用双手不住地抚摩她的脸庞,说:"盲人什么都不会忘记的,妹妹。世界不是属于我的,我只能依靠心灵活着。"说毕,我捧着她的头亲吻。大颗的泪水,吧嗒吧嗒滴在她的发束上。

与海玛基妮分离之后,我的世界索然无味,——她注入我生活里的芳香、优美、音乐、光亮和青春失去之后,我向四周伸开了双手,看到了自己的整个世界。啊,我在什么地方?

我的丈夫走进屋内,佯装高兴地说:"这些人走了,我总算获得了自由,获得了工作的机会。"

我受到了侮辱,他为什么要对我耍滑头呢,我难道害怕真情?我什么时候害怕过打击?我丈夫难道不知道,我献眼时,以多么平静的心情,接受了永久的黑暗!

这些日子以来,我和我丈夫之间早有一层黑暗的帷幔遮住,现在又增添了一层。我的丈夫从来不在我面前提起海玛基妮的名字,仿佛海玛永远从他有联系的世界中消失了,好像她在哪儿都不露一丝踪影。但是,通过信件,他一直打听她的情况。

我忽然觉得,正如水池里的水稍许上涨,莲花的茎梗就会紧张一样,丈夫内心稍许流露出喜悦的神情,我就会用自己的心灵神经触觉感受到它。他什么时候获悉信息,什么时候没有获悉,我都了如指掌。但我无法向他探听她的情况。我的生命一直渴望得到她的音信和同她叙谈的机会,她曾经给我充满黑暗的心灵,带来了陶醉、自由、光亮和优美的信息。但我在丈夫面前,没有权利提及她的名字。这种弥漫着痛苦的枯燥乏味,以毫不动摇的姿态,充塞在我们两人之间。

四月的一天,女仆来问我:"码头上正热闹地准备船只,老爷不知要到何方去!"

我早预感到,一场密谋行动正在进行。在我命运的天空里,几天来出现了一种山雨欲来的难堪寂静,以后,世界末日的乌云盖住辽阔的天空。毁灭之神使用无情的手,指示整个毁灭力量,排山倒海地压在我头顶。我对女仆说:"去哪儿,我至今没有得到任何消息。"

女仆再也没有询问其他问题的勇气,深深叹了口气,走了。

深夜,我丈夫煞有介事地来告诉我:"我得到很远的一个地方去出诊。明早天一亮,我就得启程,恐怕至少要两三天才能返回。"

我从床上霍地跃身起来,说:"为什么要对我说假话?"

我丈夫用颤抖、含糊的声音说:"什么假话?"

我直截了当地说开了:"你正去成亲。"

他缄默无言,我也站着不动。死一般的寂静凝住在屋宇有好一会儿。最后我开口:"请回答!你说:'是,我正去成亲。'"

像回声一样,他机械地发出:"是,我正去成亲。"

我说:"不行,你不能去。我要把你从这巨大灾祸、巨大罪恶中拯救出来。倘若我不能这样做,我怎么是你的妻室,我又为谁膜拜湿婆之神!"

然而又好长一会儿,整个屋宇没有一丝声音。我伏在地上,抱住丈夫的腿说:"我对你犯了什么罪过,犯了什么过错,你有必要去再娶第二个女人?你对我起誓,老老实实说!"

于是,我丈夫吞吞吐吐地说:"说真的,我害怕你。你的黑暗把你隐藏在一个无限的帷幕里,我又没有力量步入里面。你是我的上帝,你对我来说像神明一样可怕,不能携带着你,做日常的事。我要的是这样一个普通的女人,能与她闲聊,能对她发脾气,能尊重她,能为她制作首饰……"

哎!我的心碎了!我也正是一个平常的女人——此外,我算别的什么东西呢?当初我出嫁时,我也是一个女孩子,满怀着一切信仰、信托和崇拜的愿望,憧憬着丈夫的恩爱。

"你透过我的心仔细瞧瞧!我是个普通女人,我心里除了装着那新婚姑娘的情愫之外,什么也没有。我渴望信赖、依靠、膜拜。而你却侮辱了我,给我难以忍受的痛苦。请你在自己脚下,给我一席之地吧!"

我说了什么,什么也不记得了。惊骇的大海,难道自己能够倾听到自己的吼声?我又说:"我是忠贞的,上帝是证人。你无论如何不能践踏自己履行职责的誓言。当你要犯渎神的罪过之前,我将成为孀妇,海玛基妮将会死去。"

说了这番话,我昏厥过去。

当我苏醒时,快近黎明。鸟儿还没开口,我的丈夫却不翼而飞了。

我关上祈祷室的门,坐着祈祷。整日,我没有出户一步。黄昏时分,雷电交加,狂风大作,大雨如注般倾泻着,整个屋宇被震撼着。我虽则坐在神像前,但没有说:"哦,神明,我的丈夫此时此刻在激流之中,请保佑!"我只专心一意地说:"神明,我命中注定的,就让它去吧。但请把我丈夫从罪恶中拯救出来!"

整个夜晚消逝了。第二天,我也没离开坐毡,在这失眠的、不进一口食的情况下,不知谁给了我力量,我在石像面前,也像石头偶像一样一动不动地坐着。

黄昏,叩门声纷然而至。有人打开门,潜入屋内。我当即昏迷过去。

苏醒以后,听到"姐姐"的叫声,发现我躺在海玛基妮怀抱里。一动弹,就响起新娘红绸衣服的声。哎,神明没有听见我的请求,我的丈夫堕落了。

海玛基妮低垂着头,羞怯地说:"姐姐,我是来向你讨取我新婚的祝福。"

瞬间,我呆若木鸡。不一会儿,我好像触电一样倏地跃起,说:"我为什么不给你祝福呢,妹妹,你有什么罪过?"

海玛基妮仍发出她那悦耳的笑声,说:"罪过?你结婚不犯罪,我结婚就犯罪?"

我拥抱了海玛基妮,不禁哭出声来。我心里说:"难道在世上我的请求是最大的,丈夫的意愿仍没有成全?五雷轰顶落在我的头上吧,但不能落在我的职责、我的信念上。我照样要活下去。"

海玛基妮向我致触脚礼,拂去我脚上的灰尘。

我祝福说:"你将永远幸福,永远幸福!"

海玛基妮说:"不仅是祝福,你应该说愿我们快乐圆满,用你的圣洁双手,迎接我的丈夫到你家来。"

我坐下来,满口允诺:"带进来吧!"

不一会儿,新的步履声进入我屋子,听到温柔的问话:"古玛,你好吗?"

我大吃一惊,像离弦的箭,重新跃身而起,说:"哥哥!"

海玛基妮笑着说:"你还称他为哥哥?笑话!现在叫他小兄弟吧,搓搓他耳朵,挠挠他吧。他现在和我结婚,是你的小妹夫啦。"

那时,我才恍然大悟。从前我知道哥哥的誓言,他不娶亲。因为没有了妈,无人为他祝福,让他成亲。现在应该让我祝福。我的泪水夺眶而出,怎么也阻止不了。兄长轻轻地抚摸着我的头,海玛基妮拥抱着我,一个劲儿笑。

晚间,我辗转反侧,带着热切期待的心,等待自己的丈夫归来。我无法想象,他如何消除自己的羞愧和失望。

夜已很深了,门慢慢地开了。我惊愕地坐在床上,谛听到熟悉的脚步声,心怦怦直跳。

他来到床上,抓住我的手,说:"你的兄长,搭救了我。我掉在一时的迷惑之中,正往死路上走去。那天,我登上小船,仿佛有一块铅重似的石头压在心上。当在河心中遇到急风暴雨,危及生命时,我想,沉下去吧,解脱一切烦恼,让我得救。船驶达默吐拉格,得悉前一天,海玛基妮同你兄长拜堂成亲了。我如何带着羞愧和幸福心情回到船上,实在说不清。在这几天里,我才懂得了,抛弃了你,我得不到任何幸福,你是我的女神!"

我幸福地笑着，说："不，我不希望成为女神，我是你的女仆，我只不过是个普通女人而已！"

丈夫说："你得同意我一个请求：永远不要称我为神明，不要让我羞愧得无地自容！"

次日，婚礼的喜庆声和海螺声，响彻整个街区上空。海玛基妮替我丈夫做饭，安排起居，收拾房子，尽情地开玩笑、逗乐。但他曾到什么地方去，发生过什么事，谁也一字未提。

丢失的宝藏

我的船只停泊在河岸的一个破旧埠头。太阳已西沉。

敞开的舱面上,船夫正在做祷告。他那无言的膜拜形象,宛如一幅肃穆庄重的画,镂刻在似火燃烧着的西方天幕上。河面没有一丝涟漪,无数斑驳的光点闪烁着,仿佛人们用深浅不等的笔触,涂抹上七色的光彩似的。

在埠头附近,有一座宅院,年久失修,到处呈现残垣断壁的破落景象。我独自坐在它面前、长着无数榕树根须的河边台阶上,心无旁骛,静听着蟋蟀的鸣叫。

我正欲拭揉干涩的眼睑,蓦然从头到脚打了个寒战,听到"你从哪儿来的,先生?"的话语。

我慌忙转过脸,看到一位文质彬彬、颇有修养的人。那个可怜家伙似乎过着半饥半饱的生活,骨瘦如柴。幸运女神也许对他不满,没完没了地斥责他、辱没他。然后,不屑一顾,永远地抛弃了他。

如同许多孟加拉邦的外省求职人一样,他长年不修边幅,满脸络腮胡子。看上去,他刚从办公室下班回来,应是用膳时刻,却到河边来呼吸傍晚的新鲜空气。

打过招呼,他走下台阶,坐在我身旁。我答道:"我从郎吉那儿来的。"

"做什么工作？"

"经商。"

"什么买卖？"

"丝绸、木柴的买卖。"

"我能问尊姓大名吗？"

我迟疑了一会儿，告诉了他一个名字，但不是我的真实姓名。

然而，无法消除善良人的好奇心，他又问道："您来敝地，有何贵干？"

我漫不经心地答道："换换空气，仅此而已。"

他略觉惊讶，说："哦，先生。我已经有六年光景呼吸这里的空气。每天还不得不用点奎宁。但我觉得，此地与彼地恐怕没有多大差异。"

我分辩说："贵地与敝地的空气有着天壤之别，这是毋庸争辩的。"

他愤然应道："不错，天壤之别！您借宿在哪儿？"

我手指向河前的那座破旧屋舍，说："我暂宿在那座庭院里。"

他有些疑惑的表情，仿佛我已经获悉这座破屋藏有金库似的。但他最终没有提出任何异议。接着，他给我讲述了十五年前发生在这座可诅咒的庭院里的漫长故事。

他是这里一所学校的老师。长年累月的饥饿和疾病，使他的脸庞消瘦，神情忧郁；秃顶下面的一双大眼，深陷在眼眶里，带着一种不自然的异光，燃烧着。说真的，见到他的这副模样，我不禁想起英国诗人柯勒律治所描绘的旧时代的水手形象。

船夫做完晚祷，开始做饭。黄昏的最后一抹霞光，在天穹中消失了。昏暗里，埠头正面荒无人烟的、残垣断壁的宅院，如同魔鬼矗立在黑暗之中。

教师开始讲述：

我来到这座村庄是十年之前，有一名叫帕利普什朗的人居住在这座庭院里。他的伯父杜尔格莫亨是个商贾，生意红火。钱财、土地、住宅，应有尽有。他没有后裔。他溘然去世，一切财富都归帕利普什朗所拥有。

但是，帕利有一个毛病，新时代的魔鬼纠缠住他。他知书达理，受过良好的教育，穿着锃亮的皮鞋，坐在办公室里，说着一口纯正流利的英语，脸上盖着长长的胡须。他接触的英国商人多了，受到了潜移默化的影响。他有些开窍，也有些呆滞。看上去，他俨然是位现代孟加拉人。

现在暂且撇开这些，现有一个严重的灾祸，降落到这个家庭里。他有一位姿色绝伦的夫人，在一所现代学院读书，那儿谁也不会去过问逝去的旧时代。她少许身体不适，马上召唤家庭医生，这样，鲜衣美食，金银首饰，一切都随时代的发展而发展。

我琢磨，您兴许早已成婚，所以，对你说这些话，是多余的。女人喜欢生硬柠果，辛辣食物，粗野丈夫。那个可怜的家伙，不算丑陋，也不穷，还有一副慈善心肠和单纯朴实的品质，但他失去了妻子的爱。

假如你试问，什么缘故。有关这方面的内容，我会琢磨出许多话题。缺乏风度和力度的男人是博不到女人的欢心，因而不会获得幸福的。小鹿磨炼自己的牝角，需要寻觅坚硬的树干，钻进香蕉树，碰到软绵绵的茎梗，它是不会获得快乐的。打从女人和男人有区别之日起。女人总是使用鬼蜮伎俩，甜言蜜语，使难以驯服的男人就范。她们聚在一起，总是津津有味地议论着如何驯服男人的技能；那些怀有心甘情愿进入女人手中控制脾性的男人，对女人来说是个十足的窝囊废。那些从祖母、外祖母、曾祖母、曾外祖母那儿学到的几千年沿袭的，制服伐楼拿、火神、蛇神的闪闪发光的传统武器，完全不中用了。

女人渴求用甜言蜜语，用自己的力量使男人就范，获取爱情；而丈夫若是位柔软心肠的好人，不给她显示女性魅力的机会，那么你应当懂得，他的命运将是不幸的，女人的命运也会比他更不幸。

如今，通过新文明的教育，男人已丧失了自然秉性，丧失了造物主所赐予的巨大残暴性，丧失了造物主赋予的勇气。现代夫妇关系是如此松懈，真是无法说清道透。可怜的帕利普什朗经历现代文明和英国文明机器的磨炼，已成为一个好心肠的男人。他既不能在事业上获得力量，又不能在夫妇生活里享受到幸福。

帕利普什朗的妻子莫莉玛莉没有做出任何努力，就获得了爱情；没有洒落多少泪，就获得了达卡和贝拿勒斯的纱丽；没有发怒，没有丧失自尊，就获得了手镯。这样，她的女人天性，她的爱，就英雄无用武之地了。她仅仅索取，什么也不付出。她的单纯朴直的丈夫认为，奉献是取得报酬的办法，给予是获得的方式。可怜的家伙，对这个问题的理解完全颠倒了。

这样，她把丈夫视为给予达卡纱丽和手镯的机器，这部机器不需要有人在它的车轮上加油。

帕利普什朗在家里从事商业贸易，为了生意事务，他大部分时间不得不留在这里。他母亲已故世，然而大姑、大姨等五个人住在这里。不过，帕利普什朗倒不是为了讨好大姑、大姨，与漂亮的姑娘结婚，把她们带到这儿居住。他把自己的妻子安顿在她们附近的一间房间里，与自己一起居住。妻子的权利与其他人的权利尽管是有区别的，但与五个人分开，单独与自己在一起，这样任何情况下都能对她加以严密控制，这可不是他的本性。

妻子平常沉默寡言，很少与四邻五舍的女人交际来往。逢年过节，给乞讨的婆罗门吃喝，或赐给毗湿奴女苦行者几枚铜板，这对她来说是不可想象的。任何东西都不会从她手里白白浪费掉的。除了丈夫的爱，一旦得手的任何东西，她都极其认真地一一核对，妥善保存好。最令人惊奇的是，她从来不轻易抛掷自己的青春和美貌，取悦人心。

人们常说。在二十四岁芳龄里，她只显示十四岁小姑娘那段的生硬的温柔。她的心宛如一个冰块，在她心底里没有煽情的任何余地，仿佛情窦没有开似的，犹同吝啬鬼，彻里彻外，小心翼翼地保护着自己。

造物主使默莉玛莉像垂挂着的缀满绿叶的成熟葛藤，但不让其开花结蕾，生男育女。也就是说，造物主没赐给她比放在铁柜里的红宝石、绿翡翠还要价值连城的、值得用生命去爱的东西；没有赐给她像初春升起的太阳那般温煦的热度，融化冰冷的铁石心肠的东西；没有赐给她如同在家庭氛围上，流淌着慈爱和温馨潮流一般的东西。

默莉玛莉是位女强人。她从不安置多余的奴仆；自己能做的事，不让人插手，捞取外快；她从不考虑别人，从不对别人显露爱意，一个劲儿工作，积聚财富；她没有病痛，没有伤感，没有思想。在获取最大极限的身体强健，在保持心态的绝对宁静，在积聚最大的财富方面，她都显露自己非凡的自制力。

这对大多数丈夫来说是够幸运的。不只是幸运，简直是福星高照。身上有谓称"腰"的地方，不疼痛就不会想到它。同样，只有用爱的鞭笞，才能在二十四小时里无时无刻能都感觉到，在家庭悲欢离合、嬉笑怒骂里给予温馨的妻子的存在，这个感觉的名称就是"家庭腰部疼痛"。最纯洁的贞操，对妇女来说或许是一种自豪，而对丈夫来说则不是一种享受，我坚持这种观点。

你能说清楚，从自己妻子那儿得到多少爱，难道夜以继日，精确地衡量它的分量是男人的工作？男女都有各自的工作，这是家庭关系的普通的算法。无言里有多少表示？公开里含有多少隐匿，显示里有多少暗示，细微里蕴含多少粗犷，狭窄里含有多少展延，意义里含有多少无意义，谁能说清楚呢。造物主不给人们对恋情的精细认知，认为没有必要赐予这种理解力。不过，我必须说，对男人的琐碎小事所表示的爱意或嗔怒，女人们都细细地掂量着其爱的分量。她们对自己人所说的话语中含有的真实意图，和真实意义中的确切话语，都像对待小孩皮肤汗毛那般细心梳理出来。主要因为男人的爱就是女人的力量，她们的生活事业就是依赖这个资本进行着的。因而，看到他刮起的风，她就在准确时刻，以正确方式扬起帆，驾驭着她们的船，泅海过江。所以，造物主把衡量爱的天平，垂挂在女人心灵上，而不给男子。

但如今，造物主所不施与的那种东西，男人们也会寻觅到。诗人拒绝上帝，把艰难地所获的那个带着随微风前后摇摆指针的天平，不假思索地交到大众手里。我不把过错推给造物主，它曾经塑造迥然不同类型的妇女，但现代文明想抹去那种千差万别。现在，妇女也变成男人，男人也变成女人。所以，宁和与幸福从家庭里消失了。现在，谁也无法确认，在良辰吉日时，究竟是男人与女人结婚，还是女人与男人结婚。新郎和新娘的两颗心为此害怕得惶惶不可终日。

你看上去有些不高兴。其实，我在这儿独自一人待着。我从妻子那享受着被逐出伊甸园的恶果；然而，在这离家乡天涯海角的地方，我心里为什么产生有关家庭的无法说清的复杂感情。您也许认为，有些事不宜在学生面前张扬。正因为如此，今天与您邂逅相遇，把自己的全部事情抖搂出来。现时不方便的话，何时有空闲，你考虑斟定。

言外之意，虽然帕利普什朗不愁吃不愁喝，然而无忧无虑的又不知什么名义的病，始终折磨着他。女人没有任何缺陷，没有任何过失；然而帕利普什朗从她那儿没有获得任何幸福和享乐。那个可怜人一直用绿宝石——红珍珠的利箭，射向视作靶子的夫人空虚且具体的心。但如今目标丧失，它们只得进铁盒子里待着；然而，心依旧是空虚的，依旧是具体的，存在着。

他的伯父杜尔格莫亨不会那么精细地理解爱。在自己的生活经历里，他从不用疯子眼光去观察任何人；但他能够猜到侄子心灵所经历的痛苦。所以，他没有留给自己侄子更多财富，但伯母馈赠他许多东西，这些财产可以使他成为商人，但要使他成为新时代时髦的先生，这些遗产就入不敷出了。对作为一个丈夫的人如何成为男子汉，是至关重要的。对此,我料想你不会有疑虑的。

正在这时,附近森林里豺狼大声嗥叫起来。教师先生的讲述,暂停了片刻。那时仿佛觉得,听了在黑茫茫的大地上所讲述的艳情奇闻趣事,或教师先生所讲的妇道教诲,在陷入新文明魔爪里的那位可怜且软弱的帕利普什朗乖戾举止上,发出了阴森可怖的哈哈笑声;它们掠过后,天地之间格外寂静无声。那时,教师先生在黄昏黑暗里,睁大了自己炯炯有神的大眼,盯着我;随即又开始讲述故事。

帕利普什朗的复杂且广泛的生意里,种种灾福突然而至似的。实际内部情况究竟如何,像我那样不谙生意经的人是难以理解和讲述的。但我可以肯定地说,突然不知为什么,他很难在市场里建立自己的威望。倘若他只花四五天时间,从哪儿凑凑合合弄得几十万卢比;在商场上,那些钱的光泽像闪电般,在大众面前显耀一番,那么一切问题迎刃而解,他生意的全部危机将安然化解,然后他商业之舟又会飞速奔起来。

钱财没有筹措到多少,商场上流言蜚语散布着,说帕利普什朗一筹莫展,百般无奈下向乡村和附近的熟人借债,他的生意将变本加厉恶化——他害怕这种流言,只得向陌生地方借债,但你一定明白,没有金银首饰或固定财产作抵押,怎能借到钱!

出具首饰抵押的证明,没有任何困难;他又不怕利息多少,只要借款能顺利办成。

看不到任何出路,想不出任何招数。帕利普什朗再三犹豫,终于硬着头皮,去自己妻子处。通常来说,丈夫能够很随意很自由去妻子处,但帕利普什朗没有那种力量和勇气。有趣的是,他异常不幸地十分想念着自己的妻子,超乎异常地爱着她,正如诗篇中的男主角对诗篇中女主角那般热烈的爱。他小心翼翼地迈进那种爱,心里话从不挂在嘴上。这种爱似乎有着十分大的长度,犹如太阳与地球之间的长度一样,距离十分漫长,十分遥远缥缈。

当碰到什么难事,诗中的男主角也会急匆匆走到自己情侣身畔,挑起期票字据或手写信札之类的话题,然后,他语塞木讷,吞吞吐吐,话到一半缩了回去。在现代的爱情游戏里,在诸如此类的必要事务里,需要动用哭的武器。然而,情感的麻木、迟钝总不离他的身。他心里存有期待的痛楚,在那种痛楚里不时升起痛苦的战栗。

不幸的帕利普什朗无法启齿明说:"你也许听说,我有一件急事需要钱。你取出首饰,给我用几天。"

他倒是这样说了,但有气无力。默莉玛莉绷着一张生硬的脸,没有回答"行"或是"不行"。他那时仿佛蒙受了沉重的打击,他自己能够忍受如此大的打击,但自己情侣可不要蒙受打击。这里原因究竟是什么,绝不是他不具有其他男人那般的男子气。他一想到硬要洗劫首饰一空,他就觉得饮吞了自己心灵重创。迄今,可怜人把时间浪费在这种扯不断的乱线团中:"他拥有爱的全部权利,尽管存在被侵犯,也绝不会用武力。"他若因此遭受谴责,就会挑起难以捉摸的争论:"倘若在商场上我由于某种原因,信誉一败涂地,我就没有权利去掠夺商场。同样,我妻子若依照自己的意愿,尽管相信我,仍不给首饰;那我没有权利去强制抢夺她的首饰。暴力应该在战场上实施。"我没问,就为探讨生存的每一步或用斟酌的剪子剪断细长棉线,造物主难道会使男子那么高尚豁达,那么强有力,那么伟大?难道他闲着无所事事，有时面对如此温柔脆弱之心，作如此精细探讨？或者这样做，会给他增光添彩？

最后，帕利普什朗没有碰妻子的首饰，带着自己高傲的心，转向另一途径，奔赴加尔各答，筹措款项。

世上，一般来说，丈夫对妻子的了解，没有妻子对丈夫的了解深刻。但是，倘若丈夫心细，那他在妻子的望远镜里什么也不会显示。帕利普什朗的妻子不是十分理解这些道理的。女人用诗人的话来说"没受教育的机灵"，而按我的说法是"未开化的机敏"，是由十分久远时代沿袭下来的传统观念习俗所铸成的。而现代新青年情郎举止，离它十万八千里。现代男人已是另一种样子，他们像女人那般神秘莫测，捉摸不定。一般来说，通常男人有成千上万种类。换言之，有的未开化，有的单纯，有的盲从，还有其他种种——其中有的无法被归纳在哪一类里。

默莉玛莉为了听取建议，请来一位特别顾问。默莉玛莉有一位故里亲戚或更远关系的兄弟，在帕利普什朗办公室干一份经纪人那样低级差事。他缺乏能力，在工作中显示自己；能设法使自己擢升。当然，一获有机缘，依靠亲戚关系，他能获取一份俸薪，或比俸薪额外多的钱。

默莉玛莉召唤他来身边，独自向他说明了全部事情。末了，她问他："现在你有什么好的建议？"

他自然像位睿智者，摇头叹息。他的意见是："不会有好兆头。"其实睿知者从来不会发现好的征兆。他殚精竭思，说："老爷先生从哪儿也无法借到钱款。最后，他还是要造访你的首饰。"

默莉玛莉十分洞察人的天性,因而她认同说:"话倒是千真万确。"然而她的疑惑顿生。她寻思,她在这个家庭里算老几?丈夫是有的,然而她没有生育;但她又从哪儿感知他的存在?因此,首饰是她唯一宠爱物,它们像她的子女一样与年俱增。它们不仅仅是样子货,是货真价实的金子、宝石。它们垂挂在她胸前、颈脖、额头上……佩戴许多日子的、精美好看的首饰,刹那间,她就要把它们投进无底的生意海洋中去?一想到这点,她全身像冰块一样被冻僵住了。

她求援似的问道:"现在该怎么办?"

默吐苏登出主意说:"现在立刻携带首饰去娘家。这是最为上策。"同时,他正绞尽脑汁,如何设置圈套,把一部分乃至大部分首饰搞到自己手里。

默莉玛莉就在当场拍板采纳了他的建议。

雨季末,一条船准时驰来,停泊在这个埠头。半夜过后,满天乌云,四周一片漆黑,毫无倦意的青蛙,啼鸣不止。默莉玛莉用一条厚披巾,从头到尾裹住自己,登上船。

默吐苏登从船舱里警觉地说:"把首饰包袱给我。"

默莉玛莉应道:"这以后再说,先开船。"

船起锚开航。在湍急河流里,船静静地行驶着。

那天离家前,默莉玛莉通宵达旦坐在自己房里,把所有首饰一件件戴上,从头到脚没有一个地方不佩戴的,满身珠光宝气。首饰装在匣子里,十分惹眼。她害怕暴露,最后决定,把全部首饰戴在身上。她保住了性命,就会使首饰完好无损,不被抢夺走。

默吐苏登没有发现她携带匣子或箱子,大惑不解。这是怎么回事！他没有注意，在厚厚披巾的掩饰下，默莉玛莉的身体各个部位都垂挂着她心爱的首饰。默莉玛莉对帕利普什朗了解得不是十分清楚，但对默吐苏登的认识，绝不会发生任何的差错。

默吐苏登给古玛什达写了封信。信中写道，他正带女主人去她娘家。古玛什达是帕利普什朗父亲时代的人。他异常气愤，立即给男主人写了封火上浇油、添油加醋的信。尽管他把短言写成长言，把"斯"写成"什"，语言表达不好，但他仍准确无误地表达了"对女人过分惯宠，是有悖于男人的体面"这句至理名言。

帕利普什朗很能明白默莉玛莉的心思。他尽管在生意上遭受巨大损失，仍然不向妻子伸手要首饰，迄今仍为筹措资金四处奔波；然而她依旧疑心重重，默莉玛莉依然不认识他！这件事对他心灵的打击是异常沉重的。

帕利普什朗本想对自己极端不公正一事，发一通大火；末了，他息事宁人，只表示一丝痛楚遗憾而已。只要用正确方式思考，就会发现，任何通情达理的人将会得出这样的结论：男人是造物主正义惩罚的化身，造物主用钢铁浇铸他；同时，造物主在男人身上充满着闪电。在为自己或人对不公正进行斗争时刻，倘若他不轰隆作响，闪光地燃烧起来，那个男子应受到诅咒！男人一遇到窝火的事，应该像漫山遍野的森林之火不可收拾那般发火，而女人应该像雨季云彩，毫无原因流泪——造物主就是这样精心安排的。但现在它的安排在何处！

帕利普什朗对于自己有罪过的女人，自言自语地说："假如你就想要这个，那也行。我将一直履行自己的职责。"

如果说，帕利普什朗往后四五百年诞生，那时世界只要依靠心灵的力量就能行事，然而那个未来的帕利普什朗却诞生在19世纪，与原始时代的女人结了婚，经典写到他的理智被称作"毁灭性"！帕利普什朗根本不给女人写信，一个字也没有写过，然而他暗自立下誓约，他将永远不向默莉提及此事。请说说，这是造物主的如何严酷惩罚规则！

七八天之后，异常艰难地筹措到了款，帕利普什朗摆脱了极端危险的境地，安然地回到了家。他本以为，默莉把首饰放置在娘家，早已回家了。末了，他心想：他今天摆脱了那个可怜哀求相，以一个完全成功的男子身份，来与默莉相见。为此，他不感到丝毫羞愧，也不为自己徒劳的谨慎后悔不迭而萎蔫下来。帕利为寻找自己的默莉，偷偷步行到内室，在默莉的专用卧室门前站住。

他看到，门扇关闭着！打开锁，进入室内发现，室内空无一人！在一个角落，一只铁柜敞开门，其中一丝首饰影子都没有。帕利突然间感到万箭穿心：他仿佛觉得，世界是盲目的，没有任何意义的，他的爱和商业一切都是徒劳无益的，都是多余的。天哪，他把自己生命和心血全部奉献给这夫妇生活笼子的每一根藤条上，但笼子里已经没有鸟儿了！你可以放置，但她是不会安心待住的！而他日以继夜用心血、红宝石和眼泪组成的珍珠圈，有何用处呢？为谁装扮呢？帕利普什朗对永恒生活本质抚育的空寂无人的世界笼子，对用自己整个生活挣来的财富和用无限爱构成的这个世界的空空笼子，狠狠踢了一脚而弃之。他从不为妻子回转心意做任何努力，也从不提及她。所以她因此而丧失体面。他心想："她存有回家的愿望，她就会回来的。我们俩的等待是一样的。自己的快乐消失了，它究竟将会回来的。"

一天，年迈的婆罗门古马什达跑来说："你一直不作声，呆坐着，有什么用处，老爷！应该获悉媳妇的消息。"

这之后，他才派了一个人去媳妇娘家。从那儿获得消息，默莉或默吐，迄今谁都没有抵达那儿落脚。这个消息如同晴天霹雳，把他震得惊呆了。

那时，他不得不派人四处寻觅。人们沿河不断寻问、搜索；为寻找失踪的默莉报告了警察。但是何时登什么船，走哪条水道，船老大是谁，一概不知。

从四面八方传来的消息，是令人沮丧的。一天傍晚，帕利普什朗潜入那所久已熟悉的如今被弃绝的主妇闺房。那天恰逢黑天①的诞辰日。从清早起，倾盆大雨持续不断下着，村外一个地方举行黑天诞辰庙会。在那儿，一顶巨大帐篷底下正在演出"黑天故事戏"。那时，如注雨水的持续不断的哗哗声，在天地之间产生如此一种声响，使黑天故事戏的歌曲旋律格外甜蜜，那甜蜜旋律从耳朵送入心窝；它仿佛把帕利普什朗从这个世界上举起，送入梦幻世界里。

面前有一扇窗户，门闩松开着。帕利普什朗独自坐在这扇窗户边的黑暗之中。风声、雨声、歌声轻而易举地飘入屋内；但帕利一点儿也没有觉察到它们。墙上挂着吉祥女神像和艺术女神像；衣绳上垂挂着毛巾、披巾、镶边的纱丽和带条纹布的纱丽；这些都是随时取用的衣饰。屋内一个角落放置一只三脚凳，上面放着青铜槟榔盒子，里面仍存有着默莉玛莉亲手放的蒟酱叶，不过已开始干枯。玻璃柜里，放

---

① 黑天，佛教旧译，是印度教诸神中最广受崇拜的一位神祇，被视为毗湿奴的第八个化身，是诸神之首，世界之主。——本版注

着从童年时代收藏的中国瓷器、玩具、香水瓶、彩色玻璃球、精致的纸牌、大海螺,还有数不清的小玩意儿、空肥皂盒,它们都十分优雅地、井然有序地装饰着玻璃柜。她每天亲手点燃的小灯烛,放置在壁龛里;它早已熄灭了火,但为对女主人的回忆,原封不动地且凋萎地伫立着。在这个家庭里,唯有那盏小小灯烛,是默莉玛莉存在最后时刻的证人,但它无法张口说些什么。天哪天哪,她拂袖离去,使一切空空如也,只留下自己这么多印记,这么多插曲;在所有无生命感觉的物件上,留下了自己一颗生动心灵慈爱的那么多手迹!回忆往事,帕利普什朗激动不安。他沉湎于遐想中,从心底呼唤:"默莉玛莉,回来吧,回来吧!你自己亲自来点燃灯烛,使自己家里重放光明。回来吧,在穿衣镜前,挑选自己喜爱的纱丽穿上;你那些小玩意儿正等着你;回来吧!我不会对你说什么,不会有任何希求。亲爱的,只要你一次回到这儿,只要一次显示自己的容貌,用自己永恒青春,光彩熠熠的美丽,用自己生命的抚触,使散布在四周的孤立无援的无生命东西,生动起来。回来吧!这所有哑巴的无生命东西,用自己的哭泣,把家庭变成坟墓。回来吧!"想着想着,帕利普什朗进入了另一个梦的世界。

夜深了。不知何时,如注大雨和黑天戏的音乐戛然停止了。帕利普什朗坐在窗户边,纹丝不动。从窗户外的广袤大地到缥缈天际,被一种密不可透的、不可分割的黑暗笼罩着。帕利看到这般黑暗,仿佛感到他面前死亡寓所敞开着高耸入云的大门!仿佛因着站着哭泣,永远丧失的东西闪现了片刻,也只能闪现而已!他丧失的金子和自己丧魂落魄的心灵,在比墨水还要乌黑的死亡的那扇门槛上,在那极其严酷的黑色考验上,落上了某种印痕,也只能落上印痕而已!

正在这时,突然传来了一阵咔嗒咔嗒的脚步声,首饰锵啦锵啦的声响,仿佛那种声响是从河埠朝这所寓所飘过来似的。那时刻,河流流水和深夜黑暗,两者融合在一起。帕利全身汗毛直竖。他一双渴望的眼睛,推开着黑暗;他用自己锐利的目光,穿透黑暗。天晓得,他为望谁而忐忑不安,他激动得心花怒放。但天哪,另一刹那,他激动的心花凋谢了似的,渴望的眼睛,呈现出焦虑痛苦的神情。其实,在面前什么都没见到。随着他渴望见谁的欲望越发强烈,黑暗也越发浓密得拨不开,整个世界仿佛是一个阴影似的。大自然兴许在深夜里,在自己寓所的窗户前,突然发现有人降临,很快伸出手,把一条格外厚的黑色帷幕拉上了。

声响缓缓地从岸埠的最高台阶,朝这里房子方向传来,越来越逼近,但走到屋宇面前辍步不前了。看门人关上大门,去逛庙会了。这之后,又仿感到"咔嗒咔嗒,咔嗒咔嗒"声响,落在关闭着的门上;伴随着首饰声响,某种坚硬结实的东西,正一次次撞击着大门。帕利普什朗又不能自制住。他穿过没有灯火的黑暗房子,从黑暗楼梯上下来,走到关闭的门处。他发现,大门上了锁。于是,帕利普什朗用两只手使劲摇晃着锁,他被推撞和声响惊醒了。他发现,自己从睡梦中起身,从楼上走到底层屋里!他整个身子被汗水浸透,手脚冰冷,心脏像熄灭的灯火一样,颤抖不已。当梦幻破碎,他发现外面任何声响都没有。只有夏季淫雨,仍在淅沥淅沥下个不停。与雨声一块听到的是黑天戏中歌曲的沉重节奏。

虽然,一切都是梦幻,但如此亲近真切,使帕利普什朗感到,仿佛他刚刚从不可实现的愿望成功中被剥夺了;而从很远处传来的节奏声仿佛向他诉说:"这个觉醒就是梦幻,这个世界就是虚幻的。"这个声调,通宵达旦在他耳畔回荡不已。

翌日,黑天戏仍在表演。他给看门人放了假,让他去看戏。帕利普什朗吩咐说:"今日通宵把大门敞开。"

看门人说:"赶庙会的人是从各个地方来的,形形色色,来来往往,大门敞开恐怕不合适。"

但是,他的忠告,帕利普什朗听不进去。

看门人说:"我就整夜在这儿巡回守夜。"

帕利普什朗说:"不,不必要。你去看黑天戏吧。"

看门人大惑不解,进退维谷。"究竟是怎么回事!"

翌日傍晚,帕利普什朗熄了灯火,坐在房间的一扇窗户底下。天空,乌云翻滚,四周仿佛呈现一种看不见摸不着的即将临近的期待的寂静,青蛙持续不断的鸣叫声,和黑天戏的音乐声,也不可能闯入那寂静,它们也只能在寂静里抹上一种不和谐和奇特的色彩而已。

夜已很深了。蛙声、蟋蟀声和黑天戏的音乐声已停歇了。半夜之后,黑暗浓得抹不开,伸手不见五指。那时,帕利普什朗感到:"对,现在时候到了!"

像昨日一样,听到了河岸岸埠上那种咔嗒咔嗒和锵啦锵啦的响声。但是,帕利普什朗不朝那儿眺望。他担心,可不要因他骚动不安的意愿,心潮起伏的企图,使他的整个希望泡汤,整个努力付之东流;他执拗冲动,可不要在他理智力量上产生任何影响。因而,他把自己全部力量和全部努力投入到压住自己内心的冲动上。他像石头雕像一样僵硬木然,纹丝不动地坐着。

"就是它!"正像昨日脚环声响,偷偷地经过河埠台阶,朝敞开的大门飘来!他清晰地听到,这个声响在河埠台阶上,旋转了一番,旋即朝上走来。可怜的家伙一想到她姗姗来临,便心潮澎湃,不可自制。他的心宛如小舟遇到风暴,在海上翻滚着;他甚至屏息静气,紧张得连呼吸都停止了似的。"那个脚铃声响通过圆台阶,步入走廊,又缓缓来到家宅边,尔后,就在房门口,停步站住。现在就差跨过门槛了!"

帕利普什朗无法自制,他刚停歇的感情冲动,刹那间又汹涌起来,他闪电般霍然从凳子上站起,哭喊着:"默莉,默莉,我的默莉!"

而就在那一刹,他惊醒了,发现自己惊慌的尖叫声,唤醒了家里的窗户,仿佛这些窗子也跟他一块儿尖叫起来,颤抖起来。外面,青蛙的鸣啼声,黑天戏里孩子们不谐调的歌声,又在空间回荡着。

帕利普什朗用手猛击自己的命运:"天哪天哪,所有东西汇合了旋即消失得无影无踪。"

次日,庙会结束,商贩和演员都各自散去。帕利普什朗下达命令:"今晚,屋里除了我,谁也不许逗留。"仆人们以为,老爷也许要从事念咒祭祀活动。

帕利普什朗整日不吃不喝,可怜的家伙进行戒斋。

傍晚一到,他来到空屋的窗户边坐着。那天,万里晴空,一丝云彩也没有飘过;被雨水洗刷的空气,异常清爽;星星在夜空闪着光亮;黑半月的第十天,月儿很迟才爬上来。庙会结束,河面没有了船影来;数日来,挤在熙熙攘攘的庙会里,村民们都感到疲惫不堪,他们很快进入梦乡。

帕利普什朗坐在一张椅子上，头靠在椅背上，仰头凝望空中的星星，浮想联翩。当他十九韶华，在加尔各答一所学院读书时，一天傍晚时分，他在学院露天花园里的轻柔毛毯上，把头枕手臂上，仰面躺着，凝望遥远天际的星星，他回忆起，河岸边的岳父母家园的一所孤单闺房，居住着一位十四青春豆蔻年华的默莉玛莉。她的含苞待放的轻柔脸庞，忽然间在他回忆里模糊了。那时的分离充盈着热切期待，充盈着无比甜蜜！那时的星光闪动与心灵青春颤动，一块共鸣振响着！那时回忆起诗里读到的那些诗句"春天的歌声响彻"等。今天，依然是那个天空，依然是那些星星，但那些星星用火抒写着："世界是多姿多彩的，却充满着迷惑！"

眼看着星星全然消失了。从天空中徒落下一片黑暗，从土地上升起一片黑暗，恍若眼睛上下两片眼睑，两者并拢在一起。今天，帕利普什朗的心是平静的。他无疑知晓，今日他的愿望将圆满；在亲证者面前死亡，今日将揭开自己的秘密。

正如昨晚一样，那个脚铃声又响起！声响仍从河水中出来，登上河埠的台阶。帕利普什朗搓了搓惺忪的双眼，怀着平稳和坚定的心情，心无旁骛地坐着。声响潜入空荡荡的走廊；声响穿过内室外圆台阶，正向上攀登；声响穿过长长过道，来到那间闺房门口。正如昨晚一样，辍步站了一会儿。

帕利普什朗的心又扑扑乱跳起来，他全身汗毛直竖。不过，今日他没有睁开眼。声响跨过门槛，潜入黑暗的房间；声响在衣绳边——那儿垂挂着默莉玛莉的纱丽；走到壁龛前——那儿一盏灯烛安放着；走到三脚凳旁——那儿槟榔盒里蒟酱叶干枯着；走到放着各式各样东

丢失的宝藏 · 299 ·

西的专用柜子边——它几乎走到每一处——站住，凝视一番。最后，它走到帕利普什朗身边驻足站住。

那时，帕利普什朗睁开双眼，看到新生的月儿光辉，射入屋内。而在他椅子正对面，站着一具"骷髅"！那骷髅的第八个指头上的戒指，闪闪发着光；手上戴着宝玉环，肘上套着手镯，手臂上也套着镯子，脖颈上挂着项链，额上点着吉祥痣，发缝上抹上红痣！从头到脚，她的每一节骨头上，都佩戴着各式各样的贵重项链、钻石戒指，它们闪烁着熠熠光泽。每件首饰联系似乎都松懈着；如此松懈地垂挂着，好像立即要滑落下来，但它们之中没有一个从自己地方滑脱下去！最为骇人的是，她变化多端的脸庞上两只眼睛发出幽幽绿光；依然是那种黑瞳孔，密密的长睫毛，水汪汪的闪亮，坚定安详的眼神！十八年前的一天，在五彩缤纷的电光照耀下的婚礼棚里，在喜庆鼓乐声中，帕利最早看到那双大大的炯炯有神的黑眼睛，又在今天夏日深夜里，黑半月的月光里重现了。

看到那双眼睛，他全身的血液像冻僵凝住似的。他使出浑身解数，集中全部精力搓着眼睛。但他无法搓动，他的眼睛像死人眼睛一般，僵硬地一动不动。

那时，那具骷髅把自己的目光，死死盯在惊愕得发呆的毫无生气的帕利普什朗脸上。她用手指暗示，默默地召唤他到自己身边；她的指间骨骼上的宝石戒指的光泽，像闪电般闪烁着。

帕利普什朗像被咒语弄傻的蠢人一样站着。骷髅走向大门。骨骼之间，首饰之间发出粗硬的话语。帕利普什朗像索着线的木偶一般，紧紧尾随她。骷髅跨出门槛，在伸手不见五指的圆台阶转悠了一番，发出咔嗒咔嗒的响声，走下楼去。然后通过楼下的过道，抵达没有灯火的漆黑的庭院；最后，穿过院子，从荒凉的花园小径，走到外面，骷髅的脚步声落在地上；微弱月光在浓密树里挣扎地摇曳着，仿佛它获得解脱是困难似的。空气中充满着雨后芬芳气息。他们俩从凝住不动的黑暗绿荫覆盖的道路中走出来，在萤火虫的光亮陪伴下，抵达河岸埠。骷髅走在前面，帕利普什朗尾随在后面。

满身珠光宝气的骷髅，从昨日发出声响的台阶下来，带着自己孱弱的僵直的身子行走着，艰难地一步步走下来。那时，细长月光倾泻在涨满雨水的急湍河面上。

骷髅下到河里，紧随她的帕利普什朗也把脚伸进河水里。

一接触河水，帕利普什朗的睡意被打消了。现在，他面前没有任何引路人。只有河彼岸一排排树木，默默无声地屹立着，他头上的月儿宁静且惊愕地看着这场把戏。

帕利普什朗从头到脚，一次次打着寒战，蹒跚地挪动着脚步，抵达了河水中。虽然他熟悉水性，会游泳，但自己身体的血管不在自己控制中，仿佛他从梦幻中仅仅一瞬间就来到觉醒的岸畔，另一片刻他又陷入无垠无底的睡眠中去。

讲完了故事，教师先生沉吟了片刻。就在他沉默瞬间，我突然仿佛觉得，这时间世界上的所有人都静止不动，默默无言，手握手坐着。好长时间，我什么也没说。在黑暗里，他也无法猜度我脸上的表情。

末了，他问我："你难道不相信我的话？"

我问："你自己难道认为它是真的？"

他说："不然……为什么不是呢，我说出它的原因。首先，自然王后不是女小说家，她手里还有许多工作……"

我抢着说："其次，我的名字就叫帕利普什朗。"

教师先生丝毫没有羞涩，说："我的猜测是对的——您的妻子尊姓大名呢？"

我答道："她叫纳莉特娅伽莉。"

加　冕

阿鲁娜·莱卡同奈温杜·什卡尔举行婚礼时，创世神从祭祀火坛上的缕缕香烟中展颜微笑了。但是，天哪，创世神认为可供自己欢乐的游戏，对我们凡夫俗子来说，可不经常都是心旷神怡的娱乐。

奈温杜·什卡尔的父亲布尔楞·什卡尔在英国政府官场里，是遐迩闻名的。他在宦海里施展点头哈腰的拍马屁伎俩，很快泅渡到"拉易伯哈杜尔"封号的高耸且荒芜的海岸上；他还储备了足够的食物，准备长途跋涉，通过那难以企及的荣誉道路。但正值五十五岁那年，正当怀着贪婪之心，眼巴巴望着王公封号的云雾缭绕的顶峰时，他突然带着封号的虚无缥缈世界，告别了帝王恩泽的领地。他那个不住点头鞠躬的疲惫不堪的颈脖，在火葬场上的干柴床上永远安息了。

但是，现代科学告诉我们："能量是不灭的，只不过转到另外的地方，转化为另一种形式而已。"喜怒无常的吉祥女神的呆板"鞠躬"、女友之力，从父亲头上陡然落到了儿子头上。奈温杜·什卡尔的崭新头颅，犹如水波拍打的升浮的南瓜一样，在高贵的英国人门槛上，不知疲倦地低下抬起着。

原配妻室没有生育就谢世了。现在奈温杜·什卡尔攀亲的那个家庭史，则完全是另一类型。那个家庭的大儿子帕拉姆塔那特在亲朋好友圈内是颇受尊敬的，左邻右舍都把他当成楷模追寻效仿。

帕拉姆塔那特是位大学文学硕士,博学聪慧,但他既没有享受高官厚禄,又没有发挥笔头的力量,原因是英国佬不亲近他,他也与英国佬保持距离。所以,他只在自己家里和熟人圈内光芒四射;离开自己生活的小天地,他缺乏吸引别人的魅力。

就是这位帕拉姆塔那特曾在英国各地游历了三年五载。在那儿,他受到了英国人的亲善款待,以致痴迷到忘却了自己国家的凌辱和苦难,穿着一身英国服饰回到了祖国。起初,兄弟姐妹见他这般打扮。颇觉得别扭。过了几天之后,他们异口同声:"他穿上这身英国服饰,合适得体。"以后,那个家庭视穿英国服饰为骄傲和尊严的标志。

帕拉姆塔那特从英国归来,心里曾盘算:"如何维护与英国人平等往来的关系,我将提供范例。国内流行这种说法,不卑躬屈膝无法与英国人交往。其实,他们自己流露低卑相,而把莫须有的罪名强加于英国人身上。"

帕拉姆塔那特从英国带回许多知名人士的介绍信,他借此在侨居印度的英国人圈内获得了一些声望,甚至他和妻子不时被邀请参加英国人的茶话会、晚宴、竞技运动和狂欢节等;他陶醉于这类幸运之中飘飘然;他血管里也似乎有什么激动不安的东西在传播着。

正在这时刻,印度一条新伯铁路线开通了。国内许多受到政府恩宠的大人物受到铁路公司的邀请,与副总督一块儿参加新路线的旅行。帕拉姆塔那特也是其中的一员。

乘火车回来时,一位英国警察局长极其不友好地把这些国内知名大人物统统从一个特等车厢里赶下来。穿着英国服饰的帕拉姆塔那特也准备在被侮辱之前下车,那位警察局长却走过来对他说:"您干吗下车?先生,请您安心坐着吧!"

受到如此特殊尊敬的款待,帕拉姆塔那特颇为踌躇满志。火车继续往前驶去,窗外茫茫的原野刚刚犁过,不见一丝荒芜杂草;落日的暗淡余晖,映照在暗灰色的西边地平线上,仿佛令人悲悯的羞耻的红晕笼罩住整个国家。那时,帕拉姆塔那特独自坐着,透过车窗,用凝视的目光,望着树林围着的困窘的孟加拉大地。蓦然,许多往事涌上心头,他的心仿佛受到侮辱而被撕裂着,两行热泪夺眶而出。

他心里记起一则古老的故事。一头驴子拖着驮着神像的车子,从王家通衢走出;路人见状纷纷跪在前面,前额触地,向神像膜拜致敬。愚笨的驴子在心里琢磨:大家都在对它顶礼膜拜!那头驴子与我之间的唯一差别就在于,我总算明白,尊敬不是冲着我,而是冲着我身上驮的"重负"。

帕拉姆塔那特回到家宅,召集家里所有大人小孩。他点燃起祭祀之火,把英国服饰一件件往祭祀篝火堆里扔去。篝火蹿得多高,欢呼雀跃的孩子们围着火堆就蹦得多高。从那日起,帕拉姆塔那特拒绝去英国人家里喝茶赴宴,蜷缩在自己家庭的堡垒里;而上述那些蒙受侮辱的享有爵位称号的人,依然如故,我行我素,一个劲儿在英国人门槛上使自己裹着头巾的头颅不住地低头抬头磕着。

上帝施展诡计的捉弄,奈温杜·什卡尔偏偏与这个家庭的第二个女儿结了婚。这个家庭的姑娘都是那么知书达理,楚楚动人。奈温杜心里美滋滋地想道:"我获得了完全胜利!"然而,他为了毫不迟疑地证明"你们取得了我,就获得了胜利"这个事理,做出回报。于是,他把英国人不知什么年代给他已故父亲的信件,给了他几位姨姐妹。当几位姨姐妹的樱唇内露出讥讽的微笑,犹如红色天鹅绒的剑鞘里露出雪亮的刀锋时,他才醒悟"犯了不可饶恕的错误",搞错了时间、地点和人物。

大姐拉温叶·莱卡在几位姨姐妹中算是最漂亮、最聪明的。她选择了一个黄道吉日,在几双英国皮鞋上涂抹上朱砂,然后把它们放进奈温杜的卧室壁龛里;并在它面前摆放了鲜花、檀香木,点燃了灯盏和两支线香。奈温杜一钻进屋,站在屋里的两位姨姐妹竖起他的两只耳朵,说:"向自己的神明磕头膜拜,让神明开恩,保佑你升官发财!"

三姨妹基兰·莱卡花了好几天时间,在一块披肩上用红丝线绣了琼斯、斯米塔、布朗、汤姆逊等一百零八个英国流行姓氏。她异常隆重地把上述"那玛沃利"[①]的礼物献给他。

四姨妹什夏卡·莱卡从年龄考虑,还不足以引人关注,然而她也走来对她姐夫说:"姐夫,我将制作一串念珠,您可用它念叨洋先生的尊姓大名。"

大姐佯装斥责道:"滚开,还不到表现你英雄壮举的时候!"

可怜的奈温杜心里一会儿气恼,一会儿羞愧。但他又无法摆脱这几位如花似玉的姨姐妹,尤其大姨姐那令人销魂的美丽!她嘴里含有甜蜜,又会吐出毒刺,一面使人心醉神迷,一面使人痛苦难忍,两者

---

① 印度教拜神时穿的一种外衣,上面印有罗摩等神名。

都在他心里占有特殊的位置；他现在完全像被灯火烧伤翅膀的飞蛾，一面愤怒地嗡嗡叫，一面盲目无知觉似的在火四周飞来飞去，不肯离去。

最后，奈温杜沉湎于与姨姐妹接触的强烈迷恋之中，也矢口否认渴求洋大人的恩泽。那天，他要去向洋大人致敬问候，就对几位姨姐妹说："我去听苏伦德拉·伯纳尔吉的演讲。"有时他去车站迎接从大吉岭回来的洋大人，他又对几位姨姐妹谎称："我去会会二叔叔。"

可怜虫脚踩"洋大人"和"姨姐妹"两只船，陷入进退维谷的境地。几位姨姐妹暗自下决心："不在你第二条船的底舱下开洞，我们决不罢休！"

在英国女皇维多利亚诞辰即将到来的纪念时刻，风闻将封"拉易伯哈杜尔"爵位称号，名单上有奈温杜的名字，这可是奈温杜登上官场天堂的第一阶梯的天赐良机。但是，胆怯的奈温杜不敢在几位花枝招展的姨姐妹面前提及使人荣华富贵的激动人心的吉祥喜讯。不过，在秋季一个白半月的夜晚，在倒运的月光下，奈温杜踌躇满志地把这个喜讯告诉了自己的爱妻。翌日清晨，他的爱妻坐着轿子到姐妹家串门。在那儿，她流着泪哭诉着自己的痛苦。

大姐拉温叶说："这有什么坏处！你丈夫当上'拉易伯哈杜尔'，也不会长出狗尾巴。你为何感到害羞，见不得人？"

阿鲁娜·莱卡说："不，姐姐，我做什么都行，就是不能同意做'拉易伯哈杜尔'夫人！"原来在她认识的人中有一位波特那塔先生就是"拉易伯哈杜尔"，这就是她极力反对的理由。

末了，拉温叶费了好多口舌，劝说道："好吧，你不必为此发愁，我设法阻止这件事!"

拉温叶的丈夫尼尔拉敦在伯卡萨尔律师事务所工作。秋末,奈温杜接到大姐拉温叶的邀请,他异常高兴地起程,到伯卡萨尔做客。登上火车时,他的左部身体没有颤抖。不过,临近危机时刻,左部身体颤抖仅仅证明是一种坏习惯而已。

北方的初冬,给拉温叶带来了新的健康,增添了新的美姿,苍白脸上泛起红晕。她犹如清丽秋季的幽静的河边的绿茵茵的卡什草一般,带着微笑和欢乐,闪闪发光。

在奈温杜痴迷的眼里,她又像朵盛开的素馨花,花茎上满滴着初冬清晨的闪着亮晶晶的露水。满心的欢乐和西风的拂吹,将奈温杜的消化不良症驱逐得无影无踪了。他健康带来的舒畅,她美丽带来的迷醉,格外温柔的服侍,直使他欢乐得汗毛直竖;他仿佛从地上升起,生活在天空云端似的;花园前面的滔滔恒河仿佛塑造了他难以抑制住疯狂的形象,以迅猛的速度向前驰行。

每天清晨,从河岸散步回来,他顿时觉得初冬清晨的和煦阳光像情人幽会的热忱,使他全身感到温暖惬意。这之后,他将自告奋勇帮助大姐干情意浓浓的厨房杂活。可是,他每次动手都显出他的笨手笨脚,无知又无能。几乎每天,他的失误都受到大姐甜蜜的责怪,然而,他从不急于摆脱这种挨骂的乐趣。每天他总抢着干活,按数量不等调拌香料,从炉上端起铁锅洗涮,调拨燃料不使东西烧焦等活儿。但他的笨直像初生婴儿,他仍然获得大姐满含怜悯的微笑和甜蜜的斥责。

晌午，受饥火煎熬又受大姐怂恿，自己强烈的食欲和亲人的热情，饭菜的丰盛和服侍的甜蜜，面对这一切完美结合的午餐，让他保持绅士风度的吃相，显然是强人所难。

吃喝完毕，坐下玩通常的纸牌，奈温杜又不能显示自己的才智。玩牌时，他时而作弊，时而偷看别人的牌，或者抢牌吵闹不服输。他不得不忍受一通臭骂，然而他丝毫没有改过自新的想法。

只有一件事，他彻底改过来了，那就是他把对洋人阿谀奉承看作天经地义的生活目标。现在他完全忘记了这件事，而且他整个心灵感受到"亲人的尊敬和温存是可以使人感到快乐和骄傲的东西"的生活真理。

除此之外，他在这里生活仿佛步入一个新的天地，拉温叶的丈夫尼尔拉敦先生虽说是法院的大律师，但从不主动地去与洋大人会面问候。你若提及这个问题，他总说："拜访问候有什么必要，兄弟！我们若没有平等地获得那样礼遇，我们有什么必要去承担痛苦！沙漠里的沙子看上去够雪白的，难道我们可以在其上播种，长出庄稼？倘若我们想获得一些收成，在黑土地里播种，就可安心期待收获。"

其实，奈温杜现在已经被吸引住，加入了他们的队伍，他对它的后果大可不必顾忌。因为已故父亲和自己辛勤耕耘、播种，他获取拉易伯哈杜尔称号的希望与日俱增；在它上面不必再浇水施肥，多此一举。从前，奈温杜花费了大量钱财，在这个城镇修建了一座富丽堂皇的跑马厅，它成为英国人时髦娱乐的好去处。

国民大会党全体会议即将召开，尼尔拉敦接到了要他捐款的通知。

奈温杜怀着浓厚兴趣，正和拉温叶等人玩着纸牌。这时，尼尔拉敦手执着捐款的簿子，突然而至，说："老弟，请你在捐款簿上签个名！"

奈温杜由于旧习惯的作祟，脸色顿时惨白。拉温叶佯装忧虑的神情："留神！别签。不然你的跑马场将毁于一旦！"

奈温杜跳将起来，脱口说："啊哟！你以为我害怕它毁了，就彻夜不眠！"

尼尔拉敦保证说："你的大名将不会在任何报刊上登载。"

那时，拉温叶又显得心焦如焚的样子，通情达理地说："这有什么必要。天晓得，谁可别——"

奈温杜用坚定的口吻打断说："怕啥，我的名字刊登在报上，有何损失！"说着，从尼尔拉敦手里抢过签名簿，很快签上一千卢比的捐款字样。但他心里殷切希望，他的名字千万别在报刊上出现。

拉温叶把手放在前额上，张口结舌地说："你这是——干什么呀？"

奈温杜骄傲地说："怎么！会发生什么事？"

拉温叶说："西亚尔达车站的警卫，白官商店的店员，哈特兄弟公司的马夫先生——这些洋人倘若对你生气，沉下脸坐着；假如应杜尔迦节的邀请，洋人来你府上，不呷你的香槟酒；假如见面不拍你的背，你该怎么办？要三思而行！"

奈温杜以傲慢的口吻漫不经心地说："嘿，那时我总不至于会死去！"

几天过去了。一日清早，奈温杜边品茶边阅读英文报纸。他的目光突然投到来信栏目上,上面刊登一封给他的信,信的未署名的鼓动者十分感谢他给国大党捐款之事;还写道:"国大党得到像您那样人物的捐助,汲取了多大的鼓舞,是无法用语言描绘的。"

国大党获得了力量!天哪!已步入天国的布尔楞·什卡尔父亲大人啊!难道您为了增强国大党的力量,在印度大地上生下我这个可怜人!

但是,福兮祸所伏,祸兮福所倚,奈温杜也不是等闲之辈。一方是印度国大党,一方是英国人,两方都对他垂涎三尺,撒开大网,想把他拉到各自口岸。这种事难道要掩饰吗?因而,奈温杜笑盈盈地拿着报纸,给拉温叶浏览。拉温叶佯装蒙在鼓里,十分吃惊地说:"哎哟,全部秘密被泄露了。天哪天哪!恶作剧无疑是你的宿敌所干的!上帝保佑,他的笔杆将生白蚁,他的墨水将掺和白沙,报纸将给蛀虫啃得精光——"

奈温杜敞怀笑着说:"算了算了,区区小事,别咒骂他。拉温叶,说真的,我从心底里宽恕他,祝他福星高照!"

两天之后,一张反对国大党的英国佬编辑出版的英文报纸,从邮局送寄给奈温杜先生。上面刊登了一位署名"One who knows"(知情人)的信,反驳前述信所提及的消息。作者在信里写道:"那些熟悉奈温杜的人们断然不会置信污蔑诽谤他的这些玩意儿。正如狮子不可能改变自己的毛色,奈温杜决不会加入国大党的。奈温杜先生是位充分相信个性的人,他绝不会朝三暮四,趋权附势。因而,他绝不是'失业中图谋政府一官半职的人',也不是'没有人聘用的律师';因而,他绝不会去英国转悠了几天,装扮起英国的衣冠,玩起英国的生活方式，稀里糊涂钻进英国社交界，最终又垂头丧气打道回府。所以，奈温杜先生为什么要这样……"

哎！已仙逝的布尔楞·什卡尔父亲大人！您在英国人圈里获取了何等名望、何等声誉而寿终正寝！然而今天……什么名望……一切都成泡影。

这封信也像长了翅膀飞翔到大姐那里，请她过目。信札清楚表明，奈温杜不是位卑贱的无名小卒，而是位具有特殊个性的人。

一听说这信，拉温叶惊愕地叫喊起来："这封信肯定是你朋友写的！他是谁？收票员还是皮革代理商，抑或碉堡里的鼓手长？究竟是谁？"

尼尔拉敦劝道："你应该反驳这封信的信口雌黄，兄弟！"

奈温杜稍许控制了一下情绪说："有什么必要，不必小题大做！难道有人一封封这样写，我就费心去一一作答？！"

拉温叶咯咯大笑，笑得前俯后仰。

奈温杜有些难为情，说："你笑什么，有什么事？"

作为回答，拉温叶持续不断地纵声大笑，笑得使自己如花似玉的苗条身子前后摇晃起来。奈温杜看到她那个模样，显出一副无奈表情。当嘲笑的喷雾筒里的颜色，喷洒在他的眼睛、耳朵和鼻子上时，他怪不好意思地说："难道您以为，我害怕反驳？"

拉温叶说："为什么要害怕？不过我心里思忖，你所希望的和唯一依靠的跑马场将要毁于一旦，你如何搭救呢？算了，天塌不下来，只要一息犹存，就有希望。"

奈温杜说："哦！原来您是这样想的，我终于茅塞顿开。您以为，我害怕而不敢反驳!"他气愤之极,捋起袖子,取来笔纸,端坐着挥毫。但是,愤怒的标记没有进入书写中,写得不够强硬。因此,拉温叶和尼尔拉敦过目后,不得已负起修改的重任。仿佛油炸薄饼的锅被端上来——奈温杜一会儿用水使信冷却,一会儿用油使它滚烫。两位修改者立即把它放进热锅里,让它膨胀得坚硬、滚烫。最后他们写道:"当一个和我们血肉相连的人变成敌人,他们比外部的人更危险!对于印度政府来说,那些高傲的印度英国佬远比边境的鞑靼人或俄国人危险;他们不在政府与人民之间建立友谊纽带,不让国大党和庶民之间存在牢固联系。他们办的报纸设置障碍,布满荆棘的不光彩的事。"等等,等等。

奈温杜读了内心感到恐惧,生怕引起不良的恶果。但他知道信写得十分精妙,又兴奋不已。因为他把这信看作自己费了九牛二虎之力所写出来的杰作。信果然被刊登出来了。好几天之内,双方的书信文章不断进行辩论,闹得沸沸扬扬。奈温杜的捐款和加入国大党的事,已被大肆渲染,传播四方。尽管奈温杜已身处绝境,但谈吐里他给人这样的印象:"在姨姐妹社会里他依旧是位无畏的'国家利益捍卫者'。"拉温叶暗自窃笑,说:"行啦,甭吹牛,你大的考验还在后头呢!"

一天早晨,洗澡前奈温杜在自己胸脯上抹油,又极力往自己背上难以触到的地方使劲抹油。正在这时,仆人进来递给他一张名片,上面写着本县县长大人的名字。而那时,拉温叶在旁边用嘲弄的目光睨视着他。

涂着油的锃亮身体,如何能体统地去迎接县长大人?奈温杜像开了膛的、等着下锅的鱼儿一样,急得身子抖颤不住;末了,三下五除二,急忙洗个澡,匆匆穿上体面衣服,飞快地扑向外面客厅。仆人说:"洋大人坐等了半天,不耐烦地起身回去了。"

这个虚构的恶作剧,究竟归罪于仆人呢,还是归罪于拉温叶?让伦理学家去解答吧。

正如被割断尾巴的壁虎像瞎子般乱蹦乱跳,奈温杜的焦虑不安的心也痛苦地痉挛着。整个白天,他不思饮食,坐立不安,亦无心游玩。

拉温叶从脸上收敛自己戏谑的影儿,不住焦急地问道:"今日你怎么啦?你说呀,究竟哪儿不舒服?"

奈温杜极其勉强地挂起笑脸,做了适宜时空人物的一个不无幽默的回答:"在您的管辖范围内我怎会有痛苦呢?您就是我司掌健康的女神!"

可是就在那一瞬间,他的微笑马上飞逝了。他沉思着:我给国大党募捐款项,又给报纸写了措辞激烈的信。尽管如此,县长大人还亲自登门拜访我,我又让他久坐等候!真不晓得,他心里做何感想!"尔后他又自言自语地说:"哦!父亲大人,哦!布尔楞·什卡尔!其实我不是那类不知廉耻的人,命运的捉弄使我晕头转向,宽恕这封倒运的信吧!"

次日,他细心打扮,挂上怀表,头上缠上厚毛巾,向户外走去。

拉温叶问道:"你去哪儿呀?"

奈温杜答道:"有件紧要的事要办——"

拉温叶不吱声了。

他抵达县衙门口，取出名片。

卫兵冷漠地说："现在不会客。"

奈温杜马上从口袋里掏出两个卢比，放到警卫手里。卫兵向他鞠躬说："我们有五个人……"

奈温杜马上掏出一张十卢比的钞票给他。

他被传唤进县长大人的房间。那时，洋县长大人穿一身便服，趿着拖鞋，正埋头写东西。奈温杜走进屋内，向洋大人施礼。洋大人用手指示，允许他坐下。尔后，洋大人头也不抬说："你想说什么？有什么事，先生？"

奈温杜晃着表链，战战兢兢地说："您开恩亲临寒舍，赐见小人，但……"

洋大人皱起眉头，用一只眼睛怒视着奈温杜，说："我去你家见你？先生，你胡说八道什么？"

奈温杜慌忙地说："对不起，打扰了，大人！搞错了，请原谅。"说毕，吓得满身汗水淋漓，跌跌撞撞退了出来。那天夜晚，他躺在床上，辗转反侧。在梦中他迷迷糊糊听到远处传来咒语般的梦呓："Babn, you are a howling idiot！（先生，你简直是一头狼嗥狗吠的白痴！）"

回家途中，奈温杜觉得，洋先生因着我家的怠慢而发怒，否认曾去自己府宅赏脸的事。奈温杜后悔不迭，倘若哪儿土地崩裂，他恨不得钻进去。但土地没有开裂，他毫无阻碍回到了家。

他向拉温叶解释说："我去购玫瑰香水，往家乡寄去。"

正在这时，县长先生那儿的五六位卫兵抵达，向奈温杜鞠躬致意，微笑地站着。

拉温叶笑吟吟低声问道:"莫非你给国大党捐了款,他们来逮捕你的?"

那班卫兵龇牙咧嘴地说:"赏钱,老爷先生!"

尼尔拉敦从旁边厢房走出来,用不满的语调说:"为什么要赏钱?"

几位兵士依旧露牙说:"这位老爷去会见县长大人,所以我们来讨几个赏钱。"

拉温叶笑着说:"难道县长大人也做起'玫瑰香水'的生意了?他从前可不是干清凉剂行业的!"

倒霉的奈温杜·什卡尔把会见县长大人同买玫瑰香水的事搅混在一起,支支吾吾胡诌了一大堆驴唇不对马嘴的话。末了,谁也听不明白。

尼尔拉敦对卫兵说:"我们这里没有要给赏钱的事,你们不会得到赏钱的,走吧!"

奈温杜·什卡尔十分尴尬地从口袋里取出一张钞票,说:"他们都是些穷人,舍点钱,有什么损害。"

尼尔拉敦从奈温杜手里抢过钱,说:"世上还有比他们更穷的人,我把这些钱赏给他们。"

没有能够获得平息狂怒的湿婆手下的恶鬼凶煞的机会,奈温杜忧心如焚。兵士含着愤懑情绪怏怏离去,奈温杜以同情的目光望着他们的身影,内心仿佛恳求:"我的兄弟,不是我的过错,你们已经看得一清二楚。"

国大党正要在加尔各答开会。尼尔拉敦携带妻子去加尔各答赴会，奈温杜也陪着前往。

他们一行抵达加尔各答，国大党成员把奈温杜·什卡尔围得水泄不通，跳起了狂欢舞，欢呼、礼赞没有了边际。大家都说："像您那样受尊敬的具有伟大胸怀的人，不参加国家工作，国家就不可能获得解放。"奈温杜无法拒绝突如其来的无上荣光。在这片混乱之中他突然成为国家的一位领袖人物，自己怎么也弄不明白个中原委。他跨入国大党大会会场时，全体人员都站起来，用英语腔调高呼："万岁，万岁，万万岁！"对他表示最热烈的致敬和问候。我们祖国大地听后耳根都羞红了。

英国女皇的生日按时来临了，而奈温杜的"拉易伯哈杜尔"的称号，像眼前显现的海市蜃楼，不知消失在何方！

那天傍晚，拉温叶·莱卡举行晚宴，邀请奈温杜参加。他一到会，拉温叶用荣誉新服帮他打扮，还亲手在他前额上，涂上红色檀香的吉祥痣。每位姨姐妹给他脖子上戴上亲手做的花环。那天，阿鲁娜·莱卡躲在另一房间，穿着一件红色纱丽，戴上闪闪发光的宝石。她容光焕发的脸泛起微笑和羞涩。她的姐妹们把一只花环放在她汗水浸湿和因着羞涩而冰冷的手里，拖她去参加宴会，但她怎么也不从。她抱着把花环套在奈温杜颈脖上的期望躲藏着，等待寂静无人的夜晚时刻。

姨姐妹对奈温杜说："今天，我们给你加冕，使你成为'国王'。在当今印度如此荣耀除了你之外谁也不能获得！"

加冕 · 317 ·

奈温杜是否从中获得慰藉，只有他自己心里明白。但我们是怀疑这一点的。我们坚信，在死之前他将会获得"拉易伯哈杜尔"称号的；而他死后，《英国人报》和《先锋报》将会异口同声，表达悲痛之情。因此，此时此刻，我们不妨为奈温杜先辈振臂高呼："布尔楞·什卡尔先生万岁，万岁，万万岁！"

屈　辱

小说如何写，我早已学过。读了般吉姆[1]和华特·司各特[2]的作品，也没有获得多少神益。从哪儿吸取创作的教诲，如何吸取，我准备在自己第一篇小说里进行探索。

我父亲的观点，林林总总。但在反对童婚方面，他没有诉诸文字；没有以自己敏锐的睿智，形成自己的独特见解。我结婚时，已过十六岁，刚迈进十七岁的门槛；在学院读三年级时，青春的第一次南风，在我心间吹拂着。真不知有多少无法言状的歌曲、芬芳、战栗的簌簌声，从各个不明晰的方向袭来，把我年轻生命幻化成没有尽头的渴望。现在，我有时回忆起那些日子，一股长长深叹在胸间战栗。

那时，我母亲已不在人世。我的父亲见荒凉的家庭没有吉祥女神把持家务，便为我娶了一名叫妮尔切莉妮的十三岁姑娘。

我在读者面前，突然介绍"妮尔切莉妮"内室，感到困窘。因为我担心大部分读者的年纪已经很大了，他们也许是学校教师，有的可能是法官，有的也许是编辑。他们不嘲笑我选择夫人名字的优美和新颖，是不会罢休的。但是，我那时十分现代（你可能会说我是位理智不成熟者，说我愚昧无知），思想力量的灾祸没有落到我头上。所以，

---

[1] 般吉姆，著名孟加拉语小说家，也是印度近代小说的奠基者。——本版注
[2] 华特·司各特（1771—1832），英国小说家、诗人。

订婚时一听到这个名字,我马上作了一首诗:

  妮尔切莉妮的甜蜜鸣啭,

  我心灵听闻知醉似迷;

  心灵的鸟儿把爱情遗忘

  一股劲儿地鸣叫——哦,喝了,喝了。

  现在,我已是一把年纪的人了,放弃了律师职业,渴望谋取法官职务。然而现在,那个名字好像贝赫拉曲调一般,更加温柔地在我耳畔萦回不已。

  最初青春的第一次爱情,因着大大小小的阻碍而温柔甜蜜:害羞的阻碍,家人目光的阻碍,实践经验的阻碍,越过这一切山麓,获得了欢情的头次认识的感觉,那个感觉印象像是晨曦霞光般的鲜艳多彩,像是中午烈日般那么清晰袒露,那么通体透明。

  在我们获取新认识的期间,我父亲像一座文塔耶山脉①般屹立着。他把我放逐在旅馆里,开始教我媳妇读书。我这则故事就从这里开始。

  我岳父大人没有仅仅为自己闺女起了名,就高枕无忧,万事大吉,他也对她的学习做了费尽脑汁的安排。这样,她把不少书背得滚瓜烂熟,阅读《因陀罗耆的伏诛》②她不需依仗海琼德拉的注释,无师

---

① 文塔耶山脉位于印度半岛中部,以北山脉为分界线,以北即为北部印度,以南为南部印度。
② 印度近代孟加拉诗人默吐苏登·德特(1824—1873)所写的长诗。它是据《罗摩衍那》中的一段情节写成的,与传统相反,以恶魔罗波那的儿子为主人公,突出渲染叛逆的时代精神的主题。长诗问世后,印度文坛为此一直争论不休。

自通。

我去了旅馆,才与她相识。我施展了许多谋略诡计,瞒着父亲,写信给她,信札诉说着因分离而忍受着无以复加的痛苦煎熬。在情书里,不留任何摘录痕迹,从许多新诗中筛选一些诗,寄托自己内心翻腾着的绵绵情意。我寻思,仅仅从情侣中获取爱情缺乏足够的刺激,应该从情侣中获取对自己的膜拜虔诚。然而为获取那种膜拜虔诚,用母语创作迷人的诗歌是超出我的能力的。因此,许多宝石匠在宝石上钻了孔,我的书信,恰如其分地把那些宝石串联起来。但是,我不想明白如画地表达那种谦虚,即宝石是别人的,我仅仅穿针引线而已,迦梨陀娑也没有表示如此般谦虚,宝石若确是他窃取的。

获得一两封回信后,我再也不怕摘录的痕迹留下,摘抄中再也不羞羞答答。从飞鸿中我清楚地明白,新媳妇阁下娴熟地掌握着自己的母语。她的书信里的词拼法有否差池,我无法确定;我也不想争辩自己有否这种能力。但我确切明白和同意,没有文学和语言知识的功底,这些信札是断乎不可能一蹴而成的。

倘若说,发现自己妻室是位女学者,好丈夫应该为此而自豪和欢快。我若是没有那种感受,这种指责恐怕对我来说是不公正的;倘若出现这种情况,把他说成虚伪的恶棍外,还能说些什么呢。然而我承认,我众多想法中掺入了另外许多念头。它们不是那么高尚,但困惑的是,我用那种念头所产生的方法,能够向别人传授自己的学问,而那种方法对自己的小妻来说却难以被接受。她娴熟地掌握了英语,她若是用它去写那些火花般的书信,那等于用大炮轰击蚊子,大材小用了。"蚊子"是不需要施加任何打击的,只要一丝声音和烟雾就足够了。

我有两三位密友。我若是不把自己妻子的信给他们欣赏,是无法安宁的。他们阅后,异口同声,惊道:"你真是福星高照,竟然娶到如此'娇妻'!"言外之意:"像我那样的丈夫没有资格娶到那样多才多艺的妻室。"

从妮尔切莉妮那儿获得第一封回信之前,我连续写了几封信。信中心潮澎湃,情意绵绵;同时,信中的词句拼写错误在所难免。那时我压根儿没有去考虑,应该如何小心谨慎地给妻子写信。我若是小心谨慎,书写错误无疑会减少,但要彻底抹掉心潮澎湃了。

在这种情况下,抛开书信的中间媒介,直接与女人相会,情话交流就万无一失了。因而当父亲去办公室上班,我也从学院里消失了。我们相互情意绵绵倾诉,没有造成学习的损害。在爱情的考场里,我一次次考察了知识的事实,就早已不容置疑:世上,有些东西不会完全消失的,一种形态受到损害,另一种形态就得补偿。

就在这时,我妻室的堂姐妹结婚的日子来临,我们依照规矩送了礼金,获得了解脱。但我妻子在爱的冲动下,抒写了诗篇。她是用黑墨水在红纸上写就的。她不把它寄给堂姐妹,是不会安心的。那个作品如何落到父亲手里,父亲在儿媳的诗篇里,发现了她的创作才干,诗篇中具有情感优美、品位高崇、语言纯洁等多种诗歌学问的优点。父亲读了十分入迷。他把诗篇给自己年老的挚友看,他们装满了烟袋,摇头晃脑地读起来,止不住称赞说:"妙极了,精彩极了!老哥,诗写得多么优美呀!"

新媳妇具有创作天赋的讯息不胫而走,谁都知晓了。新媳妇因此突然间闻名遐迩，耳根和面颊不觉泛起红晕。我早先说过，世上任何东西不会完全消失，她那种羞涩的红晕可能弃绝她的柔软面颊，却进入我粗硬心灵某个黑暗角落里匿藏着。

不过，不要以为，我对丈夫的职责掉以轻心。我永远不会放松用公正批评，让妻子修正作品缺陷的职责。父亲不假思索，一味激励她，我就谨慎地指出缺点，让她受约束。我向她介绍许多英国大作家的作品，让她不要做井底之蛙，沾沾自喜，沉溺于自我陶醉之中。她写了一首有关夜莺的诗，我就把雪莱的《致云雀》、济慈的《夜莺》诗篇读给她听，她便哑口无言了。那时，我通过学识的力量，俨然成为雪莱和济慈骄傲的参与者了。我妻子也再三请求我翻译英国文学中的优秀的作品读给她听；我也当仁不让，以无比骄傲维护着她的请求。这样，也可能产生问题："难道让她沉溺于英国文学的影响中而不可自拔，这不会泯灭妻子的创作天才？"其实，增添妻室美姿，稍许绿荫掩饰是必不可少的。我父亲和亲朋好友不懂这个道理。我由此不得不把这个艰巨职责的重担，担在自己肩上。冬日月儿像中午的太阳一样升起，只给人们几个时辰的赞美，但以后人们不得不寻思，它如何能被掩住了眼。

我父亲和其他一些人使出浑身解数，为我妻子的作品能刊登在报纸上面奔走呼号，但妮尔切莉妮为此而感到异常羞涩，而我保护着她这种羞涩，完好无缺。她的作品终于没有见诸报刊，但我无法阻止她的佳作在朋友圈内传阅。

数日后，我才知道，这种做法甚至能出现更坏的结果。那时，我在阿里布尔的法院忙于辩护事务。在一桩遗嘱书的诉讼案件里，我倾注全部精力，处理案件的审议。遗嘱书的文字是孟加拉语的。我正依照委托人的意愿，按正规程序证明遗嘱书意义的明确性。正在那时，反方的辩护律师站起来说："倘若我博学的朋友借助自己女学者妻子的力量，理解了遗嘱书的含义，他也许不会做出如此奇特的解释，在众人面前，使自己的母语遭到如此苦难和痛苦。"

在生炉子时，鼻、眼往往会被烟熏，呛出眼泪和鼻涕，身体十分难受，但家里起火，熄灭火就不容易了；人们的恭维话，压压就会下去的，然而恶意中伤的话，却像印历三月①的热风，迅疾向四面八方散布开去。这个事件就产生如此恶果，它眼看着到处散布开来。我担惊受怕，可别传到我妻子的耳朵里。幸运的是，那些话没有传到她那儿，至少我没有从她嘴里听到这件事。

一天，我与一位不大熟悉的善良人相见，他冷不丁问道："难道您就是妮尔切莉妮女士的夫君？"

我不以为然地答道："我是否是她的丈夫，我不想回答这句话。当然，她是我的妻子。"我不把在外人嘴里说出的"妻子的丈夫"是我的替代名字，视作自己无上荣光的事儿。

还有一位仁兄暗示我记起"这不是我无上光荣事"的这句话。读者早就知道，我妻子的堂姐妹已结婚，她的丈夫是位异常残忍和淫荡的人。他对妻子虐待到无以复加的地步。我在自己亲朋好友圈内，提起有关那种令人发指的残忍举止的伪君子劣径。这些话好像飞鸽，飞到我表舅先生的耳畔，那位阁下毫不留情，对我发起攻击。迄今为

---

① 印历三月，印历杰斯塔月相当于公历5至6月。

止,他对所有人歌颂我;他从以自己名义到以岳父名义,在文章里描绘着上中下三个方面的名声,但对妻子的赞美的想象力还没进入大诗人的脑子里!

那些流言蜚语在人们的嘴上到处传播着。妻子的脑瓜能在什么地方停留住吗?妄自尊大不进入她心里是不会罢休的。尤其我岳父有一个坏习惯,他往往在妮尔切莉妮面前,对我俩的语言知识进行比较评论,从中获取巨大欢快。一天,他说:"赫利什用孟加拉语写信,你为什么不纠正他的错误,我的小皇后?他写给我一封信,信中有一词'jogadindra'中的短'i',应写成长'ī'。"听后,他的小皇后暗自发笑。我也把那句话当作玩笑而发笑。但是,这种玩笑不是个好兆头。

我早就熟悉妻子妄自尊大的习性。我们街坊的一些男孩成立一个俱乐部。一天,其成员组织一位闻名遐迩的女文学学者演讲,她欣然同意;同时,确定一位名人担任大会主席。但临开会时,这位大会主席身体欠佳,孩子们一筹莫展,就来找我。看到孩子们对我无缘无故的崇拜,我高兴得喜形于色,说:"这是个好主意,但会议的议题是什么,你们能告诉我吗?"那班孩子说:"古代和现代文学。"我爽快地说:"好吧,没有问题,这两方面我都很熟悉。"

次日,赴会之前,我让妻子快点准备早餐、服饰。妻子大惑不解,问道:"什么事?为什么那么着急?是否去看钟情于你的姑娘?"我反唇相讥:"看了一次,我遭到了严厉的惩罚,我还敢斗胆去看第二次?!"她说:"那为何这么着急走呢?"

我自豪地讲明了真相。她听了没有表示丝毫高兴,反而慌乱不安，握住我的手，阻拦说："你脑子什么地方出了毛病！不，不，你不能赴会。"

我激将地说："拉其普特①女子亲自给夫君穿上盔甲，送上战场；而你却不能把自己丈夫派往演讲会！"

妮尔切莉妮说："在英国人群里举行演讲，我不担心你，但——算了。许多人将赴会，你也不习惯，最后可别——"

我也经常为"最后可别"潜台词含意所担忧，但错误也由于"最后"而经常发生。我不时记起罗摩莫罕姆·罗易②的一首歌曲，那首歌道："请记住，那些最后日子将是可怕的，当一些人开口说话，而你却缄口无言待着。"

假如报告者演讲结束，站起身时，会议主持者突然犯了病，脉搏虚弱，全身寒战，两眼发黑。在这种情况下，他缄默不语，那将会出现什么情况？念及这一切事的发生，我身体就比上述会议主席先生好，我不能夸那样的海口。不过，我高傲地向妻子说："妮尔切，你懂什么——"

妻子说："我不懂什么——但今天，我头痛，苦不堪言，兴许发烧了。今天，你不能把我扔下，独自出门去远处。"

我说："这是另一码事。今天，你的脸孔看上去有些红潮。"

她"脸红"究竟是想象到我可能在文学会上出洋相而羞涩所致，抑或由热度发烧而致，在对这个事实进行了历史考察，我鉴于妻子身

---

① 中世纪初期，在印度中西部兴起的民族。其王公是一个富于尚武崇文精神的封建统治阶层。——本版注
② 罗摩莫罕姆·罗易（1772—1833），印度近代社会改革家、思想家。

体不佳，迫不得已表示无法出席会议，向俱乐部发了上述内容的一封信，获得了解脱。

没有必要说清，妻子的热度是否很快退去。我心里说："一切都顺利。但我夫人内心对于我母语知识存在的偏见，不是件好事。她可视自己是位大女学者，她可不要在蚊子栖息地方，开办夜校，教我孟加拉语！"我暗自下决心："从现在起，若不消除我妻子的这种妄自尊大，再往后我的情况将会更令人担忧。"

那天夜晚，我与妻子发生了口角。学识少是多么可怕，我从蒲柏①的诗里援引例子，企图让她很好地理解诗歌的含义。仅仅拯救词的拼写法和语法的非纯洁从事写作，是不会成为作家的。真正的东西是思想。我咳了几声，说："这一切都无法在你的'语法月光'里获取，需要脑子。"脑子在哪儿，我没有说明，但我认为事理是不能模棱两可的。我说："迄今，没有任何一位女子写出了值得一提的作品。"

妮尔切莉妮听了，立即抵达有利于为女子辩护的地域，说："谁说女子不能写作？你把女子理解得如此软弱无能！"

我说："发脾气有什么用！你举出一些例子。"

妮尔切莉妮不甘示弱，说："倘若我像你那样念历史，我一定会举出堆积如山的例子。"

听了她这番争论，我内心不免有些激动。但争论没有就此结束，我以后指出它在哪儿结束。

一个名叫《激奋》的月刊宣称，它将给投来的优秀小说以五十

---

① 蒲柏（1688—1744），英国古典主义诗人。

卢比的奖金。我们商定,我们俩分别给那个杂志寄各自创作的短篇小说。试看,谁的作品获奖。

晚上事情的发展,就到此打住。次日,在晨曦里脑子清醒了,我不由踌躇。但我做了誓约,决不能退缩,洗手不干,我也握有胜券的可能。还有两个月时间,怕什么?

我购买了《自然主义字典》,也取来了般吉姆先生的书,但般吉姆的书已烂熟于心。于是,我放弃了那座伟大的庇护所。我早已拜读过成堆的英国小说作品。我把所读的许多小说,打乱一气,酝酿成一篇小说的构思方案。构思方案是十分精美的。但困难的是,所有这些事件在任何情势下,都不可能在印度发生。最后,我百般无奈,把故事基础放在最古老时代的旁遮普地区。在那儿,我可不必殚精竭虑,担心可能与不可能发生的事。这样,在我笔触前面,就不存在任何拦路虎了。狂迷疯痴的爱情、前所未闻的英勇和阴森可怖的结局等,像马戏团的马儿一样,在我小说四周以奇怪的样子转着圈。

晚上,我失眠了。白天,吃烙饼时没有把豆子放进米饭盘里,而倾倒在蔬菜的碗碟里。一天,妮尔切莉妮见到我这种恍惚神情,十分温柔且谦恭地说:"我对你起誓,你不用写了,我承认自己失败了。"

我激动不已,说:"你怎么晓得,我夜以继日地苦思冥想创作小说!那真是件无意义的事。在委托自己的官司事务里,我不得已绞尽脑汁,费尽心思。我要像你那般日夜思索小说和诗歌创作,哪儿有这么多空闲时间?"

也有可能,我凭借英国小说的框架和梵语词典的帮助,创作出一篇短篇小说。心灵某个角落的职责理智的激励,使我蒙受几许痛苦。我思忖，可怜的妮尔切莉妮不读英国文学，她的情感领域就会异常狭窄，她与我的这场战斗绝对是天下无双的，不可能有任何对手的。

后记

小说寄出去了。杂志二月①这一期将刊登获奖小说。我虽然内心不存有任何奢望和疑惑，然而待临近开奖的日子，我的心越发骚动不安。

二月终于降临了。一天，我从法院稍许提前回家，获悉二月的《激奋》期刊来了。它在我妻子那儿。

我蹑手蹑脚，缓缓地走进内室，朝卧室窥探，发现我妻子坐在一个角落里，撕着杂志的纸页，往火堆里投去焚烧。从靠在墙的镜面上，看到妮尔切莉妮折射的形象。从中可清楚地获知，不久前，她流着泪水。

我内心不觉欣喜万分，但同时我也产生恻隐之心。可怜的妻子的小说没有在《激奋》杂志上刊出。但她为什么因这个区区小事而痛苦不堪呢？其实，女人的自尊稍许受到一点打击或伤害，她们就痛哭不止，伤心欲绝。有什么法子呢？

我不声不响，轻手轻脚，退了回去。我走出户外，付了现款，从《激奋》杂志办公室购买了二月这一期。我翻阅刊页，看我的小

---

① 这里指印历二月，印历维沙克月相当于公历4至5月。

说究竟刊登在哪一页。从目录上浏览，获奖小说的题目不是《英勇那罗延》，而是《丈夫的姐妹》，它的作者是谁，妮尔切莉妮，赫赫在目！

在我们国度，除了我妻子外，难道还有谁叫妮尔切莉妮？我打开刊页，读起小说，发现妮尔切莉妮堂姐妹的不幸生活经历，就像蔓藤一般纵横交错生长成为小说。小说写的内容完全是家庭琐事，语言简朴。然而，所有事物描绘得栩栩如生，犹同一幅画似的，在我眼前不断浮现。我眼里不觉充满泪水。这个妮尔切莉妮就是我的"妮尔切"，这是确定无疑的，铁板钉钉的，然而，我记起了卧室里那个生不如死的痛苦情景，悲伤欲绝的美女那副惨暗的脸色。我默默地久久坐着，脑子空白，不知在想什么。

晚上，我进屋睡觉，问妻子："妮尔切，你抒写的笔记本在哪儿？"

妮尔切莉妮说："你要它干什么？"

我说："我想珍藏它。"

她说："行啦，开什么大玩笑！"

我说："不，决不是玩笑，我真的要收藏。"

妮尔切莉妮狡黠地说："它放置在哪儿，我也全然忘了。"

我固执地说："不，妮尔切，你说，笔记本究竟放在哪儿？"

妮尔切说："说真的，它现在已不复存在了。"

我诧异地问："为什么，它被丢在哪儿？"

妮尔切无奈地说："我把它焚烧了。"

我惊愕不已，天哪，天哪，她干了什么！我说："哎！你干出什么蠢事！什么时候烧掉的？"

她答道:"今天烧掉的。我以前不晓得,女人的写作是无意义的写作;女人作品若存在,人们就会无事生非,对它们进行虚假的吹捧。"

这之后,我对妮尔切极尽阿谀奉承,但迄今,我一行字也没能写出,云云。

——赫利什琼德拉

上述所写的小说故事,大部分都是虚构杜撰的。我丈夫的语言知识是那么贫乏,然而他所写的小说还是能很容易被人理解的。嗤嗤!竟然把自己的妻子作为素材,小说就这样被写出来!

——妮尔切莉妮

国内外经典和非经典著作关于女人的机敏才干,已经说了许多话。读者记住这一切话语,但希望,不要受骗上当。谁来纠正我这小说的语言和构词法的错误,我无可奉告。尽管我无可奉告,聪明读者一定能够猜测到:我妻子所写的上述几行字,有违背意愿,故意犯的构词错误。为证明丈夫具有语言知识的优秀学问,为把我小说归入雨季有关的优秀小说行列里,我妻子轻而易举地想出了这个招法。从前,迦梨陀娑就写过"受教育的女人是异常机敏的"话。由此可见,他十分了解女人的品性。现在,我像刚降世的婴儿睁开眼一样睁开了眼,我也领悟了女人的品性了;我若生在古代,也可能成为迦梨陀娑。我还有不少品德与迦梨陀娑相吻合。据传说,诗王[①]新婚之后,把创作的诗歌念给自己有学问的妻子听,其中"Usfhra"一词中省略了

---

① 这里初指迦梨陀娑。

"r"。今天,作者所应用的词里经常发生这样的悲剧。因此,对所有问题做了一番深思熟虑之后,我充分希望,迦梨陀娑的最后成熟,对我来说,也可能出现。

——赫利什琼德拉

倘若这篇小说付梓,我将回娘家去。

——妮尔切莉妮

而我也将在那时刻赴岳父家。

——赫利什琼德拉

因果报应

一

今天,什迪希的姨母苏姑玛莉和姨父希希塔尔老爷莅临寒舍。

什迪希的母亲维杜穆姬准备迎接他们的光临,搞得手忙脚乱。一见到姐姐和姐夫,她就叫喊起来:"请进!姐姐,请坐。今日,真不知托什么福分,能与姐夫相见!不是姐姐缘故,见您真是难于上青天。"

希希塔尔接应道:"你要明白,你姐姐的管制是多么严厉,日夜眼睁睁监视着!"

苏姑玛莉讽喻地说:"为什么不严加管制?把如此宝贝放在家里,能高枕无忧吗?"

维杜穆姬笑着说:"他的鼾声闹的吧!"

苏姑玛莉看不惯说:"什迪希,嗤嗤!你穿的什么衣服,难道就穿这身围裤去上学?维杜,你给他买的那套西服怎么啦?"

维杜穆姬顺着话茬应道:"他不知啥时把它撕破了。"

苏姑玛莉责怪说:"你应给他再买一套,孩子身上一套衣服能穿多少日子。你为什么不给孩子做第二套服饰。你们这里的习俗脾性,真是不可捉摸!"

维杜穆姬无奈地说:"姐姐,您也知道,他若看到孩子穿着一身时髦服饰，就会大发雷霆。我若不在的话，他兴许叫人用棉被给他裹上，腰上束一条腰带，把他送往学校。叫我说什么好呢，他的兴趣嗜好远离这个世界。"

苏姑玛莉说："原委可能是这样。但你们只有一个宝贝疙瘩，没有第二个孩子。他竟然没有让孩子穿着打扮的兴趣！如此德行的父亲，我也真少见！什迪希，后天星期日，去我那儿。我将从莱姆吉那儿，为你取一套新西服。你倒说说，你们孩子没有穿着打扮的兴趣？"

什迪希嘟囔道："只备有一套西装，我将会处于何种尴尬境地？姨母，帕杜利先生的孩子是我同窗友，他邀请我去他家玩板球。我身边没有外出的那种服饰。"

希希塔尔赶忙说："什迪希，那样的话，还是不去为妙。"

苏姑玛莉不满地说："妙，妙。你没有资格讲课训人。当你与他一般年纪时，那——"

希希塔尔打断她的话，说："那时，我是第二位给他讲课的人，他将没有时间聆听年迈的姨母的建议。"

苏姑玛莉不甘示弱地说："那时，讲课的某位仁兄若不请求你出来助人一臂，你将处于何种境况，你说说？"

希希塔尔不解地说："说这些话有何裨益？".

什迪希（朝剧院后台望去）慌忙地说："不，不，不要拿到这儿来，我来——"（下）

苏姑玛莉疑惑不解地问："什迪希为什么如此慌张地逃跑，维杜？"

维杜穆姬解释道："仆人端着寒碜的早点碟子来。孩子在你们面前觉得不好意思。"

苏姑玛莉点头称是，说："好！应该这样。哦，什迪希，听着！你的姨父去商店，为你去购买冰激凌，你可与他一块去。（转向其夫）喂，你耳聋了，还不赶快去买东西给孩子吃。"

什迪希乖巧地说："姨母，我难道能穿这身围裤去那儿？"

维杜穆姬说："为什么不行呢，况且你身上还披着一件上衣呢！"

什迪希吵着说："粗糙难看！"

苏姑玛莉护着孩子说："维杜，不管如何，你的孩子没有其父的脾性趣味，这是天大的幸运。我一见那件上衣，就联想起旅馆里的仆人，这般原始简陋的服饰，在世上任何地方都不会被发现的。"

希希塔尔忙不迭地掩饰说："这一些事……"

苏姑玛莉打断说："不让我声张，悄悄耳语？为什么？怕谁！门默塔先生依照自己的兴趣，给孩子穿得破破烂烂，我们不能说三道四？！"

希希塔尔委屈地说："这委实是冤枉。我何时何地禁止你说话！但在什迪希孩子面前，说这些话……"

苏姑玛莉抢着说："好好，你有理。请你把他带到商店去。"

什迪希执拗地说："不，姨母，我穿这件上衣，不想出门。"

苏姑玛莉说："瞧，门默塔先生正朝这儿走来。现在，他将开始斥责什迪希没个完。孩子因着父亲的无止数落，一刻也不得安宁。什迪希过来，你过来，跟我一块走。"（下场）

（门默塔上场）

维杜穆姬冲着其夫说："数日来，什迪希吵嚷着要一只表，我被折腾得无法脱身。现在姐姐给了他一只银表。我早对你说过，你总是光火！"（下场）

门默塔气恼地说:"我早听腻了,为此十分撮火。希希塔尔,你收起这只表。"

希希塔尔无奈地说:"你也真是位正人君子!好好,我收走,但回到家,我怎么负责交代?"

门默塔不屑地说:"不要寻开心啦,老兄,我不喜欢这一套。"

希希塔尔争辩说:"你可以不喜欢,但得忍受。世上,不是独自你一人,单独的法规是无法成立的。"

门默塔解释道:"涉及我的一切,我都可忍气吞声地默认。但我不能毁掉孩子。孩子一伸手索取,就给以满足;甚至渴求前我就设法填补他的缺乏,那么再也没有谁比他更为不幸的了。谁不能压抑渴望,他任何时候都不能获取幸福。我想把被剥夺之后保持耐心的学问,教授给孩子,我不想轻易地送他一只表。"

希希塔尔不予苟同地说:"兄弟,这倒是个好主意。不过,尽管你的主意存在,世上全部障碍也不会一下子就烟消云散了。倘若大家都持有你那般的睿智,那么事情会变得多么美妙!若不是那种情况,自己善良的愿望不能付诸实践,就应该学会忍耐;若你想在与女人意愿完全相反的方向行走,你就会陷入不可自拔的严重危机之中。规避她们走出,是为上策。稍许转弯抹角,见机行事,就会取得意想不到的效果;当大风反方向吹刮,人们就要横倒风帆,否则船只驰行是断然不行的。老弟,明白吗?"

门默塔不无讥讽地说:"因此你在所有事情上,都随声附和妻子的意见。你真是个胆小鬼!"

希希塔尔振振有词地说:"我不具备你那般的无畏精神。一天二十四小时待在她家里，我不惧怕她，惧怕谁呢？向自己的妻室炫耀英勇气概，有何裨益？给予打击，将使人蒙受痛苦；遭受打击，也使人痛苦不堪。因此，按我的主张，你若在争吵中视妻子意见为无可争辩的，你的主意也许就会通行无阻。这才是最为上策之途。固执己见，就会跌入不可自拔的泥坑里去！"

门默塔不服地说："倘若生命是无比漫长的、无比宽广，人们就可像你那般慢慢行走；然而，生命是何等短暂！"

希希塔尔无可争辩地说："所以，兄弟，我说应三思行事。面前，石块明明挡路，人岂能信马由缰；你毫不迟疑跳跃过去，才能缩短旅程；迟疑不决，就会不走运。我与你说这些话是多余的。你过去每日吃着亏，仍不睁开眼瞧瞧，而我的开导能起什么作用？你总是想象在你妻子影响力不存在的情况下行事，然而它们无时无刻不存在。你对此不应有丝毫怀疑，我也看不出可怀疑的任何缘由。"

二

"夫妻之间争吵，起初汹涌澎湃，末了悄然无踪。"——这是我们的古训。但有些夫妻生活违背了这个准则，老于世故之人无法否认这点。

维杜穆姬经常与其夫门默塔先生争论，这当然也是一种争吵。不过，它既不是汹涌澎湃，也不是悄然无踪。它无法与俱卢大战[1]相比，

---

[1] 俱卢大战，即俱卢之战，在《摩诃婆罗多》中是婆罗多族两支后嗣般度族和俱卢族为争夺王位所发动的战争。战争为期18天，最终般度族取得胜利，俱卢族面临灭族之果。——本版注

许多例子证明了这点。就在这儿,有一则近例可提供参考。

门默塔先生不满地开腔说:"你开始让孩子穿着英国服饰,我不喜欢那些英国货。"

维杜穆姬反击道:"喜欢也许属于你独自一家的!今天,所有男孩都穿上英国服饰。"

门默塔讥讽地说:"倘若你依照大家的意见行事,人云亦云,你为什么要抛弃大家,独辟蹊径,与我结婚呢?"

维杜穆姬反唇相讥说:"你若我行我素,有必要与我结合成婚?"

门默塔不以为然答道:"正因为依照自己意愿行事,才需要别人。"

维杜穆姬机智答道:"洗衣人为背驮包袱,需要驴子,但我可……"

门默塔佯装惊愕地说:"哦,罗摩,罗摩!你竟成为我沙漠世界里的阿拉伯马儿!不过,你现在应把生命学问的争论,搁置一边,千万别把自己国度的孩子,培养成外国老爷。"

维杜说:"我为何不坚持这目标!难道我把他培养成农民?"说了这番话,维杜穆姬夺门而出。而坐在隔壁房里的维杜的守寡嫂子,长叹了口气。她认为,小夫妻俩又经历了一场爱的热烈争吵。

三

门默塔问道:"亲爱的,你在孩子身上抹上什么?"

维杜嗔怒地说:"你可别晕头转向,丧失知觉。不是什么危险品,抹上一星半点儿香水。它可不是英国舶来品,地地道道的国产货!"

门默塔仍以教训的口吻说道:"我反复强调,多次嘱咐你,不要把这类奢侈品给孩子使用,他将会染上爱好打扮的恶习。"

维杜赌气地说:"好吧,倘若你乐意的话,从明日起,我给他涂抹上石油或蛋油。"

门默塔认真地说:"这也是一笔不必要的花销。没有那些油膏,照样能办成事。不要让孩子养成涂油习惯。在身上涂抹石油或蛋油,我认为都没有必要。"

维杜说:"我真不晓得,依照你的观念,世上必需的东西究竟能存在多少。是的,我肯定知道,在最初需要的名单里,我的名字无疑会上榜。"

门默塔不无幽默地说:"倘若我把你都撵出去,我争论的欢愉将化为乌有。突然弃绝天长地久的习惯,我如何能在这把年纪里逗留得住?算了,我早已对你强调指出,不管你把孩子培养成先生或贵族,抑或煮成先生—贵族的混杂稀饭。总而言之,你做什么都可以,但我对于那种花销,一个铜板也不会给的。我死后,他们获得的财富,也不会填满他嗜好的开销,懂吗!"

维杜讥讽地说:"我完全明白这个道理。我仰仗你的财富,才拥有孩子,我开始给他穿上破裤,用以遮掩下体。"

尽管维杜穆姬这种蔑视的双关语,使他蒙受双重打击,门默塔仍然马上控制住自己,反唇相讥,说:"我也明白,你依仗着自己姐夫希希塔尔。他没有子嗣,所以你对他铁了心,你认为他将把全部遗产留给你孩子。因而,你不时把孩子打扮成英国佬似的,送到他那儿,从姨父那儿乞讨爱。我能够忍受穷人的穿着,但我绝对无法忍受,向有

因果报应 · 339 ·

钱亲戚乞讨爱的耻辱。"

许多日子以来，这些话在门默塔心海里翻腾着，但从前鉴于严酷，他没有启齿，一吐为快。维杜穆姬早就明白，丈夫不会正确无误地把握他内心深处的秘密意图；她原先认为，男人世界对女人内心秘密的了解，愚昧透顶；但今天，她恍然大悟，门默塔探知了她心中的诡计，这对维杜穆姬不啻是个晴天霹雳。她不禁红了脸，说："连孩子去姨母家，你都无法接受！天哪天哪！我蛰居在如此巨大的禁锢家里，却一无所知。"

恰在这时，守寡的嫂子走来，说："二媳妇，祝你幸运。十六年过去了。今天，你的话题依然如故。从昨晚起，你俩话没有个完，今日又窃窃私语，没有结束的意思。我一直琢磨，上帝从哪儿取来甜蜜，黏在你们的舌头上。不要生气，亲爱的。我不会在你俩甜蜜的绵绵细语里，设置障碍。只消片刻，我问二媳妇编织活儿。"

四

什迪希叫着："伯母！"

伯母问道："什么事，宝贝？"

什迪希提醒道："今天，我邀请帕杜利先生的孩子来我家喝茶。你不要贸然走到他跟前！"

伯母不解地说："我难道有什么必要这样做吗？什迪希？"

什迪希劝道："您若去，最好不要穿这身衣服。"

伯母干脆说："什迪希，你不必操心，我待在这间屋里。你朋友喝茶不散去,我就不出门一步。"

什迪希进而说:"伯母,我想在你这间屋里设置茶点。这个家园里没有更优雅的地方,可以举办上等人茶会或沙龙。妈妈屋里堆满箱子什物。把谁带到那儿,我都会因寒酸而羞愧的。"

伯母顶着说:"我屋里也堆满什物。"

什迪希忙说:"我使唤人把它们放到别的地方一天,尤其要把你的瓶瓶罐罐统统收拾,藏到一个地方去。"

伯母不理解地说:"孩子,为什么这样做?你为什么因此感到羞耻呢?难道他们家里不用这些东西?"

什迪希坦白说:"我也不晓得。不过,任何茶屋都没有放置这些什物的习俗。帕杜利发现这些什物,一定会见笑。回到家,还会在他姐妹面前,取笑我。"

伯母反驳道:"你的话不禁惹我发笑。家用必需品不能在家里放置!这里究竟有什么可笑之处呢!"

什迪希进一步提要求:"还有一件事,您必须做好。您一定要把嫩杜放在自己身边管好。这个小家伙不会听我的话。他赤着身,一骨碌就会跑到那儿去捣乱的。"

伯母应允道:"我会阻拦住他,但你父亲裸露着身子……"

什迪希胸有成竹地答道:"我为此已请求姨母帮助。今天,他们将邀请我父亲去他们家做客,他将会应允去那儿。"

伯母担心地说:"孩子,你想什么做什么,谁也拗不过你,但我屋里像旅馆似的狼藉满地……"

什迪希安慰地说:"您不用过虑,我将竭尽全力,清扫整洁。"

因果报应 · 341

五

什迪希怨道："妈，这怎么能行呢！"

维杜疑惑不解，说："怎么，发生了什么事？"

什迪希解释："穿上这身陈旧的白色上衣，我羞愧得无地自容。那天，帕杜利先生家里举行晚宴，除了一两位老先生，所有人都穿上笔挺的西装。而我穿上老式陈旧衣服去那儿，羞愧得脸直发红。父亲大人给那么几个铜板买衣服，能买什么好衣服，惨遭羞耻是情理之中的。"

维杜妥协地说："什迪希，你要懂事理。你爸一次抓住把柄，从不放过。算了，告诉我，花多少钱，能买到你称心的衣服？"

什迪希不以为然答道："一件红宝石西服，一件休闲的西服，总共需要一百多卢比光景；一件经穿的晚礼西服，约莫需要一百五十卢比。"

维杜吓了一大跳："哦哟，总共需要三百卢比！我从哪儿筹措那么多钱……"

什迪希老成持重地说："这就是你的过错，妈！或者远离高等社交圈，像乞丐一样待着；或者进了高等社会，保持体面，两者居一。要维护荣誉，总念念不忘计算钱，是办不成大事的。现在，最佳方案是把我送往美丽的林子里去，那儿不需要内衣、外套、裤子掩体。"

维杜沉吟了片刻，说："这一切我都明白，但钱从哪儿跑出来呢？好吧，你可做一件事。你姨父每逢生日，总要送你礼物。这次，你去向他索取礼服！你先向姨母稍许暗示一下，她一切都会安排就绪的。"

什迪希满有把握地说："弹挥之间，我会一切都妥善安排好。不过，父亲若发现我向姨父索取服饰，事情就会搞糟！"

维杜决断地说："好吧，我会控制住他。"

什迪希离去了。维杜穆姬却自言自语："倘若什迪希与帕杜利先生的闺女，结成伉俪，那一切忧虑都会化为乌有。帕杜利先生是位名律师，事业如日中天。从童年时代起，什迪希就在他家走动。女孩难道铁石心肠，不喜欢我的什迪希！什迪希父亲从未想到这些关系。我偶尔提起，他就大为光火。我独自到哪儿，能看到孩子的前途！"

六

帕杜利先生的别墅，网球场。

娜莉妮惊奇地问："这是什么，什迪希，你往哪儿逃跑？"

什迪希不好意思地说："今天，你们这儿有网球赛。我不晓得，我没有穿网球衫来。"

娜莉妮开释说："所有牛都不是拥有同一模样的皮，什迪希！今天，你的服饰已经够新颖别致了。好吧，我助你一臂之力。（转向嫩迪先生）嫩迪先生，我有一个小小请求。"

嫩迪赶忙说："为什么请求，是命令，命令！我时刻准备着，恭候为你服务。"

娜莉妮请求说："倘若你不为难的话，请你今天整日原谅什迪希。他今天没有穿网球衫来，多么令人怜惜的不幸呀！然而……"

嫩迪先生拍着胸脯说:"只要你挺身辩护,我连杀人犯和骗子都能给以宽恕。区区小事,无足挂齿。倘若不穿网球衫就能获得你那令人羡慕的同情,我也愿意脱下网球衫。现在,我把网球衫作为礼物,赠给什迪希。请来拿,什迪希,脱下自己的西装。哎,这衣服怎能称作西装呢,至多算作混杂的洋服。我也将穿着这身混杂的洋装,而丝毫不感到害臊,只要天堂所有星星、月儿和太阳,目不转睛,朝我瞻望。什迪希,假如你在赠予自己这些衣饰里有任何疑虑的话,请告诉我裁缝地址,我将会做出让裁缝改动的安排。因着这套时髦的西服,帕杜利小姐动了恻隐之心,而她的这个恩泽是多么珍贵!"

娜莉妮挖苦地说:"什迪希,请洗耳恭听,好好记着这些美妙的话语。你不仅要向嫩迪先生学习衣服的时髦样式,而且要学习他甜言蜜语的时髦!这种典范在任何地方都不可能见到的。在英国,他除了对公爵和伯爵说话,对谁都不理睬。嫩迪先生,在你宝贵的时间里,那儿有哪些印度学生?"

嫩迪先生不屑地说:"在那儿,我一个本地学生也没有遇到。"

娜莉妮继续讽喻地说:"什迪希,听清了吗!请瞧,要想成为标准文明人,你应该注意自己的一举一动,应该小心谨慎,不须有一分一毫的差池!你努力吧,兴许马到成功。你现在已有了丰富的网球衫知识,你由此会大获成功。"(走向别的地方)

什迪希深呼吸了一下,心里暗自说:"迄今,我没有认识娜莉妮。她看到我这副窘相,兴许心里觉得可笑。我忐忑不安,怎么也无法心安理得待在这儿片刻。我忽而觉得,领带兴许上了衣领上了;忽而觉得,西装裤的膝盖处,有着难看的皱褶。哎,我何时能像嫩迪先生那样洒脱自在地待着。"

正在这时,娜莉妮回来了。

娜莉妮见他这副窘相,又好笑又好气地说:"干吗,什迪希,心灵的疑惑还没被消除?难道你挂牵一件网球衫的悲哀心灵,正被撕裂着?今日,在这里谁来抚慰你那颗痛苦的心?恐怕唯有裁缝公司能拯救你这颗为区区网球衫而被撕裂的心。"

什迪希哭丧着脸说:"假如我心灵能传递讯息,你决不会说这样的话,莉妮!"

娜莉妮(高兴地鼓掌):"妙哉,妙哉!你终于有说如此甜言蜜语的收获了!嫩迪先生的榜样似乎发生了作用。我希望,你获得了公正待遇,更上一层楼,突飞猛进。吃糕点,给你甜言蜜语予奖赏!"

什迪希推托说:"不,今天我不想吃,我身体欠……"

娜莉妮不无调侃地说:"你听从我的话!为一件网球衫落泪伤心,搞坏身体,于事无补;不思饮食,更是坏事。'西服'委实是世上最优秀的东西,但身体不保养好,你把它悬挂在何处?"

七

希希塔尔开导说:"你瞧,门默塔,你一直严厉管教着什迪希。而现在他已长大成人,不必对他那么严厉管教了。"

维杜讥笑地说:"请掏出你的想法,亲爱的先生!我对他可洞若观火,而他一点也不明事理。"

门默塔不服地说:"你们俩串通一气,指控我!一个说'无情残酷'；一个说'不明事理'！我依赖于帮助者，成了不谙世事的一个傻瓜，而那位援助者所说的话，我都得忍受；他姐妹所说的话，我也得无条件保持沉默，甚至于姐夫所说的话，我也得服服帖帖听从。现在，我如何挑起不堪忍受的重担呢？请拨开云雾，指明正道。我管制如何严厉，倒要洗耳恭听！"

希希塔尔说："可怜的什迪希有稍许穿着的嗜好。近来，他在知书达理人家走动，你都给他穿月亮街上的……"

门默塔反驳说："我何时说过，他非穿市场小摊上的衣服不可？但我看到英国服饰，心里就不舒服。穿上印度围裤、衬衣、外套，有什么可见不得人的？"

希希塔尔以雄辩的口吻说："门默塔，等着瞧。什迪希倘若在这般年龄里，无法泯灭自己的兴趣爱好；那么进入老年阶段，他总会有所作为。另外，你稍许思索就会发现，我们能够阻止从童年时代所理解的文明的进攻吗？"

门默塔说："那些想成为文明人的人，应动用自己的钱财，进行文明的装扮。钱财没有从你们所认识的文明国度滚滚而来；相反，钱财从我们这里流向他们那里。"

维杜甘拜下风说："姐夫，诡辩里你无法胜他。挑起了国家存亡匹夫有责的话题，谁也封不住他的嘴。"

希希塔尔不以为然地说："门默塔老弟，我也懂得这一切道理。但孩子的固执，是另外一码事。我们能回避它，溜之大吉？什迪希经常在帕杜利先生宅园里走动，你稍许设身处地想想，他整日为没有合体的服饰，忧心如焚！我已在兰那基那儿为他……"

（仆人进来）

仆人说："从洋人公司那儿取来了衣服。"

门默塔大为光火，说："滚，从这儿把衣服拿走，拿走！立马拿走！（转向维杜穆姬）对，你也仔细听着，倘若我看到什迪希穿上这身衣服，我就不许他进家门，让他住旅馆。在那儿，他喜欢干什么，悉听尊便。"（疾步下场）

希希塔尔双手一摊，一副无奈的样子，说："我简直如坠入五里云雾之中，一点也捉摸不透！"

维杜哭泣着说："我能说什么，姐夫。我的生活毫无意义，在生活里见不到幸福的影儿。谁能见到，父亲如此对待自己的子女？"

希希塔尔劝慰道："他对我态度也不好，不必多计较，虑多伤体。我还觉得，他的消化力很差。你听我的建议，每天膳食要变换花样，不给他吃同一种豆饭；有可能的话，让他吃些有调料的食品。这样，吃得既有滋有味，消化能力又可改善。你好好伺候他吃喝几天，然后你再看看情况。你姐姐十分擅长于这些活儿。"

（希希塔尔退场，维杜穆姬仍哭泣着，守寡嫂子上场）

嫂子嗔怒地说："忽而哭泣，忽而大笑，看到你这副模样，忍俊不禁。（叹了口长气）什么事，二媳妇，生什么闷气？难道受人欺凌，自尊丧失，呼唤你亲爱者？"

八

娜莉妮抚慰地说："什迪希，我干吗叫你来，你听着，不要生气！"

什迪希接口说："你叫唤我来，而我将发火生气！难道我脾气那么坏？"

娜莉妮解释道："不，不，这些话撇在一边。我劝你，不要亦步亦趋，模仿嫩迪先生。好吧，你说说，我生日时，你为什么送如此贵重的东西？"

什迪希争辩地说："我送你的礼物价值能与他送的东西价值相比吗？"

娜莉妮不容争辩地说："无疑，这就是对嫩迪做法的仿效！"

什迪希不服气地说："我为什么要追随嫩迪！我看到有人对他偏袒，那——"

娜莉妮赌气地说："你走，我不与你说话。"

什迪希屈服地说："好吧，请你宽恕，我洗耳恭听。"

娜莉妮道："你瞧，什迪希。嫩迪先生当我是傻瓜，送我贵重奶罩；而你也与他竞争，送比它更贵重的项链，这是为什么？"

什迪希说："你不懂人在何种情况下丧失理智。莉妮，你就知道生气。"

娜莉妮真的生气了，说："我不想知道。你听着，你把项链取走。"

什迪希吃惊地说："你把它退给我？"

娜莉妮斩钉截铁地说："是的，我将退还它，那些显示英雄气概的礼物，在我眼里不值分文。"

什迪希委屈地说："你这种对待是不公正的，莉妮！"

娜莉妮耐心地说："我没有不公正。倘如你给我一束鲜花，我会异常高兴。许多日子以来，我发现，你时不时送我一些贵重东西，出于

· 348 ·　泡影——泰戈尔短篇小说选

不伤害你的心的考虑，我一直保持缄默。但当我看到，送的数量越来越多，且价值不菲，我再也不能保持沉默了。你把项链拿去。"

什迪希赌气地说："你高兴把它扔到哪儿就扔到哪儿，我决不收回。"

娜莉妮认真地说："好吧，什迪希。我可从小就了解你，你不用瞒着我，说真格的，你负了多少债？"

什迪希猜度说："谁对你说的，也许莱那说的？"

娜莉妮不满地说："谁都没有说，我一望你的脸色，心里就明白你为什么对我如此不公正呢？"

什迪希解释道："人能在特殊场合对待特殊人，奉献生命。在当今时代，人很难获得奉献生命的机缘；今后获得的机会也微乎其微。在这种情况下，至少在负担痛苦里的人会感到一丝幸福。难道你不给我享受这种幸福的机会？我想对你做些稀罕的难以企及的事，倘若你把它说成是对嫩迪的模仿，这对我来说委实是不公正的，使我感到异常地痛苦。"

娜莉妮不无调侃地说："好吧，你要做的惊天动地的事业已完成，我接受你的奉献。现在请你把项链拿回去。"

什迪希发誓说："我不得不拿回去，我将用这条项链做成套索，窒息而死，这可能是我寻求解脱的最佳途径。"

娜莉妮同情地说："你如何还清自己的债务呢？"

什迪希说："我会从妈那儿讨取钱。"

娜莉妮不屑地说："嗤嗤！她心里对此事将怀什么想法，她孩子为了我，负了债。"

什迪希满有把握地说：“我妈压根儿不会存有这种想法。她深知自己孩子的脾性。”

娜莉妮无奈地说：“哎，算了，既然事情已经这样了。现在你一定得起誓，从今以后，不许送我任何贵重礼物。至多送我一束鲜花，其他一概不收。”

什迪希说：“好吧，我起誓。”

娜莉妮说：“现在我原谅你。今后，你好生温习老师嫩迪的功课。我要瞧瞧，你阿谀奉承的学问达到了何等登峰造极的地步。好吧，你能在我耳垂下说些什么，说呀！我给你五分钟时间。”

什迪希顽皮地说：“我会说的，会使你耳垂下更加发红。”

娜莉妮快活地说：“妙哉妙哉！你扮演的角色不错。行了，今天到此为止，其余的话以后再说。我的耳根已经发红了。”

九

维杜穆姬哀求道：“你尽可生我的气，你想什么就做什么，但不要对孩子发火。我向你请求，这次还了他所欠的债。”

门默塔应允道：“我不生气了，但我不得不履行自己的职责。我几次三番对什迪希说，我绝对不还他所欠的债，我的话迄今算数，不失效。”

维杜继续耐心地对其夫游说：“我尊重你的诺言。但我若是真理的化身优迪什沃尔，家庭生活就无法正常进行了。什迪希如今已长大成人，你给他那么可怜兮兮的费用，他怎能生活？你设身处地思量思量！"

门默塔不为所动地说："超过谁所拥有的能力花销，谁的日子就不会好过，无论是乞丐抑或是皇帝，概不例外。"

维杜急着说："难道把孩子送入监牢？"

门默塔依然不为所动地说："假如他已准备好，假如你帮助他，我怎能阻拦他呢？你说呢？"（下场）（希希塔尔上）

希希塔尔一进门就嚷开："在这个家庭里，门默塔一遇见我，心里就直打鼓。我曾思忖，手执尺带，给孩子量体裁衣，做件黑色外套。从那时迄今，已有一些日子没有来府探望。今天收到你的信，苏姑哭诉着，把我从家里撑了出来。"

维杜问道："姐姐没有同来？"

希希塔尔答道："片刻就会到。事态发展如何？"

维杜难过地说："你们兴许听说了一切情况。如今，他不把孩子送往监牢，是不会甘心的。夜光宝石衣服，他是不喜欢的。依他的观点，囚服也许更适合孩子穿。"

希希塔尔假正经地说："只要你吩咐，我立即赴汤蹈火。但要说通门默塔，则超出我的能力。我弄不懂他的话，他不明白我的话，双方无法沟通，最后……"

维杜打断他说："我怎么不明此道理，你又不是他的女人，能够使他甘拜在石榴裙底下，忍受一切，但这个危急关头……"

希希塔尔追紧一句话说："你手头还有多少……"

维杜立即回答道："我手头拮据，什么也不剩。为付清什迪希的债务，我已把所有首饰抵押出去，手头只剩下两副手镯了。"

因果报应 · 351 ·

(什迪希上)

希希塔尔责怪说:"怎么搞的,什迪希?花销时不瞻前顾后?应该三思而行,也不至于陷入如此困境!"

什迪希装糊涂说:"什么样的困境?"

希希塔尔马上说:"我想知道你手头还有多少钱,为什么不公开秘密?"

什迪希撒谎说:"还存有钱。"

希希塔尔追问:"多少?"

什迪希调侃说:"足够买些鸦片。"

维杜哭泣着说:"什迪希,你还在胡说些什么!我经受着巨大痛苦,你不要再雪上加霜,火上浇油。"

希希塔尔斥责说:"嗤!什迪希!何等混账话,什么时候在心里滋生的,难道能心安理得摊在母亲面前?不成体统!"

(苏姑玛莉上)

维杜赶忙哀求道:"姐姐,救救什迪希。天晓得,将有什么灾难的日子来临。一想及这个,我就心慌意乱。你已听说了吗,他胡说什么?"

苏姑玛莉说:"他说什么?"

维杜答道:"他说,要买鸦片吸!"

苏姑玛莉惊叫道:"啊呀,我的上帝!什迪希,触摸我身体起誓,这样的话永远也不能往心里装。你怎么不说话站着?你不是国王的孩子吧!现在连自己姨母的话都听不进去?"

什迪希无所谓地说:"进监牢倒好,这样我可把监牢外的一切事情,迎刃而解;一切人生担忧,烟消云散。"

苏姑玛莉说:"有我们在,谁能把你送进监牢?"

什迪希冲口而出:"警察。"

苏姑玛莉直吼道:"好,我等着瞧,他是多大的警察!(转向丈夫)你听着,为什么不带钱来扔下,为什么折磨孩子?"

希希塔尔委曲地申辩:"我是能带钱来扔下,但门默塔将会举起砖石,往我头上扔。那时谁来搭救我?"

什迪希揭示道:"姨父,砖头决不会落在您头上,它只会掉到我头上。一来我考试不及格;二来我负债累累。倘若有进监牢这么好的机缘,失之交臂,父亲绝对不会原谅我的。"

维杜焦急地说:"真的,姐姐!他若获悉,什迪希从姨父那儿讨得钱,他就会立刻把什迪希撵出家门,否则他不会罢休的。"

苏姑玛莉说:"拿住钱!难道我不懂为他安顿好地方!维杜,你为什么不把什迪希过继给我?我没有子女,我身边将会留住什么呢?(转向丈夫)喂,你说是吗?"

希希塔尔附和说:"完全正确。但什迪希是狮子的孩子,你若把他拽走,要从狮子口里救出生命,显然是异常难的。"

苏姑玛莉反驳道:"狮子先生把自己孩子送进狱警手里,假如我们搭救了什迪希,他能说三道四吗?"

希希塔尔进而问道:"母狮有何意见!也要问一下孩子,他要说什么。"

苏姑玛莉干脆答道:"他们要说什么,我了如指掌,没有必要向谁问什么。现在你快点还清债。"

维杜哭喊着:"姐姐!"

苏姑玛莉催促说:"现在没有时间哭喊'姐姐,姐姐'。快走,我替你梳头发,你这副模样,在姐夫面前,你不感到害臊?"

(除了希希塔尔外,所有人都下场,门默塔上场)

希希塔尔劝说道:"门默塔,兄弟,你稍许冷静想想——"

门默塔斩钉截铁地说:"我不考虑是不会干的。"

希希塔尔说:"那你向我起誓,好好思考。难道你要把孩子送进监狱?难道这对他大有裨益?"

门默塔侃侃而谈:"最终任何人都无法决定事情的好坏。我大致这样认为,尽管一次次小心谨慎行事,但倘若他一次不小心,犯了罪过,他就不得不接受惩罚。企图人为的办法,把他从惩罚中拯救出来,是不适宜的。我倒认为,我们这期间放弃扼杀自然的脖子,那么自然定能通过自己严厉的教育,把人培养成现实的人。"

希希塔尔驳斥道:"而我的看法是,倘若自然严厉的教育就是唯一的教育,造物主决不会在父母心里赐予慈爱那种东西。你仔细听着,你日日夜夜叫喊'因果报应''因果报应',我不认为它是完整的;自然总想从我们处索取因果报应。但是,站在自然之上的主人,在其中总是施以许多宽恕;不然,在不断付偿'因果报应'的债务里,我们的存在也会被出卖掉。从科学计算出发,因果报应是真实存在的,但在科学知识上还有一个知识,在那儿因着爱的计算所有结果将会变更。因果报应是自然的,而宽恕是高于它的东西。"

门默塔不服地说:"不是自然的人想什么就做什么。我是极其普通自然的人,我矢志接受因果报应之说。"

希希塔尔气愤地说:"好吧,假如我偿付了什迪希的债务,把他从监牢中解救出来,你将有何贵干?"

门默塔以牙还牙说:"我将弃绝他。你瞧,我用那种特殊方式想把什迪希培养成人,而你们从一开始就从中作梗,设置陷阱,使那种方法弃之无用。从一个方面获得节制,从另一方面获得放纵,他由此早已变坏了。倘若他不断获得称心如意的施舍物,他的自尊心和职责感就会丧失殆尽;假如我们不能使他懂得'种瓜得瓜,种豆得豆'的道理,我就彻底放弃对他的希望。我们只根据各自意愿把他培养,脚踩两只船,他不得不面临危机。"

希希塔尔愤怒地说:"你胡说什么!他毕竟是你的孩子!"

门默塔不饶地说:"请看,希希塔尔,我根据自己的自然和信仰,能够把自己的孩子培养成人,而我不知道还有其他什么办法。当我确定无疑地发现,怎么也不可能出现我意料的那种情况,我就束手无策,无法维护父亲的职责,我无法去做超出我能力以外的事。"(下)

希希塔尔无奈地哀叹道:"我能做什么呢?孩子是不能被送进监牢的。有罪人不管多坏,监狱比他更坏。"

十

帕杜利先生的妻子吃惊地问:"你听说了吗,什迪希的父亲仙逝了?"

帕杜利先生答道:"是的,我早已听说了。"

妻子担忧地说:"他把自己全部财产捐献给医院。只给什迪希的妈安排每月七十五卢比的生活费用。现在该怎么办？"

帕杜利说："你为什么如此着急？"

妻子埋怨道："你真是奇怪的人。你的闺女爱着什迪希，难道你蒙在鼓里！你曾经同意他俩结婚，现在将会发生什么意料不到的情况？"

帕杜利心平气和地说："我可没有指望门默塔先生的财产。"

妻子讥讽道："难道你只指望着孩子的脸，兴许连衣食也不指望？"

帕杜利胸有成竹地说："衣食是十分需要的。有人说过，世上再没有比衣食更重要的东西了，民以食为天嘛。你也许知道什迪希有位姨父？"

妻子挖苦地说："姨父倒是位富有人。不过依仗他饥饿是不会被消除的！"

帕杜利满有把握地分析道："我是他姨父的律师委托人。他腰缠万贯，没有子嗣，年纪又大，他十分渴望过继什迪希为子。"

妻子开窍地说："姨父倒是个好人。他想过继，为什么不尽快进行？你在旁加把劲，促成他尽快把什迪希过继过去。"

帕杜利平静地说："没有我使劲的特别必要，就在他家里有使劲的人。一切已安排妥当，只剩下法律上的一些疑虑，独生子能否过继，况且什迪希的年龄早已超过过继年龄，等等。"

妻子不解地说："法律操纵在你们手里，你们为什么不闭着眼睛，加上某种补充条款？"

帕杜利说："你干吗着急？不能过继，还有其他办法。"

妻子唠叨说："好吧，我不着急。我曾想过，这么多日子之后，现在的关系该怎么打破。然而我们的莉妮任性固执，忽而想做这个，忽而想捣鼓那个，没有个准星。但女儿怎么也不能托付给穷人的手。你瞧着吧，你女儿哭闹着，模糊了自己的眼睛。昨晚吃饭时，乍听闻什迪希父亲故世的消息，她扔下碗筷，起身就走。"

帕杜利分析道："但从表面看，我们还不能确切知道，莉妮究竟是否爱着什迪希。而什迪希却始终如一忧心忡忡。我猜度，什迪希更倾心于对莉妮的恋情之中。"

妻子接着说："你女儿脾性就是这样，她所爱的人始终都是忧心忡忡。你没有发现，她让比利的孩子也整日神魂颠倒，忧心忡忡。但奇怪的是，尽管如此，谁也不想放弃她。"

（娜莉妮上）

娜莉妮撒娇哀求道："妈，你没有一次拜访什迪希先生的家！他的母亲正处在十分悲痛之中。爸爸，我想去他家拜访。"

十一

什迪希询问道："妈，我现在是何等幸福，一看我的衣饰穿着，就可一目了然。但是，姨父不把我过继过去，恐怕他不会安心的。那样你获得的东西不可能与我发生多大关系。许多的日子以来谈论过继事宜，但始终没有个结果！兴许现在姨父心坎里要孩子的心愿，已经湮灭了。"

维杜失望地说："他的心意也许早已兑现。"

什迪希惊讶地问："哦，你说什么！妈！"

因果报应 · 357 ·

维杜若有所思地说:"从种种迹象看,我萌生了这种感觉。"

什迪希忐忑不安地说:"迹象究竟是臆测,大多可能是错误的。"

维杜决断地说:"不,不会有差错的,孩子,现在你将有兄弟啦。"

什迪希惶恐地说:"妈,您说什么?这可不对头!我将会有兄弟,能这样下断论吗?也许是姐妹呢。"

维杜有把握地说:"瞧姐姐的脸色,就可断定,这次分娩将是男孩。此外,不管是女孩或男孩,两者对我们来说都是一回事。"

什迪希心存侥幸地说:"姨母这么大年纪,还将分娩孩子。其间,难道不会出现意外?"

维杜唉声叹气地说:"什迪希,你去寻找工作谋生吧。"

什迪希委屈地说:"现在去谋职是完全不可能的事,因为我还没通过考试。此外,我没兴趣工作,让我成为区区小职员,断然不行的。妈,这对我是巨大的不公平。最终不能依靠他们,我就应获得父亲的财产,如今连这也被剥夺。现在我……"

维杜打断他说:"不公平已既成事实。一方面姨父母把你安排在家里,另一方面又使用大夫的药!最后医生的药发生了效力。你别担忧,你竭诚未改地呼唤上帝,他是最大的医生,只要他想……"

什迪希哈哈冷笑一阵说:"哦,只要他想!现在一切都会逆转,一切都不会搞糟。妈,我们应该感恩他们。但现在出现那样不公平的事,感恩他们是困难的。现在我们已走投无路,不磕头求拜上帝开恩,已无法可施。全托上帝的怜悯了!"

维杜一个心眼说:"上帝的怜悯一定会出现,孩子!不然,你将处于何种境遇,我思考集中在这点上。我们只存在一个上帝的怜悯了。"

什迪希气恼地说:"倘若上帝不降下怜悯的甘霖,我就不承认上帝,在报刊上宣传无神论。"

维杜不安地说:"亲爱的宝贝,你闭嘴,不许胡说八道!这样亵渎上帝的话从嘴里吐出,是个罪孽。上帝有颗充满同情的心,没有他的同情,寸步难行,任何事办不成。……现在该怎么办呢?今天,你打扮得如此花里胡哨,去哪儿?衣领弄得那么高耸,像挺直的骆驼脖子。你为什么如此打扮,头颅龟缩得将没有颈脖?"

什迪希神秘地说:"在高领尖衬下,脖子可高高挺起,这样我能坚持到何时,就维持到何时;这之后,脖子低垂的日子临头,我就抛弃那高领衣饰。今天我有件要紧的事,我走了,以后再告诉你。"(下)

维杜长吁短叹地说:"从前我一直对他了如指掌。哦,上帝!现在我不知孩子一丝消息。不过,我知道,我的什迪希的命运不可能坏,开始尽管荆棘载途,末了一切迎刃而解,获有好结果——我始终盼等着。为什么不是那样的结果呢?我从未犯下罪过,我是位忠贞的妻子。所以,姐姐这次肯定……"

十二

苏姑玛莉喊道:"什迪希!"

什迪希应道:"什么事,姨母?"

苏姑玛莉不满地说:"昨日,我让你去市场为孩子购些布来,然而你没有去!为什么,难道干这种事拆你的台?"

什迪希申辩说:"哪里谈得上什么丢脸的事,姨母!昨日,帕杜利先生邀我去他那儿,所以……"

苏姑玛莉责怪说:"你有何必要一次次去帕杜利先生那儿?我可一点也不明白其中缘故。他是位高贵绅士,他对像你那样人平等待之,合适吗?我倒道听途说,从今以后,那儿谁也不会顾问你。然而,你打了彩色领带,俨然以新郎官身份出现在那儿,你不觉害臊?你一点也不顾及自己的尊严?你若顾忌到,就不会不努力去工作,不会无所事事泡在这儿!一提工作,你脸上就堆满愁云,不想到任何地方去谋职!但工作对你来说是件好事,至少可挣钱填饱肚子!"

什迪希不情愿地说:"姨母,我也不想这样做,就是你……"

苏姑玛莉马上打断说:"那你为什么不去做呢!我早料到,最终将把罪过推给我。现在我恍然大悟,你父亲对你了解得真是入木三分;鉴于这种透彻的了解,你父亲对你严加管教。我则与他相反,把你当成孩子加以百般宠爱,在自己家里给你以位置,从监狱里把你救出;它们的结果是,我们倒成了罪人!就把它称作感恩!自作自受!好吧,就算是我们的罪过。然而,你吃了我们的饭食,做些身体力行的事,难道其中有什么罪过?难道什么也不做,你不觉得受辱吗?"

什迪希委屈地说:"我没有感到丢脸。您要我做什么,我即刻就去做。"

苏姑玛莉十分为难地说:"宝贝需要六七码丝绸和一件衣服。(什迪希正欲离开)还有,你仔细听着,为他购一双鞋子,拿去尺码,(什迪希又准备抬脚走)亲爱的,干吗着急走,好好听完我整个话。今日,难道你有帕杜利先生那儿的宴请?再为孩子买一顶帽子,一打手帕。(什迪希起步走了,她又把他叫回)什迪希,你仔细听着,还有一件事我要郑重其事对你讲。我听说，你没有征求我的意见，向姨父讨取一笔钱，准备购买新鞋。你自己挣了钱，想摆什么谱就摆什么；但拿了别人的钱，想在帕杜利先生那儿显示自己的贵族气，请你不要毁了自己的姨父。把那笔钱还给我，如今，我们手头也拮据。"

什迪希答道："好吧，我拿给你。"

苏姑玛莉吩咐道："现在你去市场，用那些钱去购我所说的东西，剩余的钱找回给我。一切都要算清账的，懂吗？（什迪希欲离去。她又拦住他）听着，什迪希，这些东西花两个半卢比足够了。不要租车去，害怕让人向你索要东西。走几步路，你头就痛，这样你不会致富发家的。你父亲每天清晨亲自步行去市场，购买蔬菜、米、豆等什物。记住！他从来舍不得花费一个铜板雇佣苦力。"

什迪希顺从地说："我将牢记你的教导，现在我也一个铜板不乱花。从今日起我永远注意这个举止，在你这儿能省下苦力和仆人的开销，我一定努力去克扣节省。"

十三

赫伦德拉奇怪地问："兄长，你这么长时间在写什么，写给谁，能公开吗？"

什迪希不耐烦地说："去，去，这些事与你毫不相干，你快去玩吧。"

赫伦德拉纠缠着说："让我看看，你写的什么。现在不是让我学习嘛，对吗？"

什迪希发火地说:"赫伦,你不要烦我,你走开,快从这儿滚开。"

赫伦一面看着一面读着:"Me—Ri Ne—Li,哦,我的娜莉;我的娜莉!娜莉可不是你的什么,娜莉可是罗摩的母犬。"

什迪希气恼地说:"哦哟,你懂个屁!从这儿滚开!"

赫伦大声喧哗叫喊:"我的娜莉!我的娜莉!"

什迪希哄骗着说:"我的好弟弟!不要喊叫,现在离开片刻,待会儿再来,我将给你一件东西。"

赫伦好奇地问:"这是什么,哥哥?一束鲜花!把它送给我,我拿去啦。"

什迪希要挟说:"手不要碰触它。看,要把它弄糟了!我说,你走!"

赫伦吵闹说:"没有弄坏,给我!"

什迪希哄着说:"我明儿拿很多鲜花送给你。这束鲜花你不要碰!"

赫伦执拗地说:"哥可,这束鲜花好看,我拿走了。"

什迪希吼道:"这不是我的,是别人的。放着,放着,放着!"

赫伦反击说:"你骗我!妈让你购一些果汁,你却购来一束鲜花;而你撒谎说是别人的!"

什迪希无奈哄着他说:"赫伦,你可是我最亲爱的弟弟!你对我的话都不予置信?现在你暂时走开片刻,让我安心写一封急信,然后你再来玩,好吗?"

赫伦听从说:"好,不过你写什么,给我瞧瞧,行吗?"

什迪希敷衍地说:"好,我给你看,先让我写完。"

赫伦拿着自己的石板和粉笔,叫喊着:"我也写,m—e me,r—iri,Meri(我的);N—e Ne,L—i Li,Neli(娜莉)!我的娜莉!

（像飞驰的火车一般尖叫着）我的娜莉，我的娜莉，我的娜莉，我的娜莉，我的娜莉，我的娜莉，我的娜莉，我的——"

什迪希忍不住发火，说："不要叫喊，静些静些，吵死啦。天哪，你那么不听话！"

赫伦不罢休地说："那你给我这束花。"

什迪希又气又恼又无奈地说："好啊，拿去，但一定要小心，不许弄坏。你做了什么？我怎么阻拦你，千叮万嘱你，你还是把花掐坏了！（抢过花束，刮了他一记耳光）坏蛋！从这儿滚开！我说了，滚开！"

（赫伦号啕大哭，什迪希疾步下场）

（维杜穆姬疾步上场）

维杜担惊受怕地说："好像是什迪希把他惹哭了。姐姐晓得了，不会罢休的。赫伦，我的宝贝，别哭，乖孩子！你是我心肝宝贝，是我皇上太子，别哭了。"

赫伦哭诉着："哥哥打我。"

维杜安慰道："好，好，我将会打他。你安静些，别哭，我要把他打得骨骼都散架。"

赫伦抹着眼泪告状说："哥哥从我手中抢走花束。"

维杜满口答应道："好，我立马去要来花束给你。你不要再哭了，乖乖。（赫伦又哭泣起来）我在任何地方都没见过这样不听话的孩子，姐姐把孩子宠坏了。（斥骂道）孩子，我说了，安静，不许再哭。不然，背着包袱的和尚会把你抓走的。"

（苏姑玛莉上）

苏姑玛莉气恼地斥责道："维杜，你表现得很光彩？如此大声呵

因果报应 · 363

斥我的孩子,难道你想把他吓病了?我常梦见仆人恫吓孩子,而作为姨母,竟也如此恐吓孩子!我孩子怎么使你不高兴,鬼使神差使你瞪着吃人大眼!我一向把你孩子当成亲生孩子抚育,把他培养成人。今天,你竟如此报答?"

维杜哭泣着:"姐姐,这样的话不应从你嘴里说出。对我来说,赫伦与什迪希都是我的孩子,没有任何区别。"

赫伦告状说:"妈,哥哥打我。"

维杜马上阻拦说:"嘘,孩子,不许说谎。什迪希不在这儿,如何打你!"

赫伦争辩说:"啊呀!他刚才还坐这儿写信。信中写道,我的娜莉,我的娜莉!好吧,妈,娜莉是罗摩的!"

苏姑玛莉长叹了口气说:"哦,天哪!"

赫伦继续告状说:"还有,妈,你要哥哥为我购果汁,他却用钱买了一束鲜花,没有买果汁。我稍许碰了一下花束,他就动手打我一巴掌。"

苏姑玛莉恍然大悟似的说:"我一切都明白了,母子俩都不放过我孩子。你们一见到赫伦就不舒服。孩子,你的道路上布满荆棘;我常思量,究竟是怎么回事。大夫不断被邀请,药物源源不断,而麻烦在家里仍不断,孩子一天比一天消瘦!今天,真相大白了。"

十四

什迪希伤感地说:"我是来向你告辞的,莉妮!"

娜莉妮惊愕地说:"为什么?你将去哪里?"

什迪希脱口而出:"地狱。"

娜莉妮讥讽地说:"难道去那种地方有必要来告辞?谁要获知地狱地址,坐在家里就可抵达。今天,你的性情为什么这么坏?领带也许不够那么时髦吧?"

什迪希嘟囔道:"你难道认为我脑子里就装满领带之事?"

娜莉妮断然说:"我就是这样认为的。所以,我经常见到你突然忧心如焚。"

什迪希哀求道:"你不要取笑我了,娜莉!今日你若能看清我的心……"

娜莉妮不饶地说:"我既看到了无花果树的花果,又见到了蛇的四条腿!"

什迪希无奈地说:"又是取笑!你真冷酷残忍。我说真话,娜莉,今天我来向你告辞。"

娜莉妮依然以调侃的口吻说:"难道店铺着火啦?"

什迪希哀求道:"我向你恳求,娜莉!别再取笑我啦,再也不要耍惹我啦。今日,我向你做最后一次永久的告别。"

娜莉妮认真地问:"为什么,为什么今天你如此固执?"

什迪希率直地说:"事情原委是这样,娜莉,我是个寒酸穷人,你也许蒙在鼓里。"

娜莉妮不屑地说:"你为什么对此那么害怕,我又不向你借钱?"

什迪希难过地说:"我早与你订了婚……"

娜莉妮反唇相讥地说:"因而你想摆脱它,逃之夭夭?结婚前,你就心慌意乱了?"

什迪希直说:"帕杜利先生知道了我的情况,毁了婚约。"

娜莉妮教训说:"行啦,因着这个侮辱,你就想窥探通往地狱之路?这样自负者与人建立关系,能给人带来光彩吗?我难道听到你嘴里甜言蜜语而取笑你?"

什迪希眼睛一亮,说:"娜莉,现在你依然对我抱着希望?"

娜莉妮款款深情地说:"这是誓言,什迪希。你不要以戏剧方式夸张地讲话,我忍俊不禁。我为什么要申明,对你抱着希望呢?保持希望,只能按自己的意愿,不顾及别人的意见。"

什迪希频频点头说:"你说得完全正确。我只想知道,你是否讨厌穷人?"

娜莉妮认真地说:"我厌恶,倘若那位穷人企图用谎言掩盖穷相。"

什迪希欣喜地问道:"娜莉,难道你能够放弃自己已成为习惯的享受生活,而做穷人家里的主妇?"

娜莉妮幽默地说:"我曾在小说戏剧里读到这些病人的梦呓。当那位病人真的用力量控制谁,那么享受就会自己弃家,逃之夭夭。"

什迪希不安地问道:"难道你发现了那个病人的什么征兆?"

娜莉妮叹气说:"什迪希,在任何考试里你从未获胜过。嫩迪先生也不会提出诸如此类的幼稚问题。你们太乏味,无法与你们交谈。"

什迪希自责地说:"我迄今没有认识你,娜莉!"

娜莉妮挖苦地说:"你怎么能认识?我可不是你的时髦的新领带抑或新衣服!你只能认识日夜操心的事。"

什迪希哀求说:"我请求你,娜莉。今天,你不要用这种口吻对我说这些挖苦话。我日夜想念谁,你一清二楚……"

娜莉妮深情地说:"我对你的洞察是敏锐的,你可能不会置信的。瞧,爸爸来了,我得离去。"(下)

什迪希恭敬地说:"帕杜利先生,我来向您话别。"

帕杜利赞叹说:"好事。"

什迪希继续说:"临走前我有一件事……"

帕杜利打断说:"但现在没有时间,我要去散步。"

什迪希胆战地问:"我能与您一起走一会儿吗?"

帕杜利回绝道:"你当然可以走,但我无法走。近来,我对同伴的缺乏不是那么惶恐,不然,可带你一块走走。"

十五

希希塔尔吃惊地说:"哦哟,你胡说什么!难道你脑子有毛病?"

苏姑玛莉反问道:"究竟是我脑子出了毛病,还是你视而不见,充耳不闻!"

希希塔尔答道:"两者都可能发生,其中会有什么令人吃惊的事,但……"

苏姑玛莉解释道:"打从我们的赫伦出生之后,你没有发现他俩的脸色?至今还不能从什迪希言行表情的变化中明白些什么吗?"

希希塔尔甘认笨拙地说:"我的理解力没有那么细腻。你晓得,从童年时期起我似乎就有这个偏见,认为'心灵是看不见摸不着的东西'。事情暴露了,我才恍然大悟。若要我琢磨别人的心事,这简直太难了。"

苏姑玛莉气愤地说:"什迪希一获机会,就打骂你的孩子,而维杜不时装扮成凶神恶煞恫吓人。"

希希塔尔存心说:"你看,你总要小题大做!若按你说的,什迪希有时打……"

苏姑玛莉气恼地说:"你能百般忍受,我无法忍气吞声。你没有把孩子怀在肚里,不心疼!"

希希塔尔柔和地说:"我不能不接受这个事实。现在你的意思是什么,你说说?"

苏姑玛莉启发地说:"关于教育方面你一直发表宏论。现在你想想,我们应给赫伦怎么样的教育;而他姨母给他的教育与我们设想的相反,不是吗?什迪希将对他起什么样的榜样作用,你仔细掂量掂量。"

希希塔尔爽快地说:"你已在这个问题上思考良久,我还有深思熟虑的必要吗?现在我的职责是什么,你直说吧。"

苏姑玛莉吩咐丈夫道:"我说,你应对什迪希挑明了,告诉他现在应与自己母亲一起,考虑自己的生活。像人家的孩子一样靠别人充当贵族,究竟有何益处?"

希希塔尔假慈悲地说:"靠他母亲一些积蓄,什迪希如何能度日?"

苏姑玛莉发问:"不要付房租,每月七十五卢比还少?"

希希塔尔嗤之以鼻说:"什迪希是什么派头,七十五卢比只够他挥霍在抽雪茄烟上。他母亲仅存的一些首饰,早已花光了。现在即使把祭祀用品抵押出去,也无法偿还债务。"

苏姑玛莉不解地问:"他的能力那么差,难道有脸向别人炫耀贵族派头吗?"

希希塔尔醒悟似的说:"门默塔倒始终这样说的。那时,我们大家都持与他相反的观点教育什迪希。现在,我们能把过错全推诿给什迪希吗?"

苏姑玛莉埋怨道:"不,他怎么能有过错呢!过错全是我犯的。你从来不揭任何人的短处,只对我,你的目光是那么敏锐。"

希希塔尔承认道:"哦哟,你为什么生气呢,我也是有错误的。"

苏姑玛莉责怪地说:"你自食其果,你明白自己的话。但我从未论述,他可清闲地坐在姨父家里作威作福;坐在安乐椅上,训斥我的孩子!"

希希塔尔委曲求全地说:"没有,你从未对他说过如此诺言,因而你没有犯错误。现在你说,你想要我做什么?"

苏姑玛莉袒露自己的心迹说:"你认为怎么正确就怎么做,无须我指点。但我要强调指出,什迪希只要在这个家园里待下去,我怎么也不会让我的宝贝疙瘩外出一步。大夫特别关照过,每天让宝贝见见阳光,吸吸新鲜空气,但在外面,一旦落在什迪希的眼里,将会发生何种情况,无法预测。一想到这点,我的心不禁寒战。他尽管是我亲姐妹的孩子,但我对他一刻也不放心。……我对你说明白了吗?"

(什迪希上)

什迪希挑衅地说:"你对谁不放心,姨母,对我不相信?我一旦获得遇上你们的宝贝的机会,我一定把他扼死,让你们终日提心吊胆。倘若我打他,你们就损害自己姐妹的孩子,难道你们的孩子不会受到比他更多的损害吗?从童年时代起,谁纵容我沉湎于贵族派头,而今日却把我搞成叫花子,加以抛弃?谁把我从父亲的严厉统治中抢夺出来，如今把他扔在恬不知耻的垃圾堆上？谁……"

苏姑玛莉叫喊道："喂，你听，在你面前竟然如此放肆侮辱我！他口口声声要扼死宝贝！哎，罗摩罗摩！现在将发生何种情况？我用奶把黑蛇喂养大……"

什迪希愤怒地诉说道："我家也拥有奶，那个家绝不会使我的血液变成毒汁。你们永远剥夺了我喝那种奶的权利，用你们的奶喂我，使我全身充满毒汁。你说得千真万确，现在所有人都害怕我，我能整人。"

（维杜穆姬上）

维杜惊慌失措地说："什么事，什么事，什迪希，发生了什么事？我看你这副模样感到害怕，你为什么瞪着大眼看人！你不认得我了？我是你母亲，什迪希！"

什迪希怨道："妈！我用何种嘴称你妈？你作为母亲，为什么把我从父亲统治中抢夺出来？你为什么把我从监狱中拯救出来？难道监牢比姨母家更危险可怕吗？你们把上帝作为母亲呼唤；倘若她是像你们一样好，我就不会渴求她的爱，她若把我推向地狱倒好。"

希希塔尔斥责道："哦哟，作孽吗，什迪希！走走，你胡说什么，走，走到外面去，从我房间里走开！"

十六

希希塔尔慈爱地说："什迪希，你有些冷吧。你遇到不公正遭遇，难道我不晓得？你姨母在盛怒下所说的话，你不应当真。你瞧，起初我们犯下了一些过错，现在我们再也不重蹈覆辙了——你尽可放心。"

什迪希答道："姨父，现在我对修正错误不抱希望。如今我与姨母的关系搞得那么僵，我无法安心吞下你家的饭菜。迄今，我花了你们的钱，倘若我不能一笔笔还清，我死不瞑目。倘若存在修正机缘的话，它掌握在我手里，你如何能防止错误的出现呢？"

希希塔尔斩钉截铁地说："不，什迪希，你稍微冷静些，你再好好掂量自己的职责。我们对你的不公正待遇，感到十分后悔。你瞧，我已把自己财产的一部分，写在你名下；你不要以为这是施舍，你有权获得它。我已经一切安排妥当，后天星期五，我将去登记注册。"

什迪希向希希塔尔行触脚礼，说："姨父，我说什么呢，你的慈爱甘霖……"

希希塔尔慌忙地说："行，行，不要这样。我没有洒下多少慈爱甘霖，我只不过维护职责而已。快八点半了，你今天说要外出，走吧。还有听着，我有一件事要对你讲，我曾委托帕杜利先生写遗嘱。那时，我看他的表情脸色，我觉得他对此感到十分高兴；我觉得他对你的态度蛮好，甚至离去时，他问我：'什迪希近来为什么不来我们处玩？'"

（什迪希下，苏姑玛莉上）

苏姑玛莉着急地问道："你决定了什么？"

希希塔尔得意地讲："我想出一条锦囊妙计。"

苏姑玛莉满腹狐疑地说："你的计策肯定妙极了，这我能料到。行了，不管如何，你让什迪希离开这儿，啊？"

希希塔尔笑吟吟地说："不让他离去，那是什么锦囊妙计？我决定把自己财产一部分,写在什迪希的名下,他靠这笔财产可展示宏图办点事,他就不必为生存担忧。然后,他彻底与我们脱离关系,与我们分开。"

苏姑玛莉讽刺地叫嚷道:"哦——哟,多么绝妙的锦囊妙计!你的想法简直妙不可言!我对你的打算佩服得五体投地!不不!你千万不能干如此傻事,要么你是真疯了!我必须强调地给你指出。"

希希塔尔不解地说:"你瞧,稍许回忆那些日子,你想把全部财产过继给他?"

苏姑玛莉反驳道:"那时我们还没有赫伦。而现在你脑子里究竟装着什么,好像没有我们孩子地位似的。"

希希塔尔耐心劝道:"苏姑,你表面一想,似乎对你不公平,但你为什么没有自己有两个孩子的想法呢?"

苏姑玛莉断然否决说:"我没有这种想法,倘若你把部分财产写在他名下,我立即悬梁自尽——我说到做到。"

(苏姑玛莉下,什迪希又上)

希希塔尔问道:"干吗,什迪希?你没有去看戏?"

什迪希正气凛然地说:"不去了,姨父,今天没有戏演出。你瞧,这么长日子以来,今天我才收到帕杜利先生的邀请信。你看那份遗嘱的威力。我憎恨这个世界,姨父!我将不拿你这份礼物。"

希希塔尔大惑不解地问:"为什么,什迪希?"

什迪希继续道:"我不想穿上伪装,享受世上的幸福。假如我还有自己存在的价值,我将享受因着那个价值所产生的东西,我不想获取额外的东西。另外,你想给我一份财产,是否剥夺了姨母的一份财产？"

希希塔尔为难地答道："不是，不过一切都将会实现的。尽管她眼下不同意，将来准会想通的。"

什迪希问道："您向她说了？"

希希塔尔支支吾吾地说："是的，说了。但没有给她说……"

什迪希问道："她同意了吗？"

希希塔尔转弯抹角地说："不能说她完全同意，但正确的解释……"

什迪希决然说："徒劳无用，姨父！没有她的允诺，我不会要您的财产。请您对她讲明，迄今我靠她的饮食生存着，只有还清欠她的全部债务连带利息，我才能舒心，才能安下心来。"

希希塔尔唉声叹气说："不去管它了，我给你一些现金。"

什迪希以坚定的口吻说："不，姨父。现在我不想增加债务。我只有一个请求，您若想让我在您朋友办公室工作，请您介绍一下。"

希希塔尔惊讶地问道："你能干吗？"

什迪希坚决地说："现在我还不能谋职，再享用姨母的饭食，这不啻是对我的严厉惩罚。"

十七

苏姑玛莉夸奖说："你看，如今什迪希变了个人，勤奋工作。"

希希塔尔附和说："老板对他大加赞扬。"

苏姑玛莉得意地说："现在你仔细地想想，你若赐予他地产，让他成为地主,他的处境将会是怎样!一切都会被拍卖掉!而接受我的意见,他至少可成为有用之人。"

希希塔尔奉承地说:"造物主没有赐予我以智慧,而赐予了女人;造物主给了你们理智,及时地奉献给年迈丈夫,最终我们处在胜利之中。"

苏姑玛莉认真地说:"好啦好啦,现在一切都既成事实,不必要再调侃取笑了。你听着,什迪希从前浪费了多少钱,倘若这些钱留着的话……"

希希塔尔说:"什迪希说了,他将还清你的所有债务。"

苏姑玛莉说:"我早知道,他要付还债务。他一直说着那种大话,但他做了些什么呢!也许你怀着那种指望,坐享其成?"

希希塔尔承认道:"我迄今保持着这个指望。现在只要你提出建议,我将抛弃指望。"

苏姑玛莉肯定地说:"我能够断定,你抛弃指望,不会受到任何损失。你瞧,你的什迪希先生正朝我们走来。谋取职务之后,他就不进我们的门槛了,他竟是如此感恩戴德!我现在走了。"

(什迪希上)

什迪希开玩笑地说:"姨母,不必逃跑,您瞧,我手里没有拿着什么武器,只是几沓钞票。"

希希塔尔惊叫道:"喂,这么多钞票!倘若这是办公室的,这样携带转悠极不好,什迪希!"

什迪希决然说:"现在我不会携带钞票转悠,我将把它们奉献在姨母脚上。敬礼,姨母!您从前给予我的巨大同情,无法算清。所以,我可能会多多少少遗忘。现在请您数一下一万五千卢比，够供你孩子的饮食起居了吧？"

希希塔尔低语道："积聚这笔钱财是多么艰难，什迪希！这笔大数目卢比，你从哪儿获取的？"

什迪希坦白地说："证券投机收入。"

希希塔尔惊讶地说："证券赌博收入！"

什迪希保证说："赌博就这一次，往后我不玩啦。"

希希塔尔断然说："你取走这些钱，我不想要！"

什迪希耐心解释道："我可不是无偿给您，姨父！这是付清姨母的欠债。欠您的债务，我任何时候都无法付清。"

希希塔尔六神无主地说："怎么，苏姑，这钱……"

苏姑玛莉冷静地说："你为什么不叫会计来收？"

希希塔尔客气地说："什迪希，吃点东西吧。"

什迪希礼貌地婉拒说："我回家去吃。"

希希塔尔关心地说："哎，现在还没吃一点东西。这么迟了，走，今儿就在这儿用膳吧。"

什迪希神气地说："现在我不留在这儿吃了，姨父。我已经十分艰难地还清从前的债务，如今我再不能欠新的粮食债。"（下）

苏姑玛莉气恼地说："我们把他从父亲手里救出，一口口把他喂养大。今天手头有些钱，瞧他神气活现！不是迦梨时期[①]临头！"

[①] 迦梨时期，按印度教传说，世界历史分四个时期或四个劫，迦梨时期为最后一个时期，或称末劫，它的期限是432000年。

十八

什迪希忏悔着:"明儿,大老板将查看出纳簿。我曾思忖,证券交易的支付一定能获得,我将填补营业所挪用的现款。但命运捉弄我,价格狂落!现在我除了进监狱,一筹莫展。从童年时期起就有进狱的安排,现在有什么可担忧的呢!但我欺骗着命运,我将用这支手枪、两颗子弹就足矣!娜莉,不,不,锁住这一切无意义的话!不然,我将不会很好死去。假如她还爱着我,我将带着往事的甜蜜回忆打死她。我在信里已把一切事情袒露在她面前。如今,世上,我的命运里只有这个爱残存着,那就是我这支手枪!我最后的情人。我的额头将接受它的亲吻,我将闭目而死。

"姨母的这座花园是我亲手筑成的。我把能从别处获取的稀罕树苗,统统种植上。我曾梦想,这座花园终有一天会属于我的。命运究竟为了谁吩咐我种上这些树苗,命运那时没有告诉我。哎,在这湖畔,在这英国桦树丛里,我将结束自己生活的最后散步;死后,我将再踏上这块土地,然后谁也不敢在这儿散步。

"我想再次向姨父鞠躬致敬,我想从他脚下取得世上的尘土,我的死亡才会有意义。但现在已是傍晚时分,他可能在姨母身旁。而在这种情况下,我不去姨母处为好,特别是我的枪膛又上了子弹。

"经典写道,濒临死亡,宽恕一切。但我无法宽恕。这不是我死亡的时刻。我内心曾存有过的许多幸福幻想和享乐希望,如今在我小小生命里被碾成齑粉。有比我还要无能的愚笨人的命运里有许多不求自来的幸福,而我的命运里什么也没有。我无法宽恕,绝对不能宽恕对此负有特殊责任的人,我死亡时间的诅咒将永远如影随形纠缠着他们,我诅咒他们的所有幸福将毁于一旦。这就是我的希望。我将把自己燃烧生命的全部火焰留在人间,使他们渴望之水变成蒸汽飞逸掉。

"天哪,天哪,一切都是胡言乱语,一切都是妄想谵语!诅咒没有任何力量。我的死亡只结束我,它不会用手去触碰任何人的身体。呜呼,他们彻底毁了我的生活。我尽管死去,也不能有损于他们的一根毫毛!他们将幸福地生活,他们从早到晚的整个生计照旧进行着!而一口气竟把我的太阳——月亮——星星的全部光亮熄灭掉!我的娜莉,呜呼!不,现在我不把她的名字挂在嘴上。

"他是谁?赫伦!黄昏间,他正在花园里踯躅,规避父母的监视,来摘取生石榴。现在他还没攀登上石榴树,在那棵树底下的枝丫里悬挂着许多果实。而世上,他的生命有多少价值!他的生命犹同树上的一个生石榴。现在它若被打落,它可规避生活中的多少失望;而姨母,去去!像一只受伤的鸽子,扑扇着翅膀,一命呜呼!

"正是时候,正是地方,正是那个人!现在无法阻拦住自己动手。这双手该做什么,我该做什么?"

什迪希激动万分。他举起一根枝条,从那棵树上扑打着花蕾。什迪希更加激动不已。最后他用力打自己的手,一丝感觉也没有。末了,从口袋里掏出手枪,朝赫伦奔去。

赫伦惊叫道:"这是什么,哥哥!我请求你,哥哥,我请求你,不要告诉爸爸。"

什迪希叫喊起来:"姨父,姨父,快来!快来救,不能耽误啦!救救自己的孩子!"

(希希塔尔奔跑着,紧紧尾随着的是苏姑玛莉)

希希塔尔气喘吁吁:"发生了什么事?什迪希,发生了什么事?"

苏姑玛莉气喘吁吁:"什么事,我的宝贝怎么啦?"

赫伦平静地说:"没什么,妈,没什么,哥哥正在笑你们。"

苏姑玛莉气愤地说:"这是多么无意义的玩笑!嗤嗤!你瞧瞧,我的心跳得多么剧烈。什迪希,你喝了酒,是吗?"

什迪希吼道:"你快逃,你快领着自己的孩子马上从这儿逃跑开去!不然,你一切都要完蛋,一切都要完蛋!"

(苏姑玛莉带着赫伦马上逃之夭夭)

希希塔尔慌乱地问:"什迪希,你干吗如此惊慌失措?究竟发生了什么事?你从谁的手里把赫伦救出来?"

什迪希疯狂地说:"从我手里把他搭救出来(显示手枪),请看这个东西,姨父!"

(维杜穆姬飞快地上场)

维杜穆姬又惊吓又气愤地说:"什迪希,你在干什么样的毁灭之事,你说?营业厅先生带着警察来我家搜捕,假如你要逃跑,现在还能躲到什么地方去?天哪,我的上帝!我可一生清白,没有作过孽,而我的命运却撕裂着,这个撕裂的命运酿成多大的痛苦!"

什迪希冷静地说:"不用害怕,逃跑的办法掌握在我手中!"

希希塔尔惊愕得目瞪口呆,说:"你难道……"

什迪希依然平静地说:"对,姨父,你的怀疑是正确的。我进行偷盗,偿还了姨母的债务!我是盗贼,妈听了将会高兴。我是窃贼,我是凶手！现在没有必要哭泣，妈，你走开，你走开，从我面前走开。现在，我无法忍受。"

希希塔尔机智地说："你欠着我的债，什迪希，今天你一定得还我的债！"

什迪希瞪着眼说："您请说，我如何还您？我能给您什么？您想要什么？"

希希塔尔顺口说："把你的枪支给我。"

什迪希颓唐地说："拿去吧，我给您。我将去坐牢。不去的话，无法赎还我罪过的债务。"

希希塔尔劝道："惩罚是无法偿还罪过债务的。什迪希，通过因果报应才能偿还。你一定要明白，在我的请求下，大老板已同意不把你送往监牢，从现在起，你要使自己的生活过得富有成效，幸福愉快地生活。"

什迪希绝望地说："但是，姨父，现在我苟且活着，是多么艰难无聊，这点你不甚了解。我将会去死，我知道这点，我已把脚下自己最后的幸福基础给毁了。现在让我拿什么去活着呢？我在这世上已一无所有。"

希希塔尔哄劝道："然而，你一定要活下去，什迪希，为了偿还我的债务，你不能欺骗我，逃之夭夭。"

什迪希木然地说："遵循您的吩咐。"

希希塔尔回到正题上说："我请求你一定从心底里宽恕你的姨母和母亲。"

什迪希醒悟道："假如您能宽恕我，在这世上我还能不宽恕谁？（向母亲敬礼）妈，祝福我，我将成为忍辱负重的人，正如你们接受带着所有优缺点的我，我也一定能够接受这个世界。请祝福我，妈！"

维杜激动得不能自制，说："儿子，我说什么呢。我作为妈却使你误入歧途，没有教诲你做什么好事。上帝保佑你。我代姐姐向你讨取宽恕……我走了。"（下）

希希塔尔深情地说："你也将离去，今日你就在这儿用餐吧。"

（娜莉妮快步上场）

娜莉妮惊呼道："什迪希！"

什迪希惊喜地问："什么事，娜莉妮？"

娜莉妮嗔怪说："这是什么意思，你为什么写这封信给我？"

什迪希平静地说："就是你所理解的意思。不是欺骗你而写的信。但是我的命运改变了一切。你也许以为，我为了博取你的同情而设置的圈套。不过，姨父可做证，我没有在演戏。假如还不相信，现在还有维护誓约的时间。"

娜莉妮委屈地说："你像疯子般胡言乱语，难道我冒犯了你，你竟然如此残忍地对待我？……"

什迪希申辩道："我曾为谁立下如此誓约，我没有瞒你，娜莉妮！我什么也没有隐瞒，然而你迄今还信任我吗？"

娜莉妮气愤地说："信任！什迪希，你之所以生我的气。信任，嗤嗤。世上许多人口头上说着信任。我所做的就是你所做的事，我在你我之间没有设置差异障碍。你看这个，我把所有首饰都拿来啦！现在它们也不是我的财产，而是父母的。我不经他们同意拿来了，我不知道它们值多少钱。不过，它们能使我获得解救吗？"

希希塔尔高兴地说："一定能够解救，倘若你能把一件弥足珍贵的东西随同首饰给什迪希的话。"

娜莉妮抱歉地说："请原谅，希希塔尔先生，忙乱中我没有向您……"

希希塔尔欣喜地说："孩子，这里没有什么可害羞的。目光的过错不仅属于像我们那般年老人，也会是像你那般妙龄少女的——这对于我们来说都是一件天大喜事，孩子！——什迪希，好像你办公室的老板来了，我将与他谈几句。孩子，你代表我招待客人！现在，这支枪由你负责保管。"

秘密财宝

一

朔日[1]的深夜,默尔特优吉叶盘坐着,口中念咒,祈祷着原始的吉叶伽利女神[2]。当他祈祷完毕起身时,乌鸦从贴近的柠果园里,发出了黎明时分的第一声鸣叫。

默尔特优吉叶转身窥探了一下,庙门关着。那时,他朝女神的莲花脚上,鞠了一躬,移动了神像底座,取出了一个用波罗蜜树木制成的盒子。默尔特优吉叶手执系在圣线上的钥匙,打开了盒子。往盒子里一瞧,大惊失色,用手痛捶自己的脑门。

一堵墙围着默尔特优吉叶的庭院,一座小小的庙殿,坐落在那庭院的犄角上。在茂密而硕大的树荫掩映下的庙宇里,除了吉叶伽利女神的塑像外,没有其他东西。它只有一扇供进出的门。

默尔特优吉叶举着盒子,摇晃了半晌,仔细察看。在默尔特优吉叶打开之前,盒子是关闭着的——谁也无法打开它。他火烧火燎地绕着伽利女神塑像四周搜寻,什么东西也没有发现。恰如一个疯子,他推开了庙门——那时,天色已经破晓。他焦灼地围着寺庙四周绕转,

---

[1] 朔日,完全无月光之日,印度教徒进行斋戒之日。
[2] 就是伽利女神,难近母。

怀着渺茫的希望寻觅着。

当晨光熹微时,他绝望地迈步走到外面难近母的祭祀棚里,双手抱头,颓然坐着,坠入沉思之中。由于彻夜未寐,他疲惫得打起盹来。就在这时,突然惊醒,听到"巴巴[①]万岁"的呼唤声。

一位持细杖的出家人,站在庭院面前。默尔特优吉叶怀着虔诚的心情向他致礼。出家人把手放到他的额头上,祝福说:"孩子,你内心正被一种无意义的悲痛感情所笼罩。"

听后,默尔特优吉叶惊讶万分,说:"你是擅长窥探心事的人,不然如何晓得我内心的痛苦呢,而我从未对人说过。"

出家人说:"亲爱的孩子,我说,你应为自己所丧失的物件而快乐,不应悲伤!"

默尔特优吉叶伏地施触脚礼,说:"你已对一切了如指掌——怎么失掉的,到哪儿能失而复得;你不告诉我,我就不放你走!"

出家人说:"如果我希望你不走运,那我就说。然而,神明开了恩,把它掳走,你不要为此悲伤!"

默尔特优吉叶为博得出家人的欢心,整天通过各种方式为他服务。次日拂晓,从自己的牛棚里挤出满满一桶泛着泡沫的鲜牛奶,拿到屋内,发现出家人已不辞而别了。

二

当默尔特优吉叶还是个孩子时,当他的祖父赫利赫尔有一天就坐

[①] 巴巴,对年长者的尊称,或对出家修行者的尊称。

在难近母祭祀棚里吸着烟时,也是这个模样的出家人,一面念着"巴巴万岁",一面走进庭院。赫利赫尔让那位出家人在自己家里住宿了几天,通过种种服侍,博得了他的欢心。

告辞时,出家人问道:"孩子,你想要什么?"

赫利赫尔说:"巴巴,如果你高兴的话,请听我讲一下自己的境况。有一段时期,我们是这村子里最富裕的人家。我们曾祖父招来远方的一个名门子弟,把自己的女儿许配给他。他的那位后辈欺骗了我们,今天他为本村最富有的人。眼下我们的处境每况愈下,所以我们一直忍受他们盛气凌人的态度。如今再也不能忍气吞声下去。请赐教有什么办法,使我们家族再度成为富翁。请给这个祝福吧。"

出家人微笑了一下,说:"孩子,贫贱人能愉快地生活。我没有看到,哪位力图成为富贵人的,会得到幸福。"

但是,赫利赫尔仍旧不放松他,为了使家族成为富贵人家,他同意忍受一切的不幸。

那时,出家人从自己的包袱里,取出用布裹着的、上面涂有字画的绵纸。纸很长,像星占图一样卷着。出家人把它摊开在地上。赫利赫尔看到,纸上画着各色各样的圆盘,上面有不同类型的象征符号,在所有圆盘下面写着一首低劣的长诗。它的开端是这样的:

> 为达到你的目的,
>
> 寻觅一个带有灵感的词儿。
>
> 在 Rādhā 一词中去掉"Ra",
>
> 结尾处加上"Ra",

在 Pāgāla 一词中去掉"Pa"。

榕树环抱罗望子树处,

你朝南面走。

东方闪出光亮处,

你将赶上财富的丰盛筵席。

赫利赫尔说:"巴巴,我十分纳闷,如坠云里雾中。"

出家人说:"你保存在身边吧,向神明祈祷吧。神明因你们的勤勉祈祷而恩赐仁爱,那时你的家族中就有人会识破所写的东西,他将获得世上任何人都不能比拟的荣华富贵。"

赫利赫尔请求说:"巴巴,难道你不能解释?"

出家人说:"不行,通过亲证①将能理解。"

这时,赫利赫尔的弟弟辛卡尔来了。见到他,赫利赫尔立刻藏起那件作品。

修道士微笑着说:"探寻成为富翁道路的痛苦,从现在起业已开始。但没有必要藏匿,因为只有一个人能获释它的秘密。除他以外,任何人不管进行多么坚忍不拔的努力,也不会识破它秘密的。在你们之中那个人是谁,任何人都不晓得。因此,你可以不用害怕,可以在大庭广众前打开它。"

修道士告辞走了。但是,赫利赫尔不卷藏起那张纸是不会安心的。可别有人从中渔利,可别让他的兄弟辛卡尔享受它的果实。赫利

---

① 即通过出家修行的实践,领悟神旨。

赫尔怀着这些疑惑，把这张纸锁在波罗蜜木盒里，然后把盒子藏到自己所尊敬的吉叶伽利女神神像的底座下面。每一朔日的深更半夜，向女神祈祷之后，他要开锁打开盒子，察看一下。祈愿上帝高兴，赐予他领悟意义的力量。

几天以来，辛卡尔向赫利赫尔请求："哥哥，好歹让我看一回那张纸！"

赫利赫尔说："去你的，疯子！那张纸怎么能保存到现在！那个骗人修道士，在纸上乱画了一些鹞鹰和猫儿，哄骗人——我已经把它烧了。"

辛卡尔沉默无言。突然有一天，家里不见了辛卡尔，哪儿都没有再见到他的踪影。

赫利赫尔的全部家业都荒废了——他的心思没有一刻不放在那秘密的财宝上。

弥留之际，他把修道士给的那张纸，交给了自己的大儿子什亚玛帕德。

什亚玛帕德拿到那张纸，如获至宝，辞去了工作。他如何在膜拜吉叶伽利女神和专心致志地背诵这篇奇文中，度过了自己的整个一生，连他自己也不知道。

默尔特优吉叶是什亚玛帕德的大儿子。父亲死后，他掌握了修道士给的那个神秘的作品。他的境况越是糟糕，他越是执拗地把自己全部注意力凝结在那张纸上。就在那朔日之夜，膜拜之后，那件作品不翼而飞了——也不知修道士的去向。

默尔特优吉叶自言自语说："没有那位修道士，事情是不会成功的。他准知道那张纸文的全部秘密。"

说了这番话,他抛弃了家,出外寻觅修道士,一年时间就在旅途中消磨掉了。

三

有一座村子,名叫塔拉戈尔。默尔特优吉叶坐在穆迪的杂货店里,吸着烟,漫不经心地遐想着。一位修道士穿过不远的空旷原野。起初,默尔特优吉叶没有注意。不久,他猛然意识到,那位正在行走的人,正是他要寻觅的修道士。他马上扔下水烟袋,一个箭步,冲出店铺,把店主穆迪惊愕得莫名其妙。但是,已不见那个修道士的任何踪影了。

那时,暮色四合。人地生疏,举目无亲,他到哪儿去寻找修道士?只好无可奈何回到店铺。他问店主:"前面那座茂密的恶林,情况如何?"

穆迪说:"那座森林曾经是座显赫的城市,但由于阿格斯特叶大仙的诅咒,那儿的国王和庶民染上传染病,统统死光。据说,如今在那儿,通过艰苦的探寻,可以获得数不胜数的金银财宝。但即使在光天化日之下,也没有人敢闯进那座林子。去的人从来没有再返回过。"他的心蠢蠢欲动。整宵,他躺在凉席上,蚊子叮咬,无法入睡,不时拍打着身子,思量着那座光怪陆离的恶林、神出鬼没的修道士和不翼而飞的纸文。他反反复复诵读着已大体上能熟记的这张纸上的字画圈儿。所以,在似醒非醒的状态下,有些句子总萦回在他的脑际:

为达到你的目的,

寻觅一个带有灵感的词儿。

在 Rādhā 一词中去掉"Ra",

结尾处加上"Ra",

在 Pāgalā 一词中去掉"Pa"。

头脑昏昏欲睡,他怎么也不能从自己心里驱赶掉这些句子。最后,快到黎明,他稍许打了个盹儿。在梦境里他恍然大悟这些句子的含义:第二句意思是在 Rādhā 一词中去掉"Ra",剩下 dhā;第三句意思是在它结尾上加上"Ra",成为 dhara;第四句意思是在 Pāgala 一词中去掉 pa,剩下 gala;最后把剩下的字母加在一起成为"Dhārāgala",也就是这个地方的名称"塔拉戈尔"了。

做着美梦的默尔特优吉叶,突然欢跳起来。

四

他整天漫游在森林里,没有吃喝,忍受了种种折磨,寻觅着通向财富的通途。直到傍晚,他半死半活地回到了村子。

次日,他用披巾裹着干炒米粉,又去森林周旋。下午,他来到一个水池旁。

在水池西岸,默尔特优吉叶忽然惊呆地站住,看到一棵参天的大榕树,环抱着罗望子树,立即想起:

榕树环抱罗望子树处,

你朝南面走。

他朝南走了不太远,抵达浓密的恶林。在那里穿过了茂盛的灌木林丛,他已无法再往前走了。默尔特优吉叶寻思:离开这棵树,也许一事无成。

于是,他又回到那棵大榕树旁,发现在附近青葱绿荫处高矗着一座庙殿的顶端,他朝着那方向走去,来到了一座败落的庙宇跟前。他发现,近处有一只小炉子、燃过的木头和烟灰。他小心翼翼地从败落的庙墙往里窥探,那儿没有任何人影,没有菩萨塑像,只有一条毛毯、一只钵和一件黄褐色的斗篷。

那时,天已近黄昏,村子离这儿很远。在一片漆黑的森林中,是无法辨认道路的。因此,发现有人居住在庙里的踪迹,他十分高兴。一块巨石,已被打坏,竖在庙门旁。他坐在石头上,低头寻思。蓦地,发现石头上一些地方,仿佛被人凿过似的。低头仔细端详,石头上凿着一个圆盘,上面刻着象征性的字母,有些清晰,有些模糊。

这是默尔特优吉叶十分眼熟的圆盘。有多少个朔日之夜,他在芳香树脂油灯火照耀下的膜拜屋里,为了谙知刻在绵纸上的圆盘记号,专心致志地乞求过女神的恩赐。今天,十分接近所期望的目标,他全身都不由自主地颤抖着。可别快到达岸畔,小舟翻沉下去;可别一个偶然疏忽,前功尽弃;可别让那位修道士捷足先登,掳走一切。种种忧患使他的心志忐忑不安。他已无法思考，此时此刻该做什么。他仿佛感到自己已经骑坐在金银宝库的最高顶上，然而他对那张纸文的字画仍旧不能获释。

坐着坐着，他口念难近母的名字。天际的夜色更加浓了，蟋蟀的低鸣声响彻了森林大地。

五

那时，从稍远的密林里，看到了火光。默尔特优吉叶离开石头，朝着火光方向走去。

十分艰难地走到了那个地方，他藏匿在大菩提树荫下，清楚地俯视着：他所熟悉的那位修道士，在火光下摊开了那张纸，用树枝在灰烬上全神贯注地计算着什么问题。

就是默尔特优吉叶家那张祖传的纸！哦！盗贼！骗子！怪不得，他叫默尔特优吉叶自己不要悲伤。

修道士一次次计算着，拿着一根细枝，丈量土地。丈量了不远几步，失望地摇着头，又回转来沉湎于计算中。

就这样反复计算、丈量，黑夜悄然逝去。夜晚最后一阵冷风，吹得森林尖塔上的树叶飒飒作响。那时，修道士卷起了那张纸，离开了。

默尔特优吉叶无法确定，他该做什么。他十分清楚：没有修道士的帮助，他是不可能揭开这篇东西的秘密的。贪婪的修道士不会帮助他，也是毋庸置疑的。因此，躲藏起来，监视修道士的行动，除此以外别无他法。白天不回村,他就没有吃喝的饮食。明天清晨,必须要回村一次。

夜色越发淡薄,天际开始抹上了鱼肚色。他纵身从树上跳下,在修道士画着问题的灰烬上,仔细查看、揣摩,但仍旧丈二和尚摸不着头脑。绕着四周察看,森林里也没有发生任何耸人听闻的事。

林中的黑色已渐渐地退去。默尔特优吉叶谨慎地环顾四周,朝村子里走去。他担心,可别让修道士发现了自己。

在默尔特优吉叶落脚休息的客栈附近,一个文书种姓的主妇为了兑现诺言,宴请婆罗门。在那儿,默尔特优吉叶饱餐了一顿,几天难熬的饥饿才算完全消除。随后,他想吸几口烟,在客栈席子上稍许躺一会儿,但由于一夜没合眼,一上床,就呼呼酣睡过去。

他原盘算,快点用完餐,趁大白天出门。但事与愿违,一觉醒来,太阳早已西沉。默尔特优吉叶没有气馁,在暮色苍茫中,潜入森林。

眼看着,夜色越来越浓,在树荫下眼睛已不能辨认方向。林中的道路中断了,他不知道该往哪儿走。当黑夜消逝过去,他才恍悟,自己通宵达旦,竟在森林边缘的一个地方团团转着。

一群乌鸦呱呱叫着,飞向村子。默尔特优吉叶感到,乌鸦的聒噪声,仿佛是对他的嘲弄。

六

一次次计算误差,又一次次纠正,修道士终于找到了隧道。他擎着火炬，钻入隧道。坚固的墙上长满青苔，一些岩石缝隙里不时淅沥淅沥滴着水。不少地方，蛤蟆相互叠成宝塔形酣睡着。从滑不唧溜的隧道上走出不远，修道士发现，一堵墙迎面竖立，通道被堵塞了。他双眉颦蹙，不知所措。他看到墙上许多地方被铁钎击过，任何地方都没有空洞的响声，也没有洞穴。这条路肯定在这里终止了。

他又打开纸，双手抱头坐着，搜肠刮肚思索着。那个夜晚就这样消逝过去。

次日，完成了计算，又进入隧道。那天，他谨慎地遵循字画的秘密示意，在一个不显眼的地方，挪动了一块怪石，发现一处转岔。他沿着新发现的甬道，摸索前进。不料，没走几步，道路又中断，无法前进了。

第五天夜间，又进入隧道。修道士自言自语说："今天遇到路，再也不要发生任何差错。"

道路迤逦曲折，分支没有个尽头——有的地方狭窄得只能依靠膝盖走路。修道士小心翼翼地擎着火把，摸索前进，进入一间圆形的房子。房子中央有一口大井，在火把的照耀下，修道士仍不能看清井底。绑在房顶的一根又粗又沉的铁链子，悬垂在深不可测的水井中。修道士使尽吃奶力气，推动铁链。铁链轻微摆动的叮当声，从井的深处传来，在整个屋宇回荡不已。修道士雀跃欢呼："获得了！"

随着他的欢叫声，一块石头从房间的破败墙上滑落下来。随着石块陡落，一个有生命的东西，打了个趔趄，摔倒了，尖叫着。修道士因突如其来的叫声，大惊失色，火把从他手中掉落，熄灭了。

七

修道士喝问道:"你是谁?"没有任何回答。他在伸手不见五指的漆黑中摸索着,手指突然碰到一个人的身躯,摇了摇,问:"你是谁?"

仍没有任何反应,人已昏厥过去。

那时,修道士击石取火,好不容易点燃了火把。这时,那个人苏醒过来,竭力挣扎起来,疼痛地哀叫着。

修道士看清了说:"哎,这不是默尔特优吉叶吗?你为什么这样做?"默尔特优吉叶说:"巴巴,请宽恕!神明惩罚了我。我正用石块打你,没有支撑住——随着滑动的石块一起掉下,脚肯定断了。"

修道士说:"你打死我有什么好处?"

默尔特优吉叶说:"你问起好处的事,你贪心地从我膜拜的屋里偷走了那张纸,进入这隧道。你是不折不扣的盗贼,大骗子!那个给我祖父这张纸的修道士说,我们家族中某个人能够懂得这纸上的暗示,这秘密财宝归我们家族所得。所以,多少个夜间白日,我没有吃,没有喝,像影子一样没命地跟随着你转。今天当你说:'获得了!'我实在忍不住了。走到你背后,隐藏在一个洞穴里。从那儿搬动一块石头想打你。但身体十分虚弱,地又十分滑溜——就这样摔倒了——现在你若打死我,那也很好——我将成为阎王保护这财产——然而你无法取走它——无论如何也取走不了它。倘若你竭力要取走,我是婆罗门,对你诅咒之后,纵身跳入这口井里寻死。这财宝对你来说就如同婆罗门的血、牛的血一样——你永远也不能快乐地享受这份财宝。我的父亲——还有我的祖父,把全部慈爱都放在这份财宝上面而死去——他们两眼总是盯着这份财宝。家道日益变穷——为了寻找财宝,我抛弃了无依无靠的妻儿,像倒运的疯子一样,在山谷原野风餐露宿,颠沛流离——你瞧着我,也不能取走这份财宝。"

八

修道士说:"默尔特优吉叶,你好生听着!我告诉你全部情况!——你也许知道,你祖父有个同胞手足,他的名字叫辛卡尔。"

默尔特优吉叶连连应道:"对,他早已从家里出走,杳无音讯。"

修道士说:"我就是那个辛卡尔。"

默尔特优吉叶沮丧地长叹了口气。这么多天来,他已认为,天下唯有他有权掌握这笔秘密财宝,而现在他的亲属来攫取这份权利了。

辛卡尔说:"从修道士那里得到这份纸之后,兄长竭力藏匿它,不让我知道。但他越是瞒着我,我的渴求越发强烈。他把这份东西藏在女神神像底座下面的一只盒子里,我全然知道。我制作了第二把钥匙,每天一点点复制这份东西。那天复制完,我就为了寻找这份财宝,弃家外出。我的家里也有无依无靠的妻室和孩子。如今,他们早已不在人世。

"跋山涉水,风餐露宿,经历了多少艰难坎坷,详细描述已经没有必要了。总有一个修道士会给我解释那位修道士所给的纸文。于是,我抱着这个信念,为许多修道士服务。不少虚伪的修道士得悉我有这张纸文，总是竭力觊觎它。就这样，一年复一年，光阴飞逝过去。我一刻也没有得到安宁，没有得到任何享乐。

"最后，由于前世积德的影响，终于在古玛云山麓里遇见了性格开朗的巴巴。他指点我：'孩子，驱除贪婪之心吧，那时你自己就会获得乾坤的永恒财宝。'

"他在我火热的心上浇了瓢冷水。由于他开导的恩赐，理想的光亮和大地的黝黑成为我无穷的财宝。有一天，在山麓下，寒冷的黄昏时刻，帕勒默亨斯巴巴的篝火堆里正起着火——我便把那纸文扔进了篝火中。巴巴微笑了一下。那时我不懂他笑的含义，今天我豁然开朗，他内心一定说，把纸文烧成灰烬是易如反掌，但欲望不能这样快地烧成灰烬。

"当纸文没有留下任何痕迹，仿佛纠缠在我心灵四周的绳索完全松开了。自由的空前的快乐，使我的心也充实起来。我思忖：'现在我没有什么可虑惧了——我在世上不希求什么。'

"那以后，我与帕勒默亨斯中断了联系，到处寻找他，什么地方都找不到。

"现在我成了修道士，怀着一种看破红尘的淡漠的心，到处游荡。多少光阴流逝过去——那纸文的事几乎都忘光了。

"有一天，我进入这座塔拉戈尔森林，在一个破败的庙里栖身，住了一两天后发现，庙墙上留有不少记号，这些记号我似曾相识。

"经历多少日子寻找，终于获得了它的踪迹。我自言自语地说：'现在不能逗留，赶快离开这座森林。'

"但完全弃绝它离开它，几乎是不可能的。我想：'为什么不瞧一眼呢，究竟是什么样子——彻底平息那种好奇心，不是很好吗？'对记号作了煞费苦心的推敲，没有得出任何满意的结果。我反复懊丧：'为什么要焚烧那纸文呢——保存它有什么害处呢？'

"那时，我又回到了自己的诞生地，看到了自己祖传家园败落的凄凉景象，我思忖：'我是修道士，不希求财富。但这些穷苦人是有家室的，为他们寻找出这份秘密财宝，有什么祸害呢？'

"我知道，那纸放在哪儿，我不费吹灰之力就获得了它。

"这以后的一年中，我带着这张纸，在阒无人迹的大森林里寻找着，计算着。越是遇到艰难险阻，决心越发增添——像疯子一样，夜以继日地沉溺于那种不屈不挠的探索行动之中。

"这期间，你什么时候跟随我，我全然不知。我纯朴地生活着，你不能永远瞒住我。但我陶醉着，外界的任何事都吸引不了我的注意。

"今天我获得了所寻觅的东西。这里藏有比地球上任何国家的国库里藏有的财富还要多得多的财富，只要懂得一个暗示的秘密，就能得到这份财富。

"这个暗示是很难悟透的。但我内心知道了这暗示的含义。所以我欢欣雀跃，情不自禁地喊出'获得了'。如果我想，顷刻间我就可以站在珠光宝气的金银库中。"

默尔特优吉叶向辛卡尔行触脚礼，说："你是修道士，你不需要财宝——把我带到金宝库中去吧，不要抛弃我！"

辛卡尔说："今天我最后的桎梏被打开了：你准备扔石头打死我，但它的打击没有落在我身上。然而，这件事彻底戳穿了我迷恋的帷幕。今天我看到了贪婪的可狰的神像。我的导师帕勒默亨斯的深刻冷笑,现在才在我心里点燃起永恒的幸福明灯的光焰。"

默尔特优吉叶向辛卡尔致触脚礼,然后以胆怯的口吻说:"你是自由人,我可不是自由人,我也不想自由,不要使我与这份财富分离。"

修道士说:"孩子,你拿着这份纸,如果你能寻到财宝,那就找吧!"

说了这番话之后,修道士把木棍和纸放在默尔特优吉叶身边,随即扬长而去。

默尔特优吉叶说:"可怜我吧,不要抛弃我——让我看见你!"

没有任何回答。

那时,默尔特优吉叶依赖手杖,用手摸索着,竭力想走出隧道。但路十分复杂曲折,像不可解开的谜语一样,一次次遇到阻碍,最后七转八转,疲惫不堪,躺在一个地方,马上倦睡过去。

当从睡梦中醒过来时,是白昼或是黑夜什么时候,他都无从知道。他饿得发慌,打开披巾裹着的干炒米粉吞咽。随后又用手摸索,寻找走出隧道的道路。由于不少地方遇上阻碍,他像泄了气的皮球似的坐着,呼唤:"天哪!修道士你在哪儿?"

他这个呼唤在隧道各个支道里,一次次回荡着,不一会儿,得到了回答:"我就在你身边——你想要什么,说吧!"

默尔特优吉叶用哭丧的语调说:"财宝在哪儿?开开恩吧,让我饱一饱眼福吧!"

然而又没有任何反应。默尔特优吉叶不停地呼唤,仍然没有任何回答。默尔特优吉叶又一次在大地的永恒黑夜里睡过去。他又在黑暗里苏醒过来,呼唤着:"你在哪儿?"

旁边回答道:"我就在这里,你想要什么?"

默尔特优吉叶说:"我不想要什么——请把我从这隧道中拯救出去吧!"

修道士问:"你不想要财宝了?"

默尔特优吉叶回答:"不,不想。"

那时,又听到燧石击火声,不一会儿,灯火点燃了。

修道士说:"默尔特优吉叶,你跟着来,从这隧道中出去。"

默尔特优吉叶用哀怜的口吻说:"巴巴,难道前功尽弃了,蒙受了那么多磨难,就不能得到财宝?"

那时,灯火又灭了。默尔特优吉叶说:"你多么冷酷无情!"说完,坐着冥思苦想起来。无法推知时间,黑夜没个尽头。默尔特优吉叶希望凭借自己全身的力气,劈开那沉铅似的黑暗,把它捣成齑粉。他的生命为获取光明的天空和人寰的缤纷之美而焦急不安,说:"哎,修道士!冷酷的修道士!我不要财宝,拯救我吧!"

修道士说:"不要财宝?那抓住我的手,跟随我走!"

这次,没有点燃灯火。默尔特优吉叶一手扶住拐杖,一手抓住修道士的斗篷,缓缓地走着。在一条蜿蜒曲折的道上,旋转了好长一会儿,才走到一个地方,修道士说:"站住!"

默尔特优吉叶站住了。随后听到发锈的门被打开的可怕响声。修道士抓住默尔特优吉叶的手说:"过来!"

默尔特优吉叶往前走,好像进入一个房间。那时又听到燧石击火声。顷刻间,火把又被点亮,眼前出现的是多么光怪陆离的景象!四周墙上，像大地上耀眼刺目的阳光一样，镶嵌着一层层闪着耀眼光芒的金箔，默尔特优吉叶双目闪出喜悦的光芒。他像疯子一样，情不自禁地喊着："这金子是我的——我不能抛弃它，你走！"

修道士说："好吧！你不舍弃，不走。这是火把、一块燧石和盛水的罐。"

眼睁睁看着修道士往外走去。那金库的铁门，轰然一声碰上了。

默尔特优吉叶一次次抚摸着金子，在整个房间里旋转起来。他把金子打成碎片，弄得狼藉满地。他怀中藏着的一大把一大把金子，相互击撞着，发出铿锵的响声，他整个身子感触着它。最后疲倦了，躺在金箔堆上睡着了。

醒来看到，金子仍旧在四周熠熠发光。除了金子，一无所有。默尔特优吉叶思忖："大地上现在也许是清晨时光了。所有的生物欢乐地苏醒过来。"清晨从他家水池旁的果园里飘来的柔和芳香，仿佛扑鼻而来。他仿佛清晰地看到，在清晨，小鸭子摇摇晃晃，发出悦耳的叫声，蹒跚地走到水池里凫游着。家人巴玛向上卷起腰裙，用右手托着盛放碗碟的黄铜盘子，婀娜多姿地走向岸埠。

默尔特优吉叶猛然捶着铁门，喊叫着："修道士，你在哪儿？"

门闪开，修道士问："你要什么？"

默尔特优吉叶说："我想出去——但难道我不能携带一两片金箔走吗？"

修道士没有作任何回答，放下点燃的火把、盛满水的钵子和甜腻的炒米粉，随后，一言不发往外走，身后关上了门。

默尔特优吉叶拾起一张张薄薄的金箔，把它拧了，撕裂成碎片；

秘密财宝

又拾起碎片,像尘土一样,纷纷扬扬撒向屋宇四周。他时而用牙咬碎金箔,留下斑斑伤痕;时而把金箔掷在地上,一次次踩踏。他自言自语地说:"在大地上,像我这样撕金的帝王能有多少?"仿佛毁灭一切的疯狂,使他着了魔。他想把所有的金箔捣碎成灰,一扫而光——用这种方式谴责地球上一切贪婪金子的王公贵族。

就这样,又挨过了一些时辰。默尔特优吉叶抱着一大堆金子,跟跄了几步,又疲倦地睡着了。苏醒过来,又看到自己四周,遍地是金。那时,他用力捶着大门,声嘶力竭地叫喊:"哦,修道士,我不要金子,不要金子!"

但大门紧锁着。喊着喊着,默尔特优吉叶的嗓子嘶哑了,门仍旧没有开。他抓起一把把金子,朝大门扔去,依然毫无结果。他的心凉了半截:"难道修道士不来了,我身入金子成堆的囹圄里,血一滴一滴被汲干,倒毙在这金字塔上?"

此时此刻,他见到金子,不寒而栗。金字塔犹如无声的恫吓,冷酷的嘲笑,在他四周巍然屹立——没有生命的颤抖,没有生活的变化——现在他心惊肉跳,惶惶不可终日。他跟它们没有任何关系,没有休戚相关的联系。它们不要光亮、天空、空气;它们冷酷无情,纹丝不动,永无变化。

眼下,大地上可能是黄昏时刻。哦!金色的黄昏使人流连忘返。它只逗留了一会儿,就在黑暗中哭泣着向人们告别。随即,黄昏的星辰目不转睛地凝视着小小的茅屋。媳妇点燃了牛棚里的灯,屋内犄角上放下一盏油灯。庙殿敲响了晚祷的钟声。

乡村和家庭的卑贱而渺小的日常生活,今天在默尔特优吉叶的想象面前，放出温馨的异彩。他那条忠诚的狗，头尾蜷伏在一起，黄昏之后，睡在墙的犄角边。那种想象仿佛也引起他的无限痛楚。已经好几天，他投宿在塔拉戈尔乡村的穆迪客栈里。现在他想到，穆迪此时此刻，已熄了灯，关上客栈门，逍遥自在地踱步回到乡村的家，惬意地吃上香喷喷的饭菜。他不由自主地羡慕穆迪的生活是多么幸福！今天是什么日子，谁知道。如果是星期日，此时此刻人们正从集市赶回各自家门。落伍的同伴相互高声呼叫，三五成群，乘船摆渡。他们穿过空旷的田野，田地的界域，枯干竹叶覆盖的农舍旁的小径。他们手拎着一两条鲜活鱼，头顶竹筐，在黑暗中借着满天星斗的微光，从一个乡村穿过一个乡村……

在大地表层五光十色的、充满生机的永恒生活旅程里，为谋取自己那种低卑、贫穷的生活而穿过千层地岩的呼唤，传到了他身边。他只觉得，那种生活、那个天空，比乾坤里的整个财富还要价高百倍。他心里渴望："只要一次，我如果在自己黝黑的母亲大地的充满尘埃的怀抱里，在那自由明亮的蔚蓝天空下，在那弥漫着青草枝叶醉心的芳香气息里，能够尽情地作最后一次呼吸而死去，那么我的生活也就有了意义。"

这时，门开了。修道士进屋，问道："你想要什么？"

他不假思索地回答："我什么也不希求——只希求从这隧道、这黑暗、这个谜、这金子的囹圄中出去。我渴望光亮、天空、自由。"

修道士说："在这里，还有比这座金库更稀罕的珍宝库。你不想去一次？"

默尔特优吉叶毫不犹豫地回答："不，不去！"

修道士说："不想去观赏一下？"

默尔特优吉叶说："不想，我一点也不想去看。倘若我能穿上褴褛的衣服，游历四方，乞讨生活，那我一刻也不想耽搁在这里。"

修道士说："好吧，跟随我来。"

拉着默尔特优吉叶的手，修道士把他引到那口井旁，把那纸交给他，说："你拿了这纸文，将干什么？"

默尔特优吉叶把那纸文扯得粉碎，扔进深井里。

拉什莫妮的孩子

一

拉什莫妮是伽利帕德的母亲,但她又不得不肩负父亲的职责。倘若母亲肩负双亲之职,恐怕对孩子没有多大裨益。她丈夫帕瓦尼吉勒纳是个窝囊废,管教不了孩子。

若要刨根究底,他为什么如此宠爱孩子,要深究帕瓦尼吉勒纳的答复,有必要熟悉一下从前的历史。

事情是这样的——帕瓦尼吉勒纳出生在夏尼亚里遐迩闻名、受人尊敬的富家巨室。他父亲阿帕亚吉勒纳的原配老婆的儿子,名叫什亚玛吉勒纳。过了许多岁月,原配老婆死了,阿帕亚吉勒纳续了弦。岳父郑重向他提出,把阿仑迪地产写在自己女儿的名上。他屈指盘算着女婿的年龄,暗自思忖:倘若女儿成为寡妇,有了这笔地产,至少可以不必为了吃喝,在原配老婆生的长子面前俯首帖耳。

他所料想的前半部,没有多久兑现了。在他的外孙帕瓦尼吉勒纳诞生没几天,他的女婿一命呜呼,他的女儿掌握了自己专有的财产。他目睹了这一切安排,也安安心心地去见了上帝。

那时,什亚玛吉勒纳早已成年,他的大儿子就比帕瓦尼吉勒纳大了整整一岁。什亚玛吉勒纳把帕瓦尼同自己儿子一起抚养。他从来不从继母的财产中索取分文；年年结清账目，让继母过目，并从继母那儿获取收据。大家为他的真诚品格所感动。

大伙众口一词，说：他这种真诚的壮举是多余的，与其说真诚还不如说是愚蠢更为贴切。那份不可分割的世袭地产，落到续弦的女人手里，被大家视为不成体统。倘若什亚玛吉勒纳略施小计，毁掉那份证书，左邻右舍将为他那种男子气概拍手称快。况且，为他出谋献策的，不乏其人。但是，什亚玛吉勒纳哪怕践踏了自己世袭的家族权力，也要维护继母财产的完全独立性。

所以，这些原因加上自己秉性温存和慈祥，继母伯勒吉松德莉像对自己儿子一样，抚爱和信任什亚玛吉勒纳。什亚玛吉勒纳却把她的财产分得一清二楚。因而，她几回嗔怪他："孩子，这一切都属于你们的，我不可能带着这笔财产进入天堂。它终究要归属你们，我有什么必要多此一举，过目账本呢！"

什亚玛吉勒纳置之不理。

什亚玛吉勒纳严厉管教自己的孩子。但他从不苛求帕瓦尼吉勒纳。众人议论纷纷："看来，与自己孩子相比，他更宠爱帕瓦尼。"这样，帕瓦尼不精于读书，不学些乖巧；他完全像孩子一般，依赖大哥打发日子；在财务方面他不用操心——不过，时隔一天半日，签个字就行。为啥签字，他从不力图去弄清，何况，这也超出他能力所及。

这期间，什亚玛吉勒纳大儿子达拉帕德几乎在每一事务中，成为父亲的帮手，伶俐乖巧。什亚玛吉勒纳逝世之后，达拉帕德心怀叵测地对帕瓦尼吉勒纳说："叔叔，现在我们再也不能合住在一起。天晓得哪一天，为一些小事积怨争吵，将毁了家族。"

帕瓦尼吉勒纳连做梦也没有想到有一天要分家，亲自料理自己的财产。他把自己从小被抚育长大的那个家庭，看作是完美无缺、不可分割的——家庭的那个连接，将要泾渭分明地被拆开——突如其来的这个晴天霹雳，使他惶恐不安。

家族名誉的损害和亲属心灵的痛苦，丝毫也没有融化达拉帕德的决心。帕瓦尼吉勒纳被迫冥思苦想，如何分配财产。达拉帕德见他那副搜索枯肠的苦相，惊异地说："叔叔，怎么回事？您干吗忧心忡忡？财产早已分配妥当，祖父生前就给分定了。"

帕瓦尼吉勒纳大惑不解，问："真的吗？我怎么闷在葫芦里，一点也不晓得？"

达拉帕德装作吃惊的样子，说："奇怪！您怎么不知晓！世人都明了的。为了避免发生争吵，祖父生前就把阿仑迪地产写在你名下，分好了家。从那时起，一直沿袭下来。"

帕瓦尼吉勒纳寻思："这倒是可能的。"又问道："这座宅院呢？"

达拉帕德爽快地说："您若想要，可以归您所有。我们搬往城里的住宅去住。在那里总能应付过去的。"

见到达拉帕德同意放弃祖传宅院，他为这种慷慨大度而惊叹不已。他从来没见过自家的城里房子，也不感兴趣。

帕瓦尼吉勒纳把全部交谈情况一五一十告诉给自己母亲伯勒吉松德莉听，她感到事情不妙，捶胸顿足叹息道："天哪！这真是咄咄怪事！阿仑迪地产是让我糊口的私人财产，它与大家有什么关系？况且，几块薄田的收入有限。你干吗不能分得理应得到的一份遗产？"

帕瓦尼说："达拉帕德讲，父亲除了阿仑迪外，再也没有分给我们什么。"

伯勒吉松德莉说："难道要我默许这种说法？你父亲亲手写下遗书，一式两份，一份交给我，保存在箱子里。"

打开箱子，只见到阿仑迪地产的证书，遗书已不翼而飞，被人窃走了。

请来参谋，他是村里祭司的儿子，名叫伯格拉吉勒纳。众人说，他的智慧过人，无人可以匹敌。他父亲曾是村里的宗教祭司，儿子更是青出于蓝。父子俩给乡村的人，分配今世和来世的归宿。不管这种分配对大家产生什么样的结果，对他来说没有任何特别的不利。

伯格拉吉勒纳说："没有遗书，也无关紧要。两兄弟拥有同等享受父亲财产的权力，这是不言而喻的。"

这期间，另一方面展示了一份遗书，上面没有写着帕瓦尼吉勒纳的份儿，只写着全部财产留给孩子。而那时，阿帕亚吉勒纳还没有任何后嗣。

帕瓦尼吉勒纳仗着伯格拉吉勒纳把舵，驾着船儿，驰入打官司的汪洋大海。当抵达港口，翻箱倒柜检查，发现箱内荡然无存。世袭财产通通落到别人的腰包里。阿仑迪地产的一部分也在打官司过程中开销出去，余份尽管能够凑合度日，但已不能挽回旧日世家大族的荣耀。帕瓦尼吉勒纳把所得到的陈旧住宅视为自己的福分，自我陶醉地思忖，这是他的"巨大胜利"。达拉帕德携带全家老小乔迁到城里的豪华住宅。从此以后，这两家再没有任何联系了。

二

什亚玛吉勒纳的背叛行为，犹如长矛，刺入伯勒吉松德莉的心窝。什亚玛吉勒纳窃取了父亲的遗书，欺骗了兄弟，也背叛了已故的父亲。伯勒吉松德莉怎么也无法忘怀这个人面兽心的可耻行径。她活着的时候，天天长吁短叹，说："上帝永远不会宽恕他的。"她一次次安慰帕瓦尼吉勒纳说："我尽管不懂法律和法庭是些什么玩意儿，但我对你说，父亲的遗书是包藏不住的，终有一天你会得到它。"

从母亲嘴里听到那些充满希望的话，帕瓦尼吉勒纳自然而然地增强了信念：他总会获得那份遗书的。他是个庸碌无能的人，这些熨帖的话使他感到异乎寻常地欣慰。忠贞妻室的话肯定是要兑现的，属于他的东西，一定会自动归还给他的。他正抱着这个信念，终日守株待兔地生活着。母亲死后，他这种信念越发强烈——因为这次死亡的分离，使得母亲功德的光芒分外耀眼。贫穷所带来的一切苦难和折磨，仿佛现在不会触抚他似的。他感到，锦衣玉食的匮乏，往昔荣华的丧失，都是昙花一现；随着时间的推移，一切都要恢复原状。所以，达卡产的细布围裤破旧了，他买条低廉的粗布围裤将就穿上，心里也是乐滋滋的；不能像从前那样豪华排场，举行杜尔伽大祭节，然而眼下口念"拜佛拜佛"，祭节也就敷衍了过去。亲朋好友见到他这副寒酸相，嗟叹着，唠叨着往昔如花似锦的年代。帕瓦尼吉勒纳暗自取笑："他们都是些鼠目寸光的人，不理会——这一切都会稍纵即逝的——往后终有一天，将用从前那样隆重的排场，举行祭祀，届时他们将大开眼界。"他何等清楚地看到了已被确定的未来盛会,但对眼下的贫穷境况却视而不见,充耳不闻。

他的仆人瑙道是能够同他推心置腹交谈的主要伙伴。天晓得有多少回,主仆俩处在何等艰难竭蹶中,幻想着将来美好的日子,商议着如何热闹地举行盛大的礼拜节日,甚至邀请谁,不该请谁,是否要从加尔各答聘请唱戏班子来助兴等问题,主仆俩都争论得面红耳赤,相持不下。由于天性悭吝,瑙道总在未来的安排上流露出守财奴的情绪,他就不得不忍受主人的严厉呵斥。这种情况已是屡见不鲜了。

一般来说,帕瓦尼吉勒纳不关心自己财产的处置,他唯一操心的是,谁来享用那笔财产。迄今他没有子女。负有女儿出嫁重压的心怀好意者,络绎不绝地登门拜访,提议重娶。他也经常动心。这决不是因为他对新媳妇有什么特别的兴趣,而是器重妇女守旧的品质——但有可能荣膺荣华富贵的人,不一定有后嗣。他认为这是命运的悲剧。

就在这一年,他得了一子。大家议论纷纷:"现在这个家庭的命运将有个彻底改观,已故的老太爷阿帕亚吉勒纳再次投胎于这个家庭,孩子的眼睛像他那样大大的,眼神炯炯,也恍如他的。"从孩子生辰的算命天宫图里也看到:天宫的各个星辰是何等巧遇,失却的财产归还到手,已不在话下。

自从有了儿子之后,帕瓦尼吉勒纳心情也有了些变化。迄今为止,他像游戏一样忍受着贫穷,但如今有了儿子,不能依然如故。为了使夏纳瓦利负有盛名的乔杜利门庭里早已被熄灭的家族灯火重放光彩,依照太官星辰的意旨,那个婴儿下凡人间。他对于那样的婴儿应负有义不容辞的责任。他不能忘怀这个痛楚:帕瓦尼吉勒纳的长子,最先被剥夺了自古以来这个家族里每个儿子因诞生而应得的尊重。"我不能把自己从这个家族中所永恒荣获的东西,赐给自己的孩子。"——他一想到这点,深感内疚:"我欺骗了他。"他无法耗费钱财,满足孩子的心灵,只好竭力以自己最大限度的爱来弥补。

但是,帕瓦尼吉勒纳的妻子拉什莫妮是位具有不同凡响性格的女人。她从来没有产生过任何奢望,渴求丈夫心目中的夏纳瓦利的乔杜利门庭的荣光。帕瓦尼古勒纳深知这点,不禁暗自嘲笑,思忖:他的妻室诞生在十分普通、穷苦、信奉毗湿奴的家庭里。瞻念这些,她的过错是可以宽恕的——企望乔杜利的荣华,对她来说是断乎不可能的。

拉什莫妮自己也承认:"我是穷人家的女孩子,怎么顾虑门庭的荣耀?我有了孩子伽利帕德,他就是我最大的财富。"天老爷将对伽利帕德施以恩赐,遗书将失而复得,失却财富的干涸河床,又将充溢流水。她对这些话,都置若罔闻。她丈夫没有不在旁人耳畔,絮叨失落遗书之事,唯独不敢向自己的老婆,张口倾诉自己最大的心事。有几回,他企图向她掏出埋藏已久的心里话,但没有获得情投意合的交谈契机,只好强抑住心头的欲念。他妻子压根儿不关心往昔的荣华,或者未来的富贵,眼前短暂的物质生活需要,已把她的全部心思吸引住了。

眼前的需要真不少。非经超人的努力,不能勉强维持家庭的门面。他家的财富之神轻松地一走了事,身后留下了沉重的包袱,连身强力壮的搬运工人也无法背驮。面对这种境况,任何高明人都感到束手无策,一筹莫展。这个家庭的庇护所也濒于毁灭,但请求庇护的人却不想给她以喘息的机会。帕瓦尼吉勒纳绝不是那号人,害怕经济拮据就辞退别人。

沉重的负担,搞乱了这个家庭生活的节奏,往往陷于狼狈不堪的境地。维持这样一个败落家庭的全部生活重担,都落在拉什莫妮的肩上。任何人都不给她一星半点的帮助。因为在这个家庭境况好的日子里,所有食客都安乐而慵懒地生活。在乔杜利家族的大树下,凉荫自动地投影在这些食客的舒坦床上,成熟的金果送到他们的嘴边——所以,任何食客都不用操心。今天,倘若叫他们干点轻微劳动,就被认为是对他们的最大侮辱。厨房冒点烟,他们叫嚷头痛脑涨;稍许朝哪儿走动一下,他们吵嚷犯了风湿病,用任何贵重的油膏,都无济于事。帕瓦尼吉勒纳时常说:"叫被庇护者以劳代逸,这等于把他们当作仆役差遣。这样,庇护的价值就会付之东流——乔杜利家庭决不能有这种规矩。"

如今,所有家务重担,统统加在拉什莫妮的头上。她不分昼夜,掏尽锦囊妙计,施出浑身解数,悄悄地克服着这个家庭的短缺。在同贫穷作战,与世相争之中,人被磨炼得十分冷酷——她那女性的迷人魅力早已化为乌有。她为那班寄生虫累死累活,却得不到他们的宽容。拉什莫妮不仅蹲在厨房里做饭,还得筹划菜肴的材料——但那些饱食终日,天天无忧无虑地睡午觉的人,不仅谴责每况愈下的饭菜,也斥责供给饭菜的女主人。

拉什莫妮一面操持繁重的家务,一面还得照管所剩无几的田产,征收田租。在征收田租等事务方面,她遇到了空前的阻力——帕瓦尼吉勒纳的理财,恰好与阿毗默优相反,只知道出,不知道进。他对讨债的事一窍不通。但拉什莫妮在银钱往来上，对谁都不谦让分文。所以，佃农骂她；经纪人也联系女主人到处谨防的小气劲儿，议论她祖传的卑贱气质，偶尔骂上几句舒舒气。甚至她丈夫也不满她的吝啬和无情，说她辱没了自己显赫的门庭。她对所有谴责和辱骂都不挂在心上，而仍然我行我素，即令引祸水上身也在所不惜。她是穷人家的女儿，不懂富人家的繁文缛节，不讨人喜欢；她依然如故地勒紧裤带，雷厉风行，谁都不敢随便阻挠。

她总是规避叫唤丈夫做事，她最怕帕瓦尼吉勒纳突然心血来潮，自诩为一家之主，要插手某桩事务。"你不用操心，没有必要干预。"她说这番话的主要意图是，让丈夫对每件事都漠然置之。丈夫从诞生起就习惯于这种处世哲学。所以妻子说这种话，不会招来任何麻烦。

日月如梭，光阴似箭。不知不觉过了许多年，拉什莫妮依然不怀身孕——但自己丈夫无所作为，事事依赖，她的贤爱和母爱，总算在他身上得到了报偿。她把帕瓦尼吉勒纳看作自己的大孩子。因而，打从婆婆归天，她一手独揽家主和家母工作。为保护世家大族的后嗣，她从种种灾祸中拯救自己的丈夫，迫不得已采用冷酷无情的态度，以致她丈夫和诸亲好友，都怕她三分。在生活里，她锋芒毕露，从不藏头露尾，把直率的话故意说得婉转些，也从不在男子圈子里流露一丝一毫的羞涩和窘困。

迄今，帕瓦尼吉勒纳把妻子的话，当作金科玉律，言听计从。但对自己的独生子，他很难顺从拉什莫妮的脸色行事。拉什莫妮是不会用他的眼光，对待自己的宠儿的。她对丈夫是这样考虑的："可怜人能做什么呢，他有什么过错呢。生在有钱人家——养尊处优惯了，叫他怎么变呢?"所以,她不希望丈夫忍受来自任何方面的折磨;尽管不景气,她想方设法满足丈夫的需要。她对外人控制得很苛刻,但对丈夫的饮食起居,一丝也不肯马虎,不肯违背从前的规矩。在拮据时缺少了必需品,她总瞒着丈夫,说:"哦!死狗又把嘴伸到盘子里,把珍馐糟蹋了!"因自己虚假的疏忽,责骂自己。或者说:"该死的瑙道又冒冒失失,掉了新买的衣服!"对他的脑子表示怀疑——每每这种场合下,帕瓦尼吉勒纳就站在自己亲爱的仆人一边,袒护他,平息主妇的愤怒。其实,主妇既没有买来围裤,帕瓦尼吉勒纳也没有见过。假如那件想象中的围裤丢失,瑙道就首当其冲,成为替罪羊。帕瓦尼吉勒纳立刻脸上堆上笑容,承认瑙道折叠好这件珍贵围裤,拿来给他穿了。以后的情节如何发展,他的想象力突然不够用了——拉什莫妮就主动地补全了它,说:"你一定是扔在外客堂,那儿人来人往,准有人顺手牵羊抄走了。"

对帕瓦尼吉勒纳可以这样款待,但她不能像对丈夫一样,服侍自己的儿子。他可是她肚里的儿子——老爷派头怎能适用于他!他应当成为身强力壮的人,付出艰巨劳动,承担生活的重任,忍受意外的不幸。否则,他就不能万事亨通,就将蒙受凌辱。拉什莫妮总是如影相随,指挥他"该做这""该做那",不可能增添他脸上的任何光彩。所以,她对伽利帕德的吃穿,安排得极为普通,用红糖稀粥当早餐;用盖住头颅的棉被御寒;对学校的老师说:"不要让孩子出现丝毫松怠情绪。对他要严加管教,加一些艰难的学习课题,让他多磨炼,从而使他比较聪颖些。"

如今,出现了一种严重情况。纯朴的帕瓦尼吉勒纳不时流露出反叛情绪，但拉什莫妮似乎视而不见，不予理睬。帕瓦尼吉勒纳是永远屈从于强者，眼下他又迫不得已屈从。但他的反叛意识没有从他心里抹平。这个家庭的儿子盖着何等粗陋的棉被，喝着何等稀薄的汤粥，他怎能忍心目睹这般不协调的景象！

他依稀记得从前美好的杜尔伽大祭节，在祖父和父亲的时代，他穿着崭新的绫罗绸缎，喜气洋洋欢度节日；而今朝，拉什莫妮让伽利帕德穿着如此简陋的衣服，连那个时代的家仆也要抱怨的。拉什莫妮三番五次向丈夫解释："伽利帕德对自己所得的东西，一贯心满意足。他不知晓旧时代的往事，你何必心情那么沉重呢！"但是，帕瓦尼吉勒纳怎么也不能忘却：可怜的伽利帕德竟不知道自己世家的荣光，这使他自己多么迷惑不解！他的心受到最严重打击的，莫过于当他的儿子一获得极为普通的礼物，就带着多么骄傲和高兴的心情，欢蹦乱跳跑到他面前炫耀。他不忍目睹这种情景，便转身离去。

从帕瓦尼吉勒纳打完官司之后，他的宗教祖师家，已积聚了万贯钱财。但伯格拉吉勒纳不满足现状，每年杜尔伽大祭节之前，从加尔各答贩买来各式各样眼花缭乱、目不暇接的价廉物美的东西，可以进行几个月的兴隆买卖。那些黑水，钓鱼钩，手柄洋伞，印上图案的信纸，廉价拍卖的色彩缤纷的丝织品，边缘绣上诗篇的纱丽，乡村老幼妇孺见了无不动心。加尔各答绅士老爷的门庭里，今日没有那些物品点缀，就不足以维持他们的文明教养——一听到这席话，乡村人为了去除自己的乡土气，便毅然耗费超出自己支付能力的钱财，去购买标志着城市文明教养的货物。

有一回，伯格拉吉勒纳晃着一个绝色的洋夫人娃娃，上足了发条,夫人即刻从座椅上站起,用力扇动扇子,迈开轻盈的步履。看到怕酷热,不止地扇风的洋夫人娃娃,伽利帕德十分眼馋,渴求这个玩具。他洞悉母亲的脾气,不敢向她开口;而在帕瓦尼吉勒纳面前装出一副可怜相,央他买这个娃娃。帕瓦尼吉勒纳不假思索地慷慨应允了。但一听到价格,他的脸顿时沉了下来。

　　钱财进出和积蓄,全由拉什莫妮掌管。帕瓦尼吉勒纳像乞讨者一样,站在施舍主面前。起初,尽量闲扯些无关紧要的不切题的废话,最后把自己心底的想法,一股脑儿倾箱倒箧地倒了出来。

　　拉什莫妮不动声色,简单明了地说:"你发疯了。"

　　帕瓦尼古勒纳沉吟了一会儿,突然没头没脑说:"你看看,你给我吃的米饭,总带着黄油和牛奶粥,有什么必要?"

　　拉什莫妮说:"为什么没有必要?"

　　帕瓦尼吉勒纳说:"印医郎中说,这会增加胆汁分泌。"

　　拉什莫妮哑然失笑,讥讽地说:"你的印医郎中倒样样都懂!"

　　帕瓦尼吉勒纳说:"我可打过招呼了。晚上你为我取消油煎饼,只要米饭就行啦。吃了油煎饼,每每肚胀。"

　　拉什莫妮说:"我迄今没见到肚胀对你有什么害处。何况,打从出生起,你就靠吃煎饼长大的。"

　　帕瓦尼吉勒纳准备破釜沉舟,忍受一切牺牲——但妻子是那么强硬,不肯让步。尽管油价上涨,煎饼数目仍不见裁减。午餐已备有牛奶粥,没有奶酪岂能损害健康——尽管多此一举,这个世家的老爷一向喝着奶酪牛奶粥。只要有一天,在帕瓦尼吉勒纳饭菜里没有那永恒不变的奶酪,拉什莫妮心就不安。因而,打着扇子的洋夫人要通过帕瓦尼吉勒纳的牛奶粥和奶酪、黄油和煎饼的任何节俭缝隙，潜入这个家庭，简直难于上青天。

有一天，帕瓦尼吉勒纳硬着头皮，毫无理由地跨入伯格拉吉勒纳的门槛，与他闲聊了一些无头无尾不着边际的话。而后，单刀直入提及娃娃的事。他知道，眼下的经济困难，无法瞒住伯格拉吉勒纳。他没有钱给自己孩子购买这个普通娃娃，平时，若要暗示这些事，他定会羞愧得无地自容。然而今朝他强捺住难以忍受的羞耻，用床单布裹着一条克什米尔稀罕的古披巾，放在他面前，颤抖着说："时运不景气，手头短缺。我想把这条古披巾押在你那儿，给伽利帕德一个洋娃娃吧。"

倘若比这条古披巾低廉的东西，伯格拉吉勒纳就会毫不踌躇地收下，但他明白，非法侵吞这块稀罕披巾，乡邻要群起而攻之的，况且拉什莫妮的舌头，也不饶人。帕瓦尼吉勒纳只好重新裹好披巾，垂头丧气地回家。

伽利帕德天天缠着父亲吵嚷："爸爸，我那个洋娃娃有着落了吗？"

帕瓦尼吉勒纳天天强作笑容说："干吗这么着急？第一个膜拜日，就给你买来。"

每天，脸上堆着笑容，哄骗孩子，他简直无法忍受。

已是第四天了。帕瓦尼吉勒纳借口进入内室，像要谈什么重要事似的，对拉什莫妮说："你瞧见吗？我已注意了几天，发现伽利帕德的身体一天不如一天。"

拉什莫妮不假思索地回答："罗摩！罗摩！他的身体怎能突然变坏！我可天天瞧着他，蛮好的。"

帕瓦尼吉勒纳不肯认输地说："你没有睁眼看到，他整天沉默无言地坐着，天晓得他在想什么。"

拉什莫妮说："哎哟！他若能安静地坐一会儿，我可就解放了。他哪儿在思索！他在挖空心思计谋着什么恶作剧！"

在她的森严壁垒上，无法发现任何脆薄的地方，任何子弹都打不穿那坚如磐石的壁垒。帕瓦尼吉勒纳丧失了信心，搔着头皮，溜出去了。他独自坐在走廊里，闷闷不乐地吸着塞满的水烟袋。

第五天，他的菜盘子里盛放着的牛奶粥和奶酪原封不动地剩了下来。傍晚，他只吃了一些甜食，喝了点水，没有碰煎饼，说："一点也不饿。"

这回，壁垒出现了隙缝。第六天，拉什莫妮把伽利帕德拉到一旁，用爱称亲昵地叫他："蒙多，你的年龄已不算小了，你不能像不懂事的孩子，固执地要东西！你贪婪地想得到无法到手的东西，等于是干半盗窃行为，你懂吗？"

伽利帕德含糊不清地说："我怎么晓得，爸爸说要给我买那件东西。"

拉什莫妮耐着性子，向伽利帕德解释父亲所说的含义。父亲的话既含有诚挚而深沉的爱，又包含言不由衷的痛苦。如果不得不买这娃娃，穷苦的家庭又会添上多大的痛苦，蒙受多大的损失。她不厌其烦地解释了这一切。拉什莫妮可从未如此详尽地对伽利帕德说明过什么事——她若要说，都是极其简明扼要——她认为把指使的话说得温存体贴是多余的。所以，她儿子今朝听到母亲那席温存贴心的话，感动得热泪盈眶。母亲坚硬心灵的某个角落里，毕竟也存有无限的温情，他虽说是乳臭未干的孩子，也体验到了。但是，要从洋娃娃身上引开自己迷恋的心，又谈何容易。成年的读者是不难理解这点的。于是，伽利帕德不高兴地沉着脸，嘴里嘟嘟囔囔，握着一根细树枝，下意识地在地上画着不成形的线条。

见他那种情状，拉什莫妮脸色又严峻起来，用严厉的口吻说："纵使你生气、哭闹，也甭想得到你梦寐以求的东西。"

说罢，她觉得犯不着无缘无故浪费时间，很快埋头干家务事。伽利帕德怏怏不乐地走出去。那时，帕瓦尼吉勒纳独自坐着吸烟。他老远就看到伽利帕德，猛然站起，想转身走掉，好像有什么特别重要的事要做——伽利帕德气喘吁吁跑来，说："爸爸，我那洋夫人……"

今天，帕瓦尼吉勒纳的嘴角上没挂一丝笑意，只拥抱着伽利帕德，说："你待一会儿，我有件事要处理，事办完，我们再谈，好吗？"

说罢，他匆匆朝户外走去。伽利帕德只觉得，他父亲走时，用毛巾擦着脸上的眼泪。

那时，邻居家为欢度节日，检查吹奏乐器，吹奏器发出催人落泪的呜咽声，秋日惨淡的阳光仿佛含泪欲滴地悲恸着。

伽利帕德站在自家门槛上，呆滞地凝望着前面远去的小路，他的父亲不是为工作出门，从他的步履上就能觉察出——他每跨一步，都仿佛肩驮着绝望的重负那样沉重；他的背影也仿佛显示着，他找不到能够放下包袱、稍许歇息的地方。

伽利帕德转身回到内屋，说："妈，我不要打着扇子的洋夫人啦。"

那时妈正握着刀子，干净利索地切削槟榔。霎时间，她停止了切削，脸上闪烁着兴奋的光彩。母子俩坐在那儿嘀咕些什么，谁也不知

拉什莫妮的孩子

道。拉什莫妮放下刀子和满装着切好和切了一半的槟榔的篮子，径自去伯格拉吉勒纳家。

今天，帕瓦尼吉勒纳回家特别迟，洗完澡，坐着吃饭。但见到他那副无精打采的模样，拉什莫妮觉得，今天的牛奶粥和奶酪又不会有好命运，鱼头又要给猫儿享用了。她原希望，待帕瓦尼吉勒纳饭后小憩时，揭示一个秘密；但现在她为了提起他对牛奶粥、奶酪和鱼头的胃口，不得不提前揭开秘密，把绳子捆着的纸盒，放在丈夫面前，并从盒子里取出洋娃娃放在地上，洋夫人立即打开扇子，迈开轻盈的步伐。今天，猫儿只得垂头丧气走开了。帕瓦尼吉勒纳对妻子说："今天的菜肴十分鲜美可口。许多日子没有尝到过这么鲜味的鱼汤了。奶酪又酿得这么精美，我怎么赞美也不会过分的。"

第七天，伽利帕德得到了梦寐以求的东西，整天目不转睛地瞧着洋夫人溜达，供小伙伴们欣赏，感到兴奋不已。若要换了另一种场合，无时无刻瞧着娃娃以同一姿势扇风走路，只消一顿饭工夫，他就会感到厌倦——但当得知，第八日洋夫人要完璧归赵，他的兴趣就经久不衰。拉什莫妮付给伯格拉吉勒纳两个卢比，租用带有机器的娃娃，玩赏一天。

第八天，伽利帕德唉声叹气，亲自把洋娃娃送回伯格拉吉勒纳处。韶华流逝，但这一天令人欢愉的情景，他一直记忆犹新，在他的想象世界里，洋夫人的扇子，永远也不会停止扇动的。

从现在起，伽利帕德成为母亲建议的参与者。帕瓦尼吉勒纳也不费吹灰之力，年年能弄到送给儿子的节日礼品，他自个儿也感到纳闷。

在世上，不花代价是不会获得任何东西的。那个代价是痛苦的代价。当成为母亲的贴心人，他一天天理解了这个真理，心灵也格外成熟了。他在各项事务中已成为妈妈的好帮手。应该承担生活的重负，不应无谓地加重负担，他铭记了这个生活的真谛。

他将负起生活的职责，一想起它，就拼命念书，通过了助学金的考试。当他获得了助学金，帕瓦尼吉勒纳思量，如今儿子不必再深造了，应该好生照管自己的地产。

伽利帕德向妈妈提出："不去加尔各答深造，我成不了才。"

妈妈完全赞同地说："说得对，你应去加尔各答深造。"

伽利帕德说："不用为我破费，有助学金就行——还可找些事做做，日子就足以打发过去。"

帕瓦尼吉勒纳不置可否，忧虑重重。如果说"管理地产不是正经事"，肯定要刺伤帕瓦尼吉勒纳的心。于是，拉什莫妮没说这句话，转弯抹角说："伽利帕德是会成才的人。"但根据世家大族的传统，自古以来，乔杜利人不离夏纳瓦利，照样成器。帕瓦尼吉勒纳像怕阴曹地府那样害怕异域他乡。把像伽利帕德那样的孩子独自放到加尔各答的想法，怎能进入他的脑子，他简直百思不得其解。最后，连乡村的最大睿智者伯格拉吉勒纳，也赞同拉什莫妮的胆识。他说："伽利帕德总有一天会成为律师，终究会对盗窃遗书的骗局报仇雪耻。他的生辰八字已分明写着这点，绝对不能阻拦他去加尔各答。"

帕瓦尼吉勒纳听了这席话，甚是欣慰，取出了陈旧的纸卷，在伽利帕德耳畔，唠叨遗书被窃的事。伽利帕德认真聆听母亲的意见，但父亲的陈腐见识，从未给他带来任何鼓舞力量，况且，他内心对自家

拉什莫妮的孩子 · 419 ·

的那桩旧公案,从来缺乏足够的热情。通常,他还是听父亲话的。正如英雄的罗摩为拯救悉多,进军楞伽一样,帕瓦尼吉勒纳也那样夸大地看待伽利帕德进军加尔各答——不仅通过考试的一般进军,而是把家里财神请回家的一次壮观的进军。

　　赴加尔各答前夕,拉什莫妮在伽利帕德的脖子里系上一个护身符,把二十五卢比郑重地交到他手上,叮咛说:"仔细放好这点钱,在最艰难的节骨眼上使用。"伽利帕德把从家庭开支中十万艰难地克扣下来的钱,看作为现实的神圣护身符,十分小心地保存起来。"像妈妈祝福一样,永远保存这笔钱。"他暗自立下了这个誓言。

三

　　现在,从帕瓦尼吉勒纳嘴里,再也听不到遗书被窃的事儿,他唠叨的唯一内容是伽利帕德。如今,左邻右舍只听到他聒噪儿子的事。一得到儿子的信,他连眼镜都不想摘,就心急火燎地奔到各家,叙述信的内容。在这以前,他家族里从来没有人去加尔各答。加尔各答的荣光使他的想象分外丰富:我的伽利帕德在加尔各答念书,那儿发生的任何事都瞒不住他,甚至诃格利附近的恒河上空正在架着第二座桥,他都了如指掌。所有天大的消息,好像都成为他家里的事似的。"听说了吗,老弟!恒河上空正在架起另一座桥——今天收到了伽利帕德的信,全部情况都写在里面。"说着,他摘下老花眼镜,仔细地擦完镜片戴上后,慢条斯理地一字不漏地读给邻居听。"老弟请看!时代变化得多快,将来是什么样,谁能洞若观火?终有一天,沾满灰尘的猫狗泅渡恒河,届时世界进入迦利时期。"恒河的圣洁庄严将销声匿迹,无疑是件可悲的事。但伽利帕德写信告诉他,迦利时代的一个巨大的胜利消息——恒河上架起大桥,愚昧无知、孤陋寡闻的乡里人,从他那儿了解了这个喜讯,沉浸在这个欢乐中,也自然而然忘却了当代生物的无尽无穷的不幸和忧虑。他遇到每个人都摇头叹息道:"我说过,恒河存在不了多久。不过,我内心希望,当恒河将要从地球上抹去时,我们能从伽利帕德信札中首先获得它的消息。"

伽利帕德在加尔各答寄人篱下,艰难度日。他仰仗教孩子念书、夜间帮人记账得来的收入维持学习。他克服重重困难,通过了入学考试,得到了助学金。帕瓦尼吉勒纳为这样一个令人振奋的消息,迫不及待地要为全村举办一次盛宴。他思忖,船儿快要靠岸,应该在自己能力所及的范围内,痛快破费,设宴款待。但拉什莫妮没有任何热情的反应,盛宴的设想,只好束之高阁。

现在,伽利帕德在学院附近的一个公共餐厅,有幸获得一个歇脚地。餐厅经理让他住在无法派用处的一间又黑又潮的小屋里,并让他吃上两顿饭。作为酬答,伽利帕德得教他孩子念书。小屋的最大好处,便是没有搭伙者,伽利帕德孑然一身;小屋四周尽管不透风息,却可以自由自在读书写字。何况,伽利帕德哪有选择方便条件的能力?

有些阔少爷,花了租金,住在餐厅二层宽敞明亮的厢房里。伽利帕德与他们是老死不相往来。尽管如此,也免不了冲突。上面的霹雳响声,对住在下层的人,简直是灾难性的轰击。伽利帕德不胜领教了。

有必要认识一下,坐在上层世界因陀罗坐毡上的人,他的名字叫夏兰纳。毋庸赘述,他是有钱人家的阔少爷。在学院念书,本来不必要住在公共餐厅,但他喜欢,无人敢阻拦。

家里本来提出租一幢豪华住宅,解决他们大家庭亲眷在加尔各答的住宅问题——他执拗不肯。

他振振有词地说:同家里人住在一起,无法念书学习。当然,真正的原因,他是藏着不说的。夏兰纳性喜交际和热闹,住在家里的最大苦恼是他不能摆脱一大堆道貌岸然的亲戚,一套套仁义道德的说教:"不应对某某这样干。""对某某这样对待是缺德的。"谁愿意自寻烦恼,陷入这个罗网之中?所以,在夏兰纳心目中,最舒服、最自由的地方,便是"公共餐厅";那儿,人来人往像穿梭似的,对谁都不负有职责。他们交际着,欢笑着,闲扯着,像河流一样漂流,不会留下一丝痕迹。

夏兰纳认为,乐善好施的人应该称为好人。大家知道,他这种思想给人带来的最大好处,便是与他相交的人,不必要成为"好人"。他的高傲,可不像马儿大象,稍许喂点饲料,就能养得胖乎乎的。

夏兰纳既有挥金如土的能力,又有乐善好施的习惯——所以,他不可能不挥霍就把自己的高傲放牧去森林,他要喂以精饲料,把它养得娇艳无比。

实际上,夏兰纳内心深处还是存有同情心的,他满腔热情,帮助别人解除痛苦。不过,他是那么热心,倘有人不领情,不接受他的保护以消除自己的痛苦,他不给以加倍折腾,是决不罢休的。当同情变成残酷时,他那副狰狞可怕的样子,真使人吃不消。

他请餐厅的人欣赏歌剧，在饭馆设宴款待，借钱给别人从不挂在心上——以致往往遗忘，债务几乎自动被削减掉。一位陶醉于新婚之欢的青年，回家度节，花掉了加尔各答的住宿费，身边所剩无几。但为博取新娘的欢心，必须破费，精选上等香皂香水，英国印花布上衣。他求援于夏兰纳，他的一切忧虑立即烟消云散。他同夏兰纳一块去商店选购，当他选了价格低廉、款式陈旧的东西时，夏兰纳鄙夷地说："去你的。你的爱好是些什么玩意儿？"一面说着，一面挑选最精致、最漂亮的物件。商店老板笑着说："哦，识货者。"青年一听价格，吓蒙了。那时，夏兰纳慷慨解囊，对另一方面的反对，置若罔闻。

　　这样，夏兰纳成了自己周围人的靠山。如果谁拒绝他的帮助，谁将无法忍受他的惩罚。他有着一副为别人谋利的强烈侠义心肠。

　　可怜的伽利帕德坐在底层又潮又黑的小屋里的肮脏席子上，身穿破汗衫，两眼盯在书上，摇头晃脑地背着诗文。像他那样勤勉，理应获得助学金。

　　来加尔各答前，母亲千叮万嘱，并让他发誓，决不与有钱人家孩子同流合污，寻欢作乐。不仅因为母亲的叮咛，伽利帕德还不得不承认自己贫穷的现状，他必须与那班阔少爷敬而远之。他从不想攀龙附凤，从未光顾夏兰纳的寓处。尽管他懂得，博取了夏兰纳的欢心，他每日生计中的艰难问题，就会迎刃而解。但在任何艰难困苦中，他从来不乞哀告怜，讨取他的恩赐。在经济拮据的情况下，他怡然自得地躲在一贫如洗的孤寂黑暗里，卧薪尝胆。

　　但是，夏兰纳无法容忍他那种傲慢无礼的神气。此外，在衣食方面，伽利帕德所显露的一副穷相，尤其令他刺眼。上楼时，瞥见伽利帕德一身百衲破衣,一床陈旧罗衾,犹如一种罪恶,使他难以忍受。还有,他脖子里系挂着一块护身符,一天竟有两个时辰进行晚祷。居住在上层的人都忍不住发笑,揶揄他那股奇特的乡土气。夏兰纳圈子里的一两个人,为探寻这个孤独的、头脑简单的人的内心秘密,开始出入他的小屋。但是,他们无法撬开怕羞的伽利帕德的金口。况且,在他小屋里多坐一会儿,既不愉快又不利于身心健康。所以,他们踅转身逃之夭夭。

倘若邀请这可怜儿,在某天参加他们的聚餐,他一定会感激涕零的。抱着这种想法,他们向他发出邀请,但伽利帕德说,他既不能忍受,又不习惯聚餐。夏兰纳及其同伙对他的不领情,大为光火。

几天以来,正对着伽利帕德屋顶上方,传来了喊叫声、奏乐声、跺脚声,伽利帕德简直无法全神贯注地读书写字。白天,只要有空闲,他捧着书本,在庭院大树下读书;破晓之前,待这班家伙还在酣睡时,他就起身埋头读书。

在加尔各答,他遭受了种种折磨,加上艰巨的劳动,他终于病倒了,经常一连三四天卧床不起。

他心里明白,爸爸若要获悉这个消息,决不会让他待在加尔各答,会慌慌张张地赶到这里来。帕瓦尼吉勒纳总认为,伽利帕德在加尔各答过的是愉快生活,是乡下人想象不出来的。他认为,犹如树木和禾苗在乡村田野自个儿长出一样,在加尔各答,五花八门的享乐东西,也会源源不断地长出,大家都能尽情地消受。伽利帕德不去打消父亲的这种错觉,让它原封不动保持着吧。

尽管过着忍声吞气的苦难生活,他仍不断给自己父亲写信。然而就在他病倒的时刻,夏兰纳那班人,像魑魅魍魉,在他脑门顶上狂呼乱叫,他的痛苦简直无以复加。他在床上辗转反侧,在空寂无人的小屋里呼唤着母亲,思念着父亲。然而,他越是蒙受贫穷所带来的侮辱和痛苦,他的心越发坚如磐石,他一定要从这穷困的痛苦深渊中拯救出自己的父母。

伽利帕德严于律己,竭力不招风揽火。但楼上的喧闹并不因此减少。有一回,他发现,从吉那市场上买来的一双旧的廉价皮鞋,有一只给人换成异常漂亮的英国皮鞋。穿上这双不协调的皮鞋,显然是不能上学院的。他忍气吞声地把别人的鞋放在门外。他又从皮鞋修理摊上,买来一双旧鞋,应付着穿上。有一回,从楼上下来一位孩子,突然窜入小屋,对伽利帕德盘问道:"莫非你从我的房间里,拿错了我的香烟盒子?我哪儿都找不到。"

伽利帕德不由生气地说:"我从来不到你们的寓所!"

"哦,在这儿。"从犄角处拾起一只昂贵香烟盒,再没说什么,一溜烟上楼了。

伽利帕德暗自下决心:"假如通过文学硕士,取得一笔可观的助学金,我立即搬离这个鬼地方。"

寄寓在餐厅的孩子,历年都要聚集在一起,热热闹闹地举办祭祀艺术女神的活动。夏兰纳承担主要费用,其他孩子捐献礼品。去年,由于疏忽和轻视,任何人都没有要伽利帕德出礼品。今年,出于捉弄他,把捐献礼品簿放在他面前。伽利帕德从未得到过他们的丝毫资助,也从不参加他们组织的任何娱乐活动,如今他们却厚着脸皮来索取礼品。天晓得伽利帕德是如何考虑的,他十分痛快地掏出了五个卢

拉什莫妮的孩子 · 425 ·

比。夏兰纳从自己同伴中，还没征收过五个卢比。

由于他的贫穷和吝啬，大伙瞧不起伽利帕德，但今天他慷慨解囊，掏出五卢比礼物的这个壮举，实在使众人目瞪口呆，难以饮吞。他的穷苦潦倒的境况，瞒不住大家的耳目，然而他为什么那么高傲呢？仿佛他要在大家的心灵上，建立起自己的威风。

女神膜拜活动，热闹非凡——伽利帕德不付五个卢比，丝毫不会影响它的热闹气氛。但这五个卢比对伽利帕德可不是无足轻重。他寄人篱下，往往不能按时用饭；餐厅的主仆都酷似他的主宰，他仰人鼻息，不敢对住食好坏、多少，表示任何异议。于是，他不得不积存些早点钱。然而那些钱，今天却随同鲜花和祭品，奉献在艺术女神的脚下了。

伽利帕德的头痛病变本加厉。这次考试没有落榜，但没有获得奖学金。这样，他迫不得已减少学习时间，接受额外劳务。尽管有没完没了的烦恼，他依然不能弃绝免费的这个小天堂。

楼上的人原认为，这次度假之后，伽利帕德决不会回到这间小屋。但是，餐厅底层那间屋子的门锁，照例按时被打开。伽利帕德身穿普通围裤和那件陈旧的中国式大衣，进入自己的寓所。脚夫放下一块脏布裹着的大包袱、一只发锈的铁箱，同他讨价还价，领了报酬，走了。在那张包袱里，有大大小小锅瓢碗碟。伽利帕德的母亲把生杧果、枣子等作料制作的食物，都塞在这些锅罐里。伽利帕德明白，趁他不在时，上面那帮擅长恶作剧的人，经常进出他的屋子。他一点也不介意，但他最担心的是，标志着他父母爱意的东西，可不要落入那帮取笑人的人手里。他妈为他所做的吃食，他看作是琼浆玉液，稀世珍馐——乡村穷苦人能够体验它们的价值。惯于欺凌人的城市孩子怎能理会呢？那些东西绝不会含有城市富贵的任何印记。无疑，城市孩子一定会蔑视它们，这对他来说，简直难以忍受，犹如万箭穿心。起先，他把那些东西放在床板底下，用旧报刊遮盖着。随后，他把它们锁藏起来，这样更加妥善。如今，他只要外出片刻，就要不厌其烦地上锁。

他这个举动使人生疑。夏兰纳说："可不要是藏匿一笔巨大财富！藏着连偷天大盗也要垂涎三尺的财富，才会时时上锁——我看，要立即变幻出第二所'孟加拉银行'。他不相信我们任何人——生怕我们贪婪阁下的那件陈旧不堪的中国大衣！他至少该换件新式大衣，让人一饱眼福嘛。见着他终日穿着那件大衣，我厌烦透了。"

夏兰纳自己从未进入伽利帕德又黑又潮的小屋。每每登扶梯时，目光往那儿投去，他就感到恶心。尤其是夜间，看到他赤着膊，坐在这密不通风的小屋的昏暗灯火前，攻读学院功课时，夏兰纳难受得简直透不过气来。他对伙伴吩咐说："这回，伽利帕德不知从哪儿抄来七个国王才能拥有的财富，每时每刻不上锁就安不下心。谁去刺探一下虚实？"

大伙对这种寻乐的事都感兴趣。

伽利帕德的门锁是十分低劣的，根本无法阻止入侵者，几乎所有钥匙都能打开。一天黄昏，伽利帕德外出教孩子学习。几个特别好奇的孩子，谈笑间就打开了门，提着灯笼，跨过门槛。他们从床板底下，寻找出盛放泡菜、辣酱、干柠果片等东西的陶罐，但他们不以为然，认为这些东西绝不是值得贮藏的珍贵而秘密的东西。

拉什莫妮的孩子 · 427 ·

于是继续搜寻,从枕头底下取出一串带有铜圈的钥匙,打开了洋皮铁箱,发现一些脏衣、书籍、本子、剪刀、小刀、钢笔等什物。他们正关上箱子要走时,从衣服底下发现一包用手帕裹着的东西。打开手帕,里面是一团破布,一层层剥开,看到了二十五个卢比。

见到这种状况,谁都忍俊不禁地发笑,个个笑得前仰后合。大家认为,伽利帕德为这点钱,不时提防上门,世上任何人都不会相信的。夏兰纳对那孩子的吝啬和猜疑性格,大为惊讶。

就在这时,大伙倏然觉得,马路上仿佛响起伽利帕德的咳嗽声,便立即关上箱子,拿着这点钞票,一溜烟上了楼,剩下一个人上了门锁。

夏兰纳见到几张钞票,直笑痛肚皮。区区二十五卢比,岂在他的眼里!谁见到伽利帕德那副谨慎防范的模样,都不会猜想他箱子里仅仅放着二十五卢比。况且,他是那么小心翼翼地保存那点钱!大家决定等着瞧,失窃了那些钱,这位奇特的人将会闹出什么洋相。

深夜九点,伽利帕德教完功课,拖着沉重而疲乏的身子,进入屋内,丝毫未注意房间的动静。他的头沉得很,像要炸开似的。他自认为,这种头痛将要延续一段时间。

次日,他要换衣服,从床底下拖出箱子,发现箱子没锁。虽然伽利帕德天性是谨慎的,他仍觉得,也许自己疏忽,忘了上锁。小偷进屋,外门不该上锁的。

打开箱子一看,衣服底下,翻得乱七八糟。他的心顿时凉了半截,急忙翻箱倒柜,发现妈妈所给的那些钱不翼而飞了,手帕和破布依旧留着。伽利帕德一次次用力扯开所有的布头,终不见钞票踪影。

此时，楼上的人三五成群，像办什么事，下楼梯朝小屋窥看。他们反复登上登下，一次次向夏兰纳描绘伽利帕德的狼狈情景，他听了那些趣闻，甚为快活。楼上，好像笑声的喷泉大开，奔流不息。

当无望找到这些钞票，无以复加的头痛使他一点也不能动弹时，他如死人一般躺下。他的母亲含辛茹苦，历尽磨难，才一个铜板一个铜板积攒起这些卢比，那种苦楚只有苍天洞悉。当他不熟悉妈妈痛苦的历史时，一直增添着妈妈的重负；最后，一旦妈妈把他看作痛苦生活的同伴时，他感到从未有过的骄傲。伽利帕德在自己生活里所获得的最大信息、最大祝福，都体现在这些钱上。妈妈的慈爱大海不倦翻腾，他才获得无价的痛苦礼物；如今这个礼物却被盗窃，他把这种盗窃视为恶魔对自己的一个诅咒。他依稀听到了上面的人在小屋旁的楼梯上来回走动的杂乱声，那些人似乎不想停止枉然的、幸灾乐祸的走动；仿佛农家起火，一切烧成灰烬，流经它身边、带着无比欢乐的淙淙响声的河流，自顾永不停息地奔流。他眼下的处境，酷似那种情景。

伽利帕德听到上面不止的哈哈笑声，蓦地觉得，钞票不像是被偷盗。猛然间，他清醒过来，夏兰纳这帮人仅仅为了取乐，拿走了钞票。小偷窃走，或许他不会那般痛不欲生。他仿佛觉得，以财富为自豪的青年，正用手抓着他母亲的身子。他住在餐厅已有多少个白日黑夜，然而他没有登上楼去。但今天他身穿破汗衫，光着脚板，他的脸由于心情激动、剧烈头痛而涨得通红，就在这个时刻，他飞快地登上楼梯，窜到上面。

今天是星期日，没有人去学院。许多人聚集在屋顶阳台，有的坐在椅子上,有的躺在藤床上,怡然自得地谈笑着。伽利帕德气喘吁吁,突然来到他们中间,愤怒地说:"交出来!还我钞票!"

倘若他以乞求告怜的口吻说话,也许他会马到成功。但夏兰纳见到他那种疯狂劲儿,勃然大怒。毋庸置疑,他家的看门人若在这里,他定叫他拎着耳朵,把那个不识相的家伙撵出户外。大伙见到夏兰纳的脸色,马上摆出架势,怒喝道:"你胡说什么!什么钞票?"

伽利帕德不甘示弱地说:"你们偷走了我箱子里的钞票!"

伽利帕德如果手执什么东西,一定要同他们格杀三百回合。见到他来势汹汹,四五个人蜂拥而上,反剪他的手。他像坠入陷阱的狮子一般咆哮着。

他身边没有抵抗这种非正义的任何力量,没有任何真凭实据。大家都把他的猜疑说成是发疯而加以取笑。这帮人不能容忍他那般放肆无礼,狠狠地把他揍得死去活来,从中作乐。

那天夜晚,伽利帕德是如何度过的,谁都不知道。夏兰纳漫不经心地掏出一百卢比,说:"去,送给那愚蠢的人!"

朋友们说:"你发疯了!首先打掉傲气——然后,他向我们写个请罪书,届时再看情况而定。"

于是,大伙都去睡觉了,谁都不肯延误睡觉的。

次日清晨,大家把伽利帕德的事早忘到九霄云外。下楼时,有人听到他屋里有说话声,心中琢磨,或许请来律师,与他计较对策。门从里面反锁着。贴门侧耳倾听,说话与法律毫无联系,完全是不连贯的胡言乱语。

那人立即奔上楼,报告给夏兰纳。夏兰纳下楼站在门外。伽利帕德不知在嘀咕什么，无法听得真切。他不时呼唤着"爸爸——爸爸"。

夏兰纳不由害怕起来。也许伽利帕德为这钞票的丢失而发了疯。他从门外呼唤了两三次"伽利帕德先生！"，但没有任何反应。又听到嘟嘟哝哝的声音。夏兰纳再一次使劲叫喊："伽利帕德先生！请开开门，你的钞票找到了。"

但是，门没有开，只听到含混不清的嘟哝声。

事情发展到如此地步，完全出乎夏兰纳的意料。他在自己的追随者面前一声不响，但忏悔的利箭，狠狠地扎入他的心。他下达命令："撬开门！"

有人提议："请警察来，撬门才稳当，倘若真的疯了，天晓得会闹出什么名堂！昨日的情景可不要重演！"

夏兰纳说："不，不。谁快去请医生！"

医生住在附近，没有半晌工夫就赶到了。他耳朵贴在门上，说："他好像疯了。"

撬开门，大伙鱼贯进屋，看到铺在木板上的床单，已扯得乱七八糟，一半拖在地上。伽利帕德躺在地上，不省人事。他不时摔着手脚，说着胡话，睁着通红的眼睛，脸孔涨得像马上要破裂，渗得出鲜血似的。

大夫坐在他身旁，检查了半天，问夏兰纳："在这里，他有什么亲戚吗？"

听了这话，夏兰纳的脸顿时变得惨白。他战战兢兢地问："怎么啦，病情如何？"

大夫严肃地说："捎个消息是稳妥的，情况不妙。"

拉什莫妮的孩子 · 431 ·

夏兰纳说:"我们同他不熟,不知道他家里人住在哪里。不过,我们可以设法寻找。但现在马上应该着手做什么?"

大夫说:"应该立即把他从这间阴暗的屋子迁出,搬到空气流通、宽敞明亮的屋子里去。还应该安排护士,昼夜护理。"

夏兰纳把病人搬到自己的屋子。他说人拥挤在这里不好,挥退了众人。他把冰袋放在伽利帕德额上,亲自扇风。

我早打过招呼,因怕楼上人侮辱或取笑,伽利帕德一直没有向他们透露父母的情况。他写给父母的信,都亲自送往邮局,又亲自去邮局取回父母的来札。

为找伽利帕德家里的地址,又一次打开铁箱。两束信札放在箱子里,用带子结结实实捆住。一捆是他母亲的来信,一捆是父亲的,前者数目稀少,父亲的信札则很厚。

夏兰纳拿到信,关上门,坐在病人床沿读着。猛然间,他大惊失色! 夏纳瓦利,乔杜利寓所,帕瓦尼吉勒纳·代维·什尔玛,帕瓦尼吉勒纳·乔杜利! 几行醒目的大字,使他惊呆了!

他撂下信,呆若木鸡地久久坐着。他一直凝视着伽利帕德的脸孔。几天前,他的伙伴说,伽利帕德的脸十分酷似他的脸。他听到这话,十分反感。于是,大家见色行事,一下子换了话题。今天,他明白了,话不是毫无根据的。他的祖父什亚玛吉勒纳有一个兄弟帕瓦尼吉勒纳,他是知道这一情况的。以后的历史,家里人从没有谈起过,连帕瓦尼吉勒纳有个儿子,名叫伽利帕德,他都不晓得。伽利帕德! 原来是他的叔叔!

夏兰纳回想起祖母活着的时候,怀着无限真挚的爱,谈论过帕瓦尼吉勒纳。一念到帕瓦尼吉勒纳的名字,她的眼眶就涌出泪水。帕瓦尼吉勒纳是她的小叔子,但年纪比她儿子小。她像对待自己儿子一样,把他抚养长大。他们因财产争吵,分了家。她的心却一直惦记着他,渴望探求他的信息。她屡次对自己儿子说:"你一定欺骗了这个诚实而头脑简单的叔叔——我公公那么宠爱他,我简直无法相信公公会剥夺他财产的继承权。"她儿子对此十分恼火。夏兰纳也依稀记得,他也因此恼恨自己的祖母。不仅如此,因为祖母站在帕瓦尼吉勒纳一边,他也无缘无故记恨那位素昧平生的叔祖父。现在,帕瓦尼吉勒纳一家落到那么穷苦潦倒的境地,他做梦也没有想到——他如今恍然大悟,尽管有无数诱惑,这么多日子以来,伽利帕德一直洁身自好,从不加入他的圈子,不向淫威富贵屈服。他也为此感到自豪,倘若伽利帕德一度依附于他,今天他将会羞愧得无地自容。

四

夏兰纳圈内的人,多少日子以来天天折磨、侮辱伽利帕德。夏兰纳决不能让叔叔住在自己房间里,置身于他们之中。他听从了医生的劝告,费了一番周折,把叔叔转移到一间幽静而舒适的房间,歇息调养。

帕瓦尼吉勒纳收悉了夏兰纳的信札,在一个同乡的陪伴下,赶到了加尔各答。启程时,惊惶不安的拉什莫妮把好不容易积攒下来的大部分钱,交到丈夫手里,再三关照,说:"仔细地照料,千万别出差错。情况恶化,马上来信,我也前往。"在乔杜利家族里,让媳妇随随便便去加尔各答,可不成体统,因而一得悉消息,她没有去成。她乞求保护之神,请来占星家,祈愿太平无事。

帕瓦尼吉勒纳一见到伽利帕德的情状,完全惊住了。伽利帕德还没有恢复知觉。他把自己父亲认为教师先生——为此,他心如刀割,悲恸欲绝。伽利帕德不时说胡话,呼唤着"爸爸""爸爸"。——他握住儿子的手,把自己的脸贴近他的脸,大声说:"我在这儿,乖乖。我来了。"但他仍没有显出已经认出父亲的任何表情。

大夫说:"高烧比前稍退了些,现在也许有了转机。"帕瓦尼吉勒纳根本没有想过,伽利帕德不会好转。乡里人从儿子诞生起,就众口一词说:"伽利帕德长大后,会干出一番惊天动地的事业。"——这些话一直铭刻在帕瓦尼吉勒纳的心坎上。他坚信,伽利帕德一定会得救的,这是生辰八字定了的。

所以,他的自信心胜于大夫。他写信给拉什莫妮,叫她不必担惊受怕。

帕瓦尼吉勒纳对夏兰纳的善行,感到吃惊。谁能说他不是最高之神!加尔各答那么富有教养的孩子,对他是那么毕恭毕敬,真是天下奇闻,闻所未闻。他琢磨,加尔各答的孩子也许都是那种性格。他暗自思忖:"如果聪明才干不在他们身上,在谁身上体现!乡村孩子没有文化,没有教养——怎能与他们相匹敌呢!"

伽利帕德的烧继续减退,渐渐地恢复了知觉。他看到床沿坐着的父亲,大吃一惊。思忖自己在加尔各答如何生活,一切都瞒不住他了。比它更担心的是,他乡村父亲将成为加尔各答孩子的捉弄对象。一想到这些,他不寒而栗。环顾四周,如坠入五里雾中。多么豪华的房间!他觉得一切都像梦幻一般!

那时,他身上仍没有过多思考的力气。他仿佛觉得,是他父亲一得悉消息,马上赶到加尔各答,把他从那肮脏的房间搬迁到这儿来的。如何乔迁,哪儿弄来钱,以后还债时将遇到何等难堪的处境,这一切,他现在都无法去深究。他只一门心思想:在任何情况下,他都会生存下去的,他必然会康复的。仿佛他有权向人间提出这样一个起码的要求。

有一回,当帕瓦尼吉勒纳不在屋,夏兰纳端着一个盛放水果的盘子,恭恭敬敬地放到伽利帕德的面前。伽利帕德却目瞪口呆地望着他的脸,心想:"他又要耍弄什么恶作剧?"他随即又想,应当如何从他手里保护父亲。

夏兰纳把盘子放在桌上,向伽利帕德施以触脚礼,道了万福:"我犯了弥天大罪,请宽恕我吧!"

伽利帕德格外惶惶不安,莫名其妙。但看到夏兰纳诚挚的脸庞,他明白夏兰纳心里不存有任何虚情假意的邪念。从前,当伽利帕德刚来餐厅居住时,那张闪烁着青春光辉的标致脸庞,曾经使他多么神往。但他由于自己的贫穷拘谨,从未去拜访过他。如果他有与他相抗衡的地位,他有身为挚友、到他身边的权利,他定会高兴得手舞足蹈——但是近在咫尺,却无法逾越两人之间的鸿沟。当夏兰纳在楼梯上下时,他那精致披巾的芳香,飘到伽利帕德的昏暗小屋,他不由自主地放下学习,想去欣赏一下那张没有一丝愁纹的绝色笑脸;他仿佛觉得,那遥远而美丽的世界的光芒,正使令人作呕的又湿又暗的小屋生辉。但不消半顿饭工夫,他又感到,夏兰纳无情的青春,对他来说好像是个凶暴的刽子手。今天,当夏兰纳端着果盘,出现在他床前,伽利帕德叹了口长气,微微抬起了眼皮,瞥视了他那张美丽的脸庞。他嘴上没有说出一个宽恕的字,但缓缓地拿起水果咀嚼起来,这个举动已把要说的意思,表达无遗了。

伽利帕德每天都惊讶地发现,夏兰纳对他父亲十分亲热。夏兰纳称他父亲为祖父。相互间不断亲昵地开玩笑。他俩取笑的主要对象是不在场的祖母。这么长时间里,亲热打闹的习习南风,仿佛在帕瓦尼吉勒纳心底里,唤起了对青春时代的欢乐回忆。夏兰纳趁病人不注意时,偷吃祖母做的泡菜、辣酱等土特产。他津津有味地品赏这些土特产,伽利帕德一获悉这种情况,心里无比欢畅!他原想请世上所有人来品赏母亲做的菜,如果他们能够知道它们的价值。如今,他的病室成为欢乐的聚会地——他在自己生活中从未遇到过如此稀罕而珍贵的幸福。他觉得:"妈妈倘若在这里,那该多好!她将会喜爱那个幽默的爱开玩笑的漂亮青年。"他陶醉在这种美好的遐想之中。

在病人屋里,推心置腹交谈的唯一内容是,那个在快乐潮流里起障碍的东西。一种贫穷的高傲,仿佛扎根于伽利帕德的心田里。在某个朝代,他家族的富裕是举世闻名的。但他对那种为财富而感到无谓骄傲,是十分深恶痛绝的。他绝不同意用任何"但是"来掩盖"我是穷人"这个事实。如今,帕瓦尼吉勒纳也不侈谈往昔的荣华富贵;但是,那个时代毕竟是他生活幸福的日子,洋溢着青春的美好日子。而如今诅咒世界以背叛形式出现在他面前。在什亚玛吉勒纳妻室中他十分喜爱的嫂子勒玛松德莉是一家主妇时,他站在女神门槛上,消受着无穷尽的爱——难以忘怀的幸福日子的光芒,无时不照得帕瓦尼吉勒纳的黄昏金光灿烂。但是,谈论这种洋溢幸福的日子,往往夹杂着遗书被窃的那个令人不愉快的事。一提到那桩事,帕瓦尼吉勒纳不无激动。他心里丝毫不怀疑,他终将获得那份遗书——他贞洁的母亲的话,是不会落空的。一提及这件事,伽利帕德内心异常不安。他知道,这纯粹是他父亲疯癫的标志。母子俩曾经姑息这种疯癫;但眼下在夏兰纳面前,显露父亲的弱点,太不像话了。多少次,他劝说父亲:"行啦,爸爸,这是你不切实际的幻想。"但是相劝却得到相反的结果,帕瓦尼吉勒纳为了证明他的幻想不是无根无据,他不厌其烦地详尽地分析整个事情的由来。那时,任凭伽利帕德施出浑身解数,也无法阻挡住他口若悬河的唠叨。

夏兰纳也对这个话题感到不安。伽利帕德清楚地意识到这点。夏兰纳也特别激动,好像跃跃欲试,准备批驳帕瓦尼吉勒纳的种种论点。在其他任何事情中,帕瓦尼古勒纳随和大家的意见;唯独在这件事上,他对谁都不肯让步。他母亲是认识字的——她亲手把自己父亲的遗书和其他证书锁在盒子里,放进铁箱。当妈妈打开盒子时,其他证明文书都原封不动,唯独遗书不翼而飞。这不是分明被盗,又该是什么呢!伽利帕德为使父亲冷静,又劝道:"好啦,爸爸。那些谋图你财产的人,就等于你的儿子,你的侄子。那笔财产也等于在你父亲的世家大族里——这还不值得你高兴吗?"夏兰纳实在强捺不住,借口起身出户。伽利帕德暗自痛苦地想:夏兰纳也许把他父亲看作是贪婪金钱的角色。其实,他父亲一点也不贪心钱财——假如他有一天向夏兰纳说明白,那他就感到宽慰了。

这些天来,夏兰纳与伽利帕德父子俩十分亲善,但这份遗书的谈论，妨碍了亲善的发展。他无论如何不想承认，他父亲和祖父偷了那份遗书。但他又不得不承认，剥夺了祖辈财产的继承，命运残酷地对待他们。现在，他不想挑起任何争论，一味沉默。一有借口，他就溜之大吉。

一到黄昏，伽利帕德就有些热度和头痛。但他掉以轻心，不以为然；终日千思万想着自己被耽误的学业。他第一回没有获得奖学金，第二回可不能让它从手中滑掉。他瞒着夏兰纳，开始研读功课。大夫是严格禁止这样做的，他尽管知道，也毫不理睬，满不在乎。

他对父亲说："爸爸你回家吧——妈孤零零地独自待在家里。我已大大好转，不用操心了。"

夏兰纳说："现在你尽可放心离去，不会有意外情况啦。他身体有点虚弱，调补调补，过几天就会完全恢复。况且，还有我们在。"

帕瓦尼吉勒纳说："我懂得不必为伽利帕德操心。即使我不来，你们也会照料好的。但内心不同意，特别你祖母执拗得很，你根本拗不过她。"

夏兰纳取笑着说："祖父，你那么宠爱，惯坏了祖母。"

帕瓦尼吉勒纳反唇相讥笑着说："好，一旦孙媳妇到家，届时她以何等严厉的方式管制你，我等着瞧呢。"

帕瓦尼吉勒纳几乎是在拉什莫妮的服侍下长大的。尽管加尔各答有种种享受的便利和舒适，但怎能与拉什莫妮的温爱和服侍相媲美？所以他不大坚持不回家。

清晨，收拾好行李卷，走到伽利帕德房内，看到他的脸和眼通红——他的身子好像火炭似烧着——昨晚前半夜，他又背诵功课，后半夜，翻来覆去，无法入寐。

伽利帕德非但没有消除自己身体的虚弱，又加重了自己的病情。大夫诊断后，流露出一副忧虑神情。他把夏兰纳叫到一旁说："这回，情况可真的不妙。"

夏兰纳对帕瓦尼吉勒纳说："你看，祖父，又得折腾您老人家了。病人也许不听服侍。我考虑，赶快叫祖母来照应吧。"

不管夏兰纳说得如何隐晦曲折，一种巨大的恐惧慑服住帕瓦尼吉勒纳的心。他听了，手脚不听使唤地战栗不已。他说："你认为怎么好，就怎么做吧！"

拉什莫妮收到了信，马上偕同伯格拉吉勒纳紧赶紧跑，傍晚时分抵达加尔各答。她只看到伽利帕德活在人世几个钟头。他在高烧中不时呼唤着妈妈——那一阵阵揪心的声音，直戳她的心。

帕瓦尼吉勒纳将如何忍受这个打击活下去呢？由于害怕这点，拉什莫妮克制住自己，不表达自己内心的深沉痛苦——如今，她的儿子走了。她在丈夫身上仿佛看到了父子俩已融为一体，她的痛苦之心承受着两位一体的重负。她内心原想："我再也无法忍受打击了。"然而，她毕竟经受住了。

五

那个夜晚仿佛十分漫长。巨大的悲痛、极度的疲劳，使拉什莫妮很快睡了过去。但是，帕瓦尼吉勒纳睡不着，在床上翻来覆去，长吁短叹。最后，念着"大慈大悲的毗湿奴大神"起了身。当伽利帕德在乡村私塾念书时,当他儿子没来加尔各答求学时,他就在一间小屋里读书,现在帕瓦尼吉勒纳用颤抖的手,擎着一盏灯火,步入那间空寂无人的屋里。拉什莫妮缝补的百衲被褥,依旧铺在木板床上。被褥上面有着黑水的斑痕,肮脏的墙上有木炭画的几何图形的线条;一本又脏又黄的纸装订成册的"皇家识本",如今,已凌乱地散落在床头——还有……天哪!我的苍天!——他童年时穿的一只小拖鞋,仍然放在屋内。这么多日子以来,谁也没有想来瞧瞧那间屋子。今天,这只小鞋变得越发巨大的形象在他眼前晃动,世上再没有任何东西可以遮盖住它!

把灯放在壁龛里,帕瓦尼吉勒纳坐在木板床上。他干涸的眼睛早已流干了泪水,但他的心,今天真有点不可捉摸。他叹息着,他的肋骨仿佛散了架似的——他从屋子的东面窗棂,眺望出去。

漆黑的夜晚,淅沥淅沥下着霏霏细雨。茂盛的林荫,掩映着面前的围墙。正对着小书房的空旷地,伽利帕德亲手种植的柠果树,已绿叶成荫;他种的蔓藤,婆娑多姿,一片葱郁——沉甸甸的果实把盘绕在竹棚上的蔓藤,压弯了腰。

今天,看到孩子精心培育的果树林,他心潮起伏,心仿佛要从口中跳出。没有任何希望了。暑假或祭祀节,学院放假,贫穷的家门总为他敞开着。如今,任何良辰佳节,他也不会回到这个家啦。"天哪!我的孩子!"说罢,帕瓦尼吉勒纳坐在地上不起。伽利帕德为了驱除父母的贫穷,到加尔各答求学。但他无情地抛弃了父母大人,离开了这个世界——户外,雨下得更欢了。

就在这时刻,从黑乎乎的柠果树丛里传来了脚步声。帕瓦尼吉勒纳屏息静气倾听着，心怦怦直跳，莫非将遇见那个毫无指望的人？他感到，伽利帕德仿佛回家看望果园。"但是，外面下着倾盆大雨，他要被淋湿的。"这种不可能出现的奇迹，使他的心激动不已。他依稀望见，林外有人在他屋前站了一会儿。那人头戴白色披巾——无法看清他的脸庞，但他的头的轮廓同伽利帕德一模一样。"孩子回来啦。"说罢，帕瓦尼吉勒纳马上跃起，推开门。走到果园，站在刚才那人待过的窗户前，但不见任何人影。在瓢泼大雨下，他走遍了果园，仍不见任何踪迹。站在午夜的伸手不见五指的黑暗里，帕瓦尼吉勒纳用痛苦的声音，再一次使劲呼唤："伽利帕德！"声音在夜空中回荡不已——但没有伽利帕德的应声。这个呼唤声，把老仆人瑙道叫了出来。他费了好大劲，才把老人推进屋内。

翌日清晨，老仆人打扫房子，发现林子前面的小屋里放着一个包袱。他把它交给帕瓦尼吉勒纳。帕瓦尼吉勒纳打开包袱，见到一件陈旧的文件。他戴上花镜，稍许目读了几行。他猛然跑到拉什莫妮处，把纸打开在她面前。

拉什莫妮吃惊地问："这是什么东西？"

帕瓦尼吉勒纳说："就是失落的那份遗书。"

拉什莫妮问："谁送来的？"

帕瓦尼吉勒纳说："昨晚，雨中人送来的。"

拉什莫妮问："这有什么用处？"

帕瓦尼吉勒纳说："现在我什么也不需求。"说罢，把那张遗书扯得粉碎。

当这个令人震惊的消息传遍乡村，伯格拉吉勒纳摇头晃脑，自吹自擂地说:"我早已说过,通过伽利帕德,遗书会失而复得的。"

拉姆吉勒纳·穆迪说:"但是,老兄请仔细听着:昨晚十点光景,一列火车进站。一位长相俊秀的先生,跨进我店门,打听去乔杜利家的路——我指给他该走的路,当时看到他手里提的就是这只包袱。"

"去你的。"伯格拉吉勒纳一下子打断了他的话。

连载小说

一

"伟大的真主"口号响彻战场。一方,三百万非印度军队;一方,三千雅利安军队。像潮水里挺立的高大菩提树一样,印度战士日日夜夜,坚持战斗,傲然屹立。但现在,已经显露失败的迹象。随着败仗,印度胜利的旗帜横卧在地上。像今日的落日一般,印度骄傲的太阳沉没了。

"湿婆,湿婆,保佑,保佑!"看官,你能够说出,哪位骄傲的青年,仅仅率领三十三位同伴,手里擎着宝剑,骑着千里驹,像挣脱了印度掌管女神的手发出的闪电一般,以迅雷不及掩耳之势,冲向敌营?看官,你能指出,因着谁的摧枯拉朽的力量,那支无数人的非印度教徒军队,像受到强劲风暴冲击的林子一般,惊慌失措?谁的雷霆般的喉咙发出"湿婆,湿婆"的吼声,压住了千万个非雅利安嗓子发出的"伟大真主"的口号,使它无法冲向云霄?在谁的发出闪闪寒光的宝剑面前,像受到猛兽袭击的羊羔一样,敌军顷刻间夹着尾巴,逃之夭夭?看官,你能说出,那天雅利安土地上的太阳神,用自己铁血力量的抚触,祝福谁的带着血迹斑斑的宝剑,来到落日处休憩?看官,你能够叙述这一切历史故事吗?

他就是勒利特·辛赫,康基王国的统帅,印度历史的北极星!

二

今朝,库基城里为什么有如此隆重的欢庆?看官,你晓得,胜利旗帜为什么在拉吉帕勒萨德山顶上如此激动不安?仅仅是因为风刮所驱?不,绝不是,那是因着欢乐的涌潮:家家户户的门槛上,放着香蕉树和吉祥水罐,每家每户响起胜利呼声;每条街巷,灯火辉煌;城市四面八方,甚至遥远的边缘处,人头攒动,摩肩接踵,市民如此激动地盼等着谁的到来?

蓦然,男人嗓音发出胜利的欢呼声,女人嗓子发出欢乐的声响,两者汇合在一起,冲向云霄,向星空飞去。天空所有星辰,像被风吹刮而颤抖的灯烛火苗一般战栗着。

那位骑着风驰电掣的马儿,进入英雄城的凯旋门的勇士,你认识吗?是的,他就是康基国的统帅,我们早已熟悉的勒利特·辛赫。他消灭了敌人,把沾满敌人鲜血的宝剑,献到自己祖先康基国王的脚下,所以万众瞩目,举国欢庆。

但是,地动山摇的欢呼声,没有引起统帅的丝毫注意;城市靓女从窗扇里,洒下多少花雨,他的目光,不会抵达那里。当从森林曲径走出的口渴旅客,奔向湖池,倘若干枯的树叶在他头上,纷纷落下,他难道能不屑一顾?心情烦躁的勒利特·辛赫感到,这巨大的尊敬像干枯树叶一样,那么乏味轻飘,那么平庸俗凡。

最后，当马儿跑到内室的宫殿，统帅立刻拽紧了手缰，马儿顷刻间骤然停步，站立着。勒利特·辛赫用渴望的目光，朝宫殿窗户望了一下。蓦然间他看到，两只羞涩的眼睛像闪电一样落在他脸上，她用一双优雅的手臂，把一只花环，从上扔下，陡落在他前面的地上。就在那时候，他下了马，用自己王冠接触了那只花环；用踌躇满志的目光，朝上面望去。那时窗户早已关闭，灯火早已熄灭。

三

在成千上万的敌人面前，英雄巍然屹立。但在两只鹿眼面前，英雄垂首，甘认失败。多少日子以来，统帅像岩石城堡一样，内心维护着坚忍节制。但昨晚那两只黑眼睛所放射出的自重且羞涩的目光，攻击着那座堡垒的根基，在这种攻击下，多少日子的忍耐节制，刹那间化成灰烬。但是，去它的统帅，嗨！难道你想在夜幕掩护下像小偷一样，潜入内室花园的围墙？你是世界的胜利者，你是顶天立地的英雄好汉，去他的！

但是，小说家面前是不会存在任何障碍的，门警阻拦不住他们，带着面纱的靓女也不会对他们提出任何异议。因此，这个令人心旷神怡的春夜，渴望一次就潜入南风习习的王宫的寂无人迹的闺房。哦，女看官们，你们也来吧。而男看官们，你们若渴望进来，你们也可随后跟进，我会给予不朽的礼物。

请你仔细瞧瞧，在菩提树下的花床上，像黄昏星辰的偶像，那位美女究竟是谁？哦，男看官，哦，女看官，你们猜得到吗？你们在何处窥见如此妙不可言的形象？这个形象难道能够被语言描述出来？语言难道能用什么样的咒语力量，使生活充满青春活力，充盈美丽的温存？哦，男看官，你若第二次结婚，请记住自己妻子的容貌！哦，美丽的女看官，你看了那位靓女，对女伴说："这位靓女绝伦无比！"女伴说："不错，有些姿色。"请记住她的容貌，她与坐在榕树底下的公主有许多相似之处。男女看官，现在认识了吗？这就是公主维冬玛拉。

公主把花朵放在怀里，低垂脑袋，编织花环。不停地编织，手指在自己温情的事业里疲劳松懈了，而她忧郁的目光在极其遥远的思想王国里漫游。公主正在遐想什么呢？

不过，看官，我无法对答。在公主孤寂的心殿里，在今日宁静的黄昏里，天晓得进行着什么死神的祭祀仪式——我们带着不圣洁的好奇心情，是无法进入那儿的。你们瞧，一阵长吁短叹，没有像膜拜的香烟消失在虚空中；两滴眼泪，像柔软的古苏姆花蕊一样，掉落在不知晓的神的脚上。

正在这时，一位男人突然从背后，用深沉的颤音，说："公主！"

公主倏然害怕地叫起来，士兵从四周奔跑过来，逮住了罪人。当公主恢复了知觉，得悉统帅被逮捕了。

四

犯下这种罪过，要被处以死刑惩罚。但国王念及从前的功绩，放逐了他。统帅暗自嘀咕："女神，你的眼睛若也会说谎，世上任何地方都不会存在真理。从今日起，我将成为人类的敌人。"从那时起，勒利特·辛赫成为一支巨大强盗队伍的首领，蛰居在森林里。

哦，看官，像你我一样的人在这件事情上能有什么作为？人们一定在被流放的地方，寻觅一个职务谋生，抑或出版一张新的报纸。他们不得不面临磨难，这是毋庸置疑的。然而，像统帅那样的伟人，在小说里是容易被塑造的，而在世上则是罕见的，他既不会寻找职业谋生，又不会出版报纸。当他幸福生活时，他每时每刻为世界谋福利，红着眼说："魔鬼世界，妖魔世界，我将把脚踩在你胸上，进行报复！"说这番话时，他已成为一伙强盗的首领，从事着自己的工作。诸如此类故事在英国诗歌里可以读到，这个尚武风俗在拉其普特人那里也流行着。

国民对强盗的骚乱，惊恐不安。但是，这些非凡强盗则是孤立无援人的援助者，贫穷人的亲如手足的同胞，孱弱者的庇护者。他们则是富贵家族的尊敬人和王族人的永恒阎王。

浓密的森林，太阳行将沉没。森林阴影的覆盖，黑暗遥遥无期。一位年轻人在陌生的道上，独自行走着。他柔弱的身子不堪负繁重劳作，疲惫不堪，但他身上有一股不屈不挠的精神和坚定的信念。腰间悬挂着宝剑，他的重负仿佛不堪忍受似的。森林中稍有响动，那颗受惊心灵，像牝鹿一样惊恐不安，但他仍在即临的夜幕里，在陌生的森林里，坚定地朝前走着。

一强盗跑来，向首领报告："大王，今天，一只巨大的猎物将得手！头上戴着王冠，穿着国王衣饰，腰间系挂着宝剑。"

旅途者埋头走着,蓦然间听到干枯树叶的响动,他警觉地向四周察看。

正在这时,一支箭忽然戳向他的胸脯,他喊了一声"妈",倒在地上。

首领走近,低头跪下,仔细端详受伤者的脸庞。躺在地上的旅途者,抓住强盗首领的手,仅仅一次用低微且柔和的声音说:"勒利特!"

刹那间,强盗的心被撕得四分五裂,万箭穿心,啊呀啊呀叫喊起来:"公主!"

然后,所有强盗跑来看到,猎物和猎人两者进行最后拥抱,而后同归于尽。

一天傍晚,公主在自己闺房,无意地使勒利特受到国王的惩处;在另一个傍晚,勒利特在森林,无意地把箭射向公主。假如在世界之外一个地方,俩人再度相会,也许双方都会相互宽恕。

女苦行者

我笔耕者，博取人们的欢心，决不是我的旨趣；人们始终对我怀有兴趣，但不怀善意者居多数。我常常耳闻有关自己的议论，不过很遗憾，它们既不使我获有裨益，又不使我寻得开心。

身上有伤口，不管它处于何等不起眼的地方，疼痛的力量就会使它在全身占有举足轻重的显赫位置。在挨骂声中成长的人，总会掩饰自己的自然本性，显露一种淡漠且单一的品性；他还会割断自己与周围的联系，陷入一种自恋之中。这种精神状态使人获取不了休憩，使人感受不到幸福。其实，忘却自己才是一种至上的幸福。

因而，我无时无刻不在寻觅一种空寂的无人之境。人受到种种挫折，心灵受到无谓创伤，就可通过服务于大千世界的灵巧双手，恢复正常状态。

在远离尘嚣的加尔各答，一个不被人知晓的穷乡僻壤，我安营扎寨，躲开人们议论的骚乱，隐姓埋名，藏匿着。那儿的人们即使评头论足，也不会达到高深莫测的理论高度。人们发现："我不是一位寻欢作乐的人，不会用加尔各答的污浊，玷污乡村宁静的夜晚；我又不是瑜伽行者，身上留有富者的明记；我也不是旅途者，漂泊在荒郊野外的小道上，却没有非达到目的地的志向。"我是拉家带口的当家人，这种说法也难以成立，因为我缺乏待守家阁的品性。所以，无法把我纳入人们习以为常的生物圈内哪一种流行族类。于是，乡村人干脆放弃对我的琢磨猜度，而我因此获得了一份安静的福分。

没过多少日子，我就获悉村里有一人对我发生了兴趣，持有一种看法。她至少不认为我是一个不食人间烟火的蠢人。杰斯塔月的一天下午，我与她第一次邂逅。如人刚抑止住哭泣，泪珠在睫毛上还悬挂着，此时的大自然也处于那般的境遇中。雨季的清晨，绿叶嫩枝，苍穹原野，弥漫着一种雾气。我伫立在湖畔高耸处，眺望着一头强健漂亮的黑牛啃草的图景，金色阳光，倾泻在那条光洁的黑牛背脊上。我不由遐想："文明为了从天空光亮中拯救自己，开设了一所商店，然而世上要超过它一样花销，简直不可能。"

就在这时，我蓦然发现，一位端庄且成熟的女子，走到我跟前，向我致以触脚礼。她的衣襟里，几片大叶包着夹竹桃、檀香及其他几朵花。她取出一片大叶，递到我手里，说："我把它献给我的神！"说毕，立即转身，飘然离去。

我一时陷入惊愕之中，致使我没能看清她。

突如其来的事，异乎寻常。她在那个时刻出现在我面前，那头黑牛在下午和煦阳光下，挥摆着尾巴，驱赶着苍蝇，叹着长气，悠闲自得，啃着充盈新雨季柔和雨汁的青草。生命的游戏，前所未有地显示，又赏心悦目地展示。

人们听了我所叙述的事，会忍俊不禁。确实，我那时心灵充塞了虔诚之情，我向自然快乐的生命之神致敬，折断一段花园里杧果树带绿叶的新嫩枝，喂黑牛吃。我觉得，我对我神明的恩泽，心满意足。

翌年，我又故地重游。那时阳春三月的逝去，春寒料峭。晨曦的光线透过东方窗户，散落在我背上。我没将它拒之门外，欣然接受。在二层一间小屋，我专心致志伏案写作。这时，一个仆人进屋禀告，一位名叫阿嫩达的女苦行者要拜见我。谁，我没加仔细琢磨，漫不经心，随口道："好吧，请她到这儿来吧。"

女苦行者行了触脚礼，我才发现，她就是我昔日照面的那位女子。她漂亮与否，我早已逾过了探讨这个问题的年纪。她身材修长，体魄健康；全身蕴含着虔诚的情感，这又足以使她全身透示着一种谦顺又无畏的气质。她那双眼眸，我多瞧了几眼；它们仿佛隐藏着一种莫测高深的力量，它们无时无刻不在窥探遥远的事物。此时，她又仿佛用自己深邃的双眸，推搡着我，询问道："你干什么？为什么把我带到你王座底下？我始终在树荫下凝视你，那是多么纯真自然。"

我猛然省悟。许多日子以来，她伫立在树荫下，凝目遥望我，但我没投目注意。我近日又患感冒，几日足不出户，没去花园散步，只在屋顶与黄昏天空相会——这样，她许多日子没有瞥见我身影。

稍等片刻，她接着说："主人，请给贫道以教诲吧。"

我坠入惶恐不安之中，说："我不懂教诲，你肯定会失望的。我只会闭目静思，在静默中获取几许灵感，我的写作才会幸运。我耳闻目睹的，就是你习以为常的事物。"

女苦行者兴奋异常，啜嚅道："主人，主人。"然后，她启齿道："上帝不只凭兴趣说话，而以自己完整布道。"

我说："静默待着，就能够完整地谛听到他的话语。我为倾听那个声音，抛弃了城市，来到了这儿。"

她说："我早明白，正因为如此，我来到你的身旁。"

辞别时，当她要取我脚上尘土，我发觉，她用手碰到我的袜子时，似乎有些犹豫。

翌日太阳升起之前，我去屋顶坐着。花园南面，从柽柳树丛上方到遥远的地平线，呈现着一览无遗的广阔田野；太阳每天从东方竹林围住的乡村和甘蔗田地上方，冉冉升起；一条乡间土路，从茂密的树荫里出来，通过开阔田地，蜿蜒曲折，向遥远地方伸展开去。

不晓得太阳是否升起，白色浓雾犹如一条褥单，又像寡妇的面纱，笼罩在乡村树林上空。女苦行者犹如清晨灰暗光线里移动着的浓雾木雕，击着掌，呼唤神名字，从东方乡村走出。那股浓雾犹如睡醒后睁开的眼睑，冉冉升腾，掀开；初春的阳光，做完了田地和家里的种种活儿，像乡村老妪安详地盘坐着。

我为还清编辑老爷的债务，坐到写字桌旁；正在这时，传来了脚步声和歌声。女苦行者哼吟着走进屋，向我致礼，坐在离我稍远的地方。我从稿纸上抬起眼，默然无言，望着她。她说："昨日，我获得了您的祭品。"

我说："你说的是什么！"

她说："昨晚，我坐在您家门口，静悟着，您只要用饭，我将获得祭品。您用完饭，仆人拿走了您吃剩的盘子，我不知里面还剩什么；然而，我却得到了您所赐予的祭品。"

我惊愕不已。大家都知道我去英国之事，我吃什么，不吃什么，不难猜测。不过，我决不食牛肉饼。许多日子以来，我不喜欢食鱼肉，不对我食物种姓说三道四是件好事。

见到我惊讶的脸色，女苦行者说："如果我不能吃您的祭品，我何必来您身边呢?"

我说:"假如人们知道,将不会崇拜你了。"

她说:"我已多次向大家说明,人们听了明白,我的情况就是这样。"

女苦行者所寄宿的那些人家,并不知晓她的一些特殊情况,只知道她妈的景况不佳,但现在依然健在。她妈洞悉大家崇拜她,很想来女儿身边看看,但女儿不允应。我问道:"你怎么生活?"

她回答道,她的一位崇拜者赐予她一些田地。"我靠田地的收成过活,还可供养几个人糊口。"她笑着继续说,"我拥有这一切,却都被我弃绝了。后来,我去乞讨糊口,这又何苦呢?您说呢?"

我生活在城市里,无法轻易通晓这些事理。众所周知,乞讨者在社会里是多么低贱,但我的书本知识在那儿遭受沉重的打击,英雄无用武之地,因而面对女苦行者,我噤若寒蝉,犹如木鸡般待着。

她没有等我回答,自个儿又开腔道:"不,不,我是幸运的,乞讨来的食物对我来说就是玉液琼浆了。"

我明晓她话的含义,她铭记着每日讨来的食物,把它视为家里的美肴珍馐。"我靠自己的力量享用着自己的食物。"

我想探听她夫婿之事,但她一字不透,我只好作罢。一些高种姓人居住在这个街区,女苦行者对他们不屑一顾。她说:"他们不供神,却从神那儿索取享受物质。穷苦人念经拜佛,虔诚一生,最终家徒四壁,潦倒而死。"

我耳闻街坊不少邪恶之事,我说:"生活在卑贱人间,你应该改造他们的观念和行为,这恐怕也是为神的最好服务。"

我曾聆听过诸如此类的动听教诲，我也喜欢教诲妇女。然而，女苦行者丝毫不惊讶，她用明亮的深邃目光，凝视着我的脸庞，说："按您的说法，神明亦在罪人之间——所以，与他们交往，也是对神明的膜拜，对吗？"

我毫不犹豫地说："是的。"

她说："假如他们有生命力，神明肯定会与他们在一起。但与我有什么相干！我的膜拜不可能抵达那儿——我的神明不在他们中间。我在寻找我的神明。"说毕，向我致礼。她说这番话的含义是："我不能为某种观念而行动，应该为真理而生活。不错，神明无处不在，但我所看到的神明就是真理。"

我依稀觉得，女苦行者把我视作某种符号而膜拜。我当之有愧，又不能拒之门外。

我是接触现时代气息的人。我反复研读过《薄伽梵歌》，我常到学者贤者那儿，侧耳恭听有关宗教哲学的几种详尽的阐说。就在这种教诲的倾听中，岁月流逝，但没有见到明显的结果！今天我抛弃自己视线的高傲，在这毫无学究知识的普通妇女的眼睛里，窥见了真理。用虔诚赋予的教诲是何等令人惊讶的方式！

翌日清晨，女苦行者进屋，向我致礼鞠躬，发现我埋头于写作之中。她觉得我这种行为方式不好，不高兴地说："我的上帝，你干吗如此徒劳无益地劳作！凡我到你家，总能见到你埋头于写作。"

我说："倘若人无所事事，上帝不会使他安宁待着的。所以，人总担心不要彻底被毁了。其实，整个人间的多余工作就是上帝的星期天。"

我用多少帷幔遮住自己，女苦行者为此不安起来。为了获取赐见我的应允，她不得不向高处攀登；她想行触脚礼，却手触着袜子！想听取几句朴直的话，却在咬文嚼字的旋涡里晕头转向！

她双手合十说："上帝，今日天刚破晓，从床上一起身，我就向你行足礼。哦，那些脚，您的无遮掩的裸露的脚，多么冰冷！多么柔软！我头额久久触着它们。倘若一切业已完成，我有什么必要来这儿？我的主，这不是我的迷误，是什么？请指教！"

我桌上的花瓶里，昨日插上的花朵已凋谢，园丁取出它们，换上新鲜的花朵。

女苦行者悲伤地说："这些花朵无用了？现在您不需要它们了？请拿来赐给我吧。"说着，她把凋谢的花朵放在自己小钵里，久久地低垂着脑袋，怀着异常慈爱的神情，目不转睛地望着它们。

过了一会儿，她抬起脸，说："您没有抬起头，瞧一下它们。这些花朵在您面前凋谢了。当您向它们望去，您的一切书写将会结束。"说着，她小心翼翼地用衣襟包着那些花朵，然后，把它贴近额头，喃喃地说："我带着自己的神走了。"

我恍然大悟："花朵是不应放在花瓶里。"我又仿佛觉得，花瓶里的花朵犹如我，犹如学校里记不住课文的学生，每天被罚站立在长凳上。

那天黄昏，我坐在屋顶上，蓦然发现女苦行者不知什么时候来到我脚旁坐着。她说："今晨，我呼着神名字，把您的祭品送到家家户户。吉尔沃尔迪望着我虔诚的模样，笑着说：'女疯子，你所膜拜的那位,口碑不好!'为什么大家都对您说三道四?"

我困窘了好长一会儿,迦利时期的暴雨从遥远地方,不期而至。女苦行者说:"吉尔沃尔迪想,上帝只要吹一口气,就可熄灭我的虔诚之火,但这不是油灯,火,火!我的主,这些人为什么咒骂您呢?"

我说:"因为我圣洁无瑕。我也许某天藏匿起来,可期望窃取他们的心。"

女苦行者说:"人心里含有多少毒汁,我早已领教过!现在您还存有那种期待?"

我说:"因为心里存有那种期待,我忍受着种种打击。那时,鞭笞自己的毒液浸透着我的心,我不时设法洗涤我的心。"

她说:"慈悲心肠的上帝,什么时候能驱走那种鞭笞呢,末了忍耐的人会不堪死去的。"

那天,黑暗屋顶上方,黄昏星辰闪现,倏忽间又隐没了。

女苦行者讲述着自己的故事:

我的丈夫是位头脑十分简单的人,他没有寻常人理解的能力。但我知道,他自己坦率简单,也以率直方式理解世间事物。一般来说,他还能正确地洞察事物的。我发现,他擅长于料理田地财产,在秤稻量禾之类日常琐事上,他从未吃亏过;他不贪心,对什么需求,适可而止。

我结婚之前,公公已仙逝;结婚不久,婆婆也逝世。没有人管束我,我夫婿也不管我。他甚至说话也怕羞似的,不过他十分信任我。然而,我思忖,他应更多理解我,关怀我。他虔诚于他的一位师父,不仅显露一种虔诚,也奉献一种爱——这种爱我从未遇见过。师父年纪比他还轻,他的脸庞多么像您!

说着说着,女苦行者的话音,忽然停顿了片刻,把自己深邃的目光,投向远方,轻吟着:

> 霞光万道,年轻甘露酿造者,
> 奇妙无比的胴体!

然后,她又娓娓道来:

他从小就与师父一块玩耍。从那时起,他早已把自己的生命和心灵奉献给师父。那时,师父认为我夫婿愚蠢透顶,因而他欺侮虐待我夫婿,与同伴一块取笑我夫婿,无以复加地折磨他。

婚后,我去婆婆家,我没有见到师父,他去伽西读书。我夫婿一直寄钱供他上学,从未中断过。

当师父回故里,我七八岁。

十五岁时,有了一个男孩。我因着年幼无法很好照料那个孩子,而原先我的心始终在街坊女友们中徘徊。后来,我为照看孩子一下子被锁在闺房里,因而我有时迁怒于他。但天哪,孩子降临,母亲颓唐,如此灾难怎能发生呢!儿子跑来发现,没有为他制作黄油!他生气离去。我到处寻觅他。孩子是父亲眼里的明珠,我没有能抚爱孩子,他父亲感到异常痛苦。但他心宛如哑巴似的,迄今他没有把自己的痛苦向谁诉说过!

他像女人般宠爱着孩子。深夜,孩子醒来,他没有打扰我的睡梦,自己把他抱在怀里抚慰,让他安睡。他所有这些爱抚举止,悄悄地进行,我丝毫没有觉察。膜拜节假日时,地主老爷那儿举办演出活动或故事会,他总托词说:"我夜晚要睡觉,你去吧,我留在家里。"他明知,他不照看孩子,我无法赶赴。他为此托词夜晚发困无法前往。

有趣的是,孩子异常喜欢我,他仿佛懂得,我一旦逮住机会,就会离他而去。所以,他待在我身旁,总是胆战心惊的。他很少获得与我相见的机会,因而他无法消除获见我的渴望。我去河边洗澡,他总纠缠我不放,让我带他一块去,弄得我苦恼不堪。其实,女子洗澡的河边台阶,恰是女友会面的好场所。显然,把孩子带到那儿,十分不便。因而,我总托词不带他前往。

雨季月份,空中乌云密布,四周漆黑如夜晚,我要去河边洗澡,孩子大吵大闹。妮斯达莉妮来我家帮厨,我求她:"照料一下孩子,我去河边洗澡。"

河边台阶,阒无人迹。我等候女友,不久下水游泳。河池辽阔且古老。某朝代的一位皇后叫人挖成的河池,因而后人称它为"皇后河池"。女友中我是唯一能凫游至彼岸的人。正值雨季,河水高涨。我游到河中心,蓦地听到身后传来"妈"的叫喊声!我扭头看到,孩子,正从河边台阶走下,一边叫喊着。我着急呼喊:"不要下来!我就来!"听闻我禁止声,他欢快笑着,加快步伐走下来。我害怕得四肢发僵,我仿佛丧失了游泳的能力似的。我揉了揉眼睛,什么也看不到了!当我游向岸边时,孩子的笑声永远埋入河水中去了,我努力把那个渴望妈的孩子从水底拽出,抱在怀里,但他再也不会喊"妈"了。

我经常逗惹心爱孩子的哭泣。今天,他把全部的蔑视抛到我头上，鞭笞着我。在他活着时，我始终弃他离去，疏远着他，他因此日日夜夜撞击着我的心。我丈夫心里受到多深的打击，但他忍受着，不说不骂。倘若他斥责我，咒骂我，耻辱我，那痛苦就化解，心就平和了。但他只知道默默忍受，不知开口说话。

这样，我简直被逼疯了。那时师父从伽西回家。

童年期间，我夫婿与他一块玩耍，两小无猜，感情融洽。现在，离别多年，当他童年朋友完成学业回家，我丈夫对他充满一种五体投地的虔诚。看到这般情景，谁会说他们是童年游伴！丈夫在他面前竟连一句话也不敢说！

我夫君向师父请求，在丧子深感痛苦时分，"安慰我，使我静下心"。于是，师父教授我经典。经典的教诲究竟对我有多少特殊的裨益，我已记不清。那些谆谆教诲的话语，之所以打动了我的心，是因为它们出自于师父之口。神明用人的嗓音抚育着不朽的人，她手里不握有如此神化的琼浆玉液；但她却用人的声音获得了寻常琼浆玉液。

我夫君对师父怀有深沉且无绵的虔诚情怀，那种虔诚像蜂窝里的蜂蜜一样充盈着全家。我们大家的饮食起居，财物衣饰，一切都因着那种万般虔诚丰盈起来，没有一星半点儿的空隙。我自己全部身心都沉浸于那种琼浆玉液的情味里，我获得一种前所未有的慰藉。所以，我把师父视作上帝的化身。

每日清晨，从床上欠起，睡眼惺忪，记起第一桩事就是，他将来用早膳，然后我将获得他的恩泽。我沉湎于这种日常精心的忙碌之中。为他准备菜肴时，一种幸福的战栗传遍我的手指。因为我不是婆罗门，我无法亲手制作菜肴供他享用，因而我心灵的饥渴总是无法消除。他犹如一片知识海洋，没有任何缺憾，但我是个平凡的女子，我只要能满足他的起居饮食，就称心如意了——我与他之间存在着天壤之别。

我夫君见我对师父悉心服侍，感到十分宽慰，他对我信任无以复加。他发现师父以特殊的空前热情对我讲解经典，就思忖："因着自己愚昧无知，经常从师父那儿讨取不来信任之感；而因着妻子的聪慧灵秀，师父满怀高兴，那种不信任感随之泯灭。这真是天赐的一种福分。"

就这样，四五年不知不觉地逝去了。

整个生活也就不知不觉地消磨过去。但内心深处，一种神秘莫测的巧事进行着，我无法抓住它，但内心却感受到它。一天，刹那间，一切都变得天翻地覆。

凉季法尔衮月，一天清晨。我洗澡完毕，披着湿漉漉的纱丽，从河边回家。正在这时，小径转弯处，杧果树底下，与师父不期而遇。他肩上披着毛巾，背诵着梵语经文，往河岸洗澡。

我披着湿漉漉的纱丽，蓦然间站立在他跟前，羞得无地自容。

我迅速朝后退去，转身背对着他站住，很想逃之夭夭。就在这时，他亲昵地呼唤着我的名字。我战战兢兢，眼睑低垂，一动不动站着。他走到我跟前，凝眸盯着我的脸庞，说："你的胴体多么优美诱人呀！"

整个世界的鸟儿，在树枝上欢快鸣啭；幽径两旁，盛开着千紫万红的花朵；杧果树上，结着累累果实，仿佛整个天地像疯子似的被搞得晕头转向。

我不知如何回到家的。我穿着湿漉漉的衣服，径直钻进主人家。那时，我眼里没有主人，只有河边台阶的幽径，闪现着，跳跃着。

那天，师父来用餐，发问道："阿嫩蒂去哪儿了？"

我夫君四处寻觅，但没有找到。

主人！我那个世界已不复存在。从那时至今，我再没有遇见自己那个太阳的光芒，我进了主人家，呼唤主人，但他转过脸不理我。

我不晓得，白天是如何打发的；晚上，我将会见丈夫，那时一切都将呈现冷漠、黑暗，唯有丈夫的心将像星辰闪现着。在那种黑暗里，听到丈夫嘴里一句半句话，我一下子明白了，这个头脑简单的纯朴人什么也不知晓，又如何能极其简单地理解了我艳遇而离走的事呢？

我经常做了家务，十分迟才能回到闺房，他离开床边坐着等我。那时，我们经常闲聊有关师父的琐事。

一天，我回来得十分迟，约莫深夜几点光景。回到家发现，我夫君没有睡在床上，在地上席子上闭着眼睛睡着。我小心翼翼、蹑手蹑脚躺在他脚边。睡梦里，他把脚搁在我胸上，我把它作为最后的礼物，接受了它。

翌日清晨，他睡眼惺忪，发现我坐在他身边。窗外，菠萝树上还残留着黑夜的一抹色彩，乌鸦还没啼鸣。我跪在丈夫脚边，致以触脚礼，他慌忙地欠身坐着。他睁着圆眼，凝望我。我启齿道："现在，我将不能待在这个家庭里。"

兴许他现在还在做梦，嘴里一个字也没有吐出。我继续说："您对我起誓，您与其他女人结婚。现在我向您做辞别。"

他突然醒悟地说:"你今天胡说些什么!谁让你放弃这个家?"

我毫无畏缩地说:"是师父。"

他惶惑不安,说:"师父!他何时做了这些吩咐?"

我依然冷静地答道:"有天清晨,当我从河边洗澡回来,半途上他与我相遇时吩咐的。"

我丈夫嗓音颤抖说:"他为何要如此吩咐你呢?"

我答道:"不知道。您去问他,就会明白,他将会向你解释清楚。"

丈夫无奈地说:"你待在家里不可抛弃家庭,我去与师父说清楚。"

我断然说:"师父可能会明白你的意思,但我的心不会同意。我的家从今日起已消失了。"

我丈夫一语不发,痴呆着。天空出现朝霞,他终于开腔道:"走,我俩一块去他那儿。"

我双手合十地说:"现在,我不会与他相见。"

他望着我的脸,我低垂着脑袋,然后他再也不说什么。

我深深明白,他用自己的一种深邃目光,探知了我的心。

世上,两个人深爱着我,一个是我的儿子,一个是我的丈夫。他们的爱就是我的神。正因为如此,爱不能容忍虚假,一个抛弃了我,而我抛弃了另一个。如今,我寻觅着真理,我无法领受虚假。

叙述了这一切,她以额触地向我致礼,然后她突然起身离去。

两姐妹

莎尔密拉

我们从一些学者嘴里听说，女人分为两种模式。

一种主要是"母亲"式的，另一种是"情人"式的。

倘若拿季节来比方，那么"母亲"式的女人就犹同润泽的雨季。她赐予甘霖和鲜果，消暑解热；又把自己变成无数雨珠从天上洒下，滋润大地，驱散干旱，满足我们的要求。

而"情人"式的女人却似明媚的春季。她有着深邃的奥秘，令人心醉的魅力；她生性不安分，总使血管的热血沸腾，涌向鲜红的心房，拨动那里的金色七弦琴上寂寥无声的弦丝，使肉体和心灵弹奏出难以描述的悦耳音响。

莎尔密拉是萨山格的妻子，是属于"母亲"式的女人。

她那双大大的、安详的眼睛，总是闪耀着庄重、贤淑的光泽。她的身材像雨云那样丰满、柔软，肤色又是那么黝黑而润滑。前额上的鲜红印记，镶在纱丽上的黑宽边，双腕上的沉甸甸摩伽[①]形金镯，都是吉祥如意的象征，并不是性喜打扮的标记。

---

① 印度神话中的一种海兽，下半身像鱼，上半身像羚羊。

在丈夫生活的疆域里,没有哪一处不受她统治的影响。妻子事无巨细的关心,使得丈夫越发大大咧咧、马虎大意。书桌上一时不见钢笔,寻找这支笔的重任就落在妻子肩上;有时萨山格记不清洗澡前解下的手表搁放何处,妻子准能一下子找到;有时,他穿着两只不同颜色的袜子,准备出门,妻子马上帮他纠正过来。他发帖宴请朋友时,总是把孟加拉历和公历的日子搞混,其后,当一位不速之客不期然地登门赴宴,他的妻子就挺身而出,应付因此而引起的种种麻烦。萨山格心里明白,日常生活中哪儿一出纰漏,妻子马上就会弥补。因而,疏忽、出错便构成他的第二本性。妻子经常半妩媚、半挖苦地嗔怪道:"我拿你简直没办法。难道你什么都不想学学?"然而,如果他当真学的话,莎尔密拉的日子,就会像无人耕耘的不毛之地一样闲散了。

今天,萨山格受朋友之请,出门做客。深夜,嘀嗒的闹钟已敲响十一点,又敲响十二点。他们依然兴致勃勃地打着桥牌。猛然间,一个朋友取笑道:"哦,一个军士拿着传票来找你了!你的期限到了!"

来的那位是大家久已熟悉的老仆人玛海希。灰白胡须,乌黑的头发,身穿一件背心,肩搭一条色彩斑斓的围巾,腋下夹着一根竹棒。

"主母派我来问问,我家老爷是否在这里。主母怕老爷在黑咕隆咚的回家路上出事,她让我送来一盏灯笼。"

萨山格十分气恼地把纸牌朝桌子上一扔,欠身站起。朋友们又取笑道:"啊哈,一个好可怜的没人保护的男子汉!你怎能独自回家呢!"

每逢在这种情况下回家,萨山格跟妻子说话,一点也不温文尔雅，总是恶声恶气的。

莎尔密拉一声不响地忍受着他的叱责。有什么法子呢？她委实放心不下呀！她怎么也驱散不掉自己心头的疑云：倘若没有她的存在，世上一切可能或不可能发生的灾难横祸，都可能串通一气，算计她丈夫的。

外面来客人，找萨山格谈业务。

从里屋，不时地递出一张张小纸片："别忘了，你昨天身体不佳。今天，早点儿进来吃饭吧。"

萨山格又气又恼，又拿她没办法，只得认输服从。有一回，他怀着懊恼的心情对妻子说："求求你，像查克拉伐谛的妻子一样，去求神拜佛吧！你的精力实在旺盛过人，除照顾我一人外还绰绰有余。你分一部分给神明，我就可以轻松点儿。不管对神明你如何施展殷勤，他们都不会发火的。我可是个俗胎凡骨的人，吃不消你过分的侍奉。"

莎尔密拉不甘示弱地马上反驳道："亏你说得出。还记得上回我跟随伯父去赫利杜瓦尔之后，你那狼狈情景吗？"

的确，有一回萨山格当着妻子的面，添油加醋地描摹过自己当时的狼狈相。他懂得，他的夸张描述，会使妻子感到既痛心又高兴。如今，他如何收回当时信口胡编的言辞呢？所以，他只能乖乖地听着她的数落。第二天一清早，莎尔密拉的预测应验了，他感冒了。他不得不听从妻子的吩咐：吞服十片奎宁丸，喝了杯橘汁茶。他岂敢反抗？反抗的后果是什么？从前，他也遇到类似情况，不肯服奎宁丸。结果招来一场高烧。这一史实在萨山格的生活史上恐怕是再难抹掉了。

莎尔密拉在家里十分关切丈夫的舒适和健康；在外面则异常敏感

地注意维护丈夫的声誉。有一桩事值得一叙。

有一回,他们去内尼达尔旅行,换换空气。事先,他们为自己整个旅途预订了个包厢。火车停在一个枢纽站,他们下车用餐。回转时,只见一个面目凶恶、穿着军服的人在忙着搬出他们的东西。车站站长过来说了一位大名鼎鼎的将军姓名,解释道:"这包厢原是订给那位将军的。一时疏忽,贴上了你们的名字。"萨山格一时不知所措,随即谦恭地准备搬到另一个车厢里去。就在此时,莎尔密拉倏地登上车厢,身挡车门:"我倒想看看谁敢把我们赶下来!你去把那位将军叫来!"

萨山格对政府官员及其侍从一向是退避三舍的。这下子,他着慌了,连忙阻拦自己妻子说:"哎,你这是干什么呀!车厢有的是,犯得着吵闹吗!"

莎尔密拉压根儿不理他的茬儿。

后来,那位将军吃罢饭,口衔雪茄,踱着方步,从餐车朝车厢走来,远远望见一个满脸怒气的女人横阻在车门前,便悄悄地退让到另一个车厢去了。

萨山格训斥妻子道:"你可知道他是多么大的官衔吗?"

妻子回答:"我不想知道。包厢是我们订的,在这个包厢里再没有比你更大的了!"

萨山格忧心忡忡地说:"万一他要侮辱我们,怎么办?"

莎尔密拉立即反问道:"你是干吗的?"

萨山格是希瓦布尔学院毕业的工程师。尽管他在家庭生活的旅程中是如何疏忽大意,但办起公事却一向谨慎小心。其主要原因是,在公事房里掌握他命运的不是自己家门的那颗女星，而是一颗"远方星宿"——用现代语言来说，就是"外国老爷"，这外国老爷的无情目光无时无刻不在盯着他。萨山格提升为工程处处长的决议已作出，但情况突然发生变化，他的提升一下子化为泡影。一个嘴上没毛的年轻英国人占据了他的位置，尽管论资历和才能这人都不及萨山格。这个英国人之所以被提拔到这个位置，全仰仗他与最高官员的裙带关系。

萨山格明白，白种蠢货坐上了高位，而实际工作还得由他来使劲完成。

一位上司拍拍他的肩膀，安慰他说："抱歉得很，玛朱姆达尔会尽快地给你安排一个好职位的。"这位上司与那个年轻的英国人都是共济会会员，穿一条连裆裤的。

尽管有了这样的安慰和许诺，但这件事的前前后后，对萨山格来说却不是个滋味。回到了家，在一些芝麻绿豆的小事上他都找碴发火；他会突然把目光投到书房角落里的蜘蛛网上；他会莫名其妙地觉得沙发上的绿色套子不堪入目；仆役在扫走廊时扬起了灰尘，他会大发雷霆。灰尘实际上天天在飞扬，而他为此而发火却是破天荒第一遭。

他将受人冷落的事瞒过了自己的妻子。他思忖，这事情若传到了她耳朵里，本来已够复杂的关系，又得更添一层麻烦，很可能她会去同上司大吵大闹一番。她原先对那个道纳尔森特别恼恨。原来道纳尔森一次在巡回法庭的花园弹压胡作非为的猴子，没有命中，却把萨山格的太阳帽打了几个窟窿，险些丧命。但大伙还责怪萨山格的不是，这使莎尔密拉恨透了道纳尔森。最令人气愤的是，那些冤家对头竟然

两姐妹 · 467 ·

把瞄准猴子的子弹却落在萨山格的帽子上,说成是"反正一个样"。说罢,个个仰头大笑,从中取乐。

莎尔密拉终于把萨山格升职未成的经过,统统打听出来了。她见到丈夫的铁青气色,猜想丈夫定是在什么地方碰了钉子。这之后,她没费多大周折,就搞清了事情的原委。她没有采取"立宪运动"方式,而走"民族自决"道路。她对丈夫说:"现在不用干下去了,马上递一份辞职书。"

他要是真的辞职不干,让人丢脸的蚂蟥马上会从他的胸脯上掉落下来。但是,他的目光始终盯着那片长着相当可观工资的粮田,以及在那块田地尽头的永不湮灭的丰厚退休金的金边。

当年萨山格以最高分数获得了科学硕士学位,他的岳父立即操办喜庆筵席,让他和莎尔密拉订了婚。依靠富有的岳父慷慨解囊,萨山格才得以读完大学,通过了工程师头衔的考试。走上工作岗位之后,拉贾·拉姆老爷看到未来女婿连连高升,一帆风顺,又为他们日后的生活作了经济安排,才安下了心。因此,他的女儿至今也不会去考虑他们的境况有什么异常的变化。

现在,家庭生活并不因此而感到有什么拮据,仍保持着娘家那一套生活排场。其原因是,家中的一切事务由莎尔密拉一手操持,她一人说了算。她没有一男半女,也完全丧失了生育的希望。她掌握着丈夫的全部薪给。有时遇到需要用钱的时候,萨山格除了向家主婆伸手以外,毫无其他办法。他的要求若是不合理,便会遭到拒绝,而且他还得低头认错。当然,他的失望会从另一方面得到温柔的补偿。

萨山格说:"辞职对我来说无所谓。我考虑的是你,你可要因此受罪！"

莎尔密拉说："这口怨气咽不下去，才更受罪呢！"

萨山格："工作总得干。放弃现成的差事不干，我到哪里去找别的差事呢？"

"到你没有去过的广阔世界里去找。你常开玩笑，说你的差事是个金娃娃的世界，而你压根没有看见，在它以外的世界还大着呢！"

"这么多麻烦！大千世界，哪有尽头！谁会去'勘察'它呢？再说，哪有这么大的望远镜！"

"用不着多大的望远镜。我有一个远房兄弟，名叫玛特拉，是加尔各答的一个承包商。你可以同他合伙经营，这不就有美差事干了吗！"

"合伙可不公平。我这头可轻呢。不自量力，同人家合伙，是要被人耻笑的。"

"我们这头比他轻吗？你知道，我父亲用我的名义存在银行里的那笔钱，原封不动在那里，而且还增加了不少利息。你不用在合伙人面前觉得自己低人一等。"

"这怎么行呢！那笔钱是你的呀！"萨山格边说边站起来，外面有客人等他。

莎尔密拉扯住他的衣衫，按他坐下，说："我不也是你的吗？"

她接着又说："把钢笔掏出来，喏，这里有纸，赶快写封辞职书。不发这封辞职书，我就不得安宁。"

"恐怕连我也不得安宁。"

第二天，莎尔密拉动身去加尔各答，住在玛特拉家里。她气鼓鼓

两姐妹 · 469 ·

地说：

"你从来不把自己的妹妹挂在心上！"

要是对方是个不饶人的女人，马上就会反唇相讥说：

"你也没有把我放在心上啊！也没来看看我啊！"

男人的脑子没有那么灵，想不出那种反责的话。玛特拉承认自己的过错，说：

"我连喘口气的工夫都没有，把自己都忘掉了，哪有时间想别人呢。再说，你们又住得远远的。"

莎尔密拉说："我在报纸上看到一条消息，说在马优尔彭吉或是马图拉甘吉什么地方，正在修筑一座大桥，恰是你承包的。看了以后，真为你高兴，当时我就想：应该亲自登门，向你道喜。"

"好妹子，别忙。还没到时候呢！"

事情的原委是，那项工程需要一笔资金。他跟一个富商商谈，合伙干这笔买卖。那个富商提出一个苛刻的条件：油水由那个富商独吞，他只能捞到一些锅巴——而且还是焦煳的。这样，他就犹豫了，不想干啦。

莎尔密拉急忙嚷道："绝对不能这样干。若你定要同人合伙，就跟我们合伙吧！这么好的一宗买卖放掉，确实是可惜了。有我在，你绝对不能这样干，不管你说什么都行。"

这样，两相情愿，很快就签订了书面契约。这使玛特拉大为感动。

生意兴旺起来。从前，萨山格是受雇于人，职权范围有限。有顶头上司管辖，还得看这个人的眼色、仰仗那个人的鼻息行事，要面面俱到，无一疏漏。现在，一切由自己做主、支配。现在监督和被监督合为一体，也不分什么工作日和休息日。现在萨山格肩负的责任之所以重大，是因为负责与否全凭自己做主。不说别的，他总得还清欠妻子的债务。归还之后，他才能无牵无挂、舒舒坦坦地过日子。现在，萨山格左手戴表，头顶草帽，高卷衫袖。身穿布裤，腰系皮带，足蹬皮靴，眼戴墨镜，拼命工作。妻子债务的船快靠岸边，但锅炉里的蒸汽仍不想减弱——他的心里依然热乎乎的。

从前，家里的收入和支出的水流都从一条沟渠里进出。现在它分成了两个支流，一个流向银行，一个流向家里。现在，莎尔密拉拿到的钱和从前一样多。家庭开销的奥秘对萨山格来说至今仍是个谜，高深莫测；而业务往来的厚厚账本对莎尔密拉来说也好比是一座难以攻克的城堡，不过这对她来说没有任何损失。但是，丈夫的经营生活之门完全与莎尔密拉家务事的领域脱离开来，这就不免使丈夫对她那一套规矩和章程，越来越不放在眼里了。莎尔密拉央求地对丈夫说："不要这样拼命工作，身体会累垮的。"

但是，毫无结果。更令人惊诧的是，他的身体并没有垮。萨山格完全不理妻子对他健康的操心、对他不休息的叹息，以及要他按时起居饮食的谆谆劝说。他打一清早就起床，亲自驾着那辆旧福特车出门，直到午后两三点钟才回家。回到家，不声不响地听着妻子的唠叨和埋怨，然后狼吞虎咽地吞下饭，吃完又去工作。

有一天，他的汽车和别人的车子相撞，险些丧命。车子撞坏了，不得不送进修理厂。莎尔密拉心里十分不安，哽咽着，恳求丈夫：

"你以后再也别自己开车了。"

两姐妹 · 471 ·

萨山格对此付之一笑,说:"别人开车,还不是一样闯祸。"

有一天,他去监督一个修理工程。一只木箱的钉子戳穿了鞋底,扎进了他的脚。他去医院包扎了一下,打了一针破伤风预防针,然后回到了家。

那天,莎尔密拉难受得满脸都是泪痕,央求道:"你在家休养几天吧!"

萨山格简短地反问了一句:"工作怎么办?"还有比这更直截了当的话吗?

莎尔密拉:"可是……"

萨山格没等她说完,就一声不响地离开家,上班去了。

莎尔密拉再也没有勇气为施展自己权力而说话了。因为她看到丈夫在自己范围内已独立自主了。不管她如何据理力争,也不管她如何央求劝告,他只是一句话:"我有工作。"

莎尔密拉开始无缘无故地担着心事,焦急不安。丈夫回来迟了,她就想:"大概又撞车了。"太阳把丈夫的脸膛曝晒得红润红润的,她瞧见了,却以为他是在发烧。她战战兢兢劝他去医院看看,但一见丈夫的脸色,话到嘴边又缩回去。结果事情发展到如此地步:她连公开表示自己的一丝忧虑不安心情的勇气,都丧失殆尽。

萨山格的脾气像给烈日晒得干裂的、噼啪作响的木板一样,变得越来越急躁。大衣越来越往上抽,空闲的时间越来越少,行动越发匆忙,说话短促得像闪现的火花。莎尔密拉竭尽全力使自己跟上他的急促生活节拍,来侍候他。厨房里总准备着一些吃食,说不准他什么时候会冷不防地冒出一句:"走了,回来要晚一点。"汽车里也总是贮藏着一些汽水和罐头食品。药瓶总放在最显眼的地方,说不上他什么时候头痛就能用得上。汽车一回来,她马上上去,仔仔细细查看。见到所有东西都原封不动放着,她的心就沉了下来。她总在卧室最惹眼的地方,放着一套洗得干干净净、叠得整整齐齐的换洗衣服,但他在一星期里总有四五天顾不上换衣服。夫妻间谈家常事,短得像闪电一样,而且还要追着他叫嚷:"我说,你听我说一句,再走也不迟吧!"他的日常生活与莎尔密拉之间仅存的一点关系,便是那笔债务,如今借款早已连本带利偿还,再索取一张正式的收据,这点薄弱的关系也便断绝了。

莎尔密拉哀叹道:"哎,天哪!男人连什么是爱情也一点不懂!稍微撒开一点手,他就摆出男子汉大丈夫的架势。"

萨山格用赚来的钱,按照自己喜爱的式样,在帕瓦尼布尔盖了一所房子。这是他最得意的杰作。为了使莎尔密拉吃惊,他在卫生、舒适等生活设施方面,计划采用全新的设备。而莎尔密拉也确实每一次都为此吃惊不小。这位工程师安装了一架洗衣机,莎尔密拉从这边看,那边瞧,详详细细端详了半天,嘴上夸赞不绝,可心里暗自寻思:"明天,衣服照旧送到洗衣作坊里去洗。只见过驮脏衣服的驴子,没摆弄过洋玩意儿。"见到土豆削皮机,她更是惊愕万分,脱口而出:"这可省下四分之三的苦力了。"后来听说,这架机器和破锅破茶壶一起,不知被扔到哪个已经被遗忘的角落里去,并且长了锈了。

新房全部落成。这下子,莎尔密拉那抑制着的柔情蜜意,在这座坚固的物体上重新被燃烧起来。仿佛这个砖木构成的躯体充满着巨大的耐心似的,让她任意摆弄。她一会儿叫仆人把家具搬到这儿,一会儿叫仆人搬到那儿,一会儿装这个,一会儿配那个,累得两个工人气喘吁吁,筋疲力尽,有一个工人干脆辞职不干了。各个房间的摆设全为萨山格着想。尽管他近来几乎不进客厅休息,她依然买了个时新式样的靠垫椅子,摆在客厅里,让他的疲劳不堪的脊背能得到充分的休息;每个房间的大大小小的桌子上铺上了带坠子的绣花桌布,上面摆设着精致的茶具和雕花的花瓶。近来,萨山格白天从来不跨进卧室一步,因为在他的现代历法中星期天和星期一已成了一对孪生兄弟。即使休假日里不用上班,他都不知从哪里找到一点活儿,拿着计划用的道林纸或者账本坐在书房里工作。但卧室仍按老样子布置着:大沙发前放着绣花拖鞋,桌上摆着盛放槟榔包的盒子,衣架上挂着丝绸衬衫和笔挺的裤子,一切都安置得井井有条。

闯进丈夫的书房需要有勇气,但是莎尔密拉还是趁萨山格不在的时候,拿着掸子悄悄溜进去,不辞辛苦,不厌其烦,拾掇那些堆放得乱七八糟的东西,该留的留,不该留的全收拾走,把留下的东西布置得有正有方,秩序井然。

莎尔密拉依旧忠心耿耿地为丈夫服务,但她的大多数劳绩,丈夫都没有看见。以前,她对丈夫的自我奉献精神是有目共睹的,而现在只好象征性地表达表达了:她对丈夫那种虔诚,只能在装饰房间、照料花木、缝制萨山格常坐的那把椅子的绸套子、刺绣枕花以及插扦办公桌上蓝水晶花瓶里的夜来香上,留下自己深深的印记。

今天,自己的祭品竟不得不远离祭坛,这使莎尔密拉深感痛心。几天前,她受到了一次意外的创伤,只得默默地用眼泪洗面。那天是印历八月初四,萨山格的生日。这在莎尔密拉的生活中是一个最喜庆的日子。她像往常一样下帖，邀请了诸亲好友，特意用花草把室里室外精心布置了一番。

上午处理完公事，萨山格回来了。一到家便问："今天有什么大事？给洋娃娃办婚事？"

"啊呀，我的老天爷！今天是你的生日，怎么连这个良辰也忘掉了？行了，今晚你就别出门了。"

"做生意除了死到临头，哪一天能停歇？"

"今后我再也不多求你了。今天我可已发了帖，邀请了许多朋友。"

"我说，莎尔密拉，你应该抛弃这个恶习，别再把我当作玩具，供人欣赏。"说罢，萨山格扭身就走了。气得莎尔密拉把自己关在房内，痛哭了好半天。

晚上，萨山格的挚友和莎尔密拉的女伴来做客。大家对"生意忙"的说法深信不疑。如果迦梨达娑在自己生日那天说要去写《娑恭达罗》的第三幕，不能见客；那么大家一定认为这个借口荒唐无稽，不能宽恕。但做买卖则要刮目相看，另作别论！

大家玩得很高兴。尼鲁先生模仿演员的舞台动作，引得哄堂大笑。莎尔密拉的脸上也出现了笑容。没有萨山格出席的萨山格生日活动，在做生意面前俯首帖耳地屈服了。

莎尔密拉虽然十分痛苦，可是心里对飘扬在飞速奔驰的丈夫生意战车上的旌旗，依然顶礼膜拜。越做越大的生意非萨山格所能左右，他把谁都不放在心上，既不看重妻子的温存，也不理会朋友的请柬，更不关心自己的舒适安逸。男人对自己的事业寄予了信念，从而也对自己产生了信念，这是他对自己力量的自我奉献。莎尔密拉整天忙于

两姐妹 · 475 ·

家务，对丈夫的雄才大略只能怀着崇敬的心情隔河观望，眼看着他的权力伸展得又远又广，越过了家园的篱笆，走到了异乡客地，登上了大海彼岸，他把不计其数的相识和不相识的人置于自己的统辖之下，男人每天跟他的命运做斗争。假如女人的柔情硬把男人纠缠住，阻碍他在崎岖不平的艰险道路上前进的话，那么，男人除了冷酷无情地迅速地甩掉它以外，还能有别的什么办法呢？莎尔密拉已虔诚地认可了这种冷酷无情。有时她实在忍受不住，一种难以压抑的欲望，逼使她的温柔心灵，去侵犯她无权过问的领域，她还因此受到打击。她怀着痛楚的心情，承受着那种打击，放弃那条道路，退了回来。她只能祈求上帝保佑她丈夫平安。她自己的步子跨不进那个领域，她还能做什么呢？

尼勒达

他们的家业迅速发达起来。银行里的存款已朝六位数字挺进。就在此时，莎尔密拉被病魔缠住了，谁也诊断不出是什么病因。她全身软弱无力，卧床不起。这里，我们有必要叙述一下为什么这件事引起了大家的关注。

莎尔密拉的父亲拉贾·拉姆在恒河口巴利夏一带拥有一大片田产，此外，他又是夏利马尔港的一个造船厂的大股东。他诞生之时，正好是新旧交替的时期。他以擅长狩猎、摔跤和耍棍，又擅长击"两面鼓"而闻名于天下，还能背诵《威尼斯商人》《恺撒大帝》和《哈姆雷特》①的一些片段。他讲的是标准的麦考莱英语，崇拜柏克的雄辩口才。他又对于孟加拉文学的欣赏范围可以一直追溯到玛依盖尔的孟加拉长诗《弥伽那陀之死》②。他认为，人到中年，喝点外国酒以及吃些犯禁的东西，是现代精神的必备条件。到了晚年，他戒掉了一切嗜好。他的生活和衣饰都无可指责。他那副漂亮的脸蛋，显出既庄重又和蔼的表情。身材颀长结实，脾气随和。谁有求于他，他从不说个"不"字。他不拜神求佛，但家里常常举行敬神仪式，因为举办这些庄严仪式可以炫耀门庭。当然，祈祷拜神那套仪式是女人们和其他人的分内事，不用他多操心。他若愿意，弄个拉贾的封子也易如反掌。有人问他，为何对此事如此淡漠，拉贾·拉姆淡淡一笑答道：他连父辈留下的拉贾封号都享用不尽，又何必再讨一个别的什么封号，从而漠视祖传的荣光呢！他有权随意进入地方政府大厦的枢密室。政府的高级英国官员经常出入他的门庭，参加永无止境的祭祀大梵天的典仪，品尝多如流水的贡品——香槟酒。

莎尔密拉出嫁之后，他鳏居的家庭里还有一个儿子和一个女儿。儿子叫海门德，他的妹妹叫乌尔密拉。大学教师称赞他儿子才华横溢，用英文来说叫 brilliant。他的模样长得如此英俊，经过他身边的人禁不住地回首顾盼。没有一门功课考试，他不拿最高分数的。甚至在体育方面，他也没有辱没父亲的名声。当然，更不用说的是，多情的姑娘们总是起劲地围着他，不过他对自己婚事漠然置之。他追求的目标，是谋取欧洲大学的高等学位。于是，他下决心开始学习法语和

---

① 这三部都是英国大剧作家莎士比亚的杰作。
② 印度近代大诗人玛依盖尔·杜特（1824—1873）写的史诗。

德语。在闲着无事的情况下，尽管毫无必要，海门德也开始攻读起法律。

恰在此时，海门德患病躺下。任何医生都诊断不出，究竟是他的肠胃，还是身体的其他器官出了毛病。这种莫名其妙的病，在他那强壮的躯体里隐藏得如此之深，就犹如一个人怕被敌人抓获而躲进了城堡似的。搜索它，难于上青天；攻击它，更谈何容易。拉贾·拉姆先生对当时的一位英国医生极为信赖。他是位享有盛名的外科专家。他着手在病人身上寻找病的症结所在。因为外科医生惯于动辄做手术，所以他估计病源已深藏在海门德的躯体内，需要连根铲除。终于，给海门德动了手术。但是，当医生极其娴熟和干练地打开他的躯体一看，那里既没有想象中的敌人，也没有一丝创伤的痕迹可查。要想挽救为时已晚，小伙子死于非命。做父亲的悲痛的心情，怎么也平静不下来。对儿子的不幸夭折，他确是悲恸欲绝，但最叫人于心不忍的是，儿子的健美躯体被这班医生肢解得面目全非。一想起此事，拉贾·拉姆总觉得，有一头鸷鹰的利爪揪住他的心，夜以继日地吮吸着他的鲜血，慢慢地把他拖向死亡的深渊。

海门德的老同学尼勒达·慕克吉是个新开业的医生，当时被请来照料海门德。他一开始就坚持说诊断错了。他对海门德的病作出了自己的判断，建议他去气候干燥的地方休养一段时间，身体就会康复的。然而，拉贾·拉姆对于自己先辈的成见深信不疑，坚持己见，不肯让步。他认为，一旦与阎王使者交上手，只有英国大夫能作出有力的反击，他们是阎王使者的唯一劲敌。现在，出了这件不幸的事之后，拉贾·拉姆对尼勒达格外喜爱和器重。他的小女儿乌尔密拉也猛然觉得，这位年轻医生才华出众。她对父亲说：

"爸爸，你瞧瞧，尼勒达先生年纪轻轻就有如此强烈的自信心，他毫不优柔寡断，坚持自己的诊断，竟然反驳起一位久负盛名的英国医生的意见，他的胆略真叫人敬佩！"

父亲答道："行医光靠书本还不行。有些人生来就有一种特殊的灵性。尼勒达就有这种天赋的灵性。"

他们对尼勒达的崇拜和倾慕发端于这一个小小的例证，哀伤的打击以及追悔不及的痛苦，以后就盲目地发展起来了。

有一天，拉贾·拉姆对乌尔密拉说："女儿，我仿佛觉得，海门德总是在呼唤我，要我消除病人的痛苦。我打算以他的名字，创办一所医院。"

乌尔密拉兴高采烈地嚷起来："啊，爸爸，这太好了！你送我去欧洲吧！从那里学医回来，我主持这所医院。"

这席话正说到了拉贾·拉姆的心坎上。他高兴地说："那座医院将来好比是一座家庙，你是它的女仆。海门德十分痛苦地离开了我们，他在世时非常喜欢你，你这神圣的工作，准会使他升入天堂的灵魂得到莫大的慰藉。他生病时，你日夜伴随在病床旁，悉心照料。今后你要照料越来越多的人。"

一个出身望门的女孩子去行医，年迈的父亲不觉得有任何不合情理的地方。今天，他从内心深处体会到，把人从疾病的魔爪中解救出来是件多么伟大的工作。他心里思忖：虽然他的儿子没有得以幸免，但他人的儿子却能得到解救，这对他来说不啻是种补偿，他的悲伤会由此而减轻一些。他叮嘱女儿道："你先在这里把大学念完，然后再去欧洲深造。"

眼前，拉贾·拉姆的心里经常牵挂着一件事，那就是为尼勒达操心的事。尼勒达这孩子可是块闪闪发光的金子，他越看越喜欢。尼勒达已通过了医业考试，穿越考场的广漠路途之后，他在医学知识的海洋里邀游得多么自在畅快。他年纪虽轻，但他的心从不会为酒色享乐或其他什么嗜好所动。他总是专心致志地研究最新的发明创造，为了探索新的领域和实验，他竟连放弃自己的门诊业务也在所不惜，他极其鄙视那些只顾看门诊赚钱的人，常说："蠢人发财，俊杰出名。"这警句是从一本书里摘引来的。

终于有一天，拉贾·拉姆对乌尔密拉讲："我经过深思熟虑，觉得你若和尼勒达结为终身侣伴、开办医院的话，那将会给医院带来一帆风顺的远大前途，我也会因此而安心。像他那样的孩子实在是难得。"

不管拉贾·拉姆作何种打算，都不能无视海门德的意见。海门德活着的时候常说："不顾女儿喜爱不喜爱，父母去包办她的婚姻，这真是不人道。"拉贾·拉姆有一天反驳道："结婚不单单是个人的事儿，也同全家有密切关系。因此，婚姻大事光靠愿意不愿意，是不行的，还得凭经验。"但是，不管他如何辩解，不管他的爱憎好恶，他对海门德的宠爱是如此之深，以至于在这家庭里海门德的意愿总是获得胜利。

尼勒达·慕克吉早就与拉贾·拉姆家有交往。海门德戏谑地为他取了个"猫头鹰"的绰号。当有人让海门德解释，为什么起这个绰号，他答道："尼勒达是个神人。他没有年龄，只有学问。因此，我称他为弥涅瓦①的坐骑。"

尼勒达常来他家喝茶聊天,他每每跟海门德发生争论,总是争得面红耳赤。他私下已注意乌尔密拉,但表面上丝毫没有流露出那种心情。其原因是,采取这方面的适宜行动不符合他的性格。他只会抒发议论,不会谈情说爱。他身上即使有炽热的青春之火,但也从不发出光亮。因此,他以蔑视那些感情外露的青年人作为自娱。由于这些原因,人们就把他排除在乌尔密拉可能选中的配偶之外。而令人迷惑不解的是,他的那种被人认为冷若冰霜的感情,竟然和别的其他原因一起,使得乌尔密拉对尼勒达崇拜得五体投地,虔诚得无以复加。

后来,拉贾·拉姆明白无误地说,如果女儿不反对,他将乐意看到她和尼勒达结为婚眷。女儿欣然点头应允了,只是加上一句,要待国内和国外的学业完成之后方能结婚。父亲听了,欣喜地说:"这样就对了。不过婚姻关系应该确定下来,订了婚可以使人放心。"

尼勒达很快就表示同意,尽管他的表情似乎在说,婚姻的约束对科学家而言是一种舍身行为,和自杀差不多。也许正是为补偿这一点,换言之,出于减少将来麻烦的考虑起见,双方谈妥,由尼勒达指导乌尔密拉攻读和进修其他学问。这就意味着,尼勒达要把自己未来的妻子亲手塑造成符合自己心愿的人。这种塑造成形的工作必须科学地、有规律地进行,像实验室里正确无误的工作程序一样。

他对乌尔密拉说:"飞禽走兽是从大自然的工厂里生产出来的制成品。而人则是原材料,能否成形,完全取决于人自己。"

---

① 罗马神话里的智慧女神,猫头鹰是她的使者之一,也是她的坐骑。

乌尔密拉温存地说:"好吧,你尽管实验吧,我不会作梗留难的。"

尼勒达说:"你身上存在着多种分散的力量,应该把它们聚集起来,集中在实现你生活的唯一目标上,唯有如此,你的生命价值才有意义。应该在一个统一的目标下,把分散的东西变成单一的东西,当它凝聚时,就会变得热烈而有力,这样我们才能称它为品德健全的有机体。"

乌尔密拉异常兴奋,思忖着,多少年轻人到她家来喝茶、打网球,但他们中间没有一个人说过一句发人深思的话。纵使有谁说了一句,大伙总是打着呵欠,不予理睬。而尼勒达呢,不管哪方面的内容,他都能极其认真地发表自己的高深见解。不管他说什么,乌尔密拉总觉得,其中蕴含着新奇的东西。他实在聪明过人。

拉贾·拉姆不时把自己的大女婿萨山格叫来,他想使两个女婿今后能日益亲密起来。

萨山格对莎尔密拉说:"真是个厚脸皮的家伙,神气活现,把我们都当成他的学生,而且还是坐在后排凳子上的学生。"

莎尔密拉笑吟吟说:"你这是嫉妒。我对他的印象不错。"

"你跟你妹妹换一下如何?"

"那你就可浑身感到自由轻松啦!别把我扯进去。"

尼勒达对萨山格的情谊也说不上深挚。他心里暗自思忖:"他是一个干粗活的人而已,不是个科学家。他四肢发达,头脑简单。"

萨山格常拿尼勒达跟自己的小姨子开玩笑说:"你应该改个名字。"

"改成英文名字?"

"不,纯粹的梵文名字。"

"我倒想听听,你给我改个什么名字。"

"'闪电——蔓藤'。尼勒达一定会喜欢这个名字的。他在实验室常跟这个玩意儿打交道,而这下可把它每时每刻拴在家里了。"

萨山格暗自思量:"这个名字也真的配得上她。"心中又不禁叹息:"这样的一个姑娘竟落到这样一个骗子手里。"那么,落到谁的手里,萨山格才会感到满意和安慰呢?这谁也说不上。

隔了不久,拉贾·拉姆去世了。这一下,乌尔密拉的未来夫君尼勒达,便开始不受干扰,一心一意地完全按自己的心愿来塑造她。

乌尔密拉长得很美,但看起来更美。她灵巧活泼的外表,闪烁着心灵的光辉。她对什么都感到兴趣十足,她爱好文学更甚于爱好科学。每逢操场上举行足球赛,她总是执着地去观赏;电影也爱看。你还可以看到,她在普莱西登学院的课堂上聆听外国物理学家的演讲。她也爱听广播音乐,尽管她时常发牢骚,埋怨节目"无聊",但兴趣丝毫不减。马路上如有迎亲队吹吹打打经过,她马上会跑到阳台上去看热闹。动物园不知去过多少回,特别喜欢观赏关在笼子里的猴子。父亲钓鱼,她总是陪坐在一旁。她会打网球,羽毛球也打得相当漂亮。这一切嗜好都是从哥哥那儿学来的。她就好比细小嫩弱、无时无刻不在生长的青藤,随风飘荡。她的衣饰朴素、大方、合身。她熟谙穿纱丽的方法,纱丽该从哪儿缠起,哪儿扯平,哪儿该放松,哪儿该收紧,方能显出身材的优美线条,而其奥秘从不为人所知。她唱歌不大得法,但西塔尔琴弹得不错。不过,天晓得她弹奏音乐是让人看的呢,还是让人听的!她那些放纵撒野的手指似乎在狂舞。在聊天方面她从未落后,想笑就笑,从来不看时间场合。她有着用之不竭的充沛精力，哪儿有她在，哪儿就会出现热闹非凡的场面，从不会使人们有任何寂寞的感觉。但只有在尼勒达面前，她变得判若两人。那时候，就好比篷帆上没有了风，船只只得靠纤夫拽拉，才能缓缓而行。

大家异口同声说，乌尔密拉的性格多像她的哥哥，一样的开朗豪爽，一样的热情奔放。乌尔密拉心里明白，正是哥哥使她的思想洪流得到畅通。海门德一向认为："我们的国家只不过是塑像的模子而已，它唯一的任务是搓捏泥娃娃，正因为如此，英国的魔术师们这么多年来能够轻而易举地操纵三亿三千万个玩偶，按照他们的旨意跳舞。"他常说："轮着我，就要打碎这个玩偶式的社会结构，我要像加拉伐哈尔[①]一样闹他个天翻地覆。"虽然最终没有轮到他，然而他成功地把乌尔密拉的心变得十分活跃。

尼勒达的工作像时钟的指针一样极有规律，就是它引起了麻烦。他给乌尔密拉像上学一样定了几条规矩，以训导的口吻对她说："乌尔密拉，你听着，如果在前进的道路上你的心到处泼洒，那么到达终点时，水壶里什么也不会剩下！"

他经常说："你像蝴蝶一样好动，整天飞个不停，但什么也没采到。你应当变作一只蜜蜂，抓紧每一秒钟的时间。生命不是享乐。"

尼勒达最近翻阅从皇家图书馆借来的几本教育学的书，以上这类话全是从这些书中抄来的，他的语言尽是书本语言，因为他没有自己的简洁、自然的语言。乌尔密拉毫不怀疑自己是有过错的。她的使命是伟大的，但是她往往忘了那个使命，使自己的心跑到旁的地方去。

---

① 十六世纪一个孟加拉的婆罗门，他反叛了他的教派，做了穆斯林统治王国的一员大将，据说他曾废寺庙、毁偶像。

为此她经常责备自己。眼前就有尼勒达这样的榜样，他有着令人不可思议的坚强意志，他有着多么专一的目标，他对任何一切玩乐享受都感到深恶痛绝，不予理会。他一看到乌尔密拉的桌上放有通俗小说或其他轻松的文学作品，就马上收缴。有一天晚上，他来检查乌尔密拉在做什么。仆人告诉他，她去一家英国剧院观看吉尔伯和沙利文的歌舞剧《天皇》了。哥哥在世时，乌尔密拉经常有机会看戏。那天，尼勒达训斥了她一顿，他以极其严肃的口吻，并用英语说：

"你曾经起誓，要献出自己的整个生命，使你兄弟的死获得光辉的意义。难道从现在起你竟然忘记了那些话！"

听了他的话，乌尔密拉懊悔莫及，良心上受到了谴责。她思忖："这个人真厉害，一眼就看穿了我的心思。我对兄长之死的悼念和悲痛，确实不如从前那么强烈了，而我自己还没觉察到这一层。我这种轻浮任性的性格真是可恶！"

从此，乌尔密拉开始处处严格要求自己，甚至连衣着都穿得不惹眼，尽穿素色的粗布纱丽；放在抽屉里的巧克力也不贪吃。她把自己放松的心收拢起来，用枯燥乏味的职责的钉子，把它钉在诺言的枯木上。她的姐姐责备她，而萨山格却把一大堆生僻的不堪入耳的英文形容词倾泻在尼勒达的头上。

只有在一件事上，尼勒达与萨山格有相似之处。萨山格在气极怒骂时，启用英语；尼勒达在进行崇高的教诲时，也动用英语。尼勒达感到最为不快的是，乌尔密拉常去姐姐家做客。她不单单自个儿要去，而且还硬拉着他同去。她和他们的亲缘关系实际上破坏了她和尼勒达的关系。

两姐妹 · 485 ·

有一天，尼勒达板着铁青的脸，对乌尔密拉说："乌尔密拉，请别介意。有什么法子呢？我对你负有责任，我不得不说几句你不中听的话，我警告你，常去萨山格家，和他们那些人接触，对你的品格发展有百害而无一利。这种骨肉情分迷住你的眼睛，其实你倒霉的势头已经清晰可见了。"

那个所谓"乌尔密拉的品格"的抵押契据既然早已装入尼勒达的保险箱里，那么这种品格发生任何细微的变化，对尼勒达来说都是个损害。碍于他的禁令，乌尔密拉寻找各种托词，不去帕瓦尼布尔。她的这种自我克制，是支付她所欠下的一笔沉重债务的款项。因为，尼勒达出于对她负责，担起了管教她的重托，对一个科学上的苦行者来说，再没有比这更大的牺牲了。

乌尔密拉控制住自己的心神不被五花八门的趣事所诱惑，经受住了因此而产生的痛苦和折磨。可是，她心中仍不断升起一种深切的幽怨，她无法把它当作轻佻而加以压抑。尼勒达仅仅指导她，但为什么他始终不对她表示一丝温情呢？乌尔密拉的心一直期待着这种爱恋的表示。而且正因为缺乏这种爱恋，她那春心荡漾的心无法得到满足，她的日常义务就变得死气沉沉、索然无味。每每她骤然瞥见尼勒达的眼睛里流露出爱慕之情，满以为他就要把自己内心最深处的奥秘和盘托出。但是，天晓得尼勒达是否有那种热烈的情恋。纵然有的话，他也不知道如何来表达这种感情。正因为他不会表达，他才指责急于自己表现的人。他一直克制着内心的流露，并认为这是自己性格刚强的表现而引以为荣。他的口头禅是："伤感与我无缘。"那种场合，乌尔密拉真想痛哭一场，但她马上又虔诚地意识到，这才是他的非凡之处。于是，她又更加毫不留情地惩罚自己那颗"脆弱"的心灵。尽管她为此付出了巨大的努力，但她的心仍不得不承认：当初她是在极度悲伤下自愿地承担那个义务的，而如今对那个义务的热情在逐渐地衰退，现在她不得不靠别人的意志来维持住那股热情。

尼勒达直截了当地对她说："乌尔密拉，你要牢记：一般女人期待从男人那儿讨取谄媚奉承，如果你也指望从我这里得到那些货色，是要完全落空的。我所给予你的东西，远比那些花言巧语有用、真切，千金难买。"

乌尔密拉听了，只是垂下头，默默地坐在那里，暗暗诧异："真是什么事都瞒不过他！"

她实在无法收拢自己的心。闷得发慌时，便独自上屋顶阳台散步。傍晚，天色朦朦胧胧。太阳越过参差不齐的屋顶，落到停泊在恒河上的船只的桅杆那一边。色彩斑斓的云朵在白日尽头像是筑起一堵堵墙似的，慢慢地墙也消失得无影无踪了。月亮爬上了教堂的尖顶。在扑朔迷离的月光下，整个城市犹如一个梦，一个天堂般的幻境。她扪心自问："人生当真应该如此冷漠无情吗？他为何那么吝啬？不肯赐我一些娱乐呢？"

蓦地，乌尔密拉的心激荡起来，她真想闹一场恶作剧，从她心坎深处发出"我什么都不承认了！"的呼喊声。

乌尔密拉

尼勒达完成了手上的科研项目后，把自己的论文寄给了欧洲的一个科学委员会。论文受到了赞扬,还得到了一笔奖学金。他决计远渡重洋,到欧洲的大学去深造,谋取学位。

在向乌尔密拉告别时,尼勒达竟连一句缠绵悱恻的情话都没有讲。他翻过来覆过去说着同一句话:"我要走了,我担忧的是你会放松履行自己的职责。"

乌尔密拉说:"你一点也不用担心。"

尼勒达说:"你应该做什么,应该读什么,我详详细细地写了一张单子,给你。"

乌尔密拉答道:"我尽力按你的话去做。"

"不过,我打算把你书柜里的这些书,搬到我家锁起来。"

"拿去吧!"乌尔密拉一边说,一边把钥匙交到他的手里。

尼勒达的目光又落到西塔尔琴上,犹豫了一下,没有吭声。

最后,尼勒达出于责任心不得不对乌尔密拉提出忠告:"我只担心一件事,要是你又重新成为萨山格家的座上客,那你一定不能履行自己的职责。你千万别以为我是在说萨山格先生的坏话。他确实是个难得的人才,在做买卖方面,很少有人有他那样的劲头和才智。他唯一的缺点,就是不肯承认任何崇高理想。我对你说句真心话,我经常为他担忧。"

接着,他又数落一番萨山格的其他不足之处。末了,尼勒达觉得有句话如鲠在喉,不得不吐。他说:"有些今天看不见的毛病,随着年龄的增长,会越来越明显。"当然,他还赞不绝口地说萨山格是个好人,这点是无可置疑的。但同时他要说的是,乌尔密拉千万别跟萨山格接触,千万别沾染上他家的习气。如果头脑降低到他们的水平,那一定会堕落下去的。

乌尔密拉说："你干吗这样担忧呢？"

"干吗，你要听吗？不会生气吧？"

"我从你身上汲取了听真话的力量。我承认，这不是件容易的事，但我能够经受得住。"

"那我就说。我经过反复研究，发现你的性格和萨山格的性格极为相似。他那种无忧无虑的轻浮，你十分欣赏吧。你说对不对？"

乌尔密拉暗自思量："这人真是无所不知，连别人最细微的心理活动，他也能看穿！"她确实十分欣赏自己的姐夫。

其主要原因是，萨山格会哈哈大笑地取闹、说笑和恶作剧。同时他清楚地知道乌尔密拉喜爱什么花，什么颜色的纱丽。

乌尔密拉承认："不错，我是欣赏他那种性格。"

尼勒达说："莎尔密拉姐姐的爱又温柔又深切。她的侍奉和照料像是一种积德的神圣事业，她尽自己的职责从不偷闲。萨山格正是因为受了她的影响，才学会专心致志地工作。但是，只要你一去帕瓦尼布尔，他就好像卸下了假面具，跟你打打闹闹——松开你的发髻，弄乱你的头发，把你读的书本藏到书柜顶上；他突然爱好起打网球，可以放弃最重要的工作，陪你玩耍。"

乌尔密拉不由得暗暗承认，正因为姐夫能如此打打闹闹，她才喜欢他。她那无牵无挂的孩子气只有在他那里才能激荡起来。她也没少捉弄他。她姐姐看到他俩如此撒野胡闹，只是宽厚地一笑了之。有时姐姐也会温和地责备几句，然而，这不过是装装样子而已。

尼勒达最后用总结似的口吻说："你应该去那种使你的性格不受

迷惑的地方。我在身边时，就不用担心。因为我的性格恰好与你的性格完全相反。为了博得你的欢心而污染你的心灵，这种事我是做不出来的。"

乌尔密拉垂下脑袋："我永远记住你的话。"

尼勒达说："我给你留下几本书。书里我做记号的那几章，你多读读，多想想，以后会对你大有好处的。"

乌尔密拉确实需要这种帮助，因为她近来一段时间，心中时常怀疑自己当时凭着一股热情选择行医作为终身职务，也许选择错了。行医不合她的性格。

尼勒达拿来的画上记号的书，将会对她的心起一种有力的约束作用，将会使她的心灵之船逆流而上，到达预定的目的地。

尼勒达动身去英国了。乌尔密拉开始严格管束自己。她准时去上学，其余时间则把自己锁在深闺内室里。在学校里念了一整天书，日暮回到家里已十分疲倦。她越是想多休息一会儿，就越是紧紧地用钻研的铁锁链把自己捆住。她时常读不下书去，眼睛总是盯在同一页上，一个字也没有看进去，心不知飞到哪儿去了。但她并不肯罢休，低头认输。尼勒达虽不在身旁，而在异国他乡，但他的意志力仿佛对她还发生着强大的作用。

当乌尔密拉工作时，往昔的回忆一次次涌上她的心头，进行窥探，她不由得对自己产生一种懊恼的感情。在年轻人中她有许多崇拜者。她瞧不起有些人，同时也对有些人产生过好感。那时候，她的爱情还没有完全成熟，可是一种对爱情的渴望总像和煦的春风，轻轻地抚拂着她的心扉。这种快意，使得她不时轻声地哼些小曲，把自己心爱的诗句抄录在本子上。当心情激荡得委实不能平静时,她就弹弹琴。但是现在,每当傍晚,当她坐下打开书本读书时,突然惊愕地发现,从前她从未留意过的日子,没有给她留下多少印象的脸蛋,统统闪现在她眼前,甚至当时由于纠缠不清而使她反感的形象,竟也会涌上她心头。今天,那个人的纠缠不休的火热情思却在触动她的春心,像蝴蝶的轻飘飘的翅膀在花朵上留下一丝春意。

她越是想尽快地消除这些念头,这些念头就越是迅速地回到她的脑海里打转。她在自己的书桌上放了一张尼勒达的照片。她不时目不转睛地盯着他看。他的脸庞上闪烁着智慧的光辉,但却没有恋爱追求的痕迹。既然他不呼唤她,她的心又回答谁呢?她心里只是反反复复念叨着:"多聪明,多勤奋,多纯洁的品德。我是多么出乎意料地幸运!"

但在一件事上,尼勒达获胜了。我们不妨在这里提一下。萨山格和其他一些怀疑论者曾经嘲讽过尼勒达与乌尔密拉的婚事。他们说:"拉贾·拉姆确实是个头脑简单的人,竟把尼勒达看成有崇高理想的青年。他的理想主义在乌尔密拉的钱袋里下崽儿哩!花言巧语能掩盖得住这一点吗!他是在做出牺牲,其实他是为了设在帝国银行里的那座神的殿堂才做出牺牲的。我们总是老实坦白地向丈人要钱,说这笔钱不花在我们身上,都用在他的女儿身上。尼勒达可是个大人物,说是为了伟大的使命才降低身份结婚的。往后,他的伟大使命就可以写在他丈人的支票簿上了!"

尼勒达心里明白,这种流言蜚语是不可避免的。他对乌尔密拉郑重其事地宣布:"我跟你结婚有一个条件:你的钱我一分也不要,我靠自己挣钱谋生。"丈人曾亲自提议送他出国留学,但他怎么也不同意。他反而更进一步对拉贾·拉姆说:"办医院,您拿出的钱款全立在您女儿的名下。等我将来主持这座医院时,也决不动这笔钱,只尽义务。我是堂堂医生,不用为自己的生计担心。"

见到尼勒达如此清高廉洁,拉贾·拉姆对他的敬佩和宠爱更是无以复加了,乌尔密拉也为此而感到骄傲。正是由于这种骄傲,才使得莎尔密拉讨厌起尼勒达来,她轻蔑地说:"我倒要瞧瞧,他那种清高能维持多久!"从此以后,只要尼勒达习惯地高谈阔论艰深的问题时,莎尔密拉会突然站起,扭头就走,从门外传来她远去的脚步声。看在乌尔密拉的面上,她嘴上什么也不说。但她的不言语所包含的明显轻蔑的情绪,更令人难堪。

起初,尼勒达随着每一邮班,都给乌尔密拉寄来一封封长长的信。可是,隔了一些日子,他突然发来一封电报,使人大为诧异。电报里要求汇一笔款子去,因为搞科研急需用钱。

尼勒达曾许下不拿乌尔密拉一分钱的诺言,是乌尔密拉引以为荣的资本。如今她当作无价之宝的那种骄傲情感受到了沉重一击;但同时私下她也得到一丝安慰。随着日子的消逝,她同尼勒达的分离越来越久,乌尔密拉的天生性格便寻求出路突围,跳出尽职的高墙,哪怕只有一个小窟窿眼儿,她也要钻出去,逃之夭夭。她用各种各样的借口欺骗自己,过后又后悔不已。正是在这种内心烦恼的时刻,能给尼勒达寄出一笔钱,无疑会使她纷乱的心得到一丝慰藉和一些满足。

乌尔密拉把电报塞在她财产管理人手中,吞吞吐吐地说:"伯伯,寄钱给他吧!"

管理人说："我真有点弄糊涂了。谁人不知，他是怕接触我们的钱财的。"

管理人不喜欢尼勒达。

乌尔密拉结结巴巴地说："但是他在国外——"她没有把下半句话说完。

管理人说："我知道，这国度的天性，一旦沾染上外国的泥土，就会起变化。但问题是，我们是否能跟上他变化的步子！"

乌尔密拉说："他收不到钱，会着急的。"

"好，我寄。你不必担心。但我得预先说清楚，这才是个开头，往后可能没完没了呢。"

"没完没了"的结论几天之后就得到了证实。又来了电报告急，这次比上次要得更多，说是维护健康的需要。管理人绷着脸说："最好跟萨山格先生商议一下。"

乌尔密拉慌忙说："不管您怎么做，但这件事千万别传到姐姐的耳朵里去。"

"我独自承担不了这么重大的责任，我认为这理由蹊跷。"

"所有的家产，还不是总有一天要归他的。"

"归他之前，还得看看钱财是否往水里扔。"

"但他的身体总要照顾的吧！"

"病有各种各样。这到底是什么病，我弄不清楚。要是他回来，也许水土一变，病自然就会好的。在我看来，叫他回国才是正道。"

一听要叫他回来，乌尔密拉极为激动。她想，恐怕正由于她的原因，尼勒达实现崇高理想将受到障碍，将化为泡影。

管理人又说：“这次我把钱再寄去。不过，我有个预感，这样一来，只会使他的病情更加恶化！”

拉塔·戈文达是乌尔密拉的一个远房伯伯。她听出伯伯的话中有弦外之音，便默不作声。但心中也不由得升起疑团："要不要告诉姐姐呢？"同时，又连连追问自己：

"为什么我没有感到应有的痛苦和沮丧呢？"

恰在此时，莎尔密拉病倒了，引起了众人的忧虑，想到自己弟弟的不幸遭遇，莎尔密拉自己也害怕了。请了各类医生来为她治病。莎尔密拉带着疲惫的苦笑说："真正的罪犯已从这些刑事仲裁者手中溜走了，而他们造的孽却由无辜者来承受。"

萨山格忧心忡忡地说："身体还是需要检查和治疗的。一切都会平安无事的，不存在遭罪不遭罪的问题。"

再巧不过的是，萨山格此刻又承包了两项大工程，一项是恒河边上的黄麻厂，一项是在达利甘吉附近米尔布尔地主的大花园里盖一所豪华的别墅。黄麻厂的工人住宅要求在三个月内完工。有好几个地方需要安机井。萨山格忙得四脚朝天。现在他不得不蹲在家中照顾莎尔密拉，但他的心无时无刻不牵挂在工程的进展上。

打从结婚起，莎尔密拉还未害过什么可使萨山格焦虑的大病。因此，这次她病得那么严重，就使萨山格急得不知所措。他有好几次抛下手头的工作，赶回家中，忧伤地坐在妻子床边。他一会儿摸摸妻子的额头，一会儿关切地询问："好一点了吗？"莎尔密拉立即反应道："你别瞎操心了，我的身体挺好。"这话当然不可信，但这是出于真诚的强烈的愿望，他竟相信了，从而减轻了自己心头的无形压力。

萨山格说:"丹加纳尔的王爷要我承包一项工程。我得跟他的手下人商议计划如何实施,谈妥后我马上回来,一定在大夫来之前赶回。"

莎尔密拉不无埋怨地说:"你千万注意,不要在匆忙中丧失那种时机。我明白,你应该去丹加纳尔,那边需要你,去吧。你不去,反而会使我不舒服。这里,有好些人侍候着我呢。"

萨山格心中日日夜夜盘算的是,家业如何发达起来。但他看得比钱财更为重要的是一种豪华的气派。要干一番大事业,方显出男子汉本色。如果财富之类的东西只能维持一定的生活水平,那会被人鄙夷的。但当财富积聚得像山顶一样冒尖时,人们就会成群结队来对它顶礼膜拜。虽然人们从中并不能得到任何好处,但他们内心仅仅因为能够得以瞻仰那种豪华气概,就异常兴奋,不住地交口称赞。萨山格坐在莎尔密拉病床边,不胜忧虑。他不免思索起来:那种不祥的忧虑怎么在他事业中萌发出来的呢?莎尔密拉清楚,萨山格的忧虑不是出于悭吝和贪婪,而是因为他胸怀大志,要在平地上筑起一根高耸入云的凯旋柱。莎尔密拉懂得,萨山格的荣誉就是她的荣誉。所以,尽管丈夫在身旁使她感到欣慰,她还是不希望丈夫由于照顾她的病而耽误自己的工作。正因为如此,她不断地催促萨山格注意工作。

莎尔密拉对自己的职责真是尽心到了无以复加的地步。她躺在病床上,谁知道仆人们在干什么!厨房里的酥油肯定滥用完了;澡堂里准没有放热水;谁也不会记得换洗床单和枕头套;谁也不会想到叫人疏通阴沟;谁也不会去核对洗衣匠那儿取来的衣服件数,检查一下有没有什么衣服被换掉。莎尔密拉越想越躺不下去,她偷偷地挣扎起身,要去料理家务。但其结果,病得更厉害,弄得医生莫名其妙。

最后，她叫人把乌尔密拉请来。莎尔密拉对妹妹说:"妹子,到学校里请几天假,照料一下我的家。否则,我就不能安安静静地死去。"

懂得人情世故的人们一定会显出会心的微笑说:"都明白了。"这是不用花多少脑筋就能明白的事理。将来的事该是怎样就怎样,一分也不会增加或减少。也没有任何理由可以认为命运之神会像打纸牌一样偷偷地用尘土眯住莎尔密拉的眼睛戏弄她。

乌尔密拉听说要去服侍姐姐,真是按捺不住心头的兴奋。她想:在这个职责面前,其他一切事情都应抛在一旁。这也是出于无奈。此外,照料病人的工作和她将来行医有着密切的关系,而且应该说就是它的一部分。

她煞有介事地买了一本医生用的皮封面的记事本。她将每天把病情变化记录在这个本子上。考虑到自己可能要被那些大夫瞧不起,她决定要攻读一下能够找到的有关姐姐病症的所有医学书籍。她考医学学士学位有一门课程就是生理学,因而读懂一些治疗上的术语对她来说并非难事。总之,她并不因为服侍姐姐而背弃自己的职责和诺言。相反,她将更加专心致志地努力实现自己的职责和诺言。然而,尽管她自己带着许多厚厚的书和笔记本进驻了帕瓦尼布尔,乌尔密拉却没有机会翻弄这些医学书、查阅有关姐姐的病因,因为连大夫们至今都不能确诊她姐姐究竟生的是什么病。

乌尔密拉想,现在她是姐姐家里的总管家了。她一本正经地对姐姐说:"检查是否遵照医生的嘱咐办,这是我的工作。今后你得听我的。我现在先跟你说好了。"

姐姐看她那副忠于职责的模样,不禁发笑说:"哦哟,你这么认真是跟哪位学究学来的？新学徒吧，所以有那么大的劲头。我叫你来，是让你听我的。你的医院连影子都没有，我的家可是现成的。你帮助我操持家务吧，让你姐姐可以轻松点。"

莎尔密拉几乎是硬把乌尔密拉从自己病床旁推开的。

现在，她便成了姐姐的家庭王国里的摄政王了。这个王国笼罩着一片无政府主义的阴影，必须马上清除。占据这个家庭的最高席位的，便是那位男家主，对他的服侍，不允许有任何差错。为他尽心服务的这个伟大目标而做出牺牲，是这个家庭的大大小小所有居民的唯一任务。

莎尔密拉心里始终认为：这个家庭的男主人十分无能。他在满足自己生活旅途的需要中显出十分可怜的无能。这种观念根深蒂固地占据在莎尔密拉心中。当看到他衬衣袖口给雪茄的火星烧了几个窟窿，而那位仁兄却全然无知时，她感到又好笑又心疼。有一天清早起身，工程师先生梳洗完毕，忘了关上自来水龙头，就去上班。等回来一看，家里到处是水汪汪的，地毯都被浸透了。莎尔密拉一开始就反对在卧室里安水龙头，因为她明白，那个卧室里又是被子又是地毯，只要那位大人稍不小心，那就够瞧的了。但人家毕竟是位显赫的工程师呀！知道科学的享受。只要他能做到，在制造各种科学的享受设备方面是从来不甘落后的！谁知道他会想出一些什么花样来。有一天，他忽然按自己设计的图纸造了一个火炉，四周有许多炉门和烟囱，还有出炉灰用的斜坡炉底。这个炉子内装有不同的隔板和架子，可用来烤、煎、煮、焖食物和烧水。简而言之，是个万能炉子。对这种炉子的优点，不免要以满腔热情赞美一番。这不是因为这个炉子能派什么

两姐妹 · 497 ·

大用处，而是为了保持家庭的安宁和融洽。一个年已半百的人玩着孩子们的游戏，教人怎么办！若有人劝阻，就会引起一场灾祸。不过后天他就会忘得一干二净，因为科学家的头脑不会老钻在一件事上，总想搞出点新名堂。而做妻子的责任就在于：嘴上要随声附和几句赞美之词，而干的时候则按自己的想法办。莎尔密拉一直就是极其愉快地承担着侍候丈夫的责任的。

无数的日子就这样平平安安地过去了。莎尔密拉不可想象没有她，萨山格的世界会变成什么样子。今天，她害怕，阎王的使者可别来把那个世界与管辖它的女神隔绝开来。她担心，在她死后，萨山格有形的疏忽大意，会使她无形的灵魂得不到安宁。幸亏有乌尔密拉。乌尔密拉虽不及她文静，但可以靠她继续自己的工作。那工作也只有女人的手才能干。倘若没有女人温情的手指的抚摸，那么男人的日常生活和他的需求里就不会有情趣，一切将变得枯燥乏味。因而，当乌尔密拉用自己美丽而纤巧的手削去苹果皮，切成同样大小的块块；当她把橘子剥成一瓣瓣，整整齐齐码在玉盘里；当她剥开石榴，把籽儿一粒粒放在银碗里时，莎尔密拉似乎在自己妹妹身上看到了自己的存在。

于是，她躺在病床上，不时吩咐干这干那——

"乌尔密拉，把他的烟盒装满。"

"你看一看，是不是又把脏手绢塞进口袋里了！他哪有工夫想到换呀！"

"你去看看他的鞋，上面的水泥和沙子准结成了硬块，让用人去刷干净。"

"妹妹，把枕套去换一换！"

"把那些破纸团扔到字纸篓里！"

"乌尔密拉，你再去书房瞧一瞧。我想，他准把钱柜的钥匙扔在桌上走了。"

"别忘了，该是移种菜花苗的时候了。"

"你去对花匠说，该给玫瑰剪枝修条了。"

乌尔密拉虽然只会读书，不会干活，但她生活得十分快乐。她原来被锁在用严格的规定所筑成的高墙之内，一旦冲出来，她感到眼前一切都是自由自在的。她一点也不用牵挂这个家庭内部需要精心管理的事，因为这一切都由她姐姐操心。所以，对她来说，这一切就等于一种游戏，一种休息，一种漫无目的的劳作。她的家和这里的家完全是两个截然不同的天地。这里，没有人指着她鼻子，让她"小心点"。更令人有趣的是，这里一天到晚有活干，而且还是各种各样的活，变化无穷。出了差错，她也不用负责。即使姐姐责备几句，萨山格也总拿她开开玩笑，好像在乌尔密拉的那些疏忽里有着某种乐趣似的。其实，近来这个家庭已失去那种热切的责任感，出现了一个如此漫不经心的气氛，谁也不去留意错误或疏忽，而在这种环境里萨山格却得到了一种特别的惬意和舒畅。他觉得生活里有着犹如野餐一般的乐趣，特别是，乌尔密拉，对什么事也不操心、不发愁、不害羞，无论做什么事总是充满着热情，使压在萨山格心头的工作重负减轻了许多，所以疲劳都被驱散了。这对于他来说是最大的好处。最近，工作一办完，有时刚办完一半，萨山格的心就急着要回家。

应当承认，乌尔密拉干家务活不在行。然而，稍加注意，就会发现一件再明显不过的事：不是靠她的工作效果，而是靠她到处闲转来弥补这个家庭年久日深的巨大空虚。这个空虚究竟是什么样的，无法用准确的语言来描述。所以，萨山格一回到家，就感到家中近来洋溢着一种节日的轻快气氛。这种节日的欢愉不是因为家中的舒适而可以享受得到的，也不是在闲暇的日子里可以找到的。这种欢愉自有它另一番情趣。乌尔密拉节日般的欢乐情绪确确实实填补了这里的一切空虚，使白昼和黑夜变得富有生气。这种每时每刻弥漫在家庭里的生气，使得因工作而疲惫不堪的萨山格的血液里掀起了欢乐的波浪。另一方面，乌尔密拉也意识到自己的欢乐情绪成功地感染了萨山格而感到高兴。迄今为止，她还从未获得这种幸福感。她仅仅以自己的存在能够使人感到快乐，这种情况她自己长期以来是不知道的，因而她的真实的自豪受到了损害。

如今，在这家主人的眼里，吃喝穿戴是否符合自己的习惯，是否及时得到所需的东西等，都已是无关紧要的事了。现在他对一切都感到心满意足，有时无缘无故地便感到心情欢畅。他规劝莎尔密拉说："你对一些细枝末节的琐事，何必如此忐忑不安！稍微改变一下习惯，不会有什么麻烦的，反而会使你精神爽快。"

萨山格的心思，现在像潮汐间歇之间的缓和河流，工作速度似乎也有些停滞。现在再也不能从他嘴里听到从前他常说的那几句话："少许耽误，就要损失上万卢比。""快干。否则所有工作都会受到影响的。"等。诸如此类的话刚脱口，乌尔密拉就放声大笑起来，当场把他那种严肃劲吹散得无影无踪。一看到萨山格脸上的严肃表情，乌尔密拉就会说："今天，你那个戴绿头巾的怪人——你的经纪人来过了吗？他看来真是可怕！"

萨山格大惑不解地问："你怎么会认识他的？"

"我了解他。那天你出门了，他独自一人坐在阳台上。我把他挽留住了，攀谈起来。他的老家大概是在比加奈尔。蚊帐着火把他的妻子烧死了。现在正寻思着续弦。"

"哦，原来他选择了这样一个好时间——每当我出门，他就登门。只要他找不到新老婆，就会整天在这里做着他的热昏美梦。"

"你告诉我，你派他做什么事？从他的态度，我能够支使他做事。"

现在，萨山格存在银行里的利润已是一笔超过九百九十万卢比的巨款。要是这笔款项停止往上涨，他也不会感到什么不安。从前傍晚时，他根本没有那么大的热忱坐下听广播，但如今乌尔密拉把他拖到收音机旁坐下，他不会感到无聊了，也不再认为听广播是浪费时间了。有一天他一大早就起身跑到机场去观看飞机飞行。不管怎么说，他此行绝不是出于对科学新奇事物的爱好。他生平第一次去新市场买东西，而且还是高高兴兴去的。从前，要是买些水果、鱼肉、蔬菜什么的，全由莎尔密拉独自出去采办的。她认为，这一类事情应该归她掌管，从来没有奢望过萨山格会陪她去干这类事，更何况她心中也根本没有升起这个念头。然而，乌尔密拉实际上不是去买东西，只是看看货物，问问价钱而已。萨山格如果想买的话，她就从他手中夺过钱包，放在自己的提包里。

乌尔密拉完全不清楚萨山格工作中的烦恼。有时她实在闹得他头昏脑涨，萨山格就斥责几句。但其后果更令萨山格难受。为了哄她高兴，萨山格却要花上双倍的时间。一方面，乌尔密拉随时会泪如泉涌；另一方面，紧迫的工作又不得不立即处理。处于这两头夹缝之中的萨山格最后只好试图在家里的办公室就把一切事务处理掉。然而，一挨近下午，他在家里又待不住了。哪一天他脱不开身，回家晚些，乌尔密拉就气鼓鼓地一声不响，不理人。那时要哄她高兴，就得费些工夫。不过，当看到乌尔密拉强忍住的泪花里隐藏着的情意，萨山格打从心眼里感到欢快。他装着煞有介事地说："乌尔密拉，你应该坚持自己不开口的'消极抵抗'。可是，得感谢老天爷，你从未起誓说不同我玩球了。"过后，两人便手持网球拍去打球了。萨山格在即将获胜的时候，又故意输球给她。而有意思的是，次日早晨起来，他又会因时间的白白浪费而悔恨不已。

一天正逢休假日。午后，萨山格坐在办公室书桌旁，右手拿着一支红蓝铅笔，左手指下意识地搔着头皮，正埋头处理一件伤脑筋的公务，乌尔密拉闯了进来，说："今天，我跟你们那位经纪人决定，去朝觐巴勒斯纳特神庙。你陪我一块去吧，走吧！你是我的好姐夫哟，快走！"

萨山格带着恳求的口吻说："不行。乌尔密拉，今天不行。这个时候叫我走，简直要我命。"

再重要的工作的威严都不能把乌尔密拉吓倒。她说："你竟然如此放心地把一个孤立无援的脆弱女子交给那个戴绿头巾的人。难道这就是你日常所说的尊敬妇女吗？"

到最后，实在拗不过乌尔密拉，萨山格离开办公室，亲自驾车陪她去了。莎尔密拉得悉这一类荒唐的胡闹，非常光火，因为她认为，女人非法闯入男人工作的领域，是不可饶恕的。她一直把乌尔密拉当作个孩子，今天仍这样认为。但这并不等于说，办公室是游戏的场所。为此，她差人把乌尔密拉叫来，狠狠地训斥了一通。她的训斥本来也许会有些效果的。然而，萨山格一听到妻子怒气冲天的声音，便急忙跑来站在门外，对着乌尔密拉挤眉弄眼，示意她不用害怕。他还晃着扑克牌的盒子，向她做手势："出来，到我办公室里，我教你玩纸牌。"当时，根本没有工夫玩牌，每一分钟都是十分宝贵的。但为了不使她因为挨了姐姐的骂而感到委屈，他像泼水一样把宝贵的时间浪费掉。其实，听了莎尔密拉姐姐的申斥，乌尔密拉心中远没有萨山格那般的难受。他常常哄她离开自己的办公室，有时还不得不呵斥几声。但他却不能容忍莎尔密拉拿这件事发火。

莎尔密拉把萨山格叫来，说："你如此纵容她胡闹，这怎么行？不看时间，不懂事情的重要，这对你是没好处的！"

萨山格说："这有什么关系？还是个孩子嘛！这里，她一个同伴也没有，不打打闹闹，教她在这座寂寞的屋子里怎么过日子？"

她毕竟有一种孩子气。不过，有时萨山格拿起一张图纸刚坐下，她便拖过一把椅子，坐在他身旁，说："给我解释解释。"她领会得很快，即使复杂的数学公式也难不住她。萨山格异常高兴，出题目让她去解答。她没多大工夫就算出来。萨山格有时乘黄麻厂的小火轮去检查工作，她也闹着非跟去不可。不但去了，还跟姐夫争论测量的结果是否正确。萨山格异常兴奋，这比任何诗歌都更有情趣。因此，现在他把办公室的工作拿到家里来做，并不担心受干扰。他现在设计图样，计算问题，有了个帮手，这个帮手就是他的小姨子。他主动叫乌尔密拉坐在自己身旁，一面教她，一面自己做事。不能说工作进行得相当快，但花在上面的许多时间，都是很有意思的。

这样的事使莎尔密拉极为不满，对她的心灵是个巨大的打击。她理解乌尔密拉的天真孩子气，她也带着慈爱心情容忍了她不会干家务事的短处。可是，在事务方面，她本人都甘心承认女人的智慧远远敌不过丈夫，她怎能容忍乌尔密拉无阻无挡地闯进这一领域呢？她对此深恶痛绝，认为这简直荒唐而愚蠢。《薄伽梵歌》也指出，各人守住本分行事就是自己的最高美德。

有一天，她实在不安，问乌尔密拉："乌尔密拉，你真的喜欢计算、解题、绘图这类事吗？"

"是的。姐姐，十分喜欢。"

莎尔密拉以不相信的口吻说："好，好，当真喜欢！也许你为了讨好他，才装出十分喜欢的样子。"

这话倒也对。连莎尔密拉也是希望萨山格快乐，她认为，准时让他吃到饭，保管好他的衣服，是乌尔密拉的职责，因此她才请乌尔密拉来的。那么为什么她那一类快乐观念同他快乐的方法不相吻合呢？

她三番五次叫萨山格来，说："你干吗跟她在一起白白浪费时间呢？这对你的工作很有害。她现在正是吃吃玩玩的年纪，她哪儿懂得工作重要不重要！"

萨山格说："她并不比我懂得少。"

萨山格满以为这种称赞的话会使当姐姐的莎尔密拉感到开心。他真是天真！

当初萨山格把自己注意力从妻子身上集中到争取自己工作中的荣光时，莎尔密拉非但接受了这种必然的情况，而且还认为这是她的骄傲。正因为如此，现在她已经大大减少了自己那颗尽忠效劳的心灵的权力。她常讲："男人是属于帝王那个种类的，他们必须无休无止地扩大自己创造惊天动地事业的权力。否则，他们就比女人还要低贱。因为女人靠自己固有的温柔情感、天赋的爱情财富极容易充实自己在家庭里的地位。但是，男人非得靠不断的搏斗和作战来充实自己。古代国王们经常为了毫无目的地扩大疆域而出去打仗，他们打仗不是为了征服别的国家、夺取土地，只是为了树立男子汉大丈夫的英雄气概。女人不应该去妨碍他们去获取这种威望！"

所以，莎尔密拉自己从来不挡自己丈夫的道，而是有意地为萨山格让出一条实现目标的道路。曾有一段时间，她把他紧紧地陷在自己殷勤服侍的罗网中。尽管后来她内心十分痛苦，渐渐地收起了那张罗网。她现在还是在关心体贴自己的丈夫，但她是在偷偷地、默默地侍候他了。

天哪，如今，她却眼看着自己丈夫的败局日益明朗。她身卧病榻，什么也看不到，但那些感觉已是足够了。一看到萨山格的脸色，她就发现他近来已变成一副什么模样。一天到晚不知他在忙些什么。这么点大的小丫头一来，就在这么短短的日子里，竟使一个有事业心的男人再也不热心于自己的崇高理想，真是令人不可思议。丈夫的这种不体面事情，比自己的疾病更加折磨着莎尔密拉。

不用怀疑，近来萨山格的衣着吃喝的安排不如从前那样了。比如，在吃饭的时候，你会突然发现，饭桌上什么都齐全，就是缺少萨山格喜爱吃的那盘菜。虽然在这个家庭里从不允许任何人推脱责任，然而现在大家却缄口不语，谁也不说什么。从前，那种粗心大意是不能容忍的,定要受到严厉的处罚。而今天呢?今天就在同一个纪律严明、讲究规矩的家庭里发生了如此翻天覆地的变化:再大的过错、疏忽也当作笑料一笑而置之。归罪于谁呢?当乌尔密拉依照姐姐的吩咐,坐在厨房里的藤椅上,一面监督烧饭做菜,一面滔滔不绝地谈论着婆罗门女厨师重婚艳史的时候,萨山格会突然闯进来,说:"这些事情让他们去干吧!"

"为什么不让我干?有什么事要我做的?"

"现在我有空。走,去参观维多利亚女皇纪念碑。今天我来给你解释,为什么看到它那种神气活现的样子会发笑。"

在这样富有诱惑力的事情面前,乌尔密拉那颗想偷懒的心立刻活跃起来。莎尔密拉明明知道,她的胞妹不在厨房里,美味佳肴照样能做出来。但是,她希望有一个女人在旁照料,女人的温柔心,会使萨山格感到舒服。但是,提舒服快意有什么用呢?现在,一天比一天明显,丈夫本来就挺高兴,舒适快意对他来说已变成次要的东西了!

这样一来,莎尔密拉的心情越来越不平静。她在病床上辗转反侧,反反复复自言自语说:"死之前,总算明白了一件事:我什么都做了,就是没能使丈夫快乐。我原以为可以在乌尔密拉身上看到自己,但她哪里像我?完全是另一种类型的姑娘。"她凝望着窗外,思考着,"她没有取代我的位置,我也不能代替她。我死了,他会受到一些损失。但没有了她,一切都会变得空虚。"

她正在这样胡思乱想,突然记起,冬天快到了,应该把冬衣晒晒太阳。那时,乌尔密拉正在和萨山格打乒乓球,她让人把她叫来。

"乌尔密拉,拿钥匙,把冬衣拿到晒台上去晒晒。"

乌尔密拉刚把钥匙插进锁孔里，萨山格跑来说："这一切以后做也行，冬天还远着呢。走，把那盘球打完。"

"但是，姐姐……"

"好，我去到你姐姐那儿，替你请个假。"

姐姐准了假，与此同时深深地叹了一口气。

她叫来女佣，吩咐道："你拿块冷水毛巾来，敷在我额头上。"

乌尔密拉虽然经过相当长时间的禁闭生活，突然呼吸到自由的空气，不由得忘乎所以。但有时她会猛然记起自己生活中的艰巨使命。她依然是不自由的，受自己许下的诺言的束缚，这诺言的管束把她和一个男人捆在一起。他左右着她，他经常挑剔她每天履行职责过程中的无数细小过失。临行时，他还指出了改正错误的办法。乌尔密拉丝毫没有办法去推翻尼勒达终身享有的、支配她生活的权力。当尼勒达在身边时，承认他有这种权力倒是容易的，因为她从他心灵上可取得一些力量。现在，她的意愿完全倒过来了，只有理智还不放过她。理智的压迫使得她那颗心越来越想叛乱。她难以原谅自己的过失，而过失又往往不承认约束。为了给自己的痛苦心情敷上麻醉药，她力图在与萨山格嬉笑打闹中使自己快活些。她常说："时候一到，一切都会自然而然好起来的。现在还是享受这么短促的假期吧，就不用顾虑那些事了！"有时，她突然心血来潮，从箱子里翻出书本，坐定身子，全神贯注地履行自己的职责。而那时却轮到萨山格，从她手里把书本和笔记本夺过去，锁在箱子里，然后坐在箱子盖上，一动不动。

乌尔密拉说："姐夫，这样不好。你太会捣乱了。请你不要糟蹋我的时间。"

萨山格答道:"糟蹋你的时间,也就是糟蹋我的时间,因此,大家彼此彼此。"

此后,经过推推扯扯,乌尔密拉还是服输了。她似乎不觉得那种失败对自己来说是一种灾难。这一类阻挠会使她职责的理智痛苦三天。过后,又是一切照旧。

乌尔密拉说:"姐夫,你别以为我意志薄弱。我内心的誓约是十分坚定的。"

"什么意思?"

"就是说,在这里获得学位后,就去欧洲学医。"

"以后呢?"

"以后就开一所医院,好好负担起它的全部责任。"

"你还要对谁负责?那个叫尼勒达·慕克吉的令人讨厌的家伙……"

乌尔密拉捂住了萨山格的嘴,说:"别说了,你再说这一类话,那我就跟你吵个没完。"

乌尔密拉十分严厉地对自己说:"我要成为一个忠实的女人,一个忠实的女人。"她的父亲亲自确定了她与尼勒达的关系。她想,不忠实于这个关系,便是失节。

但是令人难堪的是,对方从来不给予任何反应。乌尔密拉好比一棵幼苗,根已扎入泥土,但缺乏阳光,叶子变得枯黄了。有时候,她变得焦躁不安,暗自思量:"这个人也真是恼人!连封像样的信都不会写!"

乌尔密拉在教会学校念过好几年书,其他功课撇开不谈,英语可是顶呱呱的。这一点尼勒达也清楚。因而,他决定用英文写信以博得她的欢心。要是用孟加拉语写信，就不至于有这么多麻烦。但是，可怜的家伙竟忘了自己的英语水平低。他把艰深别扭的词汇，和冗长的句子混作一团，像载满麻袋的老牛破车，吱吱嘎嘎滚过来。乌尔密拉读后直觉得可笑，但又不好意思笑出声来，她责怪自己："找本国人写外国字的岔子，未免太愚蠢，太迂腐。"

尼勒达还在国内同她滔滔不绝地讲述大道理时，他的神情和姿势增添了这些道理的分量和威严。她曾为此感到骄傲。她一面聆听，一面根据自己的想象，不断加重这些道理的分量。但是，在一封冗长的信里是没有想象的余地的。由于实际内容的空泛，堆砌起来的华丽辞藻失去了分量，剩下的只是粗声鲁气。

从前，乌尔密拉容忍了尼勒达的那种一本正经的表情，如今，她想起那种表情就感到十分厌恶。"这个家伙根本不懂幽默。"——在尼勒达的信里，这个缺陷变得特别刺眼。这使得乌尔密拉不由得把尼勒达与萨山格作了一番比较。

有一天，作比较的理由突然出现在她的面前，她在箱子里找衣服，摸到放在箱子底的一只没有做好的鞋子，这使她回忆起四年前的一段往事。那时，海门德还活着。全家一起去大吉岭，互相嬉逐打闹。海门德和萨山格俩说的笑话，像疯狂的瀑布倾泻而出。当时乌尔密拉刚从姑妈那儿学会针线活，正在做鞋子，准备作为生日的礼物送给哥哥。萨山格借此大大嘲弄了她一番："你给自己的哥哥什么都行，但千万别送鞋子。摩奴[①]上帝说，这是会亵渎尊长的。"

---

① 大梵天之子，人类的始祖。

乌尔密拉瞟了他一眼说:"那么摩奴上帝说,给谁合适呢?"

萨山格板起面孔说:"根据经典,这亵渎的传统对象是姐夫。我到现在还没有得到自己权力范围内的东西,时间在消逝,利上滚利,欠的债务越来越加重。这也敢情好。"

"谁欠你的,记不得了。"

"这不是什么记得记不得的问题。那时你年纪还小,因此,在我这个走运的人和你姐姐结婚的那个吉日良辰,你没有来闹洞房,你那双稚嫩的小手没有拧新郎的耳朵,今天我该享受为我做双鞋子的乐趣了。这双鞋子归我啦,我预先跟你说定了!"

然而,她没有去还这笔债,她虔诚地把鞋子奉献到了哥哥的脚上。

几天以后,乌尔密拉收到萨山格的一封信,读完忍不住笑了好一阵子。那封信现在还放在她的箱子里。今天,她取出又重读了一遍,信中写道:

"你昨天离开了。对你的怀念还没有成为过去,你的名字就受到了玷污。若是向你隐瞒真情的话,我就没有尽到自己的职责。

"许多人都看过我脚上经常穿的那双鞋子。但是,他们看得更清楚的是,从鞋的窟窿眼里露出来的脚指头,它们像从云里钻出来的皎洁成串的月亮一般雪白(请看婆罗多·游陀罗的《阿嫩达颂》①,若对这个比喻是否贴切有疑问,可请你姐姐指正)。今天上午,我们办公室里的瓦林达瓦·南迪俯身在我穿鞋子的脚上行触脚礼,我的心因趾足的尊严蒙受损害而不胜懊恼之极。我问自己的仆役:'默海

---

① 婆罗多·游陀罗·拉伊(1712—1760),孟加拉作家,《阿嫩达颂》是他写的叙事颂诗。

希，我还有一双便鞋哪儿去啦，在为哪个圣哲的脚增添光彩？'他搔搔头皮，答道：'当您跟太太家的乌尔密拉姑娘一起去大吉岭时，您随身带去了那双鞋。但当您回来时，只带回一只鞋，另一只却留在那儿……'说到这里，他脸色也顿时涨红了。我喝令他：'行啦，闭嘴！'因为当时在这里的人很纷杂。而且偷鞋乃小人之为。然而，人固有不足之处，贪心不足，故有人做出此事。愿神明慈悲为怀，饶恕他这一回。但若在偷窃之中看见睿智，则犯错之大半烦恼亦可释然。然而，竟为一只鞋！可悲！

"我不公布那个贼的尊姓大名。但如果她意识到自己受到指责，因而大发脾气，那么只会把事情闹到尽人皆知。如果她是清白的，也不必去大闹一场。为了堵住默海希造谣中伤的嘴巴，你还不如立即为我绣上一双鞋子。这家伙的脸皮该多厚！附上我的脚的尺寸，请查收为盼。"

乌尔密拉读完这封信，心里十分高兴，动手为萨山格做一双毡毛鞋子。然而没有做完，因为她对针线活又不感兴趣了。今天重见这只鞋子，她决定把这只做了一半的鞋子送给萨山格。再过几个星期，便是去大吉岭旅行的周年。她不由得深深叹了口气："哎，那些抖动着轻柔翅膀，在欢愉的天空里翱翔的日子不复再来了！"如今，展现在她面前的，是因沉重的义务而变得忧心忡忡的枯燥生活，如同荒凉而广袤的大沙漠，没有节日的欢乐，也没有悠闲可言。

今天是印历十二月十五日，是一年一度的洒红节[①]。萨山格为处

---

① 洒红节，也叫"胡男节""色彩节"，是印度传统节日。——本版注

理一件重要公务出门去了。他连过节的工夫都没有。"他忘了今天是什么日子!"乌尔密拉给卧病的姐姐的脚上涂上红粉,向她触足顶礼,致节日的祝贺。之后,为了找萨山格,她转悠到外屋,一眼见到萨山格,正伏在书桌上全神贯注地工作。"哦,从外面回来了!"她蹑手蹑脚地走到萨山格的背后,抓了满满一把红粉,使劲往他的脸上抹,连文件也沾上了颜色。于是,两人逗来逗去,嬉闹开来,谁也不肯罢手。桌上放着满满一瓶红墨水,萨山格拿起就往乌尔密拉的纱丽上泼去。把她藏在衣襟里的红粉,抢了过来,抹得她满脸满腮的。互相吵吵嚷嚷,你追我逃,闹得不可开交。闹了好一阵,谁也没想到该洗漱吃饭,乌尔密拉银铃般的声音回荡在整个屋宇。最后,由于莎尔密拉担心萨山格搞坏身子,接二连三地派人来传话,这场欢乐的闹剧才告结束。

太阳早已落山,天色慢慢黑下来。月亮爬上了鲜花盛开的黑檀树的枝梢顶上,皎洁的月色把万里无云的夜空照得银光闪闪。忽然,一阵轻风吹来,园中树枝随风摇曳,发出沙沙的歌声,连映在地上的光和影也加入了这大自然和谐的合唱中去。

乌尔密拉静静地坐在窗口凝望着这一切景致,毫无睡意,胸中的热血还在幻想的秋千上晃来晃去,不肯安宁。杧果花蕾的芳香沁入她的心脾。常青蔓藤的筋筋络络里欲放的苞蕾的阵痛般的震颤,使乌尔密拉浑身充满着惊喜之情。她走进隔壁的盥洗间用冷水淋了淋额头,又用湿毛巾擦了擦身子。躺在床上辗转反侧,依然久久不能入睡。后来实在困倦已极,才迷迷糊糊进了梦乡。

半夜,她突然醒来。窗外月影已斜,屋里一片漆黑。园子里月色和阴影相互嬉逐着。乌尔密拉胸口憋得快要炸裂开了。她情不自禁地抽泣起来,自己竟不能控制,后来索性倒在床上,把头埋在枕头里放声大哭。这是痛苦的灵魂在哭泣,是无法用语言来解释和表达的。这股波及她全身的、冲走白日欢乐和夜间睡意的伤感的波涛,是从哪里汹涌而至的呢?

清晨,当乌尔密拉睁开惺忪的睡眼,阳光已弥漫在整个房间。莎尔密拉对她早晨不来料理家务并不责怪,因为她想乌尔密拉准是疲倦极了。

乌尔密拉今天为什么郁郁寡欢、无精打采呢?什么事使她感到如此沮丧呢?

她走到姐姐房内,说:"姐姐,我在你这儿什么事也做不成。如果你允许,就让我回家吧!"

今天,莎尔密拉没有说"不,别走",而是说:"也好,你回去吧!在这里也耽误了你念书。你有空的时候,请过来看看我们。"

当时,萨山格有事在外。乌尔密拉趁这个时机回家了。

萨山格买了一副绘图仪器,兴冲冲地回来了。他要把这套绘图仪器送给乌尔密拉,同时还打算教给她绘图的方法。一到家,当他看到乌尔密拉不在自己房里,就直奔莎尔密拉那里,问:"乌尔密拉到哪儿去了?"

莎尔密拉答道:"她留在这里,耽误了功课,所以回家去了。"

"可是她来的时候,就准备牺牲一些时间,今天怎么突然说起耽误的话来呢?"

莎尔密拉听他话中有话,便猜到他是在疑心自己搞的鬼,她不想在此进行无谓的争议,便说:"你以我的名义把她叫来!她不会说

'不'的。"

乌尔密拉回到自己家里,隔了好长日子,尼勒达才从英国给她寄来一封信。这封信躺在桌子上正等待着她呢!她怕拆开它。她心中暗忖,自己已犯上了一大堆罪过。起先,她曾以姐姐有病为由,来为自己不信守诺言的举动辩解,自从萨山格坚持雇请两个护士日夜照顾莎尔密拉以后,这种辩解就越发显得虚假。根据医生的嘱咐,那些护士不准病人的亲属随便进出病房。乌尔密拉心里明白,尼勒达肯定不会重视姐姐生病这个解释,而将不以为然地说:"这是多余的借口。"其实也的确是个多余的借口,姐姐那里根本不需要她。她怀着悔罪的心情决定认错,求得他的饶恕。她将赌咒:"今后再也不犯过失,再也不会食言。"

拆信之前,她拿出多日以来一直珍藏着的尼勒达的相片,放在桌上。她知道,萨山格要是瞧见这张相片,准会挖苦她一番。但她下定决心,这回她决不因此而害羞,这就是她忏悔的表示。她在姐姐家,一直没有谈起她和尼勒达快要结婚的事。别人也从不提起,因为家里所有人都讨厌这件亲事。今天,乌尔密拉紧握双拳,打定主意,从今以后,要在每一举动中都明确地宣布这件事。她把一直隐藏着的订婚戒指戴在手指上。这只戒指不值几个钱。当初,尼勒达为了表示对爱情的忠诚和为清贫而骄傲的情怀,把那只便宜的戒指赠给乌尔密拉,并把它说得比钻石还贵重千倍。他当时的神气似乎在说:"不能以戒指的价值来衡量我的价值,而应以我的价值来衡量戒指的价值。"

乌尔密拉尽量使自己镇静下来。慢慢地、慢慢地把信件拆开。

读完后，她快活得蹦起来。她真想跳跳舞，抒发内心的高兴劲，但她不会跳，实在没有办法。西塔尔琴放在床上，于是她随手抱起琴，不调音就叮叮嗒嗒地拨起来，既不成曲也不成调地乱弹一气。

就在这时，萨山格来了。一进屋劈头就问："怎么回事，乌尔密拉？结婚的大喜日期定了吗？"

"是的，姐夫！岂止定了，而且已经结了婚！"

"真的？不可逆转了？"

"不可逆转了！"

"那马上就去请吹鼓手，再到巴格市场和巴胡市场订购甜米团和甜食……"

"用不着你操心……"

"你自己把这些事都办了？恭喜恭喜，你这位巾帼英雄！谁给新娘祝福呢？"

"将从我的口袋里掏出祝福的钱。"

"也就是说，炸鱼的油出在鱼身上？我理解的对吗？"

"拿去，看看就会理解！"乌尔密拉把那封信塞在他手上。

萨山格读完信之后，哈哈大笑。

尼勒达在信中写道：他想把自己的生命奉献给异常艰难困苦的科学事业，但在印度不可能做到这一点。因此，他不得不在自己生活上再做出一个牺牲，现在除了跟乌尔密拉解除婚约，别无他法。有一位欧洲小姐愿意嫁给他，愿意为他的事业做出自己的牺牲。当然，这个事业就是拉贾·拉姆先生在世时想要我做的，这个伟大的工作不管在印度，或是在欧洲进行，都完全是一样的。因此，把拉贾·拉姆先生准备花在这项事业上的基金，拿出一部分分给他在欧洲花掉，也不违反死者的意愿，这个举动将给死者增添光荣。

萨山格说："假如给些钱，就能让这个活着的人在国外长期住下去，倒也不错。我就怕他断了财源，饥饿就会逼他回到这儿来。"

乌尔密拉笑着说："如果你怕，你掏钱吧。我是一个铜板也不给。"

"以后不改变主意？可尊敬的小姐，你的骄傲能一直维持下去吗？"

"我万一改变主意，与你有何相干了？"

"我告诉你，你会更神气活现了。为你好，我严守秘密。但是，我想，这个家伙实在胃口不小——真不要脸！"

长期以来压在乌尔密拉背上的重负终于卸下了。她在解脱的欢乐中一时不知做什么好。她把那张需要做的事情的细目表撕得粉碎，扔掉。马路上有个乞丐正在乞讨——她把那只戒指从窗口扔给了她。

她问："这些画满了红铅笔线条的、厚厚的书本，旧货商会收吗？"

"你看呢，要是旧货商不收，怎么办？"

"我担心，过去的鬼魂可别在书堆里作祟，半夜三更站在床头用手指责我。"

"若是这样担心，我马上卖掉它们，不用旧货商上门。"

"怎么卖法？"

"根据印度教规矩，给它们举行葬礼！我还准备把它们的尸灰送到伽耶[①]，你若能因此得到宽慰的话。"

"别，太过分了。"

[①] 印度的一个圣城，一般人都到该地为死者举行最后的仪式。

"那好，我就在书房角落里筑起一座金字塔，把它们变成木乃伊，装进去。"

"今天你可不能去上班！"

"一整天？"

"是的，一整天。"

"要我做什么？"

"让我们坐在汽车里兜个无影无踪。"

"跟你姐姐请个假。"

"不用，回去后我跟她讲，准备挨她一顿臭骂，骂我也感到痛快。"

"好吧！我也情愿挨你姐姐一顿骂。我开足马力，轮胎爆了也不懊丧；我开到时速四十五英里，纵然压死两三个行人并因此坐牢也不反悔。但是，你得连应三声：汽车旅行结束后，你到我们家去。"

"我去，我去，我去！"

坐汽车兜过风，俩人又回到了帕瓦尼布尔的住宅。但是四十五英里的时速到现在还在血液里奔驰。世界、社会、家庭、所有人的要求、所有人的权力、一切恐惧心理、一切羞耻之心，通通在这个速度下消失得毫无踪影。

有好几天工夫，萨山格的所有工作都原封不动地放着。工作的秩序全被打乱了，好几处买卖也告吹了。他对自己说："这可不行。工作将因此遭受巨大损失。"晚上睡在床上，种种可能产生的可怕的后果，格外严重地展现在他面前。但次日，又什么心事都没有了，又成了

《云使》中的药[①]。

谁要喝了一次酒,就要再喝第二次,以此来掩饰自己后悔的心情。

萨山格

好几天就这样过去了。萨山格醉眼蒙眬,心猿意马。

有一天乌尔密拉终于得到这样一个机会,她突然吃惊地明白自己是怎么回事。

她不知为什么怕玛特拉。她总是尽量躲开他。

那天玛特拉先生到她姐姐房里,从早晨一直坐到中午。

他走之后,姐姐把乌尔密拉叫了去。她脸色严厉而镇静。

她对乌尔密拉说:"你可知道你天天干扰他的工作,闹出了什么乱子吗?"

乌尔密拉害怕地问:"出了什么事,姐姐?"

"玛特拉刚才说,这些日子以来,你姐夫玩忽职守,一点事儿也不管,把一切事务都交给了贾瓦赫尔。那个人见财眼开,什么东西都往自己腰包里装。几座大仓库的屋顶盖得太马虎,满是窟窿。那天下了一场透雨,里面的货物都给雨水泡坏了,事情这才败露。一点儿也不考虑本公司的声誉,不经检查就垫付款项。现在名声扫地、经济亏

[①] 《云使》是印度古代伟大诗人、剧作家伽梨陀娑的杰作。药叉是个小神仙。此处指抒情长诗中的多情的药叉,他整天思念在地上的妻子,因此常常心不在焉,别的事都没放在心上。

损的灾难临头了。玛特拉要与我们拆伙。"

乌尔密拉听后吓得心怦怦直跳,脸色顿时变成灰白。刹那间,她内心深处的奥秘像闪电一样骤然显现。她十分清楚地看到,不知从何时起,她的心不知不觉地变得疯狂而不能自制,她丧失了理智,不能辨别好歹香臭。她竟把萨山格的事业看成了她不共戴天的仇敌,她决定要跟它争个你死我活。她内心总是要使萨山格不被工作缠住身,留在自己身旁,而忐忑不安。有好几次,萨山格在洗澡,办公室派人来请示工作。遇到这种情况,乌尔密拉总是不假思索地回绝他们:"现在没空见客。"

她总是提心吊胆,怕萨山格洗完澡就去办公室,陷进事务堆里,那样她今天一天就要白浪费了。自己背离常规的痴情的种种可怕图景,而今突然十分清晰地浮现在她眼前。她马上跪在姐姐脚旁,呜呜咽咽,反反复复说:"你把我撵出去吧!姐姐!把我从这个家里撵出去吧,现在就撵!"

今天,莎尔密拉曾下决心不饶恕乌尔密拉,但此时此刻,她的心又软下来了。她用手轻轻地抚摸着乌尔密拉的额头,说:"你别担心,会有办法解决的。"

乌尔密拉欠身坐定,说:"你不能独自承担损失。姐姐,我身边有钱。"

莎尔密拉说:"小疯子!我就一贫如洗了?我已对玛特拉说,别拿这件事大做文章。我来偿还损失。我还提醒你,乌尔密拉,别让萨山格知道我已经什么都了如指掌了。"

"原谅我,姐姐,原谅我。"说着说着,乌尔密拉又跪在姐姐脚边，垂下脑袋。

莎尔密拉一边擦着泪，一边用疲惫无力的声音说："谁原谅谁呀，妹妹！世界太复杂了，不是像我想象的那样简单。我为他的事业甚至把生命也搭上了，结果还是没有获得成功。世事真是不可捉摸！"

现在，乌尔密拉一步也不离姐姐的身旁，再也不去到处乱窜。她亲手给姐姐喂药，喂饭，铺床，洗澡。并打开书本，坐在姐姐床头读书。她再也不敢相信自己或萨山格。

结果，萨山格不断到病人房间里来。痴情的男子由于自己的愚蠢，竟然不知道妻子早已察觉他那种丧魂落魄的模样，也不知道乌尔密拉因此羞得无地自容。他逗引乌尔密拉去看摩亨·巴干队的足球赛，但这种诱惑没有发生作用；他用红铅笔在查理·卓别林的电影广告上画上记号，把报纸放在乌尔密拉面前，但这一招也没有奏效。当乌尔密拉常在他身边时，尽管受到干扰，他还多少能干点事，但现在呢？什么也做不成了。

看到自己可怜的男人那种六神无主的样子，起初，莎尔密拉既痛苦又暗自高兴。但她渐渐地发现，他的痛苦越来越深，脸色憔悴，眼圈发黑。那时她内心感到十分难受。

现在乌尔密拉不与萨山格同桌吃饭，因而他吃什么都没有胃口，这从他脸上气色一望而知。近来，弥漫在这个家庭里的欢乐热流消失了，干涸了；而比它更压抑、更令人痛苦的是，从前家里那种闲适安宁的气氛也一扫而空了。

从前萨山格不修边幅。有一次，他让理发师把头发剃得短短的，几乎和光头差不多，木梳也派不上用场了。莎尔密拉曾为此而发过几次脾气，也无济于事。但是有一次发现，她那简单的意见伴随着乌尔密拉的高声大笑却产生了意想不到的效果。萨山格有生以来第一次在刚理成新发型的头上洒上香水，多得流了下来，淌在额上。然而，最近他又恢复了那种蓬乱的发式，那种漫不经心正透露出他内心的剧烈痛苦。现在无论如何不能拿他不修边幅来开玩笑，相反，莎尔密拉的忧伤超过了他的痛苦。对丈夫的怜悯和对自己的怨恨，使得莎尔密拉心里更加难受，由此也加重了她的病痛。

城堡的广场上将要举行军事演习，萨山格小心翼翼地问："乌尔密拉，你去看吗？我已订了个好座位。"

还没等乌尔密拉开口，莎尔密拉就代她回答："干吗不去，当然去。老蹲在家里快闷死她了，应该出门玩玩，痛快痛快。"

萨山格受到了鼓励，过了两三天，他又跑来问："乌尔密拉，去看马戏表演吗？"

这个建议使乌尔密拉动心了。

这之后又有一天——

"去植物园好吗？"

这下乌尔密拉拿不定主意，因为她不愿离开姐姐这么长时间。

她姐姐又主动帮萨山格说话："整天跟那帮泥瓦匠、木匠一块儿在暴日下干活，可不是件简单的事！不吸吸新鲜空气，不散散步，身体会垮掉的！"

行了，有了这个充足的理由，乘汽艇到拉吉拉逛一圈也不会被认为是荒唐事了。

莎尔密拉自言自语地说："他为她不惜丢掉事业。一旦丧失了她，他如何受得住？"

谁也没对萨山格明说，但他做的事到处得到默许。由此他得出一个结论：莎尔密拉对此并不感到心酸悲痛；她看到他俩在一起很高兴，自己也高兴。对一个平常的女人来说做到这一点是不可能的。但莎尔密拉不是平凡的女人。萨山格还在政府机关任职时，曾请一位画家给莎尔密拉画过一幅彩色肖像。多年以来，他一直藏在他的皮包里。现在取出来，送到一家英国商店，配上最精致的镜框。他把那副镜框挂在家中办公室里的书桌对面墙上，镜框下面放着一个茶几，茶几上放一只花瓶。花匠每天都来换花。

有一天，萨山格和乌尔密拉一起到花园去看盛开的向日葵。看着看着，他猛然间抓住了她的手说："你当然知道，我爱着你。而你的姐姐确确实实是位女神。我对她比任何人还要敬重。她不是一个俗人，不知比我们高尚多少倍。"

莎尔密拉一再明确地对乌尔密拉说，她不在世的话，如果由乌尔密拉接替她的位置，她将感到莫大的欣慰。当然，她一想到要由另外一女子来这个家庭里接替自己的位置，内心会感到十分痛楚；可是，如果家中没有一个女人能照料好萨山格的生活，那也是她不能忍受的。姐姐还对乌尔密拉说："假如他的爱情生活受到阻碍，那他的生意将受到毁灭性的损害。只要他称心如意，他就会把事情办好。"

现在萨山格心醉神迷，仿佛生活在天上月宫里，那里，尘世间的一切责任和义务都愉快地安睡了。现在他和笃信的基督教徒一样虔诚地信奉礼拜天必须休息的信条。有一天，他跑去对莎尔密拉说："我从黄麻厂老板那儿借来一条小火轮。明天是礼拜天，我想带乌尔密拉一起去钻石港游玩,傍晚前一定赶回来。"

莎尔密拉心上的神经不禁紧缩起来,额头上露出一道道痛苦的皱纹。但萨山格根本没有去留意它。莎尔密拉只是淡淡地问了一句:"吃喝怎么安排?"

萨山格马上回答:"已向饭店订购好了。"

过去,安排这类事情的责任总是落在莎尔密拉的肩上,萨山格从不过问。现在,一切都颠倒了。

一听莎尔密拉说一声"好,去吧",萨山格一分钟也没停留,一溜烟儿走了。莎尔密拉真想痛哭一场。她把头埋在枕头里,喃喃嘟囔着:"我现在活着还有什么意思?"

明天是礼拜天,是他们结婚纪念日。迄今为止,这一纪念活动从未间断过,每年这一天都是甜甜蜜蜜地度过的。这次,莎尔密拉也提醒了丈夫,躺在床上吩咐差役做好准备。纪念活动也不特别铺张,萨山格穿上结婚时穿的贝拿勒斯产的红绸围裤和披肩;而莎尔密拉只穿上结婚时的红绸纱丽。然而,莎尔密拉给丈夫戴上花环,让他坐在自己面前进餐。卧房里按时点燃熏香,隔壁房间里留声机放着唢呐演奏的欢庆曲调。往年,萨山格事先不讲,总是要给莎尔密拉买一样她所心爱的东西。莎尔密拉想,这次他也一定会有东西送她,就等明天揭晓了。

今天,她可是实在忍受不住了,孤单单的一个人,她心中不时升起一阵阵酸楚:"假的,一切都是虚假的!这场假戏该如何收场啊!"

晚上,她无法入睡。一大早就听见汽车的马达声。汽车从她窗前飞驰而过。莎尔密拉啜泣起来,最后放声痛哭:"神啊,你也是虚

两姐妹 · 523 ·

假的！"

从此，她的病越来越重。有一天，莎尔密拉觉得自己在人世间的时间屈指可数了，便把丈夫叫到身边。时值黄昏，屋内光线暗淡。她示意护士出去，叫丈夫坐在床边，抓住他的手说："我在自己的生活中蒙受神的恩典，得到了一个男人，这就是你。但是，神没有赐予我与你相匹配的力量。我能做的，都尽力做了。我有不少过失，请你原谅。"

萨山格刚要张口，莎尔密拉就阻拦住："不，你什么也别说。我把乌尔密拉交给你。她是我的亲妹妹。你能在她身上看到我，也将会得到从我身上得不到的东西。别，你别说话；什么也不用说。临死前，我能看到你幸福生活，这是我莫大的幸福。"

护士在门外说："大夫来了。"

莎尔密拉："请他进来。"

谈话便终止了。

莎尔密拉的一个舅舅用土方治病，颇有一番功夫。最近，他同一个苦行僧相处十分投机。大夫说，莎尔密拉的病已无可救药了。但她舅舅坚持要用从喜马拉雅山来的苦行僧带的草药试一试，就是用西藏的一种草药，磨成粉，掺上牛奶喝下去。

萨山格不能容忍这种无知和愚蠢的举动，一口拒绝。但莎尔密拉说："没有效果也无妨，但至少可让舅舅高兴。"

这草药眼看发生了奇效。莎尔密拉呼吸时，再也不感到疼痛了。

七天过去了，十五天过去了。莎尔密拉已能坐起。医生解释说："面对死亡的威胁，身体总要顽强地反抗一番。然而在最后的冲击中，自己也能挽救自己。"

莎尔密拉得救了。

她又烦恼起来："这多么尴尬！我该怎么办呢？难道活着比死了更难受？"

乌尔密拉忙着收拾行装，准备走了。

她在这里的任务已经结束。

姐姐走来对她说："你不能走。"

"为什么？"

"印度教社会里不是有人娶妻妹为妾的吗？"

"嗤！"

"哦，人们的危言！人们舌头上的话比典礼的规矩还厉害，人言可畏啊！"

莎尔密拉把萨山格叫来，说："走，我们去尼泊尔！你在那里的宫廷里会找到工作的，只要花力气就会找到职业。在那个国家里就不会遇到这样的舆论。"

莎尔密拉不给任何人提出异议的机会，开始收拾行李，准备启程。

但乌尔密拉现在依然沉默不语，躲着人。

萨山格对她说："假如今天你抛弃我离开的话，我会出现什么样的情景，请你仔细三思！"

乌尔密拉说："我什么也想不出来。你们两个合计好了，我就遵命。"

收拾行李花了好些天。启程的日期越来越近，乌尔密拉说："再等五六天，我要去跟管理人商量一些事，商量好了再来。"

她走了。

就在这时,玛特拉带着一脸的忧郁来找莎尔密拉,说:"你们走得正是时候。上次跟你谈过话之后,我回到办公室,马上把萨山格的业务与我分开,我自己没有考虑他赔赚的问题。最近,萨山格要结束业务,查了好多天的账,发现连你的钱也全部蚀光了,再加上偿付债务,恐怕连这座房子也得卖掉抵押。"

莎尔密拉:"他事先一点儿也不知道问题的严重性吗?"

玛特拉说:"破产这种事就如同常常落在头上的雷击一样,在响雷前一秒钟也不会让人知道的。他知道,他的生意连连亏蚀,当时他还能轻易地应付过去。但是,智者千虑,必有一失。为了马上扭转亏空的局面,就匆匆忙忙买煤炭市场上的股票。行情看涨时买进股票,行情跌落时只得抛出。他突然发现,全部财产都像焰火般燃掉,剩下的只是些灰烬。若上帝保佑能在尼泊尔找到工作,那就能驱散那种担惊受怕心情。"

莎尔密拉不怕过穷日子,而且认为,在拮据的情况下在丈夫的眼里她在家的地位会更高些。她相信,她能够减轻贫困的压力,打发日子。她还有些珠宝首饰,能维持一段舒心的日子!另外,她还想到,倘若萨山格和乌尔密拉结婚,乌尔密拉的那笔财产也就属于丈夫的了。但是人光活着还是不够的。这么些年来,她丈夫靠自己的力量和双手积聚了一笔财产。为此她总是竭力克制自己心底情感的种种需要。他们夫妻生活的具体希望已如海市蜃楼一样消散了,这件事使她心如刀割。她暗自思量："当时要是死了，也不会这样丢脸。我命该如此。然而，这种贫穷和耻辱所带来的冷酷和空虚，难道有一天不会使他感到追悔莫及吗？他曾因为迷恋一个女子而干出那一切蠢事。总有一天他会因此而无法原谅那个女人，会觉得她送上的食物全是毒药。他会为自己的醉态而感到羞愧，但却把这一切归咎于酒。最终，如果他不得不靠乌尔密拉的财产生活，他定会被苦恼和自卑感所激怒，从而，把乌尔密拉活活折磨死。"

那天，萨山格去玛特拉那里清理账目，突然发现莎尔密拉的钱全亏蚀了。而她投资那件事从来未向他透露过。他自己与玛特拉订立个协议，结清了账。

萨山格想起了以往的一切。辞去了政府职务之后，他是向莎尔密拉借了钱，经营起自己的业务，才慢慢发迹起来的。今天因为事业破产，他又得去公共机关当差，身上又背了莎尔密拉一笔债。这笔债他可永生永世也还不清了，有哪一个人实现过用工资来还清债务的梦想呢？

再过十天，便要动身去尼泊尔。昨夜萨山格一宵没睡着。天一亮，匆匆忙忙起床时，他猛然在梳妆台上狠狠捶了一拳："我不去尼泊尔了。"他下定决心："我们俩带着乌尔密拉就在加尔各答扎下根！——迎着百般挑剔的社会的凶残目光！我要在加尔各答重振旧业！"

这时，莎尔密拉正在往本子上记着什么东西要带走，什么东西要留下。突然听到萨山格喊她："莎尔密拉！莎尔密拉！"

她急忙扔下本子，跑进丈夫的房间。一种不祥的预兆使她的心抖抖瑟瑟起来，她忙问："出了什么事？"

"我不去尼泊尔了。我不怕社会上的流言蜚语。就留在这儿，留在这儿！"

"为什么？难道出了什么事？"

"工作。"

又是那句话：工作。莎尔密拉的心怦怦直跳。

"莎尔密拉，你别认为我是个软骨头。你能设想我竟堕落到抛弃自己的职责而逃跑的地步吗？"

莎尔密拉走近他的身边，握起他的手，说："发生什么事啦？你就直截了当地说个明白。"

"我又欠下了你一笔债，你不必隐瞒这一点，莎尔密拉。"

莎尔密拉说："行。"

萨山格又说："我像以前一样准备还清这笔债。蚀掉的也要捞回来。你记住，这是我的誓言。请你像从前一样相信我。"

莎尔密拉把头靠在丈夫的胸脯上，说："你也相信我，教会我做事，让我配得上你。从今天起你就教我，今后我可以在生意中做你的帮手。"

外面有人喊："来信啰！"

莎尔密拉拿到两封信。一封是给她自己的。

给萨山格的信里写道：

> 我现在正在去孟买的路上。我从那儿去国外。依照父亲的遗愿，学成医道再回来。这大概要六七年的时间吧！我进入你的家

庭生活，闯下大祸。随着时间的流逝，一切都会好起来的。请别为我担心。我将永远记着你。

给莎尔密拉的信中写道：

姐姐，向你致以千百次的敬礼。由于无知，我犯下了许多过错，请你宽恕我。如果在你眼里我的行为还算不上过错的话，那么，知道这一点，我就会感到幸福。我心里根本不指望比这更多的幸福了。我也不知道哪儿还存有幸福！如果我没有享受幸福的份儿，那也随它去吧。我只怕走上错误的道路。

诺贝尔文学奖作家文集 · 加缪卷 · 路易斯卷 · 福克纳卷

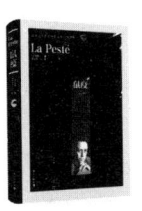

鼠疫
[法] 阿尔贝·加缪 / 著
李玉民 / 译
定价：48.00元

局外人
[法] 阿尔贝·加缪 / 著
李玉民 / 译
定价：45.00元

第一人
[法] 阿尔贝·加缪 / 著
李玉民 / 译
定价：48.00元

卡利古拉（即将上市）

大街
[美] 辛克莱·路易斯 / 著
顾奎 / 译
定价：55.00元

巴比特
[美] 辛克莱·路易斯 / 著
潘庆舲 / 姚祖培 / 译
定价：50.00元

阿罗史密斯
[美] 辛克莱·路易斯 / 著
顾奎 / 译
（即将上市）

漓江的书，买了再说！

士兵的报酬
[美] 威廉·福克纳 / 著
一熙 / 译
定价：38.00元

寓言
[美] 威廉·福克纳 / 著
王国平 / 译
定价：50.00元

水泽女神之歌
——福克纳早期散文、诗歌与插图
[美] 威廉·福克纳 / 著
王冠 / 远洋 / 译
定价：30.00元

外国名作家文集
伊夫林·沃卷·普拉斯卷·泰戈尔卷

漓江的书，买了再说！

钟形罩瓶
[美] 西尔维娅·普拉斯 / 著
黄健人 / 赵为 / 译
定价：32.00元

夜舞
——西尔维娅·普拉斯诗选
[美] 西尔维娅·普拉斯 / 著
远洋 / 译
定价：28.00元

普拉斯书信集
[美] 西尔维娅·普拉斯 / 著
谢凌岚 / 译
定价：38.00元

布园重访
——查尔斯·莱德上尉的神圣和渎神回忆
[英] 伊夫林·沃 / 著
黑爪 / 译
定价：43.00元

衰亡
[英] 伊夫林·沃 / 著
黑爪 / 译
定价：32.00元

泰戈尔与中国
[印度] 泰戈尔 / 著
白开元 / 译
定价：35.00元

泰戈尔书信集
[印度] 泰戈尔 / 著
白开元 / 译
定价：45.00元

心弦
——泰戈尔诗选
[印度] 泰戈尔 / 著
白开元 / 译
定价：28.00元

半边渡当代中篇小说丛书（第一辑）

神秘列车之旅
残雪 / 著
定价：36.00元

复活的玛纳斯
红柯 / 著
定价：42.00元

大鱼、小鱼和虾米
邱华栋 / 著
定价：40.00元

漓江的书，买了再说！

黄花
吕新 / 著
定价：38.00元

肚子的记忆
东西 / 著
定价：33.00元

双子座文丛（第一辑）

灵魂的两面
树才 / 著 / 译
定价：32.00元

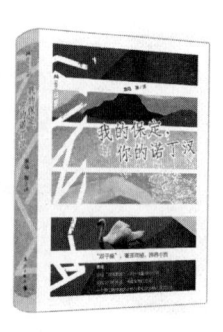

我的保定，你的诺丁汉
黑马 / 著 / 译
定价：35.00元

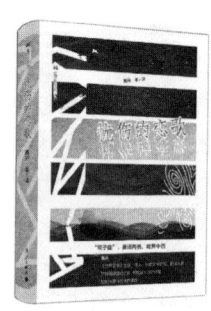

忧伤的恋歌
高兴 / 著 / 译
定价：36.00元

漓江的书，买了再说！

诙谐与庄严
莫雅平 / 著 / 译
定价：38.00元

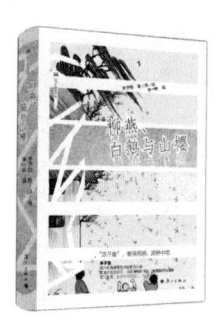

柳燕、白鹅与山樱
丰子恺 / 著 / 译 / 绘　丰一吟 / 编
定价：38.00元

图书在版编目（CIP）数据

泡影：泰戈尔短篇小说选 /〔印〕泰戈尔著；倪培耕译.
—桂林：漓江出版社，2018.1（2018.4重印）
[诺贝尔文学奖作家文集·泰戈尔卷]
ISBN 978-7-5407-8287-0

Ⅰ.①泡… Ⅱ.①泰… ②倪… Ⅲ.①短篇小说-小说集-印度-现代 Ⅳ.①I351.45
中国版本图书馆CIP数据核字（2017）第235465号

PAOYING
泡 影
——泰戈尔短篇小说选
〔印〕泰戈尔 著
倪培耕 译

责任编辑：张　谦
助理编辑：孙精精
书籍设计：石绍康
责任印制：杨　东

出版人：刘迪才
漓江出版社有限公司出版发行
广西桂林市南环路22号　邮政编码：541002
网址：http://www.lijiangbook.com
全国新华书店经销
发行电话：0773-2583322　010-85893190
北京汇瑞嘉合文化发展有限公司印制
[北京市经济技术开发区荣华南路10号院荣华国际大厦5号楼1501室
邮政编码：100176]
开本：880mm×1230mm　1/32
印张：17.25　字数：367千字
2018年1月第1版　2018年4月第2次印刷
定价：58.00元

如发现印装质量问题，影响阅读，请与承印单位联系调换
[电话：010-67817768]